소설강화

소설강화

제임스 스콧 벨 지음
오수원 옮김

21세기문화원

서 문

괜찮은 소설로는 충분치 않다.

상당히 좋은 소설도 더 이상 두각을 나타내지 못한다. 그 정도 소설은 넘쳐흐를 만큼 쌓여 있다. (쓰레기 바다라고 하기에는 뭐하지만 늘 그랬다.)

게다가 이제 우리는 인공지능 AI와도 경쟁해야 한다. 기계조차 그럴듯한 소설을 쓰는 세상이라니!

그렇다면 저자는 무엇을 해야 하는가? 작가는 소설의 발판을 어떻게 구해야 하고, 성공적인 경력에 필수적이라 할 수 있는 팬 기반은 어떻게 구축해야 할까?

작가들은 더 많은 것을 해야 한다.

바로 이 책이 이야기하려는 것이다. 이 책은 내가 시도해 보고 검증하며, (『뉴욕 타임스』의 일부 베스트셀러 작가들을 포함한) 사람들에게 가르쳐 온 조언과 기법들의 모음집이다. 30년에 걸쳐 생각하고 연구하며 발견한 결과물인 것이다.

1988년 나는 「문스트럭*Moonstruck*」이란 영화를 보고 나서 작가가 되기로 결심했다. 나는 늘 소설을 쓰고 싶었다. 하지만 대학 시절 여러 번에 걸쳐, 소설 쓰는 방법은 배울 수 없다는 말을 들었다. 그냥 '재주'가 있든지, 아니면 없든지 그걸로 끝이라는 말이었다. 당시 내 생각도 나는 재주가 없어 보였다.

나는 20세기 가장 존경받는 작가 중 하나인 레이먼드 카버Raymond Carver의 워크숍에도 참석한 적이 있다. 수업에는 정말 재능 있어 보이는 학생들도 있었다. 누가 보더라도 나는 재능 있는 무리에 속하지 않았다. 내가 쓴 이야기는 참신하지 않았다. 나는 헤밍웨이Hemingway나 노먼 메일러Norman Mailer, 심지어 카버처럼 쓰려고도 애썼으나 그러지 못했다. 형편없었다.

장르 소설은 더 엉망이었다. 미스터리 소설은 너무도 어려워 감당할 수 없었다. 당시 나는 장인들이 그저 자리에 앉아 자판을 두드리면, 기발하고 예상을 빗나가며 전개되는 줄거리가 술술 나오는 것이라고 생각했다. 장인들이 이야기를 숙고하고 구성을 짜면서 다양한 조각들을 짜 맞춘다는 생각은 아예 하지도 못했다. 그러다 보니 내가 쓴 미스터리 소설은 모두 배가 산으로 가는 쓰레기였다.

한 영문과 교수에게 도움이 될 만한 책이 없을까 하고 질문을 하자 시큰둥했다. "그따위 책은 없어! 책을 읽고 작가가 된 사람은 없어. 작가는 태어나지 만들어지진 않아. 그냥 '재주'가 있든지, 아니면 없든지 그걸로 끝이야."

길고 긴 10년 동안 나는 그 새빨간 거짓말—훗날 깨닫게 된 사실이다—을 전혀 의심치 않고 믿었다.

아내와 「문스트럭」을 보러 갔을 때는 법학 대학원을 마치고, 변호사 사무실을 연 다음이었다. 그때 나는 책을 읽고 글쓰기를 배울 수 있을지 없을지 나 자신을 직접 테스트해 보기로 작심했다.

나는 『작가 다이제스트*Writer's Digest*』를 교재 삼아 시작해 보기로 하고, 로런스 블록Lawrence Block이 쓴 소설 관련 칼럼을 매달 읽었다. 『작가 다이제스트』 북클럽에도 가입해 책을 여러 권 한꺼번에 주문했다. 형광펜을 꼭 쥐고서 한 권 한 권 열심히 읽었다.

책에서 뭔가 배울 때마다 노트에 옮겨 적었다. 그리고 배운 걸 내 글에 응용해 보았다. 그것이 가장 중요하다!

서서히 내 글은 나아지기 시작했다. 책에서 배우는 게 분명 있었다. 글쓰기 책을 읽지 않거나 글쓰기에 관해 생각하지 않은 날은 단 하루도 없었다.

간단한 노트를 쓰곤 했다. 때로는 냅킨에도 종잇조각에도 썼다. 노트에 적어 놓은 내용을 버리지 않고 간직해 오다가 자주 검토했다. 여태 그 모든 메모를 소장하고 있다. 이제는 커다란 배불뚝이 파일이 되었다.

마침내 나는 노트한 내용 전부를 MS 워드 문서로 옮겼다. 워드에 내장되어 있는 문서 프로그램의 도움을 받았다.

처음 읽은 글쓰기 기법에 관한 책 중 한 권은 레너드 비숍 Leonard Bishop이 쓴 『위대한 작가가 되는 법: 강력한 소설을 위한 329개 열쇠*Dare to Be a Great Writer: 329 Keys to Powerful Fiction*』였다. 정말 좋은 책이었다. 이 책 역시 내가 정리한 노트와 마찬가지로 무작위 순서로 나열된 일련의 노트였기 때문이다. 그가 정말 나와 생각이 비슷한 사람이었다니!

이 책에서 내가 보여 주려는 것도 마찬가지다. 이 책은 내가 배움의 열기로 충만하던 시절 써 놓은 노트로 가득하다. 어떤 노트는 짧다. 그걸로 충분하기 때문이다. 어떤 노트는 길다. 쓴 지 얼마 되지 않은 항목도 많다. 일부는 '『작가 다이제스트』 선정 최고의 웹사이트 101*Writer's Digest 101 Best Website for Writers*'에도 선정된 나의 그룹 블로그 '킬 존*Kill Zone*'에서 선별하여 가져오기도 했다.

한 가지 이상의 기교나 기법을 동시에 말하고 있는 항목도 많다. 그래서 이 책에 실은 강력한 글쓰기 기법은 125개가 넘는다. 어쨌든 이제 여러분께 이 모든 기법을 전수하련다. 여러분의 글쓰기가 계속 성공의 길을 걷기를 바랄 뿐이다.

제임스 스콧 벨

차　례

2. 캐릭터

3. 장면

4. 대화

5. 목소리와 문체

6. 퇴고

7. 작가의 마음가짐

1
플롯과 구조

팬서를 위한 플롯

이제 '계획 없이 글 쓰는 작가', 즉 '팬서pantsers'를 위한 플롯plot 이야기를 좀 할까 한다. 너무 흥분하지는 마시라! 여러분은 내가 모든 장면을 어떻게 할 수 없을 만큼 경직되고 융통성 없는 형태로 만들어 버릴 엄청난 문서를 제시하리라고 오해할 수도 있다.

아니다, 그렇지 않다. 나는 여러분에게 '순수하게' 즉흥적으로 쓰는 것보다 플롯을 재미있게, 그리고 더 생산적으로 만들어 줄 방법을 하나 제안하려는 것뿐이다.

이 방법을 말하려면 우선 내가 '표지판 장면signpost scenes'이라고 부르는 것이 필요하다. 자, 플롯의 기반을 만들기 위해 표지판이 될 만한 장면 셋을 브레인스토밍해 보라.

교란

시작 부분이다. 후크hook(독자의 흥미를 자극하는) 부분이기도 하다. 다시 말해 여러분의 책이 팔리느냐 마느냐를 결정하는 부분이다.

교란disturbance은 첫 쪽, 첫 문단, 가능하면 첫 번째 줄에 등장해야 한다. 교란이란 캐릭터의 '일상 세계'에 혼란을 가져오는 어떤 '사건'(우연히 일어나는 일)이다. 어떤 골칫거리가 생긴다는 전조이다. 총격전이나 자동차 추격과 같은 '엄청난' 사건일 필요는 없다. 그저 한밤중 걸려 오는 전화같이 사소한 것으로도 충분하다.

중요한 것은 어떤 문제가 닥쳐오고 있다는 느낌이다. 『오즈의 마법사*The Wizard of Oz*』는 도로시Dorothy가 자신에게 익숙한 세계로 돌아오는 장면으로 시작한다. 하지만 뒤를 돌아보니 누군가 자신을 따라오고 있다.

『바람과 함께 사라지다*Gone With the Wind*』에서 스칼렛 오하라Scarlett O'Hara는 일상에서 자신을 선망하는 남자들에게 둘러싸여 시시한 대화를 나누고 있다. 그런데 그중 한 남자가 애슐리 윌크스Ashley Wilkes가 멜라니 해밀턴Melanie Hamilton과 결혼할 것이라는 소식을 전한다. 그 말을 들은 스칼렛은 소스라치게 놀란다. 애슐리와 결혼하고 싶은 이는 바로 자신이었기 때문이다.

이렇듯 교란을 일으킬 만한 시나리오는 끝도 없이 제시할 수 있다.

그러니 글이 시작하며 궁금증을 유발하는 교란 요소를 브레인스토밍하라. 교란을 써 보고 싶은 생각이 들면, 당장 자리에 앉아 써라! 나는 처음부터 독자의 멱살을 붙잡고 놓아주지 않는 시작이 좋다. 하지만 요약 형태로 간략히 스케치하며 시작하는 방식도 있다. 그리고는 요약한 내용을 계속 다듬어 하나의 장면으로 완성해 나갈 수도 있다.

보라. 여러분은 이미 윤곽을 잡고 있지 않은가. 와우!

최후의 전투

그렇다. 엔딩은 강렬해야 한다!

팬서: 잠깐만, 저는 플롯도 없어요. 악당도 아직 생각 못했고요!

나: 괜찮아. 넌 정말 팬서구나. 그렇지? 그럼 너답게 즉흥적으로 써 봐! 그냥 그럴듯한 클라이맥스 장면으로 시작해 봐. 그 장면에서 이야기가 무엇에 관한 것인지, 어떻게 펼쳐졌는지 생각해 봐. 그 스케치를 갖고 놀아 봐. 머리에 그려 봐. 마치 영화처럼 말이야. 그런 다음엔 배우를 등장시켜 그 장면을 연기하게 해 봐. 좀 더 그럴듯하고 재미있게 말이야.

진땀 흘리지 말고! 잘 들어. "원고를 써 나가면서 지금 이 장면을 원하는 대로 고치고 다듬을 수 있어. 하지만 이 장면을 머리에 그리지 않고는 앞으로 쓸 것도 없단 말이야."

흔히 나는 엔딩과 악당을 머리에 그려 놓고는, 최후의 전투를 끝낼 무렵 실제 악당을 아예 바꾸기도 한다. 그걸 뭐라고 부르는지 아는가? '결말의 반전twist ending'이라고 한다!

자 이제, 여러분은 매혹적인 시작과 스릴 만점의 엔딩을 갖게 되었다. 전체 윤곽을 짜는 데 없어서는 안 될 튼튼한 기둥 두 개를 만든 셈이다. 정말 재미있지 않은가?

거울 순간

아무 계획이라곤 없는 팬서인 여러분이 쓰려는 이야기가 무엇에 관한 이야기인지 알아차리는 데까지 대충 어느 정도 시간이 걸리는가? 그때그때 다르다. 일찍 파악할 수도 있고, 글을 다 쓸 즈음까지도 모를 수도 있다. 혹은 초고를 끝내 놓고 한껏 뒤로 젖힌 의자에 기대어 앉아, "대체 무슨 일이 벌어지고 있는 거야? 어떻게 해야 원고가 더 나아지지?"하고 자문할 수도 있다.

그러면 아예 거울 순간mirror moment에서 시작해 보는 건 어떨까?

위대한 영화나 인기 있는 소설들의 중간 부분을 연구하다 문득 이런 생각이 들었다. 그래서 나는 쑥스러움은 저 멀리 치워 두고 『소설은 중간부터 써라*Write Your Novel From the Middle*』는 책에 관련 내용을 상세히 적어 놓았다. 어쨌든 핵심은 이렇다.

소설 한가운데서, 여러분의 주인공은 마치 영혼을 비추는 '거울'을 마주한 것처럼 자기 내면을 열심히 들여다보게 된다. 그가 보고 있는 것은 다른 사람에게 영향을 미치고 있는 자신의 도덕적 결함이다. 그는 생각한다. 내가 과연 이런 사람이야? 나는 이런 사람으로 계속해서 남아 있게 될까? 나는 어떻게 하면 바뀔 수 있을까?

책의 나머지 부분은 이들 질문에 대한 대답이다.

또 다른 유형의 거울 순간도 있다. 압도적인 상황을 마주한 주인공이, 마치 『헝거 게임*The Hunger Games*』 한가운데서 캣니스Katniss처럼 '나는 죽을 거야'라고 생각하는 경우이다.

이 경우, 책의 나머지는 주인공이 과연 살아남을 만한 힘과 불굴의 용기를 찾을 수 있을까를 묻는다.

최소한 다섯 개의 거울 순간을 브레인스토밍해 보라. 당신의 주인공은 액션의 한복판에서 자신의 어떤 부분을 대면해야 하는가? 당신이 제시하는 아이디어 중 하나는 공감을 불러일으키리라. 옳다는 느낌이 들 것이다. 그때 바로 본격적으로 즉흥적인 생각을 마구 펼쳐 놓기 시작하면, 모든 장면을 거의 마법처럼 하나로 묶는 흐름이 생긴다. 정말 재미있는 작업이다.

당신은 큰 표지판 세 개를 만들었다. 하나도 어렵지 않았다. 그렇지 않은가? 지금 일련의 킬러 장면killer scene들을 브레인스토밍해 볼 차례이다.

킬러 장면이란 무엇인가? 갈등과 서스펜스로 가득 찬 장면이다. 독자들은 눈을 뗄 수 없으리라.

나는 3×5 크기 카드를 스타벅스에 가지고 가서, 커피를 벌컥벌컥 마시고, 20~25개의 킬러 장면 아이디어를 떠올렸다. 그리곤 카드를 섞어 보고, 다시 아이디어들을 보고, 그중 제일 나은 10개를 선택했다. 그리곤 이 장면이 어디에 가장 잘 어울릴까? 시작 부분일까? 중간일까? 엔딩일까? 자문해 보았다. (와우, 마치 3막 구성처럼 들린다. 그렇지 않은가?) 지금도 똑같은 일을 한다. 지금은 카드 대신 스크리브너Scrivener(작가용 프로그램)를 쓸 뿐이다.

팬서 여러분, 아무런 계획 없이 흥미진진하고 긴장감 넘치는 장면을 즉석에서 뚝딱 만드는 일은 작가인 당신의 전공 분야이다! 당연히 좋아해야 한다.

그리곤 의자를 젖히고 편하게 기대어 앉아 이제 막 피어나려는 이야기의 윤곽을 짚어 보며 평가를 시작해 보라. 뭔가 바꾸고 싶은 게 있는가? 카드를 더 만들어 넣어라. 당신은 이야기 전체에 묶이지 않은 채 다양한 이야기 줄거리의 방향을 테스트하고 있다. 다음과 같은 팬서를 벗어난 **전직 팬서의 이야기**에 귀 기울여 보자.

> 솔직히 나는 스스로 계획을 세우는 데 익숙해지기 전까지는 (계획하는 일, 다시 말해 이야기의 윤곽을 만드는 일이 재미있다는 말을) 믿기 힘들었어요. 정말 재밌다고? 그렇습니다. 계획은 정말 재밌는 일이 될 수 있어요. 쓰고 쓰고 또 쓰지 않으면서도 다양한 시나리오와 가능성을 탐색해 볼 수 있으니까요.
>
> 갈림길에 서 있는 한 캐릭터를 생각해 봅시다. 왼쪽으로 가면 좋고, 오른쪽으로 가면 나쁘다고 해 보죠. 위로 가면 모험이 있고, 아래쪽으로는 집이 있어요. 자, 어떤 길로 가야 할까요?
>
> 저자가 즉흥적으로 글을 쓰는 사람이라면, 뭐가 됐건 아무렇게나 택해서 그 길을 따라가고, 결국 그 길이 어디까지 이어지는지 지켜보겠죠. 그러다 보면 훌륭한 글과 책이 될 수도 있지만, 또 다른 길을 택했어야 했다는 깨달음이 왔을 때는 이미 50페이지에 달하는 쓸데없는 물건이 눈앞에 놓여 있는 걸 발견하고 난감해질 수도 있겠죠.
>
> 하지만 계획을 세우면 이런 일은 벌어지지 않습니다. 계획을 하면서 모든 가능성을 나열해 보고, 그때그때 드는 생각도 다 따라

가 보고, 모든 실마리도 다 만져 볼 수 있어요. 어렵지 않습니다. 아무리 터무니없어 보이는 줄거리라도 시도해 볼 수 있고, 말도 안 되는 이론이라도 어떻게 전개될지 시험해 볼 수 있으니까요. 게다가 계획을 다 세워야만 본격적으로 글을 쓰게 되기 때문에, 효과가 없다는 것을 알게 된 장면을 쓰느라 시간을 낭비할 필요도 없죠.

소설을 위한 계획을 세우는 시간을, 여러분이 책을 두고 잠시 떠올리는 온갖 바보 같은 생각들을 탐색해 보고 시험해 볼 수 있는 귀한 시간이라고 생각하세요. 여러분의 생각을 모두 펼쳐 보세요. 그리고 어느 쪽이 책이 될 수 있을지 판단하세요.

결국, 책을 계획하면서 생겨난 모든 것들은 계획으로나마 그대로 남으니까요.

플로터를 위한 즉흥적 글쓰기

앞 장에 쓴 팬서를 위한 플롯 작성 방법은, 플롯을 준비해 장면을 설계하기 시작하는 플로터plotter에게도 도움이 될 것이다. 줄거리 윤곽을 짜는 일은 자유로움과 즉흥성에서 재미를 느낄 수 있다. 아무런 사전 계획 없이 글을 쓰는 팬서처럼 이 단계를 마음껏 즐겨라. 초고라는 길고 힘든 과정을 시작하기 전이니, 언제든 마음대로 바꿀 수 있으니까.

플로터형 작가는 앞서 살펴본 순수한 팬서보다 훨씬 구조 지향적인 사람들이다. 따라서 이 점을 염두에 두고, 카드 설계 작업을 시작하라. 말했듯이 나는 3×5 색인 카드의 도움을 받아 플롯을 만든다. 그리고 스크리브너에서 이 작업을 한다. 나는 우선 소설 템플릿template을 표지판 장면 카드들로 구성하면서 시작한다. 아직 채워야 할 부분이 많다. 그런 다음 아이디어들을 떠올리며 사이사이에 장면 카드들을 더한다. 스크리브너 코르크보드에서 내가 적합하다고 생각하는 대로 카드들을 이리저리 옮겨 보며, 이야기 윤곽이 자리를 잡아가는 걸 보노라면 뿌듯하다. (많은 사람이 스크리브너를 보고, 너무 복잡해서 쓸 엄두를 내지 못한다고 알고 있다. 하지만, 나는 그냥 코르크보드라도 써 보라고 권하고 싶다. 그럴 만한 가치가 있다. 다른 부가 기능들은 나중에 천천히 배워도 된다.)

내 카드들에는 제목이 있어서, 한눈에 보더라도 그 카드가 어떤 장면인지를 알 수 있다. 카드 자체에 그 장면의 개요synopsis를 적어 놓을 수도 있고, 아니면 잠재적인 장면의 내용을 얼추 적어 놓을 수도 있다. 나는 그 장면에 사용하고 싶은 대화를 자주 쓴다. 개인적으로 재미있으니까. 그 대화도 장면 카드에 옮긴다.

이 시점에서 나는 가장 중요한 장면들에 집중하고 있다. 장면 전환transition이나 스타일 따윈 생각하지 않는다. 나는 나 자신이 전율을 느낄 수밖에 없는 플롯의 핵심에 도달하려고 애쓴다.

이 모든 장면의 개요를 만드는 일은 며칠 만에 끝날 수도 있고, 몇 주가 걸리는 작업이 될 수도 있다. 스크리브너를 이용하면, 이제까지 만든 장면들의 개요를 인쇄할 수 있으니,

앉아서 처음부터 끝까지 쭉 읽어 볼 수 있다. 그것은 소설을 위한 안내서 같은 역할을 한다. 여러분은 이제 소설의 '전체'를 갖게 되었다.

어떤 것을 바꿔야 할까? 많이 바꿔야 할까? 멋지다! 해야 한다! 여러분은 어디에도 묶여서는 안 된다. 로마로 가는 길은 여러 갈래이니까.

이 충고만 마음에 새기길 바란다. 소설을 쓸 때마다 새로운 방법을 시도하라. 다른 접근 방식을 탐구해 보라. 새로운 기법을 시도해 보라. 얻은 결과에 놀라며 기뻐할지니.

플롯 생성 과정

나의 노트에서

스크리브너로 이정표 장면signpost scene을 위한 아이디어 문서와 주석을 작성하라. 이들을 사용하여 장면 아이디어나 서브플롯subplot도 만들어 보라.

> [주의] 이제는 여러분도 알았겠지만, 나는 책을 쓸 때 처음부터 끝까지 스크리브너를 이용한다. 물론 최종본 편집은 MS 워드를 이용한다.

13번째 카드인 최종 전투에서는 마지막 반전을 브레인스토밍하라.

15번째 카드를 더하라. 이 카드는 그림자 이야기shadow story로, 무대를 떠난 악당이 무엇을 하는지 말해 주면서, 최소한 한 명 이상의 비밀스럽거나 사악한 동기를 지닌 서브플롯용 인물을 추가해야 한다.

16번째 카드를 더하라. 이 카드의 역할은 엘리베이터 피치elevator pitch(요점)이다. 계속 수정해 나가야 한다.

이러한 작업을 하면서 동시에 다른 폴더에 캐릭터 카드를 만들어라.

보기에 어울리도록 바인더에 예비적인 장면 카드를 배치하기 시작하라.

아이디어 문서를 인쇄하라. 훌륭한 얼개가 될 것이다.

강력한 헤드라인

나는 옛날 싸구려 잡지를 좋아한다. 이런 잡지들은 흥미롭고도 술술 읽히는 이야기를 원하는 대중 독자들을 대상으로 미친 듯이 팔려 나갔다. 이 잡지들이 성공한 비결은, 무엇보다 우선 관심을 사로잡는 표지였다. 대체로 남성들을 상대로 한 잡지들이었으므로 터프가이나 사랑스러운 여성들이 주로 표지를 장식했다. 예를 들어 상상력 넘치던 『기묘한 이야기*Wierd Tales*』의 표지는 다른 세상에서 온 헐벗은 여성 일색이었다.

표지 다음으로는 제목과 저자의 이름이 잠재 독자들에게 책을 구매하라고 설득한다. 예를 들어 『링에서의 살인*Murder in the Ring*』과 같은 매혹적인 제목이나 얼 스탠리 가드너Erle Stanley Gardner(미국의 추리 소설 작가), 레이먼드 챈들러Raymond Chandler(미국의 추리 소설 작가), 대실 해밋Dashiell Hammett(미국의 추리 소설 작가), J. G. 발라드J. G. Ballard(영국의 SF 작가) 정도의 유명한 이름이라면 구매자들이 선선히 지갑을 꺼내도록 동기 부여를 할 수 있다.

1950년대는 표지가 더욱 선정성을 띠었다. 그 유행을 이끈 선구적인 잡지로 『컨피덴셜 디텍티브*Confidential Detective*』가 있다. 사진과 함께 실린 이야기들은 논픽션이었다. (표지에서 이미 '모든 이야기는 사실입니다!'라고 대문짝만하게 선전하고 있다.) 하지만, 기본적인 판매 전략은 같았다. 일단 표지로 눈길을 사로잡고, 제목과 강력한 헤드라인으로 유혹한다.

1960년 4월호 표지를 보자. 매혹적인 금발 여성이 큼지막하게 표지에 자리 잡고 있다. 제목은 범죄에 대한, 특히 섹스 관련 범죄에 대한 우리의 꺼지지 않는 호기심을 자극한다.

4월호 목차에는 다음과 같이 우리의 관심을 사로잡는 헤드라인이 있다.

대규모 범죄 조직의 두목이자 금발 미녀 살인자

그녀는 엄청난 불행 더미를 몰고 다니는 미녀였다. 특히 갱단 두목과 살인 청부업자에게. 하지만 리틀 오기Little Augie는 그녀를 두려워하지 않았다. 어느 날 밤, 그녀의 불행이 자신에게 영향을 끼칠 때까지는.

그녀는 그를 찔렀다—다른 사람에게도 그의 사랑을 허락하느니 죽이겠다고!

그녀는 잽싸게 칼을 그의 가슴에 박았다. 손잡이까지 깊숙이. 그리곤 그의 손에서 전화를 잡아채고는 맞은편에 서 있던 금발 미녀에게 소리쳤다. "이놈 곡소리 들리지? 내가 죽였걸랑!"

은밀한 연인의 이중 살인 복수!

마을의 구석구석은 물론 모든 술집에서 판사의 예쁜 아내에 대해 쑥덕거렸다. 어느 날 밤, 그 소문은 사실로 밝혀졌다. 총알과 피로 얼룩진….

지옥에서 온 화염

그녀의 연적戀敵의 시체를 집어삼킨 불은 몇 시간이고 그칠 줄 몰랐다. 하지만 금발 미녀의 걷잡을 수 없는 열정의 증거들까지 태우지는 못했다.

무덤으로 향하는 빨강 머리들의 행진

프랭키는 연인들에게 약속했다. 달을 따 주겠다고, 사랑한다고, 결혼하겠다고…. 하지만 그녀들이 약속을 이행하라고 다그치자, 그는 모두에게 빚을 갚았다. 무정한 살해로….

질투로 인한 분노로 나이트클럽 호스티스가 살해당하다

"총 내려놔." 그녀는 간청했다. "절대, 절대로 다른 남자는 쳐다보지도 않을게…."

"여자들 모두가 저 때문에 죽었어요!"

여자들을 지배하기 위해 거짓말·중혼重婚·살인까지 마다하지 않은 악랄한 남성의 충격적인 이야기.

이러한 잡지에는 내가 '헤드라인'이라고 부르는 것을 주 업무로 작성하는 마케팅팀이 있었다. 자신의 글을 위해 이런 헤드라인을 써 보면 재미있는 작업이 될 수 있을뿐더러 창의력도 자극할 수 있다. 게다가 여러분이 쓰려는 책이 갖게 될 상업적 매력의 핵심을 포착할 수도 있다. 이야기를 윤곽을 잡는, 혹은 즉흥적으로 이것저것 만들어 나가는 글쓰기 시작 단계에서 헤드라인을 만들어 본다면 글이 올바른 방향으로 나아가는 데에도 도움이 된다.

유의할 점이 있다. 헤드라인은 여러분의 실제 책 뒤표지에 넣거나 책 설명을 위한 카피는 아니다. (굳이 원한다면 할 수 없지만!) 여러분 자신을 위한 카피라고 생각하고, 고치고 또 고쳐서 카피 스스로가 "이 책 좀 사세요!"라고 소리 지르도록 만들어 보라.

유명한 책들을 효과적으로 광고하는 강력한 헤드라인의 사례를 몇 가지만 살펴보자.

『양들의 침묵*The Silence of the Lambs*』

그는 인구 조사원을 저녁밥으로 먹었다. 나는 그가 나를 보는 태도가 마음에 들지 않는다!

인육을 갈망하는 천재 정신분석가가 도살당한 양 꿈에 시달리는 FBI의 젊은 수습 요원과의 두뇌 싸움에서 한 수 앞서려 한다. 둘에게 희망이라 할 만한 게 있긴 있었을까?

『노인과 바다 *The Old Man and the Sea*』

식인 상어가 배를 에워싸고 있다. 그리고 자기 배를 채우려 하고 있다!

보잘것없는 어부가 평생 꿈꿔 왔던 물고기를 잡았다. 하지만 죽음의 상어 떼가 그의 수확을 허락하지 않는다.

『위대한 개츠비 *The Great Gatsby*』

다른 남자의 아내에 집착하다!

"어이, 그녀는 내 거야." 그는 친구에게 말했다. "그녀를 다시 내 여자로 되돌려 놓을 작정이요!"

『1984년』

사람들은 그가 나의 빅브라더라고 한다. 하지만 그는 나를 형제가 아니라 노예로 만들고 싶어 한다!

그는 2 더하기 2는 4라고 생각했다. 그자들이 자기 머리를 엉망진창으로 만들어 놓기 전까지는.

『로미오의 규칙들*Romeo's Rules*』(이 책 저자의 소설)

악당들은 그를 살해하겠다고 했다. 그래서 그는 응당한 보복을 했다.

"나는 두 손이 뒤로 묶여 있었어요. 단단한 바닥에 마치 태아와 같은 자세로 누워 있었죠. 그때 난 미쳐 버렸어요."

지금 작업 중인 작품, 혹은 새로운 아이디어가 있다면 한 번 그럴듯한 헤드라인을 만들어 보라. 여러분도 대중적인 카피라이터처럼 생각할 수 있게 되고, 플롯도 더욱 매력적으로 바꿀 수 있다.

주인공이 모험을 거부하게 하라

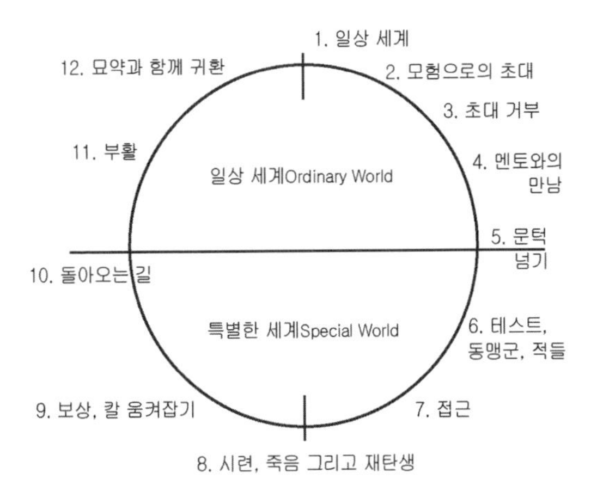

크리스토퍼 보글러Christopher Vogler, 『저자의 여정*The Writer's Journey*』

주인공의 여정Hero's Journey은 일상 세계Ordinary world에서 주인공이 모험으로 초대Call to Adventure를 받으며 시작된다. 초대란 진짜 남의 초대일 수도 있고, 열망·유혹·메시지일 수도 있다. 하지만 처음에 주인공은 초대를 거부한다. 나중에야 그는 문턱Threshold(이른바 '돌아올 수 없는 입구The Doorway of No Return')을 넘어서 '특별한 세계'로 떠밀리게 된다.

이러한 장면 단위beat의 의미는 무엇인가? 나의 친구이자 함께 글을 가르치는 동료이기도 한 크리스토퍼 보글러는 『저자의 여정』이란 글쓰기 필독서에서 이렇게 설명한다.

> 여행을 시작하기 전 길에서 잠시 멈추는 것은 독자들에게 모험이 얼마나 위험한지 알리는 중요한 극적 역할을 한다. 주인공으로서는 아무렇게나 가벼운 마음으로 나서는 여정이 아니다. 자신의 전 재산이나 생명을 잃을 수도 있는, 위험으로 가득 찬 이판사판의 도박을 하는 셈이다.

다시 말해서 주인공이 모험을 떠나기 전에 겪는 망설임은 독자들에게 주인공이 2막에 들어서는 순간 진정한 (물리적·직업적, 혹은 심리적) 죽음이 기다리고 있다는 느낌을 준다.

예를 들면 「스타워즈」에서 루크 스카이워커Luke Skywalker는 오비완 케노비Obi-Wan Kenobi에게 도움을 청하라는 레아

공주Princess Lea가 보낸 홀로그램을 본다. 루크는 케노비가 '그 늙은 벤 케노비'가 맞는지 궁금해한다. 얼마 후 루크는 벤을 발견하고, 그가 오비완임을 확신한다. 벤은 레아의 전체 메시지를 보게 되는데, 거기서 레아는 제국과의 전투에서 자신을 도우러 와 달라고 간청한다. 그러자 벤은 루크에게 모험에 가담하라고 설득한다. 하지만 루크는 거부한다.

벤: 너는 포스의 힘을 배워야 해. 나와 함께 얼데란 행성에 가려면 말이야.

루크: 얼데란이요? 전 얼데란에 안 가요. 집에 가야 해요. 벌써 늦었어요. 야단맞을 거예요.

벤: 네 도움이 필요해, 루크. 그녀는 네 도움이 필요해. 나는 이런 일을 하기엔 너무 늙었어.

루크: 끼고 싶지 않아요! 저도 해야 할 일이 있다고요. 그렇다고 제국이 좋다는 말은 아니에요. 저 역시 제국이 싫어요. 하지만 당장 제가 할 수 있는 일이 없잖아요. 여기서 까마득히 먼데.

벤: 알아. 힘든 일이지.

루크: 맙소사, 이걸 어떻게 설명해야 할지 모르겠군요!

벤: 포스를 쓰는 법을 배워야 해, 루크.

루크: 이것 보세요. 제가 앵커헤드까지는 모셔다드리죠. 거기서 모스 에이슬리나 가고 싶으신 곳으로 가는 수송선을 타실 수 있어요.

벤: 물론 네가 옳다고 느끼는 일을 해야겠지.

또 다른 예를 들어 보자. 『오즈의 마법사』에서 도로시는 아무런 고통이 없는 장소를 찾으려는 자신의 열망 때문에 모험하려는 유혹을 받는다. 처음에 도로시는 도망가려 한다. 그때 마블 교수Professor Marvel를 만난다. 그는 어떤 일이 벌어지고 있는지 알아채고, 감정적인 계략을 이용하여 도로시가 모험을 거부하게 만들려 한다. 그는 수정 구슬을 보며, 물방울무늬 드레스를 입은 한 할머니가 보이는 척한다. "저런, 할머니가 울고 있어. 누군가 상처를 줬나 봐. 누군가 마음을 아프게 만들었나 보다." 도로시는 그녀가 누군지 알아채고 농장으로 되돌아간다. (신화적으로 보자면 마블 교수는 1막에서 흔히 주인공의 양심으로 등장하곤 하는, 멘토Mentor라 알려진 캐릭터이다.)

위의 두 가지 사례에서 주인공이 모험을 거부하는 이유는 의무, 더 구체적으로 말해 가족으로서 지켜야 할 의무 때문이다.

가족의 의무 외에 직업상의 의무professional duty도 있다. 내가 개인적으로 좋아하는 영화 「셰인*Shane*」(1953)에서 어느 신비로운 총잡이 셰인은 총잡이였던 과거를 버리고 조 스타렛Joe Starrett이라는 서부 정착민 집에서 일하고 있다. 스타렛은 셰인에게 카우보이들이 술집에 죽치고 있는 마을에서 골치 아픈 일에 엮이지 말라고 충고한다. 하지만 셰인이 모습을 드러내자마자 카우보이 하나가 그를 콕 집어 망신을 준다. 싸움을 거는 일종의 도발 신호를 보낸 셈이다. 하지만 은인인 스타렛에게 들은 충고를 의무로 여기고 약속을 했던 셰인은 도발 신호를 무시한다. 이 일로 셰인은 모든 사람에게 겁쟁이라는 낙인이 찍힌다.

자신이 속한 공동체를 위해 이 낙인을 벗어나야 한다는 사

실을 깨달은 셰인은 결국 그 카우보이를 흠씬 두들겨 팸으로써 도발 신호에 답한다. 그러자 많은 악당이 무리를 지어 그의 앞을 막아선다. 마침내 조도 그의 편에 서고, 둘은 힘을 합쳐 승리를 거둔다. 그러면서 이들은 문턱을 넘어선 동시에 죽음의 덫에서도 벗어난다.

자기 의심이나 두려움 때문에 모험을 거부하는 경우도 있다. 유명한 예로는 영화 「록키*Rocky*」가 있다. 체구는 작지만, 강한 의지력으로 인해 '퍼그pug'라는 별명으로 불리는 록키 발보아Rocky Balboa는 믿기 힘든 모험에 초대받는다. 세계 헤비급 챔피언과 싸울 기회가 주어진 것이다!

록키는 당장 '안 돼'라고 말한다. 이유를 묻자, 그는 "나는 정말 보잘것없이 평범한 선수에 불과해. 그 친구는 최고지. 싸움이 될 리가 없잖아."라고 답한다. 이런 방식으로 록키의 도전은 처음부터 위험도가 가장 높은 수준으로 설정된다.

나는 이 모든 거절 양식들을 놓고 크리스토퍼 보글러와 이메일로 대화를 나누었다. 그는 이 밖에 다른 거절 형식도 있다고 언급했다.

모험으로의 초대를 거절하게 만드는 또 하나의 중요한 범주가 있습니다. 과거의 씁쓸한 경험Bitter Experience이라는 범주죠. 피도 눈물도 없어 보이는 형사가 처음에 사건을 맡으려 들지 않는 이유는 바로 이 경험 때문입니다. 이들은 수사를 하다 보면 자신이 죽음에 직면할 수도 있고, 혹은 가까운 사람이 죽을 수도 있는 위험한 상황에 놓일 수도 있다는 것을 직관적으로 파악하죠. 「호프-크로스비*Hope-Crosby*」(빙 크로스비와 밥 호프가 주연한 코미디 영화 시리즈, 총 7편이 있다) 등의 로드 무비와 같은 코미디에서도 두 주인공은 서로의 계획에 휘말려 들지 않으려 조심합니다. 과거에 비슷한 계획 때문에 위험에 처했던 경험이 있기 때문이죠. 로맨스물에서 이미 실연의 아픔을 겪은 사람들이라면 다시는 사랑에 빠지지 않으려고 경계하겠죠.

이 씁쓸한 경험을 가장 잘 보여 주는 이야기가 바로 영화 「카사블랑카*Casablaca*」이다. 릭 블레인Rick Blaine은 파리가 나치에 점령당하기 직전 사랑하는 여인 일자 런드Ilsa Lund에게 실연을 당해 충격과 실의에 빠진다. 그는 일자를 잊으려 카사블랑카에 카페를 차린다. 그는 전쟁에서 누구의 편도

들지 않는다는 조건으로 카페를 운영하고 있다. 그러던 중 그는 모험에 초대받는다. 교활한 배신자 우가트Urgarte는 값비싼 통행증을 얻기 위해 독일 통신병을 살해하고는, 릭에게 경찰로부터 자신을 숨겨 달라고 도움을 청한다. 릭은 이젠 고전이 된 그 유명한 대사와 함께 우가트의 요청을 거부한다. "나는 누구를 위해서도 목을 내놓지 않아."

거부 극복하기

이렇게 주인공은 자신을 초대하는 모험을 거절한다. 그러나 바로 그때, 어떤 사건이 벌어지며 우리의 주인공을 (입구Doorway를 넘어) 문턱Threshold으로 몰고 간다.

「스타워즈」에서는 루크의 삼촌과 숙모가 제국군 스톰투루퍼에게 살해당한다. 이제 가족에 대한 의무가 사라진 루크는 저항군에 가입할 충분한 이유와 기회를 갖게 된다.

혹은 주인공이 의무에서 벗어나는 불가피한 상황이 벌어지기도 한다. 『오즈의 마법사』의 도로시는 토네이도에 휘말려 가족이 사는 캔자스를 벗어나 오즈에 떨어진다.

「카사블랑카」(씁쓸한 경험의 사례)에서 릭의 전 연인 일자는 남편과 함께 릭의 카페에 나타난다. 남편은 자유의 투사 빅터 라즐로Victor Lazlo이다. 릭은 어쩔 수 없이 문턱을 넘는다. 그의 일상 세계가 특별한 세계로 바뀌었기 때문이다. (그가 선택한 일은 아니다!) 이제 그는 자신의 혼란스러운 감정을 수습하고, 일자와 빅터를 도울 것인지, 아니면 계속 초연한 태도를 고수할 것인지 사이에서 선택해야 한다.

두려움 혹은 자기 의심으로 인한 거절은 강력한 감정적 충격을 통해 극복해야 한다. 애니메이션 「니모를 찾아서*Finding Nemo*」에서 니모의 아버지 말린Marlin은 과거의 트라우마 때문에 넓은 바다가 두렵다. 창꼬치가 공격해서 아내 코라Cora를 죽이고, 알 대부분도 먹어 버렸기 때문이다. 그래서 그는 살아남은 아들 니모를 과잉보호한다. 니모는 계속해서 아버지를 모험으로 초대한다. 바다를 탐험하자, 거북이를 찾아보자 등등 아버지를 조른다. 하지만 말린은 거부한다. 그는 아들을 지킬 수 없다는 두려움과 자기 의심으로 가득 차 있다.

자, 그러면 어떤 감정적인 충격을 제공해야 니모의 아버지 말린을 넓은 바다라는 어두운 세상으로 뛰어들게 할 수 있을까? 니모가 스쿠버 다이버들에게 잡혔다! 이제 말린으로서는 다른 선택지가 전혀 없다. 아들을 찾아내야 한다! 다시 한 번 가족의 의무, 아마 모든 감정 중에서 가장 강력한 감정이 등장한다. 다만 이번에는 가족의 의무가 모험을 거부하는 이유가 아니라, 오히려 문턱을 넘게 만드는 자극이 된다는 점에서 앞의 예들과 다르다. 말린의 두려움의 근원을 이해할 수 있는 거부가 없었다면, 이후에 그가 겪는 여정은 큰 감흥을 주지 못했을 것이다.

거절의 순간The Refusal of the Call은 이야기 구성에서 유용한 도구이다. 이 도구는 초반에 (1막 어딘가쯤에서) 등장하므로, 즉흥적으로 만들 수도 있고, 계획적으로 만들 수도 있다. 하지만 거절이라는 도구는 여러분의 주인공과 이야기의 배경에 대해 충분한 이야기를 전달해 주는 역할을 수행해야 한다.

다음과 같은 질문을 던져 보자.

- 왜 나의 주인공은 모험의 초대를 거절해야 할까? 어떤 의무 때문에? 가족 관계 때문에? 아니면 두려움, 자기 의심, 씁쓸한 경험 때문에?
- 이런 거절을 하게 된 배경은 무엇일까? 나의 주인공이 지금도 떨쳐 버리지 못하는 트라우마가 있을까? 혹 실연당했을까?
- 주인공이 거절을 극복할 만한 강력한 사건은 무엇일까? 어떻게 하면 이 사건의 감정 수위를 높일 수 있을까?

이제 여정을 시작해 보자.

훌륭한 플롯의 핵심

내가 글쓰기 노트에 가장 먼저 적었던 내용 중 하나는 '훌륭한 플롯의 핵심'이라는 제목의 목록이었다. 몇 년에 걸쳐 이 목록에 더할 것은 더하고, 고칠 것은 고치며 수정에 수정을 거듭했다. 그 결과물을 여기 공개하겠다.

- 참신한 생각·캐릭터·배경·직업.
- 독자들이 주인공을 응원하고 박수를 보낼 만한 핵심적 주제를 찾아라. (힌트: 인기 있는 상업 광고를 연구해 보라!)
- 주인공의 취약성과 공감 가는 백스토리backstory.
- 각각의 장면에서 캐릭터가 어떤 감정에 빠지는지 질문하라!

- 주인공은 보통 사람이면서도 '비범한larger than life' 인물이어야 한다. (그는 어떤 위대한 일을 하게 될 것인가?)
- 교란disturbance이라 할 만한 신비로운 사건으로 시작하라.
- 애정 상대: 연인은 성격이 정반대여야 한다. (마치 영화 「워터프론트*On the Waterfront*」의 테리 말로이Terry Malloy와 에디Edie처럼…. 연인들 중 한 명은 반드시 중요한 뭔가에 변화를 초래해야 한다. 이 변화는 몹시 중요하다.)
- 주인공은 악당이나 역경에 맞서 정의/공정성을 위해 싸운다.
- 주인공은 어떤 형태든 독창적인 재주/훌륭한 솜씨를 갖고 있다.
- 모든 장면마다 예상치 못한 일이 벌어진다.
- 상황을 계속 악화시켜라.
- 액션은 많고, 주인공은 계속 전진하며, 가능하면 시한폭탄과 같은 긴박한 상황을 만들어라.
- 늘 독자를 의식하라. 독자에게 즐거움, 현실 도피, 글을 읽는 재미를 동시에 줘야 한다.

엉망징창 초고

나의 노트에서

빠르게 써라. 모든 단어를 대문자로 작성하는 법ALL CAPS method(글 전체를 대문자로 쓰면, 속도가 빨라지고 글에 힘과 에너지가 붙지만, 지나치게 강렬하고 과장된 느낌을 줄 수도 있다)을 사용하며, 일부분은 건너뛰어도 좋다. 무엇보다 초고를 완성해 보라. 앞뒤로 왔다 갔다 하며 이야기의 윤곽과 초고 사이에 모순은 없는지, 이야기가 잘 연결되는지 확인하라.

아직도 위의 노트는 나를 설레게 한다. 초고를 쓸 때는 '즉흥적으로' 쓰든, '줄거리의 계획을 세워' 쓰든 간에 계속 쓰면서 뭔가 발견하게 된다. 하지만 결국 진도가 좀처럼 나아가지 않는 막다른 골목을 반드시 만나게 된다.

2막을 통과하는 비결

스티븐 J. 커넬Stephen J. Cannell은 대단한 성공을 거둔 TV 작가(예를 들어 「록포드 파일*Rockford Files*」을 보라)였고, 나중에는 베스트셀러 소설가가 되었다. 3막 구조를 다룬 글에서 커넬은 2막에서 막힐 때마다 자신이 사용하는 '비법'을 제시해 주었다.

> 일단 문제complication를 지나쳐 2막에서, 이야기가 막혀 버리는 경우가 있다. "이제 무엇을 해야 하지?" "이 주인공은 여기서 어디로 가야 하지?" 2막의 플롯 구성은 흔히 선형적linear(캐릭터가 특정한 경로를 따라 문을 두드리고 정보를 얻어가며 전진한다는 의미로 작가가 쓴 표현)으로 시작한다. 참 지루한 방식이다. 여기서 좌절감이 닥쳐 싹 다 그만두고 싶어진다.

그렇다면 훌륭한 비법이 있다. 막다른 골목에 이르렀다면 처지를 바꿔 주인공의 적대자antagonist가 되어 보라. 아마도 당신은 이제껏 주인공과 대적하는 적에게 그다지 많은 관심을 기울이지 않았으리라. 이제 적의 머리로 들어가 지금까지의 이야기를 그의 관점에서 다시 돌이켜 보라.

"잠깐…, 록포드(앞서 언급되었던 「록포드 파일」의 사립 탐정 주인공)가 내(주인공의 적대자)가 운영하는 나이트클럽으로 들어온 다음 바텐더에게 주인인 내가 사는 곳이 어디냐고 물었다. 대체 록포드란 작자는 누군데? 이 친구 주소를 아는 사람 있나? 그의 자동차 번호판을 본 사람은? 록포드란 녀석이 어디 살고 있는지 알아내고야 말겠어! 그의 트레일러에 가서 뒤져 보자." 이 적대자는 트레일러 매트리스 아래서 총을 발견할 수도 있다. (사실 록포드는 보통은 총을 오레오 쿠키 항아리에 숨겨 놓는다.) 사무실 벽에는 사립 탐정 면허증이 걸려 있다. 이제 적대자는 자신이 사립 탐정의 조사 대상이 되었다는 사실을 알게 된다. 좋아, 록포드의 총을 사용해 다음 타깃을 죽이자. 그러면 나 대신 록포드가 체포되고 살인 혐의로 기소되겠지. 2막 끝.

얼마나 쉬운지 보았는가? 주인공의 계획을 파괴하자. 이제 그는 처형대로 갈 것이다.

나는 이렇게 속마음으로 하는 생각을 '그림자 이야기 shadow story'라고 부른다. 이는 '화면 밖에서off screen' (혹은

'페이지 밖에서off page') 벌어지는 이야기이다. 특히 미스터리나 스릴러 장르라면 글 쓰는 내내 그림자 이야기 노트를 만드는 게 큰 도움이 된다. 이따금 멈춰 서서 지금 장면에 등장하지 않는 주요 캐릭터는 대체 무엇을 하고 있는지, 무엇을 계획하고 있는지 자문해 보라. 그들의 동기는 무엇인가? 비밀은 무엇인가? 욕망은 무엇인가?

여러분의 '그림자 이야기'는 여러분이 쓰는 소설의 길고 지루한 (사실은 꽉 막혀 답답한) 중간 부분을 뚫고 나가는 데 긴요한 줄거리 소재를 제대로 제공해 줄 것이다.

열망과 상처

나의 노트에서

열망. 깊은 희망. 깊은 꿈 혹은 욕망. 나를 채우기 위한. 혹은 내가 살고 있는 사회 전체를 위한.

영화 「문스트럭」에서 로레타Loretta:

열망의 대상: 사랑. 카마인Carmine한테 꽃을 받았을 때. 달콤함.

상처: 사랑은 가능하지 않다는 생각이 든다. 그녀의 약혼자가 버스에 치였다. 나에게는 나쁜 일만 생긴다.

위험Risk: 사랑이 가능한지 보려 다시 한번 연애를 시도한다. (그녀는 오페라에서 로니Ronny를 만나기 전 머리를 한다.)

열망과 상처를 나누어 보는 일은 줄거리를 심화하면서 강화하는 좋은 방법이다. 이 경우에는 캐릭터의 내적 갈등을 다루게 된다. 나는 열망과 상처에 관해 노트 두 권을 더 작성했다.

애티커스는 좋은 아버지가 되길 **열망**한다. 그의 **상처**는 아내를 잃은 것이다. (애티커스 핀치Atticus Finch는 하퍼 리Harper Lee의 『앵무새 죽이기 *To Kill a Mockingbird*』에 등장하는 인물.)

캣니스는 자유를 열망한다. 그녀의 상처는 아버지의 죽음이다. 아버지의 죽음으로 인해 그녀는 자유를 얻을 수 없다고 생각한다. 캣니스에겐 희망이 없다. "나는 아이들을 원치 않아." (캣니스 에버딘Katniss Everdeen은 수잔 콜린스Suzanne Collins의 『헝거 게임』의 주인공.)

여러분이 지금 쓰고 있는 글에도 열망과 상처 목록을 적용해 보라. 주인공에만 국한하지 말라. 예를 들어, 「문스트럭」에서 로니는 계속 살아가야 할 이유를 갈망한다. 그의 상처는 그의 손이 빵 조각기에 잘리면서 약혼녀에게 버림을 받은 것이다.

로레타와 로니 사이에 사랑으로 불타는 밤이 시작되면서,

로니는 말한다. “이런 일이 일어날 줄 몰랐어요. 난 죽은 거나 다름없는 사람이었거든요.”
“나 역시 마찬가지예요.” 로레타가 대답한다.

엔 딩

나의 노트에서

엔딩을 생각할 때는:

1. 심사숙고하라.

2. 당신이 원하는 엔딩의 일반적인 유형에 대해 생각하라: 최후의 전투인가? 최종 선택인가? 희생인가? 등. 엔딩은 소설이나 줄거리 개요를 제법 쓰고 난 후에야 잘 떠오른다.

3. 독자들에게서 원하는 '느낌'에 대해 생각하라. 그다음에 구체적인 내용을 구상하라.

4. 잠을 자는 동안에도 '지하실의 소년들Boys in the Basement'인 잠재의식은 일하게 만들어라.

5. 이리저리 돌아다니면서 소리 내어 자신에게 엔딩을 읽어 주라.

6. 자신에게 편지를 써라.

7. 마지막 장면을 쓸 때 들려오는 사운드트랙에 귀를 기울여라.

8. 당신이 존경하는 작가에게 조언을 받는다고 상상하라.

9. 모든 주요 캐릭터의 머리에 들어가 최대한 그들의 관점에서 이야기를 보라.

10. 가능한 엔딩 리스트를 한두 줄로 20개가량 작성하라.

제임스 패터슨의 사례

제임스 패터슨의 소설을 몇 편 읽고 난 후 나는 눈에 띄었던 세 가지 사항을 서둘러 노트에 적었다. 그리곤 각각의 항목 아래 몇 가지 생각을 첨가했다.

1. 처음부터 강렬한 인상으로 관심을 사로잡아라

당연하다. 패터슨 같은 사람은 시작하자마자 당장 당신의 멱살을 움켜쥘 수 있는 온갖 방법을 사용한다. 다음에 예를 들어 보자.

『악을 두려워하지 말라*Fear No Evil*』

매튜 버틀러Matthew Butler는 자기 앞에 있는 체격이 큰 금발 머리 여자를 어떻게 할지 생각하며 머리를 한쪽으로 기울였다. 그녀는 콘크리트 바닥에 고정된 무거운 오크 의자에 손과 발이 묶여 있었고, 머리 위로는 밝은 형광등이 비치고 있었다.

『탈출*Escape*』

놈은 여기 어딘가에 있다. 난 안다. 소녀는 살아 있을 것이다. 소녀는 15세 브리짓 레온Bridget Leone으로 44시간 전 하이드 파크 거리에서 납치되었다.

『두 번째 기회*2nd Chance*』

아론 윈슬로Aaron Winslow는 이후 몇 분의 일을 평생 잊지 못할 것이다. 그 무시무시한 소리가 밤의 정적을 깨뜨리자마자 그는 소리의 정체를 알아차렸다. 그의 온몸이 식은땀으로 흠뻑 젖었다. 이 동네에서 누군가 강력한 소총을 쏘고 있다는 사실을 도저히 믿을 수 없었다.

2. 초기에 구체적인 백스토리를 집어넣어라.

글쓰기를 가르치는 사람 중에는 소설이 시작되고 첫 30쪽에서 40쪽까지는 이야기나 캐릭터의 배경, 또는 자라 온 환경을 제시해 주는 어떤 백스토리도 넣지 말아야 한다고 조언하는 사람도 있다. 하지만 그건 잘못된 충고이다. '처음부터 강렬하게 시작하는' 첫 장과 긴밀하게 연관된 전략적인 백스토리는 소설에 깊이를 부여하며, 독자들이 등장인물에게서 눈을 떼지 못하게 만든다.

제임스 패터슨과 앤드류 그로스Andrew Gross가 쓴 『인명구조원*Lifeguard*』에서 백스토리는 화자가 필라델피아에서 보낸 힘들고 어려웠던 어린 시절에 얽힌 이야기이다. 꼼꼼한 자료 조사 덕택에 성장 과정 묘사가 매우 구체적이면서도 섬세하다. 이러한 백스토리는 현실과 캐릭터 모두를 이해할 수 있는 좋은 방편을 제공한다.

3. 독자가 모르는 뭔가 가르쳐 주어야 한다.

특히 전문성을 내세우는 작품일 때 더더욱 그렇다. 구체적인 세부 사항을 소설 초반에 잘 배치하라. 스티븐 킹Stephen King도 같은 이야기를 했다. 독자들은 자신에게 익숙하지 않은 소재를 다루는 작품을 읽고 싶어 한다.

위의 세 가지를 보태면 독자는 소설의 정수라 할 수 있는, '위기에 처한 캐릭터'를 도저히 버리고 돌아서지 못한다.

서브플롯

스티븐 커넬은 시나리오 작성에 관해 다음과 같이 말했다.

초보 작가부터 장인이라 불리는 작가에 이르기까지 모든 작가에게 좋은 서브플롯 구축이란 항상 쉽지만은 않은 기술입니다. 일단 이것부터 기억해 두세요. 주요 줄거리가 3막 구조로 되어 있다면, 서브플롯도 그래야 합니다. 좋은 서브플롯이라면 모름지기 전환점turning point, 명확한 시작set-up(주인공·갈등·배경 등이 소개된다), 전개development, 마지막에 해소resolution가 있어야 합니다. 서브플롯의 전환점은 보통 메인 플롯 전환점의 바로 앞이나 바로 뒤에서 일어남으로써 줄거리 라인을 강화하게 됩니다. 전통적으로 서브플롯은 어떤 문제에 대한 주인공의 접근 방식과 똑같은 문제에 대한 다른 캐릭터의 접근 방식을 비교하기 위해 사용됩니다. 예를 들어 보죠. 『햄릿』의 서브플롯 캐릭터는 누구일까요? 폴로니우스의 아들 레어티스Laertes입니다. 레어티스는 햄릿과 같은 문제를 처리해야 합니다. 햄릿도 레어티스에게 "네 얼굴에서 내 모습을 본다"라고 말할 정도죠. 서브플롯을 이용하기로 했다면 잊지 말아야 할 핵심적인 규칙이 있습니다. 서브플롯은 어떤 방식으로든 주인공의 이야기에 영향을 미쳐야 한다는 것입니다. 그저 서브플롯이 필요할 것 같다는 생각에 아무렇게나 서브플롯을 집어던지듯 쓰면 안 됩니다. 서브플롯은 메인 플롯, 혹은 주요 캐릭터와 반드시 연결되어, 이야기를 재미있게 만들고, 주된 줄거리에서 벌어지는 상황을 새로운 시각에서 비춰 주어야 합니다. 그렇지 않으면 서브플롯은 그냥 없어도 될, 산만한 이야기가 되어 버리니까요.

2
캐릭터

감정과 태도

다음은 나의 친구이자 킬 존Kill Zone(작가 블로그)의 동료 작가 로버트 그레고리 브라운Robert Gregory Browne이 올린 게시 글에서 발췌한 내용이다.

> 제 글의 주인공이 세 살배기 아이를 키우는 이혼한 아버지인데, 자신도 모르는 사이에 정부 전복 음모에 가담했다는 사실을 발견하게 된다면, 이 장면에 접근하며 제가 던지는 질문은 다음과 같은 겁니다. (물론 저는 행복한 결혼 생활을 누리는 중이고, 아무리 음모라는 게 제게 덤벼들어 물어뜯더라도 그게 뭔지도 잘 모를 사람입니다만.) 어떻게 이 상황에 반응해야 할까?
> 그런 다음 저는 색채를 더합니다. 만일 제가 자기밖에 모르는 놈이라면 어떻게 반응할까? 허튼짓이라곤 멀리하는 경찰이라면 어

떨까? 거들먹거리는 정치인이라면 어떻게 할까? 그리고 저는 이 기법을 제가 만드는 모든 등장인물에 적용해 봅니다.

요컨대 저는 모든 역할을 연기해 보는 메서드 배우method actor와 같습니다. 저 자신을 이용해 건강한 상상력을 발휘함으로써 캐릭터의 내면을 통해 등장인물에 입체적으로 접근할 수 있습니다. 일단 등장인물의 내면으로 들어갈 수만 있으면, 저는 물론이고 가능하면 독자들까지 동일시할 수 있는 캐릭터를 만들어 내기가 훨씬 쉬워집니다.

나 자신도 한때 배우였던 경력을 살려 작가가 되려는 사람들에게 연기를 준비하는 기술을 사용하고 가르쳐 왔다. 그중에서도 가장 간단하고 효과가 최고였던 기법은 다음과 같다. '우선 자기 자신이 되어라.'

이는 내가 역사상 최고의 배우라고 생각하는 스펜서 트레이시Spencer Tracy의 연기론의 요점이자 핵심이기도 했다. 그는 메서드 연기를 가르쳐 주는 그럴듯한 연기 학교라고는 아예 다녀 본 적조차 없는 사람이다. 그는 늘 자신이 택시 운전사라면, 사제라면, 혹은 포르투갈 출신 어부였다면 어떻게 느꼈을까 상상해 보는 것이 연기의 출발점이었다고 한다. 이런 상상이 그에게 태도와 감정을 가져다주었다. 그다음에는 자기가 해야 할 대사를 외우고 다른 배우들의 대사를 귀 기울여 듣기만 하면 된다.

뼛속까지 등장인물 되기

변호사로 일하던 시절 나는 『최고의 재판*Trial Excellence*』이라는 뉴스레터를 편집하기도 했다. 『최고의 재판』은 현실 법정에 출두하여 배심원들 앞에서 사건을 다투는 법률가들을 위한 월간지였다. 편집자로서 나는 최고의 재판 변호사 몇몇과 인터뷰할 기회가 있었다. 한번은 돈 C. 키넌Don C. Keenan과 인터뷰한 적이 있었는데, 그는 이렇게 말했다.

> 제 경험에 따르면, 배심원들한테 피고에 유리한 평결을 끌어내기 위해서는, 그야말로 배심원이 제 의뢰인인 피고의 입장이 되어 상당 부분 피고의 관점에서 생각할 수 있도록 상당한 노력을 기울여야 합니다. 배심원을 구경꾼이 되도록 방치해서는 절대 안 됩니다. 그들이 자신의 역할을 심판이나 중개자로 설정하도록 내

버려 두어서는 안 된다는 말입니다. 배심원들이 의뢰인이 느끼는 바를 문자 그대로 충분히 이해하고, (정말 뼛속까지) 느껴야만 합니다. 그제야 비로소 평결을 위해 방으로 들어간 배심원들은 피고의 심판자가 아니라 피고의 대변자이자 옹호자가 됩니다. 그러한 까닭에 낯선 사람에게 자신의 의뢰인을 이해시키고 느끼게 하기 위해서라면, 변호사는 의뢰인의 입장에서 이해하고 느끼는 것을 넘어, 의뢰인과 같은 집에서 자고 접시를 닦고 함께 병원에 가며, 같이 살아야만 합니다. 이런 점에서 저는 의뢰인과의 밀착 생활에 적극 찬동하는 편입니다.

작가인 여러분은 여러분의 캐릭터에도 위의 변호인과 똑같은 태도를 지녀야 한다. 캐릭터들의 세계에 있는 자신을 상상하라. 그들을 보고 그들의 이야기를 들으며 더 나아가 아예 그들이 되어라. 캐릭터가 당신의 뼛속까지 깊이 새겨졌다 느껴질 때까지 이 작업을 반복하라. 캐릭터가 당신 뼛속에 자리 잡았다는 확신이 드는 바로 그때, 비로소 그에 대한 이야기를 종이에 옮겨라. 그래야만 여러분의 독자들도 그저 구경꾼이 아니라 여러분과 같은 참여자가 되어 책의 이야기에 몰입하게 된다.

달콤한 감정

소설에서 감정이란 커피에 가미하는 감미료 같은 것이다. 올바른 분량의 감정이 가미되면 이야기는 아름다워지고 맛도 좋아진다. 지나치게 많으면 소설이 망가진다.

따라서 핵심은 정확한 만큼만 집어넣는 것이다. 하지만 정확한 양을 어떻게 측정할 것인가?

장르물로 시작해 보자. 한쪽 끝에는 하드보일드라는 장르가 있다. 다른 한쪽 끝에는 로맨스가 있다. 모든 장르는 그 사이에 다 있다. 하드보일드 지지자들의 실수라면 감정이라면 모조리 피하려 드는 것이다. 로맨스 학파의 실수라면, 아무 곳이나 감정을 치덕치덕 집어넣고 보는 것이다.

이러한 실수를 피할 방법은 많다.

여러분이 창조한 주인공의 내면에서 벌어지고 있는 일이 독자들에게 지속적인 관심의 대상이란 기본 전제에서 출발해 보자. 그렇다면 독자들은 주인공의 액션action뿐 아니라, 감정에 대해서도 알고 싶어 한다고 생각해 볼 수 있다.

위대한 글쓰기 스승 드와이트 스웨인Dwight Swain은 액션이라는 요소를 장면scene이라고 부른다. 그는 감정은 시퀄sequel이라고 부른다. 둘 다 확실한 구조가 있다.

장면의 구조는 목적objective·장애물obstacle·결과outcome로 구성된다.

시퀄의 구조는 감정emotion·분석analysis·결정decision으로 구성된다. 이 결정이 다음 액션 장면으로 이어진다.

짐 부처Jim Butcher는 자신의 판타지 소설 『드레스덴 파일*Dresden Files*』이 인기를 끌 수 있었던 비결은 모두 시퀄 때문이라고 말한 바 있다.

> 이 기본적인 시퀄 구조야말로 제 성공의 가장 큰 비결입니다. 저는 제 모든 소설에 시퀄 구조를 사용합니다. 저는 시퀄 구조가 효과적이라고 확신합니다. 독자들이 제 책을 좋아하는 것만 봐도 알 수 있지요. 독자들이 책을 좋아하는 이유는 특별한 효과 때문

> 이거나 특정 사상 때문이기도 합니다. 하지만 그보다 더 중요한 이유는 등장인물에 공감하고 그들을 응원하기 때문입니다. 이런 반응은 시퀄에서 일어나죠.

보여 주기와 말하기

감정을 말하기가 보여 주기보다 나을 때도 있다. 내 머릿속에는 미세한 '강도의 척도intensity of scale'가 있고, 그걸로 순간의 강도를 측정한다. 강도가 상대적으로 낮을 때는 말하기를 사용하고, 강도가 높을 때는 보여 주기를 사용한다. 이게 무슨 의미인지 설명해 보겠다.

남편이 몇 시간 동안 전화를 하지 않아 약간 걱정이 되기 시작한 팸이란 여성이 있다고 가정하자. 여러분은 말하기를 사용하여 이 상황을 다음과 같이 전달할 수 있다: *팸은 갑자기 약간 걱정이 되기 시작했다. 스티브는 보통 늦을 때면 사전에 전화로 알려 주고는 했다.* 여기서 걱정이 팸의 몸에 미치는 생리적 효과까지 들어갈 필요는 없다. 이 순간은 강도가 그다지 강하지 않기 때문이다.

하지만 그날 밤늦게까지 연락이 없다면 어떨까? 다음날까지도 연락이 없다면? 자 이제 강도가 높아진 상황이다. 이럴 때는 보여 주기를 사용해야 한다: *손을 덜덜 떨며 팸은 남편*

의 사무실 번호를 꾹꾹 눌렀다. 전화 안내원이 전화를 받았지만, 누가 자기 성대를 콱 움켜쥐기라도 한 것처럼 팸은 목소리가 제대로 나오지 않았다.

자유롭게 쓰기와 편집하기

이제 그 강렬한 감정에 도달했다면, 제안할 것이 있다. 나의 제안은 글을 쓰는 단계에서도 시도해 볼 수 있고, 원고를 수정하는 단계에서도 해 볼 수 있다.

새 문서창을 하나 열고, 그 감정에 집중하여 문법이나 오탈자 따위는 신경 쓰지 말고 자유롭게 몇 문장 써 보라. 다시 말하지만 글 쓰다 멈추고 편집하려 들지 말고, 생각나는 대로 그냥 계속 써라. 캐릭터의 관점에서 써라. 캐릭터가 자신의 감정을 어떻게 느끼고 있는지 말하게 하라. 캐릭터가 감정의 색깔, 감정의 맛, 그리고 감정의 비유를 계속 제시하며 자신의 감정을 표현하게 하라. 가장 명백한 감정부터 표현하게 하라. 하지만 그런 다음에는 다른 감정으로 옮겨 가라. 처음에 당신이 예상하지 못했던 감정으로. 심지어 당신이 예상했던 것과는 정반대의 감정으로 가라. 우리는 실타래처럼 엉킨 복잡한 존재이기 때문에, 바로 이런 복잡한 감정이 매혹적인 캐릭터를 만든다.

그 문서를 15분간 방치하라. 그리곤 다시 읽으며 최고의 부분들을 뽑아내라. 여러분 생각에 가장 매혹적이면서도 독창적인 부분을 선정하라. 그 부분을 책에 넣어라.

잊을 수 없는 조연

니의 노트에서

조연의 이야기를 '엘리베이터 피치'로 시작하라! 마치 그들이 주인공인 것처럼, 간략하게 설명하면서 주의를 끄는 헤드라인으로 시작하라는 뜻이다. 이렇게 하면 조연의 이야기가 주요 플롯의 '보조' 역할에 그치지 않고 그 자체로 중요한 플롯처럼 느껴지게 만들 수 있다.

조연이 등장하는 첫 장면을 주인공이 등장할 때처럼 뭔가 교란이 일어나도록 만들어라. 처음부터 독자들에게서 공감을 끌어낼 수 있도록 하라.

약간의 백스토리를 더하라.

여러분의 창작 활동 시간 중 단 몇 분 정도만 더 조연에게 할애하면 이야기 전체에 깊이를 더할 수 있다. 그 시간은 독자들이 느끼는 더 큰 만족감으로 보상받을 것이다.

캐릭터 작업으로 작품에 다시 몰입하기

글을 쓸 때마다 글 쓰는 기쁨을 느낄 수 있는 방법을 찾아내야 한다. 현재 진행 중인 작업에 '몰입flow'하여 흐름을 타고 글을 쓰는 것이 한 가지 방법이지만, 그 흐름을 일관되게 체계적으로 유지하기는 쉽지 않다. 어떤 날은 글이 마구 쏟아져 나오고 또 어떤 날은 글을 쓰는 것이 마치 라 브레아 타르 핏La Brea Tar Pit(미국 로스앤젤레스에 있는 웅덩이)에 빠져 눈신발을 신고 어기적거리며 걸어가는 것처럼 진이 빠진다. 나의 경우에는 이런 수렁에 갇혔다는 생각이 들 때마다 캐릭터 작업을 하며 다시 '몰입' 상태로 돌아가려고 노력한다. 수렁에 빠졌다 싶으면 나는 그 자리에서 모든 것을 멈추고, 캐릭터 중 한 명 혹은 두 명에 관해 생각하기 시작한다. 그들이 누군지는 중요하지 않다. 주인공일 수도 있고, 조연일 수도 있고, 내가 만드는 새로운 캐릭터일 수도 있다. 캐릭터와 관련된 약간의 백스토리, 숨겨진 비밀, 여태껏 알아차리지 못한 관계 등을 생각하다 보면, 잠시 후엔 다시 작업에 흥미가 생겨 작품에 몰입할 수 있게 된다.

성장하는 캐릭터

여러 해에 걸쳐 글쓰기 교육이 작가를 양성하는 일반적인 방법이 되면서 두 가지 접근법이 등장했다. 문서 작성가Dossier Doers를 위한 접근법과 발견하는 아이Discovery Kids를 위한 접근법 두 가지다. 이 두 접근법은 플로터plotter와 팬서pantser를 위한 접근 방식과 동일한 위상을 지니고 있다.

문서 작성가는 실제로 글을 쓰기 전에 캐릭터의 완벽한 배경을 구축하려 한다. 마르셀 프루스트Marcel Proust가 바로 이런 유형의 작가였다. 그는 자신의 캐릭터를 위한 포괄적인 설문지를 개발했다. 설문 속 질문 몇 가지를 예로 들자면 다음과 같다.

- 당신에게 완벽한 행복이란 관념은 어떤 겁니까?
- 당신의 인생에서 가장 사랑한 사람은 누구입니까?
- 당신이 가장 두려워하는 것은 무엇입니까?
- 당신이 가장 후회하는 것은 무엇입니까?
- 당신의 좌우명은 무엇입니까?

이런 방법이 효과가 있다고 믿는 사람을 말리고 싶진 않다. 다만 그런 식으로 글을 쓰다 보면 캐릭터가 당신이 만든 프로필에 갇혀서 옴짝달싹 못 하게 될 수도 있다는 점이다. 이야기가 펼쳐질 때 플롯에 나오는 무수한 고난과 시련이 워낙 강력하다 보면, 캐릭터의 배경을 완전히 바꿔야만 할 경우도 생긴다.

반면 발견하는 아이는 캐릭터에 대해 어느 정도 지식이 있고, 그의 미래까지도 일부 알고 있지만, 일단은 다양한 장면에 캐릭터가 반응하면서, 캐릭터가 이야기와 더불어 성장하도록 내버려 둔다. 일부 작가들은 먼저 초고를 작성하고, 그 후에 다시 쓰면서 캐릭터에 층위를 보태는 편을 선호한다. 글쓰기의 대가 드와이트 스웨인은 말한다. "작가는 이야기에서 전개될 모든 측면을 예측할 수 없다. 더욱이 모든 전개와 반전을 예측하려고 하면, 생각보다 훨씬 더 오랜 시간이 걸릴 수 있다."

개인적으로 나는 앞에서 본 것과 같이 그렇게 긴 설문을 일일이 작성한다거나 한 사람에 대해 모든 것을 망라하는 전기를 쓰는 일에 쉽게 지루함을 느끼는 편이다. 그러느니 계속 글을 써 가며 플롯의 요구에 맞춰 필요한 이야기들을 더하는 편이 나에겐 더 효과가 좋다.

그렇다고 해서 내가 아무런 준비도 없는 백지상태에서 출발한다는 말은 아니다. 글쓰기 작업에 착수하기 전 반드시 준비를 끝낸 상태가 되어야 하는 것들이 있다. 최소한을 말하자면 다음과 같다.

시각 자료Visual 내 캐릭터의 얼굴을 떠올리는 순간 그한테 가능한 특성으로 상상력의 가마솥이 저절로 끓기 시작한다. 그리하여 나는 바로 그의 나이를 알아내고, 인터넷에서 "내가 너의 캐릭터야"라고 내게 말을 건네는 얼굴 사진을 찾는다. 그 사진이 좀 놀라운 이미지이길 바라면서….

목소리Voice 나는 보이스 저널voice journal로 시작한다. 보이스 저널은 캐릭터가 작가에게 말하는 자유로운 형식의 문서이다. 캐릭터들에게 질문을 할 수도 있지만, 나는 대체로 독특한 목소리가 나타날 때까지 계속 글을 입력하는 쪽이다. 여기에 덤으로, 캐릭터가 나에게 이야기하는 배경이 나중에 글에 도움을 제공할 수도 있다.

욕구Want (이야기가 시작되는) 바로 이 시점에서 이 캐릭터가 세상에서 가장 원하는 것은 무엇인가? 위대한 변호사가 되고 싶은가? 수녀가 되고 싶은가? 피아노 연주자가 되길 원하는가?

거울Mirror 나는 몇 년 전 '거울 순간mirror moment'의 비결을 발견하고 사용해 왔다. 그리고 그 내용을 다른 작가 지망생들에게도 가르쳐 보았는데, 이들의 작품에서도 강력한 효과가 있었다. 그래서 일찍부터 나는 거울 순간을 브레인스토밍하는 편이다. 거울 순간은 바뀔 수도 있다. 어쨌든 거울 순간은 나에겐 북극성 같은 것이라 처음부터 책 전체의 내용이 나아가야 할 길을 밝혀 주는 기능을 한다. 처음부터 길이 보인다는 것은 정말 크게 도움이 된다.

비밀Secret 뒷주머니에 하나쯤 꽂아 놓고 있으면 매우 유용한 아이템이다. 우리 캐릭터는 다른 어떤 캐릭터도 알기를 바라지 않는 뭔가를 알고 있는가? 그것은 무엇인가? 그 비밀은 줄거리에 새로운 반전이 필요할 때 대단히 유용하다.

나는 주인공에게 이런 비밀을 안겨 주고, 다른 주요 캐릭터에게도 같은 과정을 반복한다. 그러면서 누구와 누구를 대면시켜야 대조 효과가 극대화될 수 있을까 하고 각별한 주의를 기울인다. 모든 캐릭터 간에 갈등이 일어날 수 있길 바라기 때문이다.

이야기의 전개를 위해 중요한 순간인 이정표 장면들은 이미 만들어 두었기 때문에, 이제 줄거리의 궤적은 거의 완성된 셈이다.

이쯤 되면 나는 글쓰기에 착수한다. 글을 쓰면서 캐릭터들이 나를 도와 장면마다 살을 붙이도록 한다. 장면에 살이 붙으면서 캐릭터들에게 다른 층위들이 더해진다.

예를 들어, 한 여성 변호사가 법률사무소 선임 파트너에게 어떤 사건을 빨리 종결하라는 지시를 받는 장면이 머릿속에 있다고 가정해 보자. 그녀는 사건을 서둘러 종결하고 싶지 않다. 이 사건을 계속 끌고 가면 결국 이길 수 있다고 생각하기 때문이다. 장면 끝부분에서 파트너는 그녀에게 부드럽게 협박을 가한다. "내 말대로 하는 편이 좋아. 아니면 회사에서 당신의 미래가 깜깜해질 수도 있거든."

내 머릿속 장면에서 변호사는 분개한다. 아마 조금 두려워할 수도 있다. 지금 그녀가 하고 있던 일은 자신이 평생 꿈꿔왔던 일이다. 그녀는 자신의 사무실로 돌아가서, 파트너에게 분노의 이메일을 쓴다. 그리곤 지운다.

그런 다음, 나는 자문한다. 이 변호사가 이제 다른 일을 한다면, 어떻게 될까? 회사를 그만둘까? 아마 지금이 그녀의 인생에서 회사를 그만두기 가장 적절한 때일 수도 있다! 그렇다면, 나는 어떻게 해서 그녀가 어릴 때부터 어떤 일을 주체적으로 하기 두려워하게 되었는지, 어쩌다 어느 소년이 그녀를 조롱했는지, 어쩌다 그녀가 아무리 작은 위험이라도 일단 피하고 보는 사람이 되었는지, 이와 관련된 백스토리를 만들어 볼 것이다. 그런데 이제 그녀는 마침내 회사를 그만두는 짓을 저지르고 만다.

아니면 그녀가 직장을 벗어나 술집으로 가서 고주망태가 된다면 어떨까? 아마, 그녀에게 음주 관련 문제가 있을 수도 있겠다.

이제 여러분은 내가 무슨 이야기를 하고 있는지 알아차렸을 것이다. 이런 식으로 이야기에 층위가 더해진다. 층위를 보태어 글을 다시 쓸 때마다 깊이와 안정성이라는 결실이 열린다.

내적 갈등

나의 노트에서

내적 갈등이 없는 캐릭터는 기억에 남지 않는다. 왜 그럴까?
독자들은 캐릭터를 보면서, 그들에게 깊은 감정을 느끼고 싶어 하기 때문이다.
따라서 감정적인 혼란을 겪는 캐릭터를 독자들에게 보여 줘야만, 독자들의 기억에 남는 캐릭터가 창조된다. 캐릭터가 겪는 감정적 혼란을 계속 고조시켜라. 그럴수록 독자들은 캐릭터에 더 몰입하고, 그의 감정에 더 공감하게 된다. 이것이 바로 '일일 연속극이 인기를 얻는 비결Soap Opera Secret'이다.
내적 갈등은 캐릭터의 내면에서 서로 논쟁을 벌이고 있는 두 개의 목소리이다. 예를 들자면 욕망 대 의무, 의무 대 두려움처럼 서로 다른 목소리 간의 다툼이 내적 갈등이다.

캐릭터 설정 방법: 아무것도 없는 상태에서 폭넓은 배경을 만들어 보려 하지 말고, 서로 경쟁하고 있는 두 가지 강력한 감정을 가지고 첫 번째 장면에서 캐릭터를 만들어 보라. 그런 다음, 캐릭터의 행동을 (아직 밝혀지지 않는) 배경으로 정당화하라. 이것이 '즉시 해 볼 수 있는' 캐릭터 설정 방법이다.

캐릭터를 빠르게 설정하는 비결

「제시카의 추리극장*Murder, She Wrote*」이라는 드라마의 총괄 제작자였던 내 친구 톰 소여Tom Sawyer는 『이해하기 쉬운 소설 쓰기*Fiction Writing Demystified*』라는 유용한 책을 썼다. 나는 그가 캐릭터를 다루는 방식에 주목해 내 노트에 다음과 같은 팁을 적어 두었다.

- 각각의 캐릭터가 다른 캐릭터와 어떻게 갈등을 빚는지를 주목하라. 다양한 가능성으로 진동하기 시작하는 이야기를 찾아라.
- 주요 캐릭터를 복잡한 인물로 설정하라. 장점은 물론 단점도 부여하라. 캐릭터의 일부를 숨겨라.

- 우리는 자기 삶에 변화를 주기 위해, 목적을 성취하기 위해 뭔가 하는 사람에게 환호를 보낸다. 독자들에게 환호할 만한 사람을 안겨 주어라.
- 캐릭터가 자신을 동정하게 만들지 말라.
- 노골적으로 애정을 구걸하는 방식으로 독자들에게 캐릭터를 납득시키려 들지 말라. 캐릭터에게는 밉상스러운 구석도 있어야 한다.
- 악당은 말수가 적은 사람이어야 한다. 횡설수설하는 악당은 별로 무섭지 않은 법이다.
- 캐릭터에게는 참신해 보이는 측면이 꼭 있어야 한다. 캐릭터를 늘 예측할 수 있는 평범한 사람으로 만들지 말라.
- 평범한 캐릭터를 비상하게 만들어라. 주변 캐릭터들을 버리지 말라. 그들에게 갈등 요소를 더하는 일종의 태도attitude를 부여하라.
- 당신의 캐릭터를 소개하는 일이 쉽게 느껴진다면, 그건 뭔가 문제가 있다는 뜻일 수 있다. 스스로 더 다그쳐야 한다. 노력하면 할수록 더 나은 결과를 얻을 것이다. 보여 주기를 통해 캐릭터들을 제시하라.

캐릭터에게 꿈을 주어라

주인공에게 꿈을 주었는가? 열망을 주었는가? 영혼 깊이 자리 잡은 욕망을 부여했는가?

여러분의 주인공은 꿈을 가진 채 여러분의 이야기 속에서 등장해야 한다.

루크 스카이워커에게는 제다이 기사가 되려는 꿈이 있다.

도로시 게일은 고통이 하나도 없는 땅에서 살고 싶은 꿈이 있다.

조지 베일리George Bailey(1946년 영화 「멋진 인생*It's a Wonderful Life*」의 주인공)는 자신의 작은 마을을 떠나 세상을 탐험하고 싶다.

우리의 꿈은 우리가 어떤 사람인지에, 그리고 우리가 어떤 행동을 하는지에 커다란 영향을 미친다. 여러분의 주인공도 마찬가지다. 적대자 역시 똑같다.

다스 베이더는 '어둠의 힘'으로 은하계를 뒤덮는 꿈을 꾸고 있다.

서쪽의 사악한 마녀Wicked Witch of the West는 오즈를 지배하고픈 꿈이 있다.

한니발 렉터는 특별한 음식을 마음껏 먹는 꿈을 꾼다.

꿈은 충동drive을 낳는다. 충동은 이야기가 날아오르도록 도와준다.

캐릭터에게 인격을 부여하라

웹스터 사전의 정의에 따르면 인격character이란 '도덕적 힘 또는 단호함, 특히 자기 수양을 통해 획득한 것'이다.

내가 가장 공감하는 주인공은 나름 결함은 있지만 일련의 도덕적 올바름을 통해 그 결함을 극복하는 인물이다. 마이크 해머Mike Hammer(미키 스필레인의 소설 주인공), 필립 말로Philip Marlowe(레이먼드 챈들러의 소설 주인공), 샘 스페이드Sam Spade(대실 해밋의 소설 주인공)는 저마다 결함이 있다. 하지만, 끝까지 버리지 않고 지키는 명예 규범code of honor을 통해 결국 구원받는다.

샘 스페이드가 (자신보다 더 악당 같지도 않은) 악당과 거짓말쟁이들에게 둘러싸였을 때 팜 파탈femme fatale(치명적인 여자)

인 브리짓 오셔너시Brigid O'Shaughnessy와 함께 도망치고픈 유혹을 느끼지만, 오히려 그녀를 경찰에 넘긴다. 그 이유는 무엇일까? 그는 브리짓에게 이유를 설명하려 애쓴다.

> 잘 들어. 좋을 건 하나도 없는 상황이긴 해. 넌 아마 날 절대로 이해하지 못할 거야. 하지만 마지막으로 노력이나 한번 해 보고 포기해야겠지. 잘 들어. 어떤 사람이건 파트너가 죽으면, 남은 사람은 당연히 뭔가를 해야 하는 거야. 죽은 파트너가 어떤 사람인지는 중요하지 않아. 그냥 파트너였던 걸로 충분하지. 그럼 당연히 죽은 파트너를 위해 해야 할 일이 있는 거라고.

마이크 해머는 자신이 악당들을 제거해야만 비로소 다른 사람들이 살 수 있다는 진실을 받아들임으로써 마지막 남은 자존감을 간신히 유지하고 있다…. 나는 다른 악에 대항하는 악으로서, 나와 다른 악 중간에 있는 착하고 온유한 자들이 이 땅을 차지하도록 만들어야만 한다! (미키 스필레인, 『고독한 밤*One Lonely Night*』)

로버트 B. 파커Robert B. Parker의 스펜서Spenser라는 캐릭터에서도 도덕적인 규범을 찾아낼 수 있다. 당연하다. 파커는 보스턴 대학에서 영문학 박사 학위를 받았다. 박사 학위 논문 제목이 『폭력적인 주인공, 황무지의 유산과 도시라는 현실: 대실 해밋, 레이먼드 챈들러, 로스 맥도널드의 소설에서 사설탐정에 대한 연구』였다. 이 사실만 보더라도 그의 소설이 해밋·챈들러·맥도널드의 뒤를 이어 명예 규범을 다루리라 짐작할 수 있다.

여러분의 주인공에 관한 몇 가지 질문에 답해 보라.

- 그들이 죽음도 불사할 수 있는 일은 무엇일까?
- 주인공의 팔에는 어떤 문신이 새겨져 있을까?
- 이야기가 시작되기 전에 주인공이 소중히 여기는 사람은 누구일까? 왜 소중히 여길까?
- 주인공은 원하지 않더라도 어떤 일을 수행해야 할까?

반면 명예 규범을 지키기는커녕 결정적인 순간에 인격이 모자라 몰락하는 주인공도 있다. 그래도 기억에 남는 주인공인 점은 같다. 이런 주인공들의 필연적인 귀결 역시 얼마든지 중요한 도덕적 교훈을 줄 수 있다.

- 리어왕과 그의 딸들
- 복수하는 마이클 콜레오네Michael Corleone(영화 「대부 *Godfather*」에서 알 파치노가 연기한 주인공)
- 데이지Daisy에 대한 강박에서 벗어나지 못한 개츠비 Gatsby(소설 『위대한 개츠비』의 주인공)

- 애슐리에 대한 강박에서 벗어나지 못한 스칼렛Scarlett
(소설 『바람과 함께 사라지다』의 주인공)

인격, 혹은 인격 결핍이야말로 잊을 수 없는 주인공을 만드는 중요한 요소이다. 주인공은 열정과 열망도 부여받아야 하지만, 더 중요한 대의를 위해서는 이러한 감정적 요소를 조절하고 현명한 결정을 내릴 수 있어야 한다.

그렇지 않으면 이들은 혼자 남아 비극적인 종말을 맞이하게 된다. (앞서 예를 든 모든 주인공들은 홀로 남아 비극적인 종말을 맞는다.)

여러분이 어떤 선택을 하든지 캐릭터의 인격은 몹시 중요하다.

3

장 면

자극 및 응답 개론

오래된 싸구려 소설에서 가져온 아래 문장에 어떤 문제점이 있는지 살펴보라.

> 나는 담뱃불을 붙인 다음 입술로 밀어 넣었다.

너무 뻔하지 않은가? 행동의 순서가 바뀌었다. 사람들은 대개 담뱃불을 붙이기 전에 담배를 입에 문다. 따라서 이 문장을 읽는 독자는 마치 과속 방지 턱에 부딪힌 듯, 이야기에 집중하지 못하고 현실로 되돌아오고 만다.

글은 순서에 맞춰 써야 한다. 자극-응답 거래stimulus-response transaction가 중요한 이유다.

잭 비컴Jack Bickham의 책 『팔리는 소설 쓰기*Writing Novels That Sell*』는 내 글이 잘 팔리는 데 정말 많은 도움을 주었다. 그는 이 책의 「자극과 응답」이란 장에서 이렇게 말했다.

> 원리는 간단합니다. (…) 자극을 보여 주고 난 다음에는 반드시 응답도 보여 주어야 합니다. 어떤 응답을 원한다면, 그 응답을 불러일으킬 자극을 보여 주어야 합니다. 이 간단한 패턴을 따르면 의미도 잘 통하면서 마치 기관차처럼 씩씩하게 달려가는 글을 쓰게 될 것입니다.

그러니 다음과 같이 쓰지 마라. '밥은 흙탕물을 뒤집어썼다. 폭발음을 들은 다음에.' 독자들은 자극보다 먼저 응답을 보게 되어, 내용을 이해하기 위해서는 되돌아가서 생각해야 한다. 그러니, '밥은 폭발음을 들었다. 그는 흙탕물을 뒤집어썼다.' 혹은 이와 유사한 방식으로 써라.

더 나아가, 응답은 자극에서 멀지 않아야 둘 사이의 거래 관계를 명확하게 볼 수 있다. 그러니, '밥은 폭발을 들었다. 날씨는 따듯하고, 하늘은 맑았다. 하지만 폭풍을 암시하는 구름이 산 너머에서 다가오고 있었다. 그는 흙탕물을 뒤집어썼다.'라는 식으로 문장을 쓰지 말아야 한다.

워낙 기본적인 원칙이다 보니 틀리는 사람은 많지 않다. 대부분 올바른 패턴으로 쓰고 있다. 하지만 철자 실수와 같이 약간의 혼동이 일어날 수도 있다. 그러니 여러분의 글에서 이러한 사소한 실수로 인한 혼동을 찾아내어 고칠 수 있도록 눈을 훈련해 두어야 한다.

'복잡한' 거래의 경우엔 조금 더 골치 아플 수 있다. '복잡한' 거래란 독자들이 왜 캐릭터가 하필 그런 방식으로 행동했지? 하며 궁금해하는 대목을 가리킨다. 예를 들어 보자.

수전은 자신에게 온 편지들을 들고 집 안으로 들어갔다. 그녀는 흐느끼며 울고 있었다.

잠깐, 우리가 무엇을 놓쳤는가? 그녀를 흐느끼며 울게 한 자극은 무엇인가? 그녀에게 온 편지의 어떤 내용이었으리라. 아마도 어머니가 방금 돌아가셨다는 소식일 수도 있다. 그 자극이 무엇이든, 그 응답을 끌어내기에 충분할 정도로 강력해야 한다. 따라서 여러분은 편지를 뜯어 뉴스를 읽는 수전을 그리는 데 한두 줄은 할애해야 한다. 그 부분이 자극이다. 그다음 그에 대한 응답으로 그녀는 흐느껴야 한다.

복잡한 거래를 보여 주는 또 하나의 방법으로 '내화internalization'라는 것이 있다. 비컴이 드는 예를 보자.

“나와 결혼해 주겠소? 신디?” 조는 물었다.
신디는 들고 있던 맥주병으로 그를 강타했다.

의도적으로 놀라운 장면을 쓰고자 했던 게 아니라면(의도적으로 놀라운 장면일 수 있다. 얻어맞은 조가 묻는다. “아이고, 왜 그랬어?” 그러면 신디는 그 이유를 말하면 된다.), 내화를 이용하여 두 문장 사이에 벌어진 틈을 연결해야 한다.

(자극) **“나와 결혼해 주겠소? 신디?” 조는 물었다.**
(내화) **이 청혼은 그녀에겐 충격이었다. 신디는 2년 동안 조가 청혼해 주길 기도해 왔다. 그런데 레지의 청혼을 받아 수락한 오늘이 되어서야 청혼하다니 정말 끔찍했다. 그녀는 갑작스러운 분노에 휩싸였다.**
(응답) **신디는 들고 있던 맥주병으로 그를 강타했다.**

이러한 원리는 주인공이 응답할 수밖에 없는 이야기 내의 다른 사건들까지 확장해 사용할 수 있다.

여기서 잠시 왜 내가 ‘발단inciting incident’이라는 용어를 싫어하는지 설명하겠다. 여러분은 글쓰기를 가르치는 교사에게서 ‘발단’이란 말을 여러 번 들어보았으리라. 하지만 대부분은 모호하거나 모순적이었을 것이다.

일부 교사들은 발단을 가리켜 '플롯을 다른 방향으로 끌고 가는' 사건이라고 한다.

또 어떤 교사들은 발단이 이야기가 시작하는 시점에 있어야 한다고 말한다. 또 다른 교사들은 아니다, 발단이야말로 후크hook, 다시 말해 우리를 사로잡는 긴박한 순간이므로, 캐릭터를 '이야기의 여정narrative journey'에 올려놓기 위해 더 나중에 사용해야 한다고 주장한다.

하지만 나는 플롯에서 일어나는 모든 사건은 어떤 응답을 자극해야 하며, 응답을 자극하지 않는 사건은 플롯 내에 있을 필요조차 없다고 생각한다. 따라서 '발단'이라는 사건이 따로 있어야 할 필요는 전혀 없다.

그래서 나는 글의 구조라는 측면에서 (소설을 여는) 교란Disturbance과, 2막에서 주인공이 생사의 위험death stake을 무릅쓰고 싸우는 상황에 마주치게 만드는, 돌아올 수 없는 입구The Doorway of No Return라는 용어가 더 좋다.

하지만 나는 모든 장면을 쓸 때 비컴과 드와이트 스웨인이 '장면과 시퀄scenes and sequels'이라고 부르는 요소를 반드시 염두에 둔다. 쉽게 말해 '장면과 시퀄'은 좀 더 커다란 규모로 벌어지는 자극-응답이다.

(대부분의 장면이 그렇듯이) 한 장면이 '재난disaster'으로 끝나고 나면, 캐릭터는 대략 시퀄, 다시 말해 감정emotion·분석

analysis·결정decision이라는 패턴의 감정 비트emotional beat를 경험하게 된다.

우리의 삶에서도 그렇지 않은가? 아내가 이혼을 원한다고 통보한 후 문을 쾅 닫으며 뒤돌아보지도 않고 집을 나간다.(재난) 남편은 아내의 결별 선언에 망연자실해 평정심이 깨지고, 혼란스럽다.(감정) 그는 생각한다. 이제 뭘 해야 하지? 그는 왔다 갔다 하며 술을 마시면서 자신의 선택을 검토한다. 그녀에게 돌아와 달라고 애원해야 할까? 변호사를 고용해야 할까? 죽여 버릴까? 내일 생각하자. 내일은 내일의 태양이 뜨리니.(분석) 마침내 그는 무엇을 할지 결정한다.(결정) 그리고 이에 따라 다음 행동이 이루어진다.

나는 비컴의 책에서 이 장면-시퀄, 즉 감정 비트 부분을 다룬 시퀄을 보며 큰 깨우침을 얻었다. 내 소설의 약점이 무엇인지, 그 약점을 어떻게 하면 고칠 수 있을지 단박에 알아낸 것이다. 실제로 그 후로 내 책은 팔리기 시작했다.

반응 비트의 장점은 유연하다는 점이다. 따라서 예를 들어 감정이 강할 때는 그 감정을 중심으로 많은 시간을 보낼 수 있다. 이렇게 감정 비트는 전반적인 속도를 조절할 수 있는 수단이 된다. 속도를 빠르게 유지하고 싶으면 감정 비트를 줄이면 된다. 내면의 생각internal thought은 한 줄 정도까지 단축할 수 있다. 혹은 아예 모두 건너뛰어 버리고 암시만 하는 방법도 있다. 그러면 우리는 캐릭터 내면에서 일어난 일의 결과물인 액션만을 보게 된다.

캐릭터의 내면에서 벌어지는 (감정·분석·결정) 단계를 파악하고 있어야 한다. 그래야 원하는 대로 캐릭터를 만들어 갈 수 있다

짐 부처Jim Butcher처럼 대단한 작가도 자신의 해리 드레스덴Harry Dresden이란 캐릭터의 인기 비결은 바로 감정을 다루는 시퀄이었다고 한다. 반드시 적어 두고 기억하라.

자극-응답. 장면-시퀄. 이것이야말로 여러분의 소설을 강력하게 만드는 엔진이다.

물리 법칙을 존중하라

최근에 나는 인기 있는 미스터리 시리즈물을 다시 읽어 보았다.

첫 장에서 시리즈물의 주인공은 의뢰인과 함께 저녁을 먹고 있다. 웨이트리스가 식탁에 와서 주문을 받고 간다. 두 주인공은 얘기를 좀 나눈다. 이내 세계에서 가장 빠른 웨이트리스가 음료를 들고 돌아온다. 두 주인공은 다시 수다를 떤다. (소리 내어 읽으면 약 30초 분량인데) 세계에서 가장 빠른 웨이트리스는 세계에서 가장 빠른 요리사가 만든 안심 스테이크를 들고 돌아온다.

또 다른 대화를 하며(1분 23초 분량) 한 캐릭터가 송아지 고기를 한 점 베어 문다. 그러자, **웨이트리스는 접시를 치우러**

돌아온다. 둘은 디저트로 크렘 브륄레를 주문한다.

그다음에는 두 줄의 대화가 이어진다. 단 두 줄이다! 실시간으로는 5초 정도 걸린다. 그러자, **웨이트리스가 크렘 브륄레를 들고 온다.**

세상에! 이 웨이트리스는 정말 빠르다. 이 여자라면 차도 필요 없겠다! 빛의 속도로 동에 번쩍, 서에 번쩍하니까.

다시 43초의 대화가 이어진다. 그러자, **내 크렘 브륄레는 이미 사라지고 없다.**

맙소사! 이래도 되는 건가 싶다!

나 말고도 많은 독자가 같은 생각을 했으리라 확신한다. 그나마 도중에 책을 덮어 버리지 않은 사람들도 있긴 하겠지만 말이다. 이런 실수는 정말 불필요할뿐더러 쉽게 고칠 수 있는 문제다. 그냥 이야기를 몇 줄로 간략히 요약해서 여기저기 놓아 두기만 해도 충분하다. 예를 들면 다음과 같다.

> 우리는 안심 스테이크를 오래도록 즐기며, 그녀의 전남편 그리고 그녀가 파리에서 놓친 기차 등을 소재로 얘기를 나누었다. 디저트를 주문할 시간이 되었을 때는 그녀를 내 누이만큼 잘 알게 된 듯한 기분이 들었다.

물리 법칙을 존중하라. 특히 음식을 먹는 장면에서는.

첫 줄을 쓰는 세 가지 유형

만화가 개리 라슨Gary Larson은 훌륭한 작품을 많이 그렸지만, 그중에서도 「파 사이드*Far Side*」라는 만화로 유명하다. 이 연작 중 하나를 보면, 연필을 쥐고 뒤돌아 서 있는 남자가 좌절에 빠져 머리를 움켜쥐고 있다. 그 앞에는 버려진 종이들이 여기저기 보인다. 가장 위에는 『모비딕*Moby Dick*』 1장이라고 쓰인 종이가 있다. 종이마다 이렇게 쓰여 있다.

> 내 이름을 빌이라고 해 두자
> 내 이름을 래리라고 해 두자
> 내 이름을 로저라고 해 두자
> 내 이름을 알이라고 해 두자
> 내 이름을 워렌이라고 해 두자

아, 우리 모두 이런 경험이 있다. 우리는 글쓰기 요령 수업에서 관심을 사로잡는 강렬한 도입문이 필요하다고 자주 이야기한다. 바로 그러한 이유로 우리는 첫 번째 페이지를 놓고 비평 작업을 한다. 목표는 간단하다. 독자가 더 읽고 싶어 하고, 계속 읽고 싶게 만드는 것이다.

첫 번째 문단에서 그 목표를 달성할 수 있다면, 그보다 더 좋은 일은 없다.

첫 번째 줄에서 그 목표를 달성할 수 있다면, 더 말할 나위 없이 좋다.

나는 첫 줄을 쓰는 데는 세 가지 방식이 있다고 생각한다. 액션·목소리·나무이다.

액션Action

첫 번째 줄로 독자를 흥미진진한 액션으로 뛰어들게 하면, 여러분의 소설은 이미 반쯤은 성공한 셈이다. (이제 거기에 소설을 덧붙이는 일만 남았다. 헤헤!) 내가 가장 좋아하는 오프닝 라인 중 하나는 존 D. 맥도널드John D. MacDonald의 트래비스 맥기Travis McGee가 등장하는 시리즈 중 『호박색보다 더 진한*Darker Than Amber*』에 나온다.

> 우리가 다 포기하고 집으로 돌아가 잠이나 자야지 했던 바로 그 때, 누군가 그 소녀를 다리에서 떨어뜨렸다.

나 원 참, 정말! 그 소녀가 누구인지, 왜 물에 빠졌는지 알아내려고 소설을 계속 읽을 수밖에 도리가 없지 않겠는가.

제임스 M. 케인James M. Cain의 『포스트 맨은 벨을 두 번 울린다*The Postman Always Rings Twice*』의 시작 부분도 극찬 받아 마땅하다.

> 정오 즈음 그들은 나를 건초 트럭에서 내던졌다.

딘 쿤츠Dean Koontz도 한때 액션으로 시작하는 오프닝을 즐겼다.

> 페니 도슨은 어두운 침실에서 무언가가 소리를 죽이고 움직이는 소리를 들으며 잠에서 깨어났다. _『다크폴*Darkfall*』
> 캐서린 셀러스는 언제라도 자동차가 빙판으로 뒤덮인 차가운 길에서 미끄러질 수 있으며, 그러면 사고는 불가피하다고 생각했다. _『악마와 춤을*Dance With the Devil*』

대화도 하나의 액션임을 기억하라. 쿤츠는 오프닝 라인이 어떤 불꽃을 일으키는지 보려고 이런저런 오프닝 라인을 써

보곤 했다. 예를 들어 그에게 강렬한 인상을 남긴 오프닝 라인은 다음과 같다.

> "뭐든 죽여 본 적이 있나요?" 로이가 물었다.

글을 쓸 때, 그는 로이가 누군지, 그가 누구에게 말을 거는지 모르는 상태였다고 한다. 그래서 한번 알아보자고 소설을 썼더니, 그 소설이 『밤의 목소리*The Voice of the Night*』가 되었다고 한다.

내 생각에 내가 쓴 글 중 최고의 오프닝 라인은 타이 뷰캐넌Ty Buchanan이 주인공으로 등장하는 법정 스릴러 시리즈 『어둠을 체험하라*Try Darkness*』의 시작 부분이다.

> 수녀는 내 입술에 주먹을 한 방 날리곤 말했다. "내 집에서 꺼져."

지금도 이 문장은 마음에 든다.

액션이 있기 때문이다. 게다가 또 한 가지, 목소리가 있지 않은가.

목소리가 명확하고 독특하며 매력적일 때, 사람들은 계속 글을 읽고 싶어진다. 미키 스필레인은 『복수는 나의 것*Vengeance Is Mine!*』을 다짜고짜 아래 문장으로 시작한다.

> 그놈은 완전히 죽은 상태였다.

재닛 에바노비치Janet Evanovich의 주인공 스테파니 플럼Stephanie Plum은 사랑스러운 매력이 넘친다.

> 어렸을 때, 나는 온통 바비 인형처럼 입고 다녔다. 속옷은 입지 않았다. 『하이파이브*High Five*』

목소리를 위해서라면 보통은 1인칭 시점을 사용해야 하지만, 항상 그런 것만도 아니다. 다음은 엘모어 레너드Elmore Leonard의 소설 『겟 쇼티*Get Shorty*』의 오프닝 라인이다.

> 칠리Chili가 열두 해 전 처음으로 마이애미비치에 왔을 때, 그들은 처음으로 이따금 추운 겨울을 겪어야 했다. 그가 사우스 콜린스의 베수비오라는 레스토랑에서 토미 카를로Tommy Carlo와 점심을 먹으러 갔을 때, 날씨는 겨우 영상이 될까 말까 할 정도로 추웠는데, 그는 가죽 재킷을 강탈당했다.

가죽 재킷을 도둑맞은 것이 아니라, 강탈당했다는 표현에 주목하라. 전자는 중립적인 목소리이다. 후자는 강렬한 목소리이며, 책의 분위기를 설정한다.

나무Wood

속담이 있다. "당신의 이야기는 나무를 쌓을 때가 아니라 성냥을 켤 때 비로소 시작된다." 멋지다! 모든 장르에 통용될 수 있는 말이다. 특히 소설·판타지·역사에는 잘 어울린다. 아마도 이 장르의 팬들은 초반에 인내심을 가지고 오랫동안 몰입할 수 있다는 사실을 알고 있을 것이다.

물론 이런 장르도 액션으로 시작할 수 있다. 테리 브룩스Terry Brooks의 『샨나라의 검*The Sword of Shannara*』을 보자.

> 해는 이미 계곡 서쪽 언덕의 진녹색으로 가라앉고 있었다. 검붉은 회분홍빛의 그림자가 땅 언저리에 닿을 때, 플릭 옴스포드Flick Ohmsford는 하산을 시작했다.

액션과 더불어 세계관까지 자연스럽게 구축되는 근사한 오프닝이다.

이번에는 『반지 원정대*The Fellowship of the Ring*』의 첫 문장을 보자.

> 이 책은 주로 호빗에 관한 이야기인데, 독자들은 호빗의 성격은 물론 역사도 많이 알 수 있다.

그리고는 호빗의 역사가 무려 15페이지나 이어진다! 이것이 바로 나무를 쌓아 놓는 작업이다. 판타지 소설 애호가라면 이 정도 길이는 전혀 개의치 않는다.

마찬가지로 데이빗 모렐David Morrell의 장편 스릴러 『밤과 안개의 연합*The League of Night and Fog*』도 역사로 시작한다.

> '긴 칼의 밤The Night of the Long Knives'은 나치가 만든 말로, 1934년 6월 30일 밤에 오스트리아와 독일에서 있었던 사건을 가리킨다.

그리고 여덟 페이지에 걸쳐 히틀러가 어떻게 권력을 장악하게 되었는지, 2차 세계대전은 어떻게 일어났는지, 유대인 포로수용소가 어떻게 시작되었는지에 대해 이야기가 펼쳐진다. 으스스하지만 대단히 매혹적인 역사이다. 모렐은 이렇게 나무를 쌓아 놓는다. 이 나무는 뒤이어 등장하는 액션의 배경으로 남아 이야기 위를 맴돈다.

이제까지 오프닝 라인을 구성하는 세 가지 효과 좋은 방법에 대해 살펴보았다. 여러분의 작품에서도 한번 시도해 보라. 창의성을 깨우는 게임 삼아, 그리고 아이디어를 깨우는 도구로 세 가지 방법을 모두 시도해 보는 것도 좋다. 누가 알겠는가? 셋 중 하나가 튀어나와 당신을 붙잡고, "어이, 이제 나를 소설로 좀 써 봐!"라고 할지….

일상을 교란하라

나는 소설의 첫 페이지(가능하면 첫 문단, 아니 첫 줄)에서 캐릭터의 일상이 교란disturbance당하는 것을 보고 싶다. 이 교란은 한밤중의 노크처럼 미묘한 것일 수 있다(아니타 슈레브Anita Shreve, 『파일럿의 아내*The Pilot's Wife*』). 혹은 시한폭탄처럼 극단적인 것일 수도 있다(존 러츠John Lutz와 데이빗 어거스트David August, 『마지막 순간*Final Seconds*』).

오프닝에서 정말 피해야 할 것은 '행복한 나라의 행복한 사람들Happy People in Happy Land, HPHL'이다. 개인적으로 이런 오프닝을 몇 번 본 적이 있다. 대체로 가정이라는 환경으로 시작하는 글이었다. 행복한 가족이 하루를 준비하는 뭐 그런 이야기였다. 저자는 아마 이렇게 정말 멋진 환경의 멋진 사람들을 독자들에게 먼저 보여 주면, 독자들이 어떤 곤란이 시작되더라도 이 멋진 사람들에 대한 관심을 놓치지 않고, 이들을 걱정하리라 짐작한 모양이다.

하지만 그렇지 않다. 우리는 어떤 일, 혹은 어떤 일이 일어날 것 같은 암시가 벌어질 때, 비로소 캐릭터들을 걱정하기 시작한다. 따라서 HPHL이 아닌 HPHL을 교란하는 것으로 이야기를 시작하라!

시작 부분에서 HPHL을 교란하는 방법은 두 가지다. 하나는 앞서 언급한 것처럼 일상적이지 않은 일이 일어나게 하는 방법이다. 굳이 말하면 '외부적' 교란이라 할 수 있다.

반대로 '내부'에서 일어나는 교란도 있다. 여러분은 캐릭터의 일상을 그대로 독자에게 제시할 수 있다. 그런 가운데 그 일상을 망칠 수 있는 방법을 찾아야 한다.

이것이 바로 마이클 크라이튼Michael Crichton이 1994년 소설 『폭로*Disclosure*』에서 사용한 전략이다. (마이클 더글러스Michael Douglas와 데미 무어Demi Moore 주연의 영화로도 제작.)

줄거리는 톰 샌더스Tom Sanders를 중심으로 돌아간다. 그는 시애틀의 잘나가는 한 디지털 기업의 중간 관리자인데, 수전이라는 성공한 변호사와 결혼했다. 두 사람은 베인브리지 아일랜드에 위치한 호화 저택에서 네 살배기 딸과 아홉 달 된 아들과 함께 살고 있다.

책의 첫 장에서 우리는 샌더스가 오늘이 좋은 날이 되길 바란다는 것을 알게 된다. 그는 부서장 승진을 확신하기 때문이다. 그러면 그는 곧 있을 합병과 상장을 통해 수십만 달러를 벌 수 있다. 그래서 오늘만은 반드시 늦지 않게 출근해야 한다.

하지만 작가 크라이튼은 그런 일이 일어나도록 내버려 둘 사람이 아니다. 그가 쓴 첫 문단은 다음과 같다.

> 톰 샌더스는 6월 15일 월요일 아침 회사에 늦으리라곤 털끝만치도 생각지 않았다. 아침 7시 30분 그는 베인브리지 아일랜드에 있는 집에서 샤워를 시작했다. 10분 이내에 면도를 마치고 옷을 입고 집을 나서야, 7시 50분에 출발하는 페리를 타고 8시 30분까지 직장에 도착해, 스테파니 캐플란과 함께 미처 논의하지 못한 나머지 사항들을 검토한 후, 콘리-화이트 로펌 변호사들과의 회의에 참석할 수 있다는 사실을 알고 있었다.

그래서 톰은 샤워를 한다. 그런데 그때

> "톰?" "당신 어디야? 톰?"
> 아내 수전이 침실에서 그를 부르고 있었다. 그는 몸을 수그리며 물살을 피했다.
> "샤워 중이야!"
> 그녀는 뭐라고 대꾸했지만, 잘 들리지 않았다. 그는 한 걸음 더

나아가 수건을 잡았다. “뭐라고?”

“애들 밥줄 시간 있냐고?”

아내는 변호사로 시내에 있는 법률사무소에서 주당 나흘을 일하고 있다.

자, 톰은 아이들 밥을 챙겨 먹여야 할까? 그에겐 시간이 없다! 하지만 일과 양육을 병행해야 하는 부부라면 어쩔 수 없는 노릇이다. 그는 서둘러 면도를 시작한다. 욕실 밖에서는 아이들이 우는 소리가 들린다. 엄마가 뭘 안 챙겨 준 모양이다. 크라이튼은 사건을 확장하고 있다. 면도처럼, 평소에는 아무렇지도 않던 일마저 아이들이 울고 있는 상황에서는 긴장을 자아낼 수 있다.

마침내 톰은 욕실에서 나온다. 몸에는 타월을 두르고, 아이들을 안고 음식을 먹이려 한다.

수전이 뒤에서 말한다. “매트 시리얼에 비타민 넣는 거 잊지 마. 한 숟가락 가득. 그리고 더는 쌀 시리얼 주지 마. 뱉어 내더라니까. 이젠 밀 시리얼만 먹으려고 해.”

그녀는 욕실로 들어가 문을 쾅 닫는다.

딸아이가 진지한 눈으로 아빠를 쳐다보고 있다. “오늘도 여느 때와 다름없는 하루가 되겠죠, 아빠?”

“그럼, 그럴 것 같아.”

그렇다!

그는 아들 매트를 위해 밀 시리얼을 준비해서는 아들 앞에 놓는다. 그리고 난 후엔 일라이자의 그릇을 식탁에 올리곤 첵스Chex 시리얼을 부어 놓는다.

"됐어?"

"응."

그는 우유를 부었다.

"아냐, 아빠!" 딸은 소리를 지르더니, 이내 울음을 터뜨린다.

"우유 내가 부으려 했단 말이야!"

"미안, 리즈—"

"이거 꺼내— 우유 꺼내—" 딸은 발작적으로 악을 쓰고 있다.

"미안, 리즈, 하지만 이건—"

"우유 내가 부을 거였단 말이야!" 아이는 의자에서 미끄러지듯 내려와 바닥에 드러누워 바닥에 두 발을 차며 뒹굴기 시작한다.

"빼야 돼, 우유 빼란 말이야!"

부모라면 누구나 이 장면이 얼마나 사실적인지 알고 있다. 네 살배기 아이한테는 정해진 루틴이 있다. 자기가 해야 하는 일이 있다!

"미안," 샌더스가 말했다. "그냥 먹어야 할 것 같아, 리즈."

그는 매트 옆자리에 앉아 매트에게 시리얼을 먹이려 한다. 매트는 시리얼에 손을 넣더니 그 손을 눈에다 문질러 댔다. 매트 역시 울기 시작한다.

엉망진창이 된 아침밥상 장면이 눈앞에 선연히 떠오르지 않는가?

샌더스는 매트의 얼굴을 씻기기 위해 주방 수건을 가지러 일어난다. 부엌 시계는 8시 5분 전을 가리킨다. 사무실에 전화를 걸어 늦을 수 있다고 알려야겠다는 생각이 든다. 하지만 먼저 일라이자를 진정시켜야 한다. 아이는 아직 바닥에 누워 발을 구르며 우유 뭐라고 소리를 지르고 있다.

"알았어, 일라이자, 진정해. 진정해." 그는 새 접시를 꺼내, 시리얼을 더 많이 붓고, 우유 한 통을 주며 부으라고 한다. "자, 여기 있어."

아이는 팔짱을 끼며 뾰로통한 표정을 짓는다. "필요 없어."

"일라이자, 우유 당장 부어."

이 장면 내내 샌더스는 시계를 보면서, 자신이 얼마나 늦을지 가늠해 본다. 1장이 끝나갈 때쯤 마침내 수전이 등장해 톰을 구한다. 그리고 말한다.

"이제 내가 애들 볼게. 늦으면 안 되잖아. 오늘 중요한 날 아냐? 승진이 언제 발표라고?"

"나도 바라는 바야."

"소식 듣는 대로 전화해."

"알았어." 샌더스는 일어나서 수건을 다시 허리에 묶고, 옷을 입으러 2층으로 향한다. 8시 20분 출발하는 페리에 타려면 교통 혼잡을 감수해야 한다. 어쨌든 그거라도 타려면 서둘러야 한다.

1장은 이렇게 끝이 난다. 독자는 더 읽고 싶다. 고작 직장까지 늦지 않게 가는 일에도 이 정도 시련을 겪어야 한다면, 이 사람의 하루는 반드시 좋은 하루여야 한다고 생각한다.

물론 일은 그렇게 순순히 전개되지 않는다. 마이클 크라이튼이 그렇게 내버려 둘 리가 없다. 톰 샌더스 씨에겐 점점 더 나쁜 일들만 일어나고 갈수록 상황은 악화되기만 한다.

이런 전략은 집이나 사무실에서(조용하고 평온한 환경) 효과가 있다. 자동차나 보트(시끄럽고 변화하는 환경), 커피하우스나 와플하우스(집과는 반대인 공공장소)에서도 마찬가지다.

심술궂은 사람이 되어라. 캐릭터의 일상을 교란하라.

장면에서 장면으로

나의 노트에서

제1장의 개요와 초안을 쓰고 난 후에는,

1. 다음 장면을 써라.

2. 가능한 다음 장면의 목록 작성(어둠 속의 헤드라이트).

3. '반전' 기법을 사용하라. 독자가 무엇을 예상할지 질문하고, 그 정반대 또는 전혀 예상치 못한 일을 만들어라.

4. 다음에 쓸 몇 장면을 선택하라.

5. 모든 단어를 대문자로 작성하는 법ALL CAPS method을 사용하여 계속 써라.

6. 다음 장면을 계획하라.

a. 좌뇌에 발생하는 일의 목록을 작성하라. 목표objective·장애물obstacle·결과outcome를 포함해야 한다.

b. 대화의 단편, 화자 표시는 없어도 좋다.

c. 10분 '하트스톰heartstorm'. 자유로운 형식, 뜨겁고 진실된 감정, 구체적인 이미지와 감각을 담은 세부 사항, 감정, 나만의 스타일, 접속사 없이 계속 이어지는 문장—이들에서 시를 끌어내라. (말 그대로 짧은 시를 써라!)

7. 장면 분위기에 어울릴 만한 음악을 들어보라.

8. 장면의 '핵심 부분'을 먼저 쓰고, 주변을 채워 나가라.

9. 반복하라.

주석

#2. '어둠 속에서 빛나는 자동차 헤드라이트'는 E. L. 닥터로Doctorow의 아이디어이다. 그는 소설 쓰기를 어둠 속에서 헤드라이트가 빛나는 데까지만 보면서 차를 몰고 가는 것에 비유했다. 일단 그곳까지 차를 몰고 가면 거기서부터는 더 먼 곳이 보인다는 것이다.

#5. 흐름을 타며 몰입해서 글을 쓰는 방법의 하나로 문장이나 단락 간의 관계를 나타내는 전환 부분은 건너뛰고 나중

에 다시 돌아와 수정하는 방법을, 모든 단어를 대문자로 작성하는 방법ALL CAPS method이라 한다. 예를 들면, 빌은 차를 몰았다 마을 건너 길을 향했다 스탠의 사무실로BILL DRIVES ACROSS TOWN AND MAKES HIS WAY TO STAN'S OFFICE.

#6b. 좋은 대화를 포착하고, 누가 말하고 있는지를 나타내는 속성 또는 액션 설명action beat은 나중에 넣는다.

#6c. '하트스톰'은 로라 위트컴Laura Whitchomb이 『소설 쉽게 쓰기*Novel Shortcuts*』에서 제시한 훌륭한 아이디어이다. 시적 정신 상태에 들어갈 수 있으면 자동적으로 감정의 핵심에 도달할 수 있다.

#8. 장면의 가장 감정적인 부분을 먼저 써라. 그다음에 어떻게 그 장면에 들어갈 것인지, 어떻게 빠져나올 것인지를 써라.

전환에 대하여

한 장면에서 다음 장면으로 넘어가는 법

전환transition은 하나의 장면 혹은 관점에서 다른 장면 혹은 관점으로 넘어가거나, 같은 장면에서 다른 시간대로 옮겨가는 것을 말한다. 장소 전환의 예를 보자.

> 존은 아파트에서 뛰쳐나왔다. 덩치 큰 누군가 싸우려 들면 당장이라도 싸울 태세였다.
> 가속 페달을 밟으며 존은 마을을 가로질러 달렸다. 정지 신호와 보행자, 적어도 한 명의 경찰을 무시하고 내달렸다.
> 사무실에 들어가자 접수 담당 직원이 "좋은 아침입니다."라고 인사했다.

"그러거나 말거나." 존이 말했다.

우리는 존의 아파트에서 그의 사무실로 이동했다. 장소 전환이다. 이번에는 시간 전환의 사례를 보자.

"해고당하는 이유를 알고 싶어?" 스티븐슨이 말했다.

"네," 존이 말했다. "말해 줘요."

"앉아, 그리고 진정해. 네게 얘기할 게 있어."

존은 의자에 털썩 앉았다.

"내 아버지에 대해, 그리고 아버지가 어떻게 이 회사를 시작했는지부터 말해 주고 싶어," 스티븐슨이 말했다. "내 어린 시절부터 시작해야 해."

30분이 지나자, 존은 창문에서 뛰어내리고 싶었다. 스티븐슨이 도무지 이야기를 멈출 기색을 보이지 않았기 때문이다.

스티븐슨이 무슨 말을 하는지 모두 들을 수는 없다. 줄거리에 꼭 필요한 이야기가 아니라면 들어야 할 필요도 없다. 시간 전환은 이렇게 쉽다. 같은 장면에서 시간이 흘러갔다고 말해 주는 한 줄이면 충분하다.

이제 장소 전환에 대해 좀 더 자세히 살펴보기로 하자. 아예 장을 바꾸는 게 아니라, 장 안에서 다른 배경으로 이동하는 방법이다. 장소를 변경할 때는 시점 캐릭터Point of View character를 똑같이 유지할 수도 있고, 다른 시점 캐릭터로 전환할 수도 있다. 어쨌든 독자에게 가장 효율적인 방법으로 지금 무슨 일이 벌어지고 있는지 알려 주어야 한다.

기법은 세 가지다.

1. 이야기 요약Narrative Summary

용어 자체가 제시하듯이, (모든 장면을 보여 주는 대신) 전환 부분을 요약하여, 한 장소에서 다른 장소로 이동할 수 있다. 줄거리나 캐릭터 발전에 필요한 내용이 아니라면 다음 장소로 이동하는 과정을 최소한으로 요약하여 빠르게 다음 장면으로 이동한다. 다음은 첫 번째 예에서 사용한 장면 전환 이야기를 요약한 것이다.

> 가속 페달을 밟으며 존은 마을을 가로질러 달렸다. 정지 신호와 보행자, 적어도 한 명의 경찰을 무시했다.

우리는 운전하는 것은 못 보았다. 그 운전에는 묘사·액션, 아마도 존이 운전 중 했던 내면의 생각 등이 포함되었을 것이다. 하지만 이런 정보가 이야기에 어떤 가치든 더해 주지 않는다면 넣지 말아야 한다. 이렇게 이야기 요약을 이용하여 새로운 장면으로 빠르게 전환할 수 있다.

대중 작가들은 특히 이 이야기 요약에 능숙했다. 탤미지 파월Talmage Powell이 『검은 복면*Black Mask*』 시리즈의 단편 「그녀의 단검이 내 앞에*Her Dagger Before Me*」에서 이 기법을 어떻게 사용하는지 살펴보자.

> "좋아," 나는 말했다. "도와주기로 하지. 이건 살인이야. 사람들 생각과는 달리 사립 탐정은 살인에는 연루되고 싶어 하지 않아. 굳이 살인을 해야만 한다면, 비용이 커."
> "알아," 필리스 다넬이 말했다. "비용은 내가 낼게."
> "걱정 안 해. 어쨌든, 편지를 보낼 거지?"
> 나는 그녀를 내보내고 샤워를 한 후, 맥의 자동차 정비소로 갔다. 내 쿠페는 실린더 링 교체 중이었다.

2. 여백White Space

공간적인 단절을 넣는 방법으로는 다음과 같이 여백을 주는 방법도 있다.

> 존은 아파트에서 뛰쳐나왔다. 덩치 큰 녀석이 달려들어 싸우려 든다면 당장이라도 싸울 태세였다.
> 가속 페달을 밟으며 존은 마을을 가로질러 달렸다. 정지 신호와

보행자, 적어도 한 명의 경찰을 무시했다.

사무실에 들어가자, 접수 담당 직원이 "좋은 아침입니다."라고 말했다.
"그러거나 말거나." 존이 대꾸했다.

여백은 같은 장에서 시점 캐릭터를 전환하는 데 사용하기도 한다. 단, 첫째 줄에 반드시 새로운 시점 캐릭터의 정체를 밝혀라.

존은 아파트에서 뛰쳐나왔다. 덩치 큰 녀석이 달려들어 싸우려는다면, 당장이라도 싸울 태세였다.

질 스티븐슨은 사무실 문밖으로 고개를 내밀었다. "스톤은 아직 안 왔나요?"
"아뇨, 스티븐슨 씨," 페기가 대답했다.
"아, 그럼 오는 대로 들여보내 주세요!" 그는 문을 꽝 닫고는 한숨을 내쉬었다. 일진이 좋은 날은 아니라는 생각이 들었다.

3. 없어도 그만Just Be There

W. T. 발라드Ballard는 대중 소설의 황금기에 엄청나게 많은 글을 썼던 작가였다. 그의 소설에는 할리우드의 한 영화사

에서 분쟁 중재자 역할을 하는 빌 레녹스Bill Lennox라는 주인공이 지속적으로 등장했다. 재미 삼아 레녹스가 등장하는 첫 번째 소설, 「약간은 다른*A Little Different*」을 읽어 보았다. 1933년 『검은 복면』에 실렸던 소설이다. 어느 장면에서 레녹스는 택시를 타고 있고, 질이 좋지 않은 사립탐정이 그가 탄 택시 뒤를 추적하고 있다. 레녹스는 택시 기사에게 돈을 주며 추격자를 따돌려 달라고 부탁한다.

> 기사는 싱긋 웃은 다음, 바인 쪽으로 차를 급히 틀었다가, 선셋에서 다시 오른쪽으로 틀었다가, 하이랜드에서는 왼쪽으로 틀며 신호를 무시하며 달렸다. 그러다 앨링턴과 피코 도로가 만나는 교차로 모퉁이에 차를 세웠다.
> 레녹스는 "멜로즈와 밴 네스 교차로로 가 주시죠"라고 말했다.
> 택시 기사는 어깨를 으쓱하더니 웨스턴 쪽으로 방향을 틀었다.
> 레녹스는 모퉁이에서 차를 내려 아파트로 걸어갔다.

기사가 웨스턴 쪽으로 차의 방향을 튼 다음부터, 레녹스가 차를 내리기 전까지 무슨 일이 일어났을까? 당연히 운전이라는 행위가 있고, 둘 사이에 대화가 약간 오갔을 수도 있고, 원하는 장소에 도착하는 결과도 있고, 그리고 모퉁이에서 차를 세운 사건 등이 있을 것이다. 하지만 여기서 그 어떤 사건이나 행위도 굳이 설명하거나 묘사했어야 할 필요는 없다.

모두 없어도 그만인 정보일 뿐이기 때문이다. 여기서 비밀 한 가지를 알려 드리겠다. 독자는 이런 불필요한 요소들은 무의식적으로 보충해서 읽는다. 따라서 일일이 짚어가며 쓰지 않더라도 독자가 글을 읽는 속도가 느려지거나 하는 일은 없다.

속도가 나왔으니 하는 말인데, 전환을 어떻게 다루느냐가 바로 속도를 조절하는 주요한 방법이다.

앞에 든 예들은 속도를 빠르게 유지하고 있다. 하지만 속도를 조금 늦추고 싶거나, 독자들에게 숨 쉴 구멍을 제공하고 싶거나, 캐릭터를 심화하고 싶다고 가정해 보자. 그럴 때는 전환을 이용하여 내면의 생각을 더하거나, 아니면 정말 용기를 내어 플래시백을 시도해 볼 수도 있다.

내면의 생각

> 존은 가속 페달을 밟으며 마을을 가로질러 달렸다. 앞에 경찰이 보이자 차의 속도를 늦추었다. 과속 딱지를 원치 않았기 때문이다. 지금 필요한 건 딱지가 아니라 한 잔의 술이었다. 바니스에 잠깐 들러 한잔하면 괜찮겠지. 그럼! 약간의 술로 얻는 용기는 나쁠 리 없지.
> 당연히 나쁘지, 이 바보야. 어떻게 될지 뻔하잖아. 위스키 두 잔만 마셔도 마이크 타이슨 같은 덩치랑 싸우려 들면서.

플래시백

존은 가속 페달을 밟으며 마을을 가로질러 달렸다. 앞에 경찰이 보이자 차의 속도를 줄였다. 과속 딱지를 원치 않았기 때문이다. 그는 마치 운전 교습 고득점자처럼 정확히 빨간 불 앞에서 차를 멈췄다.

사실 고등학교 다닐 때 존은 운전 교습에서 고득점을 받았다. 그 사고가 있기 전이었다. 어느 날 밤 그는 톰 바커와 함께 놀러 나갔다. 존은 아빠의 포르쉐를 몰고 있었다. 톰은 인앤아웃 햄버거 집에 가자고 했다. 존은 가볍게 술이나 한잔하길 원했다.

"누구한테 사 달라고 하자." 존은 말했다. "너 배 터지도록 먹게."

말할 필요도 없이(이래 놓고 또 말하지만), 솜씨 있는 전환은 독자들이 허구의 꿈에 더 쉽게 몰입하게 할 수 있는 훌륭한 방법 중 하나이다.

꿈 시퀀스

나는 첫 쪽을 쓸 때 경험적인 원칙이 있다. 그것은 절대로 꿈으로 시작해선 안 된다는 것이다. 레스 에저튼Les Edgerton은 『흥미 끌기: 첫 쪽부터 독자를 사로잡는 소설 쓰기*Hooked: Write Fiction That Grabs Readers at Page One*』라는 훌륭한 책에서 이렇게 말했다.

> 이야기를 액션으로 시작한 다음 그 액션이 캐릭터의 꿈에 불과했다고 제시하는 짓은 절대 금물이다. 여러분의 원고가 일련의 욕설과 함께 이리저리 던져지는 꼴을 보고 싶지 않다면 말이다. 여러분은 SASE(Self-Addressed Stamped Envelope. 반송용 우편)으로 퇴짜를 맞거나, 아니면 근사한 우체부가 전하는 거절 편지를 받을 수도 있다.

여러분 중에는 SASE와 종이 원고 시대를 기억할 정도로 나이 든 사람도 있을 것이다. 여러분의 자식뻘이라면 사전에서 찾아봐야 할 표현이겠지만 말이다.

이 규칙의 유일한 예외가 있다면 첫 문장에서 독자들에게 지금 일어나는 상황이 꿈이라고 알려 줄 때이다. 대프니 듀 모리에Daphne du Maurier가 「레베카*Rebecca*」라는 영화로 더욱 유명해진 『지난밤 다시 맨덜리로 가는 꿈을 꾸었다*Last night I dreamt I went to Manderley again*』에서 사용했던 방법이다. 그렇지만, 나는 꿈 시퀀스Dream Sequence를 사용하지 말라고 충고하는 쪽이다.

꿈은 첫 부분이 아니라면 딱 한 번, 아주 긴박한 순간에 캐릭터의 감정을 드러내는 특정한 목적을 위해서만 사용하라고 추천한다. 딘 쿤츠가 『더 시티*The City*』 15장에서 사용했던 방법이다.

> 결국 소파로 되돌아왔다. 밤새 경계하며 서 있다 보니 너무 지쳤다. 나는 깊은 잠의 수렁에 빠져 한참을 허우적거렸다. 잠시 후 꿈이 시작되었다. 칠흑처럼 깜깜한 곳이었다. 주변에는 온통 흐르는 물소리가 들렸다. 마치 비 내리는 강을 따라가는 배 안에 있는 것 같았다….

물론 꿈이 줄거리에서 핵심적인 부분일 때는 이 충고를 따르지 않아도 좋다. 예를 들어 1945년 알프레드 히치콕Alfred Hichcock이 감독한 영화 「스펠바운드*Spellbound*」가 좋은 사례이다.

꿈은 또 다른 방식으로도 이용할 수 있다. 꿈은 '거울 순간'을 만드는 완벽한 장치이다. 거울 순간에 대해서는 내가 다른 책에서도 충분히 설명했다. 간단히 요약하자면, 소설의 한가운데서 주인공이 자신의 진정한 자아를 직면하고 그 궤적을 바꿀 결정을 내려야 하는 때이다. 거울 순간에는 두 가지 유형이 있다.

하나의 유형은 캐릭터가 (때로는 문자 그대로의) '거울'에서 자신을 마주하며, 자신의 내면에 대해 숙고하는 경우이다. 그 후 그는 좋은 쪽으로 바뀌게 될까? 소설의 나머지 부분은 그에게서 근본적인 변화가 일어났는지 아닌지 다루게 된다. (예를 들어 「카사블랑카」에서 주인공 릭의 변화.)

또 다른 유형은 캐릭터가 어떤 상황에 마주해 자신의 죽음이 임박했음을 깨닫는 경우이다. 주어진 상황은 도무지 헤쳐나갈 수 없어 보인다. 예를 들어, 『헝거 게임』에서 캣니스가 마주하는 거울 순간이다. 정확히 소설 한가운데서, 그녀는 상황을 가늠하고는 혼잣말한다. 죽기 나쁘지 않은 곳이군. 이러한 순간에 독자들은 과연 이 캐릭터가 힘과 지혜를 짜내 역경과 싸워 이겨 나갈 수 있을까 궁금해진다.

꿈은 이러한 두 가지 유형의 거울 순간을 제시하는 데 사용할 수 있다.

최근 나는 존 D. 맥도널드John D. MacDonald의 트래비스 맥기Travis McGee 시리즈의 마지막 책 『고독한 은빛 비*The Lonely Silver Rain*』를 다시 읽었다. 이 책에서 주인공 트래비스 맥기는 도난당한 보트를 찾는 임무를 맡는다. 보트를 발견한 맥기는 소름 끼치는 장면을 목격한다. 끔찍하게 살해당한 시체 세 구가 보트 안에 있었던 것이다. 얼마 후에는 누군가가 맥기를 죽이려 한다. 그의 목숨을 노리는 시도는 되풀이된다. 도대체 이유가 뭘까? 맥기로서는 알 수가 없다. 다만 보트에서 일어났던 일과 관계가 있으려니 짐작할 뿐이다. 그는 해답을 찾기 위해 많은 시간과 노력을 들인다. 하지만 계속 난관에 부딪힌다. 그래서 책 한가운데 이런 구절이 나온다.

> 추위 때문에 꿈에서 깨어났다. 꿈에서 나는 타원형 탁자에서 포커 게임을 하고 있었다. 탁자 중앙에는 녹색 등이 있었지만, 빛이 워낙 흐리다 보니 탁자에 앉은 사람들의 얼굴을 제대로 알아볼 수 없었다. 모두가 어두운 옷을 입고 있었다. 파이브 카드 드로우를 하고 있었는데, 처음에 받은 카드 중 잭 이상의 카드를 오픈하는 방식이었다. 빨간색 자전거가 뒷면에 그려진 카드였다. 내게 주어진 다섯 장의 카드를 집어 보니, 앞면이 아무런 숫자나 문양

도 없이 텅 비어 있었다. 그냥 텅 빈 종이였다. 이게 뭐냐고 불평하려 했지만 무슨 이유에선지 망설여졌다. 나는 패가 주어질 때마다 앞면을 오픈하여 탁자 위에 올려놓고, 사람들이 내 카드가 이상하다는 것을 알아봐 주었으면 했다. 내 카드를 제외한 다른 카드는 모두 정상적이었다. 승자가 자신의 패를 보여 줄 때마다 볼 수 있었다. 많은 베팅이 있었지만 모두 침묵 속에서 이루어졌다. 많은 돈이 걸려 있었다. 그러다가 패 하나를 집어 보니 실제 카드였다. 나는 카드를 순서대로 정렬하지 않았다. 나는 포커 패나 브릿지 패를 절대로 정렬하지 않는다. 주의 깊은 상대라면 이런 행동에서 많은 정보를 얻을 수 있기 때문이다. 나는 세 개의 클로버 킹과 두 개의 다이아몬드 잭을 가지고 있었다. 꿈에서는 전혀 이상하다고 느껴지지 않았다. 그들은 내가 베팅할 때를 기다리고 있었다. 그 순간 추위 때문에 깨어났다. 꿈에서 나는 좋은 패를 가지고 긴장감에 떨고 있었다. 그 떨림은 현실이었다.

그는 왜 이런 꿈을 꿨을까? 맥기는 자신을 노리는 사람들이 있다는 사실을 알고 있다. 하지만 그들이 누군지는 모른다. (그는 탁자에 앉은 사람들 얼굴을 볼 수 없다.) 그는 많은 사람을 대상으로 탐문해 보았지만 아무런 성과가 없었다. (앞면이 텅 빈 카드.) 그는 잘못 알고 있을 수도 있다. (포커 게임에서 세 개의 클로버 킹과 두 개의 다이아몬드 잭을 가지고 있는 것처럼.) 꿈에서의 떨림은 불확실성이다. 그 불확실성은 현실 세계로 전이된다.

내가 보기에는 이것은 '도무지 헤쳐 나갈 수 없어 보이는 상황' 유형의 거울 순간으로 완벽한 사례이다. 물론 꿈은 첫 번째 유형, '나는 정말 누구인가?' 유형에도 쉽게 활용할 수 있다.

이러한 꿈에는 우리의 꿈에 실제로 나타나곤 하는 기괴한 디테일들이 포함되어 있어야 효과가 좋다. 앞에서처럼 앞면이 텅 비어 있다가, 갑자기 우리가 알고 있는 익숙한 카드로 바뀌는 것이 좋은 예이다. 물론 이러한 상징은 어떤 식이건 이야기에서 진행되는 내용과 관련이 있어야 한다.

좋은 꿈 시퀀스는 독자들에게 감정적인 영향을 미친다. 그리고 또 어떤 경우에는 독자들이 글을 읽다가 멈추고 그 의미가 무엇인지 곰곰이 생각하게 만들 수도 있다. 어쨌든 간에 이런 꿈 시퀀스는 독자들이 이야기에 좀 더 깊이 몰입하게 만들기 때문에 둘 다 훌륭한 결과를 만들어 내는 탁월한 도구라고 할 수 있다.

장면을 먼저 생각하라

어느 블로거가 내게 질문을 보냈다. 한 장chapter의 길이는 어느 정도여야 하는지 묻는 질문이었다. 내가 쓴 답장은 다음과 같다.

> 한 장이란 그저 커다란 전체의 일부입니다. 파이 한 조각이라고 생각하면 되죠. 조각은 얇을 수도 있고, 두꺼울 수도 있습니다. 옛날에는 한 장은 어느 정도 길이여야 한다는 일종의 기대치가 있었답니다. 다시 말해 너무 짧아서는 안 된다. 한 면이나 두 면에 그쳐서는 안 된다는 식이었죠. 이제는 낡은 이야기입니다. 지금은 장의 길이·기능, 그리고 전략은 작가가 원하는 대로 정하면 됩니다.

내가 장면을 위주로 한 사고를 선호하는 이유도 바로 그 때문이다. 나는 영화처럼 글을 쓰려고 노력한다. 우리가 살아가는 세상은 시각 문화가 지배하고 있다. 우리는 영화·텔레비전·유튜브·틱톡에 빠져 살고 있다. 이러한 시각 문화에서 장면은 기능이나 길이가 대단히 유연하다. 커다란 장면, 작은 장면, 심지어 설정 샷establishing shot도 있을 수 있다. 다시 한번 말하지만, 저자가 필요하다고 생각하는 만큼 장의 길이는 길거나 짧아도 좋다. 아무래도 괜찮다는 말이다. 단, '지나치게 길지만 않으면' 된다. 독자들의 집중력이 전보다 짧아졌기 때문이다. 그래서 요즘 소설들은 장이 더 짧아지고 '여백'은 더 많아졌다.

소설가는 대체로 한 장면에 관점 하나라는 일반적인 규칙을 고수한다. 다시 말해 한 장면에서 둘 혹은 그 이상의 캐릭터 사이에 '시점 전환head hop'을 하거나, 내면의 생각이나 관점을 갑작스럽게 이동하지 말아야 한다. 한 장면에서는 한 캐릭터의 관점에 집중하여 독자와 그 인물 간의 친밀한 관계를 쌓아 유지해야 한다. 100년 전만 해도 이런 충고는 그다지 중요하지 않았다. 당시 작가들은 전지적 시점omniscient POV을 즐겨 사용했고, 이런 시점에서는 저자의 목소리가 이야기를 좀 '침범intrude'해도 괜찮았다. 오늘날 상업 장르 소설 시장에서는 꿈도 꿀 수 없는 일이다.

내가 쓰는 스릴러물에서 장면의 길이는 다양하다. 액션 장면에는 목적, (갈등을 만들어 내는) 장애물, 결과가 있다. 결과는 보통은 일종의 차질setback(주인공이 목표를 달성하는 데 방해되는 사건이나 상황)로, 서스펜스를 만들어 낸다. 독자는 캐릭터가 이 곤란한 상황에서 어떻게 벗어날지 궁금해하며 계속 책갈피를 넘기게 된다. 여러분은 다음 장면에서는 더 많은 곤란한 상황을 쌓아 놓아야 한다.

하지만 나는 짧은 장면, 그러니까 반 페이지에서 한 페이지 정도의 장면은 그때그때 기분에 맞춰 넣는다. 이 장면들은 흔히 내 소설의 주인공들이 거울을 마주하고 분석하며 반응하는 장소가 된다. 나는 독자들이 그런 주인공의 내면과 경험을 볼 수 있어야 한다고 생각한다. 또 짧은 장면은 다른 장소로 '점프 컷jump cut(빠르게 장면을 전환하는 영화의 편집 기법)' 하고, 빠르게 전환하며, 캐릭터 시점에서 이야기를 보여 주는 데에도 사용한다(나는 보통 1인칭으로 소설을 쓴다).

예를 들어, 『로미오의 도시*Romeo's Town*』는 시리즈 캐릭터 마이크 로미오가 서점에서 칼 공격에 대처하는 장면으로 시작한다. 대략 1,250단어 정도로, 시작·중간·엔딩 장면이 완벽하게 갖춰져 있다. 그다음에는 마이크가 경찰에게 조사를 받는 짧은 장면이 이어진다. 150단어 정도로, 주로 대화로 이루어져 있으며, 긴 형사의 심문 장면으로 전환하는 역할을 한다.

로미오 시리즈에서 나는 장 번호를 매기지 않았다. 장면들은 여백으로 구분했다. 이런 방식은 아주 자유로운 느낌을 주었다. 독자들에게도 책갈피를 끼워 놓고 잠시 쉴 수 있도록 많은 선택권을 준다. 사실은 애초에 장이 도입되었던 이유가 바로 이것이었다.

장면이나 장을 내가 부르는바 '계속 읽기 프롬프트Read-On Prompt(독자가 계속 책을 읽도록 유도하기 위한 문구나 질문)'로 끝낸다면 모든 장르에서 도움이 될 것이다. 때로 계속 읽기 프롬프트의 문구는 서스펜스 유발에 사용되어, 나쁜 일이 일어났거나 일어나리라는 점을 넌지시 암시해 줄 수 있다. 또는 마지막 한 줄에 감정적인 충격, 매력적인 대화의 한 줄, 답이 아직 나오지 않은 질문을 배치할 수도 있다. 내가 워크숍 때마다 추천하는 한 가지 기법은 원고를 끝까지 쭉 검토한 다음, 각 장면의 엔딩 부분을 눈여겨 살펴보는 것이다. 그러면서 마지막 한두 줄을 삭제할 수 있는지 여부를 확인한다. 대개 이 간단한 기법을 통해 독자가 페이지를 넘기는 동력을 얻을 수 있다.

추가 정보

가끔은 다음 장면까지 이야기를 넘기지 않고 주어진 한 장면을 '성공적'으로 완결하고 싶을 때도 있다. 시점 캐릭터viewpoint character가 원하던 목표를 달성하면서 한 장을 끝내는 방식이다. 하지만 이때에도 주인공의 승리가 더 큰 곤란이나 문제로 연결되도록 효과적인 방안을 고민해 보라. 영화 「도망자*The Fugitive*」에서, 자신이 저지르지도 않은 살인 혐의로 도주하고 있는 숙련된 외과 의사 리처드 킴블은 병원 수위로 위장한다. 중증 외상 병동의 혼란 속에서 그는 긴급 수술을 통해 한 아이의 생명을 구할 기회를 얻는다. 성공한다! 아이의 생명을 구한 것이다. 하지만 그 탓에 그는 정체를 발각당해 다시 도망쳐야만 한다.

감정의 강도를 높여라

미국 시인 로버트 프로스트Robert Frost는 이렇게 격언을 남겼다고 한다. "작가가 울지 않으면 독자도 울지 않는다." 독자에게 감동을 주려면 글을 쓰는 작가도 감정을 깊이 느껴야 한다는 말이다. 하지만 더 중요한 것이 있다. 그 깊은 감정을 독자들에게 전달하는 방법을 알아야 한다는 것!

약간의 충고를 드리자면 다음과 같다.

1. 느껴라

전설적인 연기 스승 콘스탄틴 스타니슬랍스키Konstantin Stanislavsky가 우리에게 전수해 준 기법으로 감정 기억emotion memory이라는 게 있다. 한 장면에서 전달하고 싶은 감정이 있다면 그 감정을 느꼈을 때로 되돌아가 생각해 보라는 것이다. 조용한 장소로 가서 모든 감각 데이터를 동원해 그 기억을 재창조하라. 즉 보고 냄새 맡고 만지고 듣고 맛본 모든 것을 되살려라.

이러한 감각을 회상하다 보면 그 감정이 다시 새롭게 당신 안에서 샘솟는 것을 느끼게 될 것이다. 이러한 기억을 통해 그 감정을 마치 지금 일어나고 있는 것처럼 다시 생생히 경험하게 된다.

약간 연습만 하면 감정 기억을 활용해, 특정 장면을 쓸 때 필요한 감정을 불러낼 수 있다.

2. 즉흥적으로 써라

여러분의 캐릭터들이 마음대로 뛰어놀도록 풀어놓아라. 여러분은 극장에 편히 앉아 있다고 생각하고, 어떤 일이 벌어지는지 지켜보라.

눈을 감고 한 캐릭터를 떠올려 보라. 장면을 설정하라, 즉 계획하지 말고 머리에서 떠오르는 대로 그려 보라.

그 캐릭터를 따라가라. 어떻게 움직이는가? 무엇을 입고 있는가? 배경에 어떻게 반응하는가?

이제 캐릭터가 그 장면에 있어야 하는 이유를 제시하라. 그는 어디로 가고 있는가? 왜 그곳으로 가고 있는가? 캐릭터가 관객을 바라보며 자신이 무엇을 추구하는지 말하게 하라. 그 추구하는 것은 캐릭터에게 매우 중요해야만 한다.

> [주의] (여러분이 굳이 사용하겠다고 마음먹지 않는 이상) 이 장면이 실제로 여러분의 소설에 등장하는 것은 아니다. 이 장면은 여러분의 캐릭터를 좀 더 깊게 이해하기 위해 상상해 보는 것이다. 깜짝 놀랄 만한 캐릭터를 창조해 보라.

어떤 목적을 향해 나아가는 캐릭터를 설정했다면, 다른 캐릭터를 같은 장면에 도입해 보라. 새 캐릭터는 앞선 캐릭터와 정반대 인물이 되어야 한다.

그리고 그 장면이 어떻게 펼쳐지는지 지켜보라. 장면을 여러분 마음대로 통제하려 들지 말라. 장면에서 상충되는 두 감정이 마구 날뛰도록 내버려 둬라. 캐릭터들이 갈등을 벌이고 싸우게 하라. 그 열정을 관찰하고 글에 담을 수 있도록 간직하라.

셰인 스컬리 시리즈로 유명한 작가 고 스티븐 J. 커넬Stephen J. Cannell은 이렇게 말했다. “나는 본능에 따라 글을 씁니다. 책 전체를 계획 없이 쓰는 거죠. 나 자신이 캐릭터가 됩니다. 캐릭터인 셰인처럼 무언가를 말하고는, 이내 그의 아내 알렉사가 되어 다른 말을 합니다. 그러다 보면 나도 모르게 감정적이 되고 또 그 감정에 반응하게 됩니다. 내 캐릭터들이 무엇을 원하는지 알고 느껴야 합니다. 그런 과정은 정말 재미있어요."

예기치 못한 순간 상상 속에 떠오르는 이미지에도 주의를 기울여라. E. L. 닥터로는 여러 해가 지난 후 뉴욕주의 애디론댁 산맥the Adirondacks을 다시 방문하면서 '감정이 고조된 느낌'을 받았다고 말했다. 그는 '룬 레이크Loon Lake'라는 표지판을 보았다. 그리곤 그 낱말들이 합쳐진 소리가 마음에 들었다. 그 순간 폭풍 같은 이미지가 그를 덮쳤다. 밤에 애디론댁 산맥을 통과하는 개인 소유의 기차, 거기에 탑승하고 있는 갱스터, 거울 앞에서 흰 드레스를 들고 있는 아름다운 소녀 등의 이미지였다. 그는 이 이미지들의 의미를 전혀 알 수 없었지만, 그럼에도 불구하고 그 이미지들에 관해 글을 쓰기 시작했다.

즉흥적으로 떠오르는 이미지들은 감정으로 요동치는 이야깃거리가 된다.

3. 계획을 세워라

이제 좌뇌의 도움을 받을 차례다. 특정 장면을 쓰기 전 몇 가지 중요한 질문을 던져 보라.

- 이 장면의 시점 캐릭터는 누구인가?
- 그는 무엇을 원하는가?
- 그가 원하는 것을 갖지 못하는 이유는 무엇인가? 누가 혹은 무엇이 그를 가로막고 있는가?
- 그가 나아가는 길에는 어떤 방해물이 있는가?
- 그는 원하는 것을 얻기 위해 어떤 전략을 사용할까?
- 감정적 혼란과 새로운 계획의 필요성으로 이어질 수 있는 놀라운 사건으로는 어떤 것이 있을까?

4. 글을 써라

편하게 쓸 수 있는 만큼 빠르게 써라. 수정을 염두에 두고 쓸 때는 아니다. 감정을 글로 옮기고, 그 감정적 순간을 과장해서 써라. 자신을 풀어놓아라! 캐릭터 내면으로 들어가라. 이제, 다음날 다시 이 장면으로 돌아와 올바르다고 생각하는 정도로 잘라 내며 수정하라. 한두 줄만 남을 수도 있다. 하지만 과장된 내용에서 솎아 낸 것이므로 쓸 만한 선택지일 것이다.

5. 글을 끝내고, 잘라 내고, 다듬어라

계속해서 써라. 동력을 유지하라. 그 빌어먹을 소설을 끝내라!

감정을 담아 썼다면 여러분의 원고는 대단한 가치를 지닌 원석일 수 있다. 이제 전문 다이아몬드 연마공처럼 원석을 잘라 내는 마감 작업을 해야 할 때이다. 사람들은 이를 퇴고 과정이라 부른다.

그리고 나의 마지막 단계는 언제나 반짝반짝 닦아 빛나게 만드는 작업이다. 각 장면의 시작과 끝 장면, 긴 대화를 다시 한번 살핀다. (여기저기 조금만 다듬어도 큰 차이가 생긴다.)

다이아몬드는 열기가 만든다. 위대한 소설도 마찬가지다. 캐릭터와 플롯을 강렬하게 느껴야만 원석이 만들어진다. 그 다음은 깎고 다듬고 빛나게 만들어야 한다. 그래야 비로소 여러분의 소설은 경쟁력을 확보한 수많은 작품들 중에서 두각을 드러낼 수 있다.

장면을 강화하는 세 가지 쉬운 방법

장면이란 무엇인가? 액션의 단위이다. 소설이라는 건물을 지을 때 사용되는 벽돌이다.

장면에서는 장면의 목적이 있는 시점 캐릭터가 등장한다. 목적이 없으면 장면은 밋밋하고 부서지기 쉽다. 목적은 장애물을 만나야 한다. 그래야 갈등이 생긴다. 장애물이 없으면 장면은 지루해진다. 마지막으로 결과가 있어야 한다. 결과는 독자를 다음 장면으로 이끌어야 한다.

이러한 요소들이 모두 포함된 장면을 구성했다고 가정해 보자. 자신이 맡은 역할을 충실히 수행하는 단단한 벽돌이 구축된 셈이다. 이 벽돌을 강화하는 세 가지 손쉬운 방법을 제안하고 싶다.

1. 캐릭터는 나중에 등장해도 된다

어떤 장면이 다음과 같이 시작된다고 생각해 보자.

> 다음 날 아침 나는 샤워하고 면도한 후 최고의 정장을 입었다. 나는 불러드 씨에게 내가 시간을 잘 지킬 뿐 아니라, 누가 보더라도 전도유망한 멋진 청년 영업 사원이라는 것을 증명하려 했다.
> 하지만 교통 상황이 도와주지 않았다. 405 도로가 꽉 막혔다. 그래서 나는 10분이나 늦었다.
> 불러드 씨 사무실로 들어가자마자 그의 입에서 나온 첫 말은, "너 늦었어."였다.
> "죄송합니다, 불러드 씨, 하지만 교통이…."
> "난 교통엔 관심 없어. 내가 8시 30분에 오라고 했지. 그럼 그때 넌 여기 와 있어야 하는 거야."
> "그럴 수 있다면야…."
> "내가 듣고 싶은 소리는 네가 그만두겠다고 책상을 치우는 소리뿐이야."

괜찮다. 기술적으로는 이렇게 장면을 시작해도 잘못이라고 할 수 없다. 어쨌든 모든 배경은 설정되었다. 이제 여러분은 소설이 이 속도로 계속 진행되도록 내버려 둘 것인가만 결정하면 된다. 그러나 다음과 같은 방식으로 장면을 시작할 수도 있다.

"너 늦었어," 불러드 씨가 말했다.

"죄송합니다. 불러드 씨, 하지만 405 도로가 막혀서…."

"난 교통엔 관심 없어. 내가 8시 30분에 오라고 했지. 그럼 그때 넌 여기 와 있어야 하는 거야."

"그럴 수 있다면야…."

"내가 듣고 싶은 소리는 네가 그만두겠다고 책상을 치우는 소리뿐이야."

나는 슬그머니 사무실에서 빠져나왔다. 최고의 정장을 차려입고 있다는 사실이 우스꽝스러웠다. 이런 차림으로 내가 전도유망한 멋진 청년 영업 사원이란 걸 보여 주려 했던 거잖아, 응? 웃기는 일이었다.

두 번째 예에서는 첫 사례의 일부 설명을 대화 속에서 제시하였다. 이것이 좀 더 나은 선택이다. 긴장감 넘치는 대화 한가운데 배치할 수 있다면 말이다.

[조언] 여러분이 쓴 소설의 모든 장면 시작 부분을 보고 캐릭터가 조금 늦게 등장해도 될지 살펴보라. 캐릭터가 장면에 늦게 등장하더라도 대체로 잃을 것은 없다.

2. 캐릭터를 빨리 퇴장시켜라

내 생각에 대부분 작가들은 한 장면을 '종결closure'까지 쭉 쓰는 것 같다. 한 장면을 마치 하나의 완결된 단위처럼 끝내고 싶어 하는 것이다. 예를 들어 다음과 같다.

> 마지막으로 나와 몰리가 함께 찍은 액자 사진을 상자에 넣었다.
> "해고군요."
> 나는 머리를 들었다. 회계 관리자 제니퍼였다.
> "넵," 나는 말했다.
> "걱정하지 말아요," 그녀는 말했다. "잘 될 거예요."
> 그리고 그녀는 사라졌다.
> 나는 상자를 다 채웠다. 내 사무실, 즉 예전 사무실을 마지막으로 한 번 더 둘러본 다음 엘리베이터로 향했다. 5분 후 나는 거리로 나왔다.

마지막 문단은 이 장면이 완성된 단위라는 느낌을 준다. 그게 뭐가 잘못되었단 말인가? 독자는 무의식적으로 숨을 내쉬고, 약간 긴장이 풀어진다. 여러분이 이런 반응을 의도했다면 나쁘지 않다. 하지만 페이지를 넘기는 동력을 계속 부여하는 방법도 있다. 다음 예시를 보자.

마지막으로 나와 몰리가 함께 찍은 액자 사진을 상자에 넣었다.

"해고군요."

나는 머리를 들었다. 회계 관리자 제니퍼였다.

"넵," 나는 말했다.

"걱정하지 말아요," 그녀는 말했다. "잘 될 거예요."

그리고 그녀는 사라졌다.

잠깐, 뭐라고? 그녀가 사라지고 나면 어떤 일이 일어날까? 독자들은 알고 싶다! 따라서 빨리 페이지를 넘기게 되고, 여러분은 독자를 다음 장면으로, 다시 액션 한가운데로 데려갈 수 있다.

"제임슨 더블로," 나는 말했다. "얼음은 빼고."

점심 먹기는 아직 이른 시간이었다. 바는 시원하지만 어두웠다.

"힘든 아침이었나 봐요?" 바텐더가 말했다.

[조언] 여러분이 쓴 글의 장면마다 마지막 부분을 모조리 찾아서, 조금이라도 다듬으면 페이지를 넘기는 동력이 강화될 수 없을까 살펴보라. 만족할 만한 결과를 얻을 것이다.

3. 독자를 놀라게 하라

나는 포스트잇에 SUES라고 써서 늘 보이는 자리에 붙여 놓는다. SUES는 '모든 장면에 놀라움이라는 요소를 넣어라 Something Unexpected in Every Scene'는 의미의 문구이다. 이 말을 염두에 두고 있는 사람의 글은 지루해질 겨를이 없다. 독자가 다음에 무슨 일이 벌어질지 예상하는 순간…, 바로 지루해지는 순간이다!

그렇기에 때로는 장면의 결과를 바꾸어 커다란 충격이나 반전을 제시해야 할 때도 있다. 하지만 매번 그렇게 하면 독자가 경기를 일으킬 수 있다. 그러니 장면 자체에서 놀라움을 만들어 낼 수 있는 방법을 찾아내야 한다. 다시 한번 말하지만 어려운 일이 아니다.

[조언] 그저 장면을 보면서 각각의 장면 단위beat에서 독자가 무엇을 기대할지 자문해 보라. 그런 다음 그 기대와 다른 요소를 제시하라. 다음을 시도해 보라.

- 정형화된 캐릭터 뒤집기.
- 신선한 묘사 보태기.
- 우회적이고 간접적인 대화 활용하기.

간접적인 대화는 내가 가장 선호하는 방법이다. 다음 사례를 보라.

"저 가게로 가자, 앨."
"오케이, 빌, 좋은 생각이야."

위의 대화법을 '직접적인on the nose' 대화라 한다. 저런 대화가 필요할 때도 있다. 우리가 실제 생활에서 의사소통하는 방식이기도 하니까. 하지만 독자를 놀라게 하려면 직접적인 대화를 살짝 비껴가는 '간접side-step' 대화법이 독자를 놀래키는 더 쉬운 길이다.

"저 가게로 가자, 앨."
"자네 와이프가 어제 전화했어."

"저 가게로 가자, 앨."
"그 넙데데한 얼굴 좀 치워 줄래?"

지금까지 말한 세 가지 방법은 장면을 강화하는 데 쉽게 활용할 수 있다. 적용하는 데 시간이 들지도 않으면서 투자 대비 소득은 막대하다.

특별한 장면

스티븐 킹은 『유혹하는 글쓰기*On Writing*』에서 이렇게 말했다.

> 좋아하는 걸 쓰세요. 그다음 거기에 생명력을 불어넣고, 삶·우정·관계·섹스·일에 대한 여러분만의 개인적 지식을 섞어 독특한 것으로 만들어 보세요. 특히 중요한 건 일입니다. 사람들은 일을 다루는 글을 좋아해요. 이유는 모르겠지만, 정말입니다.

감히 이유를 설명하면 다음과 같다. 사람들은 특정 전문직, 혹은 단순한 직업이라도 그게 어떤 건지, 거기엔 어떤 흥미로운 측면이 있는지, 그런 측면이 왜 있는지 커튼 넘어 몰래 보며 알고 싶어 한다. 재판 변호사가 변호를 준비하는 방식이든, 폭탄 제거반이 폭탄에 접근하는 방식이든, 카우보이가 말을 길들이는 방식이든 간에, 독자들은 디테일이 매끄럽게 스토리에 녹아들어 있으면(사실 반드시 그래야만 한다.) 푹 빠져든다.

나는 이런 이야기를 내 노트에 이렇게 적었다.

> 특별한 장면
>
> 드라마 「브레이킹 배드*Breakin Bad*」에는 불법적인 총 매매 장면이 있다. 총 판매자는 총을 뽑는 방법부터 시작해, 총에 대한 모든 면밀한 지식을 제공한다. 책에 그런 전문적인 지식 하나둘 정도는 넣어야 한다. 전문가에게 자문을 구하라.

조금만 노력해도 특정 기업의 내밀한 정보를 속속들이 파악하고 있는 사람을 찾을 수 있다. 그런 사람과 인터뷰를 해서 독특한 디테일을 찾아보라. 그리곤 이 디테일을 이야기에 더하되, 정보를 한꺼번에 왕창 제공하는 정보 과다는 피해야 한다. 조절만 잘하면 독자들은 디테일이 풍부한 여러분의 이야기를 더욱 재미있게 읽을 것이다.

장면에 놀라움 첨가하기

나의 노트에서

새로운 글쓰기 통찰(2008년 3월 2일) SUES: 모든 장면에 놀라운 요소를 넣어라Something Unexpected in Every Scene! 다시 말해서, 각 장면마다 (예기치 못하고, 반전이 있고, 엉뚱하고, 아니면 그저 불편한) 뭔가 '다른 것'을 제시하는 경우, 그 누적 효과는 독자들이 '난 이런 건 여태 본 적이 없어'라고 생각하게 만드는 것이다. 독자의 독서 경험 전체가 새로워진다.

독특한 요소로는

- 엉뚱한 캐릭터

- 주변 인물
- ‘독자들이 모르는’ 일, 추세, 혹은 테크놀로지
- 날카로운 통찰
- 이제까지와는 180도 다른 행동
- 완벽한 충격
- 순수한 불편. 왜 캐릭터는 이렇게 행동할까? 예컨대, 「매드맨*Mad Men*」 시즌 3 「한밤중」에서 콘래드 힐턴은 왜 돈Don을 ‘불편하게’ 하는 것일까?

그리고, 언제나 대화 중 일부는 예상하지 못한 방식으로 ‘간접성’을 부여하라.

[주의] 예상치 못한 것이 항상 ‘화려한’ 것일 필요는 없다. 약간의 특이함만으로도 상황을 새롭게 만들 수 있다.

예를 들어, 영화 「셜록 홈즈: 그림자 게임」에서 셜록의 형인 독신남 마이크로프트는 닥터 왓슨의 아내를 집에 들인다. 셜록에게서 왓슨에 관한 전보를 받았기 때문이다. 전보는 암호 메시지였는데, 마이크로프트와 셜록이 어릴 때 함께 만들었던 암호를 사용한 것이었다. 왓슨 부인에게 남편이 아직 그녀를 사랑한다고 안심시키며, 남편은 유명 탐정과 함께 모험에 나설 것이라는 내용이었다. 장면 내내 마이크로프트의 하인이 차를 준비하고 있다.

사실 이 장면의 핵심은 기발한 암호이다. 그 자체만으로도 틀림없이 효과가 있었겠으나, 그다지 특별하지는 않았을 터이다.

그래서 영화는 두 가지 예상치 못했던 상황을 제시한다.

첫째, 마이크로프트는 벌거벗은 상태에서 왓슨 부인을 맞는다! 그는 말 그대로 실오라기 하나 걸치지 않았다. 그러면서 그 사실을 깨닫지도 못하고 심지어 관심도 없다. 그래서 왓슨 부인은 전보의 내용이 뭔지 궁금해하면서도 벌거벗은 남자를 쳐다보지 않으려고 애를 쓰게 된다. 따라서 아주 재미있는 대화가 이어진다.

둘째, 마이크로프트의 하인이라는 중요하지 않은 배역은 언제 쓰러질지 모르는 늙고 허약한 노인이 연기한다. 그는 배경을 지나다니며 다른 캐릭터들과 몇 차례 대화를 나눈다. 그 대화 역시 이야기 전개에 재미와 유머를 더한다.

스릴러스 엑스 마키나

데우스 엑스 마키나deus ex machina에 익숙해야 한다. 데우스 엑스 마키나는 라틴어로 '기계 장치를 타고 내려온 신god from the machine(실제로 그리스 고전극에서는 기계를 타고 신이 내려와서 이 말이 만들어졌다고 한다)'이라는 의미이다. 이야기의 클라이맥스를 해결하는 데 느닷없이 사용되어 정당치 못한 느낌을 주는 힘이나 사건을 가리키는 용어이다. 주인공은 살아남지만, 독자들은 '이게 뭐야!'라고 한숨을 쉬게 만드는 장치이기도 하다.

몇몇 스릴러에서 나는 스릴러스 엑스 마키나thrillus ex machina가 작동하고 있는 것을 보았다. 갑자기 주인공이 놀라운 능력을 순식간에 습득한다든가, 필요할 때 초인간적인 힘을 갖게 되기도 한다. 혹은 물리적인 현실 혹은 과학으로 이해할 수 있는 현실이 중단되기도 한다.

가령, 연쇄 살인범이 인질을 잡고 주인공에게 총을 쏘자, 주인공 경찰은 허리 뒤로 왼손을 뻗어 오른쪽 허리춤에 차고 있는 권총을 꺼낸다.

그리곤 한 번도 쏘아본 적도 없는 그 손으로 총을 쏴서 인질의 머리 바로 위 몇 센티미터도 안 되는 곳에 있는 인질범의 오른쪽 어깨를 정확히 맞힌다.

상처에서 피가 튀긴다.

경찰은 다시 한번 왼손으로 총을 발사한다. 이번에는 살인자의 나른 어깨를 완벽하게 맞힌다. 다시 한번 인질의 머리 바로 위 몇 센티미터 안 되는 곳이다.

이 시점에서 살인범은 출혈과 쇼크로 인해 정신을 잃는다.

감히 말씀드리자면, 어깨(혹은 다른 연조직)에 총을 맞으면 피가 튀지 않는다.

게다가 아무리 숙련된 경찰이라고 해도 무고한 시민이 위험에 처한 상태에서 쏴 보지도 않은 손으로 총을 쏜다는 건 믿을 수 없는 일이다. 첫 번째 발사는 그럴 수 있다고 치자. 하지만 인질이 여전히 같은 곳에 있는 상태에서 왼손으로 또 한 발 완벽한 사격을 한다는 건 과장이라고밖에 할 수 없다.

마지막으로, 총을 맞았다고 겨우 몇 초 만에 과다 출혈로 정신을 잃는 사람은 없다. 피를 1리터 정도는 흘려야 산소 공급에 차질이 생기는 법이다.

이 글을 쓴 저자를 비난하려는 것이 아니다. 스릴러를 만족스러우면서도 예측할 수 없는 방식으로 끝내기란 매우 어렵기 때문이다. 아마도 최상급의 작가라면 이따금 스릴러스 엑스 마키나와 같은 설정을 사용해도 오랜 팬들이 우수수 떨어져 나가지는 않을 것이다.

하지만 굳이 그런 위험을 감수해야 할 이유가 있을까?

플래시 백

플래시백이란 무엇인가

플래시백이란 과거에 일어나는 액션이다. 여기서 핵심적인 낱말은 액션이다. 플래시백은 극적 갈등이 있는 실제 장면 혹은 장면들의 집합으로 만들어진다. 내레이션narration만 사용하는 경우, 과거에 관해 말하기telling가 되어 버린다. 그보다는 어떤 일이 마치 지금 일어나듯, 독자를 장면에 몰입하게 만들어야 한다. 따라서 다음과 같이 쓰지 마라.

> 잭은 어렸을 때를 기억하고 있었다. 그는 바닥에 기름을 흘렸다. 아버지가 화를 내는 바람에, 그는 무서웠다. 아버지는 소리를 지르며 그를 때렸다. 잭은 결코 그 일을 잊을 수 없다….

이렇게 써야 한다.

잭은 기름통을 보았다. 여덟 살에 보았던 통과 같은 색이고 형태도 같았다. 그는 그저 그걸 가지고 놀려고 했을 뿐이다. 어릴 때 차고는 그의 무대였다. 집에는 아무도 없었다. 그는 마치 토르가 망치를 들 듯 기름통을 들고, "나는 기름의 왕이야! 너희 모두를 불 질러 버릴 거야!"라고 말했다.

잭은 자신의 발아래 엎드린 가상의 인간들을 내려다보았다.

기름통이 손에서 미끄러졌다.

통을 제대로 잡지 못한 잭은 기름통이 무시무시한 소리를 내며 떨어지는 것을 지켜볼 수밖에 없었다. 통에 든 내용물이 새 콘크리트 위로 흘러나왔다.

잽싸게, 그는 통을 바로잡았다. 하지만 너무 늦었다. 차고 한가운데에는 냄새나는 기름으로 가득한 커다란 웅덩이가 이미 만들어져 있었다.

아버지가 날 죽일 거야!

그는 이 난장판을 수습하기 위해 걸레 같은 것을 찾아 주위를 두리번거렸다.

차고 문소리. 문이 열리고 있었다!

아버지였다.

플래시백의 목적

플래시백은 캐릭터와 줄거리에 관련해 없어서는 안 될 백스토리 정보를 제공하는 데 사용된다. 플래시백은 현재 이야기에서 캐릭터가 행동하는 이유를 독자들이 이해하도록 도움을 주어야 한다. 그렇지 않으면 이야기 단위를 좀 더 잘 이해하기 위한 플롯 포인트plot point를 제시할 수도 있다. 물론 캐릭터 행동의 이유 제시와 플롯 포인트 제시 두 가지 목적을 다 충족시키는 경우도 많다.

플래시백은 전략적으로 사용할 수도 있다. 플래시백 자체가 긴장감 넘치는 막간interlude이 될 수도 있다는 말이다. 조마조마한 순간에 진행하던 이야기를 중단하고 플래시백을 넣으면, 독자는 플래시백을 기대감으로 충만하여 읽게 된다. 그러면서 페이지를 마구 넘기게 된다.

플래시백의 배치

나의 조언은 간단하다.

- 너무 빨리 넣으면 안 된다. 액션과 함께 이야기가 굴러가게 하라. 독자들이 캐릭터에 몰입하게 만들어라. 그런 다음 플래시백을 투하하면 파급력이 더 커진다.
- 너무 늦게 넣어도 안 된다. 이야기가 절정으로 치닫고 있는데 과거로 돌아가는 장면을 원하는 독자는 없다.
- 문이 쾅 닫힌 후. 이야기는 주인공이 '돌아올 수 없는 입구'를 통과한 뒤에야, 즉 책의 1/5 지점을 넘어서야 비로소 독자의 몰입을 끌어낸다. 그러므로 주인공의 과거에 대한 정보를 제공하는 플래시백 장면은 책의 중간이나 그 직전에 배치하는 것이 좋다.

플래시백에 들어갔다 나오기

물론 웬디는 16세 시절을 기억했다…처럼 무언가 말하기telling를 이용해 플래시백을 시작할 수 있다.

그리고 끝났을 때도 다시 말할 수 있다. 웬디는 더는 거기에 대해 생각하지 않기로 했다.

하지만 매번 사용할 때마다 훨씬 더 효과가 큰, 더욱 우아한 방법이 있다. 시점 캐릭터의 기억을 자극하는 강력한 감각 디테일로 플래시백을 시작하는 방법이다.

> 웬디가 보니, 벽에 거미 한 마리가 거미줄에 걸린 파리를 향해 기어가고 있었다. 거미는 먹잇감을 향해 천천히 움직였다. 그 옛날 레스터도 웬디를 향해 그렇게 움직였다.
> 그녀는 열여섯이었고, 레스터는 학교의 인기남이었다. 하루는 사물함에서 그가 말을 걸었다. "이봐, 영화나 보러 갈까?"

우리는 지금 플래시백 안에 있다. 이를 극적인 장면으로 끝까지 완성해 보라.

그럼 어떻게 플래시백에서 나갈 수 있을까? 거미와 관련된 (이 경우에는 시각적인) 디테일로 되돌아가면 된다. 독자들은 거미를 기억하고 있으니, 거미가 다시 언급되는 순간 시점이 다시 현재로 돌아왔음을 눈치채게 될 것이다.

> 레스터는 차 뒷자리에서 몸을 움직이며 말했다. "빨리 끝낼게, 아가씨."
> 거미는 이제 거미줄에 도달했다. 거미가 파리를 덮치는 것을 보며 웬디는 갑자기 속이 메슥거리기 시작했다.
> 하지만 눈을 돌릴 수는 없었다.

백플래시

백스토리 정보를 전달하는 방법은 플래시백만 있는 것이 아니다. 내가 백플래시backflash라고 부르는 방법도 있다. 지금 일어나고 있는 장면에 과거 관련 정보를 짧게 제시하는 방식이다. 백플래시에는 다시 두 가지 방법이 있는데, 하나는 대화, 다른 하나는 생각이다.

대화

> "안녕, 우리 아는 사이지?"
> "아뇨."
> "아니야, 알아, 너 신문에 나왔었지. 10년 전쯤? 오두막에서 부모를 살해한 애가 너잖아."
> "아니에요."
> "체스터 A. 아더! 대통령 이름을 따서 이름을 지었다고. 신문에서 읽은 기억이 나는걸."

체스터의 골치 아픈 배경이 잠깐 나누는 대화를 통해 드러난다. 대화는 이야기의 긴장된 순간에 과거의 충격적인 정보 혹은 어두운 비밀을 드러낼 수 있는 좋은 방법이다.

생각

"안녕, 우리 아는 사이지?"

"아뇨." 알았을까? 그 사람은 그를 알아보았을까? 마을 사람 모두가 그가 부모를 살해한 첫 아더라는 사실을 알아보았을까?

"아니야, 알아. 너 신문에 나왔었지. 10년 전쯤?"

12년 전이었다. 그는 아더를 정확히 알아보았다. 빌어먹을 신문 같으니라고. 내가 약물에 취해 부모를 죽였다고 써 놓았지. 내가 당한 학대 같은 건 관심도 없었어. 이 사람도 마찬가지겠지.

백플래시의 장점은 미스터리 요소를 만들기 쉽다는 점이다. 백플래시는 한꺼번에 모든 정보를 주지 않는다. 따라서 독자들은 더 많은 것을 알고 싶어 한다. 그러면 우리는 다음 백플래시까지 독자를 기다리게 할 수 있다. 또 그다음까지….

독자들은 미친 듯이 페이지를 넘기고 싶어질 것이다.

엔딩을 숙고하라

영국 배우 에드먼드 킨Edmund Keane은 임종을 맞으며 말했다고 한다. "죽는 건 쉬워. 코미디가 어렵지."

같은 맥락에서 나는 늘 시작은 쉽다고 주장한다. 정작 어려운 건 엔딩이다. 첫 장은 온종일 쓸 수도 있다. 그러나 그 다음에도 계속 소설에 매달려, 독자들이 계속 내 책의 페이지를 넘기게 만들고, 기막힐 정도로 훌륭하게 책의 결말을 낸 나머지 독자들이 만족감에 취해 내 책 또 없나 살펴보게 만드는 일은 정말 힘들다.

내가 즐겨 인용하는 조언은 미키 스필레인의 말이다.

> 첫 장은 그 책을 팔아 준다. 마지막 장은 다음 책을 팔아 준다.

나는 윤곽을 잡으며 글을 쓰기 시작할 때 항상 결말을 염두에 둔다. 물론 그것은 예고 없이 바뀔 수 있다. 정확한 세부사항은 더 연구해야 한다. 하지만 등장인물, 이해관계, 내가 표현하고 싶은 느낌은 이미 정해져 있다.

나는 이 장면을 내 마음속의 영화관에서 본다.

나는 집단 블로그 '킬 존'에 엔딩에 대한 내 접근 방식을 이렇게 썼다.

> 이제 나는 내가 쓰고 있는 글에서 주인공 마이크 로미오가 많은 것이 달려 있는, 이제까지 가장 커다란 위험을 무릅쓰면서 마지막 전투를 벌여야 하는 곳에 도달했다.
> 이 지점에서 나는 속도를 줄이고 숙고한다.
> 지난 3주 동안, 나는 엔딩을 향해 글을 쓰면서도 키보드에서 잠시 손을 떼고 이 마지막 장면과 그 장면을 어떻게 연출할까 생각해 왔다. 모든 것이 효과적으로 작동하기 위해서는 배경이 주요하다. 나는 엔딩이 어디에서 벌어질지 알고 있다. 로스앤젤레스의 특정한 장소이다. (충격적인 장소이다!)
> 나는 그 장소의 전반적인 상황을 살펴보기 위해 구글맵을 보며 많은 시간을 보냈다.
> 그 장소에 차를 몰고 가서, 사진을 찍고, 몇몇 디테일을 수정했다. (나는 내 책에서 실제 장소를 이용한다. 물론 약간 수정을 가하거나 필요한 부분을 만들어 내기도 한다!)
> 나는 원하는 결말이 무엇인지 정확히 알고 있다. 따라서 결말에

다가갈수록 더욱 흥분된다.
이게 가장 중요한 핵심이다. 엔딩이 작가인 나조차 흥분시키지 못한다면 독자를 어떻게 흥분시킬 수 있단 말인가?
하지만 장면이 점점 선명해짐에 따라 문제들도 생긴다. 나쁘지 않다. 플롯 문제 극복은 작가로서 당연히 개발해야 하는 능력 중 하나이기 때문이다. 나는 충분한 시간만 주어진다면 어떠한 문제도 극복할 수 있다고 믿게 되었다.
내가 마주쳤던 문제 중에는 올바른 무기(마이크는 어떻게 자신에게 필요한 무기를 구할 수 있을까?), 경찰의 등장(경찰이 온통 둘러싼 상태에서 어떻게 마지막 싸움을 벌일 수 있을까?), 그리고 지형(길거리의 사람들·자동차·건물들) 등이 있었다.
문제를 하나하나 해결하기 위해 나는 더 많은 연구 조사를 하고, 머릿속으로 영화 보듯 장면을 여러 번 돌려 보았다. 작가에게 좋은 점이 있다면 영화처럼 촬영을 거듭하느라 비싼 돈을 쓸 필요가 없다는 점이다. 아무리 다시 생각하고 고쳐 쓰더라도 작가라는 스튜디오는 망하지 않는다.
지하실에 갇힌 소년들Boys in the Basement이 제 역할을 다하게 되는 것도 이 숙고를 통해서이다. 나는 글쓰기와 상관없는 일들을 해 나간다. 그냥 의자에 앉아 책을 읽기만 하는 때도 있다. 이때에도 지하실의 소년들은 어떤 통찰이나 가능성으로 충만한 쪽지를 내게 보라고 위로 올려 보낸다. (아, 소년들에게 도넛을 보내 줘야 하는데.)
변화가 흥미롭기만 하다면 어떤 것이라도 좋다. 일단 테스트해 본다. 실제로 효과가 있다면 그 변화가 소설에 자리를 잡게 된다.

> 마지막으로, 내게 가장 중요한 요소는 공명共鳴(resonance)이다. 공명은 작가 여러분이 독자들에게 남겨 놓는 마지막 음이다. 베토벤 교향곡이 완벽하게 끝날 때 그렇듯이, 콘서트가 끝나고 난 후에도 마지막 음은 귀에 오랫동안 남는다. 바로 그런 이유로 나도 내 마지막 페이지를 가장 열심히 작업한다.

영화 「로맨싱 스톤*Romancing the Stone*」의 멋진 첫 장면을 기억하는가? 로맨스 작가로 분한 캐서린 터너가 엔딩 부분의 타이핑을 마치는 장면이다. 화면이 키보드를 치는 그녀에게 옮겨 가자, 그녀는 막 타이핑을 끝내고 폭풍 같은 눈물을 쏟는다. 자신이 쓴 소설의 엔딩이 마치 실제 삶처럼 그녀를 사로잡은 것이다. (영화에서도 실제로 그런 일이 곧 이어진다!)

로버트 프로스트는 말했다. "작가가 울지 않으면, 독자도 울지 않는다."

그러니 고민하라. 열심히 들여다보고, 수정하라. 그리고 더 많이 숙고하라. 그리곤 마지막 페이지들이 정말 가치 있는 글이 되도록 써라.

싸움 장면

『작가를 위한 싸움 사전: 전략·심리·무기·부상*Fight Write: How to Write Believable Fight Scenes*』을 쓴 칼라 호치Carla Hoch와 인터뷰할 기회가 있었다. 알고 보니 작가 자신이 거의 100번에 걸친 무술 시합과 싸움 경험이 있는 숙련된 파이터였다. 인터뷰의 핵심은 다음과 같다.

장면의 동선과 위치 결정

모든 작가에게는 나름의 과정이 있다. 하지만 작가이자 파이터로서 나는 부상이란 목표를 염두에 두고 싸움의 동선을 짜라고 제안하고 싶다. 우선, 부상을 염두에 두고 장면을 쓰기 시작하면 목적지가 생긴다. 어디에서 끝내야 할지 미리 알고 있다면 그곳에 도달하는 과정이 훨씬 쉬워진다. 또 부상이란 목표는 이야기를 거기에 초점을 맞추도록 만들고, 흥미를 잃지 않게 만들어 준다. 장면에서 부상은 플롯을 진전시키고, 독자를 이야기로 끌고 와야 한다. 따라서 부상을 중심으로 싸움 장면을 짜면 플롯을 제대로 전개하고, 원하는 쪽으로 캐릭터를 발전시키게 된다. 나는 이런저런 부상에 대해, 또 부상이 이야기에 무엇을 제공하는지에 대해 가르친다. 부상은 정말 훌륭한 이야기의 도구가 될 수 있다.

부상이란 목표는 움직임을 규정하기도 한다. 어떤 사람의 코를 부러뜨리려는 목적을 가진 캐릭터는 어떤 사람을 아예 움직이지 못하게 만들려는 캐릭터와 움직이는 방식이 다를 것이다. 또 가벼운 부상을 설정하고 싶다면 사용해서는 안 되는 무기와 동작이 있다. 어떤 캐릭터가 죽어야 한다면, 그런 일이 일어날 수도 있는 시나리오를 짜야 한다.

캐릭터의 몸이 어떻게 움직일지 알기 위해서는 스스로 몸을 움직여 보고 약간의 동선을 짜 보라. 싸움 훈련을 받은 적이 없는 사람이라면 이 작업은 특히 중요하다. 그렇지만, 크게 걱정할 필요는 없다. 여러분이 여러분의 캐릭터만큼 몸을 잘 움직일 필요는 없으니까. 하지만 여러분이 연결하려는 움직임이 실제로도 그렇게 연결될 수 있는지는 직접 움직여 보며 확인해야 한다.

스스로 몸을 움직이며 파이터 각자가 공격뿐 아니라 수비에서도 서로에게 미치는 액션의 영향을 생각해 보라. 예를 들어 캐릭터가 어퍼컷으로 턱을 강타당했다고 하자. 직선적인 상승 운동으로 턱 아래를 맞았다면, 머리는 어떻게 될까? 아마 뒤로 젖혀질 것이다. 만일 그 주먹을 맞고 당신이 쓰러진다면, 어떤 방향으로 쓰러져야 할까? 머리를 최대한 위쪽으로 끌어올리며, 여러분 몸이 어떻게 움직이는지 눈여겨보라. 아마 몸 전체가 뒤로 기울어지는 기분을 느낄 것이다. 따라서 KO 펀치를 맞으면, 아마도 등부터 바닥에 닿으며 쓰러지리라. 만약 여러분의 캐릭터가 고꾸라져야 한다면, 당신은 이제 몸을 움직여 보았으니 어퍼컷으로는 그 목적을 달성할 수 없다는 사실을 알게 되었을 것이다.

육체의 반응은 싸움 전략의 일부이다. 파이터들은 상대방으로부터 어떤 특정한 반응을 끌어내기 위해 특정한 기교를 부린다. 예를 들어, 권투를 하면서 상대방의 턱에 한 방을 먹이고 싶다 치자. 상대방이 얼굴을 잘 방어하고 있다면, 먼저 배 쪽에 주먹을 한 방 날리고 볼 일이다. 주먹이 배에 닿으면 좋겠지만, 반드시 배를 쳐야 할 필요는 없다. 배에 주먹을 날리며 원하는 것은 상대방이 팔을 내려 배를 방어하는 자세를 취하며, 자기도 모르는 사이에 턱이 드러나거나 혹은 복근이 움츠러들며 머리를 내리는 것이다. 턱에 한 방을 꽂지 못하더라도, 고개가 내려오면서 관자놀이가 사정거리 안에 들어온다면, 관자놀이도 좋은 목표가 될 수 있다.

하지만 동작이 너무 과해서는 안 된다. 사실 독자들은 특정 움직임 자체보다는 그 움직임의 함축적인 의미를 알고 싶어 한다. 독자들은 자신들이 공감할 수 있는 감각적인 경험을 원한다. 모든 사람이 다른 사람의 눈에 스트레이트를 날리거나, 반대로 눈에 커다란 충격을 받은 경험이 있는 것은 아니다. 하지만 눈에 무언가가 들어가 본 경험이 없는 사람은 없다. 한 눈이 아프면 다른 눈까지 찡그리게 되고, 눈물이 나오며, 앞을 제대로 보지 못하게 되고, 조금 후엔 콧물도 나고 훌쩍거리며 힝힝대기도 한다는 것은 누구나 알고 있다. 그저 눈에 먼지 한 점 들어갔을 뿐인데, 모든 상황이 짜증 나는 소리를 내며 멈춰 버린다. 눈에 들어간 그 먼지 한 점을 빼내기 전까지는 말이다!!! 미칠 것 같은 일이다! 누구나 잘 알고 있는 미칠 것 같은 체험을 활용하라.

크기의 장점

사람들은 아무리 몸집이 작더라도 고도의 훈련을 받은 숙련된 싸움꾼이기만 하다면 기술로 크기를 극복할 수 있다고

들 말한다. 하지만 비밀을 알려 주겠다. 혹시 이런 거짓말을 믿는 사람들이 듣고 화낼 수도 있으니, 이리 가까이 다가오라. 기술이 크기를 이길 수 있다고 말하는 사람들은 실은 자기 덩치가 크거나, 아니면 평생 단 한 번도 싸워 보지 않은 사람이다!

체구가 작은 사람이 유리한 점이 있다면, 워낙에 크기 차이에 익숙하다 보니 싸움에서 그저 버텨 나가는 방법을 터득한다는 정도다. 이들이 자신보다 덩치가 큰 사람을 때리는데 필요한 방법을 알고 있을 수도 있다. 이들이 체구가 작은 탓에 자주 접하는 문제이기 때문이다. 체구가 작은 사람들은 큰 사람들에게서 벗어나기가 조금 더 쉬운 면이 있다. 나의 주짓수 코치는 정말 근육질이다. 팔을 구부리면 이두박근이 팔뚝에 닿을 정도다. 고마운 일이다. 그의 이두박근 위쪽으로 작은 공간이 생겨, 그 부위를 잡고 움직이다 보면 붙잡혀도 빠져나올 수 있기 때문이다. 또 다른 코치는 키가 아주 크다. 팔다리가 워낙 길다 보니 나를 꽉 붙잡지 못한다.

물리 법칙 역시 작은 사람들 편이다. 체구가 작은 사람들은 그만큼 몸무게도 덜 나가기에 큰 사람보다 잠재적인 회전력이 크고 방향도 더 빠르게 바꿀 수 있다. 체조 선수들이 작은 이유가 바로 그 때문이다. 그렇다고 해서 큰 사람이 작은 사람만큼 민첩하거나 빠르지 않다는 뜻은 아니다.

그러나 전반적으로 작은 사람들은 불리하다. 일단 몸무게가 작다 보니 큰 사람만큼 강력한 힘을 발휘하기 위해서는 대단히 빨라야 한다. 바로 이런 이유로 격투 경기에 체급이 나뉘어 있는 것이다. 또 큰 사람들은 근육량도 많기 마련이다. 근육이 많다는 것은 힘도 좋고 골격도 크다는 말이다. 이 모든 것은 체구가 작은 사람들에게 불리하게 작용한다. 한번은 나보다 훨씬 큰 사람과 싸우는 중에, 최선을 다해 싸우던 내가 상대방에게 매달렸는데, 상대방이 그 상태에서 그냥 똑바로 일어섰던 적이 있다. 나는 나무에 매달린 매미 같았다. 수업에서는 재미있는 이야기지만, 길거리 싸움이라면 생사가 달린 일이다. 내가 격투 경기에서 더 큰 상대를 이길 수 있다면 아마도 그 이유는 상대가 경기 규칙을 준수하느라, 닥치고 나를 들어 올려 던져 버리거나 벌레처럼 으스러뜨리지 않기 때문일 뿐이다.

싸움에서 피해야 할 클리셰

다스 베이더는 한 손으로 목을 붙잡아 사람을 들어 올린다. 여러분은 그럴 수 없다. 우선 인간의 척추는 머리의 경부 척추로 몸의 무게를 지탱하도록 설계되지 않았다. 그렇기에 '교수형'이 치명적일 수 있다. 또한, 여러분이 그런 상태라면 매우 강력한 팔 힘에 목이 졸려, 그런 위치에 있는 많은 캐릭터처럼 다스 베이더와 대화할 수 없을 정도이리라. 마지막으로, 한쪽 팔로 쭉 뻗어 그 무게를 지탱하려면 헤라클레스의 힘이 필요하며, 설혹 그런 힘을 가지고 있더라도 앞쪽에 그 정도 무게를 쥐고 있다가는 고꾸라지고 말 것이다.

흔히 볼 수 있는 또 다른 클리셰의 예로는 두 자루의 검을 동시에 사용하는 것이 있다. 나는 필리핀 무술을 조금 배운 적이 있는데, 그것은 마카베베 스타일Estilo Macabebe이라는 두 자루의 검을 다루는 검술이다. 그 검술을 구사하는 캐릭터라면 문제를 제기할 생각은 없다. 다만 왜 하필 그런 스타일을 갖게 되었냐는 것이다. 마카베베 검술은 특정한 목적을 갖고 시작되었다. 따라서 캐릭터의 싸움 스타일 역시 그 목적과 배경에 어울려야 한다. 그저 근사하고 화려해 보인다고 해서 무작정 쌍검을 선택해서는 안 된다. 부디 내 말을 믿길 바란다. 숙련된 싸움꾼들은 화려하게 싸우지 않는다. 최소한의 노력으로 최대한 효율성을 추구하기 때문이다. 굳이 두 자루의 검을 쓰는 수고를 마다하지 않겠다면 나름의 이유가 있을 터이다. 그리고, 그 이유 중 하나는 위협에서 그치고 물리적 갈등을 피하려는 의도일 수도 있다. 따라서 진짜 싸움꾼이 화려하게 싸우고 있을 때는 단순히 멋지게 보이려는 이유를 넘어선 다른 목적이 있기 마련이다.

누군가의 얼굴을 가격하는 문제

맨주먹으로 누군가를 강타하게 되면 손에는 커다란 충격이 가해질 수 있다. 격투기에서 굳이 글로브를 끼는 것은 상대방 얼굴을 보호하기 위해서가 아니라 자기 손을 보호하기 위해서이다. 게다가 이 글로브 아래로 단단하게 붕대를 감아 힘을 모으고 손의 뼈들이 부러지지 않도록 또 한 번 단속한다. 주먹질로 인한 손의 뼈 골절은 워낙에 흔하다 보니, 약지와 새끼손가락 아래 뼈의 골절은 '복서 골절'이라고 알려져 있을 정도다. 손의 뼈는 주먹질 충격을 견디도록 만들어지지 않았다. 우리 엄마 말씀이 옳았다. 손은 무엇을 때리라고 만들어진 것이 아니다.

그런데도 사람들은 항상 서로의 얼굴을 주먹으로 때린다. 펀치로 인해 복서 골절을 겪지 않는다면 운이 좋거나, 펀치를 날린 대상보다 내가 훨씬 크거나, 손의 뼈가 튼튼해지는데 도움이 되는 직업을 가진 사람일 것이다. 주먹을 휘두르면서 손뼈를 부러뜨리지 않는 가장 좋은 방법이 뭐냐고? 목표물을 아예 맞히지 않는 방법이다. 안다. 나도 이런 대답은 싫어한다. 주짓수 코치에게 붙잡혀 탈출 방법을 묻자 "탈출해야 하는 상황에 빠지지 마라."는 대답을 들었을 때와 비슷한 기분이다.

자기 방어를 가르칠 때 나는 해머 피스트, 방어 슬랩 및 팜 스트라이크를 사용하라고 제안한다. 해머 피스트hammer fist는 주먹으로 아래로 내리찍듯이 강타하는 방법이다. 망치질과 같은 동작이라 그런 이름이 붙었다. 아래로 쳐야 할 때는 해머 피스트가 가장 좋은 방법이다. 방어 슬랩defensive slap은 두 손을 동그랗게 모아 쥐고 날리는 슬랩이다. 마치 펀치처럼 온몸을 사용해야 한다. '슬랩slap'이라는 표현에 속지 말라. 방어 슬랩은 격투기에서 흔히 사용되며 상대방을 기절시킬 수도 있는 무시무시한 기술이다. 고막을 파열시킬 수도 있다. 이 방법은 상대의 옆을 가격하기 좋다. 팜 스트라이크palm strike는 바로 앞 혹은 위쪽 직선 타격에 좋다. 손바닥 밑면을 이용해서 타격을 가한다. 팜 스트라이크는 코를 부러뜨리고 입술을 터뜨리고 눈에 심각한 손상을 입힐 수 있다.

싸움의 여파

다른 사람을 해치게 되면 자신도 다친다. 명심하라. 몸을 이용하여 다른 사람을 때리게 되면 근육이 쑤시고 손이 아플 수 있다. 아무리 가벼운 검이라도 시간이 지나면 무거워진다. 오랫동안 총을 쏘면 몸이 뻐근해지며 아플 수도 있다.

다른 사람을 해치게 되면 육신뿐 아니라 정신에도 손상이

온다. 공격하거나 살해한 사람이 얼마나 가까운 사람인가에 따라 외상 후 스트레스 장애PTSDposttraumatic stress disorder를 겪을 가능성이 커진다. 특히 희생자의 얼굴을 보았다면 더욱 그렇다. 악당도 PTSD를 겪는다. 다만 입을 다물 뿐이다. 살인범과의 인터뷰를 보면 그들도 살해한 사람에 관한 악몽을 꾼다는 이야기를 들을 수 있다. 그들이 자기 행동과 관련된 어떤 감정도 보이지 않고 그저 멍하게 있는 것을 목격할 수도 있다. 사실은 이렇듯 멍한 상태가 훨씬 더 나쁠 수 있다. 자신이 저지른 일을 마음에서 정리하지 못하도록 막는 꼴이기 때문이다.

다른 사람을 해쳐야만 하는 직업을 가진 사람이라면 그런 일이 가능하도록 두뇌를 단련하는 훈련 과정을 겪기도 한다. 나도 내 책을 통해서 이러한 훈련 일부를 겪어 보았다. 가장 흔한 방법은 인간 형상을 한 목표물에 총을 쏘고, 인간을 부를 때 인간을 떠오르게 하지 않는 말로 지칭하는 것이다. 경찰이나 군인들이 '가해자', '용의자', '반군', '폭행범'과 같은 낱말을 사용하는 것도 다 그런 이유 때문이다. 그들이 직업상 인간의 가치를 소중히 여기지 않아서 이런 낱말을 사용하는 것이 아니다. 이들은 이런 낱말들을 사용하도록 훈련받았고, 다른 사람을 구하기 위해서라면 이렇게 불리는 사람을 죽여야 하는 경우가 있기 때문에 이런 낱말을 쓰도록 훈련받는 것이다. '사람을 죽여라'는 명령보다 '목표물을 처리하라'가 우리 두뇌에는 좀 더 납득할 수 있는 명령이다. 그렇지만 아무리 정신 훈련을 하더라도 우리의 정신은 고통을 겪는다. PTSD는 베트남 참전 군인들을 연구한 결과에서 나온 용어이다.

JACA 이용

JACA는 위협 평가 전문가들이 제기된 위협을 얼마나 신뢰할 수 있는지 판단하기 위해 사용하는 평가 체계이다. 정당성Justification·대안Alternatives·결과Consequences·능력Ability의 앞 글자만 따서 만든 약어이다. 『공포의 선물*The Gift of Fear*』이란 논픽션에서 개빈 드 베커Gavin de Becker가 사용한 용어이다.

JACA는 폭력을 예측하는 데도 도움이 되는 약어이다. 누군가에게 위협을 가할 때는 다음과 같은 질문을 던져 보아야 한다.

정당성Justification 그 사람은 누군가를 위협해도 되는가? 즉 자신의 위협이라는 행위에 정당성을 갖추고 있는가? 버림을 받거나 해고되거나 모욕당했는가? 자신이 저지르겠다고 위협하고 있는 행동이 해도 되는 정당한 행동이라고 생각하는 이유가 있는가?

대안Alternatives 그 사람은 폭력 위협 말고 다른 대안이 있다고 생각하는가? 다시 말해 그는 상황을 해결하는데 폭력 외에는 다른 정당한 방법이 없다고 생각하는가?

결과Consequences 그 사람은 폭력이라는 위협을 보상만큼의 가치가 있다고 생각하는가? 폭력 위협의 결과 자신에게 일어날 수 있는 (체포·징역 등의) 결과를 신경 쓰는가?

능력Ability 그 사람은 자신의 위협을 실천할 능력이 있는가? 위협할 대상과 거리나 시간상으로 충분히 가까이 있는가? 무기를 갖추고 있거나 상대를 위협할 신체적 능력이 있는가?

가스라이팅이라는 무기

가스라이팅gaslighting은 일종의 정신 조작이다. 상대가 현실을 의심하도록 만들어, 그에게 힘을 행사하려는 가해 시도이다. 피해자가 자신이 겪는 현실이 현실임을 확신하지 못할 때, 그는 가해자가 자기 자신을 어느 정도까지 통제할 수 있는지조차 알지 못하는 상태에 빠진다. 가스라이팅은 나르시시스트, 사이비 종교 집단의 지도자·독재자, 그리고 내가 키우는 고양이 도티가 즐겨 사용하는 전술이다. 그들의 입에서 나오는 모든 말은 새빨간 거짓말과 조종하려는 말뿐이다.

가스라이팅하는 사람들, 즉 가스라이터들이 즐겨 사용하는 전술 한 가지는 가상의 진실이다. 이들은 있지도 않은 진실을 계속 말해 상대가 믿도록 만든다. 노골적인 거짓말도 워낙 자신 있게 말하다 보니, 거기에 이의를 제기해야 하는지조차 아리송해진다. 아니면 거짓말을 했다는 증거가 뻔히 있어도 그런 말을 한 적이 없다고 딱 잡아떼기도 한다. 피해자가 명백한 증거를 제시해 사면초가 상황에 몰리면, 가해자는 상황을 회피하며 증거를 제시한 사람이 제정신이 아니거나 너무 예민하다고 발뺌한다.

가스라이터들은 혼란을 바탕으로 승승장구한다. 이들은 자기편을 확보한다. 최소한 상대가 그렇게 믿게끔 만든다. 상대가 틀렸다는 것을 '증명'할 목적에서 많은 사람들을 끌어 모으려는 것이다. "다들 네가 그렇다고 말하잖아." "모두들 네가 너무 민감하다고 말하잖아." 가스라이터들은 또 자기 잘못을 상대방에게 투사하여 상대방을 비난한다. "너는 바람을 피우고 있어, 난 다 알고 있어." "너는 늘 거짓말을 하지. 네 친구들이 말해 줬어." 무엇보다 이들은 자신이 가스라이터가 아니라고 극구 부인한다.

가스라이팅의 희생자들은 흔히 자신에게 문제가 있다고

생각한다. 가스라이터와 접촉하고 나면 혼란을 느끼며 자신이 미쳤다는 느낌마저 든다. 피해자들은 가스라이터에게 끊임없이 사과한다. 피해자들은 아무리 훌륭한 삶을 영위하고 있더라도, 늘 무기력해 아무런 기쁨도 느끼지 못하며 그 까닭도 이해하지 못한다. 그들은 가스라이터의 비하를 피해 보려고 거짓말을 한다. 그들은 결정 장애를 겪는다.

가스라이터가 얼마나 커다란 해를 끼치는지는 이루 말할 수 없을 정도다. 끔찍하다고밖에 할 수 없다.

완전히 뻗는다는 것은 어떤 의미일까?

우선 사람들은 주먹을 맞아 의식을 잃는 이유가 늘 뇌진탕 때문이라고 생각한다. 주먹에 맞아 뇌진탕으로 의식을 잃을 수는 있지만, 의식을 잃었다고 해서 반드시 뇌진탕 때문인 것은 아니다. 솔직히 말해 뇌진탕은 사람이 쓰러지다 바닥에 부딪히는 경우가 더 잦은 것 같다.

육체가 혈액의 흐름을 방해할 정도로 강력한 충격을 받으면, 일시적으로 의식을 잃을 수 있다. 이는 뇌를 심장과 나란히 놓아 혈액 흐름을 최대화하려고 몸이 노력하기 때문이다. 인간인 탓에 하늘을 둥둥 떠다닐 수는 없기 때문에 머리와 가슴을 같은 면에 놓고 누울 수밖에 없는 것이다.

어떤 사람이 주먹을 맞거나 '목이 졸려' 의식을 잃는 경우, 상당한 뇌 손상이 없다면 그런 상태로 오래 머물지는 않는다. 이제껏 나와 같이 운동을 즐기던 친구를 무의식 상태로 만든 다음, 정신을 차리는 데 얼마나 걸리는지 살펴본 적은 없다. 하지만 가만히 내버려 두면, 대체로 10초 정도만 지나도 정신을 차린다는 이야기는 들었다. 다시 한번 말하지만, 뇌 손상이 없는 경우에 그렇다는 말이다.

경험이 없는 사람들은 짐작조차 못 하겠지만, 사람들이 완전히 정신을 잃고 뻗었을 때 내가 목격했던 가장 끔찍한 사실은 의식이 없는 상태에서 사람들은 몸을 홱 움직이거나, 꿈틀꿈틀하거나, 때로는 쉭쉭 하는 소리까지 낸다는 점이다. 솔직히 말해 나는 그들이 죽어가고 있는 줄 알았다. 의식을 잃은 사람들의 팔다리는 뻣뻣해지고, 발가락은 안으로 말린다. 이 모든 것은 우리의 몸이 '재부팅'을 시도하기 때문이다. 신경은 미친 듯이 우리 몸 곳곳에 신호를 보낸다.

또, 의식을 회복하는 사람은 주먹을 맞거나 목이 졸리기 이전의 순간으로 돌아간다. 따라서, 이들은 상대에게 주먹을 날릴 수도 있다! 나의 주짓수 코치는 몇 주 전에 목이 졸린 적이 있다. 나는 그에게 달려가서 다리를 들어 머리에 더 많은 피를 공급해 주었다. 그런 상황에서 해야 할 응급조치이다. 의식을 회복하고 한 5초가 지나자 그는 마치 한참 싸우고 있던 사람처럼 팔을 뻗어 나를 잡으려 했다. 내가 그를 타고 앉은 게 아니라, 그의 위에 서 있기만 한 것이란 사실을 파악한 그는 무슨 일이 있었냐고 물었다. 나는 내가 목을 졸라 기절시켰다고 말했다. (물론 아니다. 놀리느라 그랬다. 죄책감 따윈 느끼지 않는다.) 그는 한동안 생각하더니 이리저리 두리번거렸다. 마침내 정신을 잃기 직전의 순간이 떠오르자, 그는 자신을 그렇게 만든 맞수를 바라보았다. 사람들이 다 웃었다. 하지만 오늘날까지도 나는 그를 목 졸라 기절시킨 건 나였다고 가스라이팅하고 있다. (다시 말하지만, 죄책감 따윈 느끼지 않는다.)

4
대 화

대화도 액션이다

대화의 가장 좋은 정의는 극작가 존 하워드 로슨John Howard Lawson이 내린 것이다.

대화란 액션, 즉 행위의 압축이자 확장이다.

뭐든 캐릭터가 하는 말은 아무리 사소해도 의제가 있는 목적을 달성하기 위한 것임을 늘 잊지 말라. 캐릭터는 뭔가 원해야 한다. 지금 나누는 대화를 끝내는 정도의 사소한 욕망이라도 상관없다. 말의 용도는 목표 달성에 있다. 그런 의미에서 말은 행위다.

가령 시내로 서둘러 나가야 하는 사람이 있다고 해 보자.

그는 호텔 도어맨에게 택시를 불러 달라고 요청한다. 도어맨은 택시를 잡아 준다.

택시가 다가오고 남자가 택시에 타려고 하자 (다시는 등장할 일이 없는 부수적 인물인) 도어맨은 크게 헛기침을 한다. 말 한마디 없어도 이 또한 행위다!

남자는 택시를 타려다 말고 주춤해 도어맨을 쳐다본다. 도어맨이 흰 장갑을 낀 손을 내민다.

왜 헛기침을 했느냐고? 물론 팁을 달라는 뜻이다.

도어맨의 행동은 가능한 빨리 호텔을 벗어나 시내로 나가려는 남자의 욕망을 방해한다. 이것이 갈등이다!

대화 장면을 쓰기 시작할 때는 각 캐릭터가 원하는 바를 자문해 보라. 아무리 부차적인 캐릭터라 하더라도 새 캐릭터가 등장할 때는 그 캐릭터에 대해서도 같은 질문을 던져 보라. 그런 다음 그가 원하는 것을 부여해 그것이 다른 사람과 갈등을 빚거나 최소한 그를 짜증 나게 만들어라.

앰 대시의 달인이 되라

대화에 쓰는 '—'라는 엠 대시em dash 표시가 있다. 이 표시는 말이 중단되었음을 보여 준다. 중단된 말 뒤에는 다른 화자의 말(혹은 심장을 꿰뚫는 탄환처럼 문장을 가르는 행동)이 바로 따라와야 한다. 소설 『로미오의 망치*Romeo's Hammer*』를 보자.

> "참 대단하군." 내가 말했다. "당신도 알다시피 카라kara란 악한 생각을 제거하고 평화와 온유함을 겸허히 수용하라는 의미의 고대어지. 그렇지? 따라서 당신은 배운 걸 잘못 쓰고 있는 거라고. 그렇게 해 가지고는—"
> "닥쳐!"

주의해야 할 점이 있다.

'—'은 단어 바로 뒤에 띄어쓰기 없이 쓴다.

이 부호 뒤쪽 인용부호가 까다롭다. 타자를 치다 보면

그렇게 해 가지고는—"

이라는 식으로 인용부호가 닫는 모양(")이 아니라 새로 여는 모양(")을 할 때가 많기 때문이다.

매킨토시 컴퓨터 사용자의 경우에는 생략 부호의 다음에 Shift-Option-[을 사용하면 제대로 된다. (IBM 사양의 컴퓨터는 잘 모르겠지만 인용부호를 잘라서 붙이면 될 것 같다.)

대시를 잘 알고 활용하라!

대시에는 세 가지 종류가 있다.

하이픈hyphen(-)은 단어 두 개를 연결할 때 쓴다.

엔 대시en dash(–)는 날짜에만 쓴다.(예: 1859–1910)

엠 대시em dash(—)는 가장 긴 부호로 대화에서 다음 두 가지 경우에만 쓴다.

• 다른 캐릭터가 말을 중단할 때 쓴다. (위 참조)

• 자기가 한 말을 중단할 때 쓴다. (아래 참조)

"천천히 좀 가." 잭이 말했다. "운전이 너무—멈춰! 저기 좀 봐."

하고 싶은 말은 캐릭터에게 시켜라

우리 누구나 그런 경험이 있다. 파티에서 인내심을 요하는 대화에 끼었다 빠져나와 집으로 가는 길이다. 누군가 얼간이 같이 멍청한 소리를 해 댔고 우린 '저것도 말이라고, 멍청하긴'이라고 생각했다. 하지만 그렇게 빤한 말을 들이대고 싶지는 않아서 굳이 대꾸는 하지 않았다.

이제 집에 다 와 가는데 그 얼간이한테 대꾸해 줄 말이 떠오른다. 완벽한 응대가 될 텐데! 재치와 지혜와 함축적 간결함까지 갖춘 완벽한 말이다. 시간을 되돌려 그 대화를 다시 할 수만 있다면! 유명한 작가 모임의 전설적 멤버가 될 수도 있을 텐데 아쉽다

여러분이 창조한 캐릭터는 이런 아쉬운 운명을 겪지 않아

도 된다. 캐릭터들에게 현장에서 바로 기지를 발휘할 기회를 줄 수 있도록 생각하고 또 반추할 수 있는 '시간'이라는 사치를 얼마든지 누릴 수 있기 때문이다.

자, 이제 재치나 기지가 늘 재미를 의미하는 것은 아니라는 점을 바로 보여드리겠다. 대개 재치는 재미있지만 재치의 진정한 기초는 예리함이다. 진정한 재치는 요점을 상쾌하고 서늘하게 포착해 전달함으로써 잊을 수 없는 문구를 만든다.

가령 영화 「카사블랑카」에서 주인공 릭(험프리 보가트)이 저급한 모사꾼 우가테에게 던진 말을 살펴보자. 어느 순간에 우가테(피터 로어)가 릭에게 묻는다. "당신 날 싫어하지, 안 그래?"

릭이 대꾸한다. "내가 당신한테 관심이란 게 있다면야 그렇겠지."

예리하고 도저히 잊을 수 없는, 그러면서도 릭의 성격에 완벽히 들어맞는 명대사다.

그 대사가 핵심이다. 어울리지도 않는 곳에 억지로 재치나 기지를 발휘하지 않는 것. 캐릭터가 실제로 말할 법한 것을 대사로 만들어야 위트를 제대로 살릴 수 있다.

표현을 자꾸 바꿔라

지금은 작고한 대니 사이먼Danny Simon에게 몇 년 전 코미디 쓰는 법 수업을 들은 적이 있다. 대니는 닐 사이먼Neil Simon의 형이자 초창기 텔레비전 드라마 각본의 대가이다. 닐 사이먼과 우디 앨런Woody Allen은 자신들에게 코미디 극작법을 가르쳐 준 스승으로 대니 사이먼을 꼽는다.

사이먼이 가르쳐 준 중요한 교훈 중 하나는 '농담을 위한 농담'은 절대로 쓰면 안 된다는 것이었다. 코미디는 캐릭터가 처한 그 순간 실제로 말할 법한 내용을 담아야만 한다는 것이다. 대사를 재미있고 기억할 만한 것으로 만들려면 "표현을 자꾸 만지작거려 바꿔 보라"는 것이 그의 조언이었다.

언어를 유연하게 구사하려면 일단 대사를 보통 때처럼 생각나는 대로 써라. 단순하고 대단할 것 없는 전형적인 종류의 대사 말이다. 그런 다음 그 대사를 가지고 놀아—만지작거려 바꾸어—좀 더 재치 넘치는 의미를 띠도록 만든다.

로런스 블록Lawrence Block(미국의 탐정 소설 작가)의 단편소설에 나오는 대사를 예로 들어보겠다. 형사 둘이 딱히 근사한 외모의 소유자라고는 할 수 없는 용의자를 두고 대화를 나누는 중이다. 형사 하나가 다른 형사에게 그 용의자가 얼마나 못생겼는지 묻는다.

평범한 대사 같으면 이랬으리라. "정말 못생겼지."

별 감흥이 없다. 그럼 이건 어떤가? "신이 정말 추하게 빚어 놓았더군."

계속 만지작거려 보라. "신이 가능한 한 추하게 빚어 놓은 것 같더군."

이쯤 되면 괜찮다. 하지만 딱히 큰 감흥은 역시 없다. 소설의 실제 대사는 다음과 같다.

"신이 가능한 한 추하게 빚은 다음 삽으로 두들겨 놓은 얼굴이랄까."

근사하다.

일반적으로 여러분이 쓰는 소설을 1막, 2막a, 2막b, 3막 정도 4부로 나누어 각 부분마다 보석 같은 대사를 넣어 보라. 그럴 때마다 캐릭터가 펄펄 살아나 책장을 찢고 현실로 튀어나올 것이다.

그러니 여러분이 쓰는 소설에서 다음을 시도해 보라.

- 각각의 막에서 캐릭터가 강한 감정이나 의견을 피력하는 대화 속 대사 여러 개를 찾아내라.
- 각 대사의 표현을 다듬어 좀 더 근사하고 반짝이는 대사로 바꾸어 보라.
- 억지로 만든 듯한 대사로 느껴지지 않도록, 자신이 창

조한 캐릭터와 어울리는 대사가 되도록 다시 점검하라.

바꾼 대사들 중 최상의 것을 선택해 사용하라!

'책장을 찢고 나오는' 캐릭터, 즉 온전하고 입체적이며 가끔은 행동과 말이 예측 불가능한 캐릭터는 진정 잊을 수 없는 독서 경험에 이바지한다. 그것이 독자들을 팬으로 만드는 지름길이다.

말 꼬리표를 남용하지 말라

대화에 대화임을 나타내는 문구, 즉 '말 꼬리표'(말했다, 물었다, 대꾸했다 등으로 대사 사이에 붙이는 말)를 넣는 문제에 관한 나의 조언은 간단하다.

- 말 꼬리표를 붙이려면 말했다나 물었다를 기본으로 사용하라. 단순한 표현이지만 나름의 기능이 있고 대화에 방해가 되지 않기 때문이다.
- 가능한 한 대화 자체나 인물의 행동이나 말하는 방식에서 내용이 명료하게 드러나게 만드는 것이 좋다. 그러면 말 꼬리표를 붙일 필요가 전혀 없을 테니까.

아래의 사례를 보라.

> "앨버트!" 조너선이 으르렁대며 테이블 저쪽에서 차가운 눈길을 던졌다. "다시는 그러지 마."

으르렁대다라는 표현은 굳이 필요 없다. 대사에 붙인 느낌표와 차가운 눈길이라는 표현에서 이미 빤히 드러나기 때문이다. 대화에서 종종 보이는 다른 말 꼬리표를 아래 몇 개 소개한다.

> 쏘아붙였다, 책망했다, 애원했다, 간청했다, 대꾸했다, 중얼거렸다, 꽥꽥거렸다

압도적으로 많은 경우 이러한 말 꼬리표는 그냥 빼도 된다. 소설에서 불필요한 것들은 죄다 이른바 '과속 방지 턱'이 되고 만다. 소설이라는 도로에서 과속 방지 턱은 독자에게서 달리는 즐거움을 앗아간다. 이런 방지 턱이 자꾸 걸리적거리면 소설 읽기는 독자에게 원활한 여정이 되지 못한다!

또 한 가지 사례를 보자.

> "잘…, 잘 모르겠어." 앨버트가 더듬거렸다.

'더듬거렸다'는 말은 필요 없다. 실제로 책 속에서 더듬거리는 게 보이기(들리기) 때문이다.

이제 믿을 만한 말 꼬리표 친구 '말했다'에 관해 한마디 해두자면 이 말 또한 과도하게 쓰지 말라는 것이다. 다음 장을 보라.

'말했다'를 남발하지 말라

인정한다. 아래의 말 꼬리표들은 아주 작은 과속방지턱이다. 하지만 아무리 작아도 턱은 턱이다. 굳이 거기 있을 필요가 없다. 그렇다면 왜 굳이 방지 턱을 만든단 말인가?

아래의 대사는 베스트셀러 소설에서 발췌한 것이다.

> 웨이트리스가 커피포트를 들고 우리가 앉아 있는 테이블 쪽으로 다가왔다. "커피 드릴까요?" 그녀가 말했다.

그녀가 말했다고? 대체 다른 사람이 이 말을 할 턱이 있겠는가? 대화 전후에 캐릭터가 말이나 행동을 하고 있다면 굳이 그걸 설명하는 말 꼬리표를 붙이지 않아도 된다.

“그거 치워요!” 그녀가 손사래를 치며 말했다.

위의 문장은 ‘“그거 치워요!” 그녀가 손사래를 쳐 댔다.’나 ‘그녀가 손사래를 쳐 댔다. “그거 치워요!”’로 하면 더 낫다.

브록이 의자에 털썩 앉았다. “나한테 뭘 원해?” 그가 물었다.

이는 ‘브록이 의자에 털썩 앉았다. “나한테 뭘 원해?”’로 줄여야 더 낫다.

자, 난 말했다라는 꼬리표가 좋다. 자기 일을 톡톡히 해내면서도 대화를 방해하지 않으니까. 과도하지 않게 적절히 사용하는 것이 좋다. (행동 관련 정보를 남발하면 독자는 지쳐 버린다.)

5

목소리와 문체

눈으로 말해요

> 그녀는 한 손을 뒤로 돌려 윗옷 단추를 풀어 벗은 옷을 바닥으로 던지며 호기심과 거대한 무심함이 섞인, 액체 연기 같은 눈으로 그를 응시했다. (제임스 존스James Jones, 『지상에서 영원으로 *From Here to Eternity*』)

독자는 캐릭터의—두 눈을 비롯해—형상을 머릿속에 그린다. 작가가 캐릭터의 두 눈을 묘사하기로 선택하든 말든 그렇다. 내가 선호하는 쪽은 캐릭터의 두 눈을 묘사하되 주인공과 중요한 조연 캐릭터의 눈을 묘사하는 것이다. 대부분의 부차적 캐릭터들 그리고 '엑스트라'(장면에 필요해 일회적으로 등장하고 마는 웨이터나 도어맨 같은 인물들)에게는 대개 눈 묘사가 필요 없다.

일단 두 눈을 묘사하기로 하면 대개 처음 떠올리는 것이 눈의 색깔이다. '그녀는 파란 눈에 노란색 드레스를 입고 있었다' 따위의 묘사다. 기능적이지만 기억에 남지는 않는다. 더 풍요로운 묘사는 마거릿 미첼Margaret Mitchell의 『바람과 함께 사라지다*Gone With the Wind*』의 유명한 도입부 묘사다.

> 스칼렛 오하라는 미인은 아니었지만, 탈턴 쌍둥이 형제처럼 그녀의 매력에 사로잡혀 헤어나지 못하는 사내들은 그 사실을 미처 깨닫지 못했다. 그녀의 얼굴에는 프랑스 혈통을 이어받은 해안 귀족 집안 출신 어머니의 섬세한 용모와 다혈질 아일랜드계 아버지의 묵직한 인상이 지나칠 만큼 날카롭게 뒤섞여 있었다. 하지만 앞턱이 뾰족하고 턱뼈가 각진 얼굴만큼은 사람들의 시선을 사로잡았다. 두 눈은 담갈색이 전혀 섞이지 않은 엷은 초록빛에, 빳빳하고 검은 속눈썹이 별처럼 반짝거렸고, 눈꼬리는 약간 치켜 올라가 있었다.

캐릭터의 눈을 표현할 때 그 눈이 소설의 서술자나 화자에게 끼치는 영향을 포함시켜도 좋다. 가령 리처드 프래더Richard Prather의 느와르 소설 『더블 테이크*The Double Take*』에 나오는 표현을 보자.

> 믿을 수 없을 만큼 전기 조명을 닮은 그녀의 눈은 그 찬란한 청색 광채를 내게 쏘아댔다.

『양들의 침묵*The Silence of the Lambs*』에 나오는 한니발 렉터에 대한 묘사도 비슷하다.

> 렉터 박사의 눈은 깊은 적갈색을 띠고 있었다. 불빛이 박사의 눈동자 속에서 작고 붉은 점들이 되어 떠돌았다. 때로 이 붉은 점들은 중심을 향해 마치 섬광처럼 급속히 빨려 들어가는 듯 보였다. 그의 눈은 스탈링을 완전히 사로잡았다.

찰스 디킨스Charles Dickens가 쓴 소설 『데이비드 코퍼필드*David Copper field*』의 주인공 데이비드 코퍼필드는 숙적 유라이어 힙의 얼굴을 처음 본 순간을 다음과 같이 묘사한다.

> 그는 머리칼이 붉었다. 지금 생각하면 열다섯 살짜리 소년, 하지만 훨씬 더 나이 들어 보였다. 그의 머리칼은 얼마나 짧게 깎아 놓았는지 마치 깎은 지 하루 지난 수염 같았다. 눈썹도 속눈썹도 거의 없는 적갈색 눈은 휑하니 노출되어 있었으므로 잠은 어떻게 자는지 의아했던 기억이 난다.

눈을 묘사할 때 색깔은 당연한 기본 사항이나, 꼭 색깔만 묘사해야 하는 것은 아니다. 인기 좋은 대안은 비유다.

> 그의 눈은 젖고 헤진 깔개 같았다. (리처드 브라우티건Richard

Brautigan, 『완벽한 캘리포니아의 하루*Revenge of the Lawn*』)

그는 네댓새 면도를 하지 않았다. 코는 쭈글쭈글했다. 눈은 눈더미에 뚫린 구멍 같았다. (레이먼드 챈들러Raymond Chandler, 『기나긴 이별*The Long Goodbye*』)

그동안 내 뼈를 꿰뚫어 본 엑스레이도 나를 쏘아보는 그 여자의 눈빛에 비하면 내게 근접조차 못한 거나 마찬가지였다. (댄 J. 말로우Dan J. Marlowe, 『죽음의 게임*The Name of the Game is Death*』)

그녀는 얼굴과 턱이 컸다. 백납처럼 창백한 은발은 도대체 풀릴 것 같지 않은 파마 스타일로 꼬불거렸다. 코는 새의 부리처럼 딱딱했고 커다랗고 습기 찬 두 눈은 젖은 돌인 양 연민의 표정을 띠고 있었다. (레이먼드 챈들러, 『하이 윈도*The High Window*』)

리처드 매드슨Richard Matheson의 유명한 SF 단편소설, 『그대, 당신이 내 곁에 있을 때*Lover, When You're Near me*』의 배경은 니Gnee라 불리는 동물들이 사는 먼 미래의 식민지 행성이다.

그는 그곳에 앉아 그녀의 두 눈을 잠깐 생각했다. 그녀의 눈은 얼굴의 삼분의 일을 덮을 만큼 컸다. 검은색 원모양의 동공이 중앙

> 에 박힌 커다란 유리 접시 같았다. 게다가 그 눈은 액체를 담아 놓은 그릇처럼 푹 젖어 있었다.

아래에 소개하는 눈에 대한 묘사는 캐릭터를 완벽하게 포착하고 있어서 절대 잊을 수가 없다. 존 D. 맥도널드John D. MacDonal의 『호박색보다 더 진한』에서 나온 구절이다.

> 그녀는 우리 하나하나에게 슬쩍 눈길을 주면서 천천히 일어나 앉았다. 그녀의 짙은 두 눈은 깊은 동굴로 들어가는 입구와 같았다. 그 동굴에는 아무것도 살고 있지 않았다. 어쩌면 옛날에는 뭔가 살았을지도 모른다. 그곳에는 버려진 뼈더미가 여기저기 놓여 있고, 벽에는 휘갈긴 글자들, 불이 타고 있던 자리에는 납빛 재가 남아 있었다.

핵심을 말하는 것은 눈이다. 아마 다른 어떤 묘사 요소보다도 눈은 캐릭터가 누구인지, 그 내부에 어떤 수수께끼들이 담겨 있는지 그에 관한 느낌을 제공한다. **색깔**과 **비유**, 그리고/혹은 눈이 화자 캐릭터에게 끼치는 **영향**을 활용하라. 소설이 근사해 보일 것이다.

형용어구

나의 노트에서

문체의 기법: 하나의 '일반적' 형용사, 그 뒤에 특정한 구체적 형용사, 그 뒤에 명사가 이어진다.

> 발광체를 연상케 하는 묘한 눈길.
> 불을 뿜는 기이한 공포.
> 끔찍하고 현란한 비명.

내가 위와 같은 아이디어를 얻게 된 건 존 D. 맥도널드를 읽고서였다. 흔히 평범하고 진부한 형용사와 동사를 잘라 버리라고들 조언한다. 대부분 맞는 말이다. 그러나 형용사를 두 가지 쓰는 경우에는 두 가지 기능을 충족시킬 수 있다. 일반 형용사는 캐릭터의 반응이나 평가를 묘사하고, 두 번째 형용사는 독자들에게 생생함을 창조해 전달한다.

참신한 디테일

나의 노트에서

윌리엄 진서William Zinsser는 논픽션에 관해 조언하면서, 참신하고 구체적인 디테일을 써야 한다고 역설한다. 예컨대 해변 위를 나는 갈매기 따위의 빤한 표현을 쓰지 말라는 것이다.
소설에도 같은 원칙이 적용된다. '디테일'을 잘 찾아낸 다음 참신하게 고쳐라!

참신한 디테일을 어떻게 떠올려야 할까?

- 빤한 디테일 목록을 만든 다음 그걸 피하라.
- 비유 목록을 만들라. 많은 비유를 활용해 본 다음 최상

의 비유를 선택하라.

- 질문을 던져라. 캐릭터의 현재 감정 상태를 고려할 때 그가 이 장면에서 주목하되, 빤하지 않은 것이 무엇일까? 캐릭터의 내면에서 벌어지는 일에 대한 단서로는 무엇이 좋을까?

참신한 상투어

작가들은 상투적 표현을 전염병 보듯 피해야 한다는 가르침을 받는다.

에헴….

하지만 다른 방법도 있다. 상투적 표현에 참신함을 더한 다음 거기서 오는 온갖 이점을 만끽하는 것이다.

언젠가 미국 소설가 할런 엘리슨Harlan Ellison은 아래와 같은 표현을 쓴 적이 있다.

> 그녀는 근사하게 차려입었다. 늘 그랬듯이 세금 없는 백만 달러짜리 차림새였다.

역시 미국 소설가 엘모어 레너드Elmore Leonard의 유명한 (또는 여러분이 작가들을 위한 규칙을 무엇이라 생각하느냐에 따라 악명 높다고도 할 수 있는) 규칙은 다음과 같다. '갑자기'라는 말, 혹은 '순식간에 아수라장이 되다'라는 표현만큼은 절대로 쓰지 말라.

하지만 '순식간에 아수라장이 되다'라는 표현을 꼭 써야 한다면? 아래처럼 말이다.

> 순식간에 아수라장이 되었다. 동네 개란 개들은 발길질이라도 당한 듯 온통 난리가 났다.

글을 쓰다가 진부한 표현이 불현듯 떠올라도 개에게 발길질하듯 내쫓지 말라(내 표현 참신하지 않은가?). 상투적 표현에 고민을 좀 더해 아침 햇살을 흠뻑 빨아들이는 데이지 꽃처럼 신선한 표현으로 바꿀 순 없는지 살펴보라.

자잘한 디테일

나는 소설 기법에 환상한 동료 작가들과 이야기를 나누는 게 참 좋다. 부사 표현, 시점 유지나 위반, '오 하느님 맙소사'라는 표현에 쉼표를 써야 하는지 여부처럼 자잘한 문제를 논의하는 게 몹시 신이 나기 때문이다. (이 쉼표 문제에 관해서는 엄격한 문체 규칙은 쉼표를 쓰라는 것이다. 하지만 내 생각은 그건 캐릭터의 반응(침울한가, 아니면 두려운가)에 따라 달라진다는 것이다. 공포에 질렸을 때는 쉼표를 쓰지 말라! 이게 바로 깨알 디테일!)

여기서 내가 논하고 싶은 자잘한 디테일은 네 가지다. 이렇게까지 정밀하게 세부를 살펴야 하나 싶을 수도 있겠지만, 나로서는 이런 문제를 파고드는 일이야말로 글짓기 기교에서 가장 매력적인 부분이다.

그런 다음Then

이건 1인칭 내러티브의 문제이다. 다음 단락을 보라.

> 나는 김빠진 콜라를 한 입 마셨고, 그녀의 요구대로 그녀가 먼저 문밖으로 나가게 했다. 그런 다음 잔돈을 챙겨 1달러를 바의 카운터에 올려 두었다. 문밖으로 나가 계단을 올라 거리로 향했다. (로런스 블록, 『무덤으로 가는 티켓*A Ticket to the Boneyard*』)

위의 단락에서 '그런 다음'이라는 낱말은 리듬감 때문에 쓰인다. 액션 자체가 '긴장감'이 별로 없기 때문이다. 작가는 지금 속도를 조절 중이다. 나도 그렇게 한다. 그러나 액션에 긴장감이 있을 때는 '그런 다음'이라는 단어는 필요 없다. 문장을 최대한 간략하게 줄인다. 그러나 액션의 속도가 조금 더 느리다면 '그런 다음'이라는 표현은 편리하다.

'그럼 다음'이란 낱말의 좋은 용도는 또 하나 있다. 감정이 충만한 순간을 강조하고 싶을 때이다. 그녀는 내게로 다가왔고 그런 다음 두 팔로 내 목 주위를 감싸 안았다. 엄밀히 말해 이 문장에 '그런 다음'이란 표현이 딱히 필요한 건 아니다. 하지만, 그래도 '그런 다음'을 사용하면 뭔가 미묘하면서도 감정을 고조시키는 효과를 낼 수 있다.

갑자기Suddenly

'갑자기'라는 낱말은 세부 사항 문제에서 특히 많은 논란을 불러일으킨다. 엘모어 레너드Elmore Leonard는 절대로 쓰지 말라고 했다.

하지만 내 생각은 다르다. 굳이 쓰지 말아야 할 이유가 있을까?

내 스릴러 소설 『로미오의 분노』에는 주인공 마이크 로미오와 그의 연인 소피가 식당에서 밥을 먹다가 작은 소란에 휘말리는 장면이 나온다. 마이크는 카메라 폰을 들고 자기들을 찍어 대는 성가신 인간들에게 화가 치민다. 그는 능숙한 말솜씨로 그 무리 가운데 한 명을 건드린다.

"입 닥치라고!" 상대가 소리 지른다. 분위기가 험악해지는 듯하다.

> 갑자기 소피가 내 옆으로 오더니 카메라를 들여다보았다.

이것이 마이크가 이 순간을 경험하는 방식이다. '갑자기'라는 표현은 내적 생각을 표현하는 데 유용하다. 더구나 1인칭 시점으로 전개되는 소설이니까 이런 표현이 가능하다. 오히려 '갑자기'라는 표현이 없다면 독자들은 소피가 일이 벌어지는 내내 마이크 옆에 서 있었다고 오해할 것이다. 하지만 이 낱말 덕에 싸움에 뛰어들려는 '의지'라고 하는, 소피의 새로운 면모를 보여 줄 수 있었다.

또 다른 마이크의 내적 사유를 보여 주는 사례를 더 살펴보자. 이번 마이크는 마이크 해머, 정확히 말해 추리소설 작가 미키 스필레인의 소설 『키스 미 데들리*Kiss Me, Deadly*』에 나오는 장면이다. 1장에서 마이크 해머는 길을 헤매는 신비로운 여인을 차에 태우게 된다. 그는 그녀를 데리고 뉴욕에다 내려 주려 하지만 다른 차가 고속으로 달려와 해머의 차에 충돌한다. 마이크는 차에서 뛰어내리고 다른 차에 탄 사람들도 차에서 내린다. 총격전이 벌어진다. 마이크는 머리에 둔기를 맞는다. 그가 쓰러진다. 정신을 차리려고 사투를 벌일 때 앞서 본 그런 다음(그때)이란 말을 주목하라. 아래에 원문을 강조점으로 표시했다.

> 쥐가 나 잠에서 깨어나는 느낌이었다. 억지로 깨어나는 바람에 몸 이곳저곳이 아팠다. 정신을 차리려 용을 쓰는 동안 끙끙거리는 자신의 신음 소리가 들렸다. 그때 돌연 퍼뜩 정신이 든다. 결국 이게 다 악몽이 아니라 생생하고 끔찍한 현실이라는 자각이 들었다.

매우Very

'매우, 아주'라는 말은 나도 대개 피한다. 위대한 대중소설 작가들—가령 챈들러, 존 D. 맥도널드—은 이 표현을 많이 쓴다. 하지만 오늘날 이런 말은 늘어지고 아무 힘도 없으며 불분명하다. 예외는 1인칭 소설에서 냉소적으로 쓰일 때이다.

> 말할 필요도 없이 사지Sarge는 화장실을 보자 아주 실망했다.

물론 캐릭터가 대화에서 '매우'라는 표현을 쓸 수도 있다. 그러나 내러티브 부분에는 이 표현을 쓰지 말라. 그는 덩치가 매우 컸다. 그보다는 이런 표현으로 대체하라. 그는 덩치가 맥주 트럭만했다.

동사의 과거완료형had(~했었다)

내러티브가 과거를 가리킬 때 작가들이 끊임없이 과용하는 표현이다. 다음을 보라.

> 그녀는 보스턴에서 자랐었다. 대학에 지원할 때가 오자 그녀는 웰슬리 칼리지와 브린 마 칼리지 중에서 선택하려 했었다. 아버

> 지는 딸의 선택이 마음에 들지 않았고 탐탁지 않은 마음을 딸에게 굳이 숨기지 않았었다. 두 사람은 대학 진학 문제를 놓고 크게 언쟁을 벌였었다.

여기에는 규칙이 있다. 과거 완료 시제는 맨 앞에 한 번만 사용하라. 그다음엔 필요 없다. 고친 내용을 보라.

> 그녀는 보스턴에서 자랐었다. 대학에 지원할 때가 오자 그녀는 웰슬리 칼리지와 브린 마 칼리지 중에서 선택하려 했다. 아버지는 딸의 선택이 마음에 들지 않았고, 탐탁지 않은 마음을 딸에게 굳이 숨기지 않았다. 두 사람은 대학 진학 문제를 놓고 크게 언쟁을 벌였다.

잃은 것 하나 없이 내러티브가 더욱 간결해진다.

문체를 확장하라

존 D. 맥도널드는 소설을 바람직하게 쓰는 법에 관해 쓴 적이 있다. 예상치 못한 플롯의 전개와 설득력과 매력을 갖춘 캐릭터뿐 아니라 한 가지 더 필요한 요소에 관해 그가 피력한 견해를 보자. "나는 산문의 문체에도 마법이 어느 정도 필요하다고 생각한다. 튀지 않는 '시'를 소설에 도입하자는 말이다. 소설의 단어와 구절도 노래처럼 들렸으면 좋겠다."

맥도널드는 이 '산문 형태의 시'를 자신이 쓴 모든 소설에 구현해 냈다. 가령 그의 트래비스 맥기Travis McGee 시리즈 중 한 편인 『호박색보다 더 진한』에는 다음과 같은 묘사가 등장한다.

> 그녀는 우리 한 사람 한 사람에게 슬쩍 눈길을 주면서 천천히 일어나 앉았다. 그녀의 짙은 색깔 두 눈은 깊은 동굴로 들어가는 입구를 닮아 있었다. 그 동굴에는 아무것도 살고 있지 않았다. 아마 아주 먼 옛날에는 뭔가 살고 있었을 수도 있었겠지. 그곳에는 버려진 뼈 더미가 여기저기 놓여 있고, 벽에는 휘갈긴 글자들, 불이 타고 있던 자리에는 납빛 재가 남아 있었다.

이 짧은 단락은 캐릭터를 직설적으로 묘사한 여러 단락보다 훨씬 더 많은 것을 말해 준다. 이것이 잘 선택한 단어들로 이루어진 그림 같은 묘사를 통해 여러분의 소설에서 이루어 낼 수 있는 위업이다.

문체를 확장하기 위해 시도해 볼 만한 것이 몇 가지 있다. 과시용으로 문체를 확장하라는 말이 아니다. 과시는 금물이다. 온갖 반짝이는 장식들로 튀는 문체를 쓰면 독자의 집중력이 플롯 밖으로 빠져나가 버린다. 이상적인 문체는 야단스럽지 않은, 튀지 않는 시적 문체이다.

시에서 출발하라

레이 브래드버리Ray Bradbury(『화성 연대기』로 유명한 미국의 SF 작가)는 매일 글을 쓰기 시작하기 전에 시를 즐겨 읽었다. 『브래드버리, 몰입하는 글쓰기*Zen in the Art of Writing*』에서

브래드버리는 시를 읽는 일을 두고 다음과 같은 견해를 남겼다. "시는 평소에 충분히 쓰지 않는 근육을 움직이게 만들어 주기 때문에 좋다. 시는 감각을 확장해 주고 최상의 컨디션으로 유지해 준다."

하지만 어떤 시를 말하는 것일까?

좋은 출발점은 빌 모이어스Bill Moyers의 『시인의 언어*Fooling With Words*』라는 인터뷰집이다. 11명의 당대 시인들과, 이들의 시를 두고 인터뷰한 내용을 담은 책이다. 모이어스의 말대로 시는 무엇보다 음악, 즉 "최상의 순서로 배열된 최고의 단어들"을 듣는 즐거움을 선사한다.

여러분이 읽는 시로 시도해 보라. 그 시의 음악에 귀를 기울여 보라.

그런 다음 연습 삼아—발표가 아니라 연습이다!—그 시를 산문으로 다시 써 보라. 예를 들어, 시인 스탠리 쿠니츠Stanley Kunitz의 시 「켜켜이*The Layers*」를 보자.

> 마음은 상실의 잔치와 어떻게 화해할까?
> 바람이 높아지고,
> 길에서 쓰러져 간 내 친구들이
> 먼지바람으로 휘몰아쳐
> 나의 뺨을 아프게 찌른다.

앞의 시에서 마음, 상실의 잔치, 먼지바람으로 휘몰아치는 내 친구들처럼 핵심적인 낱말들을 골라 내러티브를 써 보라. 내러티브의 주인공은 작가인 여러분이어도 좋고 여러분이 창조한 캐릭터여도 좋다. 이 표현들을 내러티브에 넣고 마음대로 변형하되, 비슷한 음향/운율을 창조하려고 힘써 보라. 의미에 대해서는 너무 걱정하지 말라. 그저 시를 산문으로 옮기는 연습만으로도 문체의 지평이 넓어질 것이다.

페이지를 넘어갈 만큼 긴 문장

문체를 확장하는 데 도움이 되는 또 한 가지 방법은 끝없이 이어지는 긴 문장을 써 보는 것이다. 한 페이지짜리, 혹은 아예 한 페이지를 넘어가는 것도 좋다. 그냥 막 써 보라. 유일한 규칙은 수정하지 말라는 것이다.

윌리엄 사로얀William Saroyan은 긴 문장으로 그득한 책을 한 권 썼다. 『부고*Obituaries*』라는 책이다.

> 지금은 살아 있다는 것이 좋지만, 예전에는 삶 자체를 싫어하거나, 내가 살던 종류의 삶을 싫어했던, 혹은 오클랜드의 고아원에 있을 때의 삶처럼 그런 삶을 좋아하지 않는다고 생각했던 때가 있었고, 물론 지금도 살아 있다는 것에 딱히 특별한 즐거움을 느

끼지 못할 때도 있지만, 동시에 삶에 딱히 특별한 불쾌감을 느끼는 것도 아니고, 분명 나로 말하자면 그런데, 그 이유는 내게는 없는 것이 없고, 내가 시간과 세계와 인류를 견디는 방식에서 딱히 어떤 특별한 잘못을 찾을 이유가 전혀 없기 때문이다….

내가 쓴 일기에서 발췌한 긴 문장도 아래에 소개한다.

그는 도요타 자동차만 한 크기의 챙이 넓은 모자를 머리에 쓴 채, 핏빛처럼 벌건 얼굴에 저녁때 거나하게 마셔 잔뜩 취한 사람처럼 흔들리며 거리를 내려오면서 낡은 플루트 소리와 같은 휘파람을 불고 있었는데, 폭풍같이 센 바람 속에서 잠시 발길을 멈추고는 주위를 둘러보는 순간, 그의 머리는 장난감 상자의 용수철 인형인 양 머리가 툭 튀어나와 있었고, 두 눈은 물총처럼 좌절의 눈물을 흘리고 있었다….

지금 나는 이런 이미지 중 어떤 것도 쓰지 않지만, 그렇다 해도 그 이미지를 써 보는 연습은 문체를 확장하는 데 도움이 된다. 문체 확장, 그것이 목표다!

직유, 은유와 놀라움

도우 모스먼Dow Mossman은 유명한 아이오와대학교 국제 창작 워크숍 과정을 졸업한 작가로서, 1972년 포스트 리얼

리즘 소설인 『여름의 돌*The Stones of Summer*』을 발표했다. 출판사는 곧 파산했고, 소설은 사라졌다. 소설가도 마찬가지였다. 그러다가 30년이 지나고 나서야 무명 생활을 하고 있는 것으로(그러나 글은 여전히 쓰고 있는 것으로) 밝혀졌다. 그를 추적한 어느 다큐멘터리 감독이 밝힌 사실이다. 다큐멘터리와 더불어 반즈 앤 노블Barnes & Noble은 『여름의 돌』을 재간했고, 나는 즉시 소설을 사 보았다.

와, 맙소사! 소설은 시대(토머스 핀천Thomas Pynchon 등의 시대)적 특성을 그득 담고 있었다. 모스먼은 다큐멘터리 영화에서 자신은 장편 소설 매쪽마다 문장들이 그 자체로 산문시가 되도록 글을 쓰려 애를 썼다고 설명했다. 따라서 소설은 직유와 은유로 가득하다. 아래에 사례 하나를 소개한다.

> 그는 유리로 된 이중문 옆 나무 문설주에 기대어 서서 뒤쪽을 보고 있었다. 그의 두 눈은 작년의 생기를 잃고 흐릿해 보였다. 마치 더 이상 물에서 헤엄치지 않는 악어처럼 말 없는 눈길이었다.

비유에 쓸 참신한 이미지를 어떻게 찾을까?

목록을 작성하라. 맨 꼭대기에 소재를 써라. 위의 사례에서 소재는 흐린 눈빛이다. 흐린 눈빛을 무엇에 비유할까?

생각해 낼 수 있는 만큼 많은 이미지를 목록으로 만들어라.

터무니없고 너무 상관없어 보여도 괜찮다. 자신이 생각하는 안전지대를 벗어나 보라. 가능한 스무 가지 비유를 떠올려 보라. 뭔가 괜찮은 비유를 발견할 터이니, 가장 좋은 것은 깜짝 놀랄 만한 비유를 찾아내는 것이다.

눈을 감은 채 글을 써 보라

내 어머니와 아버지의 친구는 『검은 가면*Black Mask*』이라는 펄프픽션 잡지가 번성하던 좋은 시절 펄프픽션을 썼던 작가였다. 그 작가의 이름은 W. T. 발라드W. T. Ballard다. 말년에 한 인터뷰에서 발라드는 자신이 얼 스탠리 가드너Earl Stanley Gardner(미국 고전 추리 소설 작가)를 처음 만났던 때에 관한 회고담을 풀어놓았다. 물론 가드너는 페리 메이슨Perry Mason의 창조자였고 역사상 가장 왕성하게 펄프픽션을 써낸 작가 중 한 명이었다. 그가 다작을 할 수 있었던 이유 중 하나는 자기 책의 내용을 구식 구술용 축음기에게 불러 주는 방식으로 소설을 집필했고, 원고 작성은 비서 팀에게 시켰기 때문이다. 가드너는 할리우드에 있는 자기 집으로 발라드를 초대했고 둘은 저녁을 먹으러 밖으로 나갔다.

발라드가 가드너의 집으로 찾아갔을 때, 거기 있던 비서가 발라드를 맞아 주면서 앉아 기다리라고 했다. 가드너 씨가 소설 두 장을 더 끝내야 한다는 것이었다.

"짜증이 좀 치밀어 오르기 시작했어요." 발라드가 말했다. "가드너는 여섯 시에 만나자고 했고, 난 서둘러 제시간에 맞추어 그 집에 갔는데 말이죠. 글쎄 초대한 당사자가 나더러 소설 두 장을 더 써야 하니까 마냥 기다리라고 하잖아요. 도대체 얼마나 걸려 두 장을 쓴다는 건지 두고 보자는 심산이었죠."

그때 발라드는 커튼 사이 저쪽에서 커다랗게 울리는 가드너의 목소리를 들었다. 그는 그쪽으로 다가갔고 "얼 가드너가 보이더군요. 소파에 앉아서 양손에 구술용 축음기 스피커를 양손에 들고 말을 하고 있었어요. 말 속도가 어찌나 빠른지 따라갈 수도 없을 정도였지 뭡니까. 10분 후에 그가 일을 끝내고 나왔어요. 그 두 장의 길이가 얼마나 되는지는 모르겠지만, 확실한 건 그걸 말로 내뱉는 속도가 다른 어떤 작가가 글로 쓰는 속도보다 더 빨랐다는 겁니다."

내 생각에 아마 가드너는 구술용 축음기에 소설을 녹음하면서 눈을 감고 있었을 것이다.

이 일화를 생각하자 내가 글을 쓰던 초창기 저술 일기에 적어 두었던 메모가 다시 떠오른다. 두 눈을 감은 채 글을 써 보라.

내가 발견한 건 이런 것이다. 두 눈을 감고 어느 장면이 머릿속에서 영화 장면처럼 펼쳐지기 시작하도록 내버려 두면, 자판기를 두드리면서 단어를 쳐다볼 때는 결코 보이지 않던 것들이 보인다. 눈을 감고 세심한 저널리스트처럼 세부 사항들을 시각적으로 상상하고 기록해 보라.

나는 주로 배경이나 캐릭터의 묘사 요소들을 심화할 때 이 방법을 활용한다.

핵심은 철자나 구두점에 관한 걱정을 접어 두고 자판을 두드리는 것이다. 생각이 '흘러가도록' 내버려 둔 채 마구 자판을 두드려라.

명 구

명구Epigraph(유명한 구절)란 일부 작가들이 소설을 시작하기 전에 독립된 페이지에 붙이는 인용구다. 명구를 경구警句와 혼동하면 안 된다. 경구는 간결하고 재기발랄한 문구를 가리키는 말로 굳이 인용한 말이 아니어도 되고 책 앞부분에 배치하지 않아도 된다. 그러나 책 앞부분에 배치할 경우 경구가 명구가 되기도 함으로써 부수 현상으로 이차적 효과를 낼 수도 있다.

마리오 푸조Mario Puzo의 소설 『대부*The Godfather*』에는 다음과 같은 명구가 등장한다.

모든 큰 재산 뒤에는 범죄가 있다. _발자크

명구의 목적은 다음 중 한 가지거나 그 이상이다.

- 소설의 주제를 암시한다.
- 소설의 톤을 결정하는 데 기여한다.
- 내용에 대한 호기심을 자아낸다.
- 독자의 얼굴에 미묘한 미소를 피어오르게 만든다.

스티븐 킹Stephen King은 명구를 쓴다. 대개 두 개나 그 이상도 쓴다. 그의 소설 『셀*Cell*』도 그렇다. 이 소설은 전 세계 핸드폰 망에 전자 신호가 퍼져 그 신호를 들은 사람들이 아무 생각 없는 좀비가 되어 사람들을 죽인다는 이야기를 담고 있다. 왜 그 지경이 되었을까? 아마 전자 신호가 모든 심리적 억제를 제거하여 동물과 같은 행동을 초래하기 때문이다. 아래에 킹의 명구들을 보자.

> 이드id는 충족이 지연되는 것을 용납지 않는다. 이드는 충족되지 않은 욕망의 긴장을 항상 느낀다. _지그문트 프로이트Sigmund Freud

> 인간의 공격성은 본능적이다. 인간은 종의 생존을 보장하기 위해 공격을 억제하는 어떤 의례화된 메커니즘도 진화시키지 못했다. 이런 이유로 인간은 아주 위험한 동물이라 간주된다. _콘라트 로

렌츠Konrad Lorenz(오스트리아의 동물학자)

지금 내 말 들려? _버라이즌Verizon(미국의 통신 기업)

사례 몇 가지를 더 소개한다.

『앵무새 죽이기*To Kill A Mockingbird*』 _하퍼 리Harper Lee

내 생각에, 변호사들도 한때는 어린아이였다. _찰스 램Charles Lamb

『화씨 451*Fahrenheit 451*』 _레이 브래드버리

그들이 가지런히 줄이 쳐진 종이를 주어도 그 줄에 맞추지 말고 다른 방식으로 써라. _후안 라몬 히메네스Juan Ramón Jiménez

『나를 찾아 줘*Gone Girl*』 _길리언 플린Gillian Flynn

사랑은 세상의 무한한 가변성이다. 거짓과 증오, 심지어 살인이 모두 사랑에 엮여 있다. 사랑은 그와 상반되는 것들의 불가피한 개화이자 피 내음을 희미하게 풍기는 거대한 장미다. _토니 쿠슈너Tony Kushner, 『일루전*The Illusion*』

『로미오의 길*Romeo's Way*』 _제임스 스콧 벨,

여신들이여, 아킬레스의 분노를 노래하라…. _호메로스, 『일리어드*The Illiad*』

누구나 그럴듯한 계획이 있지. 얼굴을 처맞기 전까지는. _마이크 타이슨Mike Tyson

좋은 명구를 찾는 법

먼저, 여러분이 쓰는 소설에 적용될 만한 소재와 주제 중 일부를 브레인스토밍해 보라. 가령

청소년의 약물 남용
암흑가 범죄 사업
정의의 추에 균형을 잡기 위한 투쟁
거리의 혼돈
절망적인 상황에서 찾아내는 희망
진정한 사랑은 가능한가?

그런 다음, 주인공의 강점과 약점을 생각해 보라. 가령

누군가 자극하면 싸움에 휘말린다
타인을 믿기 힘들다
분노 조절에 문제가 있다

약자에게 지나치게 다정하다
어디서건 불의를 참지 못한다

이런 점들을 염두에 두고 명구 탐색을 시작하면 된다. 내게는 인용구를 모아 놓은 책이 좀 있다. 대표적인 책은 유서 깊은 『바틀릿의 친숙한 인용구*Bartlett's Familiar Quotations*』이다. 재미있거나 반어를 담은 명구를 담은 '특이한' 모음집도 있다. 내가 제일 좋아하는 인용구 모음집은 존 위코너Jon Wikonur의 『휴대용 괴팍한 사람들 모음집*The Portable Curmudgeon*』과 로버트 번Robert Byrne의 『1911가지 최상의 명언*Best Things Anybody Ever Said*』이다.

물론 온라인 자료도 있다. The Quotation Page라는 사이트에 가면 핵심어와 저자별 인용구를 검색해 볼 수 있다.

여기저기 둘러보면서 몇 가지 가능성을 찾아 놓아라. 그런 다음 가장 좋은 것을 고르면 된다. 당장 쓰지 않더라도 장차 사용할 가능성이 있는 것들은 파일에 저장해 둬라.

명구에 대해 흔히 나오는 질문을 다음에 소개한다.

명구를 직접 만들어 써도 될까?

일부 작가들은 명구를 만들어 썼다. 딘 쿤츠Dean Koontz는 명구를 대부분 직접 지어 썼다. 심지어 인용한 소설 원전도 본인이 직접 썼다. 존재하지 않는 그 원전의 제목은 『헤아려 본 슬픔의 책*The Book of Counted Sorrows*』이다. 전 세계 독자들과 서점은 이 귀한 원전을 찾으려 노력했지만 찾지 못했다. 쿤츠는 결국 그런 소설은 없다고 실토했고, 심지어 반즈 앤 노블을 통해 단기로 전자책 버전의 소설까지 직접 내놓았다. 명구 전체를 읽어 보고 싶다면 찾아볼 수 있다.

하지만 명구를 직접 만드는 건 별로 추천하고 싶지 않다. 독자들이 인터넷에서 인용구를 찾다가 좌절할 것이다. 더군다나 여러분이 셰익스피어는 아니잖은가.

명구를 인용하려면 허가가 필요할까?

출간된 원전에서 한두 줄을 명구로 사용할 때는 저작권 보유자의 허가가 필요 없다. 명구 한두 줄 정도는 본질적으로 공정 이용fair use(저작권 침해가 되지 않는 기준과 범위 내에서 콘텐츠를 이용하는 것)으로 봐도 좋다는 이야기다.

한 가지 예외가 있다면 노래 가사다. 세심한 변호사와 예민한 출판사한테는 허락을 받으라고 말할 것이다. 결국 비용을 치러야 할 수도 있는 길고 힘든 과정이다. 공정한 사용 원칙에 관한 이유나 이런저런 이야기를 여기서 하지는 않겠다. 온라인에서 정보를 쉽게 찾아볼 수 있으니까. 나는 공정 이용을 옹호할 수 있다고 생각한다. 특히 노래 가사 전체를 인터넷 전체에서 무료로 사용할 수 있다는 사실을 감안하면 말이다. 이 문제에 관한 한 법대 교수의 전문적인 의견을 찾아보라. ([주의] 이 글에서는 법적 자문을 제공하지 않고, 유의할 점만 얘기한다!)

명구는 어디에 넣어야 할까?

소설의 1쪽 바로 앞에 넣어라. 명구는 헌사가 아니니 주의하라. 헌사를 쓰려거든 명구 전에 넣어라. 명구는 헌사 다음에 와야 한다.

명구는 몇 개나 써도 될까?

내가 대략 생각하는 명구의 개수는 한두 개 정도다. 여러 부분으로 나뉘는 큰 분량의 책이 아닐 경우에 그렇다.

하지만 이건 나의 지침일 뿐이다. 명구는 원하는 만큼 자유롭게 쓰면 된다. 스티븐 킹처럼 자신이 있다면 각 장마다 명구를 넣을 수도 있다! 스티븐 킹은 리처드 바크먼이란 필명으로 소설을 쓸 당시 『롱 워크*The Long Walk*』라는 소설에서 장마다 명구를 넣었었다.

명구에 인용부호를 써야 할까?

쓰지 않아도 된다.

명구는 이탤릭체로 표시해야 할까?

그건 여러분의 재량에 달려 있다. 다른 폰트를 써도 좋고 하지 않아도 무방하다.

좋은 명구를 찾지 못하면 어떻게 해야 할까?

좋은 명구를 딱히 발견하지 못한다면 셰익스피어나 성경이나 마크 트웨인을 참고하라.

독자들이 정말 명구를 읽긴 할까?

대부분은 아마 읽지 않을 것이다. 아니면 대충 휙 훑어본 다음 바로 본문으로 넘어갈 수도 있다. 여기서 제기할 수 있는 질문. 이런데도 명구를 찾아 시간을 소모할 만큼 명구라는 것이 가치가 있을까?

그 대답은 여러분 스스로 해야 한다. 나의 대답은 가치가 있다는 것이다. 나는 명구가 좋다. 그래서 명구를 나처럼 좋아할 독자들을 위해 일부러 시간을 내어 명구를 찾는 일이 즐겁다.

게다가, 소설을 탈고하고 나면 완벽한 명구를 탐색하는 일은 내가 책에게 주는 보답 같은 것이다. 소설은 아이디어 단계 때부터 나와 여정을 함께 해 왔고 때로는 아무 의미도 없이 달콤한 말을 귓가에 속삭이기도 하고 때로는 내게 싸움을 걸기도 했다(하지만 그 마음만큼은 나를 위해, 내 글이 올바른 길로 가도록 하기 위함이었다). 그러니 책에 뭔가 작은 선물이라도 줘야겠다는 마음이 든다. 이때 더할 나위 없이 좋은 선물은 바로 적절한 경구다.

작가는 동의어 사전을 사용해야 할까?

소설 작가는 동의어 사전을 써야만 할까? 스티븐 킹은 이 문제에 관해 자주 인용되는 의견을 제시했다. 『작가용 편람 *The Writer's Handbook*』 1989년판에 실린 「10분 만에 글을 잘 쓰기 위해 알아야 할 모든 것」에 나온다.

> 소설을 쓰고 싶다고? 좋다. 사전과 백과사전과 세계 연감과 동의어 사전부터 치워 버려라. 무엇보다 동의어 사전은 아예 쓰레기통에 던져 버려라. 동의어 사전보다 더 오싹한 건, 시험 때가 되어 과제로 읽어야 하는 소설들을 읽기에는 너무 게을러 대학생들이 사들이는 그 작은 염가판 요약본들뿐이니까. 무슨 단어가 됐건 동의어 사전에서 찾아야 하는 건 이미 틀린 단어다. 이 규칙에 예외는 없다.

스티븐 킹의 이 규칙을 놓고 우리는 무엇을 추측, 추정, 어림짐작하고 결론을 내리고 확정해야 할까?

일부 사람들은 이런 규칙을 허풍(허세, 헛소리, 터무니없는 소리, 난센스)이라고 부를지도 모르겠다.

하지만 이 인용구는 '초고를 쓰는 동안에는 절대로 어떤 참고서든 보지 말라'는 표제 하에 나온다는 점에 유의해야 한다. 킹은 초고 이야기만큼은 물 흐르듯 자연스레 써야 한다고 말하는 것이다. 사뭇 맞는 말이라 킹은 이 흐름의 다른 형식에 관해서도 조언을 남긴다.

> 앉아서 글을 쓸 때는 그냥 써라. 화장실 가는 것 빼고는 아무것도 하지 말라. 화장실도 정말 급해 못 견딜 때가 아니면 가지 말라.

그렇다. 이야기의 초안을 잡을 때는 가능한 신속하게(빠르게·급속히·효율적으로) 글을 써 대는 편이 좋다. 1달러나 5달러짜리 낱말이면 충분하다. 굳이 10달러짜리 낱말을 찾아다니느라 쓰던 소설을 중단하는 어리석음을 범하지 말라.

하지만 약간의(아주 작다는 의미로) 예외는 제시하겠다. 작가 킹이 작품을 쓰던 시절은 개인용 컴퓨터 시대가 막 열리던 무렵이었다. 당시 킹은 워드 프로세서라는 기기를 충실히 쓰고 있었다. 타이핑한 문서를 플로피 디스크에 저장하는 딱

한 가지 일만 하는 커다란(어마어마한·육중한·거대한) 기계였다. 당시 동의어 사전(사전들?)은 제본한 종이책이었다. 단어 하나 찾는 데 귀중한 시간이 마구 흘러가 버렸다.

물론 요즘은 다들 개인용 컴퓨터를 쓰고, 거기에는 '사전/동의어 사전' 앱이 있다. 나도 '걷다' 같은 평범한 단어의 동의어를 찾으려고 그 사전을 자주 이용한다. 확실히 캐릭터가 방으로 '걸어' 들어간다고 묘사해도 좋다. 하지만 그 정도 말은 독자에게 큰 감흥을 주지 못한다. 그래서 나는 컴퓨터의 동의어 사전을 연 다음 5초가량 검색을 한다.

> 한가로이 걷다, 거닐다, 터덜터덜 걷다, 터벅터벅 걷다, 저벅저벅 걷다, 힘들게 오래 걷다, 트레킹하다, 절뚝거리며 걷다, 성큼성큼 걷다, 으스대며 걷다, 쿵쿵거리며 걷다, 휘청거리다 등등.

최근 나는 단편소설 한 편을 쓰고 있었다. 거기서 마약왕과 그가 기르는 애완용 원숭이가 나오는 장면이었다. 원숭이 녀석은 계속 꽥꽥댄다. 하지만 같은 낱말을 되풀이해 쓰고 싶지는 않았다. 결국 동의어 사전을 열어 바로 비슷한 단어를 찾아냈다.

> 비명 지르다, 깍깍거리다, 끽끽거리다, 으르렁거리다, 울부짖다, 고함치다, 악을 쓰다.

딱 필요한 낱말이었다. 그중 다섯 개를 골라 썼다.

이런 식으로 동의어 사전을 쓰지 않는 경우 자판 앞에 앉아 몇 분 동안 대안으로 쓸 만한 낱말을 떠올리려 애쓸 수도 있다. 하지만 이 경우 킹의 용어(표현·구절·용어·말씨)를 빌리면 '헌트hunt'라는 말은 동의어 앱을 쓰는 편이 더 빠르고 효율적이다.

작가 킹의 규칙에 또 다른 예외가 있을까? 내 생각에는 있다. 나는 초고를 바로 수정하기 전에 전날 써 둔 부분을 가볍게 고치는 편을 좋아한다. 이 작업을 할 때 발견하는 부분이 있다. 거기에는 마크 트웨인의 다음과 같은 명언을 적용하고 싶다.

> 적절하다 싶은 낱말과 적확한 낱말 사이의 차이는 대단히 크다. 반딧불이와 번갯불 사이의 차이만큼 크다.

낱말을 고를 때 1~2분만 시간을 좀 들이면 독자들에게 쾌감을 줄 만큼 커다란 문체상의 이점을 충분히 누릴 수 있다. 따라서 나는 아직 동의어 사전을 버릴(폐기할·내던질·포기할·제거할) 준비가 되지 않은 것이다.

6

퇴고

e, then back to
een working hard against
owed at all. Because of these views
w status even if entered through the proper channels with
they have
acism to be "the belief that a particular race is superior or inferior to
ocial and moral traits are predetermined by his or her inborn biological
is not just labeled to one hate between races like white and black. Many
two different
unprovoked
defined as
n have racism within itself. Racism can also be just blind hatred between
among themselves
an also be due to skin color, background, sex, language, birth places, or even
cism can influence many things like slavery or the formation of countries and
ief of inferiority was not this automatic creation. Not all skin types or colorings
considered inferior. Many years ago the Portuguese discovered how much
ricans than themselves. An important feature of race is that how
Source?
Specifics?

퇴고할 때 점검할 사항

아래 내용들은 내가 다섯 번째 소설을 출간한 후, 퇴고할 때 점검할 사항들을 작성해 둔 것이다. 내 노트에 써 둔 그대로다.

1차 퇴고

퇴고 없이 원고를 끝까지 다 읽어라. 글 전체에 대한 감을 잡아라.

자유롭게 쓸 노트를 만들어라.

이제 **퇴고 후에 나올 책의 내용**을 개요로 작성해 보라. 2쪽짜리 요약을 한 다음 장면들의 개요를 잡아라. 빈 곳, 빠진 것 등을 찾아보라. 고쳐 쓸 계획을 세우고, 원고 내용을 '심화할' 질문을 던져라.

개관: 소설의 필수 요소를 갖추었는가?

- 처음부터 바로 뭔가 일어난다. 인물을 문제가 있는 환경에 처하게 해 **변화**에 직면하게 하라.
- 책의 동력을 제공하는 엔진은 독자가 호기심이 발동해 책을 도저히 내려놓을 수 없게 만든다. 인물들이 이미 구체적이고 단기적인 목표를 향해 움직이도록 무대에 세워라.
- 인물과 대적할 적은 가능한 한 빨리 세워라.
- 여러분과 다른 매력적인 인물들을 설정한 후, 그들이 하위 플롯을 형성하게 하라.
- 도가니. 가혹한 시련에 놓인 등장인물은 행동하지 않을 수 없다.
- 플롯은 인물을 통해 전개되어야 한다.

주인공

- 바로 해결해야 할 강력한 필요나 문제? 독자가 왜 그 문제나 필요가 중요하다고 느낄까? 캐릭터가 더 큰 목표와 관련된(혹은 자신을 더 큰 목표 쪽으로 가게 할) 특정 목표를 향해 '움직이도록' 도입부를 만들었는가?

- 주인공에게 공감을 느끼는가?

  1. 주인공이 좋은 이유

  1) 좋아할 만한 행동을 하는가(아이나 노인을 돕는 등)

  2) 재밌고 불손한 반항아 기질이 있다.

  3) 특정 분야에 능력이 뛰어나다.

  4) 오랫동안 시련을 겪은 약자다.

  5) 독자가 마음을 줄 수 있는 꿈이나 욕망이 있다.

  6) 부당하게 불행을 겪고 있다.

  7) 위험에 처해 있다.

  2. 클라이맥스에서 발휘되는 도덕적 용기. 인물은 어떤 위기에 처해 있는가?

  1) 주인공이 비열한 인간인 경우 최소한 강력한 흥미를 유발할 정도의 인물은 되는가?

  - 성적 매력

- 매혹적 요소
- 교활함

2) 갈등이나 대치는 유기적인가? 억지 요소는 없는가? 주인공은 필연적으로 갈등을 해결해야 하는 위치에 있는가?

3) 주인공은 아무 때고 포기해 버릴 수 있는가? 그렇다면 포기할 수 없게 강력한 동기를 부여하라.

4) 주인공의 적은 주인공과 동등하거나 더 강력한가?

캐릭터

• 어떤 캐릭터들을 결합하거나 세거할 것인가? 플롯과 무관한 인물은 없어야 한다.

• 캐릭터들은 충분히 대비를 이루는가?

• 캐릭터들에게 깊이를 부여하라. 각각을 분류해 다음과 같이 주제를 정하라.

- 성격을 부여하고 말투를 결정하라
- 배경이 될 만한 사건으로 동기부여를 하라/이야기에 감정적 유대를 만들라.
- 반전과 양념

• 감각을 통한 기억을 사용하여 캐릭터에게 깊은 감정을 부여하라.

- 캐릭터들은 다채롭고 생생한 성격을 보유하고 있는가?
- 캐릭터들에게 동기가 부여되어 있는가?
- 캐릭터들과 플롯이 밀접하게 관련되어 있는가?
- 주인공들이 성장하는가? 이들의 성장이 신뢰할 만하게 이루어지는가?
  - 캐릭터가 훗날 할 중요한 행동을 예고해 놓았는가?
  - 주요 변화를 위한 '세 가지'를 마련해 놓았는가?
    (디킨스의 소설 『크리스마스 캐럴』처럼)

<u>구조: 장면 카드를 만들거나 개요를 작성하라</u>

- 오프닝
  - 주인공이 분명한 문제나 필요에 당면해 있는가?
  - 독창적인가? 독자의 주의를 사로잡을 만한가?
  - 주인공을 위해 바로 전개되는 변화나 문제는?
- 견고한 갈등/전환 형식이 있는가?
- **재난이 독창적이고 예측 불허하되** 논리적인가?
- 하위 플롯들이 서로 연계되는가? 추가한 캐릭터들은 편을 나눠라!
- **잘라 낼** 갈등/전환이 없는가? 꼭 추가해야 할 당위성이 있는가?
- 시간 순서는 적절한가?

- 중간에 작은 하위 플롯을 넣어 압박을 가중하고 흥미를 유발해야 하는가?
- 최후의 3부를 위한 '시한폭탄'을 설정할 수 있는가?
- 시간 계획이 적절하고 정확한가?
- 작은 하위 플롯을 설정해 늘어지는 중간 부분에 긴장감을 불어넣어야 하는가?

<u>갈등</u>

- 모든 캐릭터가 등장하는 장면에서 이루어야 할 목표가 있는가?
- 목표는 충분히 강력한가?
- 목표는 즉각 이뤄야 하는 것인가?
- 목표가 독자에게 명확한가?
- 캐릭터가 충분히 강력한가?
- 장면에 절박성이 있는가? 시간 압박이 있는가?
- 주인공의 상대는 충분히 강력한가? 식별 가능한가?
- 장면이 단조로운가? **그렇다면….**
  - 예상치 못한 반전을 제공할까?
  - 캐릭터를 더 다양하게 만들까?
- 재난이나 비극이 충분히 비극적인가?
- 재난이나 비극이 **예상치 못할 만큼 독창적이면서도** 논

리적인가? **그 반대로도** 시도해 볼까?

- 갈등(가령 언쟁)을 도입해 작은 만남들로 장면을 꾸릴 수 있는가?
- 모든 장면에서 캐릭터들이 갈등 관계에 있는가?

전환

- 감정이 명확한가?
- 선택지가 명확한가?
- 결정이 명확한가?

반전과 양념

- 상황이 복잡하게 꼬이도록 약간의 "아, 안 돼!"에 해당하는 요소를 넣어야 할까?
- 빤한 것이 빤해지지 않도록 변화할 지점이 있는가?

대화

- 대화에 빈틈이 없도록 잘라 내야 할 부분이 있는가?
- '완곡한' 대답으로 충분한가?
- 대화로 플롯이 움직이고 인물의 성격이 드러나는가?

결말

- 주인공은 도덕 원칙을 따르다 비극을 겪는다. 하지만 어쨌거나 주인공은 옳은 길을 선택한다.
- 옳은 길을 선택하는 감정적 결정을 설정할 때 주인공이 보거나 들은 것 같은 '장치'를 마련하여 주인공의 반응을 예고하거나 촉발해야 하는가?
- 주인공의 '목표'를 이룰 방법이 쉬울 경우 그 목표는 결국 '옳지 않은' 목표로 판명된다. 가령 영화 「카사블랑카」에서 남자주인공 릭은 결국 여주인공 일자와 결합할 수 있지만, 그러려면 옳은 일을 포기해야 한다. 결국 릭은 희생을 택한다.
- 주인공은 희생을 택할 수밖에 없어야 한다.
- 시한폭탄이 있는가? 있어도 되는가?
- 반전으로 기능할 수 있는 다른 결말이 가능한가?

노릴 만한 전략

- 네 가지 '중대' 계기를 마련하라. (웃음·눈물·스릴·공포)
- 감동적이고 역동적이면서도 영원히 잊지 못할 장면 하나는 있어야 한다.

원고를 다시 써라

브래드버리의 말로 하자면 소설의 내용을 '다시 체험하라!' 이때 마련해 둔 노트 등을 활용하라.

기존의 글에 큰 변화를 주어 흥미진진함을 더하는 일은 조심하라. 그것은 진정한 영감이 아니라 그저 글을 오래 쓴 피로감에서 오는 관성의 결과일 수도 있기 때문이다.

글을 다시 쓴 후

'서스펜스' 중심으로 통독하라

- 긴장감 넘치는 장면이 궁극의 긴장감을 선사하는가?
- 놀라움과 감탄을 자아내는 장면이 충분한가?

'말하기'가 아니라 '보여 주기' 중심으로 통독하라

- 캐릭터의 감정 묘사를 **행위**로 바꿀 곳은 없는가?
- **대화**로 바꿀 만한 정보가 있는가?
- 감각을 연상시키는 단어를 쓰고 있는가?
- 내러티브에 너무 끼어들거나 설명을 많이 하고 있지는 않은가?
- 나중으로 **미뤄 둘** 만한 정보가 있는가?

'대화' 중심으로 통독하라

- 완곡한 어법을 쓰는 반응이 노골적인 반응보다 긴장감이 크다. 대화가 엉뚱한 곳으로 빠지도록 만들거나 질문에 질문으로 답하는 식의 대화를 넣을 적재적소를 찾아보라.
- 대화가 중단될 때는 캐릭터에게 **행동**을 부여하라.
- 대화를 할 때는 당사자 둘 모두에게 공정한 기회를 부여하라. 한쪽으로 쏠린 대화는 금물이다.
- 좋은 대화는 독자를 깜짝 놀라게 하고 긴장감을 자아낸다. 대화는 선수가 상대보다 한 수 앞서려고 애쓰는 게임과 같다.
- 설명이나 해설을 탄약 가득한 갈등으로 바꿔라. 설명은 갈등 속에 녹여서 숨기는 편이 좋다.
- 중요한 반응은 미뤄 두라. 그래야 긴장도 커지니까.
- 캐릭터의 적수뿐 아니라 캐릭터와 같은 편들 사이의 대화와 장면에도 **갈등**을 녹여 낼 수 있는가?
- 캐릭터는 주로 **스트레스를 받을 때, 분노를 쏟아낼 때, 지나치게 말이 적거나 많을 때** 자신의 진정한 성격을 드러내는 법이다.

'캐릭터' 중심으로 통독하라

- 묘사가 많은 것보다는 충격적이고 특별한 이미지 하나를 선택하라.
- **움직임**을 통해 캐릭터를 구축하라. 기대와 대조를 이루는 움직임이야말로 흥미를 끈다.
- 캐릭터의 눈이야말로 가장 의미심장한 신체 부위다.
- 묘사를 할 때는 짧고 특이하면서도 독창적인 표현을 잘 골라야 한다.
- 캐릭터가 자기 직종에서 일하는 모습을 독자가 **보게** 하라. 가능하면 캐릭터의 직업 관련 정보가 이야기에 빠져서는 안 될 요소가 되도록 플롯에 녹여 내라.
- 주인공 캐릭터가 지나치게 선한 인간일 경우 그것이 때로는 그에게 덫이 될 수 있다는 점에 유념하라.
- 캐릭터의 내면으로 들어가라. 여러분이 캐릭터인 듯 **노래하고 불평하고 고함치고 말하라**. 즉흥성을 부여하라!
- 인물호는 어떠한가? 캐릭터는 어떻게 변화하는가?
- 캐릭터는 중요한 순간 어떻게 **용기**(도덕적 용기나 육체적 용기)를 보여 줄 것인가?
- 여러분이 창조한 악한도 똑같이 사랑하라. 악한 캐릭터는 상대를 **유혹한다**. 따라서 악한은 노련하거나 매

력적이거나 카리스마 등의 힘을 갖추고 있어야 한다.

- 단역을 맡은 인물: 독자들은 평범하지 않은 행동을 하는 캐릭터에게 흥미를 느낀다.

원고를 한 달간 치워 두라

한 달 후 처음 보는 양 원고를 다시 읽어 보라. 주를 약간 달거나 오탈자 등만 점검하라. 원고를 또 하나 만들어 독자 역할을 하는 사람들에게 읽혀 보라.

7
작가의 마음가짐

작가 십계명

1990년대 말 작법을 가르치기 시작하던 당시 나는 머릿속에서 찰턴 헤스턴 배우를 떠올리고 작가를 위한 십계명을 만들어 공개한 적이 있다. 십계명이라니, 건방 떠는 것 인정한다. 하지만 이 책에 넣을까 해서 최근에 다시 살펴봤는데, 하나도 바꿀 게 없다는 생각이 들었다. 그래서 여기 십계명을 소개한다. 계명마다 부가 설명을 붙여 놓았다.

1. 매주 일정한 분량의 글을 써라

제1계명이자 으뜸가는 계명이다. 일정량의 글을 쓰고 그걸 지키면 여러분이 생각하는 것보다 더 빨리 소설 한 권 분량의 글을 쓰게 될 것이다.

[주의] 하루 분량을 정해 놓자는 쪽이었지만 일주일로 단위를 바꾸었다. 피치 못하게 글을 쓰지 못할 때도 있고, 생활을 하다 보면 그냥 못쓰게 되는 날도 있는데, 그러다 보면 스스로 압박을 심하게 느낄 수 있다. 그러니 일주일 분량을 정해 놓고 하루 단위로 나누되, 만일 하루 빼먹으면 다른 날 보충하라. 한 번에 몇 단어 정도의 분량이면 될까? 하루에 편안하게 쓸 수 있는 분량을 알아낸 다음 10퍼센트 정도 더하라. 일주일에 하루 정도는 글 쓰는 날에서 빼서 재충전하는 시간으로 삼아라.

2. 초고는 격정에 사로잡혀 물 흐르듯 써라

초고를 쓸 때는 과한 수정은 금물이다. 초고를 쓰는 일은 개요를 만들어 두었다 하더라도, 어느 정도는 여러분의 이야기를 새로 발견해 가는 과정이기 때문이다. 여러분이 쓰는 소설의 플롯과 캐릭터들은 작가인 여러분이 계획하지 않은 반전과 변화를 만들어 내고 싶어 할 수도 있다. 플롯과 캐릭터들이 가고 싶은 대로 가도록 내버려 둬라! 내 경우는 전날 쓴 원고를 좀 고친 다음 계속 진행한다. 2만 단어 정도 썼을 때 '뒤로 물러나' 내가 만든 토대가 견고한지 여부를 살핀 다음 약하면 수정을 가한 다음 끝까지 진행한다.

[주의] 개요를 작성하고 있다면, 소설을 진행하다 뭔가 새로 발견하는 게 있다면 그쪽으로 수정하라. 여러분이 '막힘없이 즉흥적으로 쓰는 부류pants'라면 '물 흐르듯이 쓰면서 개요 작성하기rolling outline'를 실천하라. 한 장면을 막힘없이 쓴 다음 장면 요약을 해 둔 후, 다음 두어 장면을 위한 아이디어를 적어 두는 작업이다.

3. 주인공을 난관에 빠뜨려라

좋은 이야기를 추진시키는 동력을 부여하는 에너지는 주인공에게 가하는 위협이나 난관이다. 난관의 강도를 서서히 올려라. 주인공이 처리해야 하는 위험의 강도를 높이라는 말이다. 간단히 3단계 난관 구조를 이용하라. 즉 주인공을 1) 난관에 빠뜨린 다음 2) 서서히 난관의 난이도를 높이고 3) 주인공이 난관에서 벗어나도록 안내하라.

[주의] 난관을 생각할 때는 '죽음'이라는 문제를 중심으로 사고하라. 죽음에는 세 가지 종류가 있다. 육신의 죽음, 전문성/직업의 죽음, 그리고 심리적/영적 죽음이다. 위의 세 가지 형태 중 한 가지 형태의 죽음을 이야기에 고려해 넣지 않을 경우, 여러분의 플롯은 생각만큼 시선을 사로잡지 못한다.

4. 주인공이 가는 길에 더 강력한 적을 배치하라

주인공과 대적하는 맞수는 주인공보다 더 강력해야 한다. 힘도 경험도 자원도 더 많아야 한다. 그렇지 않으면 독자가 주인공 걱정을 하지 않기 때문이다. 작가는 독자가 주인공을 걱정하게 만들어야 한다. 앨프리드 히치콕 감독은 자기 영화의 힘은 악한의 힘과 계략에서 온다고 늘 말했다. 그러나 적이 늘 '나쁜 놈'이어야 할 필요는 없다는 점을 유념하라. 영화 「도망자*The Fugitive*」에서 도망자인 주인공 해리슨 포드를 뒤쫓는 집념의 연방 보안관 토미 리 존스를 생각해 보라. 그는 악한이 아니지만 관객이 주인공 해리슨 포드 걱정을 하게 만든다.

[주의] 주인공의 맞수에게 '최종 변론'을 할 기회를 주라. 자신이 틀렸다고 생각하는 악당은 없다. 악당의 관점에서 그의 입장을 정당화하라.

5. 첫 단락부터 이야기를 빨리 전개하라

캐릭터에서 출발하되, 변화나 위협이나 난제를 마주하는 상황에 캐릭터를 집어넣어 처음부터 독자의 관심을 사로잡아라. 이것이 도입부의 '교란'으로, 독자는 이러한 교란에 즉각 반응을 보인다. 교란이 꼭 '커야' 할 필요는 없다. '평범한 세계'에 파문을 일으킬 만한 것이라면 뭐든 좋다.

[주의] 긴장감 넘치는 대화는 도입부로 아주 좋다. 실제 장면에서 이야기를 갈등으로 시작한다는 뜻이기 때문이다. 이렇게 하면 신참 작가들을 유혹하는 '고독한 사색에 빠진 캐릭터'를 들이대는 도입부를 피할 수 있다.

6. 놀라움을 창조하라

예측 가능한 길은 피하라! 여러분이 쓰는 장면과 이야기가 갈 수 있는 여러 개의 길을 목록으로 늘 만들어 둔 다음 이치에 맞되, 독자를 놀라게 할 만한 선택지를 골라라.

[주의] 놀라움이야말로 독자의 흥미를 붙잡아 두는 비결이란 게 나의 신념이다. 왜냐고? 사건을 예측할 수 있으면 당연히 지루해할 테니까!

7. 이야기에 도움이 되지 않는 것들은 싹 다 빼 버려라

캐릭터, 그리고 캐릭터가 이야기에서 원하는 바와 관련 없는 것 쪽으로 빠지지 말라. 레이저빔을 쏘듯 정밀하게, 이야기에 도움이 될 만한 것들에만 집중하라.

[주의] 지금은 너무도 당연한 말처럼 보이지만, 예전에 나는 원고를 보면서 문체 중심으로 장면을 점검했지 내용 중심으로 보지 못했다. 하지만 빼고 넣을 장면을 고르기 위해 점검을 할 때는 문체가 아니라 내용 중심으로 봐야 한다. 격언으로 말하면 "애정을 쏟은 것들도 과감히 버리라."는 것이다.

8. 지루한 부분은 모조리 빼라

수정 작업은 무자비해야 한다. 이야기의 속도감을 방해하는 것은 뭐든 잘라 내야 한다. 지루한 곤란, 지루한 긴장이나 예측 가능한 갈등은 금물이다. 최소한 캐릭터 내면의 긴장이라도 참신한 게 있어야 한다.

[주의] 두려움의 관점에서 장면을 생각하라. 두려움은 단순한 불확실성에서 노골적인 공포까지 범위가 넓다. 두려움의 어떤 측면은 장면의 시점을 드러내는 캐릭터의 내면에 들어 있어야 한다.

9. 철면피가 되는 법을 익혀라

거절이나 비판에 상처받지 말라. 비판에서 뭔가 배우고 다음으로 전진하라. 인내야말로 작가가 되는 문을 여는 황금 열쇠이다.

> [주의] 론 굴라르Ron Goulart라는 작가는 이렇게 말했다. "당신 작품에 대한 거절을 당신이란 인간에 대한 거절로 착각하지 말라. 물론 주먹질을 당한 게 아니라면 그렇다는 얘기다."

10. 평생 배우고 성장하며 글쓰기를 멈추지 말라

글을 쓰는 행위는 곧 성장이다. 우리는 자신에 대해 배우고, 인생에 대해 더 많은 것을 발견하며, 자기 창의력을 활용하여 귀중한 통찰을 얻는다. 동시에 우리는 공부한다. 뇌를 치료하는 의사들은 의학저널의 최신 논문을 끼고 산다. 작가만 기량을 쌓지 않아도 된다고 생각할 이유가 어디 있단 말인가? 작가인 나에게 도움이 될 만한 걸 하나라도 배운다면 그 배움은 그만한 값어치를 하는 법이다.

> [주의] 한 번 성공하면 그대로 순항하듯 더 이상의 노력을 하지

않는 작가들이 많다. 그게 불법은 아니다. 하지만 경탄할 만한 일도 아니다.

뭐, 난 모세도 아니고 이 계명을 석판에 새긴 것도 아니다. 하지만 이 십계명만큼은 오랜 세월 동안 내게 금과옥조가 되어 주었고 효력도 컸다. 여러분에게도 같은 일을 해 주리라 믿는다.

자신이 작가임을 믿어라

여러분이 어떤 종류의 질서를 갖추고 글을 쓴다면, 그런데 그 질서가 어떤 이야기를 하고 있다면, 여러분은 이야기를 쓰는 작가이다. 다른 누구의 인정도 필요 없고 외부에서 검증을 받을 필요도 없다.

글을 쓰는 한 여러분은 작가이다.

글을 더 잘 쓰기 위해 고군분투하고 있다면, 기량과 기법을 연마하고 공부하고 있다면, 여러분은 작가로서 더 발전하고 있는 것이다.

글을 쓰는 데 심혈을 기울이고 열심히 글을 쓰면서 계속해서 글을 생산해 내고 있다면, 하루 혹은 일주일에 일정 분량만큼의 글을 쓰고 있다면, 체계적으로 열정과 인내심을 갖고 글을 쓰고 있다면, 여러분은 지칠 줄 모르는 작가이다. 지칠 줄 모르고 글을 쓰는 작가는 결국 보상을 받는다.

부자가 되지 못할지는 모르지만 여러분이 쓰는 글에 대해 얼마간이라도 돈을 받는다면 그건 승리다.

쓰지 않은 것에 대해 보상을 받을 수는 없다.

무엇보다 중요한 것은 세상이 전에 갖지 못했던 것을 세상에 제공하라는 것이다. 여러분 자신, 전에는 존재한 적 없던 비전과 목소리를 글로 써서 세상에 보이고 들려주라. 그 또한 승리 아니겠는가.

글을 쓴다면 여러분은 작가이다.

믿음을 가져라. 여러분이 거둘 성공은 무엇이건 여러분의 마음속에서 시작된다. 시인 월터 D. 윈틀Walter D. Wintle은 이런 말을 남겼다.

> 졌다고 생각하면 진 것이다.
> 엄두가 안 난다고 생각하면 엄두를 내지 못한다.
> 이기고 싶은데 이길 수 없다고 생각하면
> 이길 승산은 거의 없다.
>
> 질 거라 생각하면 진다.
> 세상만사 그렇듯이
> 성공은 의지에서 출발한다.
> 성공은 모두 마음가짐에 달려 있다.

스스로 글쓰기를 가르쳐라

훌륭한 작가들은 누구나 독학을 했다. 이들은 좋은 소설을 쓰는 법을 알아내기 위해 스스로 고군분투했다. 물론 많은 작가들이 조력자의 도움을 받긴 했다. 토머스 울프Thomas Wolfe와 F. 스콧 피츠제럴드F. Scott Fitzgerald에게는 빼어난 편집자인 맥스 퍼킨스Max Perkins가 있었다. 그러나 이들 역시 퍼킨스의 조언을 적용하는 방법만큼은 스스로 알아내야 했다.

작가라면 누구나 밖에 널린 탁월한 기술 서적을 통해 좋은 충고를 얻을 수 있다. 글쓰기 기술을 가르쳐 주는 블로그도 어마어마하게 많다. 거기 쓰여 있는 자료만 읽고 글 한 줄 안 써도 평생을 보낼 수 있을 정도다.

그렇다면 어떻게 시작할까?

뭔가 쓰는 데서 시작하라. 소설을 써 보라고 제안한다. 한 권 분량의 소설 초고를 완성함으로써 자신의 강점과 단점에 대해 많은 것을 배울 수 있기 때문이다.

써 놓은 글을 몇 주 동안 치워 두었다가 다시 읽어 보라. 들어본 적 없는 작가의 새 책을 방금 산 독자인 척하고 읽어 보라.

정말이다! 많은 것을 배울 수 있다.

정말 그렇다. 여러분이 이런 조언에 예민해지거나 화가 날 만큼 자만해 있는 게 아니라면 말이다. 자신이 신이 내린 재능의 소유자라 뭘 쓰든 잘해 낼 거라고 과신하는 한 배우는 건 별로 없다.

소설에는 일곱 가지 중요한 성공 요소가 있다. 플롯·구조·캐릭터·장면·대화·목소리, 그리고 의미(주제)다. 각 요소마다 자신의 약점을 평가해 보라. 그런 다음 약점을 개선하기 위한 공부 계획을 짜 보라.

글쓰기 시간 중 80퍼센트는 실제로 (할당량을 정해) 글을 쓰고 나머지 20퍼센트는 기량을 쌓기 위한 공부에 할애하라. 그 공부에 소설 읽기, 그리고 성공한 작가들이 그들의 작품에서 무엇을 하는지에 대해 배운 것들을 적어 두는 일을 포함시켜라.

배운 것을 소화해 실제로 적용하라. 연습 삼아 몇 장면을 써 보라. 골프장에서 연습하는 것과 마찬가지다.

하지만 나가서 놀 때는 그냥 놀라.

앉아서 글을 쓸 때는 그냥 써라.

개선할 점이 더 보일 것이다.

개선할 점을 개선하라.

더 좋은 작가가 되는 법을 스스로 가르쳐라.

글을 쓰는 출발선에서

얼마 전에 기분 좋은 이메일을 한 통 받았다.

안녕하세요. 벨 선생님. 저는 작가를 꿈꾸는 열일곱 살 학생입니다. 기억할 수 있는 시절부터 쭉 소설을 써 왔어요. 저는 노래도 작곡합니다. 글과 음악은 제게는 일종의 끝없는 순환과 같습니다. 소설은 음악에 영감을 주고 소설을 기반으로 노래도 쓰거든요. 지금껏 두 권 분량의 소설을 썼습니다만(노래도 40여 곡 썼고요), 퇴고하고 출간할 방법을 찾는 일은 엄두가 안 나서 시작도 못했습니다. 제가 쓰는 소설 장르는 다양하고 아이디어가 너무 많아 따라가기도 힘들 정도랍니다. 꾸준함, 우선순위, 시작한 일을 마무리하는 문제 때문에 어려움을 겪고 있어요. 최근 선생님의 『작가를 위한 병법*The Art of War for Writers*』을 읽었습니다.

정말 근사한 책입니다.
선생님께 세 가지 질문을 드립니다.
1. 저 정도 단계에서 글을 쓰는 사람에게 한 가지만 조언을 해 주신다면 무엇일까요?
2. 제가 추구해야 하는 주된 목표는 무엇이어야 할까요? 지금 작업 중인 소설을 끝내는 것일까요, 아니면 다른 소설을 퇴고해 출간하는 일일까요?
3. 꾸준히 글을 쓰는 게 몹시 어렵습니다. 매일매일 어떤 종류의 목표를 세워야 할까요?

다음은 나의 답장이다.

좋은 이메일과 제 작품에 대한 친절한 평가 감사합니다. 말씀해 주신 것들로 미루어 볼 때 귀하는 작가가 될 준비가 되어 있군요. '기억할 수 있는 시절부터' 이미 글을 써 왔다니, 귀하는 분명히 창의력이 넘치는 분입니다. 하지만 그 재능에 '꾸준함의 문제'가 있군요. 이 문제는 충분히 극복할 수 있고, 그것도 귀하에게 아주 이득이 되는 쪽으로 해결할 수 있답니다.
그럼, 먼저 1번과 3번의 질문에 대해 함께 답변해 드리겠습니다. 귀하가 일주일에 쓸 분량을 정해서 그 분량을 6일로 나누었으면 좋겠습니다. 창작에 도움이 되는 휴식을 위해 하루 정도는 빼 두세요. 분량은 일주일 단위의 목표치를 잡으세요. 하루 글쓰기를 빠뜨린다 해도 다음 날 채우면 됩니다. 내 경우는 일정표에 연간·주간·일간 계획표를 세워 글을 씁니다. 이것이 내가 맨 처음 글을 쓰기 시작했을 때 받은 가장 좋은 유일한 조언입니다. 이 조언을 통해 나는 거의 30년간 글을 썼는데, 내가 쓸 수 있다고 생각한 것보다 더 많은 글을 쓸 수 있었습니다.

그러니 자신이 일주일 동안 편안하게 얼마나 많은 분량을 쓸 수 있는지 두어 주 정도 살펴보고 양을 가늠해 두세요. 그런 다음 거기에 10퍼센트를 더해 목표 분량으로 삼으세요. 석 달 동안 그 목표를 채우자고 작정하십시오. 그 시기가 지난 후 필요하면 다시 평가를 거쳐 분량을 조절하세요. 어쨌든 매주 쓸 분량을 정해야 합니다. 그러면 글을 쓰는 일이 습관이 될 겁니다. 매일 글을 쓰는 것이야말로 작가가 되기 위해 필요한 습관들 중 가장 중요한 습관이니까요.

2번 질문에서 귀하는 “쓴 소설을 퇴고해 출간할 방안을 찾는 일은 엄두가 나지 않아 시작도 못했다.”고 말했습니다. 제가 보기에 이건 약간 위험 신호군요. 소설가로 경력을 키우고 싶은 마음이 정말 있다면, 그 말은 귀하의 글을 사랑하는 독자를 키워간다는 뜻인데요, 정말 그런 마음이 있다면 쓰신 모든 책을 수정하는 ‘엄두 안 나는’ 일을 꾸준히 해야 합니다. 이 단계에서는 ‘출간할 방법을 찾는 일’은 일단 잊어버리세요. 대신 귀하가 쓸 수 있는 최상의 책을 쓰는 방법, 그것도 책을 쓸 때마다 매번 가장 좋은 글을 쓰는 방법을 알아내는 것이 중요합니다.

이 말은 시간을 들여 소설 쓰는 기량을 공부하라는 뜻입니다. 지름길이나 왕도는 없습니다. 그리고 공부를 시작할 때 그 일이 벅차 보일지라도 매일 체계적으로 조금씩 하다 보면 장차 지속적으로 혜택을 누리게 될 겁니다. 소설을 스스로 수정하는 방법에 관해서는 제 참고서가 있습니다. 그 책을 교과서로 보라고 조언하고 싶습니다. 귀하가 마치 수업을 듣는 학생인 듯 생각하시고요…. 실제로 귀하는 학생이니까요.

글을 쓰는 일은 힘들지만 근사하고 기쁘면서도 만족스러운 영혼의 작업입니다. 시장에 보낼 책을 준비하는 것은 일이지만 그 일을 하다 보면 알게 되는 게 있습니다. 뭔가 고치는 방법을 처음으로 알아내 귀하가 쓴 소설을 개선하고 보완하면 그때 느끼는 날아갈 듯한 황홀함은 무엇과도 비교할 수 없을 겁니다. 작가에게 그런 느낌은 어디에도 견줄 수 없어요. 귀하가 그 느낌을 꼭 체험하길 바랍니다. 그 체험은 꾸준한 노력, 무슨 일이 있어도 글을 계속 쓰고야 말겠다는 결단에서 비롯됩니다.

성공하는 작가가 되길 빕니다.

사랑에 빠진 사람처럼 써라

근사한 아이디어가 하나 떠올랐다. 신경 말단까지 짜릿해지는 아이디어다. 이런 경험은 첫눈에 누군가와 사랑에 빠지는 것과 같다. 아찔할 만큼 짜릿하고 열에 달뜬 느낌이다. 새로 만난 사랑과 몇 달간 소중한 시간을 보낼 생각을 하니 더 이상 기다릴 수 없을 지경이다.

글을 처음 쓰기 시작할 때는 샴페인을 마시고 달빛을 받으며 해변을 거닐 듯 설레는 상태가 된다.

하지만 그러다 불현듯 상대와 언쟁에 휘말린다. 쓰던 책이 내 말을 듣지 않는다. 아니면 그 반대일 수도 있다(내 경우 대개 이런 일은 3만 단어 정도쯤 글을 진행했을 때 벌어진다. 이럴 때는 아무래도 소설이 잘되지 않을 것 같다는 예감이 들기 시작한다.)

나는 쓰던 책에게 따진다. "넌 내가 원하는 걸 주지 않는구나."

책이 대꾸한다. "네가 나한테 어떻게 이럴 수가 있어? 내가 그동안 얼마나 잘해 줬는데 말이야. 내 인생의 가장 좋은 것들을 네게 다 준 나한테 어떻게 이래!"

다행히 이 사소한 말다툼은 얼마 못 간다. 글과 키스하고 화해하는 방법 두 가지를 소개한다.

첫째, 캐릭터를 더 깊이 파고들라. 캐릭터 중 하나를 골라 (꼭 주인공일 필요는 없다) 그의 배경 이야기를 써라. 그의 역사를 더 만들어 비밀이나 유령을 창조하는 데 활용하라.

비밀은 단순히 배경과 관련된 개인적인 이유로 캐릭터가 누구에게도 밝히고 싶지 않은 정보이다.

유령은 현재 캐릭터를 괴롭히고 특정한 행동을 하도록 만드는 과거의 사건이다. 제일 좋은 전략은 주인공이나 캐릭터가 하는 행동의 원인이 바로 밝혀지지 않도록 숨겨 두는 것이다. 독자에게 미스터리를 제공하기 때문이다. 이런 미스터리는 항상 좋다.

5분에서 10분 정도 그 작업을 하면 이야기가 다시 원활히 흘러가기 시작한다. 캐릭터들에게 무슨 일이 벌어지는지 보기 위해서라도 계속 글을 쓰고 싶어질 것이다.

둘째, 쓰던 부분을 내버려 둔 채 나중 장면으로 점프해서 흥미진진한 장면부터 먼저 써 보라. 최선을 다해 그 장면을 쓰라. 그런 다음 손을 놓고 다시 앞으로 돌아가 그 장면까지 이야기를 이어 줄 수 있는 방안을 고민해 보라.

이 요령을 활용하면 소설 쓰기와 애태우는 사랑의 불꽃은 절대로 꺼지지 않는다. 밸런타인데이가 아니어도 아내에게 꽃을 사다 바치듯 사랑은 지속된다.

책임 의식을 갖고 퇴고하라

일단 원고를 완성하면 이제 퇴고라는 엄혹한 세계로 진입하게 된다. 퇴고에는 시스템이 필요하다.

작고한 제러미아 힐리Jeremiah Healy는 인기 작가로 순회 강연을 할 만큼 명강사였다. 언젠가 나는 내가 쓴 글쓰기 관련서를 펼쳐 보다가, 내가 구독하던 『크리에이티비티 커넥션*Creativity Connection*』이란 뉴스레터에서 오려 놓은 쪽지를 발견했다. 힐리의 강연 일부가 요약되어 있기에 따로 챙겨 둔 모양이었다. 힐리는 초고를 쓴 후 자기 시스템을 만들기 위해 필요한 접근법을 다음과 같이 설명했다.

- 일단 한 달 동안 원고를 치워 둔다.

- 원고 전체를 다 출력한 후 하루 정도 통독하되, 원고에 표시는 하지 않는다. (일단 읽기 시작하면 멈추지 말라.)
- '플롯 상의 빈 곳, 미완성 캐릭터나 비정상적인 부분, 그리고 일관성이 떨어지는 부분'을 찾아낸다.
- 수정을 통해 발견한 문제를 모조리 해결한다.
- 세 명 정도의 베타리더들(일반 독자의 관점에서 출간 전에 소설이나 작품 원고를 읽고 피드백을 주는 역할을 하는 사람)에게 원고를 넘긴다. "보통 세 명으로, 한 명은 지성을 갖춘 일반 독자, 또 한 명은 내가 쓴 장르를 잘 아는 독자, 마지막 한 명은 아는 사람 가운데 가장 아둔한 사람으로 골라라."
- 베타리더들의 피드백을 근거로 원고를 다시 수정한다.
- 마지막으로, '시멘트 블록 원고'를 작성하라. '시멘트 블록 원고'란 과거 출판사에 보냈던 전통적 형태의 종이 원고처럼 마지막 퇴고를 마친 원고로 다시는 손댈 수 없을 만큼 견고하게 마무리한 최종 원고를 뜻한다. 힐리는 특히 첫 세 쪽에 공을 들였다. "출판사 담당 직원들—일주일이면 50권의 책에 묻혀 사는 사람들—은 집에 가져가서 읽을 만한 '시멘트 블록' 원고를 결정할 때 첫 세 쪽을 읽어 본다. 가혹하게 들릴지 모르지만 다 이유가 있다. 책을 사 보는 독자들의 85퍼

센트 역시 첫 세 쪽을 보면서 작품을 살지 말지 결정하는 잣대로 쓴다."

좋은 시스템이다. 내가 쓰는 시스템과도 아주 비슷하다.

여기에 한 가지 정도 공식을 더 하면 훨씬 더 빼어난 시스템이 된다. 여러분에게 알려 드릴 공식 하나가 있다. 스티븐 킹이 소설을 쓰던 초창기 시절 SF 잡지에서 받은 거절 답신(1966)에서 나온 내용이다. 답신은 거절 형식이지만 친절한 편집자는 다음과 같이 덧붙여 말했다.

> 나쁘지 않아요. 하지만 좀 장황합니다. 분량 교정을 해야 합니다. [공식] 두 번째 원고는 초고에서 10퍼센트가량 덜어 내면 좋습니다. 행운을 빕니다.

너의 소설을 쥐가 갉아 먹는다

얼마 전 패밀리 달러 스토어Family Dollar Store(미국 내 '1달러 상점'으로 유명한 저가 상품 할인점) 400곳이 문을 닫았다는 기사가 났다. 유통센터 중 한 곳에 쥐가 들끓었기 때문이다. 내부 고발자의 고발이 있은 후 미 식약청은 유통센터로 들어갔는데, '죽은 쥐와 새들'이 천 마리가량 건물 안에 흩어져 있는 것을 발견했다.

> 창고 직원 로버트 브래드퍼드는 자신이 아칸소의 웨스트 멤피스 유통센터에서 해고당한 이유가 쥐 관련 영상 때문이라고 말했다. 지난달 창고에서 쥐들이 통로를 오르락내리락하며 서로 싸우는 장면과 덫에 걸려 죽은 쥐들을 찍은 장면이 담긴 영상을 공유한 후 센터에서 자신을 해고했다는 것이다.

당장 1달러 상점으로 달려가 비엔나소시지 깡통을 사 먹고 싶은 생각이 샘솟게 하는 기사 아닌가? 기사는 아래와 같은 소소한 내용도 빼놓지 않았다.

> 브래드퍼드가 찍은 영상에는 신원이 확인되지 않은 동료 직원이 쥐에게 맨손으로 프링글 감자 칩을 먹이는 장면도 들어 있었다.

이봐요, 저 쥐새끼 녀석들도 먹어야 하지 않겠어요? 게다가 프링글 따위로 달리 할 일이 뭐 있겠어요?

그 후 패밀리 달러 스토어는 이곳 유통센터에서 나온 특정 상품에 대해서는 리콜을 해 주겠다고 발표했다. "저희들은 이 같은 상황을 엄중히 생각하고 있으며, 안전하고 질 좋은 상품을 고객들에게 제공하는 데 최선을 다하고 있습니다." 퍽도 위안이 되는 문구 역시 빼놓지 않았다.

이걸 그래도 다행이라고 해야 하나!

1달러 상점에 들끓던 설치류 이야기는 작가인 우리가 처한 상황에 거부할 수 없을 만큼 잘 어울리는 비유다. 도대체 무슨 말이냐고? 나는 지금 옆집에 사는 지하실 소년들Boys in the Basement의 머릿속에서 활동하는 설치류가 걱정이다.

다시 설명하자면, 지하실의 소년들은 작가의 잠재의식을 가리켜 스티븐 킹이 썼던 비유다. 의식 저 아래에서 상상력은는 아이디어를 휘휘 저어 새로운 뭔가를 만들어 낸다. 이 아이디어들은 우리 뇌의 창고 부분에 저장되어 있다. 이 창고의 잠긴 문을 열기 위해 우리가 할 수 있는 일이 있다. **아침 글쓰기** 같은 작업이다.

그러나 우리 잠재의식 속 창고에 들어오는 설치류는 어떨까? 이것들은 우리 머리에 깃드는 유해동물이며 실제로 존재한다. 내버려 두면 가장 좋은 아이디어, 가장 창의적인 아이디어와 글은 우리 머릿속에 당도하지 못하게 된다. 출판사나 시장은 말할 것도 없다.

커다랗고 살진 쥐 한 마리는 **두려움**을 나타낸다. 자신의 아이디어가 충분히 좋지 않을 것 같다는 두려움. 아니면 출판해서 시장에 내놓을 정도는 아니라는 두려움. 아니면 어느 독자를 불쾌하게 만들지도 모른다는 두려움, 아니면 그 아이디어가 자신을 술 취한 멍청이로 보이게 만들지도 모른다는 두려움. 두려움은 작가의 머리 주변에 늘 잠복해 있으므로, 빨리 처리해 버리는 편이 좋다.

두려움을 처리하는 방법 한 가지는 떠오른 아이디어를 반쪽짜리 분량으로 요약해 두는 것이다. 시놉시스 정도까지도 필요 없고, 그저 머릿속에 떠오른 아이디어가 왜 잠재력이 있다고 생각하는지, 누가 그 아이디어를 좋아할 것인지, 그리고 가장 중요한 것, 왜 자신이 그 아이디어에 흥미를 느끼는지 그 이유 등을 적어 두면 된다.

이렇게 정리를 해 둔 다음에 혹시 해당 아이디어가 별로 흥미가 없다는 생각이 들면 버리고 또 다음으로 넘어가면 된다. 최소한 두려움을 느끼지는 않아도 된다.

단, 이 작업을 할 때는 두어 명 정도 피드백을 해 줄 사람을 구하라. 그들도 당신만큼 당신의 아이디어에 흥미를 느끼는가? 그렇지 않다면 또 다음 아이디어로 넘어가면 된다.

여기서 또 한 놈의 살진 쥐 한 마리를 발견하게 된다. 바로 **무질서**다. 머리에 떠오른 아이디어를 정리하지 않고 여기저기 흩어진 채 방치하면 그 아이디어가 받아야 할 주목과 관심을 충분히 주지 못하게 된다.

따라서 이를 피할 방안은 창고를 깨끗이 청소하고 정리해 두는 것이다. 어떤 아이디어든 떠오른 것은 절대로 방치하지 말라. 아이디어를 발견하면 선반에 올려 둬라. 아이디어만 모아 두는 마스터 다큐먼트master document(작은 크기의 문서를 모아 큰 문서를 생성하도록 만든 노트 프로그램) 파일을 마련해 두라고 조언하고 싶다. 내게도 첫 문장, (대개 만일 이런 일이 일어나면 어떻게 될까?로 시작하는) 콘셉트 초안, 캐릭터와 배경 초안 등을 적은 파일이 있다. 나는 이 파일들을 가끔씩 검토하면서 감흥이 사라지지 않은 내용을 찾아내 발전시킨다. 이런 내용은 대개 '우선 컨셉Front Burner Concept' 파일로 옮긴다.

여기서 나는 새로 쓸 소설이나 글을 바로 쓸 채비를 갖추어 소설 쓰기에 돌입한다.

마지막으로 여러분이 **번아웃**을 겪을 때 치고 들어오는 설치류 무리가 있다. 뇌가 과로로 지쳐 버리면 아이디어 창고를 돌볼 사람이 아무도 없는 상황이 된다. 이때 수많은 창의적 아이디어가 소진되어 사라질 수 있다.

나는 『글쓰기 두뇌 게임*The Mental Game of Writing*』이라는 책에서 이 문제를 다룬 적이 있다. 그 책에 담긴 번아웃 대처법을 소개한다.

> 번아웃에 대처하는 방법은 아예 닥치기 전에 미리 예방하는 것이다. 내가 아는 최상의 번아웃 예방법은 글쓰기 안식일을 지키는 것이다. 신도 세상을 창조한 후 하루는 쉬지 않았는가.
> 하루 정도 쉴 요일은 자유롭게 선택하면 된다. 나는 주로 일요일을 택해서 쉰다.
> 그날 하루만큼은 글도 전혀 쓰지 않고 글과 관련된 생각은 아무것도 하지 않는다. (최소한 아무 생각도 하지 않으려 노력은 한다. 그날만큼은 지하실의 소년들, 즉 내 잠재의식이 본격적으로 일을 하는 날이기 때문이다.) 게다가 그날은 못다 읽은 책을 마저 읽는 날이기도 하다.
> 그리고 아내와의 관계도 살펴야 한다! 해변으로 여행을 가거나 언덕에 올라 풍경을 바라본다. 함께 영화를 관람하기도 하고 근사한 저녁 식사를 하기도 한다….

풋볼 시즌이라면 한두 게임 보러 가기도 한다.

햇볕을 쬐러 산책을 나가기도 한다.
이 모든 것의 의미는 압박을 없애는 것이다.
때로 내 머리와 손가락은 뭔가 쓰고 싶어 간질거린다. 매일 뛸 채비가 잘 되어 있는 종마라 해도 하루쯤은 건초 더미에서 뒹굴어야 하는 것과 마찬가지 이치다. 다리는 근질거리고 코는 대기의 내음을 맡느라 킁킁거린다. 달리고 싶다.
이럴 때 나는 코를 책에 박은 채 책상 앞으로 가서 글을 쓰려는 마음을 다스린다.
글을 쓰는 평일은 어떻게 관리할까?
되도록 두 가지 규칙을 지켜라. 운동은 하되 평정심을 유지하라.
짧게라도 운동을 하는 일의 장점은 잘 알려져 있다. 가능한 한 많이 걸어라. 특히 할 수 있는 일이 그 정도밖에 없다면 말이다.
뽀모도로 기법Pomodoro Method을 활용하라. 25분 동안 글을 쓰고 5분 휴식하는 방법이다. 좀 걷거나 (눈을 감고) 깊이 심호흡하라.
또 한 가지, 나는 기력 회복용 낮잠power nap의 신봉자다. 일하는 동안 낮에 20분 정도 잠깐 자는 것이다. 사람은 누구나 '좀비처럼 멍한 시간'을 보낸다. 내게는 한 시나 두 시쯤이 그런 시간이다. 머리가 흐물흐물 젤리 상태가 된다.

그럴 때 나는 재빨리 잠을 자기 시작해 20분쯤 후 일어난다. 여러분도 해 보시라. 습관이 되려면 두 달쯤 걸린다. 단 원한다면.

요컨대 여러분 머리에 사는 지하실 소년들, 즉 잠재의식이 잘 굴러가도록 유지하라. 여러분이 할 일은 창고를 깨끗이 청소해 두는 것이다. 시장에 내놓는 물건을 리콜당하는 일은 없을 것이다.

좋은 글 쓰시길!

시기심은 글을 써서 죽여라

브랜던 샌더슨의 성공 신화(뒷부분의 '브랜던 샌더스 트리오' 참조)에 마지막으로 덧붙일 말이 하나 있다. 확신컨대 많은 작가들은 샌더슨 — 그리고 더 높은 수입을 버는 다른 많은 작가들 — 이 기록하는 수치(판매량이나 수입 등)를 보면서 시기심 비슷한 감정을 느낄 것이다. 그런 감정에 굴복하지 말라. 어떤 작가건 생계를 유지할 만큼 돈을 벌고 싶어 하고, 따라서 어느 정도는 일을 비즈니스로 보고 이런저런 궁리를 해야 한다. 하지만 이런 생각을 어느 정도까지 하느냐는 여러분의 인성, 그리고 여러분이 영위하고 싶은 종류의 삶에 따라 달라진다.

가령, 성공을 쫓아다니면 인간관계에 파국이 올 수 있다.

(소설가 노먼 메일러Norman Mailer의 여섯 명의 부인 중 한 명에게 이 문제에 관해 물어볼 수도 있겠다). 돈은 강력한 동기 부여 요인이나 위험을 경고하는 신호일 수 있다. 현명한 나자렛의 목수(예수)의 말대로 "온갖 종류의 탐욕을 경계하라. 아무리 부유하더라도 사람의 생명은 그의 재산에 달려 있지 않다."

시장에 곁눈질 한 번 하지 않고 글을 쓰는 작가도 문제다. 소설이 팔리지 않는다고 달을 향해 늑대처럼 울부짖을 수도 없는 노릇 아닌가.

핵심은 균형이다. 자신만의 균형을 찾아 잘 지켜라.

그리고 의심이나 실망—내가 제대로 하고 있는 것인가? 내가 스스로를 속이고 있는 것은 아닌가? 내가 아무개, 심지어 그 작가처럼 성공할 수 있을까?—이 스멀스멀 고개를 들 때마다 한 문장이라도 더 쓰도록 작심하라…. 그리고 그 문장을 써라! 그런 다음 또 한 문장을 써라. 뭔가 창조해 내는 환희에 빠져 보라. 글이야말로 안식처이자 스위트 홈이다.

유명 작가라면 내게 무슨 말을 할까?

글을 오래 쓰다 보면 창작 배터리가 닳는다. 방전된 배터리를 충전하기 위해 내가 간혹 쓰는 좋은 방법을 하나 소개한다. 90초 정도만 할애하면 된다.

일단 아무도 방해하지 않을 조용한 장소를 찾아라. 편안한 의자에 앉아 발은 바닥에 닿게 하라. 긴장을 풀라. 두 눈을 감고 천천히 깊게 호흡하라.

이제 자신이 아름다운 초원을 걷고 있다고 상상해 보라. 시간을 들여 꽃향기를 맡아라. ([주의] 이 초원에 소는 없다.)

저 앞쪽에 오두막집이 한 채 보인다. 굴뚝에서는 연기가 피어오르고 있다. 이 오두막을 생생하게 떠올려라. 오두막의 재료와 색깔도 그려 보라. 연기 냄새도 맡아 보라.

오두막 문간까지 걸어가 본다. 문이 살짝 열려 있다. 집안으로 발걸음을 옮겨 본다. 유명한 작가가 보인다. 아니면 여러분이 개인적으로 좋아하는 작가라도 좋다. 작가는 키보드 앞에 앉아 뭔가 열심히 두드리고 있다. ([주의] 상상한 작가가 이미 사망한 사람일 수도 있다. 하지만 그런 사항까지 고려해 작가를 미리 선택할 필요는 없다. 그저 여러분의 창조적인 두뇌가 떠올리는 사람을 믿어라.)

작가가 여러분을 쳐다본다. 하던 일을 방해받아 약간 짜증이 난 기색이다. 여러분은 작가에게 여러분이 오두막을 찾아온 건 글쓰기에 관한 조언이 절실해서라고 말한다. 여러분의 작품을 어느 정도 알고 있는 그 작가는 잠시 생각하더니 이렇게 말한다. "_____."

사례 하나를 드리겠다. 언젠가 내가 이 방법을 쓰면서 떠올린 작가는 존 D. 맥도널드였다. 그는 전동 타자기 앞에 앉아 글을 쓰고 있었다. 늘 달고 지내는 파이프 담배도 입에 문 채였다.

그는 타자기로 문장 하나를 쳐 넣더니 나를 바라보았다. 내가 말했다. "글 쓰시는 데 방해해서 죄송합니다만, 정말 제 글에 대한 조언이 필요합니다. 한 마디 해 주시겠습니까?"

맥도널드는 생각에 잠겨 두어 차례 담배 연기를 내뿜더니 이렇게 말했다. "문장 다듬는 데 더 신경 써요."

나는 의자를 당겨 앉아 좀 더 설명해 달라고 청하고 싶었다. 하지만 맥도널드는 손사래를 치며 거절했다. "다시 작업해야 해요." 그는 다시 타자기를 두드리기 시작했다.

나는 다시 초원으로 걸어 나갔다. 맥도널드가 해 준 조언을 곱씹어 보았다. 그가 자기 문체에 관해 언젠가 한 말이 기억이 났다. 그는 '튀지 않는 약간의 시' 같은 문체를 원한다고 했다.

핵심어는 '튀지 않는다'는 표현이다. 그는 독자가 자신이 문장에 엮어 넣은 시적 표현을 눈치채기를 바라지 않았다. 그저 그 표현이 이야기에 스며들어 이야기를 풍부하게 해 줄 때 독자들이 그걸 느끼기를 바랐다.

당시의 나는 내가 쓴 문장에 관해 충분히 생각하지 않았다. 뼈아프지만 인정할 수밖에 없는 사실이었다. 나는 한 장면을 쓴 다음 가볍게 교정을 더 보아 튀지 않는 시적 느낌을 첨가할 수 있는지 알아보기로 작정했다. 어떻게 해야 시적인 느낌을 줄 수 있을지 고민하기 시작했다. 내가 할 만한 일이 있었는데, 그 기준은 다음과 같다.

- 더 능동적인 동사 표현을 찾아보라.
- 형용사 표현을 참신하게 바꿔라.
- 은유를 생각해 내라.
- 문장에서 가장 강한 부분을 맨 뒤쪽으로 옮겨라. 가령 '그는 총을 들고 문으로 들어왔다'는 문장을 '그는 문으로 들어올 때 총을 들고 있었다'로 다듬어라.

여러분도 영감이 필요할 때마다 이 방법을 활용해 보면 좋겠다. 과거에 내게 조언을 해 준 작가들은 헤밍웨이, 마크 트웨인, 레이먼드 챈들러였다.

한 번 시도해 보라. 뭔가 너무 서둘러서 만들어 내지 말라. 잠재의식의 참여를 유도하라. 최소한 1분 30초 정도 시간을 할애해 필요한 조치를 취하라.

여러분이 오두막집에서 발견한 작가는 누구인가? 꼭 그 작가여야만 한다고 생각한 이유는 무엇인가?

여러분이 선택한 작가가 건넨 조언은 무엇인가? 그 조언으로 무엇을 할 작정인가?

마인드맵을 활용하라

브레인스토밍을 모르는 사람은 없다. 생각이 자유롭게 흘러가도록 내버려 두는 작업이다. 아무런 판단도 없이 그저 가능한 한 많은 아이디어가 떠오르도록 둔다. 좋은 아이디어를 떠올리는 최상의 방법은 많은 생각을 떠올린 다음 나중에 별 가망이 없는 아이디어를 삭제하는 것이다.

내가 발견한 바에 따르면, 브레인스토밍에 큰 도움이 되는 방법은 마인드맵, 즉 생각의 지도를 그리는 일이다. 지도 그리기란 적어 둔 무작위적 생각들을 연계하여 일정 수준의 일관성을 띤 생각으로 바꾸는 방법이다. (이 과정을 다룬 좋은 지침서는 가브리엘 루서 리코Gabriele Luser Rico의 『자연스러운 방법으로 글쓰기*Writing the Natural Way*』이다.)

내가 마인드맵을 활용하는 방법은 두 가지다. 첫째, 플래시 픽션flash fiction(1,000단어 이내의 짧은 단편소설)과 단편소설을 위한 아이디어를 얻을 때 마인드맵을 쓴다. 나는 대개 스토리매틱The Storymatic이라는 편리한 카드 세트를 애용한다. 이걸 광고 문구로 바꾸면 "6조 가지나 되는 이야기가 요 작은 상자 하나에 담겨 있습니다. 어떤 이야기를 고르시겠습니까?" 스토리매틱은 두 가지 유형의 카드 500장이 들어 있는 상자다. 하나는 배경이나 상황이 들어 있고 다른 하나는 캐릭터가 들어 있다. 나는 무작위로 그중 하나를 뽑은 다음 함께 섞어 어떤 이야기가 떠오르는지 본다.

며칠 전 내가 뽑아 든 카드는 **생존자**와 **백묵 그림**이라는 카드였다. 두 항목을 종이 양쪽에 쓰고 원을 그린 후 지도를 그려 보았다. 옆면 사진이 내가 그린 지도 그림이다.

지도를 그리다 보니 자꾸 백묵 그림 쪽으로 생각이 기울었다. 지하실 소년들, 즉 내 잠재의식은 내게 뭔가 말하려 애쓰고 있는 듯했다. 나는 귀를 기울였고 단편소설용 아이디어 하나가 갑자기 떠올랐다. 조금씩 아이디어를 진전시키는 가운데 생존자 부분은 완전히 버렸다(마인드맵 작업은 영원한 결혼식 서약이 아니다. 얼마든지 융통성을 발휘해 바꿀 수 있다). 그러니까 몇 분 후 소설의 콘셉트가 완전히 잡혔다.

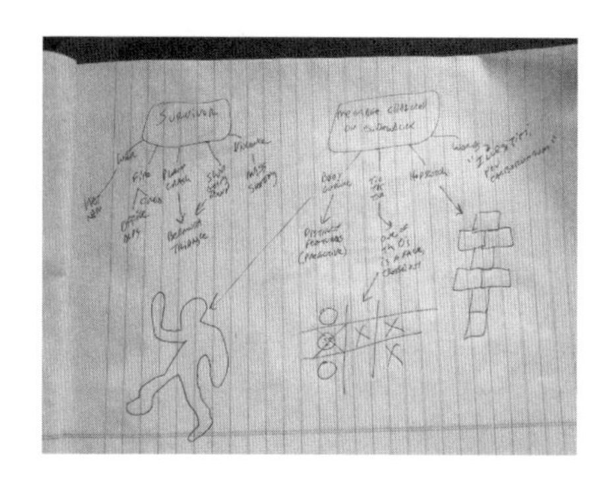

마인드맵을 활용하는 두 번째 방법은 플롯 상의 문제를 해결할 때이다. 1940년대 할리우드 영화사의 해결사를 다룬 내 빌 암브루스터Bill Armbrewster 시리즈 관련 중편소설 마무리를 할 때였다. 결말 부분 작업을 하다가 이야기에서 앞 부분의 핵심 요소를 명확히 해야 할 필요가 있다는 것을 깨달았다. 스타 영화배우(정확히 베티 데이비스)의 분장실에서 사진 한 장을 슬쩍 훔치는 장면이었다. 결국 나는 종이에 "누가 사진을 훔쳤는가?"라는 문구를 써 놓고 마인드맵 작업을 시작했다. 5분가량 지나고 답을 얻었다.

마인드맵은 글을 쓰는 과정에서 어느 단계에나 활용할 수 있다. 그 과정이 무엇이든 상관없다.

브랜던 샌더슨 트리오

2022년 브랜던 샌더슨은 역시상 가장 성공적인 킥스타터 Kickstarter 크라우드 펀딩을 유치했다. 독자 여러분도 아마 이 뉴스를 접해 본 적이 있을 것이다. 펀딩은 단 3일 만에 2,000만 달러 목표액을 가뿐히 넘는 눈부신 실적을 냈다. 투자를 유치하기 위해 샌더슨이 제공한 것은, 전자책과 하드커버 형식을 포함한 단행본들과 다양한 물품들로 2023년 내내 나올 작품과 굿즈였다.

하지만 이 장에서 말하려는 주제는 크라우드 펀딩이 아니다. 핵심은 샌더슨이 이 정도 규모의 펀딩을 성공시킬 수 있도록 깔아 놓은 토대에 관한 것이다. 주목할 점은 샌더슨이 a) 아주 훌륭한 작가라는 것 b) 다작한 작가라는 것 그리고

c) 팬층을 잘 길러 보살피고 있다는 것이다.

샌더슨 수준에 도달할 작가는 극소수이나, 우리도 각자의 영역에서 샌더슨처럼 세 가지 일을 해 볼 수는 있겠다. 이 세 가지 지침을 '브랜던 샌더슨 트리오'라고 부르자.

훌륭한 작가가 되라

여러분은 나를 안다. 나는 작가에게 **끝없는 자기계발** 프로그램이 있어야 한다고 믿는다. 우리는 의사와 배관공한테는 그 프로그램을 요구한다. 그런데 왜 우리에게 자기 작품을 사도록 하는 예술가들에게는 그 프로그램을 요구하면 안 된단 말인가?

글을 쓰고, 공부하고, 글을 쓰고, 피드백을 받고, 개선하라. 글을 써라. 그러면 훌륭한 작가가 될 수 있다.

생산성 높은 작가가 되라

브랜던 샌더슨은 글 쓰는 괴물이다. 정말이다. 자신만의 장편 서사 소설을 썼을 뿐 아니라 다른 거대한 시리즈물의 원저자가 세상을 떠난 후 시리즈를 이어나갈 나머지 작품까지 써냈다!(『시간의 수레바퀴 *The Wheel of Time*』라는 책)

그 정도 규모로 소설 쓸 시간과 역량을 갖춘 이는 드물다. 그러나 작가는 모두 주어진 시간으로 작품을 생산한다. 나는 이 책에서도, 다른 워크숍에서도 자주 이 이야기를 해 왔다. 내가 신예 작가였던 시절 받았던 최상의 조언이 이것이었기 때문이다. 분량을 정해 두고 글을 쓰라는 것이다. 다시 한번 강조해 두겠다. 일주일간 편안하게 쓸 수 있는 분량을 알아내라. 가족, 친구들이나 본업 등 여러분이 사는 세상을 구성하는 나머지 일들과 평화롭게 공존할 수 있는 정도의 분량, 즉 두 가지 일을 병행하느라 스트레스·불안·비난·질병, 혹은 폭식 욕구에 시달리지 않을 만큼의 분량을 뜻한다.

스스로에게 관대하라. 자신이 느긋하게 쓸 수 있는 분량을 알아낸 다음 10퍼센트를 더해 최종 목표로 정하라. 이것을 6일로 나눠라. 하루 빠뜨리면 다른 날 더 쓰면 된다. 그래도 주당 하루는 재충전을 위해 반드시 쉬어라.

주간 목표량을 채우지 못했더라도 그냥 잊어라. 새로운 일주일 분량 쓰기를 다시 시작하면 되니까.

독자를 돌봐라

독자층이 늘어날수록 독자와 소통할 방안들을 찾아보라. 다음과 같은 방법을 써 볼 수 있다.

- 이메일 목록을 늘려라. 이메일을 보내 주는 독자들에게는 무료 작품을 제공하라. (내 경우에는 중편소설을 무료로 제공한다.) 출간하는 책마다 뒤쪽에 독자들이 찾아볼 수 있도록 관련 정보를 제공하라.
- 이메일 목록에 있는 독자들과 정기적으로 소통하라. 한 달에 한 번 정도면 좋다. 아무리 못해도 두 달에 한 번은 소통하는 게 좋다.
- 소통 내용은 읽는 재미가 있어야 한다. 독자들에게 여러분이 보내는 메일이 또 하나의 스팸 취급을 받지 않도록 노력해야 한다. 여러분이 보내는 내용을 좋아하게 되는 독자는 여러분이 발간하는 책의 더욱 충실한 구매자가 될 것이다.
- 독자가 연락을 해 오면 응답을 하되 빠르면 빠를수록 좋다.
- 소셜미디어에 자신을 드러내는 일은 최소한으로 줄이는 편이 좋다. 최소한이라고 말하는 이유는 여러분이 즐거워하는 소수의 플랫폼 기반 미디어를 이용하는 것이지, 여기저기에 자신을 공개하는 것이 아니기 때문이다.

내가 제일 좋아하는 비결

나의 노트에서

나는 오랜 세월 동안 내가 가장 좋아하는 글쓰기 비결 목록을 모아 왔다. 여기 그 목록을 소개한다.

- **감정!** 독자들이 원하는 것은 감정이다! 글쓰기에서 테크닉이나 플롯보다 훨씬 더 중요한 것은 감정이다. **작가인 여러분**의 감정이 움직여야 독자들의 감정도 움직일 수 있다. **감정을 갖고 글을 써라!**
- 풍성한 디테일을 추가하라. 그렉 아일즈Greg Iles를 참고하라. 디테일을 찾아 보태라! 디테일을 **소설 앞쪽에**

배치하여 독자의 신뢰를 일찌감치 확보하라! 스티븐 킹은 소설에 사실주의 색채를 부여하기 위해 보조적인 세부 사항을 두텁게 활용한다. 이런 디테일을 찾아내어 텍스트에 짜 넣되, '짜임새 없는 쓰레기더미'로 내던지지 말고 플롯에 촘촘히 엮어 넣어야 한다.

- 캐릭터들을 보고 그들의 말에 귀를 기울여라. 잘라서 붙일 캐릭터 이미지들을 찾아내라. 캐릭터들의 이름과 그들의 간절한 바람을 목록으로 작성하라.
- 캐릭터의 성격을 부여할 때 **다른 캐릭터**들을 활용하라(가령 다른 캐릭터가 그 캐릭터를 두고 하는 말 등을 이용한다.)
- 갈등의 전문가가 되라. 물리적 갈등과 감정상의 갈등 모두 중요하다.
- 보도 기자가 되어 세계를 확장하라.
- 가능한 것들의 목록을 항상 작성해 둬라. 독창성을 모색하라.
- 장면: 가능한 목적과 결과를 목록으로 작성하라. 그런 다음 최상의 갈등을 생각해 내라.
- 각 장을 끝낼 때는 '다음 장이 궁금하여 못 견딜 만한 단서Read On Prompts'를 제공하라.
- 300단어 정도를 한 번에 써라. 휴식을 취하라. 그리고 나서 다시 써라.

- **픽션**이지만 **논픽션**을 쓰듯 디테일을 부여하라.
- 매쪽마다 최소한 한 번씩은 (청각·미각·시각·촉각·후각 등) 감각 경험을 선사하라.
- **우연과 인위적 설정**을 경계하라!
- "성공적인 소설은 대부분 한 가지 단순한 계책을 활용한다. 바로 불편함이다." _로버트 뉴턴 펙Robert Newton Peck
- 소설 관련 일기를 꾸준히 쓰면서 작업 진행 사항에 관해 자신에게 말하라(써라). "만약 ~하면 어떻게 되지?"라는 게임을 하라. 이 게임으로 하루를 시작하라.
- 매일 어느 정도의 분량을 썼는지 꾸준히 **기록하라.**
- 내용에 관해 '장별 요약'을 꾸준히 작성하라.
- 유연성을 유지하라! 늘 소설 작법을 배우되, 글을 직접 쓸 때는 신속하고 자유롭게 써라.
- 아이작 아시모프Isaac Asimov의 글쓰기 규칙

1. 문제를 제기하고 해결책(결말)을 알고 있어라. 그런 다음 결말까지 어떻게 갈지 모른 채 글을 쓰는 즐거움을 누려라.
2. 글이 막히는 상황을 대비하는 방법: 십여 개 이상의 소설 프로젝트를 동시에 진행하라. 한 곳에서 막히면 다른 소설을 쓰면 된다.
3. 늘 글을 써라. 단 몇 분이라도 가능하면 글을 써라. 글에 대해

서도 생각하라. 여러분은 직접 글을 쓰고 있지 **않을** 때라도 글을 쓰고 있는 셈이다.

- 이야기에 맞는 음악을 찾아내라. 글을 쓰는 날에는 그 음악으로 하루를 시작하라. 글이 막히는 상황을 방지할 수 있다.
- **이야기**는 캐릭터의 마음속에서 발생한다. **플롯**은 캐릭터의 마음속 이야기를 보여 주는 사건을 기록한 것이다.

위험을 감수하지 않으면 성공도 없다

모든 것을 통제하고 있다면 속도가 너무 느린 것이다.

_마리오 안드레티Mario Andretti, 전설적인 레이싱 드라이버

2021년, 미식축구팀 탬파베이 버커니어스는 우승이 점쳐지던 캔자스시티 치프스를 31대 9로 누르고 슈퍼볼 시리즈 우승을 확정지었다. 브레이디라는 43세 쿼터백, 그리고 이런 큰 경기에서 이긴 코치로는 최고령인 67세 브루스 애리언스 덕분이었다.

애리언스는 미국 미식축구 리그NFL의 쿼터백 코치로 길고 부침 많은 길을 걸었다. 그는 고용과 해고를 여러 차례 반복했다. 탬파베이 버커니어스 팀의 헤드코치로 부임했던 첫

해 팀은 7승 9패라는 실망스러운 성적을 냈다. 그런 다음 브레이디가 왔고 슈퍼볼 시즌에서 우승한 것이다.

우승하기까지 내내 애리언스가 의지한 속담 하나가 코치인 자신과 팀 선수들의 동기를 부여하는 데 큰 역할을 했다. 그는 팀의 헤드코치가 되리라는 자신의 꿈이 결코 이루어질 수 없으리라 절망했던 시기, 어느 술집에서 만난 어떤 사람에게서 이 속담을 들었다. '위험을 감수하지 않으면 성공도 없다'는 내용이었다.

이제 왠지 이 속담은 전형적인 풋볼 코치의 명언처럼 들리지 않는가?

애리언스의 코너백 코치 케빈 로스는 이렇게 설명했다.

"모험 없이는 승리도 없다. 두려움은 금물이다."

그렇다면 작가들에게 이 명언은 어떤 의미가 있을까?

위험한 아이디어로 승부하라

나는 여러분이 쓰는 소설이 늘 새로운 도전을 제기해야 한다고 생각한다. 콘셉트가 도발적일 수도 있고 '만일 이러이러하다면?'과 관련된 도발일 수도 있다. 모두 어느 정도 참신한 자료 조사가 필요하다.

위험한 아이디어는 성공을 부르는 한 가지 방안일 수 있다.

필시 여러분은 뜨거운 쟁점이 되는 이슈를 주제로 글을 써야 할 것이다. 요즘 같은 세상에서 그 정도의 이슈를 위험이라고 할 수나 있을까! 특히 요즘처럼 '팔릴까?'라는 질문보다 '자극적일까?'라는 질문이 점점 더 횡행하는, 폐쇄적인 출판 시장에서 말이다.

하지만 아까 속담처럼 성공을 보장하는 확실한 공식 따위는 없다. 무엇을 쓰건 늘 위험이 따른다. 어쨌든 실패를 위한 공식 하나는 분명히 존재한다. 모두를 만족시키려고 애쓰면 반드시 실패한다는 것이다.

위험의 달인이 되어라

글쓰기 기량에서 위험을 감수하고 있는가? 『스타트렉』에 나오는 커크 선장의 충고대로 한 번도 가본 적 없는 곳으로 담대하게 나아가고 있는가?

소설에는 일곱 가지 성공 요인이 있다. 플롯·구조·캐릭터·장면·대화·목소리 그리고 의미다.

이 중 한 가지 요인, 혹은 일곱 가지 요인 전부를 가져다 훨씬 더 강력한 장치들로 키워 보라. 예를 들면 다음과 같다.

플롯: 주인공이 겪을 갈등이나 장애를 충분히 강력하게 만

들었는가? 주인공이 처한 상황이 나쁘다면 여러분은 그걸 얼마나 더 악화시킬 수 있나? 전에 내 워크숍에 참석한 한 학생이 자신이 쓴 플롯을 요약해 주었다. 어떤 남자가 자기 동생이 죽는데 형을 구하기 위해 사력을 다하지 못했다는 이유로 죄책감에 시달린다는 이야기였다. 나는 수업을 듣는 학생들에게 질문을 던지고 그에 대해서 작업을 해 보라고 했다. 주인공이 독자에게 말하지 않은 것은 무엇일까? 주인공은 무엇을 감추고 싶어할까?

질문을 한 다음, 학생들에게 각자 사례를 들어 달랬다. 그랬더니 아까 플롯을 제시한 학생이 답을 냈다. 주인공이 감추고 있는 진실은 자신이 동생을 죽였다는 것이었다.

"와!" 하는 감탄이 학생들 사이에서 터져 나왔다. 하지만 정작 본인은 이렇게 말했다. "하지만 플롯을 정말 그렇게 만들면 독자들이 주인공에게 연민을 전혀 느끼지 못할 것 같아 걱정입니다."

나는 반 전체에게 질문했다. "여러분 중 몇 명이나 이 책을 읽겠습니까?"

전원이 손을 들었다.

플롯에 위험을 도입하라. 한 번도 가 보지 않은 길로 가라.

캐릭터: 여러분이 창조하는 캐릭터들로 하여금 자신에 대

해 더 많은 것을 밝히게 압박을 가하라. 나는 보이스 저널 Voice Journal이라는 자유로운 형식의 문서를 만든다. 거기서 캐릭터는 내게 말을 걸고 내 질문에 답하며 내게 화를 내기도 한다. 나는 캐릭터의 면면을 양파 까듯 계속 벗겨 낸다.

여러분이 창조한 악당으로 모험을 해 보는 건 어떨까? 어떻게 해야 할까? 악당에게 감정 이입을 하면 된다!

악당에게 감정이입을 하라니, 물론 위험하다. 하지만 이걸 알아야 한다. 여러분이 독자에게서 만들어 내는 감정의 실타래야말로 소설이란 꿈의 강도를 증대시킨다. 그것이 소설을 쓰는 목적이다. 딘 쿤츠Dean Koontz(미국 스릴러 작가)의 말로 바꿔 보면 아래와 같다.

> 최고의 악당은 공포뿐 아니라 연민, 때로는 심지어 진정한 공감대까지 불러일으키는 인물이다. 『프랑켄슈타인*Frankenstein*』에 나오는 괴물의 애처로운 면모를 생각해 보라. 보름달만 뜨면 늑대인간으로 변하는 캐릭터가 자신의 모습을 혐오하면서도 자기 몸속으로 밀려들어 오는 늑대의 욕망에 저항하지 못하는 상황을 생각해 보라.

대화: 때로는 명료함을 포기함으로써 대화를 더 어렵게 만들 의지가 있는가? 다시 말해 지금 무슨 일이 벌어지고 있는지 캐릭터가 입 밖으로 내뱉지 않아도, 보이는 장면의 이

면에서 뭔가 벌어지고 있다는 것을 독자들이 알아차리도록 만드는 방법은 무엇일까?

목소리: 문체에 위험을 감수하고 있는가? 이건 어려운 문제다. 한편으로 여러분의 이야기는 가능한 한 가장 명료하게 써야 한다. 이야기에 불필요한 기름칠을 한 듯한 문체는 좋지 않다.

하지만 다른 한편으로 목소리, 다시 말해 문체야말로 여러분이 쓰는 소설의 밀도와 수준을 높여 주는 X인자(설명하기 어렵지만 성공에 필수적인 요소)다. 나는 이 문제에 관해 존 D. 맥도널드의 말을 여러 차례 인용한 바 있다. 자기 소설의 문체가 '튀지 않는 시'가 되도록 했다는 명언 말이다.

얼마 전 미국의 범죄소설 작가 미키 스필레인Micky Spillane의 마이크 해머Mike Hammer시리즈 소설을 차례대로 읽을 기회가 있었다. 스필레인이 작가로서 성장해 가는 모습을 보는 것은 매혹적인 경험이다. 선풍적인 인기를 끌었던 성공작인 첫 소설 『내가 심판한다*I, The Jury*』는 순수한 액션과 폭력과 섹스로 점철된 책이다. 요즘 읽으면 무슨 패러디가 아닌가 싶을 정도로 노골적이다. 그러나 두 번째 소설 『내 총이 빠르다*My Gun is Quick*』에서 작가는 해머에게 내면의 삶을 부여해 그를 더욱 흥미로운 캐릭터로 변모시켜 놓는다. 네 번째 소설 『어느 고독한 밤*One Lonely Night*』에 이르면, 해머는 자신을 갈가리 찢어 놓겠다고 위협하는 어마어마한 정열과 내적 갈등에 시달리게 된다. 그의 1인칭 내러티브는 여전히 하드보일드 문체를 고수하지만, 이러한 문체는 한 비평가가 "비트 세대Beat Poetry 작가들의 시와 흡사한 원시적인 힘"이라고 했던 수준을 성취한다. 심지어 아인 랜드Ayn Rand라는 작가는 『어느 고독한 밤』을 가리켜 토머스 울프Thomas Woolfe의 소설보다 더 뛰어나다며 찬사를 보냈다.

스필레인은 자신의 첫 소설이 받았던 월계관에 안주하지 않았다. 그는 자신을 밀어붙여 더 나은 작가로 성장했다.

그는 성공을 위해 위험을 감수했다. 여러분도 할 수 있다.

성공한 작가들의 일곱 가지 습관

얼마 전 부자들의 성공 습관을 다룬 비즈니스 관련 기사를 우연히 읽게 되었다. 톰 콜리Tom Corley라는 사람의 책을 기반으로 한 내용이었다. 훑어보다 보니 거기 쓰인 습관들을 작가들에게도 적용할 수 있겠다는 생각이 들었다. 내가 알고 있는, 출판계에서 글로 성공한 사람들—종래의 출판사에서 책을 내건, 독립 출판으로 큰 성공을 거두건, 아니면 둘 다에서 성공하건 상관없다—은 이 일곱 가지 습관을 공유하고 있다.

1. 끈기

기사에는 이렇게 되어 있다. "우리는 대개 끈기를 개인상의 특징이라고 생각하지만, 끈기는 분명 시간이 지날수록 습득해 실천할 수 있는 습관이다. 역경에 마주하는 부자들은 포기하지 않는다. 모퉁이만 돌면 성공이 기다리고 있다는 것을 알기 때문이다."

성공하는 작가도 마찬가지다. 그들은 포기를 모른다. 배우기를 중단하는 법도 없다. 기사에 따르면 자수성가한 부자들(금수저는 빼고) 중 88퍼센트는 매일 최소한 30분씩 독서를 한다. 지식을 늘리기 위해서다. 작가인 여러분도 이렇게 하고 있는가? 나는 지난 30년간 글쓰기 작법과 테크닉에 관한 내용을 읽거나 공부하지 않고 보낸 적은 단 한 주도 없다.

2. 달성 가능한 목표를 세운다

기사가 제시하는 잘못된 종류의 목표는 다음과 같다.

"내 분야에서 인정받는 리더가 되고 싶다."
"경제적 의무를 다하기 위해 돈을 더 벌어야 한다."
"가족들과 매년 비싼 휴가를 보내고 싶다."

그럼 기사를 보자.

> 이런 목표의 문제는 구체적이지 못해 결국 현실성이 떨어진다는 것이다. 가령 내가 최저임금을 버는 직장을 다니고 있다면 비싼 휴가는 올해 내게는 가능한 목표가 아니다.

진짜 목표란 이루기 위해서 행동을 할 수 있는 목표이다. "나는 『뉴욕 타임스』 베스트셀러 작가가 되고 싶다."는 건 꿈이지 목표가 아니다. 목표를 실현하려면 버튼을 눌러야 한다. 여러분이 할 수 있는 일은 여러분을 더 나은 작가로 만들어 줄 일들이다. 하루 30분은 글쓰기 기술을 연마하면서 보내고 한 시간은 브레인스토밍에 할애하기로 결심할 수 있다는 말이다. 무엇보다 여러분은 매주 쓸 분량을 정할 수 있다. 이런 일들이 가능하면서 조절할 수 있는 것들이다.

3. 멘토를 찾아낸다

기사에 따르면 부자들의 93퍼센트는 자신을 성공의 길로 가도록 도움을 준 멘토가 있었다.

멘토는 실제 사람일 수도 있고 책 속 인물일 수도 있다. 내 멘토는 로런스 블록Lawrence Block이다. 하지만 그가 내게 직접 코치 노릇을 해 준 적은 한 번도 없다. 왜? 『라이터스 다이제스트*Writer's Digest*』지에 나오는 그의 소설 관련 칼럼을 매달 어김없이 읽다 보면 블록이 매번 내게 조언을 해 주는 것 같은 느낌을 받기 때문이다. 그는 작가의 머릿속으로 들어갈 줄 아는 능력이 있고, 분명 내게도 그런 능력을 발휘했다. 글쓰기 기법에 관해 내가 쓰는 책들도 나는 블록과 똑같은 방식으로 쓰려고 노력한다.

좋은 편집자—세상에는 좋은 편집자가 많다—는 훌륭한 멘토 노릇을 해 줄 수 있다(대개는 돈을 받지만, 편집자가 자신이 하는 일을 잘 아는 경우 그 돈은 하나도 아깝지 않다). 좋은 비평 파트너 역시 멘토 역할을 훌륭히 해낼 수 있다.

4. 긍정적이다

기사 내용에 따르면, 부자들은 긍정적인 인생관을 갖고 있었고, 밝고 행복했으며, 자신이 가진 것에 감사해했다. 일부 구체적인 내용은 다음과 같다.

> 94퍼센트는 뒤에서 쑥덕거리는 짓을 피했다.
> 98퍼센트는 무한한 가능성과 기회를 믿었다.
> 94퍼센트는 자신이 선택한 일과 경력을 만끽했다.

작가 역시 자신에게 글을 쓰는 능력이 있다는 사실에 감사해야 한다. 게다가 출간할 기회가 있는 것도 감사해야 한다. 그뿐 아니라 동료 작가들을 비방해서는 안 된다. 오히려 무한한 종류의 글을 읽을 수 있는 선택의 다양성이 좋다는 신념을 버리지 말라. 애초에 여러분을 글쓰기로 인도했던 글에 대한 애정을 고이 길러라.

5. 스스로 가르치고 배운다

기사에 따르면 성공한 사람들의 85퍼센트는 매달 두 권 이상의 책을 꾸준히 읽는다. 독서는 작가들에게 특히 중요하다. 작가라면 소설만이 아니라 광범위한 분야의 독서를 해야 한다. 온갖 종류의 논픽션은 지평을 넓히고 인간을 더 잘 이해할 수 있도록 도움을 제공한다.

요즘 여러분은 소설 외에 무엇을 읽고 있는가?

6. 작업의 진척 사항을 꼼꼼히 점검한다

콜리가 발견한 바에 따르면, 부자들은 늘 자신이 하는 일의 진척 사항을 매우 꼼꼼히 점검한다.

- 67퍼센트는 해야 할 일의 목록을 계속 갱신했다.
- 94퍼센트는 매달 은행 계좌를 챙겼다.
- 57퍼센트는 섭취하는 칼로리를 점검했다.
- 62퍼센트는 목표를 설정한 후 자신이 목표를 이루는 쪽으로 전진하고 있는지 여부를 점검했다.

2001년 이후 나는 업무용 스프레드시트에 내 글의 진척 사항을 점검해 왔다. 나는 내가 쓴 글의 양이 얼마나 되는지, 어떤 프로젝트가 진행 중인지를 일별·주별·월별·연별로 알고 있다.

나는 프로젝트별로 우선순위를 정하고 어떤 프로젝트를 작업할지 매일 챙긴다.

7. 성공 지향적인 사람들과 주로 교류한다

콜리는 다음과 같이 말한다. “성공한 부자들은 교류할 사람들을 깐깐히 고른다. 이들의 목표는 성공 지향적인 타인들과 인연을 맺고 그 인연을 발전시키는 것이기 때문이다. 이들은 자신의 기준에 맞는 사람을 만나면 어마어마한 양의 시간과 에너지를 쏟아 그와 강력한 관계를 맺으려 한다. 이들은 이렇게 맺은 관계를 묘목에서 거목으로 키워나간다. 관계는 성공한 이들과 부자들의 화폐와 같다.”

콜리의 구체적 제안은 이런 관계를 맺고 키우는 데 하루 30분을 할애하라는 것이다. 그 관계를 맺고 키운다는 것은 상대의 말에 귀를 기울이고 피드백을 해 주거나, 조언을 해 주거나, 아니면 그냥 도움이 되는 동료가 되어 준다는 뜻이다. 관계를 맺어 키워 갈수록 사람들은 교류를 통해 신뢰할 만한 귀중한 지원자로 변모한다.

작가들은 대개 공감과 격려 능력이 뛰어난 사람들이다. 여러분 역시 이런 작가들과 어울릴 장소를 찾아낼 수 있다. 범죄소설 여성 작가 모임Sisters in Crime이나 미국 미스터리 작가 모임Mystery Writers of America 같은 지역 작가 모임에 가입하라. 좋은 학회를 찾아 참석하라.

시어 빠진 피클처럼 부정적인 인생사에 빠져 허우적거리지 않도록 계획성 있는 삶을 꾸려라.

즐겁게 지내고, 글을 쓰고, 자기 글을 평가하고, 꼼꼼히 재보고, 공부하고 교정하라. 그런 다음 더 즐겁게 지내고 글을 쓰고 절대로 중단하지 말라. 이것이 성공하는 비결이다.

슬럼프를 극복하는 두 가지 비결

작가라면 누구나 글을 쓰는 '최고의 순간'이 어떤지 잘 안다. 자판에서 낱말들이 막 솟아 나오는 듯하고 쓰는 작업에 완전히 몰입해 다른 생각은 아무것도 나지 않는다.

모든 작가들은 글 쓰는 일이 무거운 장화를 신고 라 브레아 타르 웅덩이La Brea Tar Pits를 건너는 일처럼 느껴지는 때도 있다는 것을 알고 있다. 그럴 때를 대비해 두 가지 방안을 제시하고 싶다.

1. 15분 쓰기

2017년 10월에, 『작가 다이제스트*Writer's Digest*』 지에는

데이비드 코벳David Corbett이 저명한 스릴러 작가 마이클 코넬리Michael Connelly를 인터뷰한 기사가 실렸다. 인터뷰 말미에서 코벳은 코넬리에게 작가 지망생들에게 줄 수 있는 최선의 조언을 해 달라고 청했다. 코넬리는 다음과 같이 대답했다.

> 플로리다 대학교 시절 창작 수업을 해 주신 해리 크루스Harry Crews 선생께 배운 걸 말씀드리지요. 크루스 선생께서는 작가가 되고 싶다면 매일 글을 써야 한다고 하셨어요. 다만 15분 정도라도 말입니다. 그 '15분'이라는 표현이 탁 걸리더군요. 핵심은 머릿속에 떠오른 참신한 이야기가 맥없이 사라지지 않게 하라는 겁니다. 좋은 이야기가 그냥 흘러 나가 버리지 않도록 해야 합니다.

이 기사를 읽은 지 얼마 안 되어 나는 텅 빈 컴퓨터 화면을 들여다보기가 두려워 글쓰기를 피하는 상황에 처했다. 나는 코넬리가 한 말을 기억해 냈다. 시계를 쳐다본 다음 중얼거렸다. "오전 11시 정각에 15분 동안 글을 써야지." 그 정도는 할 수 있을 것 같았다. 15분가량 글을 쓰는 건 그다지 큰 부담은 아니니까.

11시가 되자 나는 책상 앞에 앉아 자판을 두드렸다. 얼마 지나지 않아 이야기에 다시 몰입할 수 있었다. 시계를 보니 11시 25분이었다. 654단어를 입력해 놓은 후였다.

2. 1인치짜리 액자

1인치짜리 액자라는 아이디어는 앤 라모트Anne Lamott라는 소설가가 『쓰기의 감각*Bird by Bird*』라는 글쓰기 지침서에서 말했던 내용에서 가져온 것이다. 라모트는 책상 위에 1인치짜리 텅 빈 액자를 놓는 문제에 관해 이야기한다.

> 1인치짜리 액자를 책상에 놓고 나면 내가 할 일이란 게 그 1인치짜리 액자를 통해 내가 볼 수 있는 것만큼 쓰는 일뿐이란 걸 다시 떠올리게 된다. 당분간은 그 정도가 내가 현실이나 세상에서 떼어 낼 수 있는 전부인 것이다. 가령, 지금 당장 내가 해야 할 일은 1950년대 기차가 아직 다니던 시절 내 고향을 배경으로 한 이야기를 한 단락 정도 쓰는 것이다. 나는 내 고향 풍경을 워드 프로세서에 낱말로 그려 낼 것이다. 아니면 우리의 여주인공을 처음 만나는 바로 그 순간에 그를 묘사하는 것만 해 보는 것이다. 그가 집 문밖으로 첫걸음을 떼어 현관을 밟는 순간 말이다. 그가 자기 자동차 바퀴 뒤쪽에 웅크려 앉은 눈먼 개를 처음 발견하는 순간 그의 얼굴에 떠오른 표정 묘사는 나중이다. 내가 그리는 건 1인치짜리 액자를 통해서 보이는 것뿐이다. 그저 한 단락, 내가 자랐던 고향 마을, 여주인공을 처음 만나는 순간 그를 묘사하는 한 단락 말이다.

1인치 액자 법은 내게도 효과가 좋았다. 눈앞에 놓인 단 한 가지에 집중하고 소설 전체라는 큰 그림은 잊어버린다. 이렇게 하면 작업이 더 쉽게 느껴진다. 그 작은 액자를 채우고 나면 예외는 없다. 이야기를 계속하고 싶어진다. 그런 다음에는 또 1인치 책자를 채울 만큼 쓰면 된다. 그쯤 되면 다시 정상 궤도에 진입해 원활한 글쓰기 흐름에 몸을 맡길 수 있게 된다.

미국의 명포수 요기 베라Yogi Berra는 야구를 두고 이런 명언을 한 적이 있다. "경기의 90퍼센트 중 절반은 정신 상태에 좌우된다." 창작도 마찬가지다. 특히 여러분이 장기적으로, 정말 오랫동안 하고 싶은 일이 창작일 경우에는 정신 상태가 더욱 중요하다.

혹시 자판을 두들기는 일이 내키지 않아 글쓰기가 막다른 골목에 빠진다면 15분 쓰기나 1인치 액자 방법을 활용하라. 그 정도는 얼마든지 할 수 있다. 그러면 아마 훨씬 더 많은 작업을 해내는 성과를 맛보게 될 것이다.

보너스 섹션 1

자유로운 생각과 견고한 이야기

섹션 1에서는 우뇌와 좌뇌, 즉 거침없는 생각과 숙련된 건축가, 창조와 형식, 상상력과 기술을 합쳐 보겠다.

놀고 일하기의 종합이기도 하다.

자유로운 생각 놀이

매주 일부 시간을 순수한 창조성 훈련에 할애하라. 마치 비 내리는 진창에서 놀고 있는 아이처럼 생각이 자유롭게 뛰놀도록 내버려 두어라. 놀아라! 더러워지면 어때? 진흙을 가지고 다양한 모양의 물건을 만들어 보라. 어떤 판단이나 가치평가 없이 원하는 모든 것을 해 보라.

내가 즐겨하는 창조성 놀이로는 '~하면 어떨까What if?'와 '첫 줄First Lines'이 있다.

~하면 어떨까?

세상을, 뉴스를, 광고를, 길거리를 걸어 다니는 사람을 보며

'~하면 어떨까?'라는 질문을 던져 보아라. 버스 정류장에 서 있는 저 노인이 탈주 중인 연쇄살인범이라면 어떨까? 우리에게 어떤 생각을 전달하고 싶어 애쓰는 저 보노보 원숭이가 아돌프 히틀러의 환생이라면 어떨까?

이 게임은 두 가지 점에서 가치가 있다. 우선, 여러분은 필연적으로 어떤 플롯을 만들어 낼 수밖에 없고, 그 플롯을 소설로 만들고 싶을 수 있다. 말도 안 되는 이야기도 많을 것이다. 하지만 이런 이야기가 두 번째 장점을 낳는다. 여러분 생각이 '~하면 어떨까?'에 익숙해지다 보면 여러분의 상상력은 확장될 수 있다. 이는 다시 글의 모든 측면이 강화되는 결과를 낳는다.

그러니 당장이라도 '~하면 어떨까?'라고 질문하라!

첫 줄

이 방법은 무척 재미있다. 너무도 매력적이라 도무지 저항할 수 없이 빨려 들어가는 멋진 오프닝 라인을 써 보자. 그게 어떤 의미인지에 대해서는 많은 생각을 하지 않아도 좋다. 한 번에, 최소한 다섯 개 정도의 오프닝 라인을 써 보고, 평가는 하지 마라.

나는 이 방법을 사용해 다음과 같은 문장을 쓴 적이 있다.

매일같이 피 흘리며 죽으라는 법은 없다. 이밖에 다른 문장들도 썼다. 하지만 나중에, 평가 시간이 와서 보니 이 문장이 가장 나를 사로잡았다. 그래서 나는 이 문장을 바탕으로 첫 장을 썼다. 그리고 계속 쓰다 보니 중편소설 『함정*Framed*』이 만들어졌고, 평단의 긍정적인 평가를 받았다. 나는 이 책을 내 웹사이트에 **무료로** 제공했다. 그랬더니 내 이메일 목록에 수백 명이 등록하고 있다.

이 모두가 이 게임을 즐긴 덕분이다.

자유롭게 생각하라. 진흙이 온몸에 묻더라도 개의치 말라. 즐겨라. 그리곤 샤워하고, 물기를 닦고, 옷을 입고, 편안한 의자에 앉아, 가장 쓰고 싶은 아이디어를 선택하라.

그리곤 다음 장을 읽어라.

탄탄한 소설을 쓰기 위한 10일

이제 '자유로운 생각 놀이'를 떠나 대중에게 호소력 있는 베스트셀러를 만들기 위한 새로운 공간으로 가 보자. 신발·배·봉랍sealing wax(밀봉 왁스)에서 소설에 이르기까지 팔 수 있는 제품을 가진 모든 기업에서 품질 생산 시스템은 필수 요건이다.

'직관적'으로 작업하는 작가라면 시스템이라는 말만 들어도 목 뒤 머리카락이 쭈뼛쭈뼛 서고, 어렴풋이 제정신을 잃는 일종의 광란 상태에 빠진다는 사실을 알고 있다. 지금부터는 그 머리카락을 가라앉혀 줄 이야기를 하겠다. 나의 제안은 사실은 또 다른 형태의 놀이와 발견일 뿐이다. '팬서' 여러분이 가장 좋아하는 것들이다.

더 나아가 이 시스템은 여러분의 상상력이 뛰어놀 수 있는 광활한 넓은 들판을 열어 주어, 여러분이 지금 경험하고 있는 것보다 훨씬 더 많은 자유를 제공할 수 있다. 생각보다 팬서 여러분이 자유롭지 않은 이유는, 이야기를 쓰면서 여러분은 이미 캐릭터·배경·상황과 같은 것들에 자신을 묶어 놓고 시작하기 때문이다. 그렇다, 팬서 여러분은 글을 쓰면서 탐험하고 '발견'한다고 하지만, 그것은 애초에 시작할 때 설정한 범위 안에서만 가능한 법이다.

이 시스템은 여러분이 가지고 놀 수 있는, 무한정할 정도로 다양한 이야기 세계를 사전에 제공한다. 따라서 여러분은 여러분이 가진 배가 가장 잘 항해할 수 있는 세계를 선택하면 그만이다.

계획을 세워 글을 쓰는 '플로터' 작가들에게도 이 시스템은 여러분이 이제껏 알고 익숙했던 것보다 훨씬 더 자유로운 창조성의 세계를 보여 줄 것이다. 이 시스템을 이용하면 '똑같은 뻔한 선택'을 하게 만드는 전투적인 개요 작성militant outlining의 함정을 피할 수 있다.

자 이제, 여러분이 작업하던 책에 '끝'이란 낱말을 쳤다고 가정하자. 혹은 최초의 소설을 써 보기로 작정했다고 하자. 다음 날 아침에 일어나서 커피를 마시며 새로운 여행에 나서 보자. 열흘간의 여행이다.

제1일. 독자의 관심을 사로잡는 아이디어

여러분이 앞 장의 제안들을 충실히 따랐다면 지금쯤 그럴듯한 아이디어가 많이 생겼을 것이다.

그러니 첫날에는 여러분의 목록을 꺼내어, 그중 어떤 아이디어가 가장 여러분의 관심을 사로잡는지 살펴보아야 한다. 서너 개쯤을 선택해서 각각 충분한 시간을 들여 검토하라. 어떤 아이디어가 당신이 말해 줬으면 하고 정말 간절히 원하고 있는지 느껴 보라.

나는 첫 줄 게임을 통해 다음과 같이 쓴 적이 있다. "당신의 아들은 살아 있다." 이 말을 누가 했는지, 이 말의 의미는 무엇인지 쓸 당시에는 몰랐다. 하지만 이 말이 뇌리에서 떠나지 않았다. 그래서 나는 아예 『당신의 아들은 살아 있다 *Your Son is Alive*』라는 소설을 썼다.

여러분에게는 나름대로 아이디어가 있다.

그리고 저녁과 아침이 있었다. 첫째 날이었다.

제2일. 뜨거운 문서White-Hot Document

내가 '뜨거운 문서'라고 부르는 것으로 시작하라. 이 아이디어는 위대한 글쓰기 스승 드와이트 스웨인에게서 얻었다.

여러분은 자유로운 형식의 문서에, 머리에 떠오르는 아무것이나 쓰면서 시작해야 한다. 아이디어의 변주를 따라가라. 그것이 플롯이건, 캐릭터건, 장면의 가능성이건 상관없다.

자문해 보라. 나의 아이디어는 내게 무엇을 말하려 하고 있는가? 내 아이디어의 근본적인 본질, 그 핵심 구조는 무엇인가?

계속 쓰면서 수정은 하지 마라.

일단 하룻밤 자라.

제3일. 고쳐 보고 주석을 달아라

뜨거운 문서를 보라. 좋아 보이는 부분은 형광펜으로 강조하라. 아이디어와 가능성을 더하라.

일단 하룻밤 자라.

제4일. 다시 수정하고 주석을 달아라

여러분이 알고 있는 방법이다.

제5일. 주요 캐릭터

주요 캐릭터들을 정해라. 주인공, 적대자, 중요한 보조 캐릭터들이다. 캐릭터들의 전기를 길게 쓰라는 말이 아니다. 필요한 것은, 그들이 이 이야기에 있어야 하는 이유이다. 따라서 동기·욕망·비밀에 유의하라.

제6일. 시장 잠재력Market Potential

놀기만 하고 해야 할 일을 안 하면 형편없는 작가가 된다. 그러니 좌뇌에 휴식을 주고, 여러분 아이디어의 판매 잠재력selling potential을 평가하라. 다음 질문에 초점을 맞춰라.

- 본받을 만한 주인공이 있는가? 이유는 무엇인가?
- 주인공보다 적이 더 강한가? 어떤 면에서 강한가?
- 독자는 누구인가?
- 여러분의 아이디어는 기존 아이디어에 비해 어떤 새로운 측면이 있는가?

이러한 질문들을 기반으로 여러분의 개념을 개선하고 수정하라.

제7일. 피치Pitch

이제 세 문장으로 집중력 있는 엘리베이터 피치를 만들어 보라.

1. (캐릭터 이름)은 (직업)이고 (당장의 목표 혹은 욕망을) 가진 사람이다.

2. 하지만 (돌아올 수 없는 입구)에서, (캐릭터)는 (주요한 대치를 마주한다.)

3. 이제 (캐릭터는) 반드시 (주요 목적을 얻어야 한다.)

> 도로시 게일은 캔자스에서 벗어나 멀리 떨어진 곳에서 자신과 강아지가 근처 마을 미스 걸치와 같은 참견쟁이들의 간섭에서 벗어나 안전하고 평화롭게 살아가기를 꿈꾸는 농장 소녀이다.
> 그러나 회오리바람이 농장을 강타하면서 도로시는 이상한 생명체들이 살고, 적어도 한 명의 사악한 마녀가 그녀를 죽이려고 노리고 있는 땅으로 간다.
> 이제 세 명의 예상치 못한 친구들의 도움을 받아 도로시는 사악한 마녀를 처치하고, 위대한 마법사가 그녀를 집으로 보내 줄 방법을 찾아야 한다.

피치를 다듬어라. 각 문장에 조금씩 더 긴장감을 넣어라. 그렇게 하면 베스트셀러를 위한 단단한 기반을 구축할 수 있다. 나중에는 이 피치가 책 설명(책 뒤표지의 광고 문구)의 기반이 될 수도 있다.

제8일. 충격적인 엔딩

최소한 요약 형식으로라도 독자에게 감동을 줄 만한, 혹은 독자가 환호하거나 눈물을 흘릴…. 아니면, 둘 다 할 수 있는 엔딩을 써 보라. 마음속 극장에서 영화를 틀어 보라. 영화에서 들려오는 사운드트랙을 들어보라.

그렇다고 해서 굳이 이 엔딩에 얽매일 필요는 없다. 다만 매우 근사한 마지막 장면을 상상만 해도 여러분은 영감을 얻고 글을 쓰려는 욕망이 자극받을 수 있다. 이 엔딩은 사전 통지 없이 변경될 수 있지만, 최소한 여러분의 여정에 지침이 되는 북극성이 되어 줄 것이다.

제9일. 표지판 장면

나는 내 책 『상부구조*Super Structure*』에서 설명한 대로 표지판 장면을 계획한다. (창피한 줄도 모르고 내 책을 선전하는 것 같아 미안하지만, 상부구조 체계 전체를 여기서 다 설명할 수는 없다. 다만 여러분은 자신만의 표지판 체제를 만들 수 있다.) 표지판이란 아이디어가 훌륭한 이유는 여러분의 개념에 피와 살을 충분히 지탱하는 뼈대를 제공하기 때문이다. 이 장면 중 일부는 나중에 내용을 채워 넣을 수 있는 자리 표시자placeholder가 될 수도 있다.

제10일. 독자의 멱살을 잡는 첫 장을 써라

오프닝 장면에서 주요 캐릭터가 즉각적인 교란을 겪으며 출발하도록 하라. 액션으로 시작하라. 액션이 먼저이고, 설명은 그다음이다. 굳이 광범위한 설명이나 백스토리를 제시하며 시작할 필요는 없다. 이런 것들이 필요하다면 나중에 하나씩 둘씩 흘리면 될 일이다. 어떠한 상황에서도 독자가 읽지 않고 건너뛰고 싶어 하는 부분은 쓰지 마라. 엘모어 레너드Elmore Leonard가 했던 말이다.

자, 잘 나아가고 있다! 여러분은 이제 소설을 쓸 준비가 되었다. 한마디만 충고를 덧붙이자면, 소설 저널journal을 써라. 저널이 아닌 다이어리diary라도 좋다. 거기에서 매일 글쓰기 작업에 착수하기 전, 자신의 소설에 대해 스스로와 이야기를 나눠 보아라. 이제까지의 이야기에 대해 어떻게 느끼는가?

단지 몇 분만으로도 할 수 있는 작업이다. 그러면서 지하실의 소년들이 보내는 쪽지에도 특별한 관심을 기울여라.

계속 글을 써라. 전날 했던 작업을 가볍게 편집하고, 다시 앞으로 나아가라. 일정과 삶의 환경은 사람마다 다르기 마련이다. 시간이 문제인가? 그렇다면 기억하라. 하루에 한 페이지(250단어)만 써도 일 년이면 책 한 권은 만들 수 있다. 일 년에 책 한 권이면 다작 작가 축에 든다.

일단 소설을 마치면 편집 단계로 이동한다. 하지만 그 단계에서 다시 다음 소설을 준비하기 위한 열흘의 여정을 밟아나가기 시작하라.

이를 반복하고 또 반복하라. 죽을 때까지. 어쨌든 여러분은 작가가 아닌가? 작가는 원래 이런 일을 하는 사람이다.

보너스 섹션 2

영 화

Paul
Frank
starring
James
ALL THE POWER
ON EARTH
CAN'T CHANGE
DESTINY.

우리 작가들이 위대한 영화로부터 배울 수 있는 교훈은 셀 수 없이 많다. 섹션 2에서는 내가 좋아하는 몇몇 영화를 보며 느꼈던 바를 몇 가지 제시하겠다. 이 글을 읽기 전에 영화를 보라고 강력히 추천한다. 혹 처음 보는 영화라면, 일단 영화를 하나의 스토리로 즐기고, 나중에 이 글을 읽어라. 이미 본 영화라면, 이 글을 먼저 보고, 내가 글에서 언급한 이야기들이 영화에서 어떻게 펼쳐지는지 관찰하라.

물론 팝콘을 잊어선 안 된다.

멋진 인생

프랭크 카프라Frank Capra 감독의 「멋진 인생」은 처음부터 모든 사람이 사랑했던 크리스마스 영화의 고전은 아니었다. 1947년 처음 상영된 후엔 좀처럼 볼 수 없었던 영화였기 때문이다. 50년대에 TV에서 방영되기 시작하면서 이 영화는 소유권과 저작권 문제에 말려들었다. 1974년에 이르러서야 비로소 분쟁이 말끔히 해소되었다. 그해 저작권 소유자였던 리퍼블릭 픽처스Republic Pictures 사는 (아마도 직원 실수로) 저작권을 갱신하지 못했고, 그러면서 영화는 저작권이 만료되며 누구나 자유롭게 이용할 수 있게 되었다. 그때부터 이 영화는 TV에 방영되기 시작했고, 새로운 세대는 이 영화를 열렬히 받아들였다.

이 영화는 왜 그리 열렬한 사랑을 받았을까? 평론가들은 '카프라 터치Capra Touch' 때문이라고 한다. 이제부터 이를 하나씩 알아보자.

액자 이야기frame story(액자가 그림을 둘러싸듯, 외부 이야기가 내부 이야기를 포함하는 문학상의 기법)

「멋진 인생」은 베드포드 폴스라는 마을의 크리스마스이브에서 시작해서 같은 날 끝난다. 눈이 내리는 도시를 배경으로, 다양한 사람들이 조지 베일리라는 사람을 위해 기도하는 목소리로 영화는 시작한다. 마지막 목소리는 우리가 얼마 지나지 않아 (조지의 막내) 주주Zuzu라고 알게 될 아이의 목소리다. 아이는 기도한다. "제발, 아빠를 돌려보내 주세요!"

그리고 장면은 천국으로 전환된다. (반짝이는 별의 모습을 한) 천사들은 이 수많은 기도에 어떻게 응답해야 하는가를 놓고 대화를 나눈다. 그리고 날개를 얻고 싶어 하는 클라렌스라는 천사에게 이 일 처리가 맡겨진다.

영화는 다시 조지의 어린 시절에서 현재까지 선형적으로 이어지는 이야기로 전환된다. 그는 희망과 꿈을 가지고 있지만, 자신을 실패자로 여긴다. 자신이 죽으면 모든 사람에게 좋을 것이라는 생각도 한다.

바로 이때 천사 클라렌스가 개입한다.

영화는 다시 크리스마스이브라는 액자로 돌아가 조지가 구원을 얻으며 끝난다. 크리스마스트리의 종이 울린다. 주주는 말한다. "선생님은 종이 울릴 때마다 천사들에게 날개가 생긴다고 했어요."

조지는 하늘을 보며 윙크한다. "잘됐군, 클라렌스."

교훈: 액자 이야기 자체를 흥미로운 이야기로 만들면, 액자 이야기는 이야기에 또 다른 수준의 감정을 더 할 수 있다. 이러한 장치를 사용하는 다른 영화의 예를 들면, 「프린세스 브라이드*The Princess Bride*」와 「타이타닉」이 있다. 액자 소설의 대표적인 예로는 레이 브래드버리Ray Bradbury의 『일러스트레이티드 맨*The Illustrated Man*』, 닐 게이먼Neil Gaiman의 『오솔길 끝 바다*The Ocean at the End of the Lane*』, 니컬러스 스파크스Nicholas Sparks의 『노트북*The Notebook*』, 스티븐 킹의 『그린 마일*The Green Mile*』 등이 있다.

불완전한 주인공

완벽한 주인공은 재미없다. 마음 깊은 곳에서 우리는 그런 사람들을 믿지 않는다. 바로 그런 이유로 여러분의 주인공에게는 마치 우리 모두와 같은 결점과 단점이 있어야 한다.

제임스 스튜어트가 연기하는 조지 베일리는 좋은 사람이고 훌륭한 시민이지만, 완벽함과는 거리가 멀다. 그는 길을 걸어가는 바이올렛 빅(글로리아 그레이엄 분)의 매력적인 엉덩이를 흘깃거린다. 화를 내고 욕도 한다. 조금은 모자란 빌리 삼촌이 은행 예금을 잃자 폭언을 퍼붓기도 한다. 크리스마스 이브에 인생의 막다른 골목에 몰린 그는 전화로 아이의 교사에게 소리 지르고, 자식들에게까지 고함을 질러 아이들의 눈가에 눈물이 맺히게 한다. (스튜어트의 연기는 처음부터 끝까지 훌륭하다. 그는 당연히 아카데미 남우주연상 후보에 올랐지만, 「우리 생애 최고의 해*The Best Years of Our Lives*」에서 그에 필적한 훌륭한 연기를 펼쳤던 프레드릭 마치에게 패배했다.)

교훈: 주인공이 불완전해야만 독자나 관객의 공감을 끌어낼 수 있다. 하지만 중요한 것은, 이 영화의 조지처럼 주인공이 반드시 자신의 결점을 자각하고 이를 극복하려고 해야 한다는 것이다.

강력한 조연

「멋진 인생」의 모든 조연은 훌륭하게 설정되어, 그 자체로 모두 매력이 있다. 천사 클라렌스(헨리 트래버스), 경찰 버트(워드 본드), 택시 운전사 어니(프랭크 파이른), 비극적인 가워씨(H. B. 워너), 그리고 주주(카롤린 그라임스, 그녀는 아직 살아 있다)에 이르기까지 모두가 훌륭하다. 노인 포터(라이어널 배리모어)는 전형적인 악당이다. 심지어 아무런 대사도 없는 그의 하인마저 기묘한 존재감을 드러낸다.

교훈: 정말 사소한 역할이라고 하더라도 조연들에게 나름대로 독특한 성격과 특성을 부여하라. 이는 이야기에 '양념'이 되어 독자를 더욱 즐겁게 한다.

험난한 로맨스

영화의 핵심은 조지와 메리(도나 리드)의 사랑이다. 조지의 동생 해리가 마을로 돌아와 결혼하면서, 그의 장인에게서 좋은 일자리를 제안받은 사실을 조지가 알게 된다. 해리는 조지에게 약속대로 자기가 협동조합을 운영하여 조지가 외국을 여행할 수 있도록 하겠다고 말한다. 하지만 조지는 해리의 장인이 제안한 일이 해리와 처제에게 최선이란 사실을 알고 있기에 해리한테 받아들이라고 강권한다.

그러면서도 조지는 좁은 마을에 머물 수밖에 없는 현실에 좌절하고 있다. 그날 저녁 그는 메리 해치의 집 옆을 걷고 있었다. 학교를 마치고 마을로 돌아온 메리는 이 순간만을 기다리고 있었다. 그녀는 옷 중에서 가장 예쁜 드레스를 입고, 고등학교 당시 둘이 로맨틱했던 시절을 떠올리도록 거실을 꾸민다. 조지가 메리에게 '하늘의 달도 따 주겠다'고 약속하던 시절이다.

하지만 죄다 이미 지나간 일이다.

지금, 메리는 로맨스의 불씨를 되살리려 온갖 노력을 다하고 있지만, 조지는 계속해서 그녀를 거부한다. 마침내 메리는 지쳐 버렸다. 그녀는 자신에게 구혼하는 샘 웨인라이트의 전화를 받으면서 「버펄로 소녀들」이란 음반을 부순다(「버펄로 소녀들」은 미국 서부의 자유분방한 삶을 찬미하는 노래다. 따라서 그 자유로운 삶을 갈망하는 샘의 이상과 열망을 상징한다. 그의 삶과 열망을 이해하지 못하는 메리는 결국 이 음반을 부수며 자기 자신의 삶을 살아가기로 결심한다). 한편 샘은 조지에게 말할 기회를 찾다가, 새로운 플라스틱 공장의 '좋은' 자리를 제안한다.

메리…, 플라스틱 공장…, 돈….

조지의 혼란은 이제 누가 보아도 알 수 있을 정도로 확연히 밖으로도 드러난다. 그는 메리의 어깨를 붙잡고 흔든다. "내 말을 들어! 난 플라스틱 따윈 원치 않아! 나는 좋은 자리도 필요 없어. 나는 누구와도 결혼하지 않을 거야, 절대로!

내 말 알겠어? 나는 내가 원하는 걸 하며 살 거야. 하지만 나는 너를…, 너를….”

조지는 격렬하게 그녀를 껴안는다. 마침내 사랑은 그의 분노마저 정복했다.

교훈: 독자들은 사랑 이야기에 맥을 못 춘다. 플롯이 로맨스이든 서브플롯이 로맨스이든 간에, 사랑의 경로에는 장애물이 있어야만 한다. 감정이 격한 장면에서, 캐릭터 안에서 서로 지배하겠다고 싸우고 있는 감정들로는 어떤 것이 있을지 찾아보라.

거울 순간

이 영화 한가운데에는 정말 완벽한 ‘거울 순간’이 있다. 조지가 자신을 보며 어떤 사람이 되어야 하는지를 선택해야 하는 순간이다.

노인 포터는 협동조합을 인수하고 싶어 하는 것처럼 보이지만, 사실은 협동조합을 없애고 싶어 한다. 그래야 자신의 회사가 지역에서 유일한 주택 건축 기업이 될 수 있기 때문이다. 조지는 이제껏 그런 계획을 모두 좌절시켜 왔다. 하지만 이제 결혼해서 아이도 있는 조지는 전쟁 중 플라스틱으로 떼돈을 번 친구 샘 웨인라이트와는 달리 넉넉하지는 못한 형편이다.

이를 알고 있는 포터는 한 모임에서 조지를 불러 크고 두툼한 시가를 건넨다. 그리고 처음에는 그럴듯한 칭찬으로 대화를 시작하더니, 이내 조지에게 일자리를 제안한다. 지금 버는 돈보다 10배는 더 많이 주겠다는 제안이다!

조지는 어쩔 줄 모르고 그 자리에서 얼어붙는다. 그리고 유혹을 느낀다! 포터가 제시한 여행은 어린 시절부터 그의 꿈이었다. 게다가 얼마 되지도 않은 돈으로 근근이 생활을 꾸리는 아내에게 펑펑 쓸 수 있는 돈은 그가 언제나 바라는 바였다. 그는 제안을 한참 생각하다가, 그러면 협동조합은 어떻게 되냐고 묻는다.

"이런, 뭐야! 성공이 두렵나?" 포터가 말했다. "자네에게 오늘 당장부터 연간 2,300달러를 3년간 주겠다고 제안하고 있는 건데. 제안을 받아들이겠나? 아니면 거절인가?"

우리는 조지의 눈에서 갈등을 읽는다. 나는 누구인가? 그는 생각하고 있다. 내가 이 제안을 받아들이면 어떤 일이 일어날까?

그는 조지에게 하루만 생각할 시간을 달라고 한다. 포터는 동의한다. 조지에게 아내한테 가서 함께 의논해 보라고 한다. 그동안 자신은 서류를 만들어 놓겠다고 하면서…. 그는 손을 내민다.

다음에 일어나는 일이 대본에는 이렇게 적혀 있다.

> 악수하면서 조지는 몸에서부터 역겨움을 느낀다. 포터의 손은 마치 차가운 고등어 같이 느껴진다. 육체적 접촉이 있던 그 순간 조지는 이 사람과 절대로 어떤 관계라도 맺어서는 안 되겠다는 것을 깨닫는다. 조지는 몸을 떨며 손을 뺀다. 그는 포터의 얼굴을 유심히 쳐다본다.

그리고 조지는 말한다. "아뇨… 아뇨… 아뇨… 아뇨…, 잠깐만요! 누구와도 이야기할 필요가 없어요. 이제 알겠어요. 해답은 노예요. 노라구요! 제기랄!"

조지는 이제 자신이 어떤 사람이 되어야 하는지 결정했다. 하지만 그런 사람으로 계속 버틸 수 있을까? 이 영화의 나머지 부분은 이를 다루고 있다.

교훈: 여러분이 글을 쓰는 어떤 지점, 예를 들어 계획 단계이거나, 즉흥적으로 글을 쓰며 몰입하여 글이 죽죽 나오는 단계, 아무 데서나 여러분 주인공이 자문해 볼 수 있는 다섯 개의 깊이 있는 질문을 브레인스토밍하라. 그 이야기의 이 지점에서 핵심적인 내적 문제는 무엇인가? 그러면 세 번째, 네 번째 또는 다섯 번째 독창적이면서도 시의적절한 아이디

어가 연속적으로 튀어나오곤 한다. 바로 그때가 당신의 이야기가 진정으로 어떤 내용인지 알 수 있게 되는 순간이다.

변화

모든 위대한 이야기의 끝에는 주인공의 변화가 있다. 이 영화에서 조지는 자신의 마을을 떠나지 못해 항상 억울하고 좌절한 사람에서 자신의 재능을 발휘해야 하는 곳이 바로 자신의 마을이라는 것을 깨달은 사람으로 변모한다. 그의 인간적 희생과 재정적 희생 덕분에 베드포드 폴즈는 살기 좋은 마을이 되고, (조지가 결코 속할 수 없는) 포터빌이라는 다른 세계와 대조를 이룬다.

이런 변화는 거울 순간이 제기한 문제에 대한 해답이라는 점에 유의하라.

이 주인공의 변화에 깊이를 더할 수 있는 소소한 기법도 있다. **변화에 반대하는 주장**the argument against transformation이라는 기법이다.

변화에 반대하는 주장은 1막 초반에 주인공이 마지막에 선보일 자신의 변화와 정반대되는 행동 혹은 태도를 주장하는 것이다. 예를 들어 「카사블랑카」 마지막에서 릭은 자기희생적인 주인공으로 변화한다. 그렇다면 그는 1장 초반에서 뭐라고 말했을까? 그의 변화의 반대하는 주장은 무엇일까? "나는 누구를 위해서도 목을 내놓지 않아."라는 말이다.

「멋진 인생」에서 조지는 마지막에 가서 자신이 마을을 얼마나 사랑하는가를 깨닫지만, 1막에서는 이에 반대하는 주장을 한다. 젊은 조지 베일리가 메리와 바이올렛이라는 두 소녀 앞에서 다음과 같이 말하는 장면이 있다.

> 코코넛을 좋아하지 않는다고! 이런, 멍청아, 코코넛이 어디서 오는 줄도 모르지? 이거 봐봐. 타히티에서, 피지 제도에서, 코럴해에서 나오는 거야! (샘은 다양한 문화를 경험하고, 세계 곳곳을 여행하길 원하는 자유로운 성격이고, 메리는 코코넛마저 낯선 보수적인 인물로 설정되어 있음을 나타내는 대사)

> 메리: 새 잡지네! 이전엔 본 적이 없어.
> 조지: 물론 본 적이 없겠지. 나 같은 탐험가들이 구할 수 있는 거니까. 난 내셔널 지오그래픽 협회 회원으로 추천받았어. 언젠가 난 탐험하러 갈 거야. 날 지켜봐. 첩도 여러 명 두고, 아내도 셋이나 넷을 둘 거야. 두고 보라니까.

교훈: 일단 주인공의 변화에 대해 알게 되면, 1막으로 돌아가 주인공에게 변화와 정반대의 견해를 표현하는 대사를 한두 줄은 부여하라. 그러면 독자들은 매우 만족스러운 '인

물호character arc'(인물 변화 곡선)를 경험하게 될 것이다.

그리고 바로 그런 이유로 「멋진 인생」은 당대의 고전일 뿐 아니라 모든 시대를 아우르는 고전이 되었다.

대 부

프란시스 포드 코폴라Francis Ford Coppola 감독의 「대부」(1972)는 미국 영화 연구소에서 역사상 두 번째로 위대한 영화로 선정되었던 영화이다. (「시민 케인」 바로 다음이다.) 마리오 푸조Mario Puzo가 쓴 동명의 소설을 기반으로 제작되었다. 책이 영화화되면 보통은 책이 영화 버전보다 '나은' 경우가 많지만, 이 영화는 정반대이다. 이 영화에서 배울 만한 점을 몇 가지 언급해 보겠다.

플롯

콜레오네 패밀리의 노쇠한 우두머리가 마피아 패밀리들의

새로운 마약 사업에 도움을 거절하자, 패밀리들이 그를 죽이려 한다. 전쟁 영웅인 막내아들 마이클은 패밀리 두목과 부패한 경찰서장을 살해함으로써 아버지 암살 시도에 보복을 가한다. 이어지는 패밀리들 간의 전쟁에서 마이클은 역사상 가장 잔인한 대부로 등장한다.

교훈: 세 문장으로 전체 줄거리를 요약할 수 있어야 한다. ('엘리베이터 피치'라고 알려져 있다.) 카테고리 로맨스category romance에서 장대한 판타지물에 이르기까지 마찬가지이다. 엘리베이터 피치를 위해 나는 다음과 같은 공식을 이용한다. 리스 허쉬Reece Hirsch의 『내부자*The Insider*』를 예로 들어 설명하겠다.

> 1. (캐릭터 이름)은 (직업)이고 (당장의 목표 혹은 욕망을) 가진 사람이다.
>
> 윌 코넬리는 변호사이고, 샌프란시스코의 한 커다란 기업에서 파트너가 되려는 꿈을 이루기 직전에 있는 사람이다.
>
> 2. 하지만 (돌아올 수 없는 입구)에서, (캐릭터)는 (주요한 대치를 마주한다.)

하지만 윌이 클럽에서 열린 축하 모임에서 한 러시아 여성을 유혹하면서, 대단치 않은 러시아 조직폭력배와 연루되는데, 이들은 윌의 의뢰인이 만든 국가 안보국 컴퓨터 칩을 노리고 있다.

3. 이제 (캐릭터는) 반드시 (주요 목적을 얻어야 한다.)

이제, 러시아 조폭과 증권거래위원회와 법무부에 쫓기면서 윌은 모든 것이 사라져 버리기 전에 자신의 목숨은 물론 전문적인 명성도 지켜야 한다.

변화에 반대하는 주장

'변화에 반대하는 주장'은 인물호를 위한 간편하면서도 우아한 도구이다.

보통은 고전적인 주인공의 여행Hero's Journey이 끝나는 시점에서 주인공은 시작에서보다 '더 나은 자아'로 변화한다. 「카사블랑카」의 릭은 더 커다란 대의를 위해서 자기 개인적 행복을 기꺼이 희생하는 주인공이 된다. 그는 자신이 진정 사랑하는 여성 일자를 남편 빅터 라즐로와 함께 비행기에 태워 보낸다. 그것이 모든 사람에게, 심지어 전쟁의 결과에도 좋다는 사실을 알고 있기 때문이다.

하지만 1막에서 그의 인생관은 어떠했는가? 그것이 바로 변화에 반대하는 주장이다. 그는 “나는 누구를 위해서도 목을 내놓지 않아.”라고 말한다.

이 말은 이 이야기가 진정 무엇과 관련된 것인지 힌트를 던져 주면서 초반부터 독자들을 사로잡는다.

「대부」에서 우리는 부정적인 인물호를 본다. 따라서 마이클의 변화는 릭과는 반대 방향으로 향한다.

영화가 시작하면 펼쳐지는 결혼식 장면에서 (나중에 영화의 주인공으로 밝혀지는) 마이클은 전쟁 영웅으로 등장한다. 그는 자신의 여자친구 케이와 앉아 있다. 그녀는 ‘무시무시한 남자’를 본다. 마이클은 그의 이름이 루카 브라시이며, 아버지의 ‘친구’라고 설명한다. 그리고 그는 그녀에게 루카가 어떤 일을 하는지 설명한다. 비토와 루카는 한 밴드 리더를 방문한 적이 있는데, 그 밴드 리더가 가수 쟈니 폰테인을 장기 계약에서 풀어주지 않았기 때문이었다. 마이클의 설명에 따르면 루카는 밴드 리더의 머리에 총을 겨누고, 비토는 그에게 계약 해지에 서명하라고, 그렇지 않으면 머리통이 날아가게 될 것이라고 위협했다고 한다.

케이는 당연히 충격을 받는다. 하지만 마이클은 안심시킨다. “우리 패밀리가 그래, 케이, 난 아냐.” 이것이 그의 (부정적인) 변화에 반대함으로써 대조를 이루는 주장이다.

변화를 증명하기

영화나 소설의 마지막에서 우리는 주인공의 변화를 증명하는 어떤 것을 반드시 보아야 한다. 보통은 마지막 장면이나 마지막 장에서 이러한 증명을 볼 수 있다. 「카사블랑카」에서 릭은 일자와 라즐로를 구하기 위해 위험을 무릅쓰면서 자신이 희생적 영웅이라는 사실을 증명한다.

「대부」 마지막 장면에서 마이클의 누나 코니는 자기 남편 카를로를 죽이라는 살해 지시를 내리지 않았느냐고 마이클을 다그치며 히스테리컬한 비명을 지른다. 이 모든 상황을 지켜본 케이는 마이클과 단둘이 되자, 코니의 말이 사실이냐고 묻는다. 그는 말한다. "내 일에 관해 묻지 마, 케이." 그녀가 태도를 굽히지 않자, 그는 다시 "그만해!"라고 말한다. 그리곤 "이번 한 번만 묻는 걸 허용하지."라고 덧붙인다.

케이는 다시금 코니의 말이 사실이냐고 묻는다. 마이클은 아내의 눈을 똑바로 바라보며 정말 진지한 목소리로 말한다.

"아니야."

변화가 일어났다. 마이클은 영혼을 팔아 새로운 대부로 등극했다. 이제 그는 얼굴색 하나 변하지 않고 아내 앞에서 태연히 거짓말을 할 수 있는 사람이 되었다.

교훈: 여러분의 주인공 캐릭터가 소설 마지막에 어떻게 변화했는지를 보라. 필연적인 자기 변화와 정반대의 견해를 표현하는 대화를 1막에서 주인공에게 부여하라. 마지막에서 주인공의 변화를 제시하는 장면에서는 말하기telling보다는 보여 주기showing를 활용해 변화를 증명하라.

거울 순간

영화 한가운데에 주인공 마이클의 거울 순간이 있다. (이러한 장면을 구성하는 방법을 제대로 알기 위해서는 나의 책 『중간에서부터 글을 써라 *Write Your Novel From the Middle*』를 참고하라.)

간단히 말하자면, 주인공이 한 장면에서 마치 거울을 보듯 은유적으로 자신을 바라보는 순간이 있다. (하지만 영화에서 이런 장면에 진짜 거울이 있으면 정말 웃긴다.) 주인공 캐릭터는 2막 '생사의 위험death stakes' 한가운데에서 자신이 처한 상황을 정말 주도면밀하게 고민해야 한다. 이 순간이야말로 처음에 등장하는 변화에 반대하는 주장과 마지막 부분에서 등장하는 변화의 증명을 연결하는 중요한 요소이다.

병원에서 아버지의 목숨을 노린 두 번째 암살 시도를 좌절시킨 마이클은 부패한 경찰서장 맥클러스키를 대면한다. 그는 마이클의 얼굴에 주먹 한 방을 먹인다.

이어지는 가족회의에서 장남 소니는 언제라도 전쟁을 일으켜도 좋다는 태도를 보인다. 톰 헤이건은 이에 반대한다.

있는 듯 없는 듯 자리에 앉아 있던 마이클은 하나의 계획을 제안한다. 솔로초와 맥클러스키를 함께 만나는 자리를 만들고, 거기서 (적들은 중립을 유지하고 있다고 생각하는) 마이클이 직접 나서 총으로 둘을 해치우겠다는 계획이다.

장소는 브롱크스의 작은 레스토랑으로 정해진다. 화면 밖에서 부두목 클레멘자가 화장실에 총을 숨긴다. 계획은 마이클이 화장실을 사용하겠다고 하고, 총을 가져와 즉시 둘을 쏘고, 총을 버린 다음 레스토랑을 걸어 나가는 것이다.

하지만 마이클은 총을 발사하기 직전 거울 순간을 맞는다. 책에는 이 순간이 이렇게 그려져 있다.

> 솔로초는 다시 이탈리아어로 말하기 시작했다. 하지만 마이클은 한 단어도 알아들을 수 없었다. 그는 듣고 있지 않았다. 그의 귀에는 온통 그의 심장 소리, 천둥 같은 피의 울림소리밖에는 들리지 않았다.

영화에서는 이 장면이 더욱 두드러져 보인다. 마이클은 화장실을 나온다. 그는 계획대로, 혹은 클레멘자의 지시대로 바로 적들을 쏘는 대신, 다시 식탁에 앉는다. 솔로초가 말한다.

하지만 카메라는 여전히 마이클 얼굴에서 떠나지 않는다. 누가 보더라도 그는 이제 일어날 일을 생각하고 있다. 뉴욕 경찰 서장을 죽이는 순간, 그의 삶은 이제까지의 삶과는 완전히 달라질 수밖에 없다. 더는 전쟁 영웅으로 존경받지 못할 것이다. 더는 '패밀리 비즈니스'를 회피할 수 없다.

그는 총을 발사한다.

이제 영화의 나머지 부분은 마이클이 '그 전의 자아'로 돌아가 패밀리를 합법적인 방향으로 끌고 갈 것인가, 아니면 무자비한 마피아 두목으로서의 궤적을 밟아 나갈 것인가를 놓고 펼쳐진다.

교훈: 여러분이 계획을 세워 글 쓰는 사람이건, 혹은 즉흥적인 작가이건, 혹은 그사이 어딘가에 있는 사람이건 간에, 어느 시점에서는 여러분의 주인공에게 가능한 거울 순간을

브레인스토밍해야 한다. 이런 방법을 사용하기 시작한 이후로, 나는 적어 놓은 리스트에서 네 번째 또는 다섯 번째 아이디어가 갑자기 두각을 나타내며 튀어나와, "이게 바로 네 책이 진짜 다루어야 할 주제야, 친구!"라고 말하는 소릴 듣곤 한다.

등장인물 사이의 조화

조화라는 원칙은 정말 중요하다. 단순하게 말하자면 이 원리는 캐릭터에게 독특하고 대조적인 성격과 특징을 부여하라는 말이다. 이 작업을 솜씨 있게 해낼수록 장면과 대화에서 갈등 가능성을 키울 수 있다. 적대적인 관계에서뿐만 아니라 동지 관계에서도 마찬가지이다.

「대부」에는 비토 콜레오네의 세 아들이 등장한다. 소니는 급하고 피에 굶주린 인물이다. 프레도는 나약하고 불안정하다. 마이클은 영리하고, 위급한 상황에서도 냉정하다. 겉으로 보기에 이들은 모두 '같은 편'이지만, 사실은 서로 갈등을 빚고 있다.

톰 헤이건은 모두가 시칠리아 출신인 이 패밀리에서 유일하게 독일-아일랜드 계통의 변호사이다. 따라서 그와 소니는 자주 열띤 논쟁을 벌인다. 한 번은 소니가 그에게 "내게 시칠리아 출신 참모가 있었더라면, 이따위 꼴은 아니었을 거야!"라고 소리를 지르기도 한다.

두 명의 부두목 테시오와 클레멘자는 생김새도 성격도 다르다. 쾌활한 클레멘자는 마이클에서 스무 명을 위해 요리하는 '비법'을 보여 주기도 한다. 소니가 그만두라고 말하지 않았으면 계속했을 것이다.

부차적인 캐릭터 중에는 그 무시무시한 루카 브라시도 있다. 그는 냉정한 청부 살인자이다. 그는 보기만 해도 목뒤에 식은땀이 흐를 정도의 캐릭터로 설정되어 있다. 하지만 코니의 결혼식 날 돈 콜레오네를 보러 갔을 때는 마치 어린아이처럼 제대로 말도 못 하는, 수줍음 타는 인물이기도 하다.

교훈: 아무리 사소한 캐릭터라도 모든 캐릭터에게 나름의 특징과 신체적이고 성격적인 차이를 부여하라. 그다음부터는 소설의 줄거리가 저절로 짜지는 느낌이 들 것이다.

카사블랑카

이 고전 영화는 불후의 명작 목록에서 빠지는 법이 없다. 이 영화의 마지막 대사는 역사상 가장 유명한 대사로 알려져 있다. 영화의 주연은 험프리 보가트, 잉그리드 버그만, 폴 헨리드, 클로드 레인스가 맡고, 피터 로리와 시드니 그린스트리트는 물론 워너브러더스의 많은 배우가 등장한다.

줄거리

험프리 보가트가 분한 릭 블레인은 미국인 국외 거주자로 2차 세계대전 중 프랑스령 모로코에서 카페-술집-도박장을 운영하고 있다. 지역 경찰 서장 루이 르노(클로드 레인스)는 릭을 감시한다. 그가 릭의 술집을 방치하고 있는 것은 릭이 전쟁에서 누구의 편도 들지 않기 때문이라고 하지만, 사실은 도박장에서 뒷돈을 받고, 릭의 카페를 이용하여 통행증을 얻으려는 여성들과 하룻밤을 보낼 수 있기 때문이다.

이 모든 일상은 일자 런드(잉그리드 버그만)가 남편이자 레지스탕스 영웅 빅터 라즐로(폴 헨리드)와 함께 릭의 카페에 들어오며 산산이 부서진다. 릭과 일자에겐 잊지 못할 과거가 있었기 때문이다. 나치의 하인리히 스트라사 소령(콘래드 베이트)이 라즐로를 영원히 카사블랑카에 묶어 두려고 하면서 이제 모든 사람은 자기가 누구 편인지 밝힐 수밖에 없는 상황이 된다.

영화가 시작되면서, "누구를 위해서도 목을 내놓지 않겠다."라고 선언했던 릭은 이제 사랑하는 여성을 되찾느냐, 더 커다란 대의를 위해 자신의 목숨을 포함하여 모든 것을 희생해야 하느냐를 놓고 결단을 내려야만 한다.

반영웅

릭은 고전적인 반영웅anti-hero이다. 영웅은 사회의 욕망과 가치를 대변하지만, 반영웅은 그저 자기 자신을 나타낼 뿐이다. 그는 (문자 그대로 혹은 비유적으로) 사회에서 떠나 있는데, 이는 상황에 의해서일 수도 있고, 자신의 선택 때문일 수도 있다.

반영웅 이야기에서 주인공은 대체로 자기에게 주어진 골치 아픈 상황을 처리하기 위해 사회로 돌아간다. 결국 문제는 그가 사회로 되돌아가 거기 머물 것인가, 아니면 유배 생활로 되돌아올 것인가로 귀결된다.

훌륭한 반영웅을 설정하는 비결은 바로 '규범code'이다. 반영웅은 나름 지키고 있는 규범이 있다. 보통 이 규범은 사회의 일반적인 기준과는 정반대이다.

예를 들어, 더티 해리Dirty Harry(클린트 이스트우드가 주연한 형사물의 주인공)는 반영웅이다. 그의 사회, 다시 말해 경찰은 (예를 들어 사생활 보호와 영장주의, 개인의 권리 보호와 공정한 재판 보장 등) 나름의 기준을 가지고 있다. 해리는 이 기준이 갑갑하기만 하다. 영화의 엔딩 부분에서 그는 사법 절차 따위는 무시하면서 한 사이코패스로부터 버스에 가득 찬 아이들을 구한다. 해리는 자신의 사회로 돌아갈까? 그럴 리가. 그는 경찰 배지를 샌프란시스코 금문교 아래로 내던진다. (하지만, 스튜디오 제작자들은 영화의 흥행 수익을 보고, 떨어진 배지를 다시 찾아 그의 가슴에 달고 네 편을 더 찍는다.)

릭은 (자기 생각에) 평생의 연인에게 배신당하고 카사블랑카에서 스스로 유배 중이다. 그의 규범은 모든 고객에게 공정하게 대하지만, 그 누구를 위해서도 목을 내놓지는 않아야 한다는 것이다.

왜 우리는 반영웅에 관심을 둘까?

여러분이 그 반영웅에게 돌봐야 할 것을 주었기 때문이다. 더티 해리는 자신의 파트너를 돌봐야 한다. (『헝거 게임』의 주인공) 캣니스 에버딘은 엄마, 여동생, 그리고 고양이를 돌봐야 한다.

릭은 자신의 카페에 모여 있는 여러 사람을 아낀다. 특히 그의 친구이자 피아노 연주자 샘(둘리 윌슨)을 아낀다. 이렇게 누군가 혹은 무언가를 아끼고 돌보는 반영웅의 한 측면을 본 우리는, 그의 구원을 바라게 된다. 그래서 우리는 계속해서 그의 이야기를 보고, 읽을 수밖에 없다.

구조적인 장면들

시작 부분의 교란: 처음 릭이 등장하는 장면에서, 그는 체스를 두고 있다. 혼자서! 반영웅이라는 비주얼에 잘 어울리는가? 갑자기 겉만 번지르르한 사기꾼 우가트(피터 로리)가 등장하여 체스를 방해한다. 그는 릭에게 자신이 모로코 전체에서 가장 가치 있는 물건인, 통행증 두 장을 가지고 있다고 알려 준다. 이 통행증만 있으면 아무런 질문도 받지 않고 카

사블랑카를 떠날 수 있다. 그는 바로 그날 밤 이 통행증을 팔려고 한다. 릭은 갑자기 불안에 사로잡힌다. 이 통행증이 릭의 카페에 있다는 사실을 경찰이 알게 되면 카페는 폐쇄되고, 그는 체포당할 것이다.

그리곤 바로 뒤이어 내가 가장 좋아하는 영화 대사가 등장한다. 릭의 성격을 완벽하게 규정하는 대사이다.

> 우가트: 당신 날 싫어하지, 안 그래?
>
> 릭: 당신한테 관심이란 게 있다면야 그렇겠지.

소설에서라면 이러한 교란disturbance은 첫 줄, 첫 문단, 최소한 첫 쪽 반 안에는 등장해야 한다.

돌아올 수 없는 입구: 영화의 1/4 지점에서 그때까지 비교적 아무런 문제없이 살아가던 1막의 릭을 2막의 생사의 위험이라는 갈등으로 몰고 가는 사건이 시작된다. 일자가 남편 빅터 라즐로와 함께 릭의 카페에 들어온다. 이제 릭은 일자에 대한 (사랑과 미움이라는) 상충하는 감정을 처리해야 한다. 그 감정들은 그의 고립을 더욱 복잡하게 만든다. 이제 라즐로는 물론 릭의 목숨마저 위태로울 수 있다. 사실 카사블랑카의 모든 난민에게는 죽음의 그림자가 이미 드리워져 있다.

카사블랑카는 폐쇄되었고, 나치는 이 도시를 주시하고 있다.

소설의 주요 갈등은 주인공이 이 입구에 서고 난 다음에 시작되어야 한다. 그리고 이 부분은 소설의 1/5 지점보다 앞에 있어야 한다. 그렇지 않으면 이야기가 늘어져 버린다.

거울 순간: 나는 이 영화를 보면서 거울 순간이라는 이론을 만들기 시작했다. 영화의 한가운데로 가서 DVD를 틀었더니 다음과 같은 장면이 나왔다.

릭은 당시 혈기 왕성한 미국 남성이 자주 사용했던 방식을 통해 일자의 존재를 처리하려 한다. 다름 아니라 술에 취해 모든 걸 잊는 것이다. 카페가 마감한 다음, 릭이 슬픔에 빠지면서 플래시백이 이어진다. 이 백스토리에서 둘은 파리에서 만나 사랑에 빠지고, 도주해서 결혼할 계획을 세운다. 알 수 없는 이유로 그녀가 함께 가지 못한다는 쪽지를 보내자, 릭은 이를 배신으로 받아들인다.

다시 음주 장면으로 돌아온다. 일자가 뒷문으로 소리 없이 들어온다. 그녀는 함께 떠날 수 없었던 이유를 설명한다. 죽었다고 생각했던 남편 라즐로가 살아 있다는 사실을 알게 되었기 때문이다. 그녀는 릭에게 솔직한 마음을 털어놓는다. 술에 취한 릭은 그녀를 창녀라고 비난한다. 흐르는 눈물을 주체하지 못하며 일자는 자리를 떠난다.

자기혐오에 빠진 릭은 손에 얼굴을 파묻는다.

시각적으로 여기서 우리는 릭이 마치 거울을 보듯 힘겹게 자신을 대면하고 있는 상황을 본다. 그는 이런 존재가 되어버린 것인가? 그는 이런 상태로 남아 있을 것인가?

험프리 보가트는 연기를 통해 이 고민의 상황을 표현하고 있다. 하지만 책이라면 내면의 생각을 집어넣을 수도 있다. 중요한 점은 이 거울 순간이야말로 이 이야기가 다루고 있는 것이 진짜 무엇인지를 알려 준다는 것이다. 이 영화의 거울 순간에서는 릭이 자신의 인간성을 회복할 수 있을까가 관건이다.

여러분이 계획을 세워 글 쓰는 사람이건, 즉흥적으로 글 쓰는 사람이건 간에, 주인공에게 가능한 거울 순간은 글을 쓰기 시작한 초기에 브레인스토밍해야 한다. 넷 혹은 다섯 정도의 가능성이 있어야 한다. 여러분의 무의식 깊은 곳까지 파고들어야 한다. 결국은 여러분이 선택한 가능성 중 하나가 소리를 지르며 튀어나오리라. 바로 그것이다. 그 후로 글은 정말 고맙게도 유기적으로 술술 쓰일 것이다.

대화: 이 영화 대본은 위대한 대사와 대화로 가득하다. 가장 유명한 예를 들자면 다음과 같다.

> 르노: 모두 당장 나가세요. 추후 통보가 있기 전까지는 이 카페는 폐쇄입니다. 방을 당장 비우세요!
> 릭: 어떻게 여길 폐쇄할 수 있죠? 무슨 근거로?
> 르노: 난 충격을 받았어요. 여기서 버젓이 도박이 벌어지는 데 충격을 받았단 말입니다!
> (한 딜러가 르노에게 돈을 건넨다.)
> 딜러: 따신 돈입니다. 손님.
> 르노: 오, 고마워요. 모두 당장 나가세요!

대화야말로 모든 원고를 개선하는 가장 빠른 방법이다. 여러분의 대화도 부단히 고쳐 보라.

변화를 증명하기

3막 마지막 부분에서 우리는 거울 순간에 제기된 질문에 대한 최종적인 해답을 얻는다. 릭은 더 큰 대의를 위해 사랑하는 여인을 포기한다. 그는 일자와 라즐로가 리스본행 비행기를 타고 카사블랑카를 탈출할 수 있도록 스트라사 소령을 살해함으로써, 자신의 사형 집행 영장에 서명을 마친다.

영화의 원작인 연극 「모두가 릭의 카페에 온다*Everybody Comes to Rick's*」는 조금은 다르게 끝난다. 연극과 영화의 시작 부분에서 릭은 루이와 내기를 하며 라즐로가 탈출하리라는 데 1만 프랑을 건다. 연극 마지막에서 릭은 비행기가 떠날 때까지 스트라사에게 총구를 겨눈다. 비행기가 출발하자 그는 "나는 사람을 죽여 본 적이 없어요."라고 말하며 스트라사에게 총을 건넨다. 스트라사는 즉시 그를 체포하여 처형대로 향한다. 무대에서 퇴장하기 전 루이는 묻는다. "왜 그랬나, 릭?"

릭은 말한다. "내기 때문이지 뭐, 루이. 자네, 내게 1만 프랑 빚진 거야." 그리곤 막이 내린다.

이 정도면 대단히 훌륭한 엔딩이다. 반영웅 릭은 자신의 생명을 구걸하지 않고, 희생적인 행동에 만족한다.

영화에는 물론 역전이 있다. 릭은 스트라사를 죽인다. 하지만 프랑스 경찰이 나타나자, 루이는 그들에게 '유력 용의자들을 체포하라'고 명령한다. 음흉했던 루이가 계속 릭을 지켜보며 그에게 영향을 받아 자신의 인간성도 회복하게 되었다는 결말이다. 둘은 '아름다운 우정'을 시작하자며 함께 퇴장한다.

엔딩부터 먼저 쓰는 훌륭한 작가들도 많다. 여러분도 한번 시도해 보라. 여러분이 거울 순간을 알고 있다면 엔딩이 어떤 느낌이어야 하는지도 알게 될 것이다. 이제 「카사블랑카」의 모든 감정적인 힘을 가진 장면을 하나 써 보라. 한 가지를 명심해라. 나중에 그 장면을 변경하더라도 엔딩 장면에서 여러분 스스로 만들어 낸 감정은 모든 장면에 힘과 방향성을 더해 줄 것이다.

보너스 섹션 3

시놉시스

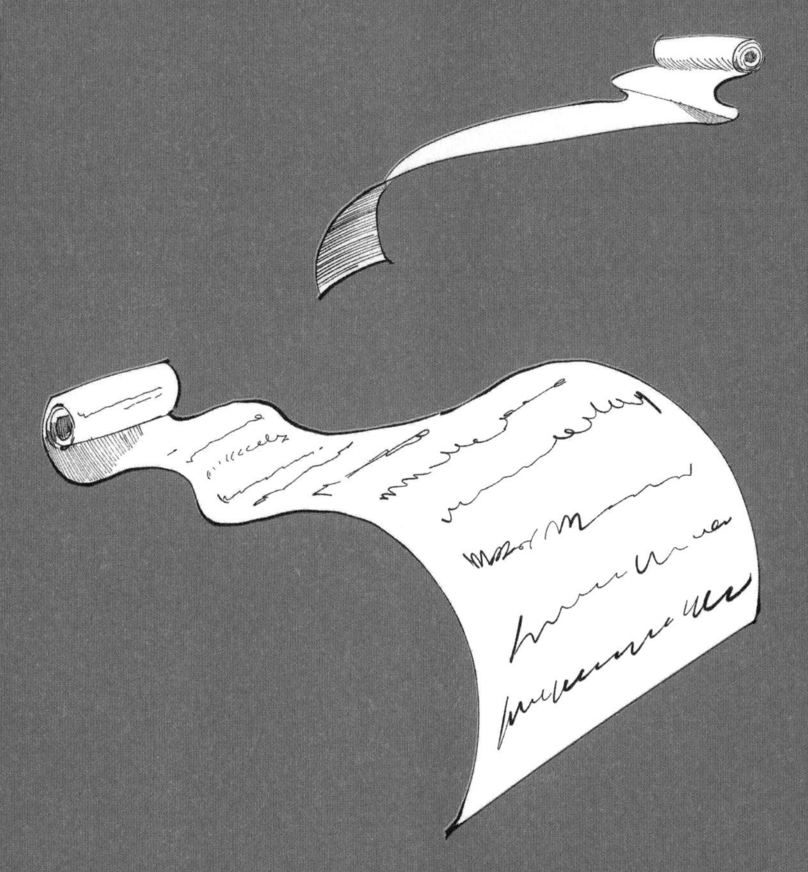

작가들은 대체로 소설 시놉시스 쓰기를 혐오한다. 하지만 여러분이 출판사에 원고를 보내야 한다면, 시놉시스는 필수적이다. 또 자신을 위해 시놉시스를 쓰는 방법도 있다. 이제부터 상세히 알아보자.

시놉시스 쓰기

어떤 글이 좋은 시놉시스인가

시놉시스를 쓰는 목적은 단 하나다. 책이 팔리는 데 도움을 주려는 것이다. 좋은 시놉시스는 독자에게 실제로 글을 읽게 만드는 자극제가 된다. (여기서 '독자'는 저자 작품을 사서 읽는 사람은 물론, 저자를 대리하기 위해 읽는 사람을 의미한다.) 그래서 좋은 시놉시스는 원고 전체를 요청하는 결과로 이어질 수 있다. 좋은 시놉시스는 독자에게 이 작업이 판매 잠재력이 있는 플롯 정보를 가지고 있다는 사실을 제시하고, 그것으로 자신의 역할을 다한다.

포함하고 있는 내용이 이와 다르거나, 혹은 이 내용에서 벗어나는 시놉시스는 좋은 시놉시스라고 할 수 없다.

예를 들어, 저자에 관한, 혹은 저자가 이 소설을 쓰게 된 동기에 관한 이야기를 포함하는 시놉시스는 커버 레터cover letter(취업 지원자가 자신의 자격과 경력을 회사에 소개하는 문서로, 이력서에 포함되지 않은 추가 정보를 제공한다)이지 시놉시스가 아니다.

시놉시스에는 판매를 위한 광고 문구를 포함시켜서는 안 된다. 예를 들어 다음과 같은 글은 시놉시스가 아니다. 제임스 패터슨과 할란 코벤을 좋아하는 독자들이라면, 이들과 흡사한 황홀한 전율을 선사하는 이 거장의 작품을 놓쳐서는 안 된다.

좋은 시놉시스는 예를 들어 파티에서 자기만 챙기는 천박한 사람과는 다르다. 우선 예의가 바르다. 다른 사람, 즉 독자의 편에서 생각한다. 독자는 무엇을 원하는가를 생각하고, 독자를 흥분시킬 만한 이야기를 제시한다. 자만과 허영으로 가득 찬 사람이 쏟아내는 이야기에는 그런 요소가 없다. 이는 오직 견고한 플롯 요약을 통해서만 가능하다.

다음은 기술적인 충고이다. 시놉시스가 길 때는 캐릭터가 처음 등장할 때 그 이름 전부를 대문자로 표기하는 편이 좋은데, 예문을 하나 보자.

> 틱 앤더슨TICK ANDERSON은 로스앤젤레스의 로컬 뉴스 진행자다. 회사의 상사 리나 마골리스LEENA MAEGOLIS는 그를 해고하지 못해 안달이다. 금요일 오후 틱이 회사에 오자마자, 리나는 틱이 그녀를 추행했다는 이야기가 담긴 문서를 대뜸 내밀었다.

시놉시스는 액션으로

시놉시스는 액션으로 시작해 액션으로 마쳐야 한다. 메인 플롯과 중요한 서브플롯들을 현재시제로 요약한 것이 바로 시놉시스이다. 그러니, 액션으로 시작해라. 하지만 도중에 틈틈이 중요한 정보를 매끄럽게 흘려야 한다. 아래에 예를 들어 보자.

> 얼마 전 이혼한 소방관 벅 새비지BUCK SAVAGE가 소방서에 도착하자마자, 벨이 울렸다. 그가 옷을 갈아입고 막 소방차에 올라타려고 하는 찰나, 소방대장 데이브 아이언사이드DAVE IRONSIDE가 그를 불러 세우곤, 출동하지 말라고 명령했다. "자넨 자네뿐 아니라, 다른 모든 사람에게도 위험만 안겨 줄 뿐이야."

자, 이제 여러분은 중심축이 될 만한 백스토리를 더할 수 있다. 하지만 가능한 한 내용과 관련된 이야기를 짧게 추가하라.

벅은 술을 끊지 못해 이혼당하고, 10대 아들과는 소원해졌다. 소방관이라는 직업은 그가 아직 살아 있는 유일한 이유였다.

시놉시스를 시작하는 방법

내가 시작의 교란opening disturbance이라고 부르는 것을 활용하라. 이는 무언가에 의해 캐릭터의 '일상 세계'가 교란되는 순간을 말한다. (그리고 나는 이 교란이 반드시 첫 문단에 와야 할 필요는 없지만, 가능한 한 빨리, 적어도 책이 시작하고 몇 쪽 이내에 일어나야 한다고 주장한다.) 어떤 사건·소식, 임박한 변화 등 매일같이 일어나지 않는 것이라면 어떤 것이라도 교란이 될 수 있다. 교란은 '엄청난' 사건일 필요도 없다. 그저 캐릭터의 주의를 사로잡는 것으로 충분하다.

도로시 게일DORORHY GALE(캔자스의 농장에 사는 소녀)은 강아지 토토TOTO와 함께 집으로 달려갔다. 마을의 참견쟁이 미스 굴치MISS GULCH가 뒤따라오고 있었기 때문이다. 토토는 미스 굴치 집의 마당을 파헤쳤다. 그것을 본 그녀는 개를 죽여 버리겠다고 다짐했다.

스칼렛 오하라SCARLETT O'HARA(응석받이 남부 미녀)는 몇몇 젊은 남성들에 둘러싸여 시시덕거리고 있었다. 그때 그중 한 명이 그녀가 사랑하는 애슐리 윌키스ASHLEY WILKES가 그의 사촌 멜라니 해밀턴MELANIE HAMILTON과 결혼할 예정이라고 말했다. 소식을 들은 스칼렛은 온 세상이 뒤집힌 느낌이었다. 애슐리와 결혼하여 남부에서 특권을 누리며 살아가려는 그녀의 꿈이 위협받고 있었다.

루크 스카이워커LUKE SKYWALKER(타투인 행성의 한 농장에 사는 소년)가 낡은 드로이드를 만지작거리자, 갑자기 홀로그램이 나타난다. 아름다운 소녀가 "도와주세요, 오비완 케노비. 당신이 유일한 희망입니다!"라고 말하곤 사라진다.

등장인물이 많은 소설에서 캐릭터를 선택하는 방법

이야기에서 한걸음 물러나서, 이 이야기를 영화라고 생각하고 친구에게 그 플롯을 어떻게 설명할지 자문해 보라. 무엇을 강조해야 너무 헷갈리지도 않고, 지루하지도 않을 것인가? 사실, 여러분은 이 방법을 이용하여 여러분의 말을 녹음하고 잘 들어본 후 고쳐서 시놉시스를 만들 수도 있다.

다시 한번 말하지만, 여러분의 시놉시스는 판매용 문서라는 사실을 기억하라. 그러니 독자가 실제 원고를 모두 읽고 싶게 만들어야 한다. 예전부터 전해 내려오는 광고계의 격언으로 "고기가 아니라 고기 익는 소리를 팔아라."는 말이 있다. 내용을 미주알고주알 모두 이야기할 필요는 없다. 시놉시스는 소설 기법에 비하면 또렷한 한계가 있다. 따라서 상상력을 조정해야만 할 때도 있다.

때로는 한 문단의 요약으로 등장인물이 얼마나 많은지를 나타낼 수도 있다. 예를 들어, 커스터 장군의 마지막 전투, 리틀 빅혼 전투에 관한 역사적 서사시를 쓴다고 하자. 그렇다면 커스터와 그의 적대자가 주요 캐릭터가 될 것이다. 여러분은 다음과 같이 쓸 수 있다.

> 옆에서는 동부에서 온 기자 패트릭 허스크PATRICK HUSK가 말을 타고 달리고 있었다. 그는 세상 사람들에게 장군을 사기꾼으로 알리기로 작정한 듯 보였다. 그 옆에는 한때는 창녀였지만 지금은 전쟁성War Department의 스파이 몰리 사반나MOLLY SAVANNAH가 달리고 있었다. 그 옆에는 열두 살 북 치는 소년으로, 랜들 '검은 눈' 매켄지RANDALL 'BLACK EYE' McKENZIE라는 악명 높은 탈영병의 아들 딜런 매켄지DYLAN McKENZIE가 있었고, 마지막으로 커스터는 잘 모르지만, 멕시코 전쟁 참전 용사로 절반은 라코타족의 피가 흐르는, 올드 조OLD JOE가 있었다. 각 캐릭터는 7기병대가 재앙으로 나아가는 길에 예상치 못한 영향을 미치며 맡은 바 임무를 복잡하게 만들 것이다.

플롯 포인트와 캐릭터의 감정 변화를 균형 있게 다루는 법

플롯 포인트와 캐릭터의 감정적인 변화는 단순하면서 직접적으로 다루어야 한다.

플롯 포인트:

어느 날 밤 벅은 이웃집에서 들리는 비명에 잠에서 깨어났다. 이웃집 여자의 집이 불에 타고 있었고, 여자의 개는 집 안에 갇혀 있었다. 어젯밤에 마신 술의 숙취가 깨지 않아 비틀거리며 속옷 차림으로 침대를 빠져나온 벅은 개를 구하기 위해 그녀의 집으로 돌진했다. 개는 구했지만, 그 와중에 심한 화상을 입었다.

인물호:

움직이지도 못하고, 술도 마실 수 없는 병원에서 벅이 할 수 있는 일이라고는 자신의 망가진 인생을 돌이켜 보는 것밖에 없다. 이혼한 아내가 찾아오자, 그는 자신을 용서해 달라고 사정한다.

시놉시스의 모든 문장에서 늘 유의해야 할 것은 간결성이다. 필요한 것만 말하고 다음으로 이동하라.

긴 시놉시스를 쓸 때 목소리의 중요성. 책의 목소리를 시놉시스의 목소리로 전환하는 방법

시놉시스는 독자를 실제 목소리, 다시 말해 여러분의 원고로 이끌어 가기 위한 도구이다. 시놉시스에서 책의 목소리와 톤의 느낌을 전달할 수 있다면 훌륭한 일이다. 다만 지나칠 정도로 멋이나 화려함을 추구해선 안 된다. 시놉시스 작가로서 자신이 얼마나 훌륭한지 보여 주려다가 정작 시놉시스의 주요 목적을 잃어버리지 않도록 해야 한다. 물론 목소리의 힌트 정도는 제시할 수 있다. 심지어 대화의 한두 줄 정도는 언급해도 좋다. 다만 언급할 정도의 대화라면 반드시 빛나야 한다. 시놉시스를 창조적인 글쓰기 작업과 동일시하지 마라. 시놉시스에서는 약간의 창조성만으로도 커다란 효과를 낼 수 있다. 다음의 예를 비교해 보라.

> 아름다운 금발 여인이 사전 예약도 없이 로스앤젤레스의 사립 탐정 필립 말로PHILIP MARLOWE의 사무실로 들어왔다.

괜찮다. 나름대로 효과가 있다. 여기에 약간의 목소리를 넣어 보자.

LA에서 사립 탐정 행세로 먹고사는 필립 말로의 사무실 문이 활짝 열렸다. 그리곤 아무리 독실한 주교라도 신성한 스테인드글라스에 구멍을 뚫고 엿보고 싶을 정도로 눈에 확 띄는 금발 여성이 걸어 들어왔다.

이런 정도의 양념은 괜찮다. 하지만 양념은 어디까지나 양념에 그쳐야 한다. 이야기가 중요하다. 이야기를 계속하라.

소설에서처럼 시놉시스에서도 긴장을 쌓아 나가야 한다. 작품이 재미있게 보이도록 시놉시스에서 긴장을 쌓는 방법

플롯 요약에서도 긴장은 명백하게 드러나야 한다. 미묘한 균형이 필요하다. 소설적 기법에 빠져 한 장면을 계속 늘어지게 보여 줘서는 안 된다. 그렇게 되면 여러분의 시놉시스는 더는 시놉시스가 아니라 이야기 자체가 되어 버릴 수 있기 때문이다. 따라서 시놉시스에서 강조가 필요하면 신중하게 선택된 단어와 적절한 장면 순간을 이용해야 한다.

예를 들어, 『헝거 게임』 13장은 캣니스가 자신을 향해 쏟아지는 불덩이를 피하는 장면으로 시작된다. 이 장면은 다섯 페이지에 걸쳐 지속된다. 여러분이 이 책을 썼다면, 이 부분을 시놉시스에 담고 싶을 수 있다. 하지만 모든 장면을 담을 수는 없다. 다음과 같은 문구 정도면 충분하다.

> 이제 캣니스는 게임메이커들이 그녀를 목표로 쏘아 대는 치명적인 불덩이를 피해야 한다. 웃옷에 불이 붙고 토악질까지 하지만, 그녀는 결국 살아남는다.

물론, 이 시퀀스가 여러 장에 걸쳐 이어진다면, 시놉시스에도 몇 장면을 더 넣을 수도 있다. 하지만 시놉시스는 애당초 책의 실제 장면과는 경쟁할 수 없다. 그래서도 안 된다. 시놉시스에 그런 부담을 주어서도 안 된다.

긴 시놉시스를 쓸 때 범하는 가장 흔한 실수

긴 시놉시스를 쓸 때 작가들이 가장 흔히 범하는 실수는 구조의 초점을 놓치는 것이다. 나 역시 시작은 좋았다가 이내 갈팡질팡하며, 핵심적인 이야기의 끈을 놓쳐 버리는 시놉시스를 본 적이 여러 번 있다.

소설과 마찬가지로 시놉시스 중간 부분 역시 때로는 늘어질 수 있다. 우리는 독자가 왜 그 길고 긴 2막에 사로잡혀야 하는지 알고 있어야 한다. 중요한 요점이다. 독자는 이런 질문을 던질 수 있다. 어떤 일이 일어날지 내가 왜 관심 있어야 하는데? 위험은 충분히 큰가? 중간에 이 많은 페이지가 필요할 정도로 중요한 일이 일어나긴 하는가?

길지만 훌륭한 시놉시스는 잘 짜인 3막 구조라는 느낌을 준다. 명확한 시작, 크고 단단한 중간, 그리고 모든 걸 정리해 주는 끝으로 이루어진 3막 구조이다.

시놉시스에 넣지 말아야 할 것

앞서 말했듯이 저자의 배경, 책을 쓴 동기, 얼마나 팔렸으면 하는 바람, 영화화한다면 주인공 역할은 누가 맡는 것이 좋을지에 대한 의견, 표지는 어떤 모습이야 하는지에 관한 생각 등등, 그 어떤 것도 시놉시스에 넣어서는 안 된다. 다시 말해서 어떤 식으로든 이야기 속 표현이 아닌 것은 제외해야 한다.

긴 시놉시스 작성을 통해 원고의 진정한 구조를 생각하고 수정하는 방법

일반적으로 작가들은 좋아하지 않지만, 시놉시스를 길게 작성해 보는 방법은 여러분의 소설이 정확히 어떤 내용인지, 무엇을 다루고 있는지를 확고하게 다지는 훌륭한 훈련 방법이다. 실제로 영국 작가 존 브레인John Braine은 이러한 방식으로 소설을 쓰라고 충고했다. 그는 빠르게 전체 초고를 작성한 후 2,000단어 정도로 시놉시스를 작성하라고 권했다. 이 시놉시스는 그 자체로 작업 문서가 된다. 이 문서를 기반으로 더 나은 스토리를 만드는 데 필요한 만큼 수정을 하면 좀 더 나은 두 번째 초고를 만들 수 있다.

또 다른 방법도 있다. 네 섹션으로 나뉜 시놉시스를 써라. 각 섹션의 길이는 마음대로 설정하라. 첫 번째 섹션은 1막이고, 다음은 2막의 첫 부분이다. 세 번째 섹션은 2막의 두 번째 부분이 되고, 마지막은 3막 해결resolution 섹션이다. (3막 구조에서 1막은 '도입introduction' 혹은 '설명exposition' 부분이고, 2막은 '전개Development'와 '고조Rising Action'가 있는 부분이다.)

이런 식으로 나누어 놓으면 여러분의 시놉시스에서 각 섹션의 장단점을 절로 눈여겨볼 수 있게 된다. 각 섹션을 3막 구조에서 제시된 기능과 역할에 따라 충분히 강화한 후에 전체를 하나로 통합하고, 필요에 따라 편집하면, 이야기를 몰입감 있게 흘러가게 할 수 있다.

이 방법은 책을 쓰기 전에도, 혹은 책을 쓰고 난 후에도 사용할 수 있다. (시놉시스를 책보다 먼저 쓰라고 하면, 손톱 밑에 대나무 조각을 집어넣는 것처럼 고통스러워하는) '팬서'라고 알려진 사람들에게는 대안이 있다. 글을 쓴 다음에 쓴 내용을 장면마다 한 줄 또는 두 줄로 요약하여 기록해 둬라. 초고 작업이 끝나면 이 요약을 모두 모아라. 그러면 긴 시놉시스를 쓸 수 있는 초기 자료를 얻을 수 있다.

■ 옮긴이의 말

소설은 재능이 아니라 꾸준한 노력의 산물이다

2024년 새해 대한민국.

정치·경제·사회 형세가 요동치는 와중에서도 ‘문화 강국’ 혹은 ‘콘텐츠 강국’이란 지위만큼은 아직 굳건해 보인다. 2012년 한국소설이 정점을 찍은 이후 2018년을 기준으로 교보문고가 낸 통계에 따르면, 한국소설 추이는 연간 최고 상승률의 경우 30퍼센트가량까지 신장률을 보였을 정도다. 한국 장편소설은 2022년 대비 11.6퍼센트나 상승하며 약진했고, 40대는 기성 작가에 관심도가 높았다. 본격소설뿐 아니라 SF는 5.5배, 청소년 소설은 약 2배, 드라마 및 영화와 소설이 약 9배씩 성장하며 한국소설의 인기를 주도하는 모양새를 보였다는 분석이 나온 것이다.

게다가 미국영화협회 통계에 따르면 2018년 기준 한국 영화 시장은 이미 세계 5위 규모로 인도보다 더 크다. 특히 한국은 자국 영화의 점유율이 50퍼센트가 넘는 몇 안 되는 나라다. 할리우드의 미국, 발리우드의 인도, 외화 수입을 제한하는 중국, 극장판 애니메이션이 강세를 보이는 일본을 빼면 자국 영화 점유율 순위에서 한국은 늘 세계 4, 5위 권에 든다. 이런 영화들에 드라마까지 더하면 콘텐츠의 수치와 다양성은 더욱 확대된다. OTT 시장의 급성장과 더불어 일부 작품의 인기는 한국을 넘어선 지 오래다. 2017년 이미 한국 드라마 수출액은 2억 달러를 넘어섰고, 인기 드라마 한 편의 제작비가 400억 원에 육박하는 시대다.

이제 한국의 영화와 드라마 제작자들은 절박하게 원작 콘텐츠를 찾고 있다. 이곳에 젖줄을 대 주고 있는 분야가 한국의 소설이다. 그뿐인가, 2010년대 이후 웹소설 시장의 약진으로 장르문학 소설가들이 전업 작가로 급속 부상하고 있다. 인터넷 커뮤니티 등지에서는 글로 먹고산다고 해서 '글먹'이라는 신조어까지 생겨날 정도이다. 2018년에 이르러서는 웹소설 시장 전체 규모가 국내 주요 25개 단행본 출판사의 매출액을 뛰어넘기에 이르렀다. 2018년 웹소설 시장 규모인 4000억 원을 종이책으로 환산할 경우 약 3000만 권 정도로 추산된다고 한다.

너도나도 글을 읽고 글을 쓰고자 하고 글을 쓰는 일로 생업을 삼는 일을 꿈꾼다. 읽을거리는 넘쳐 나지만 어떤 글이 좋은 글인지, 어떤 글이 사람들의 주목을 끌고 그들에게 생생한 감정과 치유 혹은 변화라는 선물을 선사할지 알기 어렵다. 글쓰기 관련 책도 넘쳐 난다. 따라서 실패와 좌절의 시절을 굽이굽이 돌아 소설가라는 꿈을 이룬 현업 작가가 하는 말, 그 말에 실린 힘은 부정할 수 없을 만큼 강력하다.

이 책의 저자 제임스 스콧 벨은 스릴러, 좀비 법정물, 역사 로맨스 등 다채로운 장르의 소설을 써 베스트셀러 작가로 등극했고 국제 스릴러 작가협회상을 수상한 소설가이다. 국내에는 그다지 알려져 있지 않지만 마이크 로미오Mike Romeo를 주인공으로 한 스릴러 시리즈물과 타이 뷰캐넌Ty Buchanan 법정 스릴러 시리즈물로 유명하다. 또한 『작가 다이제스트』에 정기적으로 기고하며 예비 작가들에게 글을 쓰는 방법을 조언한다. 한국 독자들에게는 글쓰기 책 『작가가 작가에게』를 통해 소설가로 등단하기 위해 필요한 실질적인 조언을 준 것으로 알려져 있다.

작가 자신이 서문에서 소개한 대로 대학에서 벨은 철학과 영화를 공부하고 저명한 작가 '레이먼드 카버'에게 창작 수업을 들었다. 하지만 소설 쓰기가 '재능'의 문제라는 창작과 교수들의 말에 좌절한다. 대학을 졸업하고 뉴욕으로 건너와 오프브로드웨이에서 연기 생활을 하다 그곳에서 아내를 만나 결혼하고, 가장 노릇을 하기 위해 소설가의 꿈을 접고 로스쿨에 진학해 LA의 대형 로펌에서 변호사로 활동한다. 어느 날 아내와 영화 「문스트럭」을 보고 그 영화가 전해 준 정서적 '넉아웃knockout'

의 경험을 독자에게 주는 작가가 되고 싶다는 꿈이 되살아난다. 그 후로 벨은 단 한 번도 글을 쓰는 일을 포기한 적이 없다고 단언한다. 결국 그는 변호사로 10여 년간 활동한 법원을 무대로 스릴러물을 발표해 크리스티상을 수상하고, 이후 스릴러 작가로 성공한다.

"작가는 태어나지 만들어지지 않아. 그냥 '재주'가 있든지 없든지 둘 중 하나야."라는 '새빨간 거짓말'에 속아 글쓰기를 포기했던 세월에 대한 보상인 양, 벨은 글을 쓰려는 작가들에게 실용적이고 구체적인 글쓰기 지침을 제공한다.

플롯의 생산성을 강화할 바탕으로는 일상의 교란과 엔딩과 거울 순간이라는 3가지 구조를 짜라고 조언하며, 플롯 전개상 주인공은 닥쳐오는 모험과 위험한 선택을 거부하는 단계를 거쳐야 하되, 결국 모험을 받아들일 수밖에 없는 상황을 생각해 두어야 한다는 점을 강조한다. 캐릭터들에게 인간적 취약성과 공감이 가는 배경 스토리를 풍부하게 만들어 캐릭터의 감정에 독자가 공감할 수 있어야 한다는 권고 역시 빼놓지 않는다.

글을 쓰다 보면 반드시 마주하게 되는 막다른 골목 해결법도 재치가 넘친다. 2막에서 이야기가 막혀 버릴 때는 '닥치고' 처지를 바꾸어 주인공의 적이 되어 적의 머릿속으로 들어가 이제까지 쓴 이야기를 적의 관점에서 다시 돌이켜 보라는 것이다. 그 외에도 갈등과 서스펜스 가득한 킬러 장면을 20개에서 25개 정도 만들어 10개를 선택해 보라는 지침, 흥미진진하고 긴장감 넘치는 장면을 그 자리에서 뚝딱 만들어 낼 때까지 실력을 연마하라는 조언, 모두가 직접 해 보지 않으면 다가오지 않는 생생한 실전형 지침이다.

실전형 지침에서 가장 중요한 1계명은 '매주 일정한 분량의 글을 정해서 쓰라'는 것이다. 여기서 나온 지침이 '15분 쓰기' 규칙이다. 10분은 너무 짧고 20분은 너무 길어 보인다. 절묘한 15분 쓰기, 매일 매일 할 수 있을 것도 같은 분량이다. 하지만 '매일'의 힘은 무시할 수 없을 정도로 크다. 매일 15분을 버텨 글을 쓰다 보면 개인마다 '자신'의 일정 분량이 어느 정도나 되는지 가늠할 수 있을 테고, 이런 식으로 작가는 글 쓰는 일을 자신의 일상이자 '업'으로 받아들여 자신의 한계와 가능성을 점쳐 볼 수 있다. 자신이 써 놓은 글을 누구보다 객관적으로 냉정하게 볼 수 있는 사람도 자신이니까. 그뿐만 아니라 옆에 글을 읽어 줄 '베타리더'를 두고 냉정한 평가를 받으라는 조언 역시 빼놓지 않는다. 독자는 멀리 있지 않다. 자신과 주변의 친지들로부터 시작되는 평가의 트랙을 타게 되면 작가는 이제 독자 기반을 쌓는 길로 들어선 셈이다.

이런 방식으로 한 권의 소설을 끝내 보는 경험의 중요성은 아무리 강조해도 지나치지 않다는 것이 벨의 견해다. "초고는 격정에 사로잡혀 물 흐르듯 써라", "주인공을 난관에 빠뜨려라", "주인공의 적은 주인공보다 강하게 만들라", "이야기는 첫 단락부터 빠르게 전개하라", "이야기에 도움이 되지 않는 군더더기는 모조리 빼라", "거절에 상처받지 말라", "평생 배우고 성장하며 글쓰기를 멈추지 말라" 같은 조언이 빼곡한 사이사이 작가로서, 좋은 글을 알아보는 비평가로서, 글쓰기를 오래 가르쳐 온 스승으로서의 연륜과 후배 작가들에 대한 애정이 엿보인다. 아이디어만 모아 두는 마스터 다큐먼트master document 파일이나 스크리브너Scrivener 같은 소프트웨어 프로그램을 적극적으로 활용해 생각해 둔 아이디어가 낭비되는 일이 없도록, 다음 소설을 위한 자료집으로 모아 두라는 조언 역시 곱씹어 볼 만하다.

> 여러분이 어떤 종류의 질서를 갖추고 글을 쓴다면, 그런데 그 질서가 어떤 이야기를 하고 있다면 여러분은 이야기를 쓰는 작가이다. 다른 누구의 인정도 필요 없고 외부의 검증도 필요하지 않다. 글을 쓰는 한 여러분은 작가이다. 글을 더 잘 쓰기 위해 고군분투하고 있다면, 기량과 기법을 연마하고 공부하고 있다면 여러분은 작가로서 더 발전하고 있는 것이다. 글을 쓰는 데 심혈을 기울이고 열심히 글을 쓰면서 계속해서 글을 생산해 내고 있다면, 하루에, 혹은 일주일에 일정 분량만큼의 글을 쓰고 있다면, 체계적으로, 열정과 인내심을 갖고 글을 쓰고 있다면, 여러분은 지칠 줄 모르는 작가이다. 지칠 줄 모르고 글을 쓰는 작가는 결국 보상을 받는다. 부자가 되지 못할지는 모르나 여러분이 쓰는 글에 대해 얼마간이라도 돈을 받는다면 그건 승리다. (본문 277쪽)

작가의 결론이다. 자신이 작가임을 믿으라는 벨의 애정 어린 격려를 발판 삼아 세상을 향해 하고 싶은 말이 많은 예비 작가들은 그 말을 전달하는 효과적인 기법과 형식을 이 책에서 찾아 연마해 볼 수 있을 것이고, 글을 읽는 눈을 키우고 싶은 독자들은 작가가 활용하는 기법과 이를 설명하기 위해 작가가 들어놓은 풍부한 예시들을 통해 좋은 소설을 보는 지혜로운 눈을 키울 수 있을 것이다. 모두에게 즐거운 독서 경험이 되시길.

2024년 1월 3일

오수원

소설 강화

2024년 1월 20일 초판 1쇄 인쇄
2024년 1월 25일 초판 1쇄 발행

지은이 제임스 스콧 벨
옮긴이 오수원
펴낸이 류현석

펴낸곳 21세기문화원
등 록 2000.3.9 제2000-000018호
주 소 서울 성북구 북악산로1가길 10
전 화 923-8611
팩 스 923-8622
이메일 21_book@naver.com

ISBN 979-11-92533-09-4 03800

값 21,000원

마땅한 살인

마땅한 살인

안세화 지음

이데아

차례

13

1 - 1

"교통사고 환자 둘 들어갑니다."

전공의의 외침과 동시에 응급실 정문이 어수선해졌다. 서우는 지체 없이 걸음을 옮겼다.

사십 대 초반의 여자와 열 살가량의 남자아이가 실려 왔다. 모자지간인 그들은 음주운전 차에 치여 그 자리에서 의식을 잃은 상태였다.

서우는 그들의 눈꺼풀을 뒤집어 랜턴을 비춰보았다. 동공 반응이 전혀 없었다. 좋지 않은 징조였다. 의식을 잃은 직접적인 원인은 후두부 출혈로 추정됐다. 이런 경우는 CT를 찍어볼 필요도 없었다. 서우는 곧장 오더부터 내렸다.

"수술실 잡아요. 당장 수술 가능한 외과의사 콜하고."

지령을 받은 전공의 우석이 움직였다. 그 사이 서우는 다른 인턴들과 응급조치를 취했다. 지혈과 동시에 수혈을 하고, 갑작스러운 쇼크에 대비해 심폐소생 기계를 준비했다.

그때쯤, 밖으로 나갔던 우석이 돌아왔다.

"선생님."

목소리가 심상치 않았다. 서우가 지레짐작으로 물었다.

"문제가 뭐예요? 수술실이에요? 의사예요?"

"수술실이요. 지금 한 곳밖에 쓸 수 없대요."

우석이 난감한 기색으로 앞으로 몇 시간 내에 다른 수술실들이 비지 않을 거란 설명을 덧붙인 뒤 물었다.

"어떻게 할까요?"

서우는 즉각 대답하지 못했다. 아니, 할 수 없었다. 모자의 상태는 똑같이 위중했다. 이 상황에서 한 명을 선택하면 다른 한 명에게 주어질 미래는 자명했다. 그 미래란 존재하지 않았다.

서우는 나란히 놓여 있는 두 개의 침상을 번갈아보며, 잠시 헛된 상상력을 발휘해봤다. 둘 중 아무라도 정신을 차리고, 나 말고 내 가족을 살려주세요, 하고 애원하는 상상. 그러면 일이 조금은 쉬워질 테니 말이다. 하지만 언제나 그랬듯 그런 기적은 일어나지 않았고, 기적을 기다릴 시간도 없었다.

할 수 없이 서우는 쉽지 않은 결단을 내렸다.

"당장 수술실로 데리고 가요."

그녀는 아들이 누워 있는 침대를 가리켰다. 인턴 두 명이 그 침대를 끌고 밖으로 나갔다. 우석은 엄마를 이송시킬 병원을 찾아

보겠다며 그들을 따라 나갔다.

서우는 병원의 열악한 시스템과 조금 전 선택의 정당함에 대해 생각해 볼 겨를 없이, 아니 생각하지 않기 위해 다른 때라면 후배 손에 맡기고 거들떠보지도 않았을 환자에게로 향했다. 모자보다 조금 늦게 도착한 이십 대 남자는 구석 침대에 앉아 있었다. 역시 교통사고 환자였다. 온몸에서 술 냄새가 났다.

서우가 다가가자 혼자서 그를 보고 있던 막내 인턴이 환자의 상태를 보고했다.

"이마가 찢어지고 팔꿈치에 타박상이 있습니다."

뒤이어 냉소적으로 자신의 소견을 덧붙였다.

"어쨌든 위중할 정도는 아닙니다."

만취한 와중에도 남자는 그 미묘한 뉘앙스를 눈치챘다.

"위중하지가 않다고? 그걸 말이라고 해? 이마에서 이렇게 피가 철철 나는데."

남자가 발끈하며 침대에서 일어났다. 서우는 그의 어깨를 밀어 도로 앉힌 후, 반항할 틈을 주지 않고 이마에 소독된 거즈를 댔다. 남자는 잠시 몸부림치다 곧 순순히 몸을 맡겼다. 흐르는 피를 얼추 닦은 서우는 상처를 꿰맬 바늘을 준비했다. 그리고 뒤에서 못마땅한 기색으로 서 있는 인턴에게 말했다.

"여긴 내가 알아서 할 테니깐, 선생님은 나가서 전화 한 통만 하고 와요."

애매한 지령이었다. 하지만 인턴은 단박에 자신이 할 일을 알아들었다. 그가 나가자마자 서우는 응급실 벽면에 붙은 전자시계를 보았다. 앞으로 10분. 경험상 딱 10분 후면 인턴의 신고 전화를 받은 경찰들이 이마가 찢어진 음주운전자를 체포하기 위해 이곳에 나타날 게 분명했다.

그 전에 응급처치를 끝내려면 서두를 필요가 있었다. 좋든 싫든 응급실에서는 모든 환자를 동등하게 치료하는 것이 원칙이다. 서우는 꼼꼼한 솜씨로 남자의 벌어진 상처를 꿰매기 시작했다. 그 일을 반쯤 진행했을 때, 여자의 이송 문제를 처리하러 나갔던 우석이 돌아왔다. 서우는 하던 동작을 늦추지 않으며 물었다.

"어떻게 됐어요?"

우석이 아까보다 가라앉은 목소리로 대답했다.

"아들은 수술 중이에요. 엄마는 인근 병원에서 맡아주기로 해서 이송 준비까지 했는데……."

그가 말끝을 흐렸다. 뒷말은 안 들어도 알 법했다. 서우는 우석의 입에서 굳이 사망이라는 단어가 나오지 않도록 먼저 고개를 끄덕였다.

"알았어요. 가봐요."

보고를 마친 우석은 미간을 찡그리고 있는 남자를 차가운 눈길로 노려보고는 자리를 떴다. 서우는 별 동요 없이 하던 일을 계속 했다. 벌어져 있는 남자의 상처를 침착하게 마저 꿰맸다. 특별히 남은 몇 땀은 공들여 작업하기도 했다. 응급실에서는 모든 환자를 동등하게 치료하는 것이 원칙이지만, 가끔은 의사가 실력 발휘를 못 해도 어쩔 수 없었다.

서우는 성의를 다해 삐뚤빼뚤 바늘을 휘둘렀다.

병원 창문으로 달이 보일 무렵, 서우가 창문 없는 응급실에서 나왔다. 인적 없는 복도는 고요했다. 하지만 귓속에선 아직도 비명소리들이 이명처럼 들려왔다.

서우는 피 묻은 손을 피 범벅인 가운에 닦으며 복도를 지났다. 온몸에서 피비린내가 났으나 다른 날보다 심한 정도는 아니었다. 딱 평소만큼 고됐고, 평소처럼 업무에 대해 다시 떠올리고 싶지 않았다. 지금 그녀가 하고 싶은 일은 빨리 집으로 돌아가서 와인 한 잔을 들이켜고 푹신한 침대에 엎드려 자는 것뿐이었다.

서우는 그 보잘것없는 소망을 위해 엘리베이터 쪽으로 빠르게 걸었다. 그런데 그때 중앙 데스크 쪽에서 그녀의 귀가를 방해하는 소리가 들렸다.

"선생님."

소리를 따라 돌아보자 당직 간호사 현주가 보였다. 단 한마디로 서우의 시선을 사로잡는 데 성공한 그녀는 눈웃음을 지으며 가까이 와 달라고 청했다. 서우는 본능적으로 솟는 짜증을 사회적으로 체득한 매너로 누르고 데스크로 향했다.

가까이 다가오는 그녀를 보고 현주가 말했다.

"힘든 하루셨나 봐요."

과연 가운을 풀어헤치고 머리를 산발한 서우의 상태는 누가 봐도 중노동을 마친 후였다. 서우는 현주의 말을 부정하지 않고, 그렇다고 지난 업무를 떠올리며 자세한 설명도 붙이지 않은 채 자신의 발걸음을 돌리게 한 용건을 물었다.

"무슨 일이시죠?"

"아 그게, 선생님께 좋은 일이 있어서요."

"좋은 일이요?"

"아까 퀵으로 선물이 하나 왔거든요."

현주는 선물에 대해 묘사하는 대신 보여주는 쪽을 택했다. 그녀는 데스크 아래로 손을 뻗어 숨겨두었던 바구니를 들어 올렸다. 그리고 그것을 데스크 위에 올려놓음과 동시에 자신만만하게 말했다.

"힘든 하루 끝에 이것처럼 기분 좋은 선물은 없죠."

하지만 현주의 확언과 달리 그 선물은 서우의 기분을 조금도 좋게 만들지 못했다. 나쁘게 만들었다는 표현도 부족했다.

그 선물은 서우를 소스라치게 만들었다.

데스크 위에 등장한 선물의 정체를 확인한 순간 서우는 짧은 비명을 질렀다. 그리고 뒷걸음질을 치다 제 발에 걸려 엉덩방아를

찡었다.

이런 광경은 쉽게 볼 수 있는 장면이 아니었다. 기본적으로 대학병원 응급실 의료진은 웬만한 시각적 충격에는 놀라지 않는다. 매일같이 눈알이 빠진 사람, 머리 가죽이 벗겨진 사람, 정강이뼈를 드러낸 사람, 내장이 흘러내리는 사람들을 상대하는 이들이었기 때문이다. 응급실 베테랑 의사를 놀라게 하려면, 시한폭탄이나 적어도 그에 버금가는 물건은 가져와야만 한다.

상식이 이러하니 예상을 벗어난 서우의 반응에 현주 역시 놀랄 수밖에 없었다. 그녀는 데스크를 돌아 나가 사색이 된 서우를 부축해 일으켰다.

"선생님, 괜찮으세요?"

서우는 예의상 고개를 끄덕였다.

"괜찮아요."

하지만 떨리는 다리는 말과는 다른 뜻을 전했다. 서우는 현주에게 의지한 채 다리만치 떨려오는 목소리로 물었다.

"저 선물, 언제 왔어요?"

"아까 7시쯤에요."

"누가 보냈다고 하던가요?"

"글쎄요. 카드도 없어서 당연히 남편 분인 보내신 줄 알고……."

발신인을 확인하지 않은 게 중대한 실수였는지 뒤늦게 의구심이 생긴 현주는 말을 끝맺지 못했다. 하지만 정작 서우는 그 문제를 따지고 들 마음이 전혀 없었다. 어차피 중요한 건 발신인이 아니었다. 시점이었다. 왜 하필 오늘 왔을까?

그 선물은 붉은 헬리크리섬 바구니였다.

1 - 2

헬리크리섬은 국화과에 속하는 꽃으로 피자마자 말라버린 듯, 종이처럼 바스락거리는 꽃잎을 가져서 종이꽃 또는 바스라기꽃이라고도 불렸다.

서우가 아는 한, 그녀에게 붉은 꽃잎으로 선별한 헬리크리섬 바구니를 보낼 이는 딱 한 명뿐이었다. 서우는 3년 전, 잠깐 스쳐본 그를 떠올렸다. 턱수염이 덥수룩한 얼굴이 어렵지 않게 기억났다.

교도소에 들어간 후 1년 동안 꾸준히 헬리크리섬을 보내오던 협박범이 그 다음 2년은 보내지 않기에 그만 그녀를 잊어버린 줄 알았다. 그런데 이제 보니 잊은 건 그녀뿐이었던 것 같다.

아니, 헬리크리섬의 꽃말, '항상 기억할게요'를 생각한다면, 협박범의 얼굴을 더 자주 더 자세히 기억했어야 했다.

순간 짜증이 솟구친 서우는 거칠게 엑셀을 밟았다. 그때, 블루 투스로 연결된 차량 스피커에서 핸드폰 벨소리가 났다. 곁눈질로 핸드폰 액정을 보자 발신인의 이름이 보였다. '이수호.' 서우가 전화를 연결하자, 인사를 생략한 수호의 목소리가 차 안에 울려 퍼졌다.

"허준배가 출소했대."

그는 조금 전까지 서우의 신경을 장악하고 있던 남자의 소식을 전했다.

"알고 있어."

"어떻게?"

"오늘 헬리크리섬을 받았거든."

서우가 온몸에 힘을 주어 핸들을 꽉 잡고 이도 꽉 물은 채 말했다. 언성을 높이지 않기 위한 최소한의 시도였다. 1년 동안 자신을 공포에 몰아넣은 협박범을 잊고 산 것이 서우의 실책이라면, 그 인간이 출소하기 전에 미리 알려주기로 하고선 잊어버린 건 수호의 실책이었다.

경찰청으로 출근하긴 하지만 경무과에서 근무하는 수호가 형사사건인 허준배에 대해 알아내려면 괜한 수고를 해야 한다는 사실을 모르는 바는 아니었다. 하지만 경찰로서 시민을 위해 그 정도 품은 써줄만 했다. 또한 남편으로서 아내를 위해 더한 고생도 감수할 만했다. 아무리 두 사람이 별거 중이라고 해도 인간적인 도리로 말이다. 만일 수호가 진즉에 허준배의 이른 출소에 대한 언질을 주었더라면, 서우가 이 밤에 불길한 선물을 받고 직접 교도소에 전화해 입에 담기도 싫은 허준배의 이름을 언급하며 그의 행방을 찾을 필요는 없었을 것이다.

힘이 들어간 서우의 목소리에서 불편한 심중을 눈치챈 수호가 말했다.

"미안해."

그는 누그러진 기세로 덧붙여 말했다.

"허준배가 출소하면 영준이 형이 알려준다고 했는데 요새 바빠서 잊었나 봐."

서우는 예의상으로나마 괜찮다고 대꾸하지 않았다. 예전 같으면 못 이기는 척 그의 사과를 받아주었겠지만 최근에는 그런 성의를 보일 마음이 없었다. 서우가 한참 동안 가만히 있자 침묵을 못 이긴 수호가 화제를 바꾸었다.

"그나저나 지금 어디야? 차 소리 들리는데."

"차 안이니까."

"집으로 가는 길이야? 불안하면 내가 가줄까?"

서우가 미간을 구겼다. 이제 와서 챙겨주는 척하기는. 그녀는 불과 반 년 전까지 두 사람의 집이었던 자신의 집에 그를 들이고 싶지 않았다. 지금쯤 길거리 어딘가를 자유롭게 배회하고 있을 허준배의 모습을 상상하는 것보다 집 안으로 들어오는 이수호의 모습을 상상하는 쪽이 더 싫었다.

"됐어. 내가 알아서 할게."

말을 마친 서우는 일방적으로 통화 종료 버튼을 눌렀다. 그리고 설마 오늘 밤 안에 무슨 일이 있겠어, 싶은 마음 반과 혹시 모르니 대비를 해서 나쁘지 않겠지, 하는 마음 반으로 조수석 앞에 있는 수납장을 열었다. 안에는 3년 전, 한창 허준배에게 협박을 받을 당시 구비해두었던 호신용 가스총이 그대로 있었다.

깜깜한 지하 주차장 안에 서우의 승용차가 진입했다. 후미진 자리에 주차를 마친 서우는 양손으로 호신용 가스총을 쥐고 차에서 내렸다. 흡사 총이라도 쥔 것 같은 자세였다. 그녀는 주위를 두리번거리며 잰걸음으로 주차장을 가로질렀다.

그리고 곧장 비상구 계단으로 향했다. 혹여 일이 틀어지면 도망갈 곳 없는 엘리베이터보다 앞으로든 뒤로든 여차하면 도망갈 길이 있는 계단이 더 안심이 됐기 때문이다. 서우는 언제라도 쏠 기세로 호신용 가스총을 전방으로 향하고 단숨에 8층까지 올라갔다. 긴장 때문인지 힘들다는 생각은 들지 않았다.

8층 복도에 들어선 후, 서우는 뒤도 보지 않고 현관문 앞으로 달려갔다. 그리고 터치형 도어락에 손을 올리고 여섯 자리 비밀번호를 침착하게 눌렀다. 곧바로 잠금장치가 풀리는 경쾌한 신호음이 울렸다. 문고리를 돌리자 문이 저항 없이 열렸다. 서우는 한 발을 뻗어 현관에 발을 들였다.

그 순간, 머리 위에서 현관 등이 파앗 켜졌다. 밝은 불빛이 몸을 휘감자 서우의 입에서 짧은 한숨이 새어나왔다. 긴장이 풀렸다는 증거였다. 서우는 한껏 올리고 있던 어깨를 늘어뜨리고 하이힐에서 내려왔다. 그제야 잊고 있던 발가락의 아픔이 찾아왔다.

거실 한가운데에 들어선 서우는 주위를 둘러보았다. 익숙한 가구와 물건들이 보였다. 모든 것이 아침에 보았던 그대로였다. 소파 위에 아무렇게나 널브러져 있는 쿠션과 담요, 식탁 위에 치우지 않고 둔 시리얼 박스와 식기, 화장실 앞에 허물 벗듯 벗어놓은 잠옷은 한 치의 움직임도 없이 아침과 같은 자리를 고수하고 있었다.

그것들을 보니 다시금 안도감이 느껴졌다. 서우는 들고 있던 가방과 가스총을 거실 바닥에 내려놓았다. 입고 있던 코트도 벗어서 바닥에 떨어트렸다. 그리고 바로 화장실로 들어갔다.

무심결에 세면대 거울을 보자 지치고 파리한 얼굴이 눈에 들어왔다. 이마에는 식은땀까지 송골송골 맺혀 있었다. 서우는 얼른 수도꼭지를 틀어 콸콸 쏟아지는 찬물에 얼굴을 적셨다. 양 볼이 시려질 때까지 연거푸 세수를 했다. 그리고 고개를 들어 다시 거울을 보았다. 여전히 핏기는 없지만 생기가 돌아온 얼굴이 보였다. 서우는 턱 밑으로 물이 뚝뚝 떨어지는 얼굴을 잠시 바라보다 천천히 시선을 아래로 돌렸다. 소매에 붙은 붉은 종이 쪼가리 같은 것이 시야에 잡혔기 때문이다. 자세히 보니 그것은 종이 쪼가리가 아닌 꽃잎이었다.

종이처럼 바스라거리는 헬리크리섬의 꽃잎.

서우의 미간이 반사적으로 구겨졌다. 그녀는 아주 불결한 것을 만지듯이 집게손가락으로 꽃잎을 떼어내어 홱 던졌다. 그러자 쿵, 하는 제법 큰 소리가 났다. 절대로 꽃잎이 화장실 타일에 부딪혀 낼 수 있는 소리가 아니었다. 소리가 난 방향은 화장실 안이 아닌 바깥이었다.

가지가지 하네.

소리를 낸 사람은 수호가 틀림없었다. 아까 집에 오지 말라는 의사를 명백히 밝혔는데도, 혼자 있는 서우가 걱정된다는 핑계로 찾아온 게 분명했다. 잘 좀 해보자고 할 때는 그렇게 무심하더니 그만 끝내자니까 이제 와서 유난이다. 그런다고 고마워할 줄 알고?

서우는 무시할 요량으로 다시 수도꼭지를 틀어서 세수를 했다. 거친 손놀림만치 세찬 물소리가 화장실 안에 크게 울렸다. 그 와중에 수호가 밖에서 돌아다니는 소리가 간간히 섞여 들려왔다. 그 소리는 끊이지 않았고, 점점 커져갔다. 서우의 짜증 지수 또한 상승했다. 진즉에 비밀번호를 바꿔버릴 것을. 서우는 클렌징폼에 손을 뻗으며 생각했다. 그러다 클렌징폼을 잡지 않고 멈칫했다.

가만, 근데 비밀번호를 누르는 소리가 들렸었나?

기억이 나지 않았다. 수호가 비밀번호를 눌렀다면 단타의 여섯 음이 들렸어야 했다. 그런데 서우는 집에 들어온 이후 그런 소리를 들은 적이 없다. 아니, 그 이전에 문이 닫히는 소리도 들은 적이 없다. 문을 열 때, 잠금장치가 풀리는 경쾌한 신호음은 분명히 들었는데 문이 닫힐 때, 잠금장치가 재작동하는 신호음은 못 들었다. 문이 닫히기만 하면 잠기는 건 자동이니까 그냥 손을 놓았는데, 만일 누군가 문이 닫히지 않도록 잡았다면.

생각이 여기에 미친 서우의 뒷목이 빳빳하게 굳어갔다. 잠시 후, 그녀는 녹슨 것 같은 고개를 천천히 들어 거울을 보았다. 그러자 거울 속에 핏기도 없고 생기도 없는 자신의 얼굴이 보였다. 그리고 그 뒤로 3년 전에 딱 한 번 보았지만 결코 잊을 수 없는 얼굴, 턱수염이 덥수룩한 허준배의 얼굴이 보였다.

1 - 3

"항상 기억하겠다고 했잖아."

허준배가 첫 마디를 뱉었을 때, 서우는 몸을 돌려서 그를 바로 보았다. 하지만 거기까지가 최선이었다. 감히 그를 지나쳐 화장실 밖으로 도망칠 엄두는 나지 않았다. 서우에게 허용된 움직임이라곤 양손으로 세면대를 꽉 부여잡는 것이 고작이었다. 허준배가 한 발짝 가까이 다가왔을 때도 사정은 마찬가지였다. 서우는 볼록 튀어나온 세면대에 아플 정도로 등을 붙이고 겨우 입만 떼었다.

"나한테 왜 이래요?"

그 말에 허준배가 놀란 표정을 지었다. 진짜로 놀란 것인지, 연기를 하는 것인지 분간이 가지 않았지만 어느 쪽이든 의중은 하나였다. '네가 어떻게 뻔뻔하게 그 질문을 할 수 있지?'

"너한테 왜 이러냐고?"

허준배가 헛웃음을 뱉으며 서우의 말을 반복했다. 그리고 너도

나도 이미 알고 있는 것을 친절하게 알려주겠다는 투로 음절마다 힘을 주어 대답했다.

"네가 날 감옥에 처넣었잖아."

엄밀히 따지면 그 말은 틀린 말이 아니었다. 허준배의 수감에 서우의 입김이 작용한 건 사실이다.

3년 전 그날은 서우가 허준배를 처음이자 마지막으로 본 날이었다. 새벽의 분주한 응급실 안이었다.

여느 때처럼 위독한 환자들을 치료하고 있던 서우 앞에 예닐곱 살짜리 남자아이가 실려 왔다. 계단에서 낙상했다는 아이의 상태는 한눈에도 좋지 못했다. 아이가 입고 있던 체크 셔츠를 찢자 복수가 찬 복부가 보였다. 서우는 최선을 다해 아이를 살리려고 노력했다. 하지만 노력이 언제나 성공을 불러오진 않았다. 다음 날 아침이 오기 전, 아이의 부풀어 오른 복부와 머리 위로 흰 천이 덮여졌다.

아이를 영안실로 보낸 후, 서우는 아이의 안식을 위해 마지막 조치를 취했다. 경찰서에 전화를 걸어서 아이의 보호자를 아동학대 혐의로 신고했다. 근거는 체크 셔츠를 찢었을 당시 보였던 붉고 푸른 수많은 상흔들이었다. 신고 접수를 받은 경찰들은 딱 10분 후 병원에 도착했다. 그들은 응급실 바깥 대기의자에서 술 냄새를 풍긴 채 잠들어 있는 허준배를 깨워 연행해 갔다. 서우는 떠나는 그를 잠시 지켜본 후 퇴근했다.

"덕분에 꼬박 3년을 썩었지."

허준배가 이를 바득 갈며 말했다. 서우는 지금쯤 당신의 아들은 정말로 썩었을 거라는 말을 하려다가 참았다. 그 밖에도 하고 싶은 말들이 목구멍 안에 가득했지만 모두 삼켰다. 재판에 관여했던 형사, 검사, 판사를 제쳐두고 왜 고작 신고자일 뿐인 자신에게 원한을 품었는지, 헬리크리섬을 보낼 거면 계속 보낼 것이지 1년만 하다가 만 건 질려서였는지 번거로워서였는지, 쓸데없는 질문들이 한꺼번에 목 아래로 내려갔다.

오직 쓸 만한 질문 하나만이 목을 넘어와 입 밖으로 나왔다.

"나한테 뭘 원하는 거예요?"

서우가 세면대를 꽉 부여잡은 채 괜한 허세를 부렸다.

허준배가 웃기지도 않는다는 듯 고개를 저었다.

"없어."

"뭐라고요?"

"너한테 원하는 건 아무것도 없다고."

그 말은 서우가 예상했던 대답 중 최악이었다. 그녀와 거래를 할 생각이 아니라면 허준배가 이곳에 온 이유는 하나밖에 없었다. 미묘하게 굳어가는 그의 얼굴 근육을 보며 서우는 그 이유를 확신했다. 머릿속에 빨간불이 켜졌다.

서우에게 위급한 상황은 일상이었다. 목숨이 오가는 사태 또한 익숙했다. 차이가 있다면 평소에는 그녀 자신이 목숨 줄을 쥐고 있지만, 지금은 다른 이가 그녀의 목숨 줄을 쥐고 있다는 것이었다. 이런 조건은 익숙지 않았다.

무엇을 어떻게 해야 할지 감을 잡지 못한 서우는 세면대 위에 놓인 아무 물건이나 집어 던지기 시작했다. 별다른 공격력이 없는 클렌징폼과 비누와 눈썹칼과 전동칫솔이 허준배의 몸통에 맞고 떨어졌다.

그까짓 타격은 개의치 않고 허준배는 화장실 깊숙이 들어왔다. 일정한 보폭으로, 단 세 걸음 만에 서우 앞에 다가온 그는 막 주저앉으려는 그녀의 머리채를 잡아채어 일으켰다. 이판사판 더 볼 것도 없어진 서우는 악을 쓰며 소리쳤다.

"이거 놔! 나를 죽이면 너는 무사할 거 같아?"

"당연히 무사하지."

"웃기지 마! 넌 바로 잡힐 거야! 다시 교도소로 돌아가게 될 거야!"

"그럴 리가."

허준배가 발악하는 서우를 자신 쪽으로 끌어당기고 속삭였다.

"네가 혼자 화장실에서 자빠져서 대가리가 깨져 뒤졌는데 내가 왜?"

서우가 눈에 핏발을 세우고 비웃었다.

"3년이나 생각한 게 고작 그거야? 사고사?"

"그래. 심플하고 확실하잖아."

허준배가 서우의 비웃음을 조롱으로 받아쳤다. 서우는 날을 세운 눈빛을 거두지 않고 그를 노려보았다. 하지만 더 할 말은 없어서 입을 다물었다.

확실히 허준배의 계획은 나쁘지 않았다. 이곳으로 오는 동안 그가 멍청하게 자신의 흔적을 남기지 않았다면 서우의 죽음은 그냥 사고사로 처리될 확률이 높았다. 그리고 아마도 그는 자신의 흔적을 남기지 않았을 가능성이 컸다. 아까부터 일정한 감정 기복을 유지하며 군더더기 없이 행동하는 점으로 미루어보아 그랬다.

모르긴 몰라도, 허준배는 계획을 세운 후 이 장면을 상상 속에서 수도 없이 시뮬레이션을 해보았을 게 분명했다. 원한을 가진 이의 준비된 자세였다. 그동안 원한을 산 서우는 무엇을 했던가. 더 이상 헬리크리섬이 오지 않는다는 사실에 안도하며 오늘까지 그를 까맣게 잊고 지냈을 뿐이었다. 도움을 주러 오겠다는 수호의 호의를 무시하고, 기껏 대비책으로 챙긴 호신용 가스총은 거실에 떨구어놓고.

잠깐만. 거실에? 호신용 가스총?

순간 서우의 머릿속에 파란불이 켜졌다. 어떻게 그걸 잊고 있었지? 화장실에서 거실까지는 고작 열 걸음 남짓, 딱 열 걸음만 움직이면 살 길이 열릴 수 있었다.

서우는 허준배의 손아귀에 잡힌 머리카락이 몽땅 빠져나가도 좋다는 기세로 몸을 비틀어 빼내었다. 동시에 손톱을 세워서 마구잡이로 휘둘렀다. 곧 허준배의 팔뚝에 기다란 상처들이 죽죽 생겨났다. 하지만 치명적일 정도는 아니었다. 짜증나는 공격에 부아가 솟은 허준배는 서우의 머리채를 거칠게 흔들었다. 두피에 생소한 통증이 느껴졌다. 그렇지만 한번 희망의 기운을 감지한 서우는 이 정도 역경에 물러날 생각이 없었다. 그녀는 공격도구를 손톱에서 이로 바꾸어 허준배의 팔뚝을 꽉 물었다. 허준배가 악 소리를 내며 반사적으로 손에 힘을 풀었다.

서우는 그 틈을 놓치지 않고 거실을 향해 내달렸다. 한 걸음, 두 걸음, 세 걸음, 금세 화장실 문턱을 넘어 바깥 마룻바닥에 발이 닿았다. 하지만 잠시나마 성공적으로 보였던 도주는 그것으로 끝이었다. 문제는 가슴 너머까지 오는 긴 머리카락이었다. 미처 네 걸음을 내딛기 전에 서우는 허준배의 우악스러운 손에 머리카락 끝단을 잡혀서 다시 화장실 안으로 끌려 들어왔다. 뒤이어 짜증이 아닌 화가 난 그에 의해 옆으로 내동댕이쳐졌다.

불운하게도 옆에는 욕조가 있었다. 서우는 욕조의 옆구리를 정통으로 박았다. 곧바로 두피에서 일었던 통증과는 비교할 수도 없는 고통이 옆구리에서 솟아났다. 서우는 비명도 내지르지 못한 채 바닥으로 쓰러졌다. 그 와중에 샤워커튼을 동아줄이라도 되는 양 붙들었고, 갑작스럽게 당기는 힘에 원래부터 허술했던 커튼봉이

우당탕 소리를 내며 떨어졌다. 바로 그때, 서우의 시야에 뜻밖의 물건이 들어왔다. 커튼 뒤에 줄곧 가려져 있던 원통의 병.

와인 병.

보통은 화장실에 있지 않은 이 물건이 서우의 화장실에 있는 이유는 바로 그녀의 나쁜 습관 때문이었다.

평소 서우는 목욕할 때마다 와인을 한 잔씩 마시는 습관이 있었다. 수호는 언젠간 그 습관이 그녀를 죽일 수도 있다고 경고했다. 하지만 지금 이 순간 서우는 그 습관이 자신을 살릴 수 있겠다고 생각했다. 새로운 희망을 발견한 서우의 눈이 반짝였다.

곧 화장실 안에 커다란 타격 소리가 울려 퍼졌다.

서우는 그 소리를 들으며 눈을 꾹 감았다. 반면 허준배는 그 소리와 동시에 눈을 희번덕였다. 서우에겐 허준배의 손끝이 닿지 못했지만, 허준배의 관자놀이엔 서우가 휘두른 와인 병이 강타한 결과였다. 잠시 후, 눈이 풀린 허준배가 고꾸라지면서 타일 바닥에 얼굴을 박았다. 다시금 들려온 타격 소리에 서우는 천천히 실눈을 떴다. 그리고 쓰러져 있는 허준배의 뒤통수를 얼떨떨하게 내려 보았다. 아무래도 초심자의 운이 통한 모양이었다. 서우는 미동 없는 허준배의 몸을 발끝으로 툭툭 건드려봤다. 아무 반응도 없었다.

그 순간 갑자기 주위가 고요하게 느껴졌다. 동시에 서우의 머릿속에 오만 가지 생각이 떠올랐다. 경찰을 불러야 하나? 구급차를 불러야 하나? 잠시 기절한 걸까? 완전히 죽은 걸까? 만약에 죽었다면 정당방위인가? 과실치사인가? 우후죽순 피어나는 생각들이 감당할 수 없는 속도로 뻗어나갔다. 하지만 곧 브레이크가 걸렸다. 언제까지고 움직이지 않을 줄 알았던 허준배가 움찔, 손가락을 움직였기 때문이다. 그 순간 서우의 머릿속에 자리했던 모든 생각들이 날아가고 단 하나의 생각만이 남았다.

살려두면 두고두고 위협이 되겠지?

서우는 자신도 모르게 와인 병을 쥔 손에 힘을 주었다. 뒤이어 한 번 더, 한 번 더, 연속으로 내리쳤다. 그러자 검붉은 피가 타일 격자를 따라 각을 지어 흘렀다. 변기와 세면대와 욕조에, 물론 서우의 얼굴에도 피가 맺혔다.

그리고 얼마만큼의 시간이 지났을지 분간할 수 없을 무렵, 갑자기 바깥에서 낯익은 소리가 들려왔다. 서우가 익히 아는 소리였다. 단타로 끊기는 경쾌한 여섯 음. 현관문 비밀번호가 열리는 소리였다.

1 - 4

기억이 드문드문 났다. 꼭 술을 마신 것 같았다. 어떤 장면은 명확히 떠올랐고, 어떤 장면은 희미하게 떠올랐으며, 어떤 장면은 전혀 떠오르지 않았다.

명확한 첫 번째 장면은 현관문 비밀번호가 열리는 소리가 들렸다는 것이었다. 뒤이어 바깥에서 인기척 소리가 났고, 화장실 문이 열렸다.

"서우야."

서우는 자신의 이름을 부르며 화장실 문을 연 그의 얼굴을 똑똑히 보았다. 피가 낭자한 화장실을 본 수호는 금방이라도 심장마비를 일으킬 것 같은 표정을 지었다. 무슨 변명이라도 해야 하는데, 하고 생각했지만 서우는 아무 말도 못 했다.

그 다음 장면은 희미했다. 서우는 수호가 피 웅덩이를 밟고 곁으로 다가와 자신을 부축했거나, 안았거나, 업어서 안방 화장실로 데리고 갔다고 기억했다. 그리고 바깥에서 기다릴 테니 씻고 나오라고 했거나, 샤워기를 손에 들려준 채 옆에 있었거나, 직접 씻는 것을 도와주었다고 기억했다.

그 다음 장면은 머릿속에 없었다. 하지만 완전히 삭제된 그 기억 속에서 서우가 옷을 갈아입고 머리를 말렸다는 사실은 분명했다. 왜냐하면 바로 다음에 이어지는 장면에서 그녀가 새 옷을 입고 마른 머리를 하고 있었기 때문이다.

몸단장을 새롭게 한 직후의 장면은 제법 명확하게 떠올랐다. 서우와 수호는 조명 빛이 일렁이는 식탁에 마주 앉아 있었다. 부엌에는 무거운 정적이 흘렀다.

한참 만에 그 정적을 흩트린 건 아직 제정신이 아닌 서우였다.

"이제라도 경찰에 신고해야겠어."

그녀는 세뇌된 문장을 읊조리듯이 말했다.

"이건 정당방위야. 허준배가 먼저 날 죽이려고 했다고."

수호는 그녀가 대화를 시도하는 것인지 혼잣말을 하는 것인지 확신하지 못하는 표정을 지으며 일단 대꾸했다.

"그러긴 했지. 하지만 정당방위는 아니야."

"어째서?"

"저 안을 보면 누구라도 아니라고 할 거야."

수호가 문을 닫아둔 화장실을 고갯짓으로 가리켰다.

서우는 차마 그쪽을 쳐다보지 못하고 수호의 얼굴에 시선을 고정한 채 항변했다.

“어쩔 수 없었어. 그냥 보낼 수 없었다고. 1년이나 날 협박하고, 2년 동안 날 죽일 생각만 한 놈이야. 오늘 죽이지 않으면 다음엔 내가 죽을 게 너무 확실했어. 멈출 수 없었어.”

수호가 이해한다는 듯이 고개를 끄덕였다.

“알아. 난 지금 네가 잘못했단 얘기를 하는 게 아니야.”

그리고 침착하게 해명했다.

“자칫하면 감옥에 갈 거란 얘기를 하는 거야.”

그 말을 끝으로 부엌에 다시 정적이 찾아왔다. 이어지는 침묵은 서우에게 불필요한 상상을 하게 만들었다. 마지못해 벗는 의사 가운, 양손에 채워지는 차가운 수갑, 멀찍이 선 엄마의 황망한 얼굴, 눈앞에서 철컹 닫히는 쇠창살, 표정도 배려도 없는 교도관, 온몸에 문신이 가득한 새까만 이빨을 가진 룸메이트.

아주 잠깐 상상했을 뿐인데도 서우는 숨이 막혀왔다. 그녀는 상상 속에서 질식하기 전에 서둘러 입을 열었다.

“아무래도 시체를 없애버려야겠어.”

“무슨 수로?”

서우가 미세한 공황 상태에서 아무 말이나 했다.

“산에 묻든, 물에 담그든. 어쨌든 시체 자체만 없애버리면 되잖아.”

수호가 그럴 줄 알았다는 듯 고개를 저었다.

"그런 식으로는 안 돼. 허준배가 실종되면 경찰들이 수사를 시작할 거야. 그의 마지막 목적지가 여기였다는 게 알려지면 네가 유력한 용의자가 돼."

"그 인간은 여기 오는 동안 아무 흔적도 안 남겼을 거야."

"그래도 안 돼. 허준배는 공공연하게 널 죽이겠다고 협박해왔잖아. 그 인간이 실종된 뒤에 시체도 발견되지 않으면 어쨌든 넌 용의선상에 오르게 될 거야."

틀린 말은 아니었다. 미치기 일보 직전인 서우가 소리쳤다.

"그럼 어떡하라고? 신고도 안 되고, 유기도 안 되면, 도대체 어떻게 하란 말이야!"

그러자 수호가 그 어느 때보다도 차분하게 말했다.

"사실 나한테 아이디어가 하나 있어."

그 다음 장면은 희미하게 떠올랐다. 서우에게 한 가닥 희망을 품게 한 수호는 아무 설명 없이 자리에서 일어났다. 또는 시간이 없으니 나중에 설명하겠다고 말한 후 자리에서 일어났다. 그 길로 창고에서 포장이사 박스와 커다란 비닐을 가지고 왔다. 6개월 전 두 사람이 별거를 결정했을 때 그의 짐을 싸고 남은 것들이었다. 수호는 그것들을 들고 혼자 화장실 안으로 들어갔다. 그리고 오래지 않아 또는 오래 지나서 땀범벅이 된 채 나왔다. 그의 뒤로는 포장된 박스가 있었다. 그는 그 박스를 가리키며 함께 차로 가자고 제안했다.

"미쳤어? 엘리베이터에도 주차장에도 CCTV가 가득한데?"

수호는 누군가 박스에 대해 물으면, 남은 짐들을 처리한 거라고 설명하면 된다며 서우의 걱정을 일축했다. 그리고 주머니에서 차 키를 꺼냈다.

그 다음 장면은 전혀 떠오르지 않았다. 완벽한 블랙아웃이었다. 한 번 눈을 감았다 뜨자 서우가 있는 장소가 집 안에서 차 안으로 바뀌어 있었다. 박스를 옮기고 차에 탑승한 어느 시점이 존재는 했겠지만 기억은 나지 않았다.

서우는 얼떨떨한 기분으로 좌우를 살폈다. 왼쪽으로 운전을 하고 있는 수호가 보였다. 오른쪽으로 깜깜한 창밖 풍경이 보였다. 서우는 일부러 창문을 내려 찬바람을 맞았다. 한기가 서우의 뺨을 치고 지나갔다. 그 순간 그녀는 본능적으로 감지했다. 한바탕 자고 일어난 후 지독한 숙취에서 깨어난 것처럼, 드디어 제정신이 돌아온 게 느껴졌다.

"이제 그만 얘기해 봐."

창틈으로 퇴비 냄새가 들어오기 시작할 무렵, 서우가 말했다.

"아까 말한 그 아이디어라는 게 도대체 뭐야?"

자못 또렷해진 서우의 목소리를 듣고 이제야 제대로 된 대화를 나눌 때가 됐다고 판단한 수호가 슬슬 이야기의 운을 떼었다.

"며칠 전에 영준이 형이랑 술을 마셨어."

영준이 형이라면 경찰청 강력계 차영준 형사를 말하는 것이었다. 수호와는 절친한 사이이고, 서우와도 몇 번 봐서 아는 사이였다.

"그때 형이 취해서 해준 얘기가 있어."

이야기의 출처를 밝힌 수호가 본격적인 설명을 시작했다.

"지금 우리나라에서 세 종류의 특이한 연쇄살인이 벌어지고 있대. 왜 특이하다고 하냐면 살인범들의 범행 대상이 하나같이 강력범죄자들이어서야. 한마디로, 나쁜 놈들을 죽이는 나쁜 놈들이 나타난 거지."

"그런 엄청난 일을 왜 난 처음 들어보지?"

"당연히 처음 들어보지. 극비 수사 중이니까. 생각해 봐. 그런 놈들이 나타났다는 게 알려지면 여론이 얼마나 들끓겠어. 수사를 할 수도 없고, 안 할 수도 없는 상황이 생긴다고."

"그건 그러네. 근데 세 종류라는 건 뭔 소리야?"

"말 그대로. 연쇄살인을 벌이는 놈들이 세 명 또는 세 팀이란 거야."

"그걸 어떻게 알아?"

"시그니처가 세 개거든."

"시그니처?"

"범인이 자신의 존재를 알리기 위해 남기는 흔적 같은 거. 범인이 단독범이라고 가정한다면, 첫 번째 놈은 피해자의 목에 립스틱으로 하트를 그리고, 두 번째 놈은 피해자의 이마에 십자가 낙인을 찍고, 세 번째 놈은 피해자의 입에 죄목을 나열한 종이를 넣는대."

"왜 그런 짓을 하는데?"

"상징성 때문이지. 아무튼 각 시그니처별로 수사 전담팀은 이미 꾸려져 있는 상태래. 영준이 형은 립스틱 건을 맡았다고 하고."

그 순간, 갑자기 차가 위아래로 크게 튀었다. 설명에 열을 올리던 수호가 과속방지턱을 못 보고 지나간 탓이었다. 그는 뒤늦게 속도를 줄이고 좁고 깜깜한 도로에 주의를 두었다. 그동안 서우는 방금 들은 이야기와 트렁크에서 끊임없이 덜컹이는 포장된 박스 사이의 관계를 추론해봤다. 그 둘의 연결고리는 하나뿐이었다.

"그러니까 네 아이디어란 이런 거지?"

서우가 자신의 짐작을 풀어놓았다.

"내 살인을 그들의 살인 중 하나로 만들자는 거지?"

수호가 전방을 주시하며 고개를 끄덕였다.

"맞아. 바로 그거야. 허준배는 원래 범죄자니까 그들의 범행 대상이 돼도 이상하지 않잖아? 허준배의 시체에서 세 개 중 하나의 시그니처만 발견되면, 너는 용의선상에 오르지 않을 거야."

확실히 괜찮은 아이디어였다. 적어도 허준배를 별안간 실종 상태로 만드는 것보다는 나았다. 지금 이 순간, 서우는 용의선상에 올라 교도소에 들어가는 일만 피할 수 있다면 무슨 일이든 해 볼 용의가 있었다. 힘들게 딴 의사 면허와 창창하게 남은 미래를 순순히 반납하고 수감되기에 그녀는 너무 젊었고 억울했다. 자기 자식도 죽인 인간 말종의 인생을 빼앗은 죗값을 서우 자신의 인생으로 치러야 하는 건 계산에 맞지 않았다. 지나치게 가혹했다.

서우는 오래 고민하지 않고 수호의 뜻에 동조했다.

"무슨 말인지 이해했어. 좋아, 해볼래."

새벽 어스름이 깔릴 무렵, 수호의 승용차가 빈 부지에 정차했다. 근처에 인가나 CCTV는 보이지 않지만 사방은 뻥 뚫려 있었다. 빨리 발견되기를 바라는 시체를 버리기에 최적의 장소였다.

본격적으로 시체유기를 감행하기 전, 서우와 수호는 미리 준비해 온 비닐 캡과 라텍스 장갑을 착용했다. 뒤이어 트렁크에서 박스를 내려 테이프를 뜯고 날개를 열었다.

곧바로 비닐에 말린 허준배의 처참한 몰골이 드러났다. 비닐을 제거하자 더 못 볼 참담한 광경이 펼쳐졌다. 그 순간, 갑자기 수호가 욱, 하고 구역질을 했다. 그리고 멀찍한 곳으로 뛰어가서 속을 게워내기 시작했다. 살해 현장을 목격한 후, 몇 시간 만에 처음으로 보이는 인간적인 모습이었다.

원래 술에 취한 두 사람이 함께 있으면 덜 취한 쪽이 더 취한 쪽을 챙기기 마련이었다. 그런 상황에서는 과학적으로 설명할 수 없는 초인적인 힘이 개입했다. 유사한 원리로 반쯤 미친 서우를 초인적으로 챙기고 있던 수호는 서우가 제정신을 찾자마자 그 힘을 상실하고 무너져 내렸다. 서우는 그런 그를 더 이상 몰아붙이고 싶지 않았다. 도움이라면 여기까지 데리고 와준 걸로 충분했다.

"먼저 차에 가 있어."

서우가 수호를 향해 말했다.

"그래도."

수호가 찜찜한 목소리로 대꾸했다.

"괜찮아. 내가 너보다 비위가 강하잖아."

실제로 시각적 충격은 응급실 의사인 서우가 경찰청 경무과 직원인 수호보다 강했다. 이를 인정한 수호는 두 번 거절하지 않고 물러났다. 서우는 차로 향하는 그를 보며 차에서 갖고 나온 핸드백 속에 손을 넣었다. 그리고 붉은 립스틱을 꺼냈다.

세 종류의 연쇄살인 시그니처 중 하나를 택해서 카피해야 한다면 단연 첫 번째 것이었다. 두 번째 것은 십자가 낙인을 찍을 도장이 없었고, 세 번째 것은 죄목을 적어온 종이가 없었다. 그렇지만 붉은 립스틱만은 늘 핸드백 속에 소지하고 다니니 고민의 여지가 없었다.

서우는 립스틱 뚜껑을 열어 새빨간 본체를 길게 뺐다. 그의 짓이겨진 머리 바로 아래, 핏기 없이 뻣뻣하게 굳은 흰 고목 같은 목 위에다가 자그마한 하트를 그려 넣었다.

1 - 5

그날 이후 아무 일도 일어나지 않았다. 세상에서 허준배가 사라진 후, 세상은 그가 원래 존재하지 않았던 것처럼 굴러갔다. 어떤 뉴스도 그에 대해 다루지 않았다. 어떤 경찰도 그를 찾아서 움직이지 않았다. 해피엔딩인지 폭풍전야인지 알 수 없는, 말 그대로 변함없는 매일이 반복됐다.

같은 상황에서 두 사람은 다르게 반응했다. 언제나처럼 자신에게 익숙한 대로 판단하고 움직였다. 기질적으로 낙천성이 다분한 수호는 무소식이 희소식이라고 결론을 내리고 세상과 마찬가지로 허준배를 잊으려고 했다. 반면 뜻밖의 행운을 감사하기보단 두려워하는 서우는 무소식 속엔 위험이 도사리고 있다고 믿었다. 그녀는 최소한 허준배의 시신이 지금쯤 누구 손에 있는지라도 알고 싶었다.

며칠 동안 막연한 불안이 서우의 마음속에 움텄다. 불안은 악몽과 체기를 동반했다. 또한 오래된 습관을 불러왔다. 아홉 살 무렵부터 그녀는 불안할 때마다 손톱을 물었다. 꽤 오래 전에 치료한 습관이었는데 상황이 나빠지자마자 재발했다. 며칠씩 밤낮없이 괴롭혀진 손톱은 깨지고 뜯기고 엉망이 됐다. 이를 자각하면서도 서우는 신경 쓰지 않았다. 대신 다른 이가 신경 썼다.

"또 그런다."

서우가 휴게실 의자에 앉아 손톱을 뜯고 있을 때, 익숙한 목소리가 들려왔다. 고개를 들어 문가를 보자 문턱을 밟고 있는 아영이 보였다. 아영은 직장 바깥에서 만나는 유일한 직장 동료로, 병원에서 서우와 가장 친하게 지내는 의사였다. 그녀가 근무하는 곳은 정신과였다.

"허준배 때문에 불안한 거지?"

며칠 전 서우가 2년 만에 헬리크리섬 다발을 다시 받았다는 사실을 알고 있는 그녀가 지레짐작으로 물었다. 서우는 긍정의 뜻으로 고개를 끄덕였다. 아영의 질문이 정확히는 '허준배가 찾아와서 위협할까 봐 불안한 거지?'라는 의미임을 알았지만 모른 척 넘어갔다. 어쨌거나 자신이 진즉에 찾아온 허준배를 죽이고 연쇄살인범의 범행으로 위장해 놓아서 불안하다고는 말할 수는 없으니 말이다. 그 속내를 알 리 없는 아영은 가까이 다가오며 위로를 건넸다.

"너무 걱정하지 마. 며칠째 아무 일도 없었잖아. 출소했다고

별 수 있어? 다시 들어가기 싫으면 얌전히 있어야지."

그리고 가운 주머니에서 밴드 하나를 꺼내서 내밀었다.

"자, 이거나 거기 붙여."

"됐어. 손톱에 붙이면 일하는 데 불편해."

"손톱 말고 손등."

아영이 서우의 손등을 가리켰다. 과연 그곳에는 붉고 긴 상처가 나 있었다.

"어쩌다 다쳤어?"

"오전 근무 보다가 긁혔어. 별일 아니야."

"조심해. 의사가 다치면 어떡하냐."

아영이 걱정을 타박처럼 했다. 서우는 잠자코 밴드를 손등에 붙였다. 그때 휴게실 안에 핸드폰 진동 소리가 크게 울렸다. 소리의 출처는 서우의 가운 주머니 속이었다. 아영이 편하게 통화하라는 눈짓을 보내며 자리를 떴다.

"무슨 일이야?"

"긴장 풀어. 나쁜 일 아니니까."

수호가 지나치게 낮은 목소리에서 그녀의 불안을 감지하고 말했다.

"사실은 좋은 일이야."

그리고 바로 전화한 용건을 밝혔다.

"좀 전에 화장실에서 우연히 영준이 형을 만났어. 허준배가 이르게 출소했다는 소식을 미리 못 알려줘서 미안하다고 하더라. 그리고 자세히 얘기해줄 수는 없지만 앞으로 허준배에 대해서는 걱정할 필요가 없다고도 했어."

수호가 한 박자를 쉰 후 물었다.

"무슨 뜻인지 알겠지?"

당연히 알 수 있었다. 그 말은 수사 전담팀이 허준배의 시체를 챙겨서 비공개 수사를 진행하고 있다는 뜻이었다. 다른 표현으로, 일이 계획대로 돌아가고 있다는 뜻이기도 했다. 기다리던 소식을 들은 서우는 안도되는 마음을 티 내고 싶었다. 하지만 혹시라도 누가 들을까 봐 최소한의 대답만 했다.

"응. 알아들었어."

그러자 수호 역시 짧게 말했다.

"그래. 그러니까 이제 손톱 좀 그만 괴롭혀."

서우는 엉망이 된 자신의 손톱을 보았다. 보지도 않고 어떻게 알았대? 그녀는 알았다고 얼버무려 대답한 뒤 전화를 끊었다. 마침 휴게실 바깥으로 급하게 지나가는 우석이 보였다. 서우는 늦지 않게 근무지로 돌아가기 위해 자리에서 일어났다.

서우는 긴 복도를 큰 보폭으로 걸었다. 걸어가면서 고무줄을 꺼내 머리를 묶었다.

단발머리를 무리하게 묶으려니 쉽지 않았지만 어쩔 수 없었다. 허준배에게 잡혔던 긴 머리카락이 내내 불결하게 느껴져서 어제 마음먹고 자른 것까진 좋았는데, 오전 근무를 해보니 짧은 머리카락이 자꾸 흘러내려 시야를 가렸다. 서우는 실핀까지 동원해 힘겹게 꽁지머리를 만들었다. 그리고 머리를 묶느라 늦춰졌던 발걸음을 뒤늦게 재촉했다. 그때, 복도 가운데에 자리한 데스크에서 누군가 그녀의 발걸음을 붙잡았다.

"문서우 선생님."

그곳에서 서우를 부를 사람은 한 명뿐이었다.

"네, 현주 씨."

서우가 데스크로 고개를 돌리며 말했다. 현주의 표정이 어쩐지 좋지 않았다. 평소의 활기찬 분위기도 느껴지지 않았다. 서우가 좋지 않은 예감을 가지고 그녀에게 다가갔다.

"무슨 일이세요?"

서우의 물음에 현주가 미리 경고 하듯이 부른 용건을 밝혔다.

"아까 퀵으로 박스 하나가 배달 왔어요."

그리고 데스크 아래에 보관해두었던 작은 박스를 꺼내 건넸다. 서우가 박스를 받자마자 흔들어 보았다. 안에서 달그락거리는 소리가 났다. 소리만으로는 어떤 물건인지 짐작이 가지 않았다. 박스 위에 붙은 스티커에는 물건의 정체도 발신인도 적혀 있지 않았다.

순간 얼굴에 경계심을 드리운 서우가 물었다.

"이거 누가 보냈는지 아세요?"

현주가 난색을 표하며 고개를 저었다.

"아니요. 잘 모르겠어요. 그렇지 않아도 배달 온 직원한테 누가 보낸 거냐고 물어봤는데 잘 모른다고 하더라고요. 본인은 물건만 전달할 뿐, 누가 뭘 보냈는지는 관여하지 않는다고요. 혹시 위험한 물건이면 어떻게 하려고 아무 물건이나 전달하냐니까, 자기는 알바생이라 잘 모른다면서 가버렸어요."

현주가 장황하게 설명을 이어갈 때, 서우는 그녀가 평소와 다른 태도로 자신을 마주했던 이유를 눈치챘다. 아마도 일전에 발신인을 확인하지 않은 헬리크리섬 다발을 기습적으로 건넨 일 때문에 그러는 것 같았다.

그 일 때문에 서우가 엉덩방아를 찧을 정도로 놀랐던 건 사실이지만, 그렇다고 현주에게 유감이 있지는 않았다. 그녀가 이 병원에서 근무를 시작한 지는 이제 겨우 1년 남짓이었다. 3년 전에 있었던 허준배와의 악연에 대해 알 리 만무했고, 그걸 왜 몰랐냐고 탓하는 건 상식적이지 않았다. 서우는 그녀에게 불필요한 죄책감을 남겨두고 싶지 않아서 일부러 과장되게 말했다.

"괜찮아요. 이름도 안 밝히고 이상한 물건을 보내는 사람이 잘못이지, 그냥 받은 사람이 무슨 잘못이에요."

서우는 아무렇지 않게 박스를 가운 주머니에 넣었다. 그 의중을 파악한 현주가 그제야 평소처럼 웃었다. 그리고 덕분에 근무시간에 늦었다는 농담을 남기고 떠나려는 서우에게 데스크 위에 있던 밴드 하나를 내밀었다.

"선생님, 이거 가져가세요."

또 밴드야? 상태가 심각하긴 한가보네, 생각하며 서우가 거절을 표했다.

"괜찮아요. 손톱에 붙이면 일하기가 힘들어요."

"손톱 말고, 목덜미요."

"네?"

"뒷목덜미에 긁힌 상처가 있으신데요. 손톱자국 같은데."

"아, 그거요."

서우가 뒷목덜미를 매만지며 대수롭지 않게 말했다.

"원래 응급실에선 자주 상처가 생기잖아요. 아무튼 고마워요."

말을 마친 서우는 빙긋 미소를 지은 뒤 돌아섰다.

돌아서자마자 미소를 거둔 서우는 복도를 걸으며 다시 한 번 뒷목덜미를 매만졌다. 꽁지머리 때문에 휑하게 드러난 목덜미 위에는 확실히 딱지 앉은 까칠한 상처가 있었다. 응급실에서 상처를 자주 입는 건 사실이지만 이런 곳을 다쳤다면 몰랐을 리 없었다. 이제까지 존재하는 줄도 몰랐던 이 상처의 출처는 다른 곳이었다. 서우는 허준배가 자신의 머리채를 잡아채던 순간을 떠올렸다. 덧붙여 방금 전에 알게 된 소식을 상기했다.

지금 그의 시체를 수사 전담팀이 가지고 있다고 했는데.

생각이 이에 미치자 마음이 급해졌다. 서우는 서둘러 가운 주머니에 손을 넣어 불길한 박스 대신 핸드폰을 꺼냈다. 그리고 최근 전화 상대를 찾아 메시지를 남겼다.

1 - 6

'문제가 생겼어.'

단 한 문장의 메시지를 받은 수호는 퇴근시간이 되자마자 주차장으로 달려갔다. 차에 타서 내비게이션에 설정되어 있는 주소, '우리 집'을 눌렀다.

집에 도착한 수호는 문 닫힌 화장실을 흘깃 본 후, 곧장 서우가 앉아 있는 식탁으로 다가갔다.

"말해 봐. 문제가 뭐야?"

서우는 바로 문제를 말하지 않고, 무슨 문제부터 말할지 고민했다. 이를 눈치챈 수호가 그녀의 고민을 덜어주었다.

"임팩트 강한 것부터 얘기해 봐."

그러자 단박에 결정을 내린 서우가 말했다.

"경찰청 내에 연쇄살인범이 있어."

"뭐?"

상상 이상으로 임팩트 있는 얘기를 들은 수호가 자신도 모르게 목소리를 높였다. 하지만 곧 침착하게 물었다.

"왜 그렇게 생각해?"

"그래야 이게 설명이 되거든."

서우가 식탁 위에 놓여 있던 작은 박스를 내밀었다. 박스 바닥에는 립스틱 하나가 놓여 있었다.

"이게 뭐야?"

"아까 퀵으로 받았어. 내가 허준배의 목에 하트를 그렸을 때 썼던 거랑 똑같은 립스틱이야. 브랜드도 같고 호수도 같아."

수호가 이해 못 하는 표정을 짓자, 서우가 친절하게 설명을 덧붙였다.

"허준배의 목에서 립스틱 시그니처의 성분을 분석하지 않고서야, 똑같은 상품을 알아낼 수는 없잖아? 지금 허준배의 시체는 수사 전담팀이 가지고 있다며?"

미간을 구긴 채 겨우 대화 전개를 따라 잡은 수호가 천천히 고개를 끄덕였다. 그리고 이해와 동시에 떠오른 새로운 질문을 던졌다.

"무슨 말인지 알겠어. 그런데 말이야. 이 립스틱은 퀵으로 왔다며. 그럼 경찰청 내부자를 다 의심할 필요 없이 그냥 퀵 업체에 전화해서 배달을 의뢰한 사람을 확인하면 되는 거 아니야? 그 사람이 곧 연쇄살인범일 거 아니야?"

"그렇지. 그래서 전화해봤지."

서우가 퀵 업체에서 전해 들은 내용을 전했다.

"립스틱 배달을 부탁한 사람은 남자래. 나이는 사십 대 초반. 사무실에 직접 찾아와서 배달을 부탁했고, 계산은 현금으로 했대. 얼굴은 마스크를 쓰고 있어서 못 봤는데, 몸이 아주 좋았다나 봐. 키도 크고 체격도 좋고. 무슨 운동선수 같았다는 말을 세 번이나 했어. 거기서 들은 얘기는 이게 전부야."

서우가 말을 마치자 수호가 음, 하는 신음 소리를 냈다. 그리고 시선을 바닥에 떨군 채 무언가를 생각하기 시작했다. 서우는 잠시 그에게 생각할 시간을 주었다. 하지만 금방 인내심이 바닥나서 말을 걸었다.

"무슨 생각 해? 같이 좀 하면 안 될까?"

"미안. 좀 이해가 안 되는 부분이 있어서."

"어떤 부분?"

"그러니까…… 그 연쇄살인범은 널 어떻게 알았을까?"

"어떻게 알았냐고?"

"응. 엉뚱한 시체가 자기가 죽인 시체로 둔갑해서 열 받았다고 쳐. 그 카피캣이 넌 줄 어떻게 알고 립스틱을 보냈냐고? 이상하지 않아?"

"아, 그게……."

서우가 말꼬리를 흐리다 말이 아닌 몸으로 답을 주었다. 고개를 숙여 뒷목덜미에 붙인 밴드를 보여준 후, 머쓱하게 고개를 들어 올렸다.

"허준배랑 몸싸움 할 때 긁혔나 봐."

수호가 기가 찬 표정을 지었다.

"그 얘기를 왜 이제 하는 거야?"

"나도 오늘 알았어. 아무튼 립스틱 연쇄살인범은 허준배의 손톱에서 나에 대한 단서를 얻었을 거야. 내부자라면 그 정도 정보는 빼돌릴 수 있었겠지."

"그런데 그것도 그것대로 이상하지 않아? 연쇄살인범이 내부자면 전담팀이 수사를 시작한 것도 알고 있을 거 아니야? 그런데 왜 가만히 있지? 네가 진범인 걸 빤히 알면서 뭐 때문에 자기가 한 것처럼 뒤집어써줘?"

"따로 원하는 게 있어서겠지."

"뭐?"

"아직 몰라. 하지만 그냥 뒤집어써줄 리는 없잖아."

서우의 단언에 수호가 슬쩍 반론을 폈다.

"왜? 어쩌면 그냥 뒤집어써줄 수도 있지 않아? 사실 연쇄살인범 입장에서는 열 명을 죽이나 열한 명을 죽이나 마찬가지잖아. 어차피 허준배도 범죄자였는데, 기왕 이렇게 된 거 그냥 눈감아줄 수도……."

서우가 말허리를 잘랐다.

"그냥 눈감아 줄 거였으면 일부러 립스틱을 보내지 않았겠지."

"하긴 그러네."

서우는 속으로 혀를 찼다. 짚을 필요가 없는 쓸데없는 지적을 여러 번 하게 되는 일엔 익숙했다. 수호의 대책 없는 긍정과 속 편한 성격 탓이었다. 이런 문제에 질려버린 서우는 그의 입에서 또 다른 순진한 소리가 나오기 전에 단단히 못박아 말했다.

"분명해. 립스틱 연쇄살인범은 조만간 무언가를 요구하러 올 거야."

누군가 립스틱 연쇄살인범의 시그니처를 모방한 일을 후회하느냐고 묻는다면 서우는 아니라고 말할 것이다. 그 일 없이 그냥 시체를 유기했더라면 지금쯤 허준배의 손톱 밑에서 그녀의 살갗, 다른 말로 생물학적 증거가 나와서 영락없이 수갑을 차고 있을 테니 말이다. 어떤 상황도 그 상황보다는 나았다.

하지만 누군가 립스틱 연쇄살인범의 시그니처를 모방한 일 때문에 두렵냐고 묻는다면 서우는 그렇다고 말할 것이다. 정상적인 인간이라면 언제 어떤 식으로 찾아올지 모르는 연쇄살인범의 방문을 두려워하는 것이 당연했다. 더군다나 그 살인자에게 살인 하나를 빚지고 있는 상태라면 더욱 그랬다.

며칠 동안 서우는 틈만 나면 그나 그녀, 또는 그들이 어떻게 방문할지 상상해봤다. 퀵 업체에서 알려준 정보에 따르면 서우를 찾아올 적은 건장한 체격의 남자였다.

서우는 가능한 모든 조건을 열어두고 가상 시나리오를 세워봤다. 그리고 상상 속에서 최대한 생생하게 시뮬레이션을 해봤다. 많은 상황을 예측해둘수록 실제 그 상황이 닥쳤을 때 당황할 확률이 적었기 때문이다. 무방비 상태로 부주의하게 있다가 기습당하는 일은 허준배 한 번으로 충분했다. 서우는 적 또는 적들이 도어락을 부수고 들어와 칼날을 들이대거나, 깜깜한 주차장에서 전기 충격기를 쏘거나, 으슥한 병원 복도에서 약물 묻힌 손수건을 갖다 댈 상황을 대비해 만반의 준비를 갖추었다. 그 모든 준비가 사실은 무용했음이 머잖아 밝혀졌지만 말이다. 기다리던 적은 그녀가 상상하지 못했던 방법으로 등장했다.

"문서우 선생님."

새벽 당직을 위해 초저녁에 출근했을 때, 병원 정문에서 생소한 목소리가 서우를 불렀다. 소리가 난 방향을 보자 초면인 여자가 보였다. 그녀가 웃으며 말했다.

"잠시 저랑 얘기 좀 하시겠어요?"

적의 등장은 너무 뻔뻔해서 미처 예상할 수 없었다.

인파가 가득한 병원 내 카페 테이블에 두 여자가 마주 앉았다.

같은 커피를 마시고 있는 그들은 언뜻 보면 친구 사이처럼 보였다. 하지만 자세히 보면 무언가 이상했다. 친구라기엔 서로 다른 스탠스를 취하고 있어서였다.

서우는 누가 봐도 알 수 있을 만큼 잔뜩 긴장해 있었다. 딱딱하게 굳은 얼굴을 풀어볼 시도도, 커피 잔에 손을 댈 엄두도 내지 못한 채, 떨리는 손을 숨기기 위해 무릎 위에 내려놓았다. 반면, 여자는 뜨거운 커피를 천천히 음미하며 여유를 부렸다.

여자의 나이는 삼십 대 중반으로 추정됐다. 체구가 아담했고, 얼굴선이 부드러웠다. 전반적으로 조신하고 차분한 느낌이 강했다. 어깨까지 내려오는 웨이브 진 머리, 단정한 블라우스와 스커트 차림이 그런 느낌을 강화했다. 서우는 주위에 가득한 사람들을 둘러보며 생각했다.

누구도 이 여자를 연쇄살인범으로 보지 않겠지?

그리고 이렇게 사람들이 가득한 장소에서 연쇄살인범과 무슨 얘기를 나눌 수 있을지 의문이 들었다. 아무리 등장이 뻔뻔했기로서니 대화를 나눌 장소까지 이런 공개적인 곳을 택할 줄은 몰랐다.

서우는 여자의 저의를 알기 위해 먼저 침묵을 깼다.

"여기서 얘기해도 돼요?"

질문의 의도를 파악한 여자가 즉각 답했다.

"여기니까 하려는 거예요."

서우는 그 답을 이해하지 못했다. 하지만 무슨 소리냐고 되묻지도 못했다. 여자가 먼저 말을 이어갔기 때문이다.

“남편 분이 경찰이죠?”

여자는 테이블 위로 사진 한 장을 올려놓았다. 서우의 아파트 안으로 들어가는 수호의 사진이었다. 입은 옷으로 미루어보아, 사진이 찍힌 날은 퀵으로 립스틱이 온 날이었다. 이는 며칠 전부터, 아니 아마도 그 이전부터 감시해 왔다는 뜻이었다.

서우가 낭패의 기색을 드러냈다. 여자는 여유롭게 말했다.

“비공개인 우리 사건을 어떻게 알고 시그니처를 카피했는지 궁금했는데. 알고 보니 파트너 덕분이었더라고요.”

우리? 서우는 여자가 무심결에 뱉은 단어에 주의했다. 그리고 그녀의 실책을 빌미로 전세를 역전해볼 심산으로 떠보았다.

“우리라고요? 그쪽도 파트너가 있나 봐요.”

하지만 서우의 계산과 달리 여자는 전혀 당황하지 않았다. 오히려 반색했다.

“네, 맞아요. 저도 남편이 파트너예요.”

이건 좋은 징조가 아니었다.

서우는 빙빙 돌리지 않고 바로 궁금한 질문을 던졌다.

“저한테 원하는 게 뭐예요?”

여자가 슬슬 물을 줄 알았다는 듯 선선히 대답했다.

“오늘 새벽 4시쯤 응급실로 교통사고 환자가 들어갈 거예요.

이미 죽었다면 상관없지만 혹시라도 살아있다면…… 죽여줘요."

"뭐라고요?"

뜻밖의 요구에 서우의 사고 회로가 잠시 정지했다. 솔직히 그녀가 예상했던 요구사항은 살인에 필요한 약물이나 주사기, 메스 같은 의료 용품을 훔쳐달라는 것 정도였다. 그런데 직접 살인을 해달라니. 이건 달랐다.

잠시 후, 겨우 정신을 차린 서우가 물었다.

"왜요? 그냥 당신들이 직접 죽이면 되잖아요. 사람 죽이는 게 한두 번도 아닐 텐데 왜 굳이 제 손을 빌리려고 해요?"

"그럴 만한 사정이 있어요."

"무슨 사정이요?"

"그건 말해줄 수 없죠."

"만일 못 하겠다고 하면요?"

"설마 거절하려고요?"

여자가 의외라는 반응을 보였다. 서우는 그 반응이 기가 찼다.

"당연하죠. 그쪽과 달리 전 무자비한 살인자가 아니에요. 허준배를 죽인 건 정당방위였어요. 과하게 대처하긴 했지만 어쨌든 제가 살기 위해서였다고요. 한 번 살인을 했으니 두 번도 쉽게 할 줄 알았나 본데, 전 그렇게는 못해요."

그 말을 들은 여자가 입가에 줄곧 띠고 있던 웃음기를 거두었다. 갑자기 정색하면 무서울 줄 알았는데 예상 외로 그렇지 않았다. 정색한 얼굴에서 분노보다는 안타까움이 묻어나서인 것 같았다. 뒤이어 여자가 유감 섞인 목소리로 말했다.

"그쪽 생각과 달리 저도 무자비한 살인자가 아니에요. 제 사정 때문에 부탁을 하고 있기는 하지만 전 그쪽을 죽이고 싶지 않아요. 진심이에요."

어쩐지 정말 진심처럼 느껴졌다. 순간 서우의 마음속에 잘만 하면 이 위기에서 벗어날 수도 있겠다는 기대가 싹텄다. 그래서 얼른 여자의 말을 잡고 늘어졌다.

"그 말이 진심이라면 그냥 가주세요. 오늘 만남은 없던 일로 할게요. 물론 신고도 하지 않을 거고요. 제가 신고할 입장이 못 된다는 거 알고 있잖아요?"

"알아요. 하지만 이대로 갈 수는 없어요."

"어째서요?"

"제 마음 편하자고 다른 사람들에게 위험을 감수하라고 할 수는 없으니까요."

다른 사람들? 서우가 미간을 찌푸리고 생각했다. 파트너가 남편 한 명이 아니었나? 배후에 누가 얼마나 더 있는 거지? 하지만 그 생각을 오래 할 수는 없었다. 여자가 생각할 틈을 주지 않고 다음 말을 뱉어서였다.

"모든 일에는 우선순위가 있어요. 중요한 건 선택이죠. 만약에 제 요구를 거절한다면 저는 제 사람들을 지키기 위해서 그쪽을 죽일 수밖에 없어요. 물론…….”

그녀는 테이블 위에 놓여있던 사진을 서우 쪽으로 가까이 내밀었다.

“…… 그쪽 남편도요.”

서우가 사진 속 수호를 내려 보았다. 문자 한 통에 한걸음에 달려와 준, 잘못된 시간에 잘못된 장소에 왔다가 차마 아내를 살인범으로 만들 수 없어 얼떨결에 시체유기 공범이 되어버린 운 나쁜 남편, 수호의 얼굴을 뚫어져라 보았다.

그때, 속삭이는 여자의 목소리가 귓가에 울려 퍼졌다.

“디시 물이볼게요. 거절할 건가요?”

1 - 7

응급실의 매 순간은 선택의 연속이었다. 새벽 당직 근무를 서는 몇 시간 동안, 서우는 수십 번의 크고 작은 선택을 했다. 어떤 환자에게 먼저 갈지, 어떤 어시스턴트의 손을 빌릴지, 어떤 치료 방법을 적용할지 끊임없이 생각하고 결정했다. 하지만 정작 가장 고민되는 문제에 대해선 선택을 보류했다.

일하는 내내 여자의 목소리가 들려왔다.

'4시쯤 응급실로 교통사고 환자가 들어갈 거예요. 이미 죽었다면 상관없지만 혹시라도 살아있다면 죽여줘요.'

서우는 그 소리를 무시했다. 물론 다른 소리에도 응답하지 않았다.

'다시 물어볼게요. 거절할 건가요?'

서우는 자주 시계를 보았다.

응급실 내 전자시계에 빨간 숫자 3:00이 떴다. 시간을 확인한 서우는 자신도 모르게 가슴을 움켜쥐었다. 네가 4시에 오면 3시부터 행복할 거라던, 어린왕자 속 여우의 말은 틀리지 않았다. 그 말은 행복이라는 단어만 바꾸면 서우의 심정과 정확히 일치했다. 교통사고 환자가 4시에 오기를 기다리는 그녀의 마음은 3시부터 괴로움으로 가득 찼다. 하지만 남몰래 가슴을 부여잡는 것 외에 달리 괴로움을 표출할 방법이 없었다. 그녀의 손길이 필요한 환자들이 끊임없이 들어왔기 때문이다. 그들을 상대하는 동안 약속한 시간은 지체 없이 흘러갔다.

어느덧 4시 1분 전. 전자시계의 빨간 숫자가 3:59로 바뀌었을 때, 서우는 다시 시간을 확인했다. 그때부터 갑자기 심장이 북처럼 둥둥 뛰기 시작했다. 그러다 가운 주머니 속에서 무전기가 울릴 때, 마침내 쿵 멈추었다.

병원 전속 앰뷸런스와 연결된 무전기에서 구급대원의 목소리가 흘러나왔다.

“5분 내 도착. 수혈이 필요한 환자 들어갑니다. Rh+ O형입니다.”

콜을 받은 동료들의 움직임이 빨라졌다. 그들은 응급실 안팎을 오가며 해당 혈액형의 수혈 팩을 준비했다. 그동안 서우는 동료들을 돕지도 만류하지도 않은 채, 응급실 한가운데에 가만히 서 있었다. 아직 문제에 대한 답을 내리지 못했는데, 문제 그 자체인 환자는 코앞까지 왔으니 말이다.

하지만 5분 후, 정작 그 환자가 간이침대에 실려 눈앞에 나타났을 때는 갑자기 정신이 또렷하게 돌아왔다. 기적적으로 제대로 된 답을 찾아서가 아니었다. 그 환자가 기다리던 문제가 아니어서였다.

수혈이 필요한 환자의 출혈은 모두 왼쪽 팔목에서 나고 있었다. 일자로 갈라진 팔목에서 샘솟는 붉은 피가 알려주는 정보는 명확했다.

"자살 시도자예요."

우석이 말했다. 새벽 2시부터 5시는 하루 중 가장 높은 비율로 자살 시도자가 등장하는 시간대였다. 서우는 일단 시간을 벌었다는 사실에 안도하며 자살 시도자의 상태를 살폈다. 다행히 상처의 깊이는 깊지 않았다. 얼마간 처치에 힘쓰자 곧 자살 시도가 시도로 그치리란 확신이 들었다. 그제야 서우는 고개를 들고 전자시계를 보았다. 그 사이 시간은 제법 흘러 4시 22분이었다.

여자는 분명 4시쯤에 교통사고 환자가 들어올 거라고 했는데. 이미 20분이 넘게 지났다면 중간에 어떤 문제가 생겼을 가능성이 있었다. 어쩌면 살인자들의 계획에 차질이 생겨서, 오늘 교통사고 환자가 들어오지 않을지도 몰랐다. 서우는 최대한 긍정적인 생각을 유지하려고 애썼다. 비록 그 시도는 1분 만에 허사로 돌아갔지만 말이다. 4시 23분 무전기에서 구급대원의 목소리가 흘러나올 때, 서우는 긍정적인 생각을 현실적으로 전환했다.

"3분 내 도착합니다."

현실적으로 생각하면 이번에는 분명했다.

"교통사고 환자입니다."

희망의 끈을 버린 서우가 눈을 질끈 감았다. 아무것도 모르는 우석이 자살 시도자의 상처를 꿰매면서 친절하게 말했다.

"여기는 제가 마무리할게요. 걱정 말고 가보세요."

거절할 명분이 없었다. 서우는 순순히 교통사고 환자를 맞으러 응급실 정문으로 갔다. 막 이송된 환자는 젊은 여자였다. 붉은 머리카락이 인상적이었다.

"이 앞 사거리에서 사고가 났다는데, 호흡이 안 좋아요."

병원 정문에서부터 간이침대를 끌고 온 막내 인턴이 말했다.

"갈비뼈가 부러지면서 폐를 찌른 거 같아요. 어떻게 할까요?"

서우는 아무 말도 하지 않았다. 인턴이 다시 물었다.

"선생님? 어떻게 할까요?"

그 순간 머릿속에서 여자도 함께 물었다.

'다시 물어볼게요. 거절할 건가요?'

서우는 넋 나간 얼굴로 서서 두 질문 모두에 대답하지 않았다.

핸드폰 화면 상단에 AM 5:00이 떴다. 10분 전, 근무지를 이탈한 서우는 바깥 동태를 슬쩍 살폈다. 다행히 문밖에서 느껴지는 기척은 없었다. 서우는 화장실 끝 칸에 숨어서 하던 작업을 계속 했다. 핸드폰으로 인터넷에 접속해 검색창에 같은 이름을 수도 없이 쳤다. '지영란.' 교통사고 환자의 이름이었다.

이름을 알아내는 건 어렵지 않았다. 중앙 데스크에 가서 당직을 서고 있는 간호사에게 몇 마디 하는 걸로 충분했다.

"조금 전에 들어온 교통사고 환자 신분 확인 됐나요?"

"네. 지갑에 신분증이 있더라고요. 보호자하고는 아직 연락이 ……."

"연락은 천천히 하시고요. 이름이 뭐예요?"

"아, 이름은요."

지영란, 처음 이 이름을 알아냈을 때는 이름 석 자만 검색창에 치면 관련 자료가 쏟아져 나올 줄 알았다. 립스틱 연쇄살인자들은 흉악 범죄자만 범행 대상으로 삼는다고 했으니까 말이다. 그런데 예상과 달리 검색 방법을 달리해서 각종 뉴스, 블로그, SNS를 뒤져봐도 지영란에 대한 정보는 전혀 얻을 수 없었다. 무언가 이상했다. 일이 이상하게 돌아간다면 기댈 곳은 한 곳뿐이었다.

서우는 인터넷 창에서 나와 최근 전화 목록에 있는 그의 이름을 눌렀다.

"여보세요."

잠이 덜 깬 수호의 목소리가 들렸다.

"나야. 지영란이란 여자에 대해서 알아봐줘. 최대한 빨리."

뜬금없는 지령에 당황한 수호가 바로 대답하지 못했다. 하지만 '왜? 무슨 일인데?' 같은 질문을 하며 시간을 잡아먹지도 않았다. 그럴 만큼 머리가 나쁜 사람은 아니었다. 단 몇 초 만에 상황을 파악한 그가 깔끔하게 말했다.

"알았어. 조금만 기다려."

수호와의 통화를 끝낸 후, 서우는 응급실로 돌아가기 위해 화장실 문을 열었다. 하지만 바로 밖으로 나가지 않았다. 무슨 바람이 들었는지 갑자기 엄마 목소리가 듣고 싶어져서였다.

평소 그녀는 엄마와 자주 연락하지 않았다. 천성 반 환경 반의 영향으로 엄마에게 살가운 딸이 못 되었다. 스무 살에 서울로 상경한 이후에는, 생일이나 명절이 아니면 굳이 시간을 내어 찾아가지도 않았다. 그런데 이상하게도 남에게 털어놓을 수 없는 고민이 생기면 문득 엄마 목소리가 듣고 싶어졌다. 고민 해결을 바라는 건 무리였고, 고민을 들어달라는 것도 아니었으며, 그냥 핏줄의 신비에 기대 일말의 힘이나 얻고자 함이었다.

서우는 엄마에게 전화를 걸었다. 오래지 않아 엄마가 전화를 받았다.

"무슨 일이야? 이 시간에?"

간만의 통화치고 퉁명스러운 반응이었다. 엄마다웠다.

"그냥 안부 전화."

"어떤 인간이 새벽 5시에 안부를 물어?"

"5시 10분이야. 그리고 엄마는 어차피 이 시간에 일어나잖아."

사실이었다. 28년 전 아빠가 갑자기 돌아가신 후, 홀로 가계를 책임지게 된 엄마는 매일 새벽 5시에 일어나 장사를 나갔다. 그렇게 번 돈으로 딸을 의사 만들어서 더는 일을 하지 않아도 될 만큼 충분히 용돈을 받지만, 그럼에도 하던 장사를 계속했다. 그러니까 새벽의 전화가 딱히 엄마의 잠을 깨운 건 아니었다.

서우는 조금의 미안함도 없이 통화의 목적에 충실한 질문을 했다.

"잘 지내지?"

엄마가 대수롭잖게 대답했다.

"그렇지 뭐. 너는? 밥은 잘 먹고 다녀?"

"응. 잘 먹고 다녀."

"됐다, 그럼."

엄마의 말에 서우는 소리 없이 웃었다. 생전 연락 없던 자식이 새벽 댓바람부터 전화를 하면 무슨 일이냐고 자세히 물어볼 법도 한데, 엄마는 수많은 질문들을 단지 밥 잘 먹느냐는 질문 하나에 녹여버렸다. 그건 엄마만의 기준이었다. 무슨 일이 있든 숟가락 들 힘이 있으면 아직 살 만하다는 것.

어떤 자식들은 엄마의 이런 무정함이 싫다 하겠지만, 서우는 그렇지 않았다. 엄마는 모든 일에 무정한 만큼 어떤 일도 어려워하지 않았다. 그녀가 항상 주장하기를, 쓸데없는 감상에서 한 발

자극만 벗어나면 고단한 세상살이가 한결 편해진다. 삶을 대하는 엄마의 이러한 철학은 서우의 삶에 어려움이 닥쳐올 때마다 도움이 됐다.

용건대로 안부를 확인한 엄마가 잘라 말했다.

"이제 출근 준비해야 된다. 조만간 집에나 한번 와."

서우는 순순히 엄마를 보내주었다.

"응, 그럴게. 들어가요."

짧은 통화를 끝낸 후, 서우는 업무에 복귀하기 위해 화장실 밖으로 걸음을 옮겼다. 그때 예상보다 빨리 핸드폰이 울렸다. 발신인, 이수호. 받지 않을 수 없었다.

서우는 전화를 받으며 대뜸 물었다.

"알아봤어?"

완전히 잠이 깬 수호가 평상시와 같은 목소리로 말했다.

"응. 경찰청 DB에 지영란에 대한 자료가 있었어. 사실은 꽤 많았어."

"그 여자, 어떤 사람이야?"

"예상하고 있겠지만 좋은 사람은 아니야. 강남에서 활동하는 마담이라는데 미성년 성매매와 깊은 관련이 있어. 납치, 마약하고 연관 있다는 정황도 있고. 아직 물증이 없어서 체포된 적은 없지만 질 나쁜 범죄자인 건 확실해."

어쩐지. 왜 인터넷에 정보가 없나 했더니 체포된 적이 없어서였구나.

이해가 가지 않던 문제를 납득한 서우가 말없이 고개를 끄덕였다. 그러자 그녀의 말을 기다리고 있던 수호가 조심스럽게 물었다.

"근데, 이제 물어봐도 돼? 갑자기 지영란에 대해서는 왜 알아보라고 한 거야?"

"당장 참고할 일이 있어서. 자세한 얘기는 나중에 해줄게."

"괜찮은 거지?"

"응. 괜찮아."

서우가 짧은 머리칼을 쓸어 올리며 말했다.

"내가 알아서 해결할게."

새벽 5시 반에 중환자실로 향하는 복도는 고요했다. 서우는 당당한 걸음으로 그곳을 지났다. 데스크를 지키는 간호사와 눈이 맞았지만 상관하지 않았다. 지나가는 인턴의 인사를 받고도 개의치 않았다. 어차피 못 갈 곳에 가는 게 아니었으므로 조심히 행동하는 편이 더 이상했다.

무사히 중환자실에 입성한 서우는 곧장 지영란이 누워 있는 침대로 갔다. 응급 수술을 받은 그녀의 몸에는 각종 기계장치가 주렁주렁 매달려 있었다. 혹시 몰라 붙여둔 목숨이었다. 하지만 언제 떨어져 나가도 이상하지 않았다.

서우는 침대에 몸을 밀착시키고 지영란을 내려 보았다. 하필이면 그녀는 깨어 있는 상태였다. 눈을 끔뻑이며 자신을 살려준 의사를 아무런 의심 없이 올려 보았다. 그녀와 눈이 마주치는 순간, 서우의 마음이 살짝 흔들렸다. 하지만 결심이 꺾일 정도는 아니었다. 그녀는 일부러 아까 여자가 했던 말을 떠올렸다.

'모든 일에는 우선순위가 있어요. 중요한 건 선택이죠.'

지당한 말이었다. 이 문제에 대해서라면 서우는 누구보다 할 말이 많았다. 응급실에 들어온 환자들 중 누구를 먼저 치료할지 우선순위를 정하고 선택하는 것이 매일같이 그녀가 하는 일이었으니 말이다.

그 선택은 쉬울 때도 있고 어려울 때도 있었다. 최근에 내렸던 선택 중 가장 어려웠던 일은 음주운전 차에 치인 모자 중 한 명만 선택해 수술실에 보내야 하는 일이었다. 당시, 서우는 엄마와 아들 중 아들을 택했다. 그리고 만일 아들과 음주운전자 또는 엄마와 음주운전자 중 한 사람을 수술실에 보내야 했다면 선택이 더 쉬웠을 거라고 남몰래 생각했다. 인간의 목숨은 모두 귀하다는 쓸데없는 감상에서 벗어나서 상식적으로만 생각하면, 죄 없는 사람과 죄 많은 사람 중 전자가 더 살 가치가 높은 건 당연했다.

같은 논리를 적용하면 현재 당면한 문제에 대한 답 또한 명쾌하게 나왔다. 경찰청에서 주시하고 있는 미성년 성매매 주범인 지영란의 목숨 한 개와 불가피하게 범죄를 저지르긴 했지만 기본적으로는 성실한 시민이자 납세자인 문서우와 이수호의 목숨 두 개를 저울에 놓고 재면, 당연히 후자의 값어치가 더 높았다.

우선순위를 선택했으니, 남은 일은 실행뿐이었다.

서우는 중환자실 내 CCTV를 등지고 섰다. 그리고 가운 주머니에서 작은 유리병을 꺼냈다. 그 유리병 안에는 앞으로 수 시간 내에 심부전을 일으킬 약물이 담겨 있었다. 서우는 주사기를 이용해 약물을 유리병에서 지영란의 팔에 꽂힌 링거호스로 옮겼다. 그 동안 지영란은 무방비하게 서우의 움직임을 눈으로 좇았다. 아무 상념 없이 잠잠하기만 하던 그녀의 눈동자에 갑자기 두려움이 드리우며 떨리기 시작한 건, 약물을 모두 옮긴 서우가 입모양으로 이렇게 말했을 때였다.

"미안해요."

1 - 8

햇살이 따뜻했다. 바람도 선선했다. 유난히 날씨가 좋은 아침이었다. 서우는 멍한 얼굴로 병원 정원을 거닐다가 빈 벤치를 발견하고 앉았다. 고개를 위로 들자 떠가는 구름이 보였다. 그대로 눈을 감자 새 지저귐이 들렸다. 마치 꿈속에 있는 것 같은 기분이었다.

서우는 비현실적인 감각에 기대어 머릿속 생각을 지웠다. 마음속 감정도 없애고, 시간의 흐름도 잊었다. 거짓인 줄 알면서도 놓치고 싶지 않은 평화가 찾아왔다. 하지만 그런 유의 평화는 오래 갈 수 없었다. 머잖아, 하이힐 소리가 가까워져 오며 서우의 현실 감각이 되살아났다.

하이힐의 주인은 서우에게 드리웠던 햇살을 자신의 그림자로 가리고 말했다.

"컨디션 나빠 보이네."

아영의 목소리였다. 서우가 천천히 눈을 떴다.

"나니까 이 정도 버티고 있는 거야."

진심이었다. 다른 사람은 같은 상황에서 자신만치의 정신을 유지하지 못할 거라고 서우는 생각했다. 그 속내를 모르는 아영은 네가 웬일로 평정을 잃고 미약하게나마 정신을 놓았느냐는 의아한 표정을 지었다.

"새벽에 들어온 교통사고 환자 죽었다던데. 설마 그 일 때문이야?"

"응. 그 일 때문이야."

"의사가 모든 사람을 살릴 순 없지. 어쩔 수 없는 일인 거 알잖아."

"맞아. 어쩔 수 없는 일이었어."

분명 서로 다른 소리를 하고 있는데, 묘하게 대화가 이어졌다. 그 이상한 대화의 끝에 아영이 서우에게 손을 내밀었다.

"그러지 말고 아침이나 먹으러 가자."

"별로 생각 없는데."

"난 있어. 같이 먹어줘."

아영은 내민 손을 거두지 않았다. 서우는 할 수 없이 그 손을 잡고 일어났다.

두 사람은 함께 구내식당으로 갔다. 메뉴 구성은 평소와 다르지 않았다. 밥, 국, 고기반찬 하나, 나물반찬 둘, 그리고 김치.

서우는 밥과 반찬을 적게 담았다. 간밤에 살인을 하고 입맛이 돌면 사람도 아니지 않은가. 서우는 아영과 마주 앉아 겨우 수저질을 시작했다. 그런데 의외로 밥이 잘 먹혔다.

"입맛 없는 거 맞아?"

식판을 싹싹 비우고 있는 서우를 보고 아영이 타박했다. 서우는 머쓱해하면서도 숟가락을 놓지 않았다. 어째 먹으면 먹을수록 허기가 더해져서 결국 밥을 더 담아 왔다. 엄마의 기준대로라면 아직 살 만한 게 분명했다.

뜻밖의 거나한 식사를 끝낸 후, 서우는 아영과 헤어졌다. 어제 새벽 당직을 섰으니 오늘은 오프였다. 서우는 맡겨둔 가방을 찾기 위해 데스크로 갔다. 이미 출근해 있는 현주가 보였다.

현주는 다가오는 서우를 향해 눈웃음을 지으며 입가를 가리켰다.

"웬일로 아침식사를 하고 가시나 봐요?"

서우가 입가에 손을 대었다. 김칫국물이 묻어났다.

"아, 티 내고 다녔네요. 주 선생이랑 같이 먹었어요."

현주가 웃으면서 알 수 없는 소리를 했다.

"그럼 이제 다른 친구 분이랑 커피 마시면 되겠네요."

"다른 친구요?"

"좀 전부터 기다리셨는데, 약속하신 거 아니셨어요?"

현주가 복도 한쪽을 가리켰다. 서우가 그 방향으로 고개를 돌렸다. 그녀가 보였다. 누구도 연쇄살인범이라고는 상상하지 못할 아담하고 어여쁜 여자.

여자가 서우에게 한 발짝 다가오며 말했다.

"그럼 이제 커피 마시러 갈까요?"

서우가 커피를 내밀었다. 여자가 마지못한 기색으로 받았다.

"꼭 여기서 얘기해야 해요? 저번에 갔던 곳이라도 가죠."

"됐어요. 우리가 두 번씩이나 카페에서 노닥거릴 진짜 친구 사이는 아니잖아요? 빨리 용건만 얘기하고 가요."

서우가 종이컵에 담긴 자판기 커피를 마시며 말했다. 여자가 어깨를 으쓱하고 아래를 내려 보았다. 그녀의 시야에 성냥갑 크기의 자동차들과 성냥보다 작은 크기의 사람 정수리들이 들어왔다. 그들이 있는 곳은 병원 옥상이었다.

잠시 후, 여자가 지상에서 서우에게로 시선을 돌리고 말했다.

"지영란 씨, 심장마비로 사망했다고 들었어요."

"그렇게 처리하는 게 뒤끝이 없을 것 같았어요. 문제 있나요?"

"전혀요. 도와줘서 고마워요."

"도와준 거 아니에요. 살려고 한 거지."

"어쨌든요. 평소처럼 해결할 수 없어서 곤란했거든요."

여자가 싱긋 웃으며 말했다. 보통 서우는 상대가 웃으면 이유도 모른 채 따라 웃는 부류의 사람이었다. 하지만 이번엔 웃지 않았다. 대신 정색하고 물었다.

"뭐 하나 물어봐도 돼요?"

"뭐든지요."

"왜 이런 일을 하세요?"

주제넘은 질문이란 것을 알았다. 하지만 너무 궁금해서 묻지 않을 수 없었다. 여자는 얼굴색 하나 안 변한 채 담담하게 말했다.

"혹시 아이가 있나요?"

서우가 천천히 고개를 저었다. 아이를 품었던 적은 있지만 아이가 있었던 적은 없었다. 아이가 있었으면 해서 노력했지만 뜻대로 되지 않았다.

8개월 전, 서우는 세 번째로 품었던 아이를 유산했다. 그때 그녀는 실망하고, 상심하고, 자책했다. 반면 수호는 포기했다. 매사에 낙천적이고 독기가 없는 그는 아이를 갖는 일에서도 마찬가지였다. 그는 비자발적인 2인 가구의 삶도 나름 나쁘지 않다고 쉽게 결론짓고, 더 이상 아이를 가지려는 열의를 보이지 않았다. 그것이 두 사람이 별거를 하게 된 결정적인 계기였다.

서우는 아이라는 단어가 촉발한 개인적인 생각에 잠시 빠져들었다. 그때 여자가 질문에 대한 답을 뒤늦게 주며 그녀의 주의를 돌려놓았다.

"저는 있었어요. 지금은 없고요. 그게 이 일을 시작하게 된 이

유예요."

그제야 서우는 사사로운 생각을 그치고 여자를 보았다. 씁쓸한 얼굴로 짐작컨대 자세한 사연은 듣지 않아도 알 만했다. 서우가 조심스럽게 입을 뗐다.

"마음은 알겠는데 범죄자들을 죽인다고 아이가 살아 돌아오진 않아요."

"알고 있어요."

"아무리 많은 범죄자들을 죽여도 세상은 바뀌지 않을 거고요."

"그것도 알아요. 그런 대단한 일을 하려는 게 아니에요."

여자가 핸드백에서 사진 한 장을 꺼내며 말했다.

"그냥 마땅히 살아야 할 사람을 한 명이라도 더 살리려는 거예요."

서우는 사진을 보았다. 사진 속에는 아는 아이가 있었다. 그녀가 기억하는 모습보다 살이 있고 혈색이 좋았지만 분명히 그 아이였다. 어느 새벽 서우 앞에 누워 있던, 짧고도 허망한 삶을 응급실에서 마감한 아이. 허준배만 아니었다면 오래 살 수 있었을, 마땅히 허준배보다 오래 살아야 했던 허준배의 아들.

서우가 활짝 웃고 있는 사진 속 아이를 보고 있을 때, 옆에서 여자가 말했다.

"전 사람 목숨이 모두 같다고 생각하지 않아요. 서우 씨는 아니에요?"

아닐 리 없었다. 불과 몇 시간 전에 자신과 수호와 지영란의 목숨을 저울에 올려놓고 값어치를 재어본 이가 바로 서우였다. 하지만 그녀는 굳이 그런 이야기를 입 밖으로 하고 싶지 않았다. 그래서 여자의 말을 부정하지 않은 채 침묵을 고수하는 것으로 답을 대신했다. 여자도 딱히 답을 바란 건 아니었는지 재차 묻지 않았다. 대신 서우가 보고 있는 사진 위로 명함 하나를 내밀었다.

서우가 깜짝 놀라서 물었다.

"이게 뭐예요?"

여자가 부러 여유로운 미소를 지으며 말했다.

"보름 후, 저녁 8시에 남편 분과 같이 여기로 오세요."

"왜요? 우리 사이에 볼 일은 이제 끝났잖아요."

"사람 인연은 어떻게 될지 알 수 없죠."

알쏭달쏭한 말을 남긴 여자가 서너 걸음 뒷걸음질 치기 시작했다. 그러더니 이내 뒤돌아서 옥상 문을 향해 천천히 걸어갔다. 작별인사도 없이 떠나는 여자의 뒷모습을 보며 서우는 그녀를 잡아야 하나 말아야 하나 고민했다. 하지만 곧 말기로 했다. 지금 잡아봐야 제대로 된 설명을 들을 수 있을 리 없었다. 눈치가 조금이라도 있는 사람이라면 누구나 오늘의 만남은 여기까지란 걸 알았을 거다.

옥상에 혼자 남은 서우는 다음 만남을 기약해야 할지 말아야 할지 고민하며 여자가 남기고 간 명함을 보았다. 검은 색지로 만들어진 명함 한가운데엔 금박으로 된 문구가 박혀 있었다. 서우는 그 문구를 소리 내어 읊조려 보았다.

"레스토랑 사이크."

2

2 - 1

사이크는 '작은 시내'라는 뜻이다. 하지만 레스토랑 사이크는 결코 작지 않았다. 인터넷으로 찾아본 바에 따르면, 8년 전에 개업한 레스토랑 사이크의 규모는 엄청났다. 2층짜리 건물은 화려했고, 정원으로 조성된 부지도 드넓었다. 고급 이탈리안 요리를 주 메뉴로 삼는 그곳은 미리 예약을 하지 않으면 당일에 기다려서 들어가는 건 엄두도 못 낼 정도로 연중연시 손님들이 넘쳐났다.

그런데 왜 하필 이런 이름으로 지었을까?

서우는 인터넷에 뜬 레스토랑 사이크의 사진을 보며 고개를 갸웃했다. 하지만 그 고민을 오래하지는 않았다. 그보다 더 중요한 고민거리들이 넘쳐나서였다.

립스틱 연쇄살인범들의 정체는 무엇일까?

그들은 왜 그들의 카피캣들을 레스토랑으로 초대했을까?

옥상에서 여자에게 명함을 받은 이후, 서우는 틈만 나면 이런 고민들을 떠올리고 납득할 수 있는 답을 찾아보았다. 하지만 어떤 답도 만족스럽지 않았다. 상황은 수호라고 다르지 않았다. 서우에게 레스토랑 건에 대해서 전해 들은 그는 매일같이 살인범들의 정체와 초대의 의도에 대해 고민해봤지만 역시 그럴 듯한 답을 찾지 못했다. 그렇다면 답을 알 수 있는 방법은 하나뿐이었다.

직접 초대에 응해서 알아보는 것.

여자가 말했던 날짜에 맞춰 서우와 수호가 만났다. 집 앞에서 마주한 그들은 서로의 생소한 모습을 보고 놀랐다. 두 사람 모두 가지고 있는 가장 좋은 옷을 입고, 할 수 있는 최선의 실력을 발휘해 몸치장을 마친 상태였다. 고급 레스토랑에 어울리는 격식을 갖추려는 의도 반과, 살인자들이 어디서 뭘 하는 인간이든 상관없이 그 앞에서 꿀리고 싶지 않다는 자존심 반의 결과였다.

정각 8시에 서우의 차가 목적지에 도착했다. 레스토랑 사이크의 규모는 소문대로 상당했다. 잔디가 깔린 커다란 정원에 석조 조각상들이 점점이 서 있었다. 그 정원 한가운데에 2층으로 된 르네상스식 건물이 우뚝 솟아 있었다. 그 건물 주변을 앤티크한 가로등들이 에워싸서 밝히고 있었다.

언뜻 유명한 기념관이나 박물관처럼 보이는 사이크의 외관은 레스토랑치고 독특했다. 그리고 사이크의 분위기는 독특하다 못해 특별했다. 여느 고급 레스토랑이 풍기는 허세 대신 압도적인 장엄함이 느껴졌다. 주위에 안개가 전혀 없는데도 안개가 깔려 있다는 착각이 들 만큼 짙고 무거운 장엄함이었다.

그 특별한 분위기에 눌린 서우가 사이크에 입성하기 전부터 어깨를 움츠렸다. 수호 역시 긴장해 마른침을 삼켰다. 두 사람은 서로를 한 번 쳐다본 후, 겨우 발을 맞춰 정원을 가로질렀다. 그리고 정문 앞에 서서 다시 한 번 눈을 맞추었다.

"준비됐어?"

서우의 물음에 수호가 천천히 고개를 끄덕였다. 두 사람은 힘찬 기세로 함께 정문을 열어젖혔다.

그러자 곧바로 예상 밖의 소란함이 그들을 휘감았다. 마치 다른 차원의 문을 연 것처럼, 고요한 바깥세상이 꿈인지 이곳이 꿈인지 구별이 되지 않지만 아무튼 한쪽은 분명히 꿈인 것 같은 너무나도 다른 분위기의 실내 풍경이 펼쳐졌다.

사이크의 홀에는 수십 개의 테이블이 있었다. 모든 테이블마다 손님들이 빈틈없이 앉아 있었고, 그 사이사이를 웨이터들이 빠르게 지나다녔다. 꼭 야밤의 서커스 장처럼 분주하고, 떠들썩하고, 시끌벅적한 기운이 홀 전체에 가득했다.

뜻밖의 광경에 혼을 빼앗긴 서우와 수호는 안으로 발을 들이지 못하고 문가에 가만히 서 있었다. 그때 한 남자가 다가와 말을 걸었다.

"혹시 예약하셨나요?"

턱시도를 차려입은 그는 매니저로 추정됐다. 수호는 아니라고 말할 셈으로 입을 열었다. 하지만 한발 빨리, 서우가 답했다.

"네, 예약했어요."

"성함이 어떻게 되시나요?"

"문서우예요."

매니저가 손에 들고 있던 패드를 보더니 미소를 지었다.

"8시 맞으시네요. 이쪽으로 오세요."

이 큰 레스토랑에서 어떻게 접선하나 했는데 역시 이런 방법이었구나, 하고 생각하며 서우는 따라갔다.

매니저는 서우와 수호를 홀 한가운데로 데리고 갔다. 그리고 샹들리에 바로 밑에 있는 6인용 테이블로 안내했다.

"주문은 지금 하시겠어요? 일행 분들이 오면 하시겠어요?"

"일행이 오면 할게요."

"네. 그럼 이따가 다시 오겠습니다."

매니저가 목례를 하고 물러났다. 곧바로 서우는 주변을 스캔했다. 근처 테이블에는 가족, 연인, 회사 단위로 온 사람들이 있었다. 그들은 이탈리안 요리를 먹으면서 다정하게 또는 심각하게, 저들끼리 대화를 나누느라 바빴다. 대화 내용은 들리지 않았지만 어쨌거나 딱히 수상쩍거나 위험해 보이는 사람은 없었다.

서우는 시선을 좀 더 멀리 펼쳐서 홀 전체를 보았다. 그때 마침 정문을 열고 들어오는 두 남녀가 보였다. 팔짱을 끼고 있는 그들은 밝은 인상이나 튀는 복장으로 짐작컨대 쾌활한 커플 같았다. 파란 양복을 입고 있는 남자는 사십 대 초반, 노란 원피스를 입고 있는 여자는 이십 대 후반으로 짐작됐다. 나이 차이가 많이 난다는 점을 제외하면 그들도 딱히 수상쩍거나 위험해 보이지 않았다. 그런데 서우는 이상하게 그들에게 눈을 뗄 수가 없었다. 그리고 곧 그 이유를 알게 됐다. 그들에게 다가간 매니저가 손끝으로 서우가 앉아 있는 테이블을 가리켰기 때문이다.

"일행 분들 오셨습니다."

눈앞에 커플을 데리고 온 매니저가 활짝 웃으며 말했다.

"그럼 즐거운 시간 보내십시오."

서우는 긴장으로 굳어가는 어깨를 애써 펴면서, 의자를 빼는 커플을 쳐다봤다. 그들은 속으로는 어떤지 모르겠지만 겉으로는 꽤나 호의적으로 굴었다. 의자에 앉자마자 친절하고 다정한 미소를 입가에 띠고 매너 좋게 자기소개를 시작했다.

"처음 뵙겠습니다. 베니 킴이라고 합니다."

네 사람 중 제일 연장자로 보이는 파란 양복을 입은 남자, 베니가 말했다. 그는 인사와 동시에 명함을 내밀었다. 외모만 보고는 교포인 사업가라고 예상했는데, 명함을 보니 교포인 대학교수였다. 베니는 함께 온 여자를 와이프라고 설명한 후, 그녀를 향해 고개를 돌렸다. 곧바로 여자가 자기소개를 이었다.

"반가워요. 손지나예요."

노란 원피스를 입고 금발로 물들인 머리를 올려 묶은 여자, 지나가 말했다. 그녀는 명함은 주지 않고 미스코리아처럼 손만 흔들었다. 실제로 그녀는 미스코리아만큼 예뻤다. 본인도 이를 아는지 표정이나 몸짓에서 과한 자의식이 느껴졌다.

짧게 인사를 끝낸 여자가 서우를 쳐다보았다. 자연스럽게 다음 소개 순서를 이어받은 서우가 평소보다 고양된 목소리로 말했다.

"안녕하세요? 문서우입니다. 명함은 미처 못 챙겼는데 대학병원 의사입니다."

서우는 일부러 의사라는 단어에 힘을 주어 말했다. 평소 그녀는 직업을 내세워 존중을 바라는 건 꼴불견이라고 생각했다. 하지만 평소와 같지 않은 불리한 상황에서는 직업이나마 자신의 가치를 올려주길 바랄 수밖에 없었다. 무엇이 됐든 이 테이블에서는 가지고 있는 패는 전부 써야 했다.

낯간지러운 인사를 마친 서우는 얼른 수호를 보았다. 마지막으로 자기소개를 하게 된 수호가 사무적으로 말했다.

"반갑습니다. 이수호입니다. 경찰청에서 일하고 있습니다."

그 역시 서우와 비슷한 이유로 경찰청이란 단어에 미묘한 악센트를 주었다.

빠르게 통성명을 마친 네 사람은 잠시 동안 말없이 서로를 보았다. 여느 비즈니스 미팅에 존재하는 어색한 정적과는 비교할 수 없는 숨 막히는 정적이 흘렀다. 하지만 다행히 그 정적은 오래가지 않았다. 딱 봐도 네 사람 중 정적을 가장 못 견뎌할 타입인 지나가 먼저 입을 열었기 때문이다.

"그나저나 언니. 오늘 만나면 물어보고 싶은 게 있었는데요."

지나는 서우에게 몸을 기울이고 말했다. 언제 봤다고 언니? 서우는 그녀가 멋대로 붙인 호칭이 거슬렸지만 티 내지 않고 대꾸했다.

"뭔데요?"

그러자 지나가 서우를 향해 몸을 더 기울이며 속삭였다.

"왜 하필 내 시그니처를 따라했어요?"

내 시그니처? 우리가 아니라 내 시그니처라고? 지나의 말이 선뜻 이해가 가지 않은 서우가 자신도 모르게 눈썹을 꿈틀거렸다. 곧바로 이를 캐치한 지나가 그 이유를 눈치채고 입꼬리를 올렸다.

"아, 아직 아무 얘기 못 들었구나. 난 또 대충 설명을 듣고 온 줄 알았죠."

"무슨 설명이요?"

"말하자면 길긴 한데."

지나가 흥미로운 표정을 지으며 설명을 시작할 것처럼 운을 뗴었다. 바로 그때 베니가 지나의 손등 위로 자신의 손을 포개 올리며 만류했다.

“기다려, 자기야. 설명은 이따 그 사람들이 할 거야.”

그리고 서우와 수호를 보며 말했다.

“그 전에 우리는 먼저 식사부터 하죠?”

말을 마친 베니는 테이블 위의 메뉴판을 모두에게 나누어주었다. 지나가 익숙하게 메뉴판을 받아 펼쳤다. 하지만 서우와 수호는 메뉴판을 받기만 할 뿐 보지는 않았다. 한가로이 밥을 먹을 기분이 아닌 그들은 아직 비어 있는 두 개의 의자를 보며 미동하지 않았다. 그러자 베니가 곤란하다는 얼굴로 말했다.

“그러지 마세요. 레스토랑에서 식사를 안 하면 이상해 보이잖아요.”

수호가 못마땅한 기색을 숨기지 않고 대꾸했다.

“그러니까 왜 하필 여기로 부른 거예요?”

베니가 메뉴판을 들어 올려서 얼굴을 가리고 대답했다.

“여기여서 부른 거예요.”

순간 서우는 비슷한 말을 들었던 기억을 떠올렸다. 인파가 가득한 병원 카페였다. 서우가 여기서 얘기해도 되냐고 물었을 때, 여자가 말했었다.

‘여기니까 하려는 거예요.’

서우는 고개를 들고 주위를 둘러보았다. 그러고 보니 유사했다. 레스토랑이 병원 카페보다 훨씬 정도가 심하긴 했지만, 어쨌든 분주하고, 떠들썩하고, 시끌벅적한 공개적인 장소라는 점에서는 같았다.

뒤늦게 서우는 여자가 한 말을 이해했다. 또한 베니가 한 말도 이해했다. 바로 그때, 베니가 방금 서우가 이해한 바를 친절하게 설명해주었다.

"이런 레스토랑에서는 갖가지 얘기가 오가죠. 정치, 사업, 연애, 뒷담화 등등."

그는 메뉴판으로 얼굴을 가린 채 낮은 목소리로 말했다.

"살인은 연쇄살인 속에 숨기는 게 좋듯이, 살인 모의는 갖가지 모의가 판치는 장소에서 하는 게 좋아요."

2 - 2

10시 정각. 레스토랑 사이크가 영업을 종료했다. 9시 30분부터 마감시간을 고지받은 손님들이 하나둘 자리를 떴고, 정확히 10시에 마지막 손님이 나갔다. 매니저가 정문을 걸어 잠그자 사이크의 전 직원이 청소를 시작했다. 순식간에 넓은 홀이 닦이고, 수많은 테이블이 정리됐다. 오직 홀 한가운데의 테이블만이 누구의 손길도 받지 못한 채 그대로 남겨졌다. 오너의 지시 때문이었다.

홀 한가운데 테이블에서 진즉에 식사를 마친 네 사람은 비즈니스차 할 말이 있으니 남아달라는 오너의 말을 전달받고 자리를 뜨지 않았다. 청소를 마친 사이크의 전 직원이 떠나고 샹들리에 불이 꺼져도 마찬가지였다.

자정 무렵, 고요하고 어두운 홀에 남은 사람은 오직 네 사람뿐이었다. 그리고 남은 빛은 테이블 위에 놓인 촛불뿐이었다. 식사 때부터 그 자리에 있었지만, 주위가 깜깜해지자 갑자기 그 존재감이 빛났다. 서우는 일렁이는 촛불에 시선을 고정하며 잠자코 다음에 벌어질 일을 기다렸다. 얼마 후 그들이 나타났다.

이 모임의 주최자인 두 남녀가 어둠을 뚫고 모습을 드러냈다.

“다 모이셨네요.”

둘 중 아는 얼굴인 여자가 먼저 말했다.

“정식으로 인사드릴게요. 김혜선입니다. 저희 부부는 이곳을 같이 경영하고 있어요. 저는 오너이고, 이이는 메인 셰프예요.”

짧게 소개를 마친 혜선이 옆에 선 남자를 보았다. 그가 이어서 인사했다.

“처음 뵙겠습니다. 강태섭입니다.”

초면인 태섭에 대한 첫인상을 말해보라면 열에 아홉은 같은 말을 할 것 같았다. 그는 운동선수처럼 몸이 좋았다. 키도 크고, 어깨도 넓고, 팔뚝 둘레로 짐작컨대 흰 셔츠 너머에 감춰진 전신은 근육으로 탄탄할 것 같았다. 물어볼 필요도 없이 확실했다. 그가 바로 퀵 업체에 립스틱을 배달시킨 남자였다.

인사를 마친 태섭과 혜선이 식사 시간 내내 줄곧 비어 있던 두 자리에 착석했다. 그러자 베니가 기다렸다는 듯이 말했다.

“인사는 대충 했어요. 바로 본론으로 들어가셔도 돼요.”

말을 마치며 그는 태섭과 혜선 중 굳이 태섭을 보았다. 아마도 그가 이 모임의 리더여서인 것 같았다. 서우와 수호는 눈치껏 고개를 태섭 쪽으로 돌렸다. 그러자 그가 주도적으로 이야기를 시작했다.

"보통 저희는 이런 식으로 모임을 가지지 않아요. 오늘은 말씀드릴 것이 많아서 레스토랑 영업이 끝난 후 뵙게 됐지만, 이런 만남은 누가 봐도 수상하잖아요? 원래는 레스토랑이 가장 붐비는 시간에 모여서 모의해요."

이 대목에서 그는 한 가지 사실을 짚고 넘어갔다.

"알고 계시겠지만, 저희가 하는 모의는 살인 모의예요."

그리고 드디어 모의 과정에 대한 설명을 시작했다.

"저희 모임에선 살해할 대상을 범죄자로 한정해요. 죗값을 전부 치르지 않은, 앞으로도 치를 의향이 없는 흉악 범죄자요. 그들 중에 누구를 선택해서 죽일지는 만장일치로 결정합니다. 만일 한 명이라도 반대하면 일을 벌이지 않아요. 하지만 모두가 동의하면 2인 1팀으로 일을 진행하죠. 각 팀은 제비뽑기를 통해서 각자의 역할을 정해요. 역할은 총 3개예요. 준비, 실행, 처리."

태섭은 손가락으로 역할을 하나씩 꼽으며 부연 설명을 했다.

"준비 팀은 살인에 필요한 물품을 구매하거나 CCTV 동선 등을 파악해주는 일을 해요. 실행 팀은 제거 대상을 만나서 직접 살인을 벌이고요. 처리는 시신을 없애버리거나 특정 시그니처를 남겨서 경찰에게 넘겨주는 일을 하죠."

시그니처라는 단어를 언급한 그는 자연스럽게 말을 이어갔다.

"연쇄살인범들의 시그니처에 대해서는 이미 알고 있죠? 그 세 개의 시그니처가 모두 저희 거예요. 저와 혜선은 죄목 적힌 종이를, 베니와 지나는 붉은 립스틱을, 그리고 다른 팀은 십자가 낙인을 사용하죠."

여기까지 설명한 태섭은 잠시 말을 멈추고 서우와 수호의 반응을 살폈다. 마침 두 사람은 상반된 반응을 보이고 있었다. 서우는 이제야 궁금증이 풀린 얼굴로 고개를 끄덕였다. 왜 지나가 '내 시그니처'라는 말을 했는지 납득했기 때문이다. 반면 수호는 더 궁금증이 생긴 얼굴로 고개를 갸웃했다.

이를 포착한 태섭이 지레짐작으로 물었다.

"왜 이런 복잡한 방법을 쓰냐는 거죠?"

그는 바로 답을 주었다.

"사실 시그니처를 남기지 않고, 그냥 범죄자들을 죽이기만 해도 돼요. 시신만 완벽히 처리하면 완전범죄가 될 테니까요. 하지만 갑자기 실종되는 범죄자들이 많아지면 언젠가는 경찰들이 우리의 존재를 눈치채고 대규모의 수사를 시작하겠죠. 그때, 단 한 번이라도 실수를 하면 모두 잡힐 수밖에 없잖아요? 그러니까 그 전에 우리 쪽에서 마치 연쇄살인범이 세 명 또는 세 팀이 있는 것처럼 세 개의 시그니처로 미끼를 던져서 잘못된 수사를 유도하는 거예요."

태섭의 상세한 설명에도 불구하고 수호는 여전히 이해가 가지 않는다는 표정을 지었다. 그러자 잠자코 있던 베니가 끼어들어 이해를 도왔다.

"이미 알고 있잖아요? 지금 경찰청 내에 3개의 수사 전담팀이 설립된 거. 하지만 그런 식으로는 잘해봐야 우리 중 두 사람밖에 잡지 못해요. 그리고 두 사람만 잡아서는 유죄 선고를 내릴 수 없죠. 왜냐하면 그 두 사람이 살인을 저질렀다는 증거를 잡아도, 정작 시체를 처리해야 할 시점에 그들에게 알리바이가 있으면 증거 불충분으로 풀어줘야 하니까요. 우리를 유죄로 만들기 위해서는 반드시 여섯 명을 한꺼번에 묶어서 기소해야 해요. 그런데 경찰 병력 자체가 3개로 분산된 현 상태에서는 우리를 공범으로 엮기가 어렵죠."

베니의 지원 사격 덕분에 겨우 이해를 마친 수호의 입에서 자신도 모르게 감탄사가 새어나왔다. 그의 악의 없는 반응에 태섭이 미소를 지었다. 그리고 꽤나 자랑스러운 업적을 밝히는 표정으로 남은 설명을 마저 했다.

"우리는 이 시스템을 점진적으로 구축했어요. 이 모임이 처음 시작된 건 4년 전이에요. 중간에 멤버 변동이 좀 있었는데 저와 혜선이는 창립 멤버고, 베니와 지나는 2기 멤버죠. 이제껏 처단한 범죄자는 30명이 조금 넘어요."

이를 끝으로 준비된 설명을 모두 마친 태섭이 마무리 멘트를 했다.

"제 설명은 여기까지인데, 혹시 질문 있나요?"

질문이 있냐고? 없을 리 없었다. 지난 보름 동안 서우와 수호는 연쇄살인범들을 만나면 묻고 싶은 질문만 수십 개를 생각했다. 왜 이런 일을 하느냐는 근본적인 질문부터 왜 레스토랑 이름을 사이크로 지었느냐는 쓸데없는 질문까지, 궁금한 문제는 차고 넘쳤다. 하지만 역시 가장 먼저 해야 할 질문은 이거였다.

서우는 두 사람을 대표해 말했다.

"왜 우리에게 이런 얘기를 하는 거죠?"

그러자 이제껏 잠자코 있던 혜선이 나서서 답했다.

"기회를 주고 싶어서요."

"무슨 기회요?"

"우리와 함께할 수 있는 기회요."

혜선은 서우가 다시 질문을 던지기 전에 먼저 말을 이었다.

"방금 설명 드렸다시피 이 모임이 유지되기 위해선 최소 세 팀이 필요해요. 그 말은 얼마 전까지 우리에게 다른 두 친구들이 있었다는 얘기죠. 그 친구들은 법의학자였어요. 그들이 허준배 손톱 밑에서 증거물을 얻어서, 그 정보를 형사들이 아닌 우리와 공유했죠. 덕분에 서우 씨와 수호 씨의 존재에 대해서 알게 됐는데 두 사람을 어떻게 할지 결정하지 못한 상태에서……."

혜선이 잠시 말을 끊고 크게 한숨을 쉬었다가 다시 했다.

"……그 친구들에게 사고가 생겼어요. 그래서 결원이 생긴 김에, 두 사람에게 합류 기회를 주는 게 어떠냐는 말이 나오게 된 거예요.”

그녀의 말이 끝나기 무섭게 지나가 불쑥 끼어들었다.

“맞아요. 만일 그 사고가 아니었다면, 지금쯤 언니와 오빠는 여기 있지 못할 거예요. 네 사람의 운명이 뒤바뀐 거죠.”

지나는 무서운 소리를 안타까운 표정을 지으며 했다. 오디오와 비디오가 전하는 다른 메시지 때문에 서우는 저 말이 은근한 협박인지 단순한 사실 전달인지 분간하지 못했다. 하지만 덕분에 한 가지 사실만은 분명히 알았다. ‘우리와 함께할 수 있는 기회’란 곧 ‘살 수 있는 기회’의 다른 말이란 사실 말이다.

서우는 무슨 말을 해야 할지 몰라서 아무 말도 하지 않았다. 하지만 지나는 인내심이 많지 않았다. 그녀는 생각할 시간을 오래 주지 않고 대답을 졸랐다.

“그러니까 언니 오빠, 우리랑 함께할 거죠?”

감히 싫다는 말이 나오지 않았다. 그럴 수 없는 상황이었다. 서우는 어둠과 촛불 때문에 극명한 그림자가 드리워진 연쇄살인범들의 얼굴을 둘러보았다. 그리고 무언가에 홀린 듯 천천히 고개를 끄덕였다. 이를 본 수호가 덩달아 고개를 끄덕였다. 그 순간 지나의 얼굴에 환한 웃음이 폈다. 그 웃음은 다른 멤버들에게도 번졌다. 웃음꽃이 핀 테이블 위로 지나가 작은 도장 하나를 올리며 말했다.

“받아요. 원래는 유미 언니 거였지만, 이제부턴 언니 거예요.”

서우는 얼결에 십자가 문양이 양각되어 있는 도장을 챙겼다. 그 타이밍에 태섭이 자리에서 일어나서 옆 테이블에 놓아둔 폴라로이드 사진기를 가지고 왔다. 그리고 모두에게 앵글 안으로 들어오라고 권했다. 혜선, 지나, 베니가 선뜻 몸을 가까이 붙였다. 서우와 수호는 마지못해서 붙는 시늉만 했다.

"자, 찍을게요. 하나, 둘, 셋."

태섭이 자신도 앵글 안에 들어오도록 카메라를 잡고, 셔터를 눌렀다. 그리고 어둠 속에서 플래시가 팡 터지는 순간에 말했다.

"그럼 이제부터 우리는 한 배를 탄 거예요."

레스토랑 사이크 부지 뒤에는 빈 공터가 있었다. 태섭은 서우와 수호를 SUV 뒷좌석에 태워서 그곳으로 데리고 갔다. 가는 길에 이 근방 땅은 모두 사유지이며, 주인은 혜선이라고 알려주었다. 그리고 한참 공터를 가로지르다 중간에 세워져 있는 철조망 앞에서 차를 세웠다. 철조망 문 앞에는 지문 검색대가 설치되어 있었다. 태섭은 검색대에 자신의 지문을 찍고, 문을 활짝 열어 차가 지날 길을 만들었다. 뒤이어 운전석으로 돌아와 말했다.

"두 사람의 지문은 나중에 등록해줄게요."

무사히 철조망을 지난 그는 조금 더 공터를 달렸다. 그러자 머잖아 저 멀리 덩그러니 서 있는 물체가 보였다. 서우와 수호는 눈을 가늘게 뜨고 그 물체를 응시했다. 깜깜한 공터 한가운데서 달빛을 스포트라이트처럼 받고 서 있는 그것의 정체는 낡은 냉동고였다. 곧바로 태섭이 냉동고에 대해 설명했다.

"레스토랑 직원은 아무도 저 냉동고를 이용하지 않아요. 대부분은 존재를 모르고, 안다고 해도 고장이 났다고 생각하죠. 물론 항상 문이 잠겨 있기도 하고요."

SUV가 냉동고 앞에 정차하자 세 사람이 함께 내렸다. 가장 먼저 내린 태섭은 냉동고 문을 잠그고 있는 자물쇠를 랜턴으로 비추었다. 철로 된 자물쇠는 구식이었다. 크고 무겁고, 전동 톱을 쓰지 않는 한 절대 절단할 수 없을 만큼 두꺼웠다. 태섭은 자물쇠 못지않게 구식인 열쇠로 문을 따면서 말했다.

"여분 열쇠도 나중에 줄게요."

그리고 냉동고 문을 벌컥 열었다. 안에서 한기가 확 새어나왔다. 태섭은 한기를 뚫고 안으로 들어가 불을 켰다. 서우와 수호는 마지못해 따라 들어갔다.

냉동고 안은 텅 비어 있었다. 시신 한 구가 바로 눈에 들어왔다. 언제부터 이곳에 있었던 건지 피부색이 비현실적으로 새파란, 심지어 눈동자까지 새파란 이십 대 남자가 바닥 한가운데에서 그들을 맞아주었다.

그의 환영에 서우와 수호는 전혀 놀라지 않았다. 이런 상황은 예상된 바였다. 살인을 저지르는 팀과 시신을 처리하는 팀이 따로 있다면, 그 사이의 비는 시간 동안 시신을 보존할 곳이 필요할 텐데, 그 장소로 사람의 발길이 없는 냉동고만 한 곳은 없었기 때문이다. 서우와 수호는 표정 변화 없이 담담하게 시신을 내려 보았다. 그런 두 사람을 보고 태섭이 독심술사처럼 말했다.

"네, 맞아요. 실행 팀이 살인을 끝내고 나면 여기다 시신을 가져다두죠. 그러면 처리 팀이 다음 일을 진행하고요."

그는 수호에게 자동차 키를 건네며 역시 예상했던 지령을 내렸다.

"이번엔 두 사람이 처리 팀이에요. 그럼 잘 부탁해요."

그리고 뒤도 돌아보지 않고 혼자 냉동고를 빠져나갔다. 멀어지는 그의 발소리를 들으며 서우와 수호는 멍하니 서 있다가, 더는 발소리가 들리지 않을 무렵 동시에 바닥에 주저앉았다. 몇 시간 만에 드디어 단 둘이 남게 된 그들은 긴장을 풀고 숨을 골랐다. 간신히 유지하고 있던 포커페이스가 벗겨지자 얼굴에 지친 기색이 올라왔다. 한껏 신경 쓰고 왔던 헤어와 메이크업은 식사 때부터 흐르던 식은땀 때문에 이미 망가진 지 오래였다.

바닥을 보고 앉은 수호가 한숨이 반쯤 섞인 목소리로 말했다.

"우리 이제 어떻게 하지?"

서우가 초점 없는 눈을 깜빡이며 대꾸했다.

"나도 몰라. 일단은 시키는 대로 해야지."

그 말에 수호가 고개를 번쩍 들고 서우를 보았다.

"시키는 대로 하겠다고? 저 연쇄살인범들이랑 같이 일하겠다는 거야?"

"안 하면?"

"안 해야지. 안 할 수 있는 방법을 찾아야지."

"그럴 거야. 하지만 그 전까진 다른 수가 없잖아."

서우가 정해진 운명을 이야기하듯 체념한 태도로 말했다. 하지만 도저히 연쇄살인을 운명으로 받아들일 수 없는 수호는 단호한 태도로 다른 수를 내세웠다.

"그럴 바에야 차라리 자수를 하자."

그 말에 이번에는 서우가 깜짝 놀라서 수호를 보았다.

"자수를 하자고? 진심이야?"

"그래. 처음부터 그랬어야 했는데 내가 괜한 짓을 했어. 한번 죄를 지으니까 끝도 없잖아. 이쯤에서 죄를 청산하고, 자수를 하는 게 최선일지도 몰라."

"최선은 무슨. 이제 와서 자수를 하면 그 죄를 어떻게 청산해야 하는지 몰라? 우리는 교도소에 가게 될 거야. 가진 걸 다 잃고 수감될 거라고. 그러면 마음이라도 편해질 거 같아? 저 연쇄살인범들이 우리를 가만히 두겠어? 우리는 교도소 안에서나 출소한 후에나 평생 목숨의 위협을 받으며 살게 될 걸? 남은 삶은 살아도 사는 게 아닐 거라고. 이보다 더 최악일 수 있어?"

틀린 것 하나 없이 또박또박 쏟아지는 서우의 말에 기세가 한

풀 꺾인 수호가 입을 다물고 못마땅한 표정을 지었다. 그러다 잠시 후, 언성을 낮추어 말했다.

"그렇지만 우리가 정말 연쇄살인범이 될 수는 없잖아."

그 사이 진정한 서우도 언성을 낮추어 말했다.

"그렇다고 죽을 수도 없잖아. 나도 너만큼이나 이 상황이 마음에 안 들어. 뭘 어떻게 해야 할지도 전혀 모르겠고. 그렇지만 일단은 한 번에 하나씩만 생각하자."

말을 마치자마자 서우가 고개를 옆으로 돌렸다. 그녀의 고개가 돌아간 곳에는 아까부터 두 사람의 처분만을 기다리고 있던 새파란 시체가 있었다. 서우는 시체의 새파란 눈동자와 자신의 눈을 맞추고 말했다.

"일단은 저것부터."

2 - 3

"하나씩 해결하다보면 세상에 해결 못 할 일은 없어."

서우가 여덟 살 무렵, 엄마가 말했다. 모녀의 앞에는 이사 트럭이 있었다.

"가끔은 문제를 해결했다고 생각한 순간 더한 문제가 나타나기도 해. 그래도 포기해선 안 돼. 살아 있는 한 언제나 길은 있으니까."

그날은 모녀가 두 칸짜리 집에서 단칸방으로 이사를 가는 날이었다. 엄마는 서우의 손을 꽉 잡았다. 넷째 손가락에 늘 있던 반지의 이물감이 느껴지지 않았다. 엄마는 맞잡은 손만큼이나 이를 꽉 물고 말했다.

"절대로 포기하지 마."

서우는 천천히 눈을 떴다. 눈앞에 어둠이 펼쳐졌다. 잠시 어둠에 눈이 익기를 기다리자 곧 익숙한 천장과 가구들이 보였다. 선

잠에서 깨어난 서우는 상체를 일으켜 침대 위에 앉았다. 그리고 조금 전 꿈에서 보았던 오래 전 기억을 떠올렸다. 꿈에서 들은 마지막 말의 여운이 길게 남았다. '절대로 포기하지 마.'

서우는 그 여운이 사라지기 전에 침대 맡에 있는 핸드폰을 집었다. 그리고 통화 버튼을 눌렀다. 오래지 않아 통화 상대가 전화를 받았다.

"여보세요?"

수호의 목소리를 듣는 건, 일주일 전 새파란 시체의 이마에 십자가 낙인을 찍어 근처 호숫가에 유기한 후 처음이었다.

"자고 있었어?"

"아니."

수호가 짤막히 답하자, 서우는 시간을 끌지 않고 전화한 용건을 말했다.

"아무리 생각해도 방법은 그것뿐인 거 같아."

그 방법이란 사이크 모임을 탈퇴할 방법을 말하는 것이었다. 지난 일주일 동안, 서우는 생각할 수 있는 온갖 경우의 수를 고려해봤다. 그 수들 중 양심에 따라 자수해서 평생 철창에 갇히는 일과 양심을 버리고 모임의 일원이 되어 충성하는 일은 포함되지 않았다. 몇 번을 생각해도 방법은 그것뿐이었다.

"그 사람들의 약점을 잡아서 딜을 하자."

사이크 멤버들에게 살인과 시체유기라는 약점을 잡혀서 발목을 내주었으니, 반대로 그들의 약점을 잡으면 발을 빼낼 수도 있을 거란 계산에서 나온 방법이었다.

그들의 약점을 잡아낼 수단으로 가장 먼저 떠오른 건 언제나 모든 일을 쉽게 만들어주는 돈을 쓰는 것이었다. 뒷조사를 전문적으로 하는 흥신소에 돈을 주고 사건을 의뢰하는 것만큼 확실한 길은 없었다. 하지만 서우는 그 길에 회의적이었다. 돈 때문이 아니라 안전 때문이었다. 첫 모임 당시 태섭은 모임을 4년 전에 만들었다고 했었다. 그 말인즉 멤버들은 4년차 프로 범죄자들이란 뜻이었다. 그들에게 아마추어 흥신소 직원을 붙였다가 꼬리를 밟히면 역풍을 맞는 건 순식간이었다. 그럴 바에야 직접 정보를 모으면서 때를 기다리는 편이 더 안전했다.

서우가 말을 마치자 잠잠히 경청하던 수호가 말했다.

"그게 무슨 뜻인지 알지?"

물론 알고 있었다. 때를 기다린다는 건, 때가 오기 전까지 사이코 모임의 일원으로서 활동해야 한다는 뜻이었다.

"알고 있어. 어쩔 수 없잖아."

서우는 어떻게 할지 물었다. 그 물음에 수호는 바로 답하지 않았다. 빠르게 답을 내릴 수 없는 일이니 당연했다. 하지만 속도의 차이만 있을 뿐, 그가 내릴 답은 어차피 정해져 있었다. 잠시 후, 그는 마지못한 소리로 답했다.

"그래, 알았어."

이변 없는 대답을 얻어낸 서우는 짧은 통화를 마무리했다. 침대 위에 핸드폰을 내려놓으며, 정면에 시선을 두었다. 그러자 바로 앞에 자리한 화장대가 눈에 들어왔다. 어쩐지 아까보다 더 또렷하게 보였다. 화장대 위에 있는 사물들까지 하나하나가 다 구별이 됐다. 역시. 어둠 속에서도 정신을 똑바로 차리고 있으면 결국은 길이 보이게 되어 있지. 서우는 속으로 생각하며 천천히 뒤로 누웠다. 그때 어디선가 다시금 소리가 들려왔다.

'절대로 포기하지 마.'

공식적으로 사이크 멤버가 된 이후, 서우와 수호는 한 달에 한 번씩 사이크로 갔다. 그곳에서 열리는 3번의 모임에 참석하고, 이어지는 3차례의 살인에 관여했다. 구체적으로는 준비 2번, 처리 1번을 맡았다.

첫 번째로 준비해야 할 살인은 추락사였다. 태섭과 혜선이 추락을 유도하기 위해 점찍어둔 건물을 알려주었을 때 수호는 직업적 강점을 발휘해 건물 주위의 CCTV와 불법 장기주차 차량들을 모조리 확인해주었다.

두 번째로 준비해야 할 살인은 독사였다. 베니와 지나가 독사에 사용하기 위해 세상에서 가장 매운 물질을 부탁했을 때, 서우는 직업적 이점을 활용해 모나코 선인장에서 추출해 의료용으로

만 판매되는 레시니페라톡신을 구해주었다.

세 번째로 처리해야 할 시체는 보험사기를 위해 일가족을 살해한 여자였다. 그녀의 시체가 도착했을 때, 서우와 수호는 혹시 남아 있을지 모를 공범들의 생물학적 증거를 없애기 위해 냉동고 바닥에 쪼그려 앉아 시체의 전신을 알코올 솜으로 닦았다. 특히 손끝을 신경 써서 닦았다. 블루 사파이어 반지를 빼서 손가락 사이사이까지 열심히 닦고서 도로 껴놓았다. 그런 뒤 이마 한가운데에 십자가 낙인을 찍어 근처 야산에 유기했다.

이로써 서우의 약점은 2건의 살인과 1건의 시체유기에서 2건의 살인과 2건의 시체유기와 2건의 살인공조로 늘어났다. 모임에 가입했을 때보다 불리한 위치가 됐고, 당연히 모임 탈퇴는 더 어렵게 됐지만 서우는 정신을 놓지 않았다. 이럴 때일수록 필요한 것은 포기가 아니라 인내였다.

서우는 인내심을 발휘해 사이크 멤버들에 대한 정보를 차근차근 모았다. 여느 범죄 영화나 드라마에서 본 것처럼, 원래는 수호의 방이었던 빈 방에다가 커다란 화이트보드를 붙여놓고 그 위에 멤버들의 특징과 관계도를 채워 나갔다. 서우의 약점이 늘어났던 3개월 동안 화이트보드의 글자 역시 꾸준히 늘어났다.

멤버들에 대한 가장 많은 정보를 얻을 수 있는 곳은 역시 사이크였다. 모임이 있을 때마다 그들은 1퍼센트의 용건을 숨기기 위해 99퍼센트의 쓸데없는 말을 끊임없이 했다. 덕분에 알아도 그만이고 몰라도 그만인 사적인 이야기들이 제법 오갔다. 이 과정에서 서우는 멤버들의 포지션과 성격, 집안 등을 파악해 표로 정리해두었다.

일 번 태섭, 포지션 리더. 거침없는 추진력과 부드러운 카리스마 소유. 자수성가형 부자들에게서 흔히 보이는 성격. / 이 번 혜선, 포지션 얼굴 마담. 멤버들과의 정신적인 유대를 중요시함. 명문 집안의 외동딸로 여유롭게 자라온 결과로 추정. / 삼 번 베니, 포지션 전략가. 보통은 여유로운 스탠스를 고수함. 사실 두뇌회전이 빠르고 눈치가 발달한 현실주의자. / 사 번 지나, 포지션 분위기 메이커. 충동과 일탈을 일삼으며 어디로 튈지 모름. 철부지 상속녀의 전형.

"어떻게 생각해?"

서우가 나름대로 정리를 마친 표를 보여주며 말했다. 수호는 화이트보드 안에 그려진 표를 심각하게 응시했다. 그리고 곧 자신의 의견을 밝혔다.

"내가 생각한 거랑 비슷한데."

뒤이어 화이트보드 좌우 벽면에 빼곡하게 붙어 있는 기사들에 눈길을 두었다. 그것들의 내용은 크게 두 가지 주제로 분류될 수 있었다. 기행과 비극. 둘 다 기삿거리가 되기 좋은 얘기들이었다.

하나의 이야기는 아이비리그를 졸업한 한 남자에 대한 것이었다. 법학을 전공한 그는 박사 학위를 취득하자마자 사적 복수의 정당함을 파격적으로 주창했다. 사적인 이유 없이 오로지 논리에 의거해서였다. 많은 이들이 그의 강연에 동조했고, 그의 책에 환호했다. 하지만 아무도 그에게 정규 교수직을 내어주진 않았다. 결국 미국에서 자리를 잡는 데 실패한 그는 한국으로 돌아와서, 자신의 주장을 철회한 후에야 겨우 강의 자리를 얻어 근근이 생활을 이어갔다. 잠시나마 화려한 스포트라이트를 받던 연구자의 초라한 몰락이 아닐 수 없었다.

다른 이야기는 열 살에 고아가 된 한 여자에 대한 것이었다. 부동산 재벌이었던 그녀의 부모님은 자택에서 금품을 노린 괴한에게 살해당했다. 침대 밑에 숨어서 그 광경을 모두 목격한 여자는 이후 정신병에 시달렸다. 상속받은 엄청난 재산으로도 망가진 마음은 치료할 수 없었다. 십 대 시절 내내 기이한 행동을 일삼던 그녀는 결국 이십 대 초반에 스무 살 연상의 기이한 연구자에게 반해 끈질기게 구애한 끝에 결혼식을 올렸다. 주변의 우려가 많은 결혼이었다. 하지만 아직까지 여자는 사치스러운 생활을 유지하며 잘살고 있다고 알려져 있었다.

이 두 이야기를 담은 기사들을 통해 서우와 수호는 기사의 주인공들인 베니와 지나가 왜 연쇄살인 모임에 참여하게 됐는지 그 동기를 유추할 수 있었다.

베니의 동기는 이성적이었을 거라고 짐작됐다. 그는 태섭과 혜선이 자신의 과거를 알고 모임 참여 권유를 위해 찾아왔을 때, 철회했던 주장을 관찰과 실험을 통해 공고히 증명할 기회라고 여기고 동의했을 것이 분명했다.

반면, 지나의 동기는 좀 더 감정적인 듯 보였다. 돈으로 평안을 사는 데는 실패했지만 남자를 사는 데는 성공한 그녀는 베니를 물심양면으로 돕겠다는 조건하에 결혼했고, 베니가 살인 모임에 참여하자 사랑 때문에 살인을 하는 것보다 낭만적인 일은 없다고 믿으며 동참했을 것이 틀림없었다.

한참 화이트보드 주위에 붙은 기사들을 보며 고개를 끄덕이던 수호가 곧 다른 벽면으로 눈길을 돌렸다. 그곳에는 기행과 비극으로 분류되지 않는 다른 주제의 기사들이 빼곡히 붙어 있었다. 수호가 그 기사들을 눈으로 훑으며 말했다.

"다른 쪽은 아직 알아내지 못한 거지?"

"응, 아직."

다른 쪽이란 역시 태섭과 혜선을 말하는 것이었다.

서우와 수호는 3개월이 지나도록 태섭과 혜선이 모임을 창설한 직접적인 동기를 알아내지 못했다. 전에 혜선이 옥상에서 한 말로 미루어보아 어떤 범죄로 아이를 잃은 일이 시작점이었을 거란 짐작은 됐지만, 그것이 구체적으로 어떤 사건이었는지는 알 수 없었다. 인터넷과 경찰청 DB를 샅샅이 뒤져봐도, 피해자 유가족에 대한 정보는 쉽사리 얻어낼 수 없었다.

하지만 서우는 포기할 생각이 없었다.

"하나씩 찾다보면 언젠간 알게 되겠지."

병원 구내식당에서 서우는 혼자 식사를 하며 패드를 보았다. 패드 위에는 여느 때처럼 아동을 대상으로 한 범죄 기사가 떠 있었다. 기사 내용은 엘리트들에게 악감정을 품은 한 여자가 엘리트 부모를 둔 아이들 3명을 무작위로 살해했다는 것이었다. 서우는 사건 경위를 꼼꼼히 읽으면서 조금씩 미간을 좁혔다.

그때, 뒤에서 한 남자의 목소리가 들려왔다.

"요즘 들어 부쩍 그런 기사를 많이 보시네요."

목소리의 주인은 우석이었다. 서우는 구겨진 미간을 풀고 뒤를 돌아보았다. 그리고 지난 형사 사건에 지나친 관심을 쏟는 것이 이상하게 보이지 않기를 바라며 최대한 대수롭지 않게 대꾸했다.

"우연히 이런 기사들이 자꾸 보이네요."

다행히 우석은 기사를 보고 있는 서우보다는 기사 자체에 더 관심을 기울였다. 어깨너머로 빠르게 내용을 훑어본 그는 혀를 차며 말했다.

"애들을 건드리는 것들은 사람도 아니에요."

뒤이어 꽤나 심각한 표정으로 말을 이었다.

"이런 것들은 그냥 사형시켜버리면 좋겠어요. 우리나라는 왜 사형을 안 하나 몰라요. 범죄자들 밥 줄 세금으로 차라리 아픈 애들이나 좀 살려주지."

서우는 동의한다는 뜻으로 고개를 끄덕였다. 그리고 조심스럽게 물었다.

"이 선생님. 만약에 법적으로 사형하는 거 말고, 그냥 사적으로 이런 범죄자들을 처단해주는 사람들이 있다면 어떨 거 같아요?"

"자경단을 말하는 거예요?"

"뭐 그런 거죠. 그런 일을 하는 사람들에 대해서 어떻게 생각해요?"

다소 뜬금없는 질문에 우석은 별 고민 없이 답했다.

"고맙죠."

"진짜로요? 어쨌든 살인자인데도요?"

"사람을 죽여야 살인자죠."

그는 일말의 망설임도 없이 단언했다.

"아마 대다수 사람들이 저처럼 생각할 걸요?"

그리고 싱긋 웃어 보이며 자리를 떠났다. 서우는 멀어지는 그의 뒷모습을 지켜보다가 곧 북적이는 식당 전체로 시야를 넓히며 생각했다.

정말 대부분의 사람들이 그렇게 생각할까? 만일 사이크 모임의 존재가 세상에 알려진다면 여기에 있는 사람들은 박수를 쳐줄까? 돌을 던질까?

서우가 잠자코 답 없는 생각을 하고 있을 때, 이번에는 앞에서 한 여자의 기척이 느껴졌다. 기척의 주인, 아영이 앞자리에 식판을 놓고 앉으며 말했다.

"무슨 생각 해?"

서우는 이번에도 자연스럽게 대답했다.

"아니야. 아무것도."

그러자 아영은 더 이상 캐묻지 않았다. 대신 환자들 때문에 점심도 늦게 먹는 자신의 처지에 대한 불평을 늘어놓았고, 이제는 환자들이 아닌 자신의 정신을 돌봐줄 때가 됐다고 나름의 진단을 내린 후 말했다.

"그래서 말인데 오늘 근무 끝나고 한잔할래?"

긴 서막 끝에 이어진 제안을 서우는 단번에 거절했다.

"미안. 오늘은 약속이 있어."

"무슨 약속? 너 요새 왜 이렇게 약속이 많아?"

"그냥 어쩌다 보니."

"어쩌다 보니 누굴 그렇게 만나는데?"

질문을 던진 아영이 대답을 기다리지 않고 먼저 떠보았다.

"수호 씨야?"

서우는 아무 말 없이 아영을 보았다. 그러자 그녀가 씩 웃으며 말했다.

"그냥 찍어 본 거야. 최근 들어 둘 사이가 다시 좋아진 거 같아서."

아영은 타고나기를 눈치가 빠르고 상황 판단에 능했다. 또한 정신과 의사라는 직업 특성상 상대방의 비언어적 메시지를 해석하는 일에 익숙했다. 아마도 그녀는 서우가 문자나 전화를 할 때 옆에서 표정과 몸짓을 관찰하고 수호와의 관계가 좋아졌다고 추측했을 것이다. 과연 그녀의 추측은 틀리지 않았고, 스스로도 이를 알고 있는 아영은 서우에게 확답을 듣기 전에 다른 제안을 했다.

"우리 언제 한번 부부동반 모임이나 하자."

뜻밖의 제안에 서우가 고개를 갸웃했다.

"갑자기 웬 부부동반?"

"그냥 재밌잖아."

"그냥 재미로 놀만큼 아직 사이가 좋아지진 않았는데."

"사실은 그냥 놀자는 게 아니고, 우리 남편이 수호 씨한테 할 말이 있대."

아영의 남편은 중앙지검에서 일하는 검사였다. 그가 수호에게 할 말이 있다면 어떤 일인지 안 들어봐도 뻔했다. 서우는 이번에도 단번에 거절할까 하다가 친구 사이에 너무 야박한 것 같아 대답을 유예했다.

"이따 물어볼게."

"고마워. 역시 수호 씨랑 만나는 게 맞았네."

아영이 짓궂게 웃었다. 그리고 장난스럽게 물었다.

"그나저나 별거 중인 부부는 만나면 보통 뭐 해?"

2 - 4

낡은 빌라의 지붕 아래에서 서우는 수호를 기다렸다. 약속시간에 늦는 법이 없는 그가 저 멀리 모습을 드러냈다. 깊게 눌러 쓴 모자 때문에 얼굴은 보이지 않았지만 걸음걸이를 보니 그가 확실했다.

"가자."

빠르게 서우의 앞에 당도한 수호가 걸음을 늦추지 않고 말했다. 서우는 말없이 그와 보폭을 맞춰 낡은 빌라 안으로 들어갔다. 두 사람은 단숨에 계단을 올라 4층으로 갔다. 그리고 404호 현관문 앞에 서서 벨을 두 번 눌렀다. 잠시 후, 안에서 낯선 남자의 목소리가 들려왔다.

"누구세요?"

"경찰입니다."

말을 하는 동시에 수호는 현관문 구멍 앞에 경찰 배지를 대었다. 짐작대로 구멍을 통해 바깥 동태를 살피고 있던 남자가 지체 없이 문을 열었다.

"무슨 일이시죠?"

볼이 푹 파이고 다크서클이 드리운 그의 얼굴은 사진으로 본 그대로였다. 그 사진은 혜선이 준 것이었다. 지난번 모임 때 서우가 실행에 해당하는 2번을 뽑자, 상대의 얼굴을 확인한 후 착오 없이 일을 진행하라고 주었다. 이제껏 살인 과정에 참여하긴 했지만 살인을 직접 한 적이 없었던 서우는 적잖이 당황했다. 하지만 사진을 받지 않을 수도, 일을 거절할 수도 없었다. 사이크 모임에서 살아남기 위해서는 인내 못지않게 용기 또한 필요했다.

"실례합니다."

제거 대상의 얼굴을 확인한 서우는 그 얼굴을 향해 호신용 가스총을 조준했다. 방어를 위해 구매한 가스총을 공격에 사용하고 있단 사실이 아이러니하긴 했지만, 어쨌든 목숨을 보존하기 위함이니 가스총은 제 용도에 맞게 쓰이고 있었다.

방아쇠를 누르자 가스총에서 발포된 페퍼스프레이가 남자의 눈에 정확히 명중했다. 남자가 비명을 지르며 손으로 눈을 가렸다. 그 틈에 수호가 그를 제압해 팔에 수갑을 채우고 거실 안으로 끌고 들어갔다. 서우는 누구도 남자의 비명을 듣지 않았기를 바라며 천천히 현관문을 닫고 거실로 갔다.

거실 안에서 남자는 수호의 밑에 깔린 채, 잭나이프의 위협 아래서 찍소리도 못 내고 있었다. 하지만 잭나이프의 이용가치는 거기까지였다. 아무래도 피가 많이 나면 곤란했기에 진짜 살생무기는 따로 있었다. 서우는 주머니에서 맹독을 담은 주사기를 꺼냈다. 그리고 한눈에 정맥을 찾아서 남자의 팔뚝에 바늘을 찔러 넣고 피스톤을 눌렀다. 그러자 오래지 않아 남자의 몸부림이 잦아들었다.

"끝난 것 같아."

서우가 완전히 움직임을 멈춘 남자의 팔목 맥을 짚고 말했다. 그제야 수호가 남자의 몸 위에서 천천히 일어났다. 예행연습 한 번 없이, 두 사람이 완벽하게 살인을 벌이는 데 걸린 시간은 겨우 5분 남짓이었다.

이쯤 되니 확신이 들었다. 사이크 멤버들은 결코 연민이나 찜찜함 때문에 서우와 수호를 차기 멤버로 선택한 게 아니었다. 서우와 수호도 미처 몰랐던 잠재적 살인 능력을 그들은 알았던 것이다.

서우가 막 숨을 거둔 남자의 시체를 지키고 있는 사이, 수호는 집 밖으로 나가서 커다란 카펫을 가지고 왔다. 그 카펫은 준비팀인 베니와 지나가 4층 복도에 미리 가져다둔 것이었다. 서우와 수호는 함께 남자의 시신을 카펫에 둘둘 마는 마무리 작업을 마쳤다. 수호가 먼저 묵직해진 카펫의 끝을 잡고 말했다.

"가자."

서우는 잠자코 다른 쪽 끝을 잡았다. 카펫을 어깨에 들쳐 멘 두 사람은 빠르게 계단을 내려와 순식간에 빌라를 빠져나갔다. 그리고 동선 낭비 없이 인적 드문 골목으로 들어가서 미리 주차해 둔 수호의 차 뒷좌석에 카펫을 실었다. 그때 서우의 머릿속에 문득 아영의 말이 떠올랐다.

'그나저나 별거 중인 부부는 만나면 보통 뭐 해?'

그러게 보통은 뭐 할까? 서우도 궁금해하며 차에 올라탔다.

창밖으로 흐린 하늘이 펼쳐졌다. 라디오에서 날씨만큼 우중충한 소식이 흘러나왔다

"한 여대생이 자택에서 처참하게 살해된 채 발견됐습니다. 범인으로 밝혀진 전 남자친구는 현재 국내 최고 로펌의 수석 변호사를 선임해……."

"등산을 갔던 노부부가 학생들에게 '묻지 마' 폭행을 당해 의식불명이 됐습니다. 유력 용의자들은 근방 중학생들인데, 기소가 돼도 처벌 대상이 아니어서……."

"아르바이트를 하던 청년이 일면식 없는 손님에게 염산 테러를 당했습니다. 현재 그 손님은 자신의 우울증 병력을 내세워 선처를 호소하고……."

비슷한 뉴스들이 끝도 없이 이어졌다. 어제도, 그제도, 그 전날

에도. 누구도 자신의 인생에서 일어나길 바라지 않는, 단 한 번만 일어나도 자신은 물론 가족들의 인생까지 송두리째 나락으로 떨어트릴 사건들이 어디선가 매일 벌어지고 있었다. 서우는 단지 뉴스 프롬프트 몇 줄로 요약된 그 비극들의 무게를 떠올리며 라디오를 뚝 꺼버렸다. 갑자기 차 안에 정적이 감돌았지만 수호는 싫은 소리를 하지 않았다. 서우는 팔짱을 낀 채 고개를 옆으로 돌렸다.

차창 위로 빗방울이 후드득 떨어졌다. 오늘부터 장마가 시작된다고 했으니 이상한 일은 아니었다. 서우는 점점 더 많이 쏟아지는 빗방울을 의식하며 갑자기 앞에서 교통사고가 발생하거나 도로에 문제가 생겨서 교통경찰이 출동하는 일이 없기를 바랐다. 뒷좌석에 카펫으로 싸맨 시체가 있는 상황에서 경찰을 마주하는 것만큼 곤란한 일은 없었다. 서우는 곁눈질로 뒤를 살짝 돌아보았다.

뒷좌석에 있는 시체라…….

그러고 보니 갑자기 데자뷰가 느껴졌다. 허준배의 시체도 박스에 담겨서 저렇게 뒷좌석에 놓여 있었다. 그때의 충격에 비하면 지금 느끼는 불편한 마음은 부정적인 감정 축에도 못 들었다. 죄책감이라고 부르기도 부족했다.

만일 방금 죽인 남자가 범죄자가 아니었더라도 이런 마음일까?

서우는 문득 떠오른 질문에 대한 답을 확신하지 못했다. 하지만 자신이 카펫 속 남자에게 별로 미안해하고 있지 않다는 사실만은 확신했다. 비단 그뿐만이 아니었다. 그녀는 이제껏 죽인 세 사람에 대해서도 그다지 미안함을 느끼지 않았다.

그들은 모두 타인의 인생을 송두리째 나락으로 떨어트린 죗값을 피한 사람들이었다. 그들에게 찾아온 때 이른 죽음은 사실 때늦은 처벌에 불과했다. 물론 오늘 죽은 남자도 4년 전 초등학생을 성폭행해 불구로 만든 처벌을 받은 것뿐이었다. 이런 생각은 서우의 마음속에 마땅히 자리해야 할 가책의 크기를 줄였다.

서우는 잘 들리지도 않는 양심의 소리에 귀 기울이는 대신 차라리 빗소리를 들었다. 일정하게 퍼붓는 시원한 소리를 들으며 남아 있는 살인의 여운을 씻었다. 그리고 반대 방향으로 고개를 돌려 수호를 보았다.

수호는 전방에 시선을 두고 운전에만 집중하고 있었다. 안색이 창백하고 입술은 메말라 있었다. 누가 봐도 컨디션이 안 좋아 보였다. 하지만 막 살인을 저지른 사람만큼 안 좋아 보이지는 않았다. 아마 수호 역시 서우와 비슷한 정도의 양심의 가책만 느껴서인 것 같았다. 그렇지 않고서야 이 빗속을 운전할 정신이 남아 있을 리 만무했다. 기왕에 그렇다면 주의를 아예 환기시키는 것도 나쁘지 않을 것 같았다. 마침 묻고 싶은 일도 있었다. 서우가 슬쩍 말을 붙였다.

"아영이가 부부동반 모임 하자고 하더라."

뜬금없는 소리에 수호가 바로 반응했다.

"갑자기 왜?"

"그냥. 너에게 할 말이 있대."

수호가 담담하게 그 말을 정정했다.

"내가 아니라 우리 아버지한테 있는 거겠지."

서우는 정정된 말을 부정하지 않았다. 그녀 역시 그렇게 생각했기 때문이다.

수호의 아버지는 전 검찰 총장이었다. 외아들인 수호는 아버지만 한 머리와 열의가 없어서 경찰청 경무과에 머무르는 데 만족하고 있지만, 그의 주변에는 그의 아버지를 이용해 더 높은 곳으로 올라가고 싶어 하는 사람들이 넘쳐났다. 그리고 이번에는 그 사람이 아영의 남편인 듯했다.

"내키지 않으면 거절해도 돼."

친구 사이의 의리를 생각해 일단 물어보기는 했지만 더 이상 수호를 힘들게 하고 싶지 않은 서우가 말했다. 그러자 수호가 천천히 고개를 저었다.

"밥만 먹는 거면 아무래도 상관없어."

사이크 모임과 관련된 일을 제외하고 서우가 먼저 무언가를 제안하는 경우는 오랜만이었다. 그래서 수호는 웬만하면 그 제안을 따라주고 싶었다. 어차피 이런 식으로 접근하는 사람들을 잘라내는 일에는 익숙했다. 실제로 청탁을 받을 것도 아니니, 밥값만 따로 계산하면 아무 문제없었다. 그런 그의 마음을 읽은 서우가 작은 소리로, 빗소리에 묻혀 들릴락 말락 한 소리로 속삭였다.

"고마워."

수호는 그 소리를 들었는지 못 들었는지 아무 대답도 하지 않았다.

정적 속에서 두 사람을 실은 차가 레스토랑 사이크를 향해 지체 없이 달려갔다.

2 - 5

레스토랑 사이크가 가장 붐비는 8시 무렵, 서우와 수호는 근방에 도착했다. 그들은 자연스럽게 건물의 앞이 아닌 뒤로 갔다. 익숙하게 빈 공터를 가로질러서, 지문 검색대가 있는 철조망을 통과하고, 낡은 냉동고로 가서 철통같은 자물쇠를 땄다. 그리고 냉동고 바닥에 남자의 시체를 던진 후, 그 앞에서 옷을 갈아입었다. 입고 있던 검은 옷 대신 미리 챙겨온 정장을 입었다.

잠시 후, 냉동고에서 나온 두 사람은 다시 차를 타고 사이크 건물 앞으로 갔다. 빗줄기 사이에서 반짝반짝 요란하게 빛나며 존재감을 뽐내는 사이크의 부지 안으로 들어가서 주차한 후, 우산 하나를 나누어 쓴 채 당당하게 정문까지 걸어갔다. 그리고 정문의 문고리를 하나씩 잡고 문을 열었다.

곧바로 사이크 특유의 소란함이 두 사람을 휘감았다. 잠시 후, 그 소란함을 뚫고 이제는 제법 친숙해진 턱시도 입은 매니저가 다가왔다.

"오셨습니까?"

그는 서우와 수호를 오너 내외와 같이 사업하는 사람들로 알고 있었다. 또한 베니와 지나도 같은 사업을 하는 사람들로 알고 있었다.

"일행 분들은 와 계십니다. 이쪽으로 오시죠."

오늘이 정기적인 비즈니스 모임 날이라고 생각한 그는 익숙하게 안내했다. 북적이는 사이크 홀을 가로질러, 많은 사람들이 앉아 있는 테이블들을 지나쳐서, 구석에 있는 창가 테이블로 서우와 수호를 데리고 갔다.

그곳에는 먼저 와 있는 일행, 베니와 지나가 있었다. 언제나처럼 화려하게 차려입은 그들은 한창 식사를 하고 있다가 서우와 수호를 발견하고 손을 흔들었다. 서우와 수호는 목례로 답한 후 맞은편 자리에 앉았다. 그리고 메뉴판을 펼치지 않고 음식을 주문했다. 이제 이곳의 메뉴 정도는 다 알고 있었다.

주문을 받은 매니저가 바로 물러났다. 그가 등을 돌리기 무섭게 베니가 냅킨으로 입가를 닦으며 말했다.

"어떻게 됐어요?"

서우가 짤막하게 대답했다.

"잘 마무리했어요."

그걸로 끝이었다. 테이블에 둘러앉은 네 사람은 더는 일 얘기를 하지 않았다. 대신 이탈리안 요리에 와인을 곁들여 먹으며 알아도 그만이고 몰라도 그만인 사담을 나누었다. 사실 대부분의 이야기는 지나의 입에서 나왔다.

"역시 쇼핑하기엔 홍콩이 최고예요."

그녀는 주말여행에서 사온 신상 구두, 가방, 액세서리, 가구 등에 대해서 신나게 떠들었다. 그리고 긴 자랑의 끝에 선물 하나를 내밀었다.

"이건 언니 거."

그녀가 내민 선물은 작은 보석이 박힌 팔찌였다. 보석이 진짜인지 가짜인지는 물을 필요도 없었다. 주는 사람이 지나라면 보석은 무조건 진짜였다. 서우가 부담스러운 표정을 짓자 지나가 단호히 말했다.

"안 받으면 안 돼요. 언니한테 어울릴 것 같아서 특별히 사온 거니까."

이렇게까지 말하는데 안 받을 수 없었다. 서우는 마지못한 기색으로 팔찌를 찼다. 그 순간 팔찌의 보석이 샹들리에 조명을 받고 반짝 빛났다. 마치 번뜩이는 뱀의 눈과 같았다. 어쩐지 소름이 끼친 서우는 자신의 팔찌에서 눈을 돌려서 지나의 팔목을 보았다. 그러자 그녀의 손목에 휘감겨 있는 다른 팔찌가 보였다. 한눈에도 서우의 것보다 훨씬 값싸 보이는 팔찌였다.

웬일로 저런 걸 차고 있지?

서우는 어디선가 본 것 같은 블루 사파이어 팔찌를 보며 고개를 갸웃했다. 그러다 금방 의문에 대한 해답을 찾았다. 그 팔찌는 보험사기를 위해 일가족을 살해한 여자가 끼고 있던 블루 사파이어 반지와 세트였다. 여자의 시체를 꼼꼼히 닦기 위해 직접 반지를 빼어 보석을 만져봤기에 모양과 질감이 확실히 기억났다.

설마 전리품을 챙긴 거야?

서우가 깜짝 놀란 눈으로 지나를 보았다. 하지만 지나는 그 시선을 눈치채지 못하고 스테이크를 썰기 바빴다. 서우는 자신도 모르게 조금 오랫동안 시선을 유지했다. 그러다 뒤늦게 타인을 이토록 오래 응시하는 건 부자연스러운 일이란 사실을 깨닫고 고개를 숙였다. 그와 동시에 시선을 감지한 지나가 고개를 돌렸다.

바로 그때 베니가 아무 이야기도 오가고 있지 않는 식사 자리의 분위기를 전환해 보고자 나섰다.

"자, 일도 잘 끝나고 선물도 받았는데, 이쯤에서 건배나 한번 할까요?"

다소 뜬금없는 제안에 가장 먼저 응한 사람은 지나였다. 그녀는 냉큼 서우에게서 눈길을 거두고 잔을 집어 올렸다. 그러자 수호도 별 생각 없이 잔을 들었다. 서우도 태연히 고개를 들고 순순히 잔을 치켜들었다.

허공에서 네 개의 잔이 부딪히는 경쾌한 소리가 났다. 그 소리가 사방으로 울려 퍼지는 동안 모두 와인 잔에 입을 댔다. 사실 서우는 와인 병으로 살인을 저지른 이후 의도적으로 와인을 멀리해 왔다. 하지만 분위기를 망치고 싶지 않아서, 아니 솔직히 다른 생각을 하느라고 정신이 없어서 무심결에 마셨다. 그런데 그 순간 갑자기 입 안에서 비릿한 피 맛이 돌았다. 뒤이어 욱, 하고 구역질이 났다.

“왜 그래?”

심상치 않은 기색을 눈치챈 수호가 물었다. 하지만 서우는 그 말에 대답하지 못했다. 입을 틀어막은 채 화장실로 달려가기 바빴기 때문이다. 옛날부터 그녀는 극도의 긴장 상태에 처하면 종종 신물을 느끼곤 했다. 갑자기 구역질이 나는 걸 보니 아마 몸이 그때의 긴장을 아직 기억하는 모양이었다.

빠르게 화장실에 도착한 서우는 앞뒤 안 보고 아무 칸에나 들어갔다. 그리고 방금 마신 와인과 아까 먹은 음식들을 모두 게워냈다. 위 속에 위액만 남을 때까지 속을 싹 비워냈다. 그제야 겨우 진정이 됐다.

서우는 변기 물을 내리며 뒤늦게 주의를 살폈다. 다행히 화장실 안에는 아무도 없었다. 이곳에 있는 사람은 그녀뿐이었다.

혼자 있다는 사실을 확인한 서우의 입가에 갑자기 숨길 수 없는 미소가 떠올랐다. 그녀는 야릇한 미소를 지으며, 조금 전 와인을 마시기 직전까지 했던 생각을 다시 했다.

그러니까 전리품을 챙겨왔다 이거지?

뜻밖에 알게 된 이 비밀은 놀랍기도 하고 반갑기도 했다. 잘만 이용하면 유용하게 써먹을 수 있을 것 같았다. 서우는 본격적인 궁리는 나중에 하기로 마음먹고 일단은 자리로 돌아갈 준비를 했다. 아무래도 자리를 뜬 방식이 너무 안 좋았기에 돌아가서 수습하는 게 먼저였다. 그녀는 신속히 세면대에서 입을 헹구고, 페이퍼 타월로 입가를 닦고, 잰걸음으로 밖으로 나갔다.

그리고 밖으로 나가기 무섭게 누군가와 부딪혔다. 화장실 쪽으로 오던 한 남자의 어깨에 이마를 박고 밀려났다. 곧바로 남자의 목소리가 들려왔다.

"괜찮으세요?"

사실 앞만 보고 돌진한 서우가 잘못한 것인데 남자가 먼저 사과를 했다.

"죄송합니다."

그런데 어째 목소리가 귀에 익었다. 낮고 굵고 허스키한 목소리. 서우는 설마 하는 생각으로 고개를 들었다. 그러자 역시 아는 얼굴이 보였다. 그 사람은 수호와는 절친한 사이이고, 서우와도 몇 번 봐서 아는 사이였다.

경찰청 강력계 형사, 차영준이었다.

서우는 마치 못 볼 사람을 본 것처럼 영준을 보았다. 사회적으로 체득한 예의범절은 본능적인 놀라움에 압도당해 까맣게 잊혔다. 하지만 영준은 달랐다. 그는 사회생활 20년 차답게, 반가운 척하며 먼저 인사를 건넸다.

"오랜만에 뵙네요, 제수 씨."

다행히 서우는 오래 이성을 놓고 있지 않았다. 그녀는 분위기가 돌이킬 수 없이 이상해지기 전에 간신히 사회성을 되찾고 우호적인 인사로 화답했다.

"아, 오랜만이에요."

그러자 영준이 형식적인 대화를 이어갔다.

"이런 곳에서 만나니까 반갑네요. 수호랑 같이 오신 거예요?"

"네. 수호랑."

선뜻 대답을 한 서우는 혹시라도 영준이 수호에게 인사를 하겠다며 베니와 지나가 있는 테이블로 갈까 봐 덧붙여 말했다.

"지인들이랑 식사 중이에요."

그러자 영준은 더 이상 수호에 대해 얘기하지 않았다. 처음부터 그를 알은체하러 올 생각도 없었던 듯, 화제를 바꾸어 자기 얘기를 했다.

"아, 그러시구나. 저는 여기 주인장이랑 친분이 있어서 왔어요."

주인장이랑 친분이라고? 그 말을 들은 서우가 빠르게 머리를 굴렸다. 주인장이라면 혜선인데 그 여자가 왜 영준 씨랑 친분이 있지? 영준 씨가 뭐 하는 사람인지 모르나? 이따가 만나면 경고를 해줘야 하나? 열심히 사고 회로를 작동시키던 그녀는 영준이 다음 말을 뱉는 순간 쓸데없는 생각을 관두었다.

"사실 이런 레스토랑은 제 취향이 아닌데, 수사가 막힐 때 가끔 오면 환기가 되더라고요. 주인장이 특별 요리를 내주기도 하고요."

수사가 막힐 때 특별 요리를 내준다는 건 혜선이 영준이 형사라는 사실을 이미 알고 있다는 뜻이었다. 서우는 마뜩잖은 마음에 입술을 씹었다.

살인 모의가 벌어지는 곳에 강력계 형사를 들락거리게 두다니.

혜선이 보통 간 큰 여자가 아닌 줄은 알았지만 이건 너무 조심성 없는 처사였다. 영준 또한 보통 형사가 아니었기 때문이다.

차영준은 범죄자라면 마땅히 피해야 할 기피 대상 1호였다. 경찰청 내에서도 알아주는 워커홀릭인 그에게 열정적이고 끈기 있는 형사라는 수식어는 부족했다. 그는 지독한 형사였다. 그의 지독함은 개인사에서 비롯됐다. 몇 해 전 범죄자의 손에 아내와 아이를 잃은 후, 범죄자라면 죄명을 막론하고 치를 떨었다. 단순 절도범에게조차도 가혹하기로 악명 높았다. 그런데 범죄자 중에서도 상급에 해당하는 연쇄살인범이 그와 친분을 운운하며 지내다니. 기가 막힌 일이었다.

서우는 기막힌 마음을 미소 띤 얼굴로 애써 감추었다. 그때 영준이 슬슬 형식적인 인사를 마무리하려고 시도했다. 그는 화장실

표지판을 가리키며 말했다.

"그럼 저는 이만 가보겠습니다."

"네. 다음에 봬요."

"그래요. 좋은 시간 보내세요, 제수 씨."

영준이 마지막으로 고개 숙여 인사하고 서우를 스쳐 지나갔다. 서우는 남자 화장실로 가는 영준의 뒷모습을 물끄러미 바라봤다. 그 순간 갑자기 화장실 안에서 지었던 것과 동일한 미소가 서우의 얼굴에 번졌다.

서우가 창가 테이블로 돌아오자 동석자들이 맞아주었다. 가장 먼저 수호가 괜찮으냐고 물어보았다. 뒤이어 베니와 지나가 진심인지 아닌지 모르겠지만 걱정하는 기색을 내비쳤다. 서우는 점심 먹은 게 체한 것 같다고 짧게 변명했다.

다행히 서우의 몸 상태는 대화거리로 더 이어지지 않았다. 때마침 기다리던 호스트, 혜선이 등장했기 때문이다.

혜선은 하얀색 투피스를 차려입고 안주인다운 포스를 풍기며 나타났다. 그리고 홀 곳곳을 돌아다니며, 테이블마다 발길을 멈추고 손님들에게 말을 걸었다. 말소리는 들리지 않았지만 불편한 점이 없는지 물어보고 있는 게 분명했다.

모든 테이블을 둘러본 그녀는 창가 테이블로 다가왔다. 그리고 여느 테이블에서 그랬던 것처럼 친절한 미소를 띠고 물었다.

"다들 식사 잘 하고 계신가요?"

그녀가 다가오기만을 기다리고 있던 멤버들은 일제히 고개를 끄덕였다. 그러자 혜선이 여느 테이블에서는 하지 않는 특별한 질문을 던졌다.

"혹시 눈여겨본 사람이 있나요?"

멤버들이 동시에 고개를 저었다. 늘 반복되는 질문과 대답이었다. 혜선은 이번에도 이럴 줄 알았다는 듯 전혀 놀라워하지 않고 알아서 대안을 제시했다.

"그렇다면 이 사람은 어때요?"

그녀는 메뉴판 사이에 끼워서 가지고 온 종이를 멤버들에게 나누어주며 말했다. 종이에는 한 남자에 대한 짧은 신상정보가 있었다.

이름 남태성. 나이 33세. 강남 지역 흥신소 소속으로 현재까지 그가 했다고 추정되는 살인이 3건, 그가 했다고 결론 난 폭행이 29건이었다. 피해자는 하나같이 흥신소에 빚진 힘없고 나약한 사람들이었다. 개중에는 열네 살 소년과 여든 살 할머니도 있었다. 남태성의 죄목을 반쯤 읽은 서우는 마음을 굳히고 고개를 끄덕였다. 이만하면 상식적인 기준에서 죽어 마땅한 놈 같았다. 주위를 둘러보자 다른 멤버들도 같은 마음인지 모두 고개를 끄덕이며 종이를 보고 있었다.

"이견 없으면 진행할까요?"

혜선이 확인차 물었다. 베니와 지나가 소리 내어 좋다고 대답했다. 서우와 수호는 천천히 고개만 끄덕였다. 그러자 혜선이 싱긋 미소를 한 번 보인 후, 종이를 수거해 물러났다. 올 때처럼 갈 때 또한 자연스러웠다.

순식간에 다음 살해 대상을 정한 네 사람은 아무렇지 않게 아무 대화나 나누며 식사를 이어갔다. 20분이 채 안 되어 테이블 위의 접시들이 모두 비워졌다. 이어서 처음 보는 디저트가 올려졌다. 자두와 복숭아가 곁들여진 판나코타. 서우는 판나코타를 포크로 쿡 찌르며 생각했다.

새로 만든 메뉴인가? 아무튼 매번 핑계도 좋아.

바로 그때 새로운 디저트를 핑계 삼아 메인 셰프 태섭이 홀로 나왔다. 그는 혜선과 마찬가지로 테이블을 돌아다니며 디저트를 받은 손님들에게 말을 붙였다. 내용은 들리지 않았지만 새로운 디저트에 대한 의견을 묻고 있는 게 틀림없었다.

얼마 후, 자연스럽게 창가 테이블로 온 태섭은 예상대로 디저트에 대한 언급은 한마디도 하지 않고 바로 용건을 말했다.

"빨리 시작할까요?"

그는 주머니에서 냅킨과 펜을 꺼냈다. 베니가 그것들을 받아 냅킨에다가 1부터 3까지 숫자를 쓰고 수호에게 주었다. 수호가 숫자가 적힌 냅킨을 접어서 테이블 위에 던졌다. 그러자 태섭과 베니가 하나씩 챙겨갔다.

가장 먼저 태섭이 냅킨 안을 확인하고 말했다.

"이번에는 저희가 1번이네요."

뒤이어 베니가 말했다.

"저희는 2번."

마지막으로 수호가 3번이라고 적혀 있는 남은 냅킨을 펼쳐 보였다.

깔끔하게 순서가 정해지자 태섭이 흡족한 표정을 짓고 물러날 기세로 몸을 틀었다. 그리고 완전히 자리를 뜨기 전에 지나를 보고 말했다.

"혹시 생각해둔 방법이 있다면 미리 말해줘요. 준비해둘게요."

실행 프로세스를 맡을 때면 언제나 특이한 살해 방법을 사용하는 그녀의 전적을 고려해서 한 말이었다. 그리자 지나가 기다렸다는 듯 대꾸했다.

"안 그래도 써보고 싶은 도구가 있었어요. 보통은 구하기 어렵지만, 셰프님이라면 가능할 거예요. 자세한 얘기는 얼마나 필요한지 알아보고 할게요."

말을 맺으며 지나가 윙크했다.

"이번에도 잘 부탁해요."

태섭이 윙크에 미소로 화답하고 그대로 돌아섰다. 그의 퇴장은 오늘의 모의가 막을 내렸다는 사실을 의미했다. 서우는 그가 사라진 휘황찬란하고 왁자지껄한 홀에 시선을 두었다. 그리고 다섯 번째 모임이 끝난 후에야 겨우 얻은 두 장의 카드를 놓치지 않으려는 무의식적인 움직임으로 주먹을 꽉 쥐었다.

2 - 6

다섯 번째 모임 후, 서우는 두 가지 새로운 사실을 알게 됐다. 베니와 지나는 전리품을 챙기고, 태섭과 혜선은 형사와 친분을 나눈다.

이 사실들은 지난 몇 개월간 전혀 틈이 보이지 않던 사이크 모임에 처음으로 틈을 만들 수 있는 정보들이었다. 평소 모임의 규칙을 깨는 걸 질색하는 태섭과 혜선은 멋대로 전리품을 챙기는 베니와 지나의 일탈을 달가워할 리 없었고, 연구와 사랑을 위해 모임에 참여하긴 해도 기본적으로는 자신들의 안위가 우선인 베니와 지나는 강력계 형사를 가까이하고 있는 태섭과 혜선의 태도를 좋아할 리 없었다.

하지만 서우는 긴 인내 끝에 얻은 두 카드를 신중히 쓰기로 했다. 한 번이라도 카드놀이를 해본 사람이라면 알겠지만 승리를 위해 우선시해야 할 것은 카드의 위력이 아닌 카드를 낼 타이밍이었다. 갖고 있는 카드들의 위력이 그다지 세지 않은 상황이라면 더욱이 타이밍에 신중을 기해야 했다.

서우는 하루빨리 모임을 탈퇴하고 싶은 마음을 누르고 좀 더 인내심을 발휘하기로 했다. 아직까지 두 카드를 공유해도 좋을 사람은 딱 한 명뿐이었다.

다섯 번째 연쇄살인을 마무리하러 가는 길에 서우는 수호에게 전화했다.

"그러니까 때를 더 기다리는 게 좋을 것 같아."

그 의견에 수호는 순순히 동의했다.

"그래야지. 이제야 희망이 보이기 시작했는데, 괜히 서두르다가 일을 그르칠 수야 없지. 솔직히 영준이 형이 끼어 있는 것도 신경 쓰이고."

"나도. 여차하면 모임을 탈퇴하기도 전에 우리가 먼저 잡힐 수도 있으니까."

"응. 신중하자고. 그나저나 지금은 어디쯤이야?"

"거의 다 왔어."

"같이 갔어야 했는데……. 진짜 미안해."

차 스피커에서 정말로 미안한 수호의 목소리가 흘러나왔다.

벌써 세 번째 사과였다. 서우 혼자 다섯 번째 시체를 처리하도록 만든 일에 대해서였다. 원래대로라면 같이 냉동고에 가야 하지만, 상황상 어쩔 수 없었다. 경찰청 서버가 갑자기 터져서 전 부서가 마비라는데 수호 혼자만 나오라고 할 수는 없었다. 어쩌다 보니 연쇄살인에 동참하고 있긴 해도 그들에겐 엄연히 경찰과 의사라는 본업이 있었다. 이를 소홀히 할 수 없는 건 당연했다. 서우는 수호의 사정을 충분히 이해했기에 전혀 마음 상한 기색 없이 말했다.

"정말 괜찮다니까. 걱정 말고 네 일 봐. 이쪽 일은 내가 알아서 잘 할게."

자신 있게 말한 서우는 그만 전화를 끊고 빠르게 공터를 가로질러서 자정이 되기 전에 냉동고 앞에 도착했다. 이후 능숙하게 자물쇠를 따고 들어가서 전등 스위치를 켰다. 그러자 바닥에 대자로 누워 있는 청년이 보였다.

한여름에 가죽재킷을 입고 죽은 그는 흥신소 직원 남태성이었다.

언뜻 눈에 띄는 외상은 없었다. 혈흔도 묻어 있지 않았다. 이로 미루어보아 사인은 독살로 추정됐다. 일전에 지나가 태섭에게 써보고 싶은 도구가 있으니 잘 부탁한다고 했었는데, 무슨 특이한 독을 쓴 건진 몰라도 시체의 상태는 거북하지 않게 깔끔했다. 시체를 처리해야 하는 입장에선 다행이었다.

서우는 곧바로 행동을 개시했다. 시체의 다리를 잡고 냉동고 앞에 주차해둔 차까지 질질 끌고 갔다. 상당한 힘이 필요했지만, 남태성이 키가 작고 말라서 불가능하진 않았다. 시체를 차체에 기대어 위로 들어 올린 후, 반쯤 들어 올린 상체를 문 열린 트렁크

안으로 넣었다. 그리고 트렁크 밖으로 삐져나온 하체를 마저 들어서 넣고, 쾅 소리 나게 트렁크 문을 닫았다.

그 길로 서우는 서울 근교의 산으로 향했다. 그곳에 비석 없는 남태성의 무덤을 만들어주기 위해서였다. 이번에는 전신을 알코올 솜으로 닦고, 이마에 십자가 낙인을 찍는 과정은 생략했다. 며칠 전 혜선에게서 남태성의 시체는 형사들에게 미끼로 주지 말고 그냥 유기하라는 연락을 받았기 때문이다. 살인 주기가 너무 짧다는 게 이유였다.

혜신이 그러라면 그러는 거지 뭐.

서우는 군말 없이 지시를 따르기로 했다. 그래서 시체와 삽, 두 개의 준비물만 챙겨 가지고 미리 점찍어둔 산으로 갔다. 산 근처에 도착했을 때는 이미 자정이 넘은 시간이었다. 산 입구를 통과하며 서우는 차 안에 흐르던 노래를 껐다. 정적 속에서 속력을 줄이고 어두운 둔덕을 천천히 올랐다.

오로지 라이트 불빛에만 의지해 야산 깊숙이 들어가다 보니 무서움이 절로 몰려왔다. 흔히들 말하기를 귀신보다 사람이 더 무섭다고 하고, 무서운 사람으로 따지면 지금의 서우보다 무서운 사람이야 없겠지만, 그것이 서우가 무서워하지 않을 이유가 되진 않았다. 서우는 무서움에 몸을 움츠리며 전방을 주시했다.

그런데 그때, 예민해진 그녀의 귓가에 위잉 소리가 꽂혔다. 깜짝 놀란 서우는 어깨를 들썩였다. 하지만 곧 소리의 정체를 파악하고 진정했다. 그리고 조수석에 던져놓은 핸드폰을 집었다.

이 시간에 전화할 사람이라면 수호뿐인데. 일이 어떻게 됐는지 궁금해서 전화했나? 어련히 알아서 잘 할까 봐. 서우는 발신자를 확인했다, 그런데 액정 위에 뜬 이름은 이수호가 아니었다. 이우석이었다.

별일이었다. 이제껏 우석은 업무 외 시간에 한 번도 개인적인 연락을 한 적이 없었다. 더욱이 이 야심한 시간에 그냥 전화를 할 리 없었다. 뭐지? 서우는 불길한 예감에 차를 세우고 통화를 연결했다. 그러자 차 스피커에서 그의 목소리가 흘러나왔다. 어쩐지 평소보다 가라앉은 목소리였다.

"선생님, 어디세요?"

"밖인데, 무슨 일이에요?"

"저 어떡해요?"

우석이 거의 넋 나간 목소리로 밑도 끝도 없는 소리를 했다. 뭘 어떡하라는 건지, 서우는 자세한 설명을 요구했다. 그러자 그가 전화한 용건을 횡설수설 밝혔다. 30분 전에 의식이 없는 십대 환자가 응급실로 들어와서 처치를 했는데 특정 약물에 부작용이 있었는지 상태가 심각하게 악화됐다는 것이 요지였다.

설명의 말미에 우석이 체념한 소리를 덧붙였다.

"제가 잘못한 거죠? 그 환자 잘못되면 어떡하죠?"

서우가 침착하게 말했다.

"진정하세요, 이 선생님. 괜찮아요."

마냥 무책임한 말은 아니었다. 자초지종을 들어보니 상황이 안 좋기는 해도 그의 반응만큼 안 좋은 것 같진 않았다. 좀 더 실력 있는 전문의가 나서준다면 아직까지는 충분히 수습이 가능한 상황이었다.

마침 서우의 머릿속에 마땅한 전문의 한 명이 떠올랐다.

"15분 안에 갈게요. 기다려요."

대학병원 정문으로 들어가기 직전, 서우는 연쇄살인범의 페르소나를 집어던졌다. 그리고 더 오래되고 익숙한, 의사라는 페르소나를 새로 썼다. 그대로 긴 복도를 달려서 응급실 문을 박차고 들어갔다.

밤새 침상에 붙어서 지식과 경험을 쏟아부은 결과, 날이 밝아올 무렵 죽음의 목전까지 갔던 십 대 환자는 본연의 안색과 호흡을 되찾았다. 그 환자를 일반 병실로 올려 보낸 후 겨우 한시름을 놓은 서우는 밖으로 나가려 했다. 하지만 들어올 땐 그녀 마음대로지만 나갈 땐 아니었다. 날이 밝았다는 것은 곧 그녀의 근무시간이 시작됐음을 의미했기 때문이다.

하필이면 오늘따라 아침부터 환자들이 끊이지 않았다. 개인적으로 볼일이 있는 의사의 사정 따윈 그들이 상관할 바가 아니었다. 차례차례 앞에 서는 환자들 때문에 꼼짝없이 발이 묶인 서우는 본의 아니게 일에 매진했다. 그리고 정확히 퇴근시간이 되어서야 본업의 족쇄에서 풀려났다. 서우는 동료들에게 인사도 없이 도망치듯 응급실을 뛰쳐나왔다. 그리고 엘리베이터가 아닌 비상구 계단으로 향했다.

비상구 문을 여는 순간 그녀는 다시 페르소나를 갈아 끼웠다. 의사에서 연쇄살인범으로 순식간에 역할을 바꾸었다. 그리고 지하 3층까지 계단을 두 개씩 뛰어 내려갔다. 하루 종일 트렁크에 방치해둔 남태성의 시체가 여름 습도에 부패해 악취를 풍기기 전에 처리하려면 서둘러야 했다.

순식간에 지하 3층에 도착한 서우는 더 서둘렀다. 뛰어서 주차장을 가로질렀다. 그러자 저 멀리 자신의 차가 보였다. 차는 간밤에 주차한 모양 그대로 서 있었다. 서우는 속도를 늦추지 않고 그대로 차 앞까지 달려갔다. 그리고 보닛에 손을 탁 찍고서야 겨우 정지했다. 서우는 잠시 선 채로 숨을 골랐다. 헉헉, 숨을 들이켜고 내쉬고를 반복했다. 그런데 어느 순간 헉, 들이켠 숨을 다시 내뱉지 못했다.

차 뒤에 쭈그리고 앉아 있던 누군가가 갑자기 몸을 일으켜 세웠기 때문이다.

"생각보다 일찍 왔네."

숨어 있던 누군가, 아영이 말했다. 예상하지 못했던 그녀의 등장에 놀란 서우의 말문이 일시적으로 막혔다. 그러자 아영이 다시금 발언권을 가져갔다.

"근데 왜 이렇게 뛰어왔어?"

뒤늦게 말문이 트인 서우가 전혀 딴 소리를 했다.

"네가 왜 여기 있어?"

이에 아영이 자신의 질문을 버리고, 서우의 질문을 취했다.

"왜긴. 너 기다렸지. 설마 잊은 거야?"

아니. 잊지 않았다. 오늘이 부부동반 모임 날이란 걸 말이다. 수호가 모임을 승낙했다고 알리자마자 아영은 약속 날짜를 잡았고, 어제까지 몇 번씩이고 날짜를 상기시켰다. 절대 잊을 수 없는 그 약속을 지키러 가기 전, 남태성의 시체부터 처리하려고 했는데, 설마 아영이 같이 가자고 기다리고 있을 줄은 상상도 못했다.

일이 이렇게 되면 곤란한데, 하고 생각하며 서우는 트렁크 쪽으로 눈동자를 돌렸다. 그러자 아영의 눈동자가 서우를 따라 돌아갔다. 순간, 아차 싶었다. 평소 아영의 직업병을 알고 있는 서우는 얼른 눈동자를 원래 자리로 돌렸다. 그리고 미처 핑계거리를 생각하지 못한 채 일단 대답부터 했다.

"당연히 안 잊었지. 그런데 같이는 못 갈 거 같은데."

바로 아영이 의문을 표했다.

"왜?"

왜냐하면, 서우는 말끝을 길게 늘이며 뒤늦게 핑계거리를 생각했다. 하지만 마땅한 아이디어가 떠오르지 않았다. 그동안 아영의 표정은 눈에 띄게 굳어갔다. 오래 시간을 끌 수 없다고 판단한 서우는 할 수 없이 이렇게 말했다.

"그냥 개인적인 일이 있어."

"개인적인 일?"

아영이 고개를 갸웃했다. 어째 답을 듣기 전보다 들은 후 더 의아스러운 표정을 지었다. 하지만 다행히 더 이상 대화를 이어가진 않았다. 개인적인 일이라는 말은 상대에게 알려주고 싶지 않은 일이 있을 때, 상대의 질문을 차단하기 위해 쓰기 좋은 말이었다. 보통의 사람들은 이 단어가 만들어내는 보루를 잘 넘지 않았고, 이는 아영 또한 마찬가지였다.

"그래, 알았어."

아영은 순순히 차 옆에서 물러났다. 서우는 미안한 얼굴로 혼자 차에 탔다. 그리고 이따 보자는 말을 남긴 채 엑셀을 밟았다. 주차장을 빠져나가면서 서우는 백미러로 아영의 모습을 보았다. 아영은 서우가 알려주고 싶지 않은 일이 뭔지 고민하는 표정으로 그녀의 차 뒤꽁무니를 끝까지 지켜보고 있었다.

오후 7시, 서우는 산 입구에 도착했다. 그 시간에 주위는 대낮과 다름없이 환했다. 여름의 해는 앞으로도 한 두 시간은 물러날 생각이 없어 보였다. 기왕이면 어둠을 틈타 작업하고 싶었지만 할 수 없었다. 다행히 산은 험한 산세에 비해 경치가 형편없어서 인적이 거의 없다는 이점을 여전히 가지고 있었다.

서우는 산 초입의 둔덕을 넘어 흙길을 달렸다. 그리고 산 중턱에서 하차해 트렁크를 열었다. 한 번 냉동됐다 해동된 시체의 상태는 보기 좋지 않았다. 냄새는 더 좋지 않았다. 역한 냄새가 대기를 물들이는 동안, 서우는 숨을 꾹 참고 시체의 겨드랑이 사이에 손을 넣어서 트렁크 아래로 떨어트렸다. 쿵, 제법 큰 소리가 사방에 울려 퍼졌다. 하지만 어차피 들을 사람이 없다는 것을 알고 있기에 서우는 당황하지 않고 다음 일을 진행했다. 미리 준비해 온 밧줄로 올가미를 만들어서 시체의 목에 걸고, 어깨를 지렛대 삼아 밧줄을 부여잡은 후 걸음을 옮겼다.

흙길을 벗어나 깊은 산속으로 들어가자 곧 빽빽한 나무들 사이로 노란색 스마일 스티커가 붙은 나무 하나가 보였다. 그 나무를 이정표 삼아 좀 더 안으로 들어가자 같은 스티커가 붙은 나무가 또 보였다. 그렇게 나무 다섯 그루를 지나가자 드디어 목적지인 평지가 나왔다. 평지 한가운데에는 커다란 구덩이가 있었다.

오늘 아침, 서우에게서 미처 일을 처리하지 못했다는 연락을 받은 수호가 무리하게 연차를 써서 미리 파둔 구덩이였다. 서우는 질질 끌고 오느라 엉망이 된 남태성의 시체를 발로 밀어서 구덩이 속에 가차 없이 집어넣었다. 그리고 땀으로 범벅이 된 이마를 팔뚝으로 슥 닦았다.

이제 남은 일은 시체를 넣은 구덩이를 메우는 일뿐이었다. 서우는 구덩이 옆에 있는 흙무더기를 보았다. 구덩이를 팔 때 나온 흙으로 만들어진 것이 분명한 그 흙무더기에는 삽 하나가 꽂혀 있었다. 서우는 양손으로 삽 손잡이를 잡고 뽑았다. 그리고 흙을 원래 있던 곳으로 돌려놓기 위해 크게 한 삽을 팠다. 그런데 그때, 고요하던 산속에 핸드폰 벨소리가 울렸다. 또 뭐야. 서우가 주머니에서 핸드폰을 꺼내서 전화를 받았다. 이번에는 수호의 목소리가 들려왔다.

"어떻게 돼 가?"

서우가 삽에 기대서서 대답했다.

"이제 메우려고 하고 있어."

"이제 메운다고? 7시 30분인데?"

서우는 귀에서 핸드폰을 떼고 시간을 확인했다. 과연 산에 도착한 지 벌써 30분이나 지나 있었다. 이런 페이스라면 약속시간인 8시까지는 절대 못 갈 것 같았다. 지각을 예감한 서우는 수호에게 아영 내외가 듣고 싶어 할 법한 이야기, 그러니까 수호의 아버지에 대한 이야기를 해주며 자신의 부재를 잊게 하라고 일렀다.

"그러긴 하겠는데……. 그래도 빨리 와."

수호가 웬일로 재촉했다. 서우는 최대한 빨리 갈 테니 부탁한다고 당부했다. 그리고 전화를 끊고 작업 속도를 올렸다. 흙을 한 삽 퍼서 구덩이 속에 넣고 땅을 다지지 않은 채 바로 다음 한 삽을 또 퍼서 구덩이 속에 넣었다. 그렇게 대강 구덩이를 메운 후 시간을 보자 딱 8시였다. 확실히 지각은 예약이었다. 하지만 서두르면 지각 시간만큼은 단축할 수 있었다. 서우는 슬슬 어두워지기 시작한 하늘을 등지고 옆구리에 삽을 낀 채 신속히 시체유기 장소를 벗어났다.

서울 한복판에 있는 고급 중식당에 서우의 차가 도착했을 때는 이미 약속시간으로부터 20분이 지난 후였다. 서우는 식당 입구를 통과하자마자 중앙 테이블에 앉아 있는 세 사람을 발견했다. 수호와 아영과 아영의 남편, 박준호 검사.

그들은 이미 한창 식사 중이었다. 서우는 직원의 도움 없이 곧장 그들에게 다가갔다. 그리고 사과 말로 자신의 존재를 알렸다.

"늦어서 죄송해요."

그녀가 자리에 앉자마자 세 사람 중 가장 빠르게 아영이 말을 걸었다.

"개인적인 일은 잘 해결했어?"

어쩐지 말투가 평소와 달랐다. 역시 아까 일을 이상하게 생각하는 게 분명했다. 서우는 바로 대답하지 않고 손에 쥐고 온 쇼핑백을 먼저 건넨 후 대답했다.

"사실은 이것 때문이었어."

"이게 뭔데?"

"선물이지. 오랜만에 모임인데 빈손으로 올 수가 있나."

서우에게서 쇼핑백을 건네받은 아영이 안에서 한정판 와인을 꺼냈다. 서우는 이걸 사러 갔다가 가게에 손님이 너무 많아서 늦었다고 지각의 이유를 설명했다. 그리고 준호를 보며 다시 한 번 사과한 후 이렇게 덧붙였다.

"서프라이즈로 드리려고 했는데 아영이가 눈치 없이 따라오려 하더라고요."

아영이 민망한 웃음을 지었다. 그 웃음이 평소와 같은 것으로 보아 괜한 의심을 거둔 게 분명했다. 그렇다면 앞으로 서우를 몰래 관찰하는 노력은 할 리 없을 것 같았다. 솔직히 그녀가 작정하고 촉을 세운다면 속일 자신이 없었는데 다행이지 싶었다. 산에서 식당으로 오는 사이에, 단골 와인 가게에 전화해서 금방 들릴 테니 최고급 와인을 미리 준비해 달라고 부탁한 보람이 있었다.

서우가 겨우 한시름 놓았을 때, 준호가 선물에 대한 감사 인사를 했다. 그리고 테이블 위에 한가득 놓인 중식 요리들을 가리키며 말했다.

"시장하실 텐데 식사하시죠."

서우는 가장 가까이에 있는 깐풍기 한 조각을 집으며 식사를 시작했다. 그때 고량주를 한 모금 마신 준호가 무언가 아쉬운 기색으로 말을 이었다.

"사실은 여기 말고 다른 곳에서 뵙고 싶었는데 그곳은 이미 예약이 꽉 차 있더라고요. 조금 멀긴 하지만 괜찮은 레스토랑이 있거든요. 사이크라고."

바로 그 순간 서우가 컥, 소리를 내며 대화를 끊었다. 곧바로 준호가 물 잔을 건네며 괜찮으냐고 물었다. 서우는 목에 걸린 깐풍기를 물로 내리며 그렇다고 답했다. 그러자 준호가 서우와 수호를 번갈아보며 끊겼던 대화를 이었다.

"혹시 가보셨나요?"

두 사람이 동시에 답했다. 서우는 아니라고, 수호는 그렇다고 했다. 서로 다른 대답에 두 사람은 서로를 탓하는 눈길을 보냈다. 민망해진 서우가 화제를 돌릴 의도로 말했다.

"그나저나 제가 오기 전엔 무슨 얘기를 하고 계셨어요?"

그 질문에 아영이 나섰다.

"사건 얘기를 하고 있었어."

"무슨 사건?"

"판사 시절에 이 총장님께서 맡았던 사건."

아영의 짤막한 대답에 준호가 나서서 부연 설명을 했다.

"원래 식사 자리에선 사건 얘기를 안 하는 게 매너인데, 이 총장님 사건은 예외예요. 그분이 판사 시절에 워낙 대쪽 같은 판결만 하셔서 얘기를 하다 보면 속이 다 시원해지거든요."

이 대목에서 준호는 수호의 눈치를 슬쩍 보고 이어 말했다.

"개인적으로 전 이 총장님 같은 판사님들이 더 많아져야 한다고 생각해요. 최근 들어 그런 정신이 좀 사라졌잖아요? 분위기가 인도적이다 못해 해이해졌죠. 처음이라서 감형, 술 마셔서 감형, 나이가 어려서 감형, 정신병이 있어서 감형. 별별 이유로 법망을 피해가는 사람들이 너무 많아졌어요. 안 그래?"

준호가 아영을 보며 동의를 구했다. 아영이 선뜻 지원사격을 했다.

"그렇지. 오죽하면 법정에 세우느니 그냥 복수하는 게 낫다는 소리들을 하겠어. 솔직히 난 좀 이해돼. 요즘 그런 사람들 많을걸?"

이번에는 아영이 준호에게 동의를 구했다. 하지만 준호는 웃으며 고개를 저었다.

"법조인으로서 노코멘트 할게."

"그래도 아니라고는 안 하네?"

아영이 소리 내어 웃으며 수호에게로 시선을 돌렸다.

"수호 씨는 어떻게 생각해요?"

"네?"

수호가 기습적인 질문에 당황한 기색으로 말했다.

"아, 저도…… 이해는 돼요."

그의 당황을 감추기 위해 서우가 묻지도 않은 소리를 했다.

"나도 이해돼. 법이 제 역할을 못 하니까 사람들이 그런 마음을 품지."

그때 갑자기 준호가 진지한 표정을 지었다.

"그러니까 법이 잘 돌아가도록 해야죠."

뒤이어 그는 그러기 위해서는 이 총장님 같은 분들이 나서서 힘을 써주어야 한다는 뜬금없는 말을 붙였다. 그리고 최근 검찰청 내 분위기와 정치에 대한 이야기를 자연스럽게 꺼냈다. 아마도 슬슬 만남의 목적을 달성하려는 모양이었다.

1퍼센트의 이야기를 나누기 위해 99퍼센트의 이야기를 돌려하는 건 사이크에서나 여기에서나 마찬가지였다. 솔직히 서우는 사이크에서도 살해 대상과 순번을 정하기 위해 굳이 한 달에 한 번씩 모여 식사를 할 필요가 없다고 생각했다. 그런 모임은 우리가 한 팀이라는 결속을 굳히기 위한 형식적인 의례에 불과했다.

인간은 함께 밥을 나눠 먹은 동료들을 그렇지 않은 동료들보다 친밀하게 여기고 배신하지 않는다. 바로 이 습성을 이용하기 위함이었다. 보통의 어른들은 이를 빤히 알면서 장단을 맞추는 상황에 익숙했다. 물론 서우 또한 예외는 아니었다.

서우는 조금의 관심도 없는 준호의 이야기를 제법 흥미 있는 척 들었다. 그리고 접시를 하나씩 비워가면서 점점 딴 생각에 빠져들었다. 다른 때보다 고비가 있긴 했지만 결과적으로 남태성의 시체를 잘 처리했으니, 이제 손에 쥔 두 카드를 어떤 타이밍에 사용할지 궁리할 차례였다.

바로 그때, 창밖에서 장마의 끝물을 타고 온 비 한 방울이 뚝 떨어졌다.

2 - 7

부부동반 모임이 끝난 후, 집으로 돌아온 서우는 바로 곯아떨어졌다. 날을 꼬박 새운 여파였다. 하지만 단잠은 오래 이어지지 못했다. 새벽녘에 전화벨 소리가 울렸다.

이 시간에 오는 전화가 좋은 소식을 알릴 리 없었다. 머리맡에 둔 핸드폰이 새벽의 고요를 깼을 때, 서우는 막 잠에서 깨는 와중에도 좋지 않은 일이 벌어졌음을 직감했다. 그녀는 손을 뻗어 핸드폰을 집고 누운 채로 전화를 받았다.

곧바로 수호의 목소리가 들려왔다.

"문제가 생겼어."

"얘기해."

"남태성의 시신이 발견됐어."

역시. 나쁜 소식이 실체를 드러냈다. 서우는 땅에 묻은 시체가 어떻게 발견됐는지 물어보려다 관두었다. 가까운 곳에서 쏴 하는 물줄기 소리가 들려왔기 때문이다. 핸드폰을 귀에 댄 채, 서우는 자리에서 일어나 창가로 갔다. 그리고 암막 커튼을 젖혔다.

"비 때문에 산사태가 났대."

핸드폰 너머에서 수호의 목소리가 다시 들려왔다.

"새벽에 심마니가 시체를 발견하고 신고했다나 봐."

심마니? 일이 꼬이려니까 별 인간이 다 꼬이네. 서우는 손톱을 꽉 깨물었다. 그리고 아침이 시작되기도 전에 떠도는 소식의 출처를 물었다.

"근데 그걸 어떻게 알았어?"

"당연히 영준이 형이지."

"이 시간에 너한테 전화해서 알려줬다고?"

"아니. 방금까지 같이 있었어. 어제 집에 가는 길에 형이 한잔하자고 해서. 근데 갑자기 사건이 생겼다고 연락이 와서 안 거야. 지금 형은 경찰청으로 갔고, 나는 집으로 가는 중이야. 출근해서 자세한 상황을 알아봐야지."

"알았어. 그럼 나는 뭘 할까?"

"너?"

수호가 시간차를 두고 답했다.

"일단 기다려봐. 내가 더 알아보고 연락할게."

더 이상 전할 말이 없는 그는 그 말을 마지막으로 전화를 끊었다. 다시 잠들기 무리라고 생각한 서우는 창 앞에 가만히 섰다.

깜깜한 창에 그녀의 모습이 거울처럼 비쳤다. 귓전에선 세찬 빗소리가 불길하게 울렸다.

아침 8시, 서우는 이변 없이 출근했다. 집에서 버티고 있어봤자 달라질 일은 없었다. 핸드폰을 쥐고 오지 않는 수호의 연락을 오매불망 기다리고 있을 바에야 병원에서 바쁘게 일하며 기다림을 잊는 편이 나았다.

그러나 서우는 근무시간 내내 한 명의 환자를 보내고 또 다른 환자를 받는 찰나의 순간마다 핸드폰을 확인했다. 평소보다 자주 화장실을 들락거리면서도 확인했고, 다른 날보다 많이 정수기를 오가면서도 확인했다. 점심시간에는 아예 점심을 거른 채 휴게실에 틀어박혀서 핸드폰 액정만 보고 있었다.

기약 없는 기다림은 애당초 그녀의 성미에 맞지 않았다. 오후 3시가 되도록 수호에게서 아무 연락이 없자 서우는 돌아가는 상황이 궁금해 미칠 것 같았다.

가장 궁금한 건 역시 남태성의 시체에 베니 또는 지나의 생물학적 흔적이 남아 있었는지 여부였다. 그의 시체를 닦지 않고 유기했으므로 충분히 가능한 상황이었다. 그리고 만일 아주 작은 단서라도 남아 있다면 사이크 모임은 창설 이래 처음으로 형사들에게 꼬리를 잡힐 확률이 컸다.

다음으로 궁금한 건 사이크 멤버들의 반응이었다. 서우는 다른 멤버들이 이 사태를 알고 있는지, 알고 있다면 어떻게 받아들이고 있는지 궁금했다. 남태성의 시체가 드러난 건 소나기 덧이었지만, 그 이전에 서우와 수호가 마무리를 제대로 못한 탓이 더 컸다. 정확히는 서우 혼자서 못한 것이었다. 그녀는 다른 멤버들이 이 실수에 대해 어떻게 생각하는지 알고 싶었다.

하지만 원래 연락하고 지내지 않았던 그들은 오늘이라고 딱히 연락하지 않았다. 물론 서우 본인도 연락할 수 없었다. 체포가 코앞일 수 있는 상황에서 서로의 관계를 증명하는 핸드폰 기록을 남기는 멍청한 짓을 할 수 없어서였다.

역시 할 일이라곤 기다림뿐이었다.

서우는 남은 근무시간을 오직 기다리며 보냈다. 그리고 그 어느 때보다도 길었던 하루의 끝에 퇴근을 위해서 응급실을 나섰다.

마침 엘리베이터가 내려오고 있는 중이었다. 서우는 버튼을 눌러서 막 지나가려는 엘리베이터를 잡았다. 스르륵 문 열린 엘리베이터 안에는 아무도 없었다. 서우가 한 발을 떼었다. 그런데 바로 그때, 그녀의 등 뒤에서 누군가 나타나 그녀보다 빠르게 안으로 들어가 몸을 돌렸다.

마주한 사람은 혜선이었다.

갑작스러운 혜선의 등장에 당황한 서우는 굳은 채로 움직이지 않았다.

그러자 혜선이 싱긋 웃으며 고갯짓으로 자신의 옆을 가리켰다.

지금 웃었어?

하루 종일 패닉에 빠져 있던 서우는 깜짝 놀랐다. 그리고 여전히 발을 떼지 않은 채 고개를 들어 천장에 설치되어 있는 CCTV를 올려 보았다. 그 의미를 눈치챈 혜선이 소리 내어 말했다.

"괜찮아요. 어차피 소리는 들리지 않으니까."

그리고 다시 한 번 옆으로 고개를 까딱했다. 할 수 없이 서우는 엘리베이터 안으로 들어갔다.

두 여자는 정면을 바라보며 나란히 섰다. 이야기를 나눌 시간은 많지 않았다. 엘리베이터가 미처 한 층을 내려가기 전에 혜선이 시간 낭비 없이 본론을 얘기했다.

"지나 씨가 체포됐어요."

그 한마디에 서우는 하루 종일 궁금했던 두 질문에 대한 답을 얻었다. 하나, 남태성의 시체에는 지나의 생물학적 흔적이 남아 있었다. 둘, 영준이 이끄는 수사 전담팀은 하루 만에 지나를 잡았고, 현재 사이크 멤버들은 그 사실을 알고 있다.

불시에 나쁜 소식들만 알게 된 가운데, 그나마 위안이 되는 한 가지는 평소와 같은 혜선의 말투와 표정이었다. 그녀의 분위기로 미루어보아 사이크 멤버들은, 적어도 혜선은 서우에게 화가 나 있는 거 같지 않았다. 서우가 B1이라고 뜬 엘리베이터 전광판에 시선을 고정하고 말했다.

"그럼 이제 어떻게 할 거예요?"

"아무 일도 안 해요."

"아무 일도 안 한다고요?"

"네. 시간이 알아서 해결해줄 거예요. 그동안 지나 씨 걱정은 하지 않아도 돼요. 그 친구는 워낙 스릴을 좋아하니까, 지금 상황도 즐기고 있을 거예요. 원래 전리품을 챙길 정도로 겁이 없잖아요."

빠르게 던져진 그 말에 서우는 어떤 반응도 보이지 않았다. 그저 손가락 사이로 카드 한 장이 빠져나간 것을 느끼며 손을 움츠렸을 뿐이었다. 그때 전광판에 B2가 떴다. 혜선은 서우의 반응을 기다리지 않고 서둘러 남은 말을 했다.

"베니 씨는 법을 잘 아는 사람이니까 옆에서 지나를 잘 컨트롤할 거예요. 태섭 씨도 그녀를 위해서 최고의 변호사를 알아봐줬고요. 수사를 맡은 상대 형사가 보통 사람이 아니긴 하지만 상관없어요."

이 대목에서 혜선은 잠시 말을 끊었다가 다시 했다.

"차영준 형사는 이번에 아무 힘도 못 쓸 거예요."

역시 서우는 어떤 대꾸도 하지 않았다. 다만 남은 카드 한 장도 땅에 떨어졌음을 알았다. 형사와의 친분을 빌미로 태섭과 혜선을 협박하겠다던 계획은 애당초 가당치 않았다. 그들은 이미 형사 그 자체를 이용하고 있는 사람들이었으니 말이다. 협박은커녕 자신에게 주어진 일 하나도 제대로 처리하지 못한 서우는 위기를 모면하기 위해 다른 멤버들에게 의존해야 하는 처지였다.

혜선은 그 사실을 굳이 상기시켰다.

"너무 걱정 마세요. 이런 때를 위해서 시스템을 만들어둔 거니까."

그 말이 끝나는 순간, 전광판에 B3이 떴다. 곧바로 엘리베이터 문이 스르륵 열렸고, 혜선이 손바닥을 바깥으로 향해 서우에게 이만 가보라는 뜻을 전했다. 서우는 그녀의 지시에 따라 천천히 밖으로 나갔다. 그리고 돌아서서 안에 있는 혜선과 마주 보았다. 문이 닫히기 직전, 혜선이 웃으며 마지막 말을 했다.

"우리는 고작 이런 일로 무너지지 않아요."

믿어도 될까? 믿고 싶기도 하고 아니기도 했다.

지금 사이크 모임이 무너지면 서우는 꼼짝없이 철창행이었다. 그러므로 시스템 덕분에 모임이 건재할 것이라는 혜선의 말을 믿고 싶었다. 하지만 한편으로는 형사들에게 발목이 잡힌 일을 '고작 이런 일'이라고 일컫는 혜선의 뜻대로 모임이 건재하면 영원히 그녀에게 발목이 잡힐 것 같아 믿고 싶지 않기도 했다.

서우는 소파에 몸을 깊이 파묻고 괴로운 신음소리를 냈다. 그때, 막 방안에서 나온 수호가 그 소리를 듣고 물었다.

"왜 그래?"

서우는 말해봐야 답도 없는 일에 대해 얘기하지 않고 고개를 저었다. 수호가 더 이상 묻지 않고 거실을 가로질러 와서 서우의 옆에 앉았다. 그리고 하루 종일 연락 한 번 주지 않은 채 파악해 온 정보를 한꺼번에 나누었다.

첫 번째 정보는 지나의 체포 이유였다.

"남태성의 가죽재킷 주머니 안에 지나의 머리카락이 한 움큼 있었대. 양으로 봐서 우연히 들어갔을 리는 없고, 죽기 전에 일부러 뽑아서 넣어둔 것 같다나 봐. 본인의 시체가 형사들의 손에 들어갈 경우를 대비해 최후의 발악을 한 거지."

서우가 접수했다는 뜻으로 고개를 끄덕이자, 수호가 바로 다음 말을 이었다. 그가 파악한 두 번째 정보는 지나가 선임한 변호사였다.

"이름은 유공민이야."

수호는 조금 전 방에서 프린트한 종이 한 장을 서우에게 주며 말했다. 종이 위에는 유공민의 프로필이 적혀 있었다.

태섭이 영준의 적수로 알아봤다는 유공민은 국내 최고 로펌의 루키 변호사였다. 5년 전 수석으로 로스쿨을 졸업한 후, 현재까지 고공행진 중이었다. 야망이 상당해서 이슈가 될 만한 사건들만 골라 맡고 있으며, 그 야망을 뒷받침할 실력으로 무패 행진을 기록하고 있었다. 한마디로, 장래가 유망한 잘나가는 변호사였다.

프로필을 모두 읽은 서우는 종이를 내려놓고 물었다.

"그런데 지나 씨는 아직 정식으로 기소된 상황이 아니잖아. 이런 잘나가는 변호사를 쓰면 오히려 수상해 보이지 않아?"

수호가 단숨에 그 걱정을 일축했다.

"전혀 아니야. 지나 씨는 부자잖아. 부자가 잘나가는 변호사를 쓰는 건 이상하지 않지. 보통은 비싸서 못 쓰는 거니까."

이어서 수호는 세 번째 정보인 유공민의 변호 전략에 대해 말해주었다.

"그는 무조건 우연이라고만 주장하고 있어. 남태성의 가죽재킷에 지나 씨의 머리카락이 들어 있었던 건 그냥 우연이래. 두 사람이 길에서 부딪힐 때 재킷 지퍼에 머리카락이 걸려서 들어갔던지, 이미 길에 떨어져 있던 지나 씨의 머리카락을 남태성이 주워서 주머니에 넣었던지. 아무튼 우연이래."

"그게 말이 돼?"

"안 되지."

"근데 왜 그런 전략으로 가는 거야?"

"왜냐하면 이번 사건의 경우 머리카락 건만 유야무야 넘어가면 기소 자체가 어려울 수 있거든. 일단 지나 씨에게는 남태성을 살해할 동기가 없잖아. 남태성의 시신이 발견된 산으로 간 적도 없고."

당연했다. 그 산에 갔던 사람들은 서우와 수호였으니까.

"살해 도구를 구할 방법도 없고."

이 또한 당연했다. 그 도구를 구해준 건 태섭과 혜선이었으니까.

사실 유기 장소와 살해 도구 중, 형사들을 더 골치 아프게 만드는 건 후자였다. 지나가 써보고 싶다며 태섭에게 부탁했던 살해 도구는 붉은사슴뿔버섯이었다. 치명적인 독버섯의 일종인 그것은 보통 사람이 쉽게 구할 수 있는 게 아니었다.

태섭이야 평소 자주 거래하던 버섯 판매자의 도움을 받아 어렵게라도 그 버섯을 손에 넣을 수 있었지만, 7그램도 치명적인 그 버섯을 70그램씩이나 지나가 구할 방법은 없었다. 만일 그녀가 직접 구했다면, 그 경로는 반드시 드러나야 했고 그렇지 않다면 형사들은 계속 그녀를 압박할 수 없었다.

물론 조금만 생각하면 지나가 붉은사슴뿔버섯을 구할 방법이 아주 없지만은 않지만 말이다. 서우는 바로 그 가능성에 대해 수호에게 물어보았다.

"근데 공범에 대한 얘기는 안 나와?"

수호가 기다렸단 듯 답을 주었다.

"안 나올 리가 없지. 영준이 형은 바로 공범 얘기부터 했어. 다른 사람이 버섯을 구해주고 시체도 버려줬을 거라고."

"그런데?"

"공범에 대한 단서가 전혀 없잖아. 그래서 유공민이 머리카락 문제만 어떻게든 넘어가서 판을 키우지 않으려는 거야."

가지고 있는 정보를 모두 풀어놓은 수호는 혜선과 같은 결론을 내렸다.

"아무래도 이번엔 무사히 넘어갈 거 같아. 사이크 모임의 연결고리가 드러나지 않는 한 지나 씨는 결국 풀려나게 될 거야. 우리가 체포되는 일도 없을 거고."

서우는 그 말에 동의했다.

그래서 문득 무서워졌다.

2 - 8

사실 언제나 무섭긴 했다. 듣도 보도 못한 연쇄살인 모임에 멤버가 되어 주기적으로 살인을 저지르고도 무섭지 않다면 사람도 아니었다. 지난 몇 달 동안 서우는 늘 떨리고, 긴장되고, 불안하고, 초조하고, 억울하고, 무서웠다.

하지만 그래도 이렇게 정신 못 차릴 정도는 아니었다.

아니다, 이제야 정신을 차린 건가?

응급실에서 가족의 사망 소식을 전해 들은 유족들 중에는 바로 울지 않는 사람들이 제법 있다. 갑작스러운 충격에 미쳐버리지 않도록 방어기제가 작동했기 때문이다. 충격이 불러오는 격렬한 감정들은 인체의 신비에 따라 잠시 보류된다.

서우는 지금까지 자신도 그런 상태였다고 생각했다. 끔찍한 사건들 속에서 제정신을 유지할 수 있게 방어기제가 작동했던 게 틀림없었다. 그래서 자신감이 과잉된 상태로, 스스로가 살인에 소질이 있어 선택됐다고 믿고, 다른 멤버들의 뒤를 캐다보면 언젠간 약점을 잡아 딜을 할 수 있다고 판단했던 게 분명했다.

하지만 막상 발을 삐끗하고 나니 비로소 정신이 들었다.

현실 감각을 되찾고 주위를 보자 그녀는 줄곧 다른 멤버들의 손바닥 안에 있었다. 그녀뿐만이 아니었다. 사실 경찰을 비롯한 모두가 그들의 발아래에 있었다.

수사 전담팀은 머리카락 이외의 증거를 찾으려고 전력을 기울였지만 성과를 거두지 못했다. 공범을 찾으려는 필사의 노력 또한 허사로 돌아갔다. 가장 유력한 후보인 베니는 법에 정통한 사람인 지라 쉽게 틈을 보이지 않았다. 그를 제외한 후보들은 너무 많아서 특정인을 추릴 수 없었다. 평소 지나가 여기저기에 돈을 뿌리고 다니며 무수한 사교 활동을 한 결과였다. 그러다 보니 고작 한 달에 한 번 비즈니스차 밥만 먹은 사이인 사이크 멤버들은 후보군에 오르지도 못했다.

수사는 금방 교착 상태에 빠졌다. 영준은 유일한 용의자인 지나를 풀어줄 수 없었고, 지나는 피고인이 되지 않기 위해 묵비권을 행사할 수밖에 없었다. 피차 물러날 수 없는 상황에서 대치 상태는 쉬이 풀리지 않았다.

그동안 서우는 평소와 다름없는 생활을 유지했다. 같은 시간에 출퇴근을 하고, 반복적인 업무를 처리하고, 비슷한 사람들과 비슷한 메뉴의 밥을 먹으며 지냈다. 길어지는 수사는 별로 걱정하지 않았다. 어차피 이 상황이 어떻게 끝날지 알고 있었기에 불안하게 손톱을 뜯는 일은 없었다. 대신 무섬증 때문에 하루에 두어 번씩 오한을 느끼며 남모르게 몸을 떨었다.

그리고 얼마 후, 유난히 날씨가 화창하던 어느 낮에 드디어 긴 침묵의 끝을 알리는 한 통의 문자를 받았다.

'레스토랑 사이크 – 프로모션 행사 진행 중입니다. 금일 8시 이후에 오시는 모든 고객님께 한정판 와인을 드립니다.'

저녁 8시에 맞춰 서우는 사이크에 도착했다. 낮에 같은 문자를 받은 수호도 함께였다. 이제는 제법 친숙해진 매니저가 다가와서 안내를 했다. 그는 북적이는 홀을 가로질러서 가장 후미진 테이블로 앞장서 갔다.

그 테이블에는 예상대로 베니와 지나가 있었다. 그리고 그들의 옆에는 웬일로 태섭과 혜선도 같이 있었다. 테이블 위에 숫자가 가득한 종이들이 펼쳐져 있는 것으로 보아 긴급 비즈니스 모임을 가장하고 있는 듯했다.

"왔어요?"

그들 중 가장 먼저 서우와 수호를 발견한 지나가 말했다. 어깨선이 훤히 드러나는 빨간 원피스를 입은 그녀는 그보다 더 빨갛게 칠한 입술을 씩 올리며 웃었다. 땋아 내린 금발 머리카락은 한 달 전에 보았을 때보다 더 윤기가 나 보였다. 어떻게 봐도 오늘까지 형사들의 취조를 받은 사람의 행색은 아니었다.

물론 그녀의 옆에 앉아 있는 베니도 한 달 동안 용의자가 된 아내를 걱정했던 사람의 모습이 아니었다. 에스닉 패턴의 셔츠를 입고 반갑게 손을 흔드는 그는 솔직히 마지막으로 봤을 때보다 살이 좀 올라 보였다.

당사자인 두 사람이 이러하니, 당사자가 아니었던 태섭과 혜선에 대해서야 말할 것도 없었다. 그들은 여느 때와 같은 안색과 차림으로 여유롭게 미소를 지으며 서우와 수호가 가까이 오기를 기다렸다.

이에 응하지 않고 버틸 명분이 없는 서우와 수호는 천천히 그들에게 다가갔다. 그러자 지나가 다시금 빨간 입술을 열고 웃음기를 묻혀 속삭였다.

"언니 덕분에 재밌는 경험을 했어요."

말만 들으면 비꼬는 것 같았지만 표정을 보아하니 진심인 것 같았다. 이런 말에는 도대체 어떻게 반응해야 할지 몰라 서우는 일단 지나를 따라 웃었다. 그런데 얼굴 근육이 잔뜩 경직돼 생각처럼 잘 웃어지지 않았다. 서우는 너무 이상하게 보이지 않았기를 바라며 자리에 앉았다.

그때 동시에 옆자리에 앉은 수호가 태섭에게 물었다.

"이제 다 끝난 거죠?"

"네. 아까 공식적으로 불기소 처분이 났어요."

"다행이네요. 그런데……."

수호가 찜찜한 표정으로 질문을 이었다.

"왜 이렇게 바로 모인 거예요? 설마 오늘도 모의를 할 건 아니죠?"

지난번 모임과 딱 한 달의 간격을 두고 모이게 된 것이 마음에 걸려 하는 소리였다. 이에 태섭이 안심하라는 듯 고개를 내저었다.

"아니에요. 일도 아니고 매번 날짜를 맞출 필요는 없죠. 오늘은 그냥 축하하려고 만난 거예요. 문제가 잘 풀릴 줄은 알았지만 그래도 모두 수고했으니까."

태섭이 테이블 한편에 놓여 있던 한정판 와인 병을 집으며 말했다.

"축배는 들어야죠."

그는 혜선이 가지고 온 여섯 개의 잔에 와인을 따랐다.

"잘 끝나서 다행이긴 하지만, 문제를 일으켜서 죄송해요."

서우가 미처 못 한 사과를 전했다.

그 말에 태섭과 혜선이 선선히 고개를 끄덕였다. 지나와 베니는 가만히 미소를 지었다. 하지만 그들 중 누구도 빈말로나마 괜찮다고 말하지는 않았다. 이어지는 침묵이 서우의 숨을 무섭게 조여 왔다. 기분이 아니라 실제로 가슴이 저릿하게 아파 왔다. 그때, 다행히 지나가 입을 열어 그녀를 구해주었다.

"그나저나 진짜 재밌었어요."

화제를 바꾼 그녀는 하루도 못 되어 무용담이 되어버린 형사들의 취조에 대해 늘어놓았다. 장난기 가득한 표정을 짓고 하이 톤으로 이야기했다.

"아니, 자기네들끼리 무슨 역할을 정하고 왔나 봐요. 한 명은 화내고, 한 명은 달래고, 한 명은 설득하고, 한 명은 충고하고. 난리도 아니었어요. 그 와중에 서로 입도 안 맞추고 왔더라니깐. 웃겨 죽는 줄 알았네. 변호사가 가만히 있으라고 해서 한마디도 못 했는데, 아무튼 지루할 틈이 없더라고요."

한참 깔깔대며 말하던 지나가 갑자기 태섭을 보고 말했다.

"아, 맞다. 변호사 고마워요."

그리고 얼굴에서 웃음기를 조금씩 지우며 말을 이었다.

"그 변호사가 아니었으면 곤란할 뻔했어요. 나를 잡아넣은 팀장, 보통은 아니었거든요. 이번에는 할 수 없어서 놓아주긴 했지만 이거 하난 확실해요."

마침내 얼굴에서 웃음기를 완전히 지운 지나가 한마디 던졌다.

"그 사람은 내가 범인이란 걸 알아요."

그 말을 끝으로 갑자기 테이블 주변에 정적이 감돌았다. 지나는 어깨를 으쓱하며 와인을 홀짝였고, 베니도 괜히 와인 한 모금을 마셨다. 태섭과 혜선은 와인 잔을 매만지며 허공을 보았고, 서우와 수호는 눈을 내리깔고 발끝만 보았다.

'그렇다면 제거하죠.'

누군가 나직한 목소리로 이렇게 말할까 봐 서우는 조마조마했다. 하지만 다행히 아무도 그런 소리를 하지 않았다. 대신 잠시 후 이런 소리가 들려왔다.

"그렇다면 당분간 일을 쉬죠."

소리를 낸 사람은 태섭이었다. 서우는 고개를 들어 그를 보았다. 다른 멤버들의 시선도 모두 그를 향해 있었다. 갑자기 주목을 받은 태섭이 말을 계속했다.

"살인이 일도 아니고 꼭 한 달에 한 번씩 진행할 필요는 없잖아요? 누군가와 경쟁을 하는 것도 아니니까 횟수에 집착할 필요도 없고요. 가장 중요한 건 역시 우리의 안전이죠. 전 당분간 조심해서 나쁠 게 없다고 생각해요."

말을 마친 그가 멤버들을 둘러보며 의견을 물었다.

"다들 동의하나요?"

앤티크한 가로등이 곳곳에서 빛나는 만석의 주차장을 서우와 수호가 단 둘이 걸었다. 아무 말 없이 각양각색의 차량들 앞을 지나던 그들은 어느 순간 갑자기 걸음을 멈추었다. 그리고 뒤돌아서 조금 떨어진 곳에 있는 사이크 건물을 보았다.

서우가 건물에 시선을 둔 채 말했다.

"이렇게 끝나진 않겠지?"

수호가 같은 곳에 시선을 둔 채 답했다.

"응. 그렇진 않겠지."

하지만 그랬으면 좋겠다고, 서우는 생각했다. 그리고 조금 전 상황을 떠올렸다. 당분간 모임을 중단하자며 다들 동의하냐고 묻는 태섭의 말에 이견을 붙이는 사람은 아무도 없었다. 누구도 다음 약속을 기약하지 않고, 마치 모였던 적도 없었던 것처럼 떠나갔다.

이대로 다신 안 만날 순 없을까? 서우는 계속 생각하며 칠흑 같은 어둠 속에서 유일하게 빛나고 있는 사이크 건물을 바라보았다. 수호가 침묵을 깨며 말했다.

"그거 알아? 오늘 저 사람들 계속 웃고 있었어. 특히 혜선 씨. 지나가 범인인 걸 들켰다고 말한 순간에도 웃고 있었어."

수호 역시 오늘 모임을 계기로 사이크 멤버들이 자신들과 다른 사람들이란 걸 깨달은 모양이었다. 그리고 그들의 약점을 잡아 사이크 모임을 탈퇴하겠다던 계획이 얼마나 허무맹랑한지 실감한 듯 보였다. 그는 마치 처음 냉동고에 발을 들인 그때로 돌아간 것처럼 지치고 체념한 기색으로 속삭였다.

"이 판에서 우린 저 사람들…… 못 이기겠지?"

서우가 나직이 수호의 말을 받았다.

"못 이길 거 같아."

그렇다면 도대체 어떻게 해야 할까? 도무지 알 수가 없었다. 거짓으로나마 충만했던 자신감이 사라진 자리에 남은 것은 혼란뿐이었다. 이대로 영원히 저들과 연쇄살인을 함께 해야 하나? 아니면 이제라도 자수를 해야 하나? 둘 중 무엇이 최악이고 무엇이 차악인지 분간이 가지 않았다. 하지만 이것만은 확실했다. 이렇게 혼란스러울 때에는 아무 결정도 내리지 않는 게 가장 좋다는 것.

"일단 머리 좀 식히자. 어쨌든 당장은 시간을 벌었으니까."

서우는 그 말을 끝으로 멈추었던 걸음을 다시 옮겼다. 두 사람은 아무 말 없이 어둠 속을 나란히 걸었다. 그리고 주차장 한복판에서 서로 다른 곳에 주차해둔 자신의 차로 향했다.

그 길로 서우는 곧장 병원으로 갔다. 그리고 정시에 도착해서 근무를 시작했다. 오늘따라 응급실에는 환자들이 넘쳐났다. 전문의가 된 이후로 섰던 새벽 근무 중 손에 꼽을 정도로 바빴다. 근처에서 화재 사고가 있었기 때문이었다.

그렇게 한참 일하다 문득 시계를 보니 어느덧 시간이 5시가 넘어가고 있었다. 주위를 둘러보니 화재 사고 피해자들에 대한 처치는 대강 마무리된 것 같았다. 그제야 서우는 급하게 화장실로 갔다.

빠르게 참았던 볼일을 마친 그녀는 세면대에서 손을 씻으며 잠깐 숨을 골랐다. 하지만 그 여유마저도 오래가지 못했다. 주머니의 무전기 스피커로 구급대원의 목소리가 흘러나왔다.

“지금 들어가고 있습니다. 교통사고 환자 2명입니다.”

정말 오늘따라 이상하게 잠깐의 휴식도 허락되지 않았다. 서우는 얼른 수도꼭지를 잠그고 밖으로 나갔다. 그때, 복도 맞은편에서 뛰어오고 있던 현주와 마주쳤다.

“선생님, 지금 교통사고 환자들 들어왔어요.”

“알고 있어요. 안 그래도 가는 중이에요.”

“어서 가보세요.”

서우가 현주 곁을 스쳐 지나가는 순간, 구급대원에게 막 받은 신분증을 보던 현주가 혼잣말로 나직이 중얼거렸다.

“베니? 지나? 이름이 특이하네.”

2 - 9

정말로 그들일까? 맞는다면 얼마나 다쳤을까? 많이 다쳤을까? 죽을 수도 있을까? 복도를 내달리는 동안 서우의 머릿속에 수많은 질문들이 쏟아졌다. 그러다 그 모든 질문들은 곧 하나의 질문으로 귀결됐다.

만일 그들이 죽기 직전의 살아 있는 상태라면 어떡해야 하지?

미처 답을 내리기 전, 눈앞에 응급실 문이 나타났다. 서우는 지체 없이 문을 젖히고 안으로 들어갔다. 여기저기 둘러볼 필요 없이 바로 그들을 발견했다. 문과 가장 가까운 침대에 그들, 베니와 지나가 있었다.

그 순간, 서우는 알았다. 그녀는 마지막 질문에 답을 내릴 필요가 없었다. 왜냐하면 그들은 멀쩡했기 때문이다. 검사를 해보거나 차트를 보지 않아도 알 수 있었다. 침대에 누워 있지 않고 앉아 있다는 점으로 정보는 충분했다. 둘 다 얼굴에 반창고를 붙이고 있긴 했지만 응급실에서 그 정도는 부상으로 취급하지 않았다.

멀쩡한 두 사람의 상태를 확인한 서우는 걸음을 늦추고 그들에게 다가갔다. 침대 가까이로 가서 헛기침으로 자신의 존재를 알렸다. 그러자 베니와 지나가 동시에 고개를 들어 그녀를 보았다. 그 순간 서우는 다시 놀랐다. 그들의 얼굴에서 이제껏 단 한 번도 찾아볼 수 없었던 진지함, 아니, 심각함이 묻어 있어서였다. 직감적으로 안 좋은 예감이 든 서우는 누가 들을세라 작은 소리로 물었다.

"어떻게 된 거예요?"

베니가 차분히 답했다.

"뺑소니를 당했어요."

"뺑소니요?"

"네. 이 근처 사거리를 지나다가."

"많이 놀라셨겠네요."

서우는 기계적으로 대꾸했다. 그때 줄곧 입을 다물고 있던 지나가 끼어들었다.

"당연하죠. 누가 우릴 죽이려고 했는데."

"뺑소니 신고는 하셨어요?"

"안 했어요. 어차피 못 잡을 텐데요, 뭘."

그 말에 서우는 기계적으로라도 대꾸하지 못했다. 서우의 반응이 지연되는 이유가 자신의 말을 못 알아들어서란 사실을 눈치챈 지나가 다시 한 번 말했다.

"그 사람이 우릴 죽이려고 했다니까요."

서우는 여전히 이해를 못 하고 얼빠진 표정을 지었다.

"지나가 그 사람 얼굴을 봤대요. 트럭이 돌진해 올 때의 운전자 얼굴을. 그 사람 아무래도 작정하고 달려든 것 같아요. 충돌 직전까지 웃고 있었다니까."

베니가 말하는 순간 지나는 다시금 그 미소가 떠올랐는지 진저리를 쳤다. 그리고 그녀답지 않은 심각한 얼굴로 서우에게 말했다.

"그 사람이 누구겠어요?"

그제야 지나의 말을 알아들은 서우가 대답을 하는 대신 입을 살짝 벌렸다. 그러자 지나가 바로 그거라고 고개를 끄덕였다.

날이 밝자마자 서우는 집이 아닌 경찰청으로 갔다. 그리고 경찰청 앞 프랜차이즈 카페에 자리를 잡고 앉았다. 샷 추가한 커피를 앞에 두고 턱을 괴고 있자 오래지 않아 기다리던 상대가 나타났다. 한 손에 파일을 들고 나타난 수호는 커피를 시키지도 않고 곧장 서우가 있는 테이블로 다가왔다.

"어떻게 됐어?"

서우는 그가 자리에 앉기도 전에 대뜸 물었다.

"있었어."

수호는 맞은편 자리에 앉아 가지고 온 파일을 내밀었다. 파일 첫 장에는 3D로 구현된 한 남자의 얼굴이 있었다. 과연, 지나가 말한 그대로였다.

트럭이 돌진해오던 찰나의 순간, 지나는 운전자의 미소뿐만 아니라 얼굴형, 눈 모양, 코 각도, 입술 두께 등등의 생김새를 보았다. 이를 사진처럼 기억하고 있던 그녀는 응급실을 떠나기 전, 서우에게 남자의 인상착의를 일러주었다.

서우는 곧바로 수호에게 전화해서 그 남자에 대해 알아봐 달라고 부탁했다.

"이름은 권기찬. 남태성과 같은 흥신소 출신이야. 네가 말해준 인상착의를 몽타주를 제작하는 친구한테 그대로 말해주니까 이미 데이터베이스에 있는 얼굴이라더라. 청부살인 혐의로 한 번 기소된 적이 있대."

예상대로였다. 애초에 목표는 지나였고 베니는 부수적 피해자였다. 남태성 살인에 대한 기소가 실패로 돌아간 날, 누군가 지나의 목숨을 노렸다면 상대는 깊게 생각해볼 것도 없이 당연히 남태성 친구들이었다. 지나가 그를 죽였다는 심증만 있을 뿐 물증이 없어서 풀어준 형사들과 달리, 그들은 심증만 가지고 복수를 감행한 것이다. 그리고 이는 시작에 불과했다. 이미 한번 뺑소니를 시도했는데, 다음에 다른 짓이라고 못할 리 없었다.

"아무래도 지나 씨 큰일 난 것 같은데."

"큰일 난 사람이 지나 씨만은 아니지."

"물론 베니 씨도 위험하지."

"그게 아니라……."

서우가 고개를 가로저으며 말했다.

"우리 모두 위험해."

뒤이어 그녀는 새벽 내내 줄곧 혼자 하던 생각을 풀어놓았다.

"베니는 새벽에 사이크에서 나왔다고 했어. 그 시간까지 지나가 혜선과 술을 마시는 바람에. 그리고 서울로 와서는 집이 아니라 단골 바로 갔다고 했어. 지나가 술을 더 마시겠다고 우겨서 말이야. 두 사람이 그 시간에 그 사거리를 지났던 건 순전히 지나의 충동 때문이었어. 그런데 권기찬은 일이 그렇게 될 줄 어떻게 알고 맞은편에서 대기하고 있었을까?"

어제 사이크에서 오랜만에 만난 여섯 멤버들은 서로 이야기를 하느라 정신이 팔려서 주위에 누가 있는지는 살펴보지 않았었다.

이제껏 사이크의 소란함에 기대어 비밀을 숨겨왔는데, 이번에는 그 사이크의 소란함이 적을 감춰준 셈이었다. 만일 어제 그들의 테이블 옆에 정말로 흥신소 사람들이 있었다면 보통 큰일이 아니었다. 태섭이 대놓고 '살인'이란 단어를 언급하며 모의에 대한 얘기를 했기 때문이다. 설마 흥신소 사람들이 곁에 있었겠느냐는 안일한 기대에 손을 놓고 있을 수 없었다.

"설마 내가 다시 모이자고 하게 될 줄은 몰랐는데."

서우는 사람 일은 정말 한 치 앞도 알 수 없다고 생각하며, 사이크에 당일 자정으로 예약 문자를 보냈다.

자정 무렵, 서우의 차가 사이크 주차장으로 들어왔다. 텅텅 빈 그곳에는 딱 세 대의 차만 있었다. 수호의 승용차, 태섭과 혜선의 SUV, 그리고 처음 보는 걸로 보아 베니와 지나가 오늘 새로 뽑은 게 분명한 외제 차. 서우는 아무 자리에나 주차를 하고, 걸어서 불 꺼진 사이크 건물로 향했다.

사이크의 정문은 열려 있었다. 문고리를 잡고 밀자 저항 없이 열렸다. 하지만 막상 발을 들인 홀 안은 깜깜했다. 서우는 어디로 가야 할지 몰라 문가에 가만히 서 있었다. 그러자 곧 어둠을 뚫고 혜선이 나타났다. 그녀는 아무 말 없이 서우의 팔목을 잡고 홀을 가로질러서 주방으로 데리고 갔다.

주방 문이 열리자 환한 빛이 새어나왔다. 환한 주방 안에는 서우보다 조금 먼저 온 네 사람이 있었다. 뿔뿔이 흩어져 서 있는 그들의 표정은 하나같이 심각했다. 분위기를 보아하니 최악의 시나리오가 맞아 떨어진 모양이었다.

혜선은 서우가 이미 상황 파악을 했다는 사실을 알면서도 굳이 알려주었다.

"방금 수호 씨에게 얘기 듣고 CCTV를 돌려봤는데 맞았어요.

어제 우리가 앉았던 곳 옆 테이블에 남자 3명이 있었어요. 그중 한 명이 권기찬이었고요."

"그럼 그들은 우리 모임에 대해 전부 알았겠네요."

"그렇죠. 지금쯤이면 개별적인 신상 정보까지 모두 파악했다고 봐야죠."

혜선이 평소처럼 침착하게 말했다. 하지만 서우는 묘하게 그녀가 평소와 같지 않다는 느낌을 받았다. 그래서 그녀의 얼굴을 빤히 쳐다보았다. 그러자 혜선은 서우 앞에 서 있지 않고 등을 돌려 멀찍이 떨어졌다.

그때 주방 테이블 위에 걸터앉아 있던 지나가 수호를 향해 말을 걸었다.

"그 사람들 청부살인업자라고 했죠?"

"네. 증거는 없지만 경찰들은 그렇게 파악하고 있어요."

"경찰들이 그렇다면 맞겠죠."

지나가 금발 머리를 손가락으로 배배 꼬며 말을 이었다.

"그런데요. 청부살인이란 건 큰 죄 아닌가요?"

그 말에 수호보다 빨리 베니가 대답했다.

"엄청 큰 죄지. 돈을 받고 생명을 뺏는 일이잖아."

"죽어 마땅할 정도로 큰 죄야?"

"개인적으로 난 그렇다고 생각해. 죽어 마땅하지."

베니와 지나 사이에 대본 같은 대화가 빠르게 오갔다. 대화 내용으로 보아하니 두 사람은 이곳에 오기 전부터 이미 작정한 바가 있는 것 같았다.

서우는 점점 고조되는 심장박동을 느끼며, 대형 냉장고에 기대어 있는 태섭을 보았다. 비슷한 타이밍에 수호의 고개 또한 그에게로 돌아갔다.

잠시 후, 기대에 부응하듯 태섭이 말했다.

"그렇다면 제거하죠."

군더더기 없이 말을 뱉은 그는 다른 멤버들을 둘러보며 다짐을 받았다.

"모두 동의하는 거죠?"

베니와 지나가 가장 먼저 고개를 끄덕였다. 뒤이어 혜선이 고개를 끄덕였다. 서우와 수호는 서로를 한 번 쳐다보고 뒤늦게 고개를 끄덕였다.

그러자 태섭이 사안이 사안이니만큼 이번에는 팀을 나누지 말고 모든 플랜을 함께 공유하자고 제안했다. 그 말에 누가 어디로 모이라고 하지 않았는데도 멤버들이 전부 주방 한가운데로 모여 머리를 맞대었다.

날이 밝아오기 시작할 무렵, 다들 각자의 차를 타고 흩어졌다.

주차장에 차가 두 대만 남았을 때, 서우와 수호가 사이크 건물 방향으로 나란히 섰다. 수호가 건물 뒤편으로 떠오르고 있는 해를 보며 말했다.

"우리 도대체 어디까지 가는 거야?"

서우가 같은 곳을 바라보며 말했다.

"몰라. 근데 당장엔 다른 길이 없잖아."

두 사람은 한참을 말없이 서 있었다.

2 - 10

한밤중에 서우가 5성급 호텔 로비에 발을 들였다. 그녀가 프론트 앞을 지나갈 때, 호텔리어가 눈짓으로 알은체를 했다. 서우도 눈짓으로 인사한 후, 계단을 이용해 2층에 있는 자신의 숙소로 갔다.

오늘로 일주일째 머물고 있는 203호는 이제 집만큼이나 편안했다. 문틈에 꽂아놓은 포스트잇이 아침과 똑같은 상태라는 것을 확인한 그녀는 방 안으로 들어가서 청소되지 않은 침대 위에 벌러덩 누웠다.

일주일 전, 자정의 사이크 모임을 가진 이후 서우는 호텔로 거처를 옮겼다. 흥신소 멤버들을 소탕하기 전에 먼저 공격당하지 않기 위함이었다. 그 일환 중 하나로 그녀는 집 대신 호텔에 머물렀다. 아무래도 아파트보다 고급 호텔이 안전했기 때문이다.

호텔에 있는 시간 동안 서우는 서비스 시설을 일절 이용하지 않았다. 불특정 다수가 돌아다니는 식당이나 편의시설에 가지 않는 것은 물론, 기본적으로 제공되는 청소조차 거부했다. 청소부를 방에 들이고 싶지 않아서였다. 청소 따위는 직접 하면 그만이었으므로 쓸데없이 위험을 자초할 필요가 없었다.

호텔 방 이외에 서우가 돌아다니는 곳은 병원이 유일했다. 사실 어떻게 보면 병원이 호텔보다 더 안전했다. 그곳만큼 인파가 많고, 곳곳에 CCTV와 전문 가드들이 있는 곳은 없었기 때문이다. 게다가 병원은 서우의 홈그라운드여서 여차하면 도망칠 수 있는 경로나 공격할 수 있는 물건들이 훤했다. 때문에 출퇴근길만 주의하면 평소처럼 일하는 데는 아무 문제가 없었다.

이렇게 서우가 호텔과 병원만 오가며 자기 몸 하나만 지키고 있는 사이, 다른 멤버들은 '흥신소 작전'을 착실하게 진행해 갔다.

서우는 하얀 시트가 엉망으로 깔린 침대에 누워서 눈을 감았다. 그리고 작전의 진행 상황을 머릿속으로 되새겨봤다.

작전의 스타터는 수호였다. 그의 임무는 흥신소 사람들에 대한 정보를 알아내는 것이었다. 극비 수사 중인 사건이 아니라면 웬만한 정보를 캐내는 건 그에게 일도 아니었다. 일차적으로 경찰청 DB를 뒤져보고, 이차적으로 동료들에게 커피나 점심을 사주며 물어보면 그만이었다. 수호는 이틀 만에 흥신소 멤버가 권기찬을 포함해 네 명이라는 사실과 그들의 집과 단골 식당이 어딘지 알아냈다. 또한 그들과 전혀 관계없는 현역 청부살인업자 '무명'의 소재도 추가로 파악했다.

수호가 임무를 완수한 후에는 베니와 지나가 움직였다. 그들은 네 명의 흥신소 멤버들에게 각각 접근해 이렇게 제안했다.

"우리의 일을 모른 척 해줘요. 그리고 다른 동료들을 제거해주면 동료 한 명당 시세의 세 배로 쳐서 돈을 줄게요. 어차피 다 돈 벌자고 하는 짓이잖아요?"

물론 흥신소 멤버들은 전원 콧방귀를 뀌며 거절했다. 하지만 베니와 지나는 당황하지 않았다. 오랫동안 한솥밥을 먹어온 그들이 돈 몇 푼에 서로를 죽일 거라고 기대하지 않았기 때문이다. 애초에 베니와 지나의 임무는 설득이 아닌 제안이었다.

베니와 지나가 물러난 후에는 태섭과 혜선이 움직였다. 그들은 따로 무명을 찾아가서 수고비의 반을 미리 지급하고 청부살인을 의뢰했다. 대상은 당연히 흥신소 멤버들이었다. 단, 그들 중 누구를 죽일지는 지정하지 않았다.

"우선은 네 명 모두 위협만 해줘요."

위협은 그들을 서로 갈라놓았고 사흘 뒤 한 명만이 살아남았다. 그 한 명은 무명의 몫이었다.

침대 옆 협탁에 두었던 핸드폰이 짧게 진동했다. 침대 위에 있던 서우가 천천히 감았던 눈을 떴다. 그리고 손을 뻗어 문자를 확인했다.

'레스토랑 사이크 - 8월 23일 PM 8:00 예약 완료됐습니다.'

예약한 적 없는 예약 확인 문자를 받은 그녀는 비로소 때가 됐다고 생각했다.

예약에 맞춰 서우가 사이크에 모습을 드러냈다. 손님이 가장 많은 시간인 8시에 검은 원피스를 입고 슈트케이스를 들고 등장했다. 매니저가 다가오자 오늘은 다른 일 때문에 왔다고 안내를 거절하고 혼자서 홀 한가운데를 가로질렀다. 그리고 맨 처음 사이크에 왔을 때 앉았던 샹들리에 바로 아래 테이블로 갔다. 그곳에는 먼저 와 있는 손님이 있었다.

무명이었다.

"오랜만이에요."

서우가 처음 보는 그의 맞은편에 앉으며 말했다. 사십 대 초중반으로 보이는 무명은 혼혈인가 싶을 정도의 서구적인 얼굴을 갖고 있었다. 앉아 있어서 신장은 알 수 없지만 체격으로 보아 제법 커 보였다. 복장은 서우와 마찬가지로 검은 계열이었다. 검은 셔츠에 검은 재킷을 입고, 값이 제법 나가 보이는 메탈 시계를 차고 있었다. 외양이나 분위기로는 영락없는 프로 사업가 같았다. 덕분에 실제로 프로 사업가가 가득한 사이크에서 딱히 눈에 띄지 않았다.

무명이 웃음기 하나 없는 진지한 얼굴로 말했다.

"준비됐습니까?"

그 말이 끝나기 무섭게 서우는 들고 온 슈트케이스를 테이블 아래에 놓았다. 무명은 수고비의 나머지 반을 확인했다. 뒤이어 슈트케이스를 닫고 자리를 뜨기 위해 상체를 들썩였다.

그때 갑자기 웨이터 두 명이 다가오더니 테이블을 세팅하기 시작했다. 비어 있는 물 잔을 채워주고, 스테디셀러 메뉴 몇 개를 테이블 위에 올려놓았다. 무명은 수상쩍게 보이지 않기 위해 일단 자리에 앉은 채로 그들이 일을 마치기를 기다렸다. 그리고 얼마 후, 그들이 본분을 다하고 물러나자 그제야 자리에서 일어났다. 하지만 이번에는 서우가 그를 붙잡았다.

"오너 선물인 것 같은데 그냥 드시고 가세요. 이렇게 차려져 있는데 그냥 가면 이상해 보이잖아요."

서우가 자신의 앞에 있는 파스타를 한 입 먹고, 무명의 앞에 있는 파스타와 바꾸면서 덧붙여 말했다.

"혹시라도 못 믿을까 봐서요. 독 같은 건 타지 않았어요."

무명이 표정 변화 없이 도로 자리에 앉았다. 그리고 포크를 들어서 서우가 바꾼 파스타를 먹기 시작했다. 식사를 하면서 서우가 자연스럽게 대화를 시도했다. 무명은 짧고 건조하지만 제법 성실하게 대화에 임했다. 이 또한 해결해야 하는 업무의 한 부분처럼 생각하는 것 같았다.

"마지막에 남은 사람은 누구였어요?"

"권기찬이요."

"어떻게 처리했어요?"

"영업 비밀입니다."

"가명은 왜 무명으로 지었어요?"

"청부살인업자에게 이름이 없다는 것만큼 좋은 이름은 없죠."

"원래 의미 부여를 중요하게 생각해요?"

"네. 처음에 레스토랑 사이크로 오라고 해서 잘못 들은 줄 알았어요."

"왜요?"

"sike가 아니라 psych인 줄 알았거든요. 정신적으로 혼란하고 불안하게 만든다는 뜻은 식당 이름으로는 안 어울리죠."

"그러고 보니 발음이 같네요. 그런 생각은 안 해봤어요."

서우가 대꾸를 하면서 주위를 둘러보았다. 홀 안에 빛나는 조명들과 시끌벅적 떠드는 사람들이 어지러이 눈에 들어왔다. 어디선가 살인 모의가 벌어져도 아무도 알지 못하는 화려하고 반짝이고 정신없는 실내 광경을 둘러보며 서우는 확실히 sike보다 psych라는 이름이 이 레스토랑에 더 잘 어울린다고 생각했다.

바로 그때, 갑자기 무명이 포크를 바닥에 떨어트렸다. 대리석에 금속재가 닿는 쨍그랑 소리에 놀란 서우가 혼자만의 생각에서 빠져나와 무명을 보았다.

"괜찮아요?"

"네."

무명이 짧게 대답하고 포크를 잡기 위해 테이블 아래로 몸을 숙였다. 하지만 서우는 사실 그가 괜찮지 않단 사실을 알았다. 또한 테이블 위로 다시 올라오지 못할 거란 사실도 알았다. 약을 탄 물 때문이었다. 음식에 독을 타지 않았다면 물은 당연히 의심하지 않을 거라고 생각했다. 실제로 무명은 식사하는 동안 무의식적으로 물을 마셨다.

역시나 30초가 지나도 무명은 테이블 위로 올라오지 못했다. 서우는 자리에서 일어나 그에게 다가갔다. 그리고 일부러 조금 큰 소리로 말했다.

"그러게 술 좀 적당히 마시라고 했잖아요."

그 소리에 지나가던 웨이터가, 정확히는 웨이터 복장을 입은 수호가 도움을 자처하며 다가왔다. 두 사람은 몽롱한 정신의 무명을 양쪽에서 붙잡고 홀을 가로질러서 밖으로 나갔다.

서우와 수호는 무명을 차에 태워 공터 냉동고로 데리고 갔다. 익숙한 손놀림으로 빠르게 자물쇠를 딴 후, 차 안에서 의식을 잃은 그를 들쳐 업고 냉동고 안으로 들어갔다. 그리고 그의 얼굴이 천장을 향하도록 바닥에 눕혔다.

"이제부턴 내가 할게."

서우가 핸드백에서 빈 주사기와 약병을 꺼내며 말했다.

"추운데 여기 있지 말고 먼저 차에 들어가 있어."

수호는 무명의 얼굴을 한 번 내려 보고는 군말 없이 밖으로 향했다. 그가 문을 닫고 나가자마자 서우는 바닥에 쪼그려 앉아 약병에 주사기 바늘을 꽂았다.

마지막 주자인 서우는 외부 청부살인업자를 제거한다는 최후의 임무를 수행하기 위해 주사기에 독약을 신중하게 옮겨 담았다.

그런데 그때, 갑자기 뒤에서 부스럭하는 기척이 느껴졌다.

수호가 돌아왔나?

서우는 미처 뒤를 돌아보기 전에 목에 강한 압박을 받았다. 뒤에서 그녀의 목을 팔뚝으로 휘감고 숨이 막히도록 조르는 상대는 당연히 무명이었다.

갑자기 어떻게 깨어난 거지?

목이 졸리는 와중에 서우는 생각했다. 하지만 곧 마취약에서 막 깨어난 사람이 발휘하기에는 지나치게 강한 팔뚝의 힘을 느끼며 생각을 바꾸었다.

처음부터 잠들지 않았던 건가?

서우는 속수무책으로 당할 수밖에 없었다. 아무리 발버둥을 쳐도 건장한 남자의 힘을 이기기는 어려웠다. 조이듯이 아프던 가슴 통증은 점점 사라지더니 대신 눈앞이 하얘지기 시작했다. 이대로 모든 게 끝이라고 생각하니까 억울하기보단 황당했다. 바로 앞에 수호가 있는데, 소리 한 번만 지르면 살 수 있는데, 그걸 못 해서 이렇게 허무하게 죽는다는 사실이 믿기지가 않았다.

그때 갑자기 목덜미가 뜨거워졌다. 그 뜨거운 기운은 등을 타고 주르륵 흘렀고, 동시에 목을 감고 있던 무명의 팔은 축 늘어졌다. 감았던 눈을 간신히 뜬 서우는 이게 무슨 상황인지 파악하기 전에 미친 듯이 기침부터 쏟아냈다.

그의 뒤에는 시뻘겋게 상기된 얼굴로 숨을 쌕쌕 고르고 있는 수호가 있었다.

3 - 1

샤워기에서 뜨거운 물줄기가 나왔다. 그 물줄기는 곧장 서우의 머리로 쏟아져서 가슴골과 등줄기를 타고 발밑으로 흘러내렸다. 화장실을 가득 매운 후끈한 김이 거울을 가리고 서우의 몸을 감았다. 무명의 피가 닦인 지 오래인 그녀의 몸은 깨끗하고 매끈했다. 하지만 그녀의 머릿속은 끈적이고 엉망이었다. 아무리 씻고 씻어도 간밤의 기억이 씻기지 않았다.

여섯 시간 사이 네 번째 샤워를 마친 서우는 커다란 수건으로 몸을 닦았다. 대강 눈에 보이는 물기만 훔치고 가운을 입은 채 밖으로 나갔다. 부엌에 발을 들이자 진한 커피 향이 났다. 화장실에 들어가기 전에 미리 만져놓은 머신에서 커피가 내려진 모양이었다. 서우는 갓 나온 커피를 포트에서 머그잔으로 옮겼다. 그리고 거실로 가서 소파에 몸을 묻고 TV를 켰다.

아침 뉴스에서 흥신소 붕괴에 대한 소식이 흘러나왔다.

새벽에 올라온 인터넷 기사와 동일한 내용이었다. 서우는 커피를 음미하며 뉴스에 집중했다. 다음으로 연예인 음주운전에 관한 소식이 전해졌고, 그 다음으로 미세먼지 대응책에 관한 소식이 전해졌다. 그리고 마지막으로 오늘의 날씨가 전해졌다. 그제야 서우는 아침 뉴스가 무명에 대한 소식은 전하지 않을 것이라고 확신했다. 지금쯤이면 태섭과 혜선이 그의 시체에 시그니처를 남겨 형사들에게 던져주었을 테니 결국 그의 죽음은 언론을 타지 않을 게 확실했다.

뉴스가 끝난 후 처음 보는 드라마가 방영됐다. 서우는 빈 커피잔을 손에 들고 TV 화면에 시선을 고정했다. 내용도 모르고 관심도 없는 드라마가 중반부를 향해 갈 때쯤, 방 안에서 TV 소리를 들은 그가 나왔다.

"일찍 깼네."

수호가 거실에 발을 디디며 말했다. 서우는 응, 대꾸하며 TV를 껐다. 그리고 천천히 부엌으로 향했다. 그녀가 가스레인지 앞에 서서 불을 붙일 때, 수호가 따라서 들어왔다. 그는 냉장고에 기대서서 자신을 보지 않는 서우를 향해 말했다.

"있잖아, 어젯밤엔……."

하지만 서우는 한마디로 그의 입을 다물게 했다.

"거기서 계란 두 개만 꺼내 줄래?"

수호는 군말 없이 기대서 있던 냉장고를 열어 계란 두 개를 꺼내 건넸다. 서우는 팬 위에 계란을 깨서 프라이를 만들었다. 그리고 식빵 위에 하나씩 얹어서 접시 두 개에 내었다. 그녀가 접시들을 가지고 식탁에 앉자 수호가 맞은편에 따라 앉았다. 그리고 포트에 미리 내려져 있는 커피를 머그잔으로 옮기며 침대에 묻어둬야 하는 어젯밤 얘기 대신 아침 식탁에 어울리는 평범한 얘기를 시작했다.

"이따 8시에 같이 나가면 되지?"

그러자 서우가 고개를 저으며 대화에 응했다.

"아니. 난 오늘 출근 안 해."

"오프야?"

"아닌데 월차 냈어. 집에 가려고."

"갑자기 집에는 왜?"

"아버지 제사라."

그 말에 머그잔을 집어 올리던 수호의 손이 멈칫했다.

"제사를 지냈었어?"

서우는 별일 아니라는 듯 고개를 끄덕이고 식빵을 바삭 베어 물었다.

유난히 평화로운 아침식사 시간이 지나간 후, 두 사람은 조용히 할 일을 했다. 서우는 고향으로 가는 버스표를 예매했고, 수호는 미처 가져가지 않았던 옷을 꺼내 입으며 출근 준비를 했다. 그리고 정확히 8시에 두 사람은 현관 앞에서 헤어졌다. 수호가 현관문 밖으로 나갈 때, 서우는 불과 얼마 전까지 그랬던 것처럼 익숙하게 손을 흔들어 배웅했다.

오전 9시에 버스를 탄 서우는 정오가 되기 전에 고향에 도착했다. 터미널에서 택시를 잡아타고 눈에 익은 거리를 지나면서 그제야 엄마에게 전화했다. 갑자기 찾아갔는데 혹시라도 엄마가 집에 없으면 어쩌지, 하는 걱정은 애초에 하지 않았다. 명절에도 가게 문을 닫지 않는 엄마가 딱 하루 쉬는 날이 아버지 제삿날이었기 때문이다. 역시나 집에 있던 엄마는 바로 전화를 받았다.

"나 지금 가는 길이야."

뜬금없는 그녀의 말에 엄마가 반문했다.

"왜?"

"조만간 집에 한번 오라며."

서우는 몇 달 전에 엄마가 했던 말을 들춰내며 대꾸했다. 엄마는 잠시 침묵을 유지하다 알았으니 조심히 오라는 말을 남기고 전화를 끊었다.

잠시 후, 택시가 낡은 빌라 단지 앞에 정차했다. 여덟 살 무렵 단칸방으로 이사를 간 후 9번의 이사를 더 하고서야 겨우 정착한 곳이었다. 택시에서 내린 서우는 상가 건물과 놀이터를 끼고 5분가량 걸었다. 고등학생 시절 3년을 보낸 오래된 빌라, 그녀의 본가가 눈에 들어왔다.

집 현관문은 열려 있었다. 서우는 기척 없이 안으로 들어갔다. 그러자 거실 한가운데에 수그리고 앉아 있는 엄마의 굽은 등이 보였다.

"엄마."

서우는 소리를 내어 자신의 등장을 알렸다. 엄마는 놀라는 기색 없이 마치 이때쯤 올 줄 알았다는 듯이 고개를 돌려 그녀를 봤다. 서우는 거실 구석에 마련된 제사 음식들을 눈으로 훑으며 거실 깊숙이 들어갔다.

"벌써 준비 끝난 거야? 같이 하지."

"같이 할 생각이었으면 일찍 연락을 했어야지. 다 했을 때 전화해놓고는."

엄마가 타박하듯이 말했다. 하지만 그 말 속에 정말로 왜 일찍 와서 돕지 않았냐는 서운함은 묻어 있지 않았다. 엄마는 처음부터 혼자 일할 생각이었고, 실제로도 전혀 섭섭한 마음이 없었다. 다만 갑자기 나타난 딸이 왜 혼자 했냐고 물었을 때 혼자 해도 괜찮았다고 다정히 얘기하지 못할 뿐이었다. 엄마는 마음에 비해 말을 예쁘게 하지 못해서 오해를 불러일으키는 사람이었다. 반면, 아빠는 오해할 것조차 없는 사람이었다.

서우는 거실 바닥에 있는 위패를 보았다. 30년 전 농약을 마시고 스스로 세상을 등진 남자, 가족들 이외에는 누구도 기억해주지 않을 남자의 이름 석 자가 쓰여 있었다. 서우는 낡은 위패를 가만히 보았다. 그동안 엄마는 자리에서 일어나 죽은 사람이 아닌 산 사람의 밥상을 차렸다.

아주 오랜만에 서우는 본가 식탁에서 밥을 먹었다. 짧은 시간에 고봉밥과 갖가지 굽고 찐 반찬을 차린 엄마는 먼저 수저를 들면서 전화상이라면 결코 묻지 않을 질문들을 마주 본 김에 했다. 건강은 괜찮냐? 병원 일은 잘 되냐? 돈은 잘 모으고 있냐? 그렇다고밖에는 대답할 수 없는 질문들이 줄지어 쏟아졌다. 그리고 반드시 나오리라 예상됐던 질문이 역시나 뒤를 이었다.

"이 서방은 잘 지내냐?"

서우는 밥알을 씹으며 대답을 늦추었다. 엄마에겐 아직 그와 별거 중이라는 사실을 말하지 않았다. 말할 필요가 없었기 때문이다. 만일 두 사람이 화해하게 된다면 엄마는 별거에 대해 알 필요가 없었다. 반대로 두 사람이 헤어지게 된다 해도 엄마는 이혼에 대해서만 알면 될 뿐 별거는 알 필요가 없었다. 서우는 엄마의 질문에 내포된 뜻을 무시한 채 질문 그대로의 의미에만 맞춰 답했다.

"응. 잘 지내."

그 대답을 끝으로 엄마는 더 이상 수호에 대해 묻지 않았다. 대신 그보다 더 대답하기 곤란한, 그렇다고 적당히 대답할 수도 없는 다른 질문을 던졌다.

"근데 너, 왜 왔냐?"

서우는 잠시 대답을 보류하다가 애꿎은 나물을 뒤적이며 딴소리를 했다.

"그냥. 그나저나 반찬이 좀 짜다."

식사를 마친 후, 서우는 설거지를 두고 엄마와 실랑이를 벌이다가 결국 엄마의 고집을 꺾지 못하고 혼자 방으로 들어갔다. 방은 커튼 색이 조금 바란 것 빼고는 떠났던 때와 다르지 않았다. 침대 하나, 책상 하나, 옷장 하나, 화장대 하나. 단출한 가구들이 방의 사면을 하나씩 차지하고 있고, 그것들만으로도 꽉 차서 작은 방은 겨우 움직일 공간만 남았다.

서우는 손때 묻은 가구들을 손가락으로 하나씩 쓸어 만져보고 침대에 누웠다. 누운 채로 천장을 보자 언제 무슨 연유로 붙였는지 기억나지 않지만 기억 속에 늘 그 자리에 있었던 야광별이 보였다. 서우는 야광별에 시선을 고정하고 천천히 호흡했다. 그러자 마치 과거의 어느 한 시점으로 돌아간 것 같은 기분이 들었다. 현실과 동떨어진 다른 세계, 그러므로 현실로부터 안전한 어떤 곳에 안착한 것 같은 착각이 들었다.

그 느낌에 기대어 서우는 서서히 긴장을 풀었다. 바로 이것이 필요했다. 안심하고 긴장을 풀 수 있는 그녀만의 공간. 제사는 이곳으로 돌아오기 위한 핑계에 불과했다. 성인이 된 이후 한 번도 챙기지 않았던 아버지 기일을 핑계로 댄 것이 이상해 보일 줄 알았지만, 그 핑계라도 대어 빨리 이곳으로 돌아와야 했다. 그렇지 않으면 당장이라도 미쳐버릴 것 같았다. 아직도 등줄기에서 흐르는 무명의 뜨거운 피가 느껴졌다. 귓가에서 잦아들던 그의 숨소리도 생생했다.

딱 미치기 직전 겨우 안전지대에 들어온 서우는 생각했다.

이제라도 빌어볼까?

언제 끝날지 모르는 연쇄살인과 모든 것을 끝장낼 자수 사이에서 선택할 수 있는 다른 대안은 애원뿐이었다. 사이크 멤버들은 흉악 범죄자만 죽이니까 서우가 숨죽여 살겠다고 하면 그냥 놓아주는 자비를 베풀지도 몰랐다. 그렇게 되면 많은 것을 등져야겠지만, 집과 직업과 동료와 가족을 모두 버려야겠지만 최소한 살 수는 있었다. 멤버들을 이길 수 없겠다고 판단한 순간부터 조금씩 커져가던 그 생각은 어젯밤 일을 계기로 서우의 머릿속을 완전히 지배했다.

마지막으로 남은 방법은 정말 그것뿐인가?

답 없는 생각을 하면서 서우는 익숙한 침구에 얼굴을 파묻었다. 그리고 점점 잠에 빠져들었다. 그녀가 꿈도 없는 깊은 잠에서 깨어났을 때는 이미 많은 시간이 지난 후였다. 책상 위 창문을 통해 들어오는 빛이 불그스름했다. 밖에서는 규칙적으로 도마를 치는 칼질 소리가 들려왔다.

도대체 얼마나 잔 거야?

서우는 부스스한 눈을 뜨고 시간을 확인하기 위해 핸드폰을 집었다. 그때 액정에 뜬 문자가 보였다. 모르는 번호로 온 문자 말미에는 발신인의 이름이 있었다.

뭐야? 이 사람이 갑자기 왜?

그 이름을 보는 순간 단번에 남은 잠이 달아난 서우는 벌떡 몸을 일으켜서 방 밖으로 뛰쳐나갔다. 싱크대에서 서우를 등진 채 파를 썰고 있는 엄마가 보였다.

"갈게."

그제야 엄마가 칼질하던 손을 멈추고 뒤를 돌아보았다. 서우의 손에는 이미 핸드백이 들려 있었다. 그녀는 미안한 표정으로 다시 한 번 상황을 설명했다.

"급한 일이 생겨서 지금 서울로 가봐야 해."

일이 뜻대로 되지 않는 상황에 익숙한 엄마는 서운한 기색을 내비치지 않았다. 그저 고개를 끄덕이고 일이 있으면 가봐야지, 하는 말을 중얼거렸을 뿐이다.

서우는 또 올게, 하고 말하려다가 어쩐지 무책임한 말인 것 같아 이렇게 말했다.

"갈게, 엄마."

3 - 2

날이 완전히 저물었을 때, 서우는 5성급 호텔 앞에 도착했다. 검은 하늘 위로 높이 솟아 달보다 반짝이는 호텔을 한 번 올려본 후, 그녀는 천천히 안으로 들어갔다. 프런트를 지나갈 때 낯익은 호텔리어가 말을 걸었다.

"오셨어요? 이번엔 며칠 묵으실 건가요?"

"오늘은 안 묵을 거예요."

고개를 저으며 대답한 뒤 서우는 프런트 너머에 있는 카페로 향했다.

카페 안에는 짝지어 있는 남녀들이 가득했다. 그들 중 반은 공식적이거나 법적인 연인들이고 나머지 반은 비공식적이거나 불륜인 연인들일 게 분명했다. 어쨌든 지불할 돈은 동일하니 한밤의 호텔에선 그들 모두를 환영했다.

그들 사이에서 약속 상대를 찾는 일은 어렵지 않았다. 연인 사이도 아니면서 서우를 이곳으로 불러들인 그 사람은 태생적으로 눈에 띄는 외모를 가지고 있으면서도 유별나게 화려한 차림을 즐기는 사람이었다.

"지나 씨."

서우는 혼자서 커피를 마시고 있는 그녀에게 다가갔다. 금발 머리를 풀어헤치고 커다란 귀걸이를 만지작거리고 있던 지나는 다가오는 서우를 발견하곤 새빨간 입꼬리를 올렸다. 그리고 서우가 맞은편 자리에 앉자마자 물었다.

"제가 쏠게요. 뭐 마실래요?"

서우는 아메리카노를 시키고 대화가 시작되기를 기다렸다. 하지만 지나는 한참이 지나도 아무 말도 하지 않았다. 그저 빨대만 휘휘 저을 뿐이었다. 오라니 안 올 수 없어서 일단 오긴 했는데 이건 무슨 경우인가 싶었다.

결국 서우는 제풀에 지쳐서 먼저 대화를 시작했다.

"지나 씨. 무슨 일로 여기서 보자고 한 거예요?"

그 말에 갑자기 지나가 빨대를 돌리던 손놀림을 뚝 멈추고 말했다.

"물어볼 게 있어서요."

그리고 갑자기 허리를 곧추세우고 앉아 서우를 빤히 보며 물었다.

"언니. 내가 여기서 몇 번째로 예뻐요?"

뜬금없는 질문에 서우는 대답하지 않았다. 어차피 지나가 금방 까르륵 웃으면서 다른 말을 덧붙일 거라고 예상했기 때문이다. 하지만 예상과 달리 시간이 지나도 그녀는 얼굴에 웃음기를 띠지 않았다. 그제야 농담으로 한 소리가 아니었다는 것을 깨달은 서우는 얼떨떨하게 주위를 둘러보았다.

카페에는 많은 여자들이 있었다. 스타일 좋은 중년 여자들이 가장 많았고, 고급 콜걸처럼 보이는 여자들도 제법 있었으며, 유행에 민감한 젊은 여자들도 몇몇 보였다. 서우는 바로 옆 테이블에 앉은 젊은 단발머리 여자를 유심히 보다가 고개를 저었다. 어떻게 꾸몄든 무엇을 둘렀든 상관없이 순전히 생김새로만 따지면, 지나보다 예쁜 여자는 이 카페에 없었다.

"지나 씨가 제일 예뻐요."

서우는 진심으로 대답했다. 하지만 어찐지 지나는 좋아하지 않았다. 아니, 오히려 더 기분이 나빠진 것처럼 보였다. 그 이유가 전혀 짐작되지 않는 서우는 지나가 스스로 이유를 밝히기를 기다리며 입을 다물었다. 그러자 잠시 후, 지나가 봉투 하나를 꺼내 테이블 위에 올리며 말했다.

"오늘 아침에 받았어요."

그 봉투를 보자마자 서우는 깜짝 놀라서 어깨를 들썩였다. 겉면에 쓰여 있는 발신자 이름 때문이었다. '권기찬.'

"죽기 전에 미리 배송을 예약해둔 모양이에요."

지나가 설명을 덧붙일 때, 서우는 조심스럽게 봉투를 집어 안을 보았다. 안에는 사진 몇 장이 있었다. 그 사진을 본 서우는 더 깜짝 놀라서 지나를 쳐다보았다.

"어쩌다 이런 사진이 찍힌 거죠?"

"얻어걸린 거겠죠. 출신이 흥신소니 생각하는 거야 빤하잖아요. 우리 뒷조사를 하면서 우연히 알게 됐겠죠."

서우는 손에 쥔 사진을 다시 보았다. 사진 속에는 아는 남자가 있었다. 한밤중에 이 호텔에서 나오고 있는 베니였다. 그리고 그 옆에는 모르는 여자가 있었다. 서우는 천천히 고개를 돌려 옆을 보았다. 다시 보니 확실했다. 옆 테이블에서 홀로 누군가를 기다리고 있는 단발머리 여자는 사진 속의 여자와 동일인이었다.

"아무리 봐도 내가 더 예쁜데."

지나가 혼잣말로 속삭였다. 그리고 서우를 따라 고개를 옆으로 돌려서 단발머리 여자에게 시선을 고정하고 말했다.

"베니와 같은 랩에서 일하는 박사래요. 저 여자가 오늘 이 호텔을 예약했다고 해서 오전부터 여기 와서 기다렸어요. 그가 올지 안 올지 확인해보려고요. 근데 막상 날이 저물기 시작하니깐 혼자 있고 싶지 않더라고요."

그래서 나에게 문자를 한 거였구나. 서우는 뒤늦게 소환의 이유를 알았다. 그리고 낭패라고 생각했다.

왜 하필이면 지금, 서우는 입술을 살짝 깨물었다. 동시에 몇 가지 의문들을 떠올렸다. 그나저나 지나는 단 하루 만에 저 여자에 대해서 어떻게 알았을까? 저 여자가 호텔을 예약한 건 무슨 수로 알았을까? 혼자 있고 싶지 않아졌을 때 무수한 지인들 중 왜 하필 나한테 연락했을까?

하지만 그 의문들 중 어떤 것도 질문으로 바꾸지는 못했다. 그 전에 상황이 바뀌었기 때문이다.

베니가 카페 안으로 들어왔다.

시간이 많지 않았다. 서우는 서둘러 안방으로 뛰어 들어왔다. 화장대 서랍을 열자 각종 라벨이 붙은 약병들이 보였다. 두통, 복통, 근육통 등등의 다양한 상황에 대비해 미리 상비해두고 있던 것들이었다. 그중에는 물론 진정제도 있었다. 서우가 진정제를 찾는 사이 바깥에서는 끊임없이 무언가 부딪치고 깨지는 소리가 났다. 더불어 지나의 악다구니 소리도 들렸다.

"당신이 어떻게 나한테 이럴 수 있어?"

호텔에 다른 여자를 만나러 온 베니를 발견한 후, 이상하리만치 침착하던 지나는 결국 이성을 잃고 폭발했다. 서우는 그런 그녀를 집으로 데리고 왔다. 카페에서 문제를 일으키고 싶지 않아 일단 끌고 나왔는데 그 다음으로 갈 곳이 마땅치 않아서였다. 서우의 손아귀에 잡혀 이동하는 내내 지나는 소리쳤다.

"당신이 어떻게 나한테 이럴 수 있어?"

서우는 그녀의 분노에는 공감했지만 그녀의 말엔 동의하지 않았다.

돈 많은 정신병자 여자와 돈이 필요한 괴짜 연구자. 두 조합이 만들어낼 스토리는 뻔하지 않은가? 그 정신병자 여자가 불우한 어린 시절 때문에 애정결핍과 의존증을 가지고 있다면 그 스토리의 결말은 볼 필요도 없었다.

솔직히 서우는 이제껏 지나가 외도의 징후를 전혀 눈치채지 못했을 리 없다고 생각했다. 그녀는 미치긴 했지만 멍청하진 않았다. 뺑소니를 당하는 순간에 상대 운전자의 얼굴을 기억할 정도였다. 지나가 베니의 외도를 진즉에 잡아내지 않은 건 잡고 싶지 않아서였고, 잡고 싶지 않았던 건 사랑했기 때문이었으며, 사랑했던 만큼 배신을 당했을 때 큰 분노를 느낄 수밖에 없었다.

그때 쨍그랑, 밖에서 유리 깨지는 소리가 들렸다. 마침 찾고 있던 진정제가 서우의 눈에 보였다. 그녀는 약병을 손에 쥐고 재빨리 밖으로 나갔다.

유리가 깨진 곳은 부엌이었다. 지나는 부엌에 있었다. 찬장을 열다가 유리병을 깨트린 그녀는 유리 조각을 치울 생각도 없이 찬장 안에서 와인 병 하나를 꺼내서 그 안에다가 수상한 가루약을 타고 있었다. 육안으로는 가루약의 출처도 효능도 알 수 없었으나 상황상 건강해지려고 먹는 약일 리 없었다. 서우는 당장에 지나에게 달려가 약을 탄 와인 병을 뺏었다.

"말리지 마요!"

눈에 뵐 것 없는 지나가 소리쳤다.

"죽겠다면 안 말리겠는데 내 집에서는 안 돼요!"

질세라 서우도 같이 소리쳤다. 그리고 토라진 어린애처럼 눈을 흘겨 뜨는 지나의 손에 진정제 두 알을 쥐어 주었다.

깊은 밤, 얕은 꿈속을 헤매던 서우가 무심결에 옆자리를 더듬었다. 어둠 속에서 빈자리를 툭툭 손바닥으로 친 그녀는 갑자기 이불을 손으로 꽉 움켜쥐더니 눈을 번쩍 떴다. 그리고 침대 위에 자신뿐이라는 사실을 깨닫고는 벌떡 일어났다. 젠장. 우리 집에서 사람이 죽는 건 한 번으로 족해. 서우는 어둠이 눈에 익기도 전에 황급히 거실로 나갔다.

거실에는 푸르스름한 빛이 감돌고 있었다. 베란다 창문을 통해 들어온 새벽빛이 거실 바닥을 푸르게 물들였다. 서우는 커튼이 젖혀진 베란다로 천천히 시선을 돌렸다. 그곳에 지나가 있었다. 난간에 양팔을 올린 채 바깥을 보고 있었다. 축 처진 등을 보니 간밤의 격정은 사라진 것 같았다.

다행히 죽지는 않았네.

서우는 천천히 베란다로 다가가 문을 열었다. 그러자 인기척을 느낀 지나가 서서히 고개를 돌렸다. 예상대로 말개진 얼굴이었다.

"왜 나와 있어요?"

"잠이 깨서요."

목소리 또한 차분히 잠겨 있었다. 서우는 베란다 안으로 들어가서 그녀 옆에 섰다. 그리고 막 동이 트기 시작한 하늘을 함께 올려 보며 물었다.

"아직도 죽고 싶어요?"

"지금은 별로요."

"아까 그 약은 원래 들고 다녔어요?"

"네."

"왜요?"

"난 정신병자예요. 연쇄살인범이고요."

그것으로 대답이 됐다고 생각한 지나는 자세한 설명을 붙이지 않았다. 대신 하얗게 튼 입술로 다른 질문을 던졌다.

"언니는 왜 연쇄살인범이 됐어요?"

"그쪽이 그러지 않으면 죽이겠다고 했잖아요."

"합류를 하지 않으면 죽이겠다고 했죠."

"그게 곧 연쇄살인을 해야 한단 뜻이죠."

"아니에요. 우리 모임은 만장일치로만 죽일 사람을 정하잖아요. 언니가 계속 반대표를 던졌다면 누구도 죽이지 않을 수 있었어요."

그 생각을 안 해 본 것은 아니었다. 하지만.

"그런 식으로 거슬리게 굴고 싶지 않았어요."

"거슬리게 구느니 사람을 죽이는 게 낫다고 생각한 거예요?"

"어차피 사람 같은 사람을 죽인 것도 아니잖아요."

"그럼 언니는 사람 같지 않은 사람은 죽여도 된다고 생각해요?"

그 질문에 서우는 대답하지 않았다. 하지만 지나는 이미 답을 알고 있었다. 이제껏 서우가 행동으로 답을 줘왔기 때문이다.

잠시 후, 지나가 고개를 틀어서 서우를 보았다. 서우 역시 고개를 돌려서 지나와 눈을 맞추었다. 콩깍지가 벗겨진 그녀의 눈은 그 어느 때보다도 총명해 보였다. 유별나게 총기가 어린 눈을 빛내며 지나가 말했다.

"그렇다면 내가 그 사람을 죽일 수 있게 도와줄래요?"

3 - 3

일이 이상하게 돌아갔다. 굳건하던 사이크 모임에 분열이 생긴 건 희소식이었다. 그렇지만 그 여파가 서우에게 유리한 것도 아니었다. 한 치 앞도 가늠할 수 없었다.

점심시간에 병원 복도를 지나던 서우는 데스크 앞에서 멈춰 서서 현주에게 물었다.

"현주 씨, 혹시 바람피운 사람은 죽어 마땅하다고 생각해요?"

갑작스러운 질문에 현주는 질문의 의도를 파악하지 못한 채 그저 웃기만 했다. 대답을 듣기 어렵다고 판단한 서우는 자리를 떴다. 마침 지나가던 우석을 붙들고 같은 질문을 던졌다.

"이 선생님, 궁금한 게 있는데……. 바람은 죽을 만한 죄라고 생각해요?"

밑도 끝도 없는 질문에 우석도 현주 못지않게 당황했다. 하지만 답은 줄 참인지 잠시 머리를 굴렸다.

"아니요. 나쁜 짓이긴 하지만 죽을 정도는 아닌 거 같아요."

"역시 그렇죠?"

서우는 그의 의견에 동조했다. 그녀의 상식에도 바람은 목숨으로 갚아야 할 만한 죄는 아닌 것 같았다. 실제로 이제껏 서우가 죽인 범죄자들은 모두 누군가의 목숨을 빼앗은 이들이었다. 하지만 모든 사람들이 같은 상식을 가지고 있는 건 아니었다. 점심시간에 만난 아영은 우석과 동일한 질문을 받고 다른 답을 내놓았다.

"글쎄. 난 어떤 경우엔 죽어 마땅하다고도 생각해."

"진짜로?"

"응. 내가 맡고 있는 환자들 중에선 배우자의 외도 때문에 오게 된 사람들이 적지 않거든. 바람은 실제로 누군가의 영혼을 갉아먹는 일이야. 안 당해 보고서 그 참담함을 논할 순 없지. 만일 준호 씨가 날 배신했다면 난 그냥은 못 넘어가."

그런가? 서우는 잠시 수호가 바람을 피웠다면 어떻게 했을지 상상해봤다. 확실히 그냥 넘어가줄 순 없었다. 난임 문제로 비롯된 성격 차이로 갈라서는 것과는 달랐다. 재산을 있는 대로 뜯어내고, 경찰청 앞에서 공개적인 망신을 주고도 분이 풀리지 않았을 것 같았다.

하지만 죽였을까?

그때 서우의 가운 주머니에서 문자 알림음이 울렸다. 서우는 상상을 그치고 핸드폰을 꺼내 문자를 확인했다. 그 순간 서우의 눈썹이 미묘하게 움직였다. 이를 포착한 아영이 밥을 떠먹으며 물었다.

"누구야?"

서우는 핸드폰을 도로 주머니에 넣고 대수롭잖게 대꾸했다.

"있어. 아는 환자."

'오늘 7시, 늦지 말아요.'

모르는 번호로 온 짧은 문자에는 시간만 적혀 있고 장소는 없었다. 가야할 곳은 명확했다. 오후 7시에 맞춰 서우는 레스토랑 사이크로 향했다.

같은 문자를 받은 수호가 사이크 주차장에서 그녀를 기다리고 있었다. 두 사람은 6인용 테이블로 안내받았다. 물만 있는 테이블에는 한 명이 앉아 있었다.

"시간 맞춰 왔네요."

문자를 보낸 장본인 지나가 말했다. 세 사람은 누군가를 기다리지 않고 바로 메뉴를 골랐다. 그리고 오래지 않아 나온 요리를 먹었다. 아무 말도 오가지 않는 테이블 주위에는 식기가 달그락거리는 소리만 가득했다.

언제나 나서서 대화를 이끌던 지나가 침묵을 고수하자 서우와 수호는 감히 그 침묵을 깰 엄두를 내지 못했다. 30분이 넘도록 세 사람은 고요한 식사를 이어갔다. 북적이는 주위 테이블과 대조되어 혹여 그들의 테이블을 이상하게 생각하는 손님이 없을까 고민이 될 때쯤, 드디어 지나가 긴 침묵을 깼다.

그녀는 파일을 꺼내 건네며 말했다.

"살펴보세요."

서우는 파일 첫 면을 보자마자 그것이 무엇인지 알아챘다. 상당한 두께의 파일은 지난 몇 년 동안 베니가 쓴 지출 내역을 정리해놓은 것이었다. 급하게 카드 명세서를 뽑아서 만든 것으로 추정되는 파일은 하나하나 읽어볼 것도 없이 두께만으로 지출 액수가 상당하리란 사실을 알려주었다. 서우는 파일을 대충 훑어보고 수호에게 넘겼다. 그러자 지나가 좀 더 두께가 얇은 다른 파일을 건넸다. 그 파일은 그녀의 불안한 정신 상태를 증명하는 의료 기록이었다.

"이걸론 부족해요?"

서우가 의료 기록을 꼼꼼히 읽는 동안 지나가 말했다. 그 말은 이토록 정신이 불안정한 자신을 속여서 이만큼 많은 돈을 가로채간 베니를 죽일 명분이 아직도 부족하냐는 뜻이었다. 서우는 계속 파일을 읽는 척하며 대답하지 않았다. 수호 역시 파일 뒤로 얼굴을 숨기고 아무 말도 하지 않았다.

바로 그때 등 뒤에서 누군가의 발소리가 커져왔다. 서우는 반사적으로 고개를 돌려 발소리의 주인을 확인했다. 태섭이었다. 흰 와이셔츠에 검은 앞치마를 둘러매고 나타난 그는 테이블 앞에 당도하자마자 앞뒤 없이 말했다.

"저는 반대예요."

그리고 간결하게 한마디 더 붙였다.

"와이프도 반대예요."

바로 지나가 눈꼬리를 치켜세우고 물었다.

"어째서요?"

"적합하지 않다고 생각하니까요. 규칙은 알고 있죠? 얘기는 이걸로 끝이에요."

할 말을 마친 태섭은 입을 굳게 다문 채 돌아섰다. 지나는 멀어지는 그의 등을 노려보며 분에 겨운 듯 입술을 잘끈 물었다. 그러다 그가 시야에서 완전히 사라졌을 때, 갑자기 분을 참지 못하고 벌떡 일어나서 그를 쫓아갔다.

순식간에 벌어진 일이었다. 태섭과 지나가 연달아 떠난 후, 6인용 테이블에 덩그러니 남은 서우와 수호는 얼떨떨하게 시선을 교환했다.

"어떡하지?"

수호가 먼저 말했다.

"몰라."

서우가 바로 대꾸했다. 이대로 가도 좋은지, 계속 자리를 지켜야 하는지 분간이 가지 않았다. 그래서 그저 가만히 앉아 시간을 죽였다. 평소보다 길게 느껴지는 10분이 지나자 비로소 태섭도 지나도 돌아오지 않을 거라는 확신이 들었다. 그때쯤 수호가 조심스럽게 제안했다.

“그만 갈까? 자기들끼리 무슨 결론을 내든 따로 연락을 주지 않겠어?”

“그래. 계속 이러고 있을 수는 없지. 가기 전에 잠깐만.”

서우가 고갯짓으로 화장실 방향을 가리켰다. 한시라도 빨리 이곳을 벗어나고 싶은 수호는 ‘꼭 여기서?’라는 표정을 지었다. 하지만 차마 말리지는 못하고 빨리 다녀오라며 채근했다. 서우는 재빨리 일어나서 잰걸음으로 홀을 지났다. 그리고 금세 화장실 복도로 들어가 여자 화장실 쪽으로 몸을 틀었다.

그런데 바로 그 순간, 화장실 안에서 익숙하고도 흥분된 목소리가 들려왔다.

“이유가 뭐예요?”

지나의 목소리였다. 깜짝 놀란 서우는 뻗었던 한 발을 도로 물리고 복도 벽에 몸을 붙였다. 그러자 뒤이어 또 다른 아는 목소리가 들려왔다.

“우리는 범죄자만 죽여요. 그게 첫 번째 규칙이잖아요.”

혜선이 타이르는 투로 말했다. 하지만 지나는 지지 않고 언성을 높였다.

"그는 범죄자와 다를 바 없어요. 날 죽였다고요."

"무슨 말인지 알겠어요. 하지만 실제로 죽인 건 아니잖아요."

"내가 죽으면, 그러면 그를 죽여줄래요?"

"극단적으로 얘기하지 말아요. 저도 마음은 돕고 싶어요."

"유미 언니라면 실제로 도와줬을 거예요."

유미 언니? 들어본 이름에 서우가 귀를 쫑긋 세웠다. 유미라면 서우보다 앞서 십자가 낙인 시그니처를 사용했다던 법의학자였다.

"그래요. 유미 씨라면 그랬을지도 몰라요. 규칙을 존중하지 않는 사람이었으니까요. 하지만 저는 아니에요."

"그놈의 규칙."

"우리가 그 규칙을 지켜왔기 때문에 아직까지 모임이 건재한 거예요. 지나 씨가 차 형사 손에서 무사히 풀려날 수 있었던 것도 다 그 덕분이고요."

"알고 있어요. 그런데 언니, 그거 알아요?"

지나가 시간차를 두고 말을 이었다.

"이 모임의 최고 결함은 그 규칙에 있어요."

말을 마친 그녀는 쌩하니 걸음을 옮겼다. 그리고 화장실 복도에 어정쩡하게 서 있던 서우를 발견하고 한 번 째려본 후 제 갈 길을 갔다.

순간 움찔했던 서우는 지나가 복도 너머로 완전히 사라지길 기다렸다가, 시선을 조심스럽게 화장실 안으로 옮겼다. 그러자 등

돌려 서 있는 혜선이 보였다. 그녀는 처음으로 단정한 자세를 흩트리고 손끝이 하얘지도록 세면대를 붙들고 서 있었다.

3 - 4

'이 모임의 최고 결함은 그 규칙에 있어요.'

그게 무엇인진 처음부터 알았다. 영업이 끝난 사이크에서 모임이 어떻게 굴러가는지 설명을 들었던 바로 그날 서우는 그 결함을 눈치챘다.

'우리를 유죄로 만들기 위해서는 반드시 여섯 명을 한꺼번에 묶어서 기소해야 해요.'

당시 베니는 정확히 이렇게 말했다. 사이크 모임의 최고 결함은 바로 이것이었다.

절대로 배신자가 있어서는 안 된다.

이제껏 서우는 멤버들의 약점을 잡거나, 멤버들에게 애원할 생각은 했어도 멤버들을 배신할 생각은 하지 않았다. 그들을 배신한다는 건 곧 자신의 인생을 끝낸다는 것을 의미했기 때문이다. 물론 다른 멤버들이 배신할 거라는 생각도 하지 않았다. 그들도 그들 자신의 인생을 끝내고 싶지 않을 거라고 믿어서였다.

하지만 지금도 그럴까?

서우는 찬 물을 한 모금 마셨다. 그때 잠시 통화를 하러 자리를 비웠던 수호가 돌아와서 맞은편에 앉았다.

두 사람이 대낮에 야외 브런치 카페에서 점심을 먹는 건 오랜만이었다. 집이나 사이크에서 종종 아침 또는 저녁 식사를 함께 하기는 했지만, 이렇게 대낮에 이런 공개적인 장소에서 시간을 보내니 기분이 색달랐다. 비록 만난 용건은 다른 때와 다름없었고 나누어야 하는 얘기 또한 여전히 비밀스러웠지만 말이다.

샐러드 속 토마토를 포크로 집으며 서우가 방금 전 전화에 대해 물었다.

"영준 씨는 뭐라고 해?"

"별말 안 하네. 최근엔 수사 얘기를 자세히 안 해주려고 해. 아무래도 심증이 가는 범인이 있다 보니 조심스러워진 거겠지. 형이 이렇게 나오니 나도 계속 물어보기도 그렇고. 그래도 한 가지는 확실해. 아직 수사에 큰 진척은 없어."

"다른 시그니처 팀이랑 공조 수사 얘기도 안 나오고?"

"응. 전혀. 이대로라면 아마 영원히 안 나올 거야. 비슷한 커리어의 팀장 3명이 비슷한 연쇄살인 사건을 맡았는데 서로 도와주려고 할 리 없지."

"그쪽도 정치판이네."

"아닌 판이 어디 있어. 심지어 사건 해결이 최우선인 영준이 형조차도 공조 수사만큼은 회의적이야. 누군가 힌트를 주지 않는 한, 팀장들끼리 힘을 합쳐서 일하는 일은 없을 거야."

'누군가'라는 말에 힘을 주어 말한 수호가 케일 주스를 한 모금 마시고 말했다.

"벌써 일주일째야. 지나 씨는 아직이지?"

"응. 아무 연락도 안 왔어."

"설마 지나 씨가 우리에 대해 전부 불고 자폭하지는 않겠지?"

"아니라고 하고 싶지만 모르겠어. 지나 씨는 워낙에 특이한 사람이잖아. 마지막으로 봤을 때 분위기가 심상치 않기도 했고."

갑자기 가라앉은 분위기 속에서 서우와 수호는 움직임을 멈추고 서로를 바라보았다. 마침 그림 같이 정지해 있는 두 사람 사이에서 테이블의 식탁보만이 바람에 살랑살랑 흔들렸다. 잠시 후, 서우가 입술만 살짝 움직여 속삭였다.

"지금쯤 그들도 우리와 같은 걱정을 하고 있겠지?"

"그들이라면 태섭과 혜선을 말하는 거지?"

"응. 그들이 어떻게 나올 거 같아?"

"글쎄. 어떻게든 방어하려고 하겠지. 잃을 게 많은 사람들이니까. 적어도 우리보다 앞서서 무언가를 하려고 할 거야."

"그들을 믿고 가만히 있어도 될까?"

"가만히는 있겠지만, 난 한 번도 그들을 믿은 적은 없어."

그답지 않게 단호하게 말한 수호가 천천히 손을 움직여 나이프를 들었다. 그리고 테이블 위에 있는 파니니를 자르기 시작했다. 그런 그를 보며 서우도 조용히 포크를 집어 들고 앞에 있는 샐러드를 뒤적였다.

그때 나이프에 시선을 고정한 수호가 나직이 속삭였다.

"난 너만 믿어."

그 말을 들은 서우가 포크질을 하던 손을 뚝 멈추었다. 그리고 나도 그래, 하고 말하려 했다. 하지만 그 타이밍에 그녀의 옆으로 어린아이 둘이 소리를 내며 뛰어갔다. 두 아이는 화창한 햇볕이 내리쬐는 보도블록을 밟고 금방 사라졌고 그 뒤로 아이들의 부모로 추정되는 남녀가 여유롭게 지나갔다.

순식간에 눈길을 사로잡은 그들에게 시선을 뺏겨서 대답할 때를 놓친 서우는 그냥 대답하지 않았다. 그저 포크를 움직여 애꿎은 샐러드만 콕콕 찔렀다.

그 밤, 서우는 잠이 들지 못했다. 잠이 오지 않아서 생각이 많아진 건지, 생각이 많아져서 잠이 오지 않는 건지 순서는 알 수 없지만, 뜬눈으로 골머리를 앓는 상당한 시간을 보냈다. 화장대 서랍에 보관해둔 강력한 수면제도 그 시간을 끊어내는 데 별다른 도움을 주지 못했다.

새벽 3시까지 침대에 누워 있던 서우는 결국 수면을 포기하고 방 밖으로 나갔다. 그리고 거실을 가로질러 베란다로 향했다. 밤바람을 쐬면 머리가 좀 맑아질까 하는 기대 때문이었다. 하지만 잠깐의 기대가 무색하게 제법 강하게 날리는 바람에도 서우의 머릿속 생각들은 날아가지 않았다. 그녀의 머리 한편에 꼭 매달려 있는 생각 중에는 미처 아까 하지 못한 말도 있었다.

'나도 그래. 끔찍한 날들을 보내고 있지만 너랑 함께여서 다행이라고 생각해.'

타이밍이 허락했다면 수호에게 하고 싶은 말이었다. 하지만 그 말을 하지 못한 것이 후회될 정도는 아니었다. 그를 믿는 마음과는 별개로 그와의 미래는 장담할 수 없었기 때문이다. 별거를 결심했을 때에 비해 미움이 사그라진 건 사실이었지만, 갑자기 달라진 이 마음이 끔찍한 일을 함께 겪으며 가지게 된 동료애인지, 다시 싹 트게 된 사랑인지 구별이 가지 않았다. 그래서 이 끔찍한 나날이 끝났을 때 해야 할 일이 화해인지 이별인지도 확신할 수 없었다.

물론 아직은 그런 확신을 가질 때가 아니긴 했지만 말이다. 그 전에 이 끔찍한 나날들이 어떻게 끝나느냐, 당장은 그것이 더 중요했다.

서우는 베란다 난간으로 가까이 다가가 양팔을 괴었다. 그리고 시선을 옆으로 두었다.

불과 며칠 전 바로 이 자리에서 지나가 말했다.

'난 정신병자예요. 연쇄살인범이고요.'

아무리 좋게 봐줘도 정상이라고는 할 수 없는 그녀는 지금쯤 어디서 무얼 하고 있을까? 정말 스스로를 포함해 모든 것을 끝장낼 요량으로 공범들의 이름을 차 형사의 손에 갖다 바칠 작정일까? 서우는 지나라면 충분히 그럴 수 있다고 생각했다. 그래서 잠적해버린 그녀의 행방이 미치도록 신경 쓰였다. 태섭과 혜선이 가만히 당하지 않을 거라는 근거 있는 희망에 의지해 버티고 있긴 했지만. 솔직히 그것도 그것대로 마음에 걸리는 일 중 하나였다.

서우는 옆으로 두었던 시선을 천천히 위로 돌렸다. 그러자 검은 하늘 가운데 콕 박혀 있는 달이 보였다. 하필이면 레드 문이었다. 이글거리는 것 같은 검붉은 달무리가 불길하게 느껴졌다. 평소 미신을 신뢰하지 않는 서우였지만 어쩐지 그 달은 오래 보고 싶지 않았다. 그래서 금방 눈길을 돌리고 안으로 들어갔다.

베란다와 거실 사이의 커튼을 쳐버린 후, 서우는 방으로 돌아가지 않고 거실 소파에 주저앉았다. 무릎을 세워서 끌어안고 고개를 숙이자, 뒤늦게 수면제의 효과가 나타나는지 잠이 몰려왔다. 서우는 거부하지 않고 그대로 잠에 빠져들었다. 잠깐 눈을 붙이기만 하는 기분으로 눈꺼풀을 감았다가 금방 다시 떴다. 그런데 사실은 그 사이에 제법 많은 시간이 지났는지 주변이 환했다.

서우는 부신 눈을 얼떨떨하게 끔뻑였다. 그때 꿈인지 현실인지 알 수 없는 어떤 공간에서 진동 소리가 들려왔다. 서우는 멍하니 그 소리에 귀를 기울이고 있다가, 늦지 않게 소리의 정체를 깨닫고 소파에서 일어났다. 그리고 방으로 들어가서 아직 끊어지지 않고 진동하고 있는 핸드폰을 집어 들었다.

액정에 모르는 번호가 떠 있었다. 서우는 전화를 받으며 대뜸 말했다.

"지나 씨?"

곧바로 수화기 너머 상대방이 대꾸했다. 지나는 아니었지만 아는 사람이었다.

"강태섭입니다."

어쩐지 지나보다 더 놀라운 상대였다. 서우는 당황한 기색으로 말했다.

"아…… 네, 안녕하세요?"

"이른 아침에 전화 드려 죄송합니다."

"아니에요. 그런데 무슨 일로?"

"좋은 소식은 아니에요."

태섭이 지체 없이 좋지 않은 소식을 전했다.

"어제 새벽에 베니 씨와 지나 씨가 사망했어요."

3 - 5

장례식은 성대했다. 평일인데도 미사가 치러지는 성당 안팎은 인파로 가득했다. 검은 옷을 차려입은 사람들 중에는 얼굴이 알려진 이들이 제법 있었다. 연예인, 스포츠스타, TV에 가끔 출현하는 의사, 변호사, 사업가, 스타일리스트 등등. 물론 카메라를 들고 온 취재진들도 제법 있었다.

괴짜 연구자와 미친 상속녀의 때 이른 장례식은 그들의 결혼식보다 더 흥미로운 가십거리였다. 다양한 사람들이 주목하고 몰려드는 것이 이상한 일은 아니었다.

그들의 공식 사인은 추락사였다. 펜트하우스 발코니에서 몸싸움을 벌이다가 실수로 뒤엉켜 떨어져서 사망한 것으로 최종 결론이 났다. 싸움의 원인은 처음에는 의견이 분분했지만 베니가 외도한 증거가 나오면서 화젯거리가 되지 못했다. 모두의 관심을 가장 많이 받은 지나의 재산은 그녀가 미리 작성해둔 유언장에 따라

PTSD 치료 연구소가 받기로 마무리됐다.

이제 베니, 지나와 관련해 세상에 남은 마지막 일은 미사로 치러지는 장례식이 전부였다. 그 자리를 지키기 위해 서우와 수호는 미사가 시작되기 직전 성당으로 들어가 맨 뒷자리로 향했다. 취재진들의 카메라가 마음에 걸리기는 했지만 어차피 미사 중에 셔터를 누를 리도 없거니와 설사 누른다 해도 유명인들이 가득한 와중에 자신들을 찍을 리 만무했기에, 인간의 도리나 다하자는 심정으로 참석했다. 베니, 지나와는 결코 좋은 인연이었다고 할 수 없지만 어쨌든 남다른 인연이었으니 말이다.

뒷자리에 착석하자마자 서우는 조금 앞에 앉아 있는 익숙한 뒷모습들을 발견했다. 널찍한 등과 곧은 자세를 보니 확실했다. 태섭과 혜선이었다. 서우는 팔꿈치로 수호를 찌른 후 고갯짓으로 그들의 존재를 알렸다. 수호는 이미 봤는지 놀라지 않고 고개를 끄덕였다. 그리고 바로 미사가 시작됐다.

한창 미사가 진행되는 중에 서우는 끊임없이 팔목을 만져댔다. 정확히는 작은 보석이 박힌 팔찌를 만지작거렸다.

'안 받으면 안 돼요. 언니한테 어울릴 것 같아서 특별히 사온 거니까.'

전에 지나가 준 것이었다. 내키지 않는 선물이었지만 혹시 차고 오라고 할까 봐 버리지 못한 채 그동안 아무 곳에나 처박아 두었었다. 그런데 막상 일이 이렇게 되고 나니 한 번 정도는 차

야할 것 같았다. 베니는 몰라도 지나에게만큼은 새삼스럽게 다른 마음이 들었다.

평범한 집에서 태어나서 평범하게 자랐으면 좋았을 텐데.

줄곧 무섭기만 하던 그녀가 조금은 안타깝게 느껴졌다. 이제까지의 미친 행각을 생각하면 눈물까지 흘려줄 순 없어도, 그래도 명복 정도는 빌어주었다.

미사가 끝나갈 무렵, 서우와 수호는 조금 일찍 자리에서 일어났다. 그리고 발소리를 죽여 뒷문으로 향했다. 문을 나서기 직전, 서우는 고개를 돌리고 앉아 있는 수많은 추도객들을 보았다. 그들 중 눈물을 흘리고 있는 사람은 단 한 명도 없었다. 어쩐지 씁쓸한 기분을 느끼며 서우는 조용히 문밖으로 나갔다.

"여기서 기다리고 있어. 금방 갖고 올게."

말이 끝나기 무섭게 수호는 빠른 걸음으로 공용 주차장을 향해 걸어갔다. 혼자 남은 서우는 멀어지는 그를 지켜보다 무심결에 시선을 아래로 떨구었다. 바로 그때, 바닥에 드리운 자신의 그림자 위로 다른 사람의 그림자 하나가 겹쳐지는 것이 보였다.

곧바로 등 뒤에서 그림자의 주인, 혜선의 목소리가 들려왔다.

"참 안타까운 사고죠?"

그림자 덕에 놀라지 않은 서우는 심호흡을 한 후 태연하게 등을 돌렸다.

"네."

"위험하게 왜 하필 그런 곳에서 싸웠을까요?"

"그러게요."

사고에 관해서 혜선은 더 할 말이 없다는 듯 입을 다물고 슬픈 표정을 지었다. 하지만 서우는 그 표정 뒤에 감춰진 다른 표정을 보았다.

얼마 전, 사이크 화장실 복도에서 화장실 안을 훔쳐보았을 때 봤던 표정. 웬일로 단정한 자세를 흩트리고 세면대를 붙들고 서 있던 혜선이 천천히 고개를 들어 올리며 지었던 표정. 거울 속에 비친 그 표정은 서우가 익히 알고 있는 표정이었다. 혜선이 살해 대상을 정했을 때 짓곤 하던 표정이었다.

태섭이 전화해서 베니와 지나가 죽었다고 알려주었을 때 서우는 기어코 그들이 일을 벌였다고 확신했다.

"좋은 소식은 아니에요. 어제 새벽에 베니 씨와 지나 씨가 사망했어요."

"어떻게요?"

"발코니에서 같이 추락했대요."

추락사는 태섭과 혜선이 선호하는 살해 방식이었다.

서우는 태연하게 슬픈 표정을 하고 있는 혜선을 보며 생각했다.

그들은 내가 그들이 한 짓을 알고 있단 사실을 알까?

서우는 그 점이 궁금했지만 혜선의 표정으로는 그 답을 알 수 없었다. 대신 서우가 알든 모르든 혜선이 별로 신경 쓰지 않는다는 점은 확실히 알았다. 혜선이 얼굴에서 슬픔을 거두며 이렇게 말했기 때문이다.

"다음 주 금요일 8시 사이크에서 모여요."

서우가 자신도 모르게 눈살을 찌푸리며 물었다.

"왜요?"

"일을 다시 시작해야죠."

"당분간 쉬기로 했잖아요."

"지나 씨 때문에 그랬죠. 그런데 지나 씨가 떠나버렸으니, 더 이상 차 형사를 신경 쓸 필요가 없잖아요. 간 사람은 간 사람이고 산 사람은 할 일을 해야죠."

혜선이 잠시 말을 끊은 뒤, 미소를 지으며 덧붙였다.

"마침 소개해줄 사람도 있고요."

할 말을 다한 그녀는 바로 돌아서서 성당을 향해 걸어갔다. 서우는 점점 멀어지다 금세 성당의 인파에 섞여든 그녀를 차가운 눈길로 보았다. 그때, 갑자기 뒤에서 빵 경적소리가 들렸다. 어느새 차를 가지고 나온 수호가 차 안에서 그녀를 보고 있었다.

"어디로 데려다 줄까? 집으로 가면 돼?"

"아니."

조수석에 앉은 서우가 안전벨트를 매면서 단호하게 말했다.

"같이 갈 데가 있어."

펜트하우스의 주소를 알아내는 일은 어렵지 않았다. 수호의 경찰청 인맥을 동원해 사건 수사를 담당했던 지인과 전화 한 통만 하면 됐다.

펜트하우스의 경비를 통과하는 일은 더 어렵지 않았다. 수호의 경찰 배지를 보여주는 걸로 충분했다.

펜트하우스의 현관문을 여는 일은 가장 어렵지 않았다. 그냥 문고리를 잡고 돌리기만 하면 끝이었다. 문이 잠겨 있지 않았기 때문이다. 그저 폴리스 라인만 문밖에 늘어져 있었다.

"이 집에 들어올 수 있는 기회는 지금뿐이야."

"그건 그런데 이 큰 집에서 우리 둘이 찾을 수 있을까?"

"일단 찾아봐야지. 뭐든지."

뭐든지, 태섭과 혜선을 압박할 수 있는 단서를 찾아내야만 했다. 더는 무서워만 하고 있을 때가 아니었다. 다음 주 금요일에 베니와 지나의 빈자리가 다른 사람들로 채워지면, 사이크 모임은 한 달에 한 번을 주기로 다시 열릴 것이고 그러면 모든 일이 원점이었다. 그 일은 서우와 수호가 죽을 때까지 끝나지 않을 게 자명했다. 그리고 서우는 절대로 죽고 싶지 않았다.

적어도 베니와 지나처럼.

서우는 폴리스 라인을 쳐놓은 발코니에 시선을 한 번 둔 후, 수호와 흩어졌다. 혼자 긴 복도를 지나서 그 끝에 있는 커다란 문을 열었다.

문 안은 침실이었다. 방 한가운데 자리한 으리으리한 킹사이즈 침대가 가장 먼저 보였다. 주문 제작을 했는지 프레임이 독특했다. 침구의 프린트 또한 특이했다. 아무튼 뭐 하나 평범한 게 없는 두 사람이었다. 서우는 금방 침대에서 눈을 돌려서 그 맞은편에 있는 화장대로 향했다.

화장대 첫 번째 서랍을 열자 한 무더기의 액세서리들이 보였다. 반지, 귀걸이, 팔찌, 브로치 등등 모두 보석이 박혀 있었다. 다이아몬드, 루비, 에메랄드, 가닛, 진주 등 색깔도 모양도 크기도 다양한 진짜 보석들이었다. 물론 전부 다 진짜는 아니었다. 전문 감정사가 아닌 서우의 눈에도 가짜로 보이는 몇몇 보석들이 섞여 있었다. 서우는 개중 블루 사파이어 팔찌를 집게손으로 집어 들고 위아래로 훑어보며 생각했다.

경찰들은 이게 뭔지 상상도 못 하고 넘어갔겠지.

두 번째 세 번째 서랍도 열어봤지만 별다른 수확은 없었다. 서우는 화장대에서 멀어져서 침실에 붙어있는 드레스 룸과 화장실로 갔다. 제법 많은 시간을 들여서 모든 서랍을 열어보고, 가방 속이나 옷 주머니를 뒤져보았다. 그렇지만 역시 태섭과 혜선의 약점을 잡을 만한 단서는 물론 사이크 모임과 관련한 어떤 흔적도 나오지 않았다. 이상한 일이었다. 베니의 모임 참가 목적은 연구였으므로 이렇게 아무 기록도 안 남겨두었을 리가 없었다. 그때쯤 수호가 침실 안으로 들어왔다. 그는 열려 있는 방문을 노크해 자신이 들어왔단 사실을 알렸다.

"뭐 좀 찾았어?"

"아니."

"이거 한번 볼래?"

수호가 가죽으로 양장한 노트 하나를 내밀었다.

"서재에서 찾았어. 베니의 일기장이야."

서우가 얼른 노트를 받아들고 펼쳤다. 하지만 책장을 넘겨 나가는 표정이 그다지 밝지는 않았다. 그녀가 두 장을 채 읽기 전에 수호가 설명을 붙였다.

"쭉 훑어봤는데 별거 없었어. 순 사교활동 얘기뿐이야. 그나마도 사이크 모임과 관련된 얘기는 하나도 없고."

그 말에 서우는 노트를 더 보지 않고 돌려주었다. 이미 생각보다 시간을 많이 지체했기 때문에 수호가 확인한 일을 다시 확인할 여유가 없었다.

"더 찾아보자."

두 사람은 침실을 나와서 다시 흩어졌다. 수호는 복도를 지나 창고로 향했고, 서우는 복도 중간에 있는 작은 문을 열었다.

그 문 너머에는 작은 방이 있었다. 지나가 휴식 공간으로 썼던 것 같은 방 안은 단출한 가구들로 채워져 있었다. 원목 피아노, 흔들의자, 앤티크한 책장이 전부였다. 서우는 어쩐지 안락한 느낌이 드는 그 방으로 들어갔다.

주위를 둘러보자 피아노 위에 가득 진열된 유리 조각상들이 유독 눈길을 끌었다. 서우는 오른쪽부터 왼쪽까지 다양한 조각상들을 훑어보며 방 깊숙이 들어갔다. 그러다 왼쪽 마지막에 있는 천사 조각상에서 눈을 떼지 못했다. 그 천사가 안고 있는 비파만이 유리로 되어 있지 않았기 때문이다. 설마, 서우는 손을 뻗어 천사에게서 악기를 빼앗아 보았다. USB였다.

서우는 아무도 없는데 누가 볼세라 황급히 USB를 주머니 속에 넣었다. 그리고 방 밖으로 나가려고 몸을 틀었다가 멈추었다. 이상하게 옆에 있는 책장이 발길을 잡아서였다. 서우는 그대로 문이 아닌 책장으로 다가가 원서들로 가득한 책들을 둘러보았다. 그리고 그 사이에서 커다란 앨범 하나를 뽑아 보았다.

곧바로 서우의 눈앞에 베니와 지나의 과거가 펼쳐졌다. 언제 어디서나 여유로운 베니와 장난기가 가득한 지나는 성대하게 결혼식을 치르고, 세계 곳곳을 여행하며 수많은 유명인들과 친분을 맺어왔다. 서우는 수년에 걸친 그들의 과거지사를 수십 장의 사진을 통해 빠르게 봤다. 그러다 특별히 한 과거 앞에서 멈칫했다. 그 과거의 사진은 다른 사진과는 크기부터 달랐다. 폴라로이드 카메라로 찍은 사진이었기 때문이다.

사진 속의 장소는 불 꺼진 사이크였다. 사진 속의 인물은 여섯 명이었다. 서우는 그중 네 사람의 이름을 알았다. 태섭, 혜선, 베니, 지나. 나머지 두 남녀의 이름은 알지 못했다. 하지만 여자 쪽의 얼굴은 낯이 익었다.

붉은 머리카락을 가진 그녀는 잊을 수 없는 눈동자를 가지고 있었다.

3 - 6

"이름은 채유미예요."

데스크 뒤에 서서 현주가 말했다.

"확실해요?"

서우가 미심쩍게 묻자, 현주가 확신에 차서 대답했다.

"네. 어제 알아봐달라고 하신 후에 바로 알아봤어요. 확실해요."

"그런데 왜 당시 간호사는 그 환자 이름을 지영란이라고 했던 거죠?"

"그게, 착오가 있었나 봐요."

현주는 자신이 알아낸 착오의 전말을 설명했다. 듣고 보니 별일 아니었다. 교통사고를 당한 유미가 응급실로 실려 왔을 때, 지영란의 신분증을 가지고 있었다는 게 문제의 전부였다. 당시 그녀는 의식이 없는 상태이고, 함께 있던 남자는 현장에서 즉사해서 믿을 것이라곤 신분증뿐이었던 간호사가 그녀의 이름을 묻는 서우에게 지영란의 이름을 알려준 것이었다. 이후, 시신을 수습하는 과정에서 그녀의 진짜 신분이 밝혀졌으나, 그 소식은 서우에게까지 전해져야 할 이유가 없었다.

"그러니까 그 환자는 채유미였던 게 확실해요."

현주가 다시금 강조해서 말했다. 그리고 힘을 빼며 덧붙였다.

"그런데 그녀는 왜 다른 사람의 신분증을 가지고 있었을까요?"

서우는 그 답을 알았다. 태섭과 혜선의 짓이었다.

서우는 열이 피어오르는 얼굴에 미소를 띠고, 너무 늦지 않게 현주의 질문에 답했다.

"그러게요."

"진짜 지영란은 어디 있을까요?"

서우는 그 답도 알았다. 그녀는 지금쯤 필시 어느 야산에 묻혀 있을 터였다. 하지만 그 답을 현주와 공유할 필요는 없었다.

"글쎄요. 아무튼 알아봐줘서 고마워요."

하지만 오늘따라 궁금한 게 많은 현주는 서우를 쉽게 놓아주지 않았다.

"잠시만요, 선생님. 한 가지 더 여쭤볼 게 있는데요."

"뭔데요?"

"이미 몇 개월이나 지난 일을 왜 알아보시는 거예요?"

서우는 다소 곤란한 질문에 뭐라고 답할지 고민하지 않았다.

이런 순간에 할 만한 말이라면 이미 알고 있었다.

"개인적인 일이에요."

"정말로 개인적인 기록일 뿐이었어."

눈에 익은 고속도로를 지나는 동안 수호가 말했다. 얼마 전, 펜트하우스에서 가지고 온 비파 모양의 USB에 대한 얘기였다. 그것을 손에 넣은 날, 서우는 상당한 기대를 가지고 내용물을 살펴봤다. 하지만 딱히 쓸 만한 정보는 얻지 못했다. 혹시 수호라면 다를까 해서 USB를 넘겼지만 그도 별 수 없었던 모양이다. 수호가 아쉬운 얼굴을 창밖으로 돌리며 혼잣말처럼 중얼댔다.

"뭐라도 나올 줄 알았는데."

서우는 담담하게 내꾸했다.

"괜찮아. 기대가 꺾이는 일은 익숙하잖아."

사실이었다. 지난 몇 달간 그들에게 실망은 익숙한 일이 됐다. 제 발로 거미줄을 향해 달려가야 하는 무력함도 마찬가지였다.

금요일 저녁, 정각 8시에 서우의 차가 목적지에 도착했다. 압도적인 장엄함이 여전히 사이크를 휘감고 있었다.

주차장에 차를 세운 서우는 차에서 바로 내리지 않고 전방 유리를 통해 사이크를 빤히 보았다. 어쩐지 갑자기 데자뷰가 느껴졌다. 한 가지 다른 점이 있다면 오늘은 그때와 달리 뭘 해야 하는지 알고 있다는 점이었다.

“그만 가자.”

덕분에 그때보다 여유로워 보이는 수호가 말했다. 서우는 그를 따라 선뜻 차에서 내렸다. 그리고 당당한 걸음으로 사이크로 가서 정문을 열었다.

곧바로 언제나처럼 시끌벅적하고 소란스러운 사이크의 실내 광경이 펼쳐졌다. 잠시 문가에 서 있자 이변 없이 친숙한 매니저가 다가왔다.

“새로 오신 분들이 미리 와 계십니다. 이쪽으로 오시죠.”

서우와 수호는 잠자코 그의 뒤를 따랐다. 홀을 반쯤 지나자 그의 발길이 향하는 테이블이 어디인지 짐작이 됐다.

샹들리에 바로 밑에 있는 6인용 테이블.

그곳에는 먼저 온 두 사람이 앉아 있었다. 당연히 여자 한 명 남자 한 명일 줄 알았는데, 예상 외로 남자만 두 명이었다. 하긴 2인 1조로 팀만 이루면 될 뿐, 팀이 꼭 커플이어야 한다는 규칙은 없었다.

두 남자의 생김새는 상반됐다. 사십 대 초반으로 보이는 남자는 삐쩍 말라서 광대가 툭 불거져 있었고, 삼십 대 중후반으로 보이는 남자는 기본적인 골격이 상당한데다 살집도 제법 있었다. 그들은 매니저를 앞세워 다가오는 서우와 수호를 발견하고 표정을 굳히며 자세를 고쳐 앉았다. 마침 입고 온 옷도 양복인지라

흡사 비즈니스 면접을 보러온 사람들 같았다.

빠르게 그들의 외관을 스캔한 서우와 수호는 느긋하게, 최소한 그러한 척을 하면서 가까이 다가갔다. 그리고 매니저를 물리고 자리에 착석했다.

"안녕하세요? 이수호입니다."

수호가 미리 준비해온 명함을 내밀며 말했다. 두 남자는 경찰청 로고가 박힌 명함을 보고 흠칫했다. 뒤이어 서우가 인사했다.

"반갑습니다."

짧게 인사만 한 서우는 여러 말 없이 명함을 건넸다. 두 남자는 명함으로 그녀의 이름과 직업을 확인한 후 고개를 끄덕였다. 그리고 각각 소개를 시작했다.

"처음 뵙겠습니다. 정주원입니다."

마른 남자가 먼저 말했다.

"잘 부탁드립니다. 최규섭입니다."

이어서 덩치 있는 남자가 말했다. 그들은 품에서 자신들의 명함을 꺼내 건넸다. 두 명함 위에는 검찰청 로고가 박혀 있었다.

이번에는 검사들이구나.

서우가 로고를 빤히 보며 생각했다. 새로 투입될 멤버가 누가 됐든 특정 전문 직업군에 종사하고 있을 거라고는 짐작했다. 지금까지의 추세를 보면 태섭과 혜선은 살인에 적합한 능력치가 있으면서도 모임 운영에 도움이 될 만한 사람들로 팀을 구성해왔기 때문이다. 법의학자인 유미와 그의 파트너를 제거했을 때 경찰인 수호와 의사인 서우를 끌어들였으니, 법학 교수인 베니와 돈 많은 지나를 제거했을 때 그 필요를 채워줄 수 있는 사람들을 불러들였을 것은 당연했다.

검사라면 서우의 예상에 포함되는 직업군이었다. 적어도 베니의 구멍은 메워질 수 있을 테니, 하고 생각하며 그녀는 받은 명함을 핸드백 속에 넣었다.

그때 검사 선후배이거나 동기로 추측되는 주원과 규섭이 아직 채워지지 않은 두 개의 빈자리를 흘긋 쳐다보며, 저들끼리 시선을 주고받았다. 그 의미를 포착한 수호가 질문을 받기 전에 먼저 답을 주었다.

“다른 사람들은 지금 오지 않아요. 이따 와서 자세한 설명을 해줄 겁니다.”

그리고 물을 한 모금 마시고 대화를 이었다.

“혹시 그들을 만난 적이 있나요?”

그 질문에 어쩐지 주도권을 가진 것으로 보이는 주원이 답했다.

“여자는 한 번 봤어요.”

“어디서요?”

“제 사무실로 찾아왔었어요. 그리고……,”

말을 하다 말고 멈춘 주원이 목소리를 낮추어 말했다.

“그리고 범죄자들을 처단하는 모임에 참여할 생각이 있는지 물어봤어요."

"갑자기 찾아가서 그렇게 물어봤다고요?"

서우가 불쑥 끼어들어 물었다. 이에 규섭이 대신 대답했다.

"네. 베니 킴 교수님한테서 저희에 대해 들었다고 하면서요."

베니의 이름이 나오자 서우와 수호는 이상하게 입을 꾹 다물었다. 이를 눈치채지 못한 규섭이 계속해서 말했다.

"저희는 교수님 수업을 오랫동안 수강했었어요. 그렇게 돌아가시면 안 되는 분이셨는데……. 외도 문제 때문에 교수님 사상의 본질이 흐려지고 있기는 하지만, 사생활과 상관없이 그 분의 주장은 옳다고 생각해요. 저희는 검사 생활을 오래하면서 이 꼴 저 꼴을 다 봤기 때문에 확신할 수 있습니다. 이 세상에는 사람이 아닌 것들이 섞여 있어요. 누군가는 반드시 그 악마들을 처단해야 하고요."

다소 흥분한 규섭의 말을 받아 주원이 설명을 덧붙였다.

"저희는 평소에 교수님께 그런 이야기를 자주 했었어요. 실제로 저희 둘이 그런 모임을 만들 생각도 있었고요. 그런데 얼마 전에 사무실로 찾아온 여자가 이미 그런 모임이 존재하고 있고, 교수님도 참여 중이니 함께하자고 권하더라고요. 마침 결원이 생겼다면서, 함께할 마음이면 오늘 이곳으로 오라고 했어요. 안타깝게도 이제 교수님은 함께할 수 없게 됐지만."

주원이 침울하게 말을 끝맺었다. 그를 따라 규섭도 우울한 표정을 지었다. 서우는 그런 두 사람을 잠시 지켜보다가 아까부터 궁금하던 질문을 슬쩍 던졌다.

"그런데 그 여자가 찾아왔던 게 언제예요?"

"그게……."

주원이 오래 생각지 않고 말했다.

"보름 전이에요."

역시. 보름 전이면 아직 베니와 지나가 죽기 전이다. 자신들이 누구의 자리를 꿰찼는지도 모르고 울적해하고 있는 주원과 규섭을 앞에 두고 서우와 수호는 슬며시 눈을 맞추었다. 그리고 마치 짠 것처럼 태연하게 얼굴빛을 바꾸어 분위기 전환을 시도했다. 서우가 먼저 테이블 위에 턱을 괴고 미소를 지으며 말했다.

"뭐 아무튼 이렇게 뵙게 돼서 좋네요."

뒤이어 수호가 테이블 위에 있던 메뉴판을 나누어주며 말했다.

"일 얘기는 나중에 호스트들에게 직접 들으시고, 우선은 식사부터 하죠?"

불편한 심정을 숨기기 위해 서투른 연기가 오가는 식사 자리가 끝난 후, 이어진 일들은 그때와 같았다. 디저트를 가지고 온 매니저가 오너 내외가 할 말이 있으니 남아달라고 했다고 전했고, 사이크 영업이 끝난 후 어둠 속에서 나타난 오너 내외, 태섭과 혜선이 양해의 말과 함께 착석했다. 그리고 본격적으로 사이크 시스템에 대한 설명을 시작했다. 이제까지 저 설명을 몇 번이나 했을까, 하고 생각하며 서우와 수호는 그들의 설명에서 모자란 부분을 보충했다.

살인 모의 개론이 끝난 후, 혜선은 매출 정산을 해야 한다며 카운터로 갔고, 태섭은 새 멤버들을 데리고 주차장으로 갔다. 그곳에서 그들이 갈 루트는 정해져 있었다. 필시 공터를 가로질러 철조망을 통과한 후, 철통같은 자물쇠가 채워진 낡은 냉동고로 갈 것이었다. 지금 냉동고에 시체는 없지만, 어쨌든 그곳의 존재는 알려줘야 하니 말이다. 모두가 자신의 일을 하러 간 후, 할 일이 없는 서우와 수호는 불 꺼진 사이크를 나왔다.

정문을 나와서 잔디가 깔린 정원을 걸어가는 길에 수호가 속삭였다.

"당분간은 때를 기다려야겠지?"

하지만 서우는 그 의견에 부정적이었다.

"아까 못 들었어? 저 사람들은 베니와 지나를 죽이기도 전에, 새로운 멤버부터 물색했어. 적당한 때를 기다리다가 늦으면 우리가 먼저 대체될 거야."

"그럼 어떡하려고?"

"난 더는 못 기다려. 때를 만들 거야."

"무슨 수로?"

수호가 합리적이면서도 부정적인 의견을 비쳤다.

"그 USB에는 정말 쓸 만한 정보가 하나도 없었잖아. 새로 들어온 멤버들은 딱 봐도 사이코들이고. 설마 이제 와서 자수할 때라는 얘길 하려는 건 아니지?"

"미쳤어? 절대 아니야."

"그러면?"

"모임을 탈퇴할 수 없다면 붕괴시켜야지."

"뭐라고?"

그때, 갑자기 서우가 발걸음을 뚝 멈추었다. 그리고 고개를 돌려서 정문 위에 크게 새겨져있는 상호 SIKE를 보며 천천히 입을 열었다.

"그거 알아? 사이크는 작은 시내라는 뜻이야. 하지만 발음대로라면 정신적으로 혼란하고 불안하게 만든다는 뜻도 있어."

3 - 7

"저런 놈은 죽여 버려야 해."

반백의 노인 입에서 험한 소리가 튀어나왔다.

"죽이는 걸론 시원치 않지."

그 옆의 노인도 거리낌 없이 맞장구쳤다. 병원 휴게실 TV로 뉴스를 보며 하는 소리였다. 화면에는 검은 마스크를 쓴 남자가 나오고 있었다. 사이비 종교에 빠져 테러를 자행한 그는 어제 밤사이 6명의 사상자를 냈다. 2명은 다섯 살 남짓의 어린아이들이었다. 남자는 전혀 반성하는 기색 없이 카메라를 향해 소리쳤다.

"이 모든 건 신의 뜻이야!"

그 장면을 본 두 노인은 혀를 차고 말했다.

"신은 뭐하나 몰라. 저런 놈 안 데려가고."

그때, 휴게실 구석에 사복 차림으로 앉아 있던 서우가 자리에서 슥 일어났다. 손목시계로 시간을 확인한 그녀는 천천히 휴게실 밖으로 나갔다.

저녁 어스름이 깔린 병원 앞, 길 건너에는 수호의 차가 있었다. 차는 전깃줄이 얼기설기 하늘을 가리고 있는 좁은 골목길에 진입한 뒤, 일차선 도로를 달려 골목 끝에 있는 낡은 주택 앞에서 멈추었다.

차에서 내린 서우와 수호는 경찰 배지를 앞세워 주택의 초인종을 눌렀다. 잠시 후, 한 남자가 아무런 의심 없는 얼굴로 나왔다. 서우는 그 얼굴에 가스총을 쏘고, 수호는 그를 제압해 안으로 밀고 들어갔다. 그리고 주사기를 이용해 손쉽게 남자의 목숨을 끊었다. 이로써 3년 전, 버스에서 테러를 자행하고 증거 불충분으로 풀려난 악질 테러범, 김민준은 때늦은 죗값을 치르게 됐다.

빠르게 일을 마친 서우와 수호는 잠시 밖으로 나와 주원과 규섭이 근처 쓰레기장에 미리 준비해 놓은 박스를 갖고 들어갔다. 얼마 후, 묵직해진 박스를 들고 나와 트렁크에 실은 두 사람은 차 앞자리에 탔다.

"준비됐어?"

"잘 모르겠어."

수호가 망설이는 표정을 지었다. 하지만 오래지 않아 마음을 고쳐먹고 대답을 정정했다.

"좋아. 이제 된 거 같아."

그 말이 끝나기 무섭게, 서우는 냉큼 수호의 얼굴에 자신의 주먹을 내리꽂았다. 퍽, 하는 타격 소리에 이어 악, 하는 비명소리가 차 안에 울렸다. 동시에 수호가 양손으로 자신의 얼굴을 감쌌다. 생각보다 극적인 반응에 놀란 서우가 괜찮으냐고 말하려다 관두었다. 그의 손가락 사이로 흘러내리는 피를 보았기 때문이다. 그는 괜찮아 보이지 않았고, 어차피 그것이 목적이었다.

한참 만에야 고개를 들어 올린 수호가 눈물 맺힌 눈가를 닦으며 원망을 토했다.

“이러기야?”

“미안. 한 번에 끝내는 게 좋을 것 같아서.”

서우가 미안한 얼굴 위로 민망한 웃음을 띠었다. 그리고 어색함을 피하고자 빨리 다음 일을 시작했다. 괜찮아 보이면 안 되는 사람이 수호만은 아니었기 때문이다. 서우는 핸드백에서 메스를 꺼낸 후, 주요 혈관을 피해 자신의 팔뚝을 그었다. 그리고 벌어진 상처에서 흐르는 선혈을 손으로 닦아 블라우스 곳곳에 묻혔다. 그동안 수호는 코피를 뚝뚝 흘리며 스스로 멱살을 잡고 셔츠 단추를 뜯었다.

날이 완전히 저물었을 때, 서우와 수호는 공터에 도착했다. 익숙하게 냉동고 문을 딴 그들은 김민준의 시체를 던져 넣은 후 뒤도 안 보고 돌아섰다. 냉동고 앞에 차를 세워놓은 채 걸어서 공터를 가로질렀다.

깜깜한 하늘 아래를 걷는 두 사람의 모습은 가관이었다. 머리는 산발이고, 온몸엔 상처가 가득했으며, 피로 범벅된 옷은 구겨지거나 찢어져 있었다. 그보다 더 가관인 건 두 사람이 손에 쥐고 있는 물건이었다. 그것들은 각각 잭나이프와 메스였다. 그들이 걸음을 옮길 때마다 칼날들이 달빛을 받아 번쩍였다.

그 상태로 사이크 부지에 도착한 두 사람은 주차요원의 눈을 피해 몰래 주차장 안으로 들어갔다. 주차되어 있는 수많은 차량들을 방어벽 삼아서 허리를 숙여 움직였다. 그리고 얼마 안 되어 주차장 끝에서 찾고 있던 차를 발견했다.

태섭과 혜선의 SUV.

먼저 차 앞으로 다가간 수호는 키셋 안에 특수공구를 넣고 돌렸다. 절도차량 사건을 주로 맡는 친구에게서 급하게 배워온 기술과 빌려온 도구였다. 일은 생각처럼 되지 않았다. 그가 낑낑대며 헛손질을 반복할 때 옆에서 망을 보고 있던 서우가 말했다.

"할 줄 아는 거 맞아?"

"당연히 모르지. 내가 남의 차를 언제 따봤겠어."

수호가 볼멘소리를 내면서 계속 공구를 돌렸다. 서우는 시선을 주차장 멀리 두었다. 그때 저 멀리서 걸어오고 있는 4인 가족이 보였다. 어느 정도 오다가 멀어질 줄 알았던 그들은 이상하게 점점 가까워져 왔다. 발끝의 방향으로 보아 SUV 옆에 주차되어 있는 승용차로 오는 듯했다.

마음이 조급해진 서우는 수호를 재촉했다. 수호는 대꾸하지 않고 하던 일에 몰두했다. 그 사이 가족은 차 두 대를 사이에 두고 거리를 좁혀왔다. 설상가상 가족 중에 가장 어린 여자아이가 뛰기 시작했다.

서우가 한 번 더 재촉했다. 그러자 대답 대신, 덜컥 안전장치가 풀리는 소리가 났다. 문을 딴 수호는 잽싸게 안으로 들어갔고, 그 뒤를 따라 서우가 들어갔다. 바로 그 순간, 여자아이가 방금 전 그들이 있던 곳에 도착했다. 쾅 하는 문 닫는 소리에 아이가 차를 돌아다봤지만, 이내 엄마가 부르는 소리에 뛰어갔다.

선탠이 된 창문 너머로 멀어지는 승용차를 보면서 서우가 가슴을 쓸었다.

"겨우 넘어갔네."

그렇지만 수호는 긴장을 풀지 않고 경고했다.

"이제 시작이야. 마음 놓지 마."

냉정하지만 맞는 소리였다. 겨우 뒷좌석에 안착한 두 사람은 몸을 깊이 숙이고 바깥 동태를 살폈다.

9시가 넘자 주차장 안에 있는 차들이 눈에 띄게 빠지기 시작했다. 10시 정각에 마지막 손님의 차가 나갔고 주차요원도 떠났다. 널찍한 주차장에 남은 차라곤 SUV뿐일 때, 드디어 기다리던 차 주인들이 나타났다.

덜컥, 소리와 함께 차 문을 연 태섭과 혜선이 각각 운전석과 조수석에 앉았다. 오래 기다렸던 만큼 더 이상 마음의 준비를 할 필요가 없는 서우와 수호는 지체 없이 몸을 일으켜서 칼날을 들이댔다. 잭나이프는 태섭의 목을, 메스는 혜선의 목을 겨냥했다.

아무리 숙련된 연쇄살인범이라고 해도 이런 식의 기습공격에는 놀라는 것 외에 도리가 없었다. 깜짝 놀란 태섭과 혜선은 백미러를 보고 더 놀랐다.

곧바로 태섭이 싸한 목소리로 물었다.

"이게 무슨 짓이에요?"

수호가 그보다 더 싸한 분위기를 자아내며 말을 받았다.

"몰라서 물어?"

"모르니까 묻죠. 갑자기 왜 이래요? 꼴은 또 왜 그러고?"

"왜 우리를 죽이려고 했지?"

"그게 무슨 소리예요?"

"김민준이 우리가 올 줄 알고 있었어. 겨우 죽이기는 했지만, 하마터면 우리가 당할 뻔했다고."

"뭐라고요? 잠깐만."

태섭이 고개를 뒤로 돌리려고 시도했다. 하지만 수호가 잭나이프를 그의 목에 더 바짝 대며 저지했다. 그 틈에 서우가 끼어들었다.

"이제 우리가 필요 없어졌나 보지? 아니면 위험해 보였나? 그래서 죽이려고 한 거야? 베니와 지나처럼?"

두 사람의 이름이 나오자 혜선이 나섰다.

"그건 어쩔 수 없는 일이었어요. 이해하는 줄 알았는데."

"이해했었지. 하지만 우리를 죽이려고 하면 얘기가 달라져."

"아니라니까요. 아무래도 무슨 오해가 있는 것 같은데……."

"무슨 오해? 이 계획에 대해 알고 있는 건 우리들뿐이잖아. 누가 알려주지 않고서야 어떻게 김민준이 알고 있지?"

그 순간, 갑자기 차 안에 정적이 감돌았다. 오직 네 사람의 숨소리만이 크게 들리는 가운데 몇 분처럼 느껴지는 몇 초의 시간이 지났다. 그리고 몇 초 후, 그들 중 가장 먼저 태섭이 분위기 전환을 꾀했다.

"무슨 일이 있었는지 알겠어요. 우리한테 전적이 있으니 이런 식으로 찾아온 것도 이해는 되고요. 그런데 잘 생각해봐요. 그 계획을 알고 있던 게 여기 있는 우리들만은 아니잖아요? 다 같이 자리를 옮겨서 얘기해보는 게 어때요? 칼을 내려놓고 차분하게."

예상했던 대로 되고 있군, 서우는 생각했다. 하지만 바로 그의 제안을 따르면 너무 만만해 보일 테니 한 번은 거절하기로 했다.

"그럴 순 없지. 칼을 치우면 우리가 불리해지는데, 뭘 믿고 그렇게 하지?"

그러자 태섭이 알아서 해결책을 냈다.

"수호 씨, 수갑 가지고 있지 않아요? 정 불안하면 우리한테 수갑을 채워요. 그리고 차근차근 이 오해를 풀어보자고요."

잔디가 깔린 어두운 정원을 네 사람이 함께 지났다. 수갑에 팔목이 묶인 태섭과 혜선이 앞장서고, 두 걸음 뒤에서 서우와 수호가 뒤따랐다. 그들이 지나는 길목을 앤티크한 가로등 불빛이 희미하게 밝혔다.

불빛의 끝에 자리한 레스토랑으로 들어가기 직전, 서우는 고개를 위로 들었다. 그러자 정문 위에 새겨진 큼직한 상호가 눈에 들어왔다. 서우는 얼마 전 이곳에서 자신이 했던 말을 떠올렸다.

"그거 알아? 사이크는 작은 시내라는 뜻이야. 하지만 발음대로라면 정신적으로 혼란하고 불안하게 만든다는 뜻도 있어."

맥락 없는 말에 수호가 불안한 표정을 지었다.

"갑자기 그게 무슨 소리야? 설마…… 그 사람들을 죽이려는 건 아니지?"

서우가 태연하게 말을 받았다.

"왜 아니야? 이제 우리에게 남은 방법은 그것밖에 없어."

"아무리 그래도 죽이는 건 무리야. 상대는 유명 레스토랑의 경영진이랑 현직 검사들이라고. 그냥 범죄자들을 죽이는 것처럼 죽일 수는 없어."

"알아."

"더군다나 태섭과 혜선은 보통 사람들이 아니잖아. 이 판에서 우리는 저들을 이길 수 없어. 너도 그렇게 말했었잖아."

"그랬었지. 확실히 그냥은 이길 수 없어. 우리가 죽여서도 안 되고."

서우는 SIKE 알파벳에 시선을 고정한 채 혼잣말처럼 중얼거렸다.

"정신이 혼란하고 불안한 상황에서 서로를 죽이게 하면 모를까."

상호가 새겨진 정문을 통과한 네 사람은 불 꺼진 실내로 들어갔다. 자정이 넘은 사이크의 홀은 언제나 고요했다. 홀을 가로지르는 네 개의 구두 굽 소리가 리드미컬하게 사방에 울려 퍼졌다.

잠시 후, 그들은 실내 한가운데에 있는 4인용 테이블에 도착했다. 정리된 테이블 위에는 촛대 하나가 있었다. 모두가 테이블에 둘러앉자 수호가 초에 불을 붙였다. 그리고 일렁이는 촛불 너머로 태섭과 혜선을 바라보다 갑자기 쾅, 테이블 위로 잭나이프를 꽂았다. 이에 질세라 서우도 손 안에서 빙빙 돌리고 있던 메스를 테이블 위에 슥 올렸다.

"자, 그럼 이제 새로운 멤버들에 대해 다 털어놔 보시지?"

서우의 말이 끝나기 무섭게 혜선이 대답했다.

"첫 만남에서 얘기한 게 전부예요. 알다시피 베니 씨의 추종자들이에요. 어떤 사상을 가진 사람들인지 알잖아요? 그래서 결원이 생겼을 때……."

혜선이 습관적으로 거짓말을 했다가 얼른 정정했다.

"결원을 만들기로 했을 때 합류를 제안했던 거예요."

"거절하면 어쩌려고? 난 약점이라도 잡혀 있었지만 그 사람들은 아니었잖아."

"솔직히 생각 안 해봤어요. 거절하지 않을 줄 알았거든요. 세상에는 기회만 주어지면 우리랑 같이 일하고 싶어 하는 사람들이 서우 씨 생각보다 많아요."

"그러니까 그 말은 당신의 상식과 베니의 얘기만 믿고 그들에 대한 뒷조사를 제대로 안 했다는 거네?"

"그렇다고 볼 수 있죠. 조사할 시간이 부족하기도 했고……."

"그럼, 우리 모임에 접근하려고 일부러 베니 추종자 행세를 했을 가능성도 있는 건가?"

"물론 그랬을 가능성도 있죠."

몰아치는 서우의 질문에 혜선은 선뜻 동조했다. 대답할 때마다 테이블 위에 놓인 잭나이프와 메스로 향하는 그녀의 시선을 보고 서우는 확신했다. 그녀는 자신의 결백을 증명해 이 위험을 벗어날 수만 있다면, 경미한 실책 따위야 얼마든지 인정하고 기꺼이 주원과 규섭을 팔아넘길 생각이었다.

태섭 역시 그녀와 같은 계산인지 불쑥 끼어들어서 말을 보탰다.

"이제껏 저희는 형사들만 주시해 왔지, 검사들은 경계하지 않았어요. 하지만 수사기관들끼리 연쇄살인에 대한 정보를 주고받았다면, 세 개의 연쇄살인을 하나의 사건으로 여기는 검사가 충분히 나왔을 수 있어요. 이제 와서 드는 생각이지만."

태섭이 시간차를 두고 말을 이었다.

"어쩌면 정주원과 최규섭이 바로 그런 검사들일 수……."

이에 수호가 바로 반론을 제시했다.

"그런 거라면 그냥 우리를 체포하면 되지 않나? 모임에 대한 증거를 잡으려고 모임에 합류한 것까진 그렇다 쳐도, 김민준한테 언질을 줘서 우리를 죽이도록 유도한 이유는……?"

"아마 사건을 공론화시키고 싶지 않아서겠죠. 우리 모임의 존재가 알려지면 여론이 들끓을 게 빤하니까. 그래서 그냥 제거하기로 한 게 아닐까요?"

태섭이 예상된 답변으로 방어했다. 그의 입을 통해 원하던 말을 들은 수호는 잠시 생각하는 척을 했다. 그리고 잠시 후, 모두를 둘러보며 의미심장하게 말했다.

"정말 그렇다면 그들을 그냥 둘 수는 없지 않나요?"

그러자 혜선이 심각한 표정으로 대꾸했다.

"물론 그냥 둘 순 없죠. 하지만 적당히 죽일 수도 없어요. 어쨌든 상대는 검사들이니까요. 범죄자들이 아니니 시그니처를 찍어서 미끼로 던질 수도 없고, 일반 실종이나 사망 상태로 만들면 대대적인 수사가 이뤄질 게 빤하고요. 그런 적당한 방법이 아니라 그럴듯한 시나리오를 짜서 처리해야 해요."

그 대목에 서우가 슬쩍 끼어들어 말했다.

"그렇다면 나한테 아이디어가 하나 있긴 한데……."

그 한마디에 모두의 시선이 순식간에 서우를 향했다. 서우는 어깨를 한 번 으쓱하고 뱉은 말을 설명했다.

"그 사람들이 모임에 합류한 후에 몰래 의료 기록을 살펴봤거든요. 불법이긴 하지만, 뭐 어쨌든 간에, 알고 보니 두 사람 꽤 오랫동안 정신과 치료를 받았더라고요. 우울증, 불면증, 공황장애 등등으로."

그건 사실이었다. 하지만 그 정도 병은 많은 현대인들이 가지고 있는 병이었다. 태섭과 혜선이 그 점을 지적하기 전에, 미리 짠 대로 수호가 먼저 나섰다.

"그게 뭐? 요즘 사람들한테 흔한 병 아닌가?"

그 말을 받아 서우가 준비한 마지막 대사를 읊었다.

"맞아. 그리고 그런 사람들이 자살을 하는 것도 이상한 일이 아니잖아?"

새벽녘에 사이크에서 집으로 돌아온 서우는 침대로 가지 않고 몸단장을 새로이 했다. 헝클어진 머리를 단정히 묶고, 상처가 난 곳엔 밴드를 붙이고, 깔끔한 정장을 꺼내 입었다. 그리고 새삼스럽게 핸드폰 내비게이션을 켰다. 오늘은 매일 출근하는 병원이 아닌 새로운 장소, 검찰청에 가야 했기 때문이다.

새벽의 검찰청 앞은 한산했다. 서우는 테이크아웃 커피를 손에 들고 검찰청 건물에 기대서서 막 떠오르는 태양을 보았다. 의료 기록에 따르면 주원과 규섭은 둘 다 워커홀릭이었다. 그러니 앞으로 10분 내외에 적어도 둘 중 한 명은 나타날 것이었다. 누가 됐든 만나는 사람은 한 명으로 충분했다.

그로부터 정확히 11분 후 한 사람이 모습을 드러냈다. 좁은 어깨를 더 좁게 움츠린 채 땅을 보며 걸어오는 그는 주원이었다. 서우는 벽에서 몸을 떼고 천천히 그에게 다가갔다. 갑자기 앞을 막아선 하이힐을 본 주원이 천천히 고개를 들어 올렸다. 그리고 서우의 얼굴을 보자마자 움찔했다. 아마추어같이 바로 경계심을 드러냈다. 서우가 여유롭게 미소를 지으며 말했다.

"10분만 시간 좀 내주시겠어요?"

잠시 후, 두 사람은 주원의 사무실 소파에 마주 앉았다. 본격적으로 이야기를 시작하기 전에 서우는 잠시 주변을 둘러보았다. 3평 남짓한 사무실에는 미적 감각이 결여되어 있었다. 그 흔한 화분이나 그림 하나 없었고, 모든 물건들은 각을 맞춰 정리되어 있었다. 심지어 책장에 나열된 원서들은 일련번호까지 맞춰 꽂혀 있었다. 의료 기록에는 없는 내용이었지만 이 정도면 강박증이 확실했다.

원래 작은 틈도 허용하지 않는 사람일수록 어떤 틈이 생겼을 때 동요가 큰 법이었다. 주원의 강박증은 서우의 입장에선 희소식이었다. 빠르게 스캔을 마친 서우는 주원에게로 고개를 돌렸다. 그리고 불시에 일터로 찾아온 연쇄살인 멤버를 수상한 눈초리로 스캔하고 있는 그에게 방문 이유를 밝혔다.

"어제가 실행 일이었던 거 알죠? 그런데 김민준이 그걸 미리 알고 있었어요. 겨우 죽이긴 했지만 하마터면 저와 수호 씨가 죽을 뻔했죠."

서우는 자신의 주장에 신빙성을 부여하기 위해 상처에 붙인 밴드를 가리킨 후, 주원이 무어라고 반응하기 전에 바로 다음 말을 뱉었다.

"김민준에게 미리 정보를 준 건 태섭 씨와 혜선 씨예요."

그러자 주원이 불신이 가득한 기색으로 대꾸했다.

"그 사람들이 왜요?"

서우는 백 마디 말 대신 짤막한 녹취록으로 설명을 대신했다. 핸드폰을 꺼내서 소파 사이에 있는 테이블 위에 올려놓고 녹음파일을 눌렀다. 그러자 스피커에서 서우의 목소리가 흘러나왔다.

'이제 우리가 필요 없어졌나 보지? 아니면 위험해 보였나? 그래서 죽이려고 한 거야? 베니와 지나처럼?'

뒤이어 혜선의 목소리가 또렷하게 울렸다.

'그건 어쩔 수 없는 일이었어요.'

이 타이밍에서 서우는 녹음파일을 뚝 껐다. 그리고 한 대 얻어맞은 것 같은 표정을 짓고 있는 주원에게 늦은 답을 주었다.

"왜냐면 그들은 원래 그런 사람들이거든요. 필요에 따라서 누구나 죽이죠. 설사 동료라고 해도. 그들에 대해 아무것도 모르면서 뭘 믿고 합류한 거예요?"

"나름 알아봤었어요."

주원이 더듬거리며 자기변호를 했다.

"두 사람, 엘리트아동 연쇄살인 사건의 피해자 유족이었어요."

엘리트아동 연쇄살인 사건이라. 서우의 기억이 맞는다면, 그 사건은 피해의식이 있는 한 여자가 부유한 집안의 아이 세 명을 무작위로 살해한 사건이었다. 한창 태섭과 혜선의 뒤를 캘 때 관련 기사를 읽었던 적이 있다. 당시엔 유족 정보를 알 수 없어서 넘어갔는데, 확실히 검사라 그런 쪽 정보를 찾을 수 있었나 보다. 뭐, 이제 와서 모임 창설 동기 따위는 중요한 정보가 아니지만 말이다.

서우는 생각을 끊고 주원의 말에 집중했다. 그는 계속해서 자신을 변호했다.

"동기가 확실하니까 믿을 수 있다고 생각했어요. 누구보다 피해자들의 분노를 잘 알아서 그들을 대변해 처단자로 나서준 정의로운 사람들이라고요."

"틀린 추론은 아니네요. 아마 그런 동기로 모임을 만든 게 맞을 거예요. 한때는 정의롭기도 했을 테고요. 하지만…….”

서우가 주원의 말에 힘을 실어 준 후, 자신의 의견을 덧붙였다.

“지금은 그냥 살인자들이에요.”

그리고 본격적으로 방문 목적에 충실한 대화를 이어갔다.

“아무튼 그들이 먼저 공격한 이상, 저희 부부는 가만히 있을 수 없어요. 다음에는 저희가 반격할 차례예요. 주원 씨는 어떻게 할 거예요?”

“글쎄요. 저는 이 상황이 갑작스러워서……. 규섭이하고도 얘기해봐야 하고.”

“설마 그들 편을 들려는 건 아니죠?”

“그럴 순 없죠. 교수님을 죽인 인간들인데. 다만, 반격하기가 쉽지는 않을 거예요. 그냥 죽이기엔 위험 부담이 큰 사람들이잖아요. 레스토랑 사이크는 꽤나 유명한 장소고, 그들 주위에는 힘 있는 사람들도 많고.”

“물론 그들이 갑자기 죽거나 실종되면 이상하죠.”

서우가 횡설수설하는 주원의 말을 자르고, 새로운 대안을 제시했다.

“하지만 레스토랑에서 화재 사고가 나는 건 이상한 일이 아니잖아요?”

3 - 8

새벽의 응급실은 한가한 날이 없었다. 덜 바쁜 날이 있을 뿐이었다.

주전자 물에 화상을 입어서 온 노인의 팔에 기계적으로 붕대를 감아주며 서우는 벽으로 시선을 돌렸다. 벽에 걸린 전자시계에 빨간 숫자 12:10이 떠 있었다. 지금쯤이면 태섭과 혜선과 주원과 규섭이 사이크에 모여 있을 터였다.

"자정에 모이자고 얘기할게요."

며칠 전 서우가 이렇게 제안했기 때문이다.

"우리가 한 팀이 돼 일한 걸 축하하는 자리라고 둘러대죠."

일이란 김민준을 처리한 일을 말하는 것이었다. 서우와 수호는 자신들이 배신당했다는 사실을 눈치채지 못한 것처럼 그 자리에 참석하겠다고 판을 깔았다. 그리고 당일 밤 10시쯤에 갑자기 불참 소식을 전했다. 서우는 응급실 당직 스케줄이 바뀌었다고, 수호는 경찰청에 문제가 생겼다고 각각 핑계를 댔다. 하지만 계획은 원래대로 진행하자고 양쪽 진영을 부추겼다.

"우리가 없어도 준비한 대로만 하면 아무 문제없을 거예요. 언제 다시 기회가 올지 모르니까 그냥 오늘 안에 끝내죠."

다른 도리가 없는 양쪽 진영은 순순히 동의했다.

빨간 숫자가 12:30으로 바뀌었을 때, 서우는 다시금 시계를 보았다. 그리고 표정 변화 없이 고개를 돌렸다. 하지만 그 순간부터 머릿속에서는 활발한 변화가 일기 시작했다. 서우는 유유히 응급실을 배회하며 남몰래 상상의 나래를 펼쳤다.

지금부터 주원과 규섭이 눈신호를 주고받는다. 뒤이어 주원이 아무 이야기로나 태섭과 혜선을 붙들어두고, 규섭이 화장실에 가는 척 일어나서 주방으로 향한다. 품속에 공구를 숨기기에는 깡마른 주원보다 살집 있는 규섭이 적합했기에 미리 정한 역할이다. 몰래 주방에 들어온 규섭은 바지춤에 꽂아두었던 드라이버를 꺼내서 가스 파이프 안전밸브와 배관의 연결부분을 헐겁게 만든다. 그리고 치밀하게 손에 물을 묻힌 후, 태연하게 자리로 돌아와 앉는다.

이후 뜬구름 잡는 이야기들이 오가는 동안, 본격적으로 태섭과 혜선이 움직인다. 태섭은 혼자 주방으로 가서 미리 만들어둔 디저트를 가지고 온다. 그는 매번 다른 종류의 디저트를 만들었기 때문에 디저트의 모양이 쉽게 상상이 되지 않았지만 그런 세부적인 부분은 아무래도 상관없다. 안에 서우가 미리 준 수면제가 들어있기만 하다면 말이다. 주원과 규섭은 수면제가 들은 디저트를 반도 먹기 전에 테이블 위로 엎어진다. 그러면 태섭과 혜선은 한동안 깨지 않을 그들을 들쳐 업고 주차장으로 간다. 그 사이, 혜선은 수호가 빌려준 특수공구로 주원의 자동차 문을 딴다. 그리고 주원과 규섭을 차에 태워서 근처 교외로 이동한 후, 차 안에 연탄을 피워놓은 채 문을 닫는다.

그때쯤 수호가 전화를 걸어 묻는다.

"끝났어요?"

태섭이 대답한다.

"네. 이제 돌아가려고요. 어디쯤이에요?"

내일까지 특수공구를 비품실에 돌려놓아야 한다는 핑계로 레스토랑에 방문하기로 한 수호가 집 침대에 누운 채 말한다.

"가는 중이에요. 10분이면 도착해요."

수호는 막 전화를 끊을 것처럼 하다가 곧 잠시만요, 하고 외치며 결정적인 다음 대사를 읊는다.

"잠시만요. 제가 저녁을 못 먹어서 그런데요. 혹시 지금 스튜 하나만 만들어줄 수 있어요? 갑자기 거기 토마토 스튜가 먹고 싶어서요."

태섭은 그 부탁을 들어주기 위해 레스토랑에 돌아오자마자 부엌으로 들어간다. 그리고 불을 붙이는 순간 펑, 끝이다.

가스가 폭발해 부엌은 산산조각이 나고, 직접 불을 붙인 태섭은 죽음을 인식할 새도 없이 순식간에 잿더미가 된다. 홀에 있던 사람도 무사할 순 없다. 그 자리에서 사망하거나 큰 부상을 입고 만다. 운 좋게 화마 속에서 구출된다면 다음으로 갈 곳은 한 곳뿐이다.

교외에 위치한 레스토랑 사이크에서 그나마 제일 가까운 대학병원 응급실.

전자시계의 빨간 숫자에 01:30이 떴다. 동시에 서우의 가운 주머니에서 무전기가 깜빡였다. 곧 스피커에서 구급대원의 목소리가 흘러나왔다.

"화상 환자 들어가고 있습니다."

잠든 노인의 팔에 기계적으로 드레싱을 발라주고 있던 서우는 표정 변화 없이 돌아서서 새로운 환자를 맞이하기 위해 응급실 정문으로 향했다.

새벽에 중환자실로 향하는 복도는 고요했다. 서우는 당당한 걸음으로 그곳을 지났다. 데스크를 지키는 간호사와 눈이 맞았지만 상관하지 않았다. 지나가는 인턴의 인사를 받고도 개의치 않았다. 어차피 못 갈 곳에 가는 게 아니었으므로 조심히 행동하는 편이 더 이상했다. 언젠가 한번 겪어본 상황이었다.

그때와 마찬가지로 무사히 중환자실로 들어온 서우는 가장 구석에 있는 침대로 다가갔다. 그 침대에는 머리부터 발끝까지 붕대를 칭칭 감고 있는 혜선이 있었다.

막 응급 수술을 받은 그녀는 마취약에 취해 자고 있었다. 서우는 호스를 통해 떨어지고 있는 약의 용량을 조절하고 잠시 기다렸다. 그러자 얼마 후, 혜선이 고통스럽게 눈살을 찌푸리며 깨어났다. 그리고 눈알을 빙그르르 굴려서 옆에 서 있는 서우를 보았다. 그녀와 눈이 마주치는 순간, 서우가 말했다.

"안타까운 사고죠?"

바로 혜선의 눈에 살기가 일었다. 당장이라도 달려들 것 같은 눈빛이었다. 하지만 실제로 그럴 수 없다는 건 두 사람 모두 알고 있었다. 서우는 침대 끝에 걸터앉아서 침대 시트 위로 손바닥을 올려놓고 차분히 말문을 열었다.

"궁금할 거예요. 어쩌다 일이 이렇게 됐는지."

그리고 혼자서 말을 이었다.

"언젠가 그랬죠? 모든 일에는 우선순위가 있고, 중요한 건 선택이라고. 제 우선순위는 언제나 저와 수호뿐이었어요. 저는 늘 우리를 위한 선택만 내렸고, 이건 그 결과예요. 아무리 생각해도 우린 처음부터 만나지 않는 편이 좋았어요."

잠시 말을 끊은 서우는 혜선의 살기 띤 눈을 응시하다 다시 말했다.

"알아요. 인연은 제가 먼저 만들었죠. 멋대로 그쪽 시그니처를 사용했으니까요. 하지만 그때는 처음 사람을 죽여서 제정신이 아니었어요. 제대로 된 판단을 내릴 수가 없었다고요. 설마 혜선 씨가 그 일을 빌미로 연쇄살인을 시킬 거라고 상상이나 했겠어요. 그냥 실수였을 뿐인데, 자비롭게 넘어가줄 수도 있었잖아요. 그랬다면 우린 이런 악연이 되지 않았을 텐데."

말끝을 길게 늘인 서우는 천천히 못다 한 말을 이어갔다.

"저는 연쇄살인범이 되지 않았을 거예요. 혜선 씨도 그 꼴이 되지 않았을 거고요. 아직 모를까 봐 말해주는데 태섭 씨도 죽지 않았을 거예요."

태섭의 이름이 나오자 혜선의 눈동자가 급격하게 흔들렸다. 분노만을 담고 있던 눈 안에 절망이 차오르더니 이내 눈물 한 방울이 뚝 떨어졌다. 서우는 손을 뻗어 그녀의 눈물을 닦아주었다. 혜선은 그 손길을 피하지도 못한 채 고스란히 받다가 갑자기 입술을 열어 무어라고 속삭였다.

"뭐라고요?"

서우가 혜선의 입가에 귀를 가까이 가져갔다. 그러자 악문 잇새로 새어나온 말이 또렷하게 들렸다.

"어차피 죽일 거라면 빨리 죽여."

어차피 죽일 거라니. 그건 오해였다. 서우는 혜선을 죽일 생각이 전혀 없었다.

"싫어요. 그 짓은 다시 안 해요."

서우는 고개를 저으며 혜선에게서 멀어졌다. 그리고 혜선의 몸과 연결된 기계장치를 보며, 정확히는 기계 모니터에 뜬 수치들을 유심히 보며 말했다.

"아무 짓도 안 해도 어차피 그쪽은 내일까지 못 살 거예요."

그러자 혜선이 다시 입술을 열었다. 이번에는 가까이 가지 않아도 들릴 만큼 큰 소리로, 마지막 힘을 쥐어짜내어 말했다.

"우리는 한 배를 탔었어. 기억해?"

기억 안 날 리 없었다. 사이크에서 첫 회동을 갖던 날, 폴라로이드 앵글 안에 억지로 서우와 수호를 집어넣은 태섭이 플래시를 팡 터트리며 정확히 그 말을 했었다. '그럼 이제부터 우리는 한 배를 탄 거예요.' 하지만 선장이 아닌 선원은 어떤 배를 타든 상관없었다. 떠돌이 선원에 불과한 서우가 침몰한 배에, 그것도 본인이 침몰시킨 배에 계속 남아 있을 이유는 없었다. 때문에 서우는 이 말을 마지막으로 남기고, 마취약의 용량을 조절해 혜선을 다시 잠재웠다.

"한동안 그랬었죠. 그런데 전 이만 내리려고요."

"어젯밤, 유명 레스토랑 사이크가 폭발했습니다. 수사기관은 이 사건이 가스 파이프 미점검 때문에 벌어졌다고 추정하며, 방화 가능성은 적은 것으로 보고 있습니다. 이 사고로 수석 요리사 강 씨가 현장에서 숨졌고, 경영인 김 씨는 병원으로 이송됐다가 새벽에 사망했습니다."

뚝, 서우가 리모컨을 들어 TV 전원을 껐다. 곧바로 앵커의 목소리가 공중에 흩어졌다. 소파에 몸을 깊이 파묻고 있던 서우는 천천히 자리에서 일어나 고요해진 거실을 가로질렀다. 그리고 베란다로 나가 어둑한 하늘을 올려 보았다.

새벽에 혜선의 사망을 확인하고 집으로 돌아온 후, 서우는 침대 위에 쓰러져 누웠다. 꿈도 없는 깊은 단잠에서 깨어나니 이미 날이 저물어 있었다. TV를 켜자 몇몇 채널에서 사이크의 폭발 소식을 전했다. 많은 사람들이 드나들었던 인기 있는 장소였던 만큼 한동안 회자되는 건 어쩔 수 없었다. 하지만 그 내용은 아무리 장사가 잘되고 돈을 많이 벌어도 사람 목숨 부질없다는 정도의 수준에서 그칠 게 빤했고, 그마저도 매일 생기는 다른 가십에 의해 금방 묻힐 게 분명했다.

드디어 끔찍했던 나날들은 끝났고, 더 이상 남아 있는 문제는 없었다.

아니다. 아직 해결해야 할 문제가 하나 있었지.

잠시 후, 현관문이 열리고 수호가 안으로 들어왔다. 퇴근하자마자 왔는지 양복 차림인 그는 베란다에 서 있는 서우를 향해 곧장 다가오며 말했다.

"왜 이렇게 전화를 안 받아?"

"미안. 계속 잤어."

"아침에 뉴스 봤어. 이제 다 끝난 거지?"

"거의 끝났지."

"거의라니? 아직 남은 일이 있어?"

"당연하지. 생각해 봐. 사이크가 폭발하자마자 세 종류의 연쇄 살인도 한꺼번에 사라지면 지금까지 그 출처가 사이크였다고 의심받을 거 아니야. 우리는 거기 자주 드나들었으니까, 뒤늦게 뒤를 캐는 형사들에게 꼬리를 밟히지 않으려면 당분간은 몇 건을 더 해야 해."

단호하게 뱉은 서우의 말에 수호가 마뜩잖은 표정을 지었다. 하지만 이견을 붙이지는 않았다. 언젠가부터 이런 문제를 이야기할 때 두 사람의 생각이 불일치하는 경우는 없었다. 일련의 일들을 겪으며 생명의 소중함이니 인간적인 도리니 하는 감상적인 이야기들을 하지 않게 됐기 때문이다. 그들은 오로지 효율적이고 합리적인 문제 해결 방안만을 논했고 당연히 그 결론은 비슷할 수밖에 없었다.

그러니까 서우가 해결해야 할 문제는 사이크에 관한 것이 아니었다.

"저녁 안 먹었지?"

서우가 부엌으로 향하며 물었다. 수호는 그렇다고 답하며 그녀의 뒤를 따랐다.

두 사람은 오랜만에 식탁에 마주 앉아 같이 저녁을 먹었다. 반찬은 별것 없었다. 신혼 초부터 요리에 흥미가 없던 서우는 찌개나 국 하나만 끓이고, 나머지는 엄마가 보내준 밑반찬으로 구색을 맞춰 상차림을 해왔다. 그나마 식탁에 신경을 쓰는 날엔 햄을 굽는 정도로만 성의를 다했다.

조촐한 식탁 위에 미묘한 공기가 흘렀다. 달그락거리는 식기 소리만이 주위를 메웠다. 침묵이 어색함을 조성했지만, 말소리가 끼어든다고 딱히 나아질 건 없었다. 오히려 수호가 입을 열었을 때 어색함은 더 짙어졌다.

"있잖아. 혹시 두 달 전 밤 기억해?"

서우는 무심한 척 햄 하나를 집어 먹으며 말했다.

"응, 기억해. 왜?"

수호가 수줍게 못다 한 말을 마저 했다.

"그냥…… 그날 옛날로 돌아간 것 같아서 좋았다고. 우리 사이에 아직 해결 못 한 문제가 있긴 하지만, 그래도 너만 괜찮다면……."

갑자기 수호가 말을 끊었다. 별안간 들려온 핸드폰 소리 때문이었다. 잠깐만, 하고 양해를 구한 수호가 주머니에서 핸드폰을 꺼냈다. 그리고 발신자를 확인한 후 전화를 받았다.

"여보세요."

그는 기꺼운 기색으로 통화에 응했다. 하지만 단 3초 만에 급격하게 표정이 굳어갔다. 이를 눈치챈 서우가 젓가락을 내려놓고 수호에게 집중했다. 짐작하기 어려운 내용의 대화가 끝나자 서우가 물었다.

“누구야?”

“영준이 형.”

“갑자기 왜?”

“립스틱 사건 관련해서 할 말이 있다는데?”

“무슨 할 말?”

“나도 몰라. 자세한 얘기는 만나서 해주겠대.”

말을 마친 수호가 자리에서 일어나며 불안한 심정을 내비쳤다.

“그런데 그 얘기를 왜 나한테 한다는 거지?”

서우는 그를 따라 일어나며 상황을 긍정적으로 해석했다.

“별일 아닐 거야. 평소에 그 사건에 관심을 많이 보여서 그렇겠지.”

갑작스레 식사를 중단하게 된 두 사람은 함께 현관으로 나갔다. 수호는 부엌에서 전화를 받은 시점부터 현관에서 구두를 신는 순간까지 계속 굳은 표정을 풀지 않았다. 어쩐지 그답지 않다고 생각하며 서우는 그의 팔뚝을 잡았다.

“괜찮아. 이제 나쁜 일은 다 끝났다니까.”

“그건 그런데…….”

"불안이 습관이 돼서 그래. 아무 일도 없을 거야."

뒤이어 서우는 수호의 팔뚝을 끌어당겨 그의 품 안으로 들어가 속삭였다.

"이제 다 좋아질 거야."

3 - 9

사라진 미움은 싹튼 동료애 때문일까? 되살아난 사랑 때문일까? 언젠가부터 시작된 고민에 서우는 아직 답을 내리지 못했다. 하지만 그 둘을 구분하는 게 의미가 없단 사실은 알았다. 어차피 두 마음이 원하는 상황이 같았기 때문이다.

함께 있으면 좋겠다.

두 사람이 헤어졌던 근본적인 문제는 여전히 해결해야 할 문제로 남아 있었지만, 나중 일이야 어찌됐든 간에 당장은 마음이 원하는 대로 하고 싶었다. 지난 몇 달 동안 사람 일이란 한 치 앞도 알 수 없고 뜻대로 되지도 않는단 걸 깨달았기 때문이다.

그래서 서우는 수호가 돌아오는 대로 이제 그만 완전히 집으로 들어오라고 말하리라 마음먹었다. 아마 그는 거절하지 않을 터였다. 애당초 그는 집을 나가고 싶어 한 적도 없었다. 네가 나가지 않으면 내가 나갈 거라는 서우의 고집에 떠밀려 잠시 자리를 비켜주었을 뿐이다.

서우는 앉아 있던 식탁 의자에서 일어났다. 과일을 깎아 접시에 세팅하고, 찬장에서 최상급 샴페인을 꺼내놓고, 향초에 불을 붙였다. 더 필요한 것이 없는지 고민하다가 방으로 들어가서 화장대에 앉아 립스틱을 덧발랐다.

바로 그때, 밖에서 초인종 소리가 들렸다. 딱 맞춰서 왔네, 하고 생각하며 서우는 방 밖으로 나갔다. 반색하며 기쁘게 걸어 나갔다. 그러다 갑자기 멈칫했다.

잠깐만. 수호가 왜 초인종을 누르지?

그는 언제나 직접 비밀번호를 누르고 들어왔었는데, 이상한 일이었다. 그 순간, 다시 한 번 초인종 소리가 울렸다. 서우는 일단 멈추었던 걸음을 도로 떼었다. 그리고 현관으로 가서 문구멍으로 바깥을 살폈다. 그러자 문밖에 서 있는 아는 사람의 얼굴이 보였다. 서우는 문을 벌컥 열고 말했다.

"차 형사님, 여긴 어쩐 일이세요?"

문이 열리자마자 보이는 그의 낯빛은 문구멍으로 보았을 때보다 훨씬 안 좋아 보였다. 서우는 그의 뒤를 슬쩍 보고 그가 혼자라는 사실을 확인한 후 말했다.

"수호랑 같이 계신 거 아니셨어요?"

"같이 있었는데……."

영준이 말끝을 흐리며 한 발을 현관 쪽으로 떼었다.

"안에 들어가서 얘기해도 될까요?"

거절할 명분이 없었다. 서우는 몸을 비껴 그가 들어올 수 있게 해주었다. 선뜻 신발을 벗고 안으로 들어온 영준은 자연스럽게 부엌으로 향했다. 그리고 로맨스한 분위기로 차려진 식탁으로 가서 앉으라고 권하기도 전에 먼저 의자를 빼고 앉았다. 서우는 얼떨떨하게 그의 뒤를 따라와서 맞은편 자리에 앉았다. 그러자 영준이 곧바로 식탁 위에 종이 한 장을 올렸다. 네모반듯한 종이 속에는 활짝 웃고 있는 태섭, 혜선, 베니, 지나와 정색하고 있는 서우와 수호가 있었다.

폴라로이드 사진.

그 종이는 사이크 첫 회동 당시 찍은 폴라로이드 사진이었다. 그것을 바라보며 서우는 아무 말도 하지 않았다. 미동조차 하지 않았다. 침착하게 머리를 굴리고 있어서가 아니었다. 머리가 텅 비어버려서였다.

지난 몇 달 동안 온갖 끔찍한 꼴을 많이 봐왔지만 그 꼴들은 모두 어느 정도 예상 범위 내에서 본 것들이었다. 이렇게 기습적으로 뜻밖의 물건을 마주하는 건 헬리크리섬을 받았을 때 이후 오랜만이었다. 그때와 다른 점 한 가지는, 그때는 최소한 비명을 지를 여력이 있었던 반면 지금은 그마저도 없다는 것이었다.

새하얗게 빈 머리만큼 창백한 얼굴을 하고, 서우는 사진에 고정되어 있는 눈을 깜빡이지 않았다. 그 모습을 잠시 지켜보던 영준이 먼저 입을 열었다.

"피차 시간 낭비하지 말죠? 다 알고 왔으니까."

그제야 서우가 굳은 목청을 겨우 움직여 발악했다.

"뭘요?"

"시간 낭비하지 말자고요."

영준이 단호하게 말했다. 이에 서우는 눈을 꾹 감았다. 시치미를 뗄 시기는 이미 지난 것 같았다. 그래서 천천히 눈을 다시 뜨고 솔직하게 대화에 동참했다.

"어떻게 알았어요?"

"처음부터 알았어요."

"그 사진을 찍던 날이요?"

"아니요. 그 전에요."

서우가 이해가 가지 않는다는 표정을 지었다. 그러자 영준이 식탁 위로 손을 뻗어 사과 하나를 집고는 아삭 베어 물며 말했다.

"두 사람을 사이크 멤버로 받아들이자고 제안한 게 나였으니까요."

서우의 텅 빈 머릿속에 영준의 말이 들어왔다. 한 문장, 한 문장이 그림이 되어 눈앞에 펼쳐졌다.

그림에 따르면, 처음 그 제안을 들은 태섭과 혜선은 반대를 표했다. 그들은 위험을 자초하고 싶지 않다며 서우와 수호를 깔끔히 죽이자고 말했다. 하지만 영준은 자신의 제안을 쉽게 물리지 않았다.

"우리는 흉악 범죄자만 죽여요. 그게 맨 처음에 합의한 규칙이었잖아요. 비록 그들이 실수를 저지르긴 했지만, 죽어 마땅한 범죄자들까진 아니에요."

물론 태섭과 혜선도 순순히 물러나진 않았다. 그들은 그 실수가 보통의 실수가 아니라며, 연쇄살인범의 카피캣이 되기로 했다면 당연히 죽을 각오도 했어야 했다고 반박했다. 그러자 영준이 다시 한 번 자신의 주장을 피력했다.

"틀린 말은 아닌데, 애초에 수호가 그 시그니처에 대해 알게 된 건 제가 알려줬기 때문입니다. 이런 식으로 이용할 줄은 몰랐지만 어쨌든 책임을 느낀다고요. 그러니까 적어도 선택할 기회를 줬으면 좋겠어요."

그리고 그 말의 끝에 의미심장한 한마디를 덧붙였다.

"누구에게나 기회는 있어야 하잖아요?"

이렇게까지 말한다면 태섭과 혜선은 더 할 말이 없었다. 그들이 레스토랑을 경영하며 두 발 자유로이 살 수 있는 건 오래 전 영준에게서 기회를 얻은 덕분이었으니 말이다. 정확하게는 4년 전에 얻은 기회였다.

4년 전 태섭과 혜선은 남들보다 조금 잘 먹고 잘 살아왔다는 이유로 세상을 주어도 아깝지 않은 딸을 잃었다. 이후 세상에 있는 줄도 몰랐던 형언할 수 없는 분노에 사로잡혔다. 분노는 인내를 삼켰고, 인내가 바닥난 그들은 지지부진한 재판 결과를 기다리지 않았다. 어차피 납득이 갈 만한 선고는 사형뿐이었으며, 기왕에 선고가 내려졌다면 집행을 미룰 이유가 없었다.

다행히 태섭과 혜선, 그리고 다른 희생자 유족인 두 쌍의 부부는 높은 지능과 상당한 재산, 약간의 권력과 유용한 인맥을 가지고 있었다. 그들이 힘을 합친다면 피해망상 환자 한 명 정도 처리하는 건 일도 아니었다. 그래서 그들은 그 일도 아닌 일을 재판 전에 해치웠다. 그리고 다시는 만나지 말자고 약속하고 헤어졌다. 비록 그 약속은 지켜지지 못했지만 말이다. 당시 '엘리트아동 연쇄살인 사건'을 담당하고 있던 형사, 영준이 찾아왔기 때문이었다.

가장 먼저 주동자인 태섭과 혜선에게 접근한 영준은 그들의 눈앞에 증거물들을 나열해놓고 당신들이 한 짓을 모두 알고 있다고 밝혔다. 그때 태섭과 혜선은 눈 하나 깜빡하지 않았다. 그들은 담담하게 아니 후련하게 대꾸했다.

"그래서요? 우리를 체포하려고 온 거든, 협박하려고 온 거든 아무래도 상관없어요. 어차피 우린 이 세상에 미련 없으니까. 마음대로 해요."

영준은 모든 걸 체념한 그들의 얼굴을 한참 응시하다 다시 물어보았다.

"정말로 마음대로 해도 됩니까?"

만일 그들이 1년 전에 또는 1년 늦게 만났더라면 그런 이야기는 오가지 않았을 것이고 당연히 그런 모임도 만들어지지 않았을 것이다. 하지만 하필 그해, 태섭과 혜선은 범죄자에게 외동딸을 잃었고, 영준 역시 범죄자에게 아내와 아이를 잃었다.

그렇게 충동적으로 만들어진 사이크 모임은 나름대로 잘 굴러갔다. 태섭과 혜선은 두 쌍의 부부를 원년 멤버로 받아들여 함께 시그니처 시스템을 고안하고 모임의 토대를 세웠다. 영준은 그런 그들을 뒤에서 묵묵히 지원했다. 다른 멤버들과는 일절 섞이지 않은 채, 오로지 두 사람하고만 연락하면서 뒷배의 일을 해냈다. 그 일이란, 누구보다 열심히 수사를 해서 가장 먼저 수사를 방해하고, 특별히 형사들 간의 공조 수사를 막는 것이었다.

서로가 각자의 임무를 다하는 동안, 세상에 미련이 없던 그들은 조금씩 살아야 할 이유를 회복했다. 때로는 웃기도 하고 때로는 뿌듯해도 하면서 최선을 다해 모임을 운영했다. 그리고 돌아보니 어느덧 4년이란 세월이 흘러 있었다.

"그런데 그 모임이 이렇게 끝날 줄은 몰랐죠."

구연동화를 하는 것처럼 긴 설명을 이어가던 영준이 갑자기 이야기를 마무리했다. 그러자 서우의 눈앞에 펼쳐져 있던 그림들이 서서히 흩어지며, 그림 너머에 가려져 있던 영준의 모습이 보였다. 그는 남은 사과를 입에 털어 넣고 아삭 씹었다. 그리고 빈 손가락으로 식탁 끝을 톡톡 치며 느긋하게 말했다.

"그때 그들의 말을 들었어야 했는데 제가 괜한 짓을 했어요. 하지만 이제 와서 후회해봤자 어쩌겠어요. 실수는 누구나 하고 그걸 어떻게 바로잡느냐가 중요하죠. 모임을 이렇게 끝낼 생각은 아니었지만 기왕에 끝이 나버렸으니 마무리라도 깔끔하게 해야 하지 않겠어요? 그게 저한테 남은 마지막 일입니다."

말을 끝맺은 영준이 식탁 끝에 있던 손가락을 폴라로이드 사진 위로 옮겼다. 그리고 그 사진을 서우에게 슥 내밀며 말했다.

"기억하죠? 서우 씨가 이 사람들과 한 배를 탔었던 거."

'절대로 포기하지 마.'

어디선가 나직한 소리가 들렸다. 한때는 엄마의 말이었으나 지금은 일종의 계시가 되어버린 소리. 서우는 그 소리를 무시하고 눈앞의 영준을 보았다. 그는 재킷 안주머니에서 밧줄을 꺼냈다. 그리고 감겨 있는 밧줄을 풀어서 양옆으로 길게 늘이며 팽팽함을 시험해봤다.

그 광경을 지켜보며 서우는 의문형으로 된 여러 생각들을 했다. 저 밧줄은 언제부터 그의 품에 있었을까? 이 집에 오기 직전에? 아니면 그 전부터? 이제껏 저 밧줄을 얼마나 많이 사용했을까? 아직 한 번도 없나? 아니면 이미 한 번?

오로지 밧줄에 관한 질문만 수십 개를 떠올렸을 때, 영준이 친절히 말했다.

"궁금한 거 있으면 물어봐도 돼요."

하지만 서우는 그 어떤 질문도 입 밖으로 내지 않았다. 궁금하지 않았다. 묻고 싶지 않았다. 질문들이 언제까지고 질문으로 남아 있을 수 있도록 그냥 내버려두고 싶었다. 하지만 영준은 굳이 불필요한 친절을 베풀었다.

"혹시 못 묻는 거라면 그냥 답해줄 게요. 그 편이 위안이 될 테니까."

그는 기어이 궁금하지도, 묻고 싶지도 않은 일에 대해 말했다.

"수호하고는 곧 만나게 될 거예요."

덤으로 불필요한 정보까지 주었다.

"세상에는 서우 씨가 수호를 교살한 후 목 매달아 자살했다고 알려질 거예요. 어차피 두 사람은 별거 중이었으니 아주 이상한 일로 보이진 않겠죠. 서우 씨 입장에선 억울하겠지만 떠나는 마당에 아무려면 어때요. 여기 일은 전부 잊고 다른 세상에서 수호와 잘 지내면 되죠."

말을 마친 영준이 무심한 손길로 밧줄을 만졌다. 서우는 동그랗게 모양을 잡아가는 밧줄을 무력한 눈길로 보았다. 인생이 한 권의 책이라면, 원치 않게 마지막 페이지를 읽고 나자 무언가를 더 해볼 마음이 들지 않았다. 눈물도 나올 의향이 없는지 눈가가 빡빡하게 말라갔다. 와중에 눈치 없는 웃음만이 입술 사이로 픽 새어나왔다. 점점 더 크게, 점점 더 많이, 걷잡을 수 없이 삐져나왔다.

잠시 후, 서우가 소리 내어 킥킥 웃기 시작했다. 영준은 그런 그녀를 이상하게 쳐다봤다. 하지만 곧 본인도 이 상황이 기가 막힌지 함께 킥킥대었다. 머잖아 부엌에 하이 톤의 웃음소리가 가득 울려 퍼졌다. 그 가운데 서우와 영준은 웃음기가 가득 묻어난 목소리로 조롱에 가까운 대화를 주고받았다.

"차 형사님은 의리도 없어요?"

"지금 서우 씨가 의리에 대해서 얘기하는 거예요?"

"못 할 건 뭐예요?"

"태섭 씨와 혜선 씨는 친절한 사람들이었어요. 제가 알기론 서우 씨에게 항상 잘해줬었다고요. 그런데 그렇게 잿더미로 만들어 죽여요?"

"잘해주긴 했죠. 그래봤자 악연이었지만. 전 한 번도 그 둘을 친구라고 생각해 본 적이 없어요. 하지만 수호는 차 형사님 친구였잖아요."

"그랬죠. 그래서 기회를 줬잖아요. 살 수 있는 기회를. 그걸 망쳐버린 건 두 사람이에요. 그리고 엄밀히 따지면 지금 전 의리를 지키고 있는 겁니다. 수호 못지않게 태섭 씨와 혜선 씨도 저한텐 좋은 친구들이었으니까요.”

뭐, 틀린 말은 아니었다. 서우는 주체할 수 없이 흘러나오던 웃음 꼭지를 천천히 잠갔다. 동시에 영준의 웃음도 서서히 잦아들었다. 시끄럽던 부엌이 갑자기 조용해졌다. 그 정적을 비집고 또 다시 나직한 소리가 들려왔다.

‘절대로 포기하지 마. 아직 기회가 있잖아.’

서우는 그 소리를 묵살했다.

제발 좀 닥쳐.

그리고 생각했다. 아무리 한 치 앞도 알 수 없고 뜻대로 되지도 않는 게 사람 인생이라지만, 그래도 한없이 평범했던 내 인생이 어쩌다 이렇게 되어버렸을까?

생각에 물음표가 찍히는 순간 서우는 고개를 화장실 쪽으로 돌렸다. 한번 닫아두고는 몇 달째 다시 열지 않은 바깥 화장실 문을 보며 서우는 확신했다.

그래. 저기가 시작이었지.

시간을 돌릴 수 있다면 저 안에서 허준배를 죽이지 않았을까? 다음 수순으로 떠오른 질문에 서우는 금방 아니라고 답했다. 그날 자신에게 달려들던 그의 살기가 아직도 생생했다. 만일 그를 살려두었다면 자신은 이미 죽은 목숨일 확률이 컸다. 그를 한 대만으로 죽이고 정당방위를 주장하는 편이 가장 좋았겠지만, 한 대를

친 이후에는 이미 정신이 나가버렸으므로 선택의 여지가 없었다.

그럼 연쇄살인범들의 시그니처를 모방하지 말았어야 했나? 뒤이어 떠오른 질문에도 서우는 고개를 저었다. 그랬다면 허준배의 손톱에서 나온 목덜미 살갗 때문에 지금쯤 철창 안에 있을 게 빤했다. 몇 달이나마 자유롭게 돌아다닐 수 있었던 건 차영준이 나름의 기회를 베풀어준 덕이었다.

그 다음 일들을 떠올려보아도 서우는 이미 내렸던 선택보다 더 나은 대안을 찾을 수 없었다. 살기 위해서는 채유미를 죽이고, 사이크 모임에 합류하고, 연쇄살인을 해야만 했다. 모임을 탈퇴하기 위해서는 멤버들의 약점을 캐거나 멤버들의 자비에 기대야 했고, 그 모든 일이 실패했을 땐 멤버들을 죽여야만 했다. 완벽하게 덫에 걸린 상황에서도 서우는 언제나 최선의 선택만을 내렸다.

그런데 어쩌다 이렇게 되어버렸을까?

과거를 돌아봐서 답이 나오지 않는다면 남은 답은 하나뿐이었다. 어른들이 아이들에게 절대로 알려주지 않는 비밀 하나. 세상에는 열심히 노력하고 망하는 경우가 수두룩하다는 것. 서우의 책이 비극으로 끝난 건 그냥 그런 경우여서였다.

그렇다면 할 수 없지.

서우는 그만 포기하기로 했다. 이제껏 최선을 다했기에 딱히 남는 후회는 없었다. 망해버린 이곳 일은 전부 잊고 다른 세상에서 새로 시작해도 나쁘지 않을 것 같았다. 아니, 사실 그 편이 더 좋을 것 같았다. 그와 함께라면 말이다.

마침 영준이 올가미를 완성했다. 그는 그것을 손에 들고 망설임 없이 자리에서 일어났다. 서우는 그 모습을 마지막으로 보고 눈을 감았다.

마음은 준비가 됐는데 몸은 아직인지 눈꺼풀이 파르르 떨려왔다. 목 근육이 빳빳이 굳고, 손과 발이 차가워졌다. 심장이 미친 듯이 펌프질 하는 가운데, 위에서는 신물이 올라왔다. 극도의 긴장 상태에서 종종 그랬듯 욱, 구역질이 났다.

서우는 숨으로 그 구역질을 눌러 내렸다. 그 순간 어째 좀 이상한 느낌이 들었다. 분명 익숙한 구역질인데 긴장감이 불러왔던 그것과는 묘하게 달랐다. 텅 비었던 머릿속에 뭐지, 하는 생각이 떠올랐다. 바로 그때 다시 한 번 욱, 구역질이 났다. 그제야 서우는 묘한 기시감이 드는 이 구역질을 언제 했었는지 기억해냈다.

작년에 세 번째로 품었던 아이를 유산하기 전에 했었다. 처음에도 두 번째에도 같은 경험을 했었다. 그렇다면 틀림없었다. 서우가 확신을 가지는 순간, 다시 그 소리가 들려왔다.

'절대로 포기하지 마. 아직 기회가 있잖아. 그게 뭔지 알잖아!'

잠시 후, 서우는 감았던 눈을 천천히 떴다. 그리고 그녀의 등 뒤에서 그녀의 목에 막 올가미를 넣으려는 영준을 향해 말했다.

"잠깐만요."

영준이 올가미를 치우지 않고 대꾸했다.

"왜요? 어차피 힘으로 이길 수 없다는 거 알잖아요? 피차 고생하지 말죠."

"알아요. 반항하려는 게 아니라 마지막으로 부탁이 있어서 그래요."

"뭔지 말이나 해봐요."

"와인 한 잔만 마시게 해줘요."

그 부탁에 영준은 가타부타 말하지 않았다. 대신 목에 드리워졌던 올가미를 치웠다. 서우는 바로 자리에서 일어나 찬장에 보관해두었던 와인 병을 꺼냈다. 뒤이어 싱크대로 가서 머그잔에다 와인을 콸콸 부으며 말했다.

"형사님도 한 잔 하실래요?"

"아니요. 난 됐어요."

"그러지 말고 같이 해주시죠? 마지막인데."

서우는 마지막을 강조해서 말했다. 그러자 영준이 마지못한 기색으로 고개를 끄덕였다. 고마워요, 하고 말한 후 서우는 입가에 옅은 미소를 띠었다. 그리고 머그잔을 하나 더 꺼내서 와인을, 지나가 가루약을 타 두었던 와인을 가득 따랐다.

3 - 10

그 남자의 얼굴은 사진으로 보아 알고 있었다. 이목구비가 뚜렷해서 사진발이 잘 받는 얼굴이었다. 그 점이 마음에 들었다. 목소리를 듣는 건 처음이었다. 앵앵거리는 계집애 같은 목소리면 어떡할지 고민했는데 다행히 기우였다.

철제 책걸상이 전부인 작은 방 안으로 들어오며 그가 말했다.

"처음 뵙겠습니다."

생각보다 굵은 목소리가 신뢰감을 주었다. 기자회견을 하기 그만인 목소리였다. 역시 마음에 들었다. 서우는 앉은 채로 그에게 미소를 보냈다. 그는 서우의 맞은편 자리로 가서 앉으며 남은 자기소개를 마저 했다.

"변호사 유공민입니다."

이 방에서 누군가와 마주해야 한다는 사실을 알았을 때, 서우는 바로 그를 떠올렸다. 그의 실력과 야망에 대해 익히 들은 바가 있어서였다. 잘나가는 그를 이곳까지 불러내기란 어렵지 않았다. 스스로 잘난 줄 아는 사람들에게 으레 통하듯이, 적당히 능력을 치켜세워주며 도전의식을 자극시키면 됐다.

'지나는 연쇄살인범이에요. 당신 같은 똑똑한 사람이 몰랐을 리 없으니, 이미 알고 있었다는 거 알아요. 찾아오시면 더 재미난 얘기를 들려줄게요.'

로펌 직원한테서 이 메시지를 전달받은 유공민은 딱 하루 만에 서우의 앞에 나타났다. 그리고 시간이 돈인 사람답게 시간을 낭비하지 않고 말했다.

"그렇게 얘기하시니 안 올 수가 있나요. 일단은 궁금해서 왔습니다. 하지만 본격적으로 대화를 시작하기 전에 한 가지는 확실히 해두죠."

그는 신뢰 가는 목소리로 말했다.

"전, 문서우 씨 사건을 맡지 않을 겁니다."

그렇다면 서우의 입장에선 그를 이곳까지 불러낸 이유가 없었다. 하지만 서우는 당황하지 않았다. 실망하지도 않았다. 오히려 여유롭게 대꾸했다.

"속단하지 마세요, 변호사님."

"속단이 아니라 합리적인 결정이에요. 서우 씨의 혐의는 형사 독살과 경찰 교살이이에요. 둘 다 최악의 케이스들이죠. 게다가 증거까지 제법 나온 상태고요."

"경찰 교살은 정황 증거뿐이에요."

"상관없어요. 피해자 아버지가 전 검찰 총장이었으니까요. 이 재판은 무조건 질 겁니다. 법정 최고형이 확실하죠. 그리고 저는 지는 변호는 하지 않아요."

"현명한 처사예요. 하지만 결정은 제 얘기를 다 들은 후에 해도 늦지 않잖아요?"

"도대체 무슨 얘기인데요?"

서우는 잠시 뜸을 들인 후, 이렇게 말문을 열었다.

"연쇄살인에 대한 얘기예요. 저는 지금까지 44명을 죽였어요."

약 30분에 걸쳐, 서우는 사이크 모임에 대해 설명했다. 어떤 방법으로 모임이 운영됐는지, 어떤 사람들이 참여했는지, 희생자는 누구였고 어떻게 처리했는지 모두 사실대로 말했다. 딱 하나, 혜선의 자리에 자신을 집어넣어 얘기했다는 점만 빼고 말이다. 서우는 자신을 사이크 모임 창시자로 소개했다.

그 일은 어렵지 않았다. 일찍이 USB를 확보해두었기 때문에 가능했다. 펜트하우스에서 발견한 비파 모양의 USB에는 38개의 문서 파일이 있었고, 각각의 파일에는 1건의 살인에 대한 정보가 상세히 담겨 있었다. 역시 연구를 목적으로 모임에 참여했던 베니가 그런 정보를 안 남겨두었을 리 없었다. 그는 자신이 모임에 참여하기 이전에 벌어졌던 살인들까지 모조리 조사해 파일로 남겨두었다.

USB를 막 손에 넣었을 당시, 서우는 그 안에 태섭과 혜선의 약점을 잡을 만한 단서가 있을까 싶어서 외울 기세로 파일들을 보았다. 하지만 아무리 봐도 그것들은 개인적인 기록물에 불과해 실망하고 잊어버렸었다. 시간이 지나고서야 파일 속 내용들이 새삼 유용하게 부상할 줄 그땐 미처 몰랐었다.

서우는 파일에 있던 38명의 목숨에다가 베니의 사망 이후 처단했던 김민준의 목숨 하나, 레스토랑 폭발과 연탄가스로 죽인 태섭, 혜선, 주원, 규섭의 목숨 넷, 약을 탄 와인으로 죽인 영준의 목숨 하나를 더해 총 44명을 죽였다고 증언했다.

"강력 범죄자만 죽이는 게 규칙이라면서요. 같은 멤버들은 왜 죽인 건데요?"

유공민이 타당한 의심을 표했다. 서우는 그 멤버들이 먼저 자신을 배신하고 모임을 악용하려 했기에 어쩔 수 없었다는 새로운 거짓말을 댔다. 그리고 슬슬 그의 구미를 당길 만한 소리를 덧붙였다.

"이 사건이 공표되면 큰 파장이 일 거예요. 사건을 맡은 변호사는 스타덤에 오르겠죠. 차후에 재판 결과와 상관없이 유명세는 따놓은 셈이에요."

유공민이 반짝이는 눈빛을 애써 감추고 신중을 기했다.

"모임을 만든 동기는 뭐예요?"

서우는 즉흥적으로 떠오른 생각을 내뱉었다.

"변호사님. 사람이 죽는 걸 몇 번이나 보셨어요?"

"그야 한 번도 못 봤죠."

"전 수십 번도 넘게 봤어요. 응급실 안에서요. 음주운전, 데이트 폭행, 아동학대, 무차별 공격 같은 이유로 매일 밤 수많은 사람들이 죽어갔죠. 그 꼴을 오래 보다보니 어느 날 문득 궁금해지더라고요. 왜 항상 죄 없는 사람이 죽을까? 답은 금방 나왔어요. 죄 있는 사람이 죽지 않아서 그래요. 그래서 그 일을 바로잡아주기로 한 거예요."

유공민이 미세하게 고개를 끄덕였다. 그리고 한 번 더 신중히 물었다.

"증거는요? 지금까지의 얘기를 증명해줄 물적 증거가 있나요?"

"많지는 않아요. 우린 언제나 일을 완벽하게 처리했거든요. 하지만 모임의 존재를 증명할 정도라면 조금 있어요. 지나 씨의 펜트하우스 화장대에요."

서우는 그곳에서 보았던 전리품들을 염두에 두고 말했다. 그러자 유공민의 시선이 허공을 향했다. 사건을 맡을지 말지 빠르게 머리를 굴리는 듯 보였다. 서우는 그런 그를 보며 여유를 부리고 말했다.

"제 얘기는 끝났어요. 이제 결정은 변호사님 몫이에요. 당장 결정하실 필요는 없어요. 생각할 시간은 내일까지 드릴게요. 단, 만약에 제 사건을 맡겠다고 결정하신다면 한 가지는 확실히 해주셔야 해요."

"그게 뭐죠?"

"전 수호를 죽이지 않았어요. 그 점은 분명히 밝혀주세요."

유공민이 다시 허공을 보았다. 그리고 실력과 야망이 겸비된 사람답게 기회를 놓치지 않고 빠른 결단을 내렸다.

"좋아요. 그 조건을 받아들이고 결정도 지금 하죠. 이 사건, 제가 맡겠습니다."

서우가 사이크 모임을 만들고 운영해왔다는 사실이 공표되자마자 전국은 전례 없이 들썩였다. 시그니처 연쇄살인을 비공개로 수사했던 이유가 바로 이런 동요 때문이었는데, 세 종류의 시그니처 연쇄살인이 모두 한 모임에 의해 이뤄졌다는 사실이 밝혀졌을 때 세상이 흥분에 휩싸이는 건 당연했다.

단 하루 만에, 포털 사이트가 마비되고, 방송국에 비상이 걸리고, 외신 기자들이 입국하고, SNS가 폭주했다. 두 명 이상이 모이는 곳이라면 어디든 사이크 모임에 대한 이야기가 입에 오르내렸다.

SNS를 통해 퍼진 무죄 탄원서에 수많은 사람들이 서명했고,

개중 혈기가 넘치는 몇몇 사람들은 법원 앞에 모여 사이크 모임은 정의의 모임이라는 슬로건 아래, 무죄를 주장하는 시위를 벌이기도 했다.

이 와중에 서우와 친분이 있던 사람들이 가만히 있을 수 없었다. 서우의 지인들은 적극적으로 나서서 그녀에게 유리한 증언이나 인터뷰를 해주었다.

간호사 박현주는 한 잡지사와의 인터뷰에서 '문 선생님은 친절하고 용기 있는 분이셨어요. 몇 년 전엔 신변의 위험을 무릅쓰고 아동학대 신고를 하시기도 했죠.'라고 말했다. 동료 의사 이우석은 한 방송에 출현해 '문 선생님은 현명하고 강단 있는 분이셨어요. 1초가 급한 응급실 안에서 언제나 정확한 오더를 내리시고 책임을 다하셨죠.'라고 밝혔다. 친구 주아영은 검사 남편의 만류에도 불구하고 굳이 수사관을 만나 '문서우 씨는 지극히 정상적인 상태예요. 관심을 받고자 벌인 일이 아니라 이성적인 판단을 바탕으로 행동한 거예요.'라고 증언했다.

이같이 주위 사람들이 떠드는 가운데 당사자에게 카메라와 마이크가 안 갈 리 없었다. 수십 개의 방송 출현과 인터뷰 요청이 서우에게 쇄도했다. 그 모든 일을 처리해야 하는 사람은 유공민이었다.

사진발 잘 받는 얼굴과 신뢰 가는 목소리를 가진 그는 주어진 일을 영리하게 처리했다. 너무 많지도 너무 적지도 않게 기자들

앞에 섰고, 인터넷에서 양산되는 각종 루머들에 강경하게 대응했으며, 적당한 타이밍에 서우의 임신 사실을 공표해 그녀의 무죄를 소원하는 분위기에 박차가 가해지도록 만들었다.

변호사가 된 이래 유공민은 가장 바쁜 나날들을 보냈다. 매일같이 쪽잠을 자고 식사를 건너뛰는 일상이 이어졌다. 하지만 딱히 불만을 갖지는 않았다. 오히려 좋아했다. 천성적으로 스포트라이트가 잘 맞는 사람이었기 때문이다.

반면, 이 모든 소란의 진짜 주인공인 서우는 그의 뒤에 숨어 침묵으로 일관했다. 사적으로 아무 일도 벌이지 않은 채 묵묵히 조사에만 임했다. 또한 감정의 동요도 보이지 않은 채 태교에만 전념했다. 그래서 더욱 유명하고 위대한 인물이 됐다.

그로부터 수개월 후, 드디어 서우는 만삭의 몸으로 법정에 나섰다. 그 사이 조금 시들해졌던 세간의 관심은 재판을 앞두고 다시 불타올랐다. 법원 밖은 하루 전부터 아수라장이었다. 각국에서 모인 취재진, 각종 시민단체, 대학교 동아리, 다소 오지랖 넘치는 일반 시민들이 모여 인산인해를 이루었다.

하지만 의외로 재판정 안은 조용했다. 국가의 안전보장을 방해하거나 선량한 풍속을 해할 염려가 있는 심리는 공개하지 않는다는 법률에 의거해 재판이 비공개로 이루어졌기 때문이다. 그 안에 들어갈 수 있는 사람은 소수뿐이었고, 그들이 정시에 모이자마자 바로 재판이 시작됐다.

재판 과정은 정석대로였다. 일찍이 서우가 모든 죄를 시인하고 고분고분 조사에 임한 덕에 검사와 변호사는 다투지 않았다. 대부분의 재판 시간은 확인 절차를 거치는 데 소요됐다. 44명의 희생자 이름을 일일이 열거하고 살인, 살인교사, 살인방조, 시체유기, 시체훼손 등등의 다양한 죄목을 읊어야 하니 어쩔 수 없었다. 그래도 재판 분위기 자체는 나쁘지 않았다. 사무적이다 못해 평화로웠다.

평화로운 재판은 점점 끝을 향해 달려갔고, 어느새 맨 마지막 과정인 선고만을 남기게 됐다. 선고 직전, 떠밀리다시피 재판을 맡은 것 같은 어린 판사는 복잡 미묘한 표정으로 서우를 내려 보았다. 그리고 겨우 입을 열어 이렇게 말했다.

"총 44명의 희생자를 낸 전무후무한 범죄를 저지른 피고인에게……."

이 대목에서 그는 바짝 마른 입술을 혀로 한 번 축이고 숨도 한 번 들이쉰 후, 자신의 뜻인지 윗선의 합의된 뜻인지 알 수 없는 최종 선고를 내렸다.

"피고인에게 사형을 선고합니다."

에필로그

"카피캣이 또 나왔다더라."

유리벽을 사이에 두고 엄마가 말했다.

"아직도 난리들이네."

서우가 대수롭잖게 대꾸했다. 그러자 엄마가 눈살을 구기며 반응했다.

"포스터 잘 나왔더라."

"그러게."

"네 영화라니까 보러가긴 하겠는데. 솔직히 난 아직도 잘 모르겠다. 하지도 않은 죄를 뒤집어쓰는 게 맞았는지."

"당연히 맞았지. 덕분에 평생 만질 수도 없는 돈을 벌었는데. 그 돈으로 변호사 비용도 내고, 영치금도 채우고. 무엇보다 우리 딸 키울 양육비도 저금하고. 여러모로 한시름 놓았잖아? 애를 키우려면 돈이 많이 필요하니까."

"애한텐 엄마가 더 필요해."

"그렇게 말하면 안 되지. 그건 선택지에 없었으니까."

그 말에 엄마는 대꾸하지 않았다. 불편한 심기를 굳이 얼굴로 표현하진 않았지만, 대화에서 미묘한 불쾌함이 느껴졌다. 악의는 없었지만 어쨌든 말실수를 했다고 판단한 서우는 얼른 수습에 나섰다.

"우린 입장이 달랐잖아. 엄마에겐 그게 최선이었던 거 알아."

"최선이 아니라 차악이었지."

엄마가 차악으로 기억하는 그 선택은 30년 전에 이뤄졌다. 선택지는 두 개였다.

남편이 도박에 눈이 멀어서 집문서를 날리고 패물 반지를 팔아치우게 한 일까진 참았는데, 그 남편이 욕정에 눈이 멀어 자고 있는 여덟 살짜리 딸아이의 속옷을 내리려 한 일도 참아야 할까? 아니면 남편의 저녁상에 미리 농약을 타두어야 할까?

엄마는 둘 중 후자를 택했다. 그러자 곧바로 또 다른 선택지가 펼쳐졌다.

양심적으로 남편을 죽인 죄를 자수하고 마땅한 친인척이 없는 딸아이를 고아원으로 보내야 할까? 딸을 키우기 위해 남편의 죽음을 자살로 위장해야 할까?

역시 엄마는 둘 중 후자를 택했다. 그리고 이후 30년 동안 정말 매일같이 마음 졸이며 살았다. 혹여나 경찰에게 잡힐까 봐 밤

잠을 설치고, 알량한 죄책감이 들어 악몽을 꾸었다. 무거운 마음을 조금이나마 덜어보고자 남편의 기일마다 제사상을 차려도 마찬가지였다. 결국 어느 순간, 불면증은 그녀의 고질병이 되어버렸다.

하지만 그래도 엄마는 후회하지 않았다. 정확히는 후회할 수 없었다.

"좋아서 선택한 게 아니니까."

서우는 그 말을 백번 이해했다. 최소한 비난해서는 안 된다고 여겼다. 가슴에 빨간 명찰을 단 채로, 서우는 되뇌었다.

그러니까 나도 후회하지 않아.

작가의 말

2018년 여름, 저는 갈림길에 서 있었습니다. 글쓰기를 업으로 삼을 것인가 말 것인가.

작가가 되기 위해 예술학교에 진학하기 전, 이미 두 차례 전공을 바꾼 적이 있었던지라 고민이 깊었습니다. 그때, 뜻밖의 연락을 받았습니다. 한국콘텐츠진흥원에서 진행하는 소설 공모전에 1차 합격했으니 면접을 보러 오라는 연락이었습니다. 며칠 후, 저는 낯선 방에서 열 명의 심사위원을 만났고, 1년 반 후 그곳에 있던 심사위원 한 분과의 인연으로 첫 책을 내게 되었습니다.

2019년 겨울, 저는 외길을 걷고 있습니다. 글쓰기를 업으로 삼아 살고 있습니다.

운명인지 우연인지 알 수 없는 공모 당선 일을 계기로 소설 집필을 시작하며 저는 작가의 길을 가기로 선택했습니다. 그리고 선택에 대한 이야기를 썼습니다. 이야기 속 주인공 서우는 통제 불가능한 상황에서 매번 최선이라 여겨지는 선택을 내리는 인물입니다. 그 선택은 비도덕적이고 이기적이기 때문에 저는 그녀를 응원하지 않습니다.(자신에게만 유리한 선택을 내리는 그녀의 말로는 비극일 수밖에 없습니다.) 하지만 이해하는 지점은 있습니다. 우리 모두는 인생의 갈림길에서 좀 더 나은 선택을 하기를 원하고, 그 선택의 끝에 무엇이 있는지 알지 못한 채 그저 좋은 선택이었기를 믿고 나아간단 점에선 그렇습니다.

지도도 나침반도 없이, 종착지에 무엇이 있는지도 모르면서, 하염없이 오솔길을 걸어가는 사람이 할 수 있는 일이라곤 주위의 햇살과 들꽃과 바람에 감사하는 일뿐입니다. 이제 막 작가의 길을 걸어가게 된 저 역시 앞일은 모르겠지만 지금 감사해야 한단 건 압니다. 이 지면을 빌어 첫 책이 나오기까지 감사했던 사람들에게 그 마음을 전하고 싶습니다.

오로지 열 장 분량의 글을 읽은 후 저의 가능성을 믿고 이 길로 인도해준 이데아의 한성근 대표님과 도와주신 편집자님, 따뜻한 말과 관심 있는 눈길, 나아가 커피 쿠폰으로 물심양면 응원해 준 모든 친구들, 저보다 저를 더 믿고 지켜봐준, 제가 든든한 마음으로 제 길을 갈 수 있도록 언제나 곁을 지켜주는 우리 가족들에게 진심으로 감사와 사랑을 보냅니다.

2019년 겨울, 안세화

마땅한 살인

초판 1쇄 발행 | 2019년 12월 6일
초판 2쇄 발행 | 2020년 2월 14일

지은이 | 안세화

펴낸이 | 한성근
펴낸곳 | 이데아
출판등록 | 2014년 10월 15일 제2015-000133호
주 소 | 서울 마포구 월드컵로28길 6, 3층 (성산동)
전자우편 | idea_book@naver.com
페이스북 | facebook.com/idea.libri
전화번호 | 070-4208-7212
팩 스 | 050-5320-7212

ISBN 979-11-89143-08-4

이 책의 국립중앙도서관 출판사도서목록(CIP)은 서지정보유통지원시스템 홈페이지(http://seoji.nl.go.kr)와 국가자료종합목록 구축시스템(http://kolis-net.nl.go.kr)에서 이용하실 수 있습니다.(CIP제어번호 : CIP2019048674)

책값은 뒤표지에 있습니다. 잘못된 책은 구입하신 곳에서 바꿔드립니다.